J.

Né en 1892 à Bloe
Ronald Reuel Tol
En 1937, il publi
littérature de jeun
du *Seigneur des Anneaux*, qui ne paraît qu'en 1954-1955. Ces deux romans se déroulent dans le monde imaginé par Tolkien depuis les années 1916-1917, lorsqu'il entreprend la rédaction des *Contes perdus*. Il élabore toute une mythologie autour des langues qu'il invente, mais il n'achèvera jamais son *Silmarillion*. À sa mort, en 1973, il revient à son fils Christopher de publier l'essentiel de son œuvre : en quarante ans, Christopher Tolkien a publié des récits pour la jeunesse (*Roverandom*, *Lettres du Père Noël*...), des nouvelles (*Feuille de Niggle*, *Le Fermier Gilles de Ham*...), et surtout, *Le Silmarillion*, puis *Histoire de la Terre du Milieu* (12 volumes) et *Contes et Légendes inachevés* ; des *Lettres* ; des textes sur la littérature (*Les Monstres et les Critiques*), et, récemment, *Les Enfants de Húrin*, *La Légende de Sigurd et Gudrún*, avant *La Chute d'Arthur*. Devenue un classique de la littérature occidentale, l'œuvre de J.R.R. Tolkien a été adaptée avec succès sur le grand écran avec les trilogies cinématographiques *Le Seigneur des Anneaux* (2001 à 2003) et *Le Hobbit* (2012 à 2014), réalisées par Peter Jackson. En 2012, les éditions Christian Bourgois, sous la direction de Vincent Ferré, font appel à Daniel Lauzon pour une nouvelle traduction de l'*Histoire de la Terre du Milieu* et du *Hobbit*. Daniel Lauzon poursuit l'aventure et offre une nouvelle traduction du *Seigneur des Anneaux*, publiée entre 2014 et 2016. Préfigurant la mythologie du *Seigneur des Anneaux*, un texte inédit du romancier, *Beren et Lúthien*, paraît aux éditions Christian Bourgois en octobre 2017.

LE SECOND LIVRE DES CONTES PERDUS

DU MÊME AUTEUR

CHEZ POCKET

LES AVENTURES DE TOM BOMBADIL

LE SILMARILLION

FAËRIE ET AUTRES TEXTES (nouvelle édition)

LES ENFANTS DE HÚRIN

LA LÉGENDE DE SIGURD ET GUDRÚN

LES MONSTRES ET LES CRITIQUES ET AUTRES ESSAIS

ROVERANDOM

LE SEIGNEUR DES ANNEAUX

LA FRATERNITÉ DE L'ANNEAU

LES DEUX TOURS

LE RETOUR DU ROI

CONTES ET LÉGENDES INACHEVÉS

(EXISTE AUSSI EN 1 VOLUME)

LE PREMIER ÂGE

LE SECOND ÂGE

LE TROISIÈME ÂGE

HISTOIRE DE LA TERRE DU MILIEU

LE PREMIER LIVRE DES CONTES PERDUS

LE SECOND LIVRE DES CONTES PERDUS

LES LAIS DU BELERIAND

LA FORMATION DE LA TERRE DU MILIEU

LA ROUTE PERDUE

LETTRES

LETTRES DU PÈRE NOËL

IMAGINAIRE

Collection dirigée par Charlotte Volper

J.R.R. TOLKIEN

HISTOIRE DE LA TERRE DU MILIEU

LE SECOND LIVRE DES CONTES PERDUS

CHRISTIAN BOURGOIS ÉDITEUR

Titre original :
The Book of Lost Tales

PART II

Édition établie et Avant-propos de Christopher TOLKIEN
Traduit de l'anglais par Adam TOLKIEN

ISBN 978-2-266-16233-3

Note du traducteur

Si je disais « le langage est en relation avec l'intégralité de notre constitution psychophysiologique », on pourrait affirmer que j'énonce un truisme dans un jargon moderne et suffisant. Je dirai en tout cas que le langage — et plus encore comme forme d'expression que comme moyen de communication — est un produit naturel de notre humanité. Mais il est donc aussi un produit de notre individualité. Nous détenons chacun un potentiel linguistique personnel ; nous possédons chacun une langue natale. Mais il ne s'agit pas là de la langue que nous parlons, notre langue maternelle, celle que nous avons apprise en premier. Linguistiquement, nous portons tous des vêtements de prêt-à-porter, et notre langue natale vient rarement à s'exprimer, sauf peut-être en tirant le prêt-à-porter afin de l'ajuster un peu mieux. Mais bien que peut-être ensevelie, elle n'est jamais entièrement étouffée, et le contact avec d'autres langues peut la bouleverser profondément.

J.R.R. Tolkien *(The Monster and the Critics and Other Essays)*

La construction d'un langage poétique issu de mots et de formes archaïques et dialectales ou employés dans des sens spécifiques pourrait faire l'objet d'une désapprobation. Il existe néanmoins des arguments en sa faveur : le développement d'une forme de langage dont le sens est familier, mais libérée de ses associations triviales et emplie de la mémoire du Bien et du Mal, est une prouesse, et ses possesseurs en sont enrichis par rapport à ceux qui n'ont pas une telle tradition.

J.R.R. Tolkien *(The Monster and the Critics, On Translating Beowulf)*

J'ai choisi de donner en exergue ces deux extraits qui me semblent offrir un aperçu des fondements du travail stylistique de l'auteur, trop souvent ignoré, et aussi exprimer certaines considérations sur le langage en général.

Il m'a paru essentiel de respecter les « anomalies » stylistiques de l'original (les ajustements du « prêt-à-porter ») tout en tentant de les rendre abordables en français (voir mes explications plus complètes en introduction de la première partie). Pour cette deuxième partie, j'ai néanmoins tenté d'amoindrir l'étrangeté précisément inhérente à la traduction en langue française.

En outre, le commentaire se référant constamment à de multiples variantes, souvent très proches, il a été parfois difficile de donner en français une « image » exacte de ces divergences dans la langue originale, ainsi pour les deux versions du *Conte de Tinúviel*.

Je tiens à remercier pour ce travail de perfectionnement Béatrice Brociner, dont la contribution irremplaçable se retrouve largement tout au long de cette traduction.

Adam Tolkien

Avant-propos

Cette deuxième partie du *Livre des Contes Perdus* est organisée selon les mêmes lignes et les mêmes intentions que la première partie, comme je l'ai expliqué dans l'avant-propos. Les références à cette première partie sont présentées sous la forme « I.240 », celles qui s'appliquent à la deuxième sous la forme « p. 240 », sauf lorsque référence est faite aux deux parties à la fois, ainsi, « I.222, II.292 » *.

Comme dans la première partie, j'ai adopté un système d'accentuation cohérent (sinon totalement « correct ») pour les noms ; dans les cas de *Mim* et *Niniel*, écrits ainsi à toutes les occurrences, je donne *Mîm* et *Níniel*.

Les deux pages extraites des manuscrits originaux ont été reproduites avec la permission de la Bibliothèque bodléienne d'Oxford, et je voudrais exprimer mes remerciements au personnel du Département des manuscrits occidentaux pour son assistance. La correspondance entre les pages originales et le texte publié dans ce livre s'effectue comme suit :

(1) La page du manuscrit du *Conte de Tinúviel* : Partie supérieure : texte publié p. 42 (ligne 15, *la pire appréhension*), jusqu'à la p. 42 (ligne 27, *l'âge te prend si rapidement*). Partie inférieure : texte publié p. 43 (ligne 29, *la voix dure*), jusqu'à la p. 44 (ligne 12, *mais Tevildo gronda*).

(2) La page du manuscrit de *La Chute de Gondolin*. Partie supérieure : texte publié p. 255 (ligne 27, *« Maintenant », dit alors Galdor,* jusqú'à la page 256, ligne 2, *sinon plus encore*). Partie inférieure : texte publié p. 256 (ligne 12, *Mais les autres, menés par un certain Legolas Feuille-Verte*) jusqu'à la p. 257 (ligne 15, *et laissant la plus grande partie de la compagnie à le suivre il*).

Pour les différences entre le texte publié de *La Chute de Gondolin* et la page reproduite, voir p. 281, notes 33-35, et p. 273, entrée *Bad Uthwen ;* les autres divergences mineures que les notes ne soulignent pas proviennent des changements ultérieurs effectués dans le texte B du Conte (voir pp. 193-194).

---

* Les références aux *Contes Perdus* renvoient aux pages de l'édition Pocket ; en revanche, pour les références aux autres ouvrages de J.R.R. Tolkien, les pages sont celles des éditions originales françaises. *(N.d.É.)*

Ces pages illustrent le « puzzle » compliqué des manuscrits des *Contes Perdus* décrit dans l'avant-propos à la première partie, I. 9.

Je profite de cette opportunité pour signaler la remarque de M. Douglas A. Anderson qui a démontré que la version du poème *Pourquoi l'Homme dans la Lune descendit trop tôt* publié dans *Le Livre des Contes Perdus I* n'est pas, comme je l'ai suppposé, celle qui fut publiée dans *A Northern Venture* en 1923 et contient plusieurs transformations ultérieures.

Le troisième volume de cette « Histoire » contiendra le poème allitératif, le *Lai des Enfants de Húrin* (1918-1925), le *Lai de Leithian* (1925-1931), ainsi qu'un texte de C. S. Lewis commentant une partie de ce dernier, et le remaniement du poème entrepris par mon père après avoir achevé *Le Seigneur des Annneaux.*

Christopher Tolkien

I

Conte de Tinúviel

Le *Conte de Tinúviel* a été écrit en 1917, mais le premier texte existant est plus récent, s'agissant d'un manuscrit à l'encre réécrit sur un original au crayon gris puis gommé ; et de fait, la réécriture de ce conte semble avoir été l'un des derniers éléments achevés des *Contes Perdus* (voir I.273 et s.).

Il existe aussi une version dactylographiée du *Conte de Tinúviel* appartenant à la même « phase » de la mythologie : mon père avait le manuscrit devant ses yeux et il transformait le texte à mesure qu'il le recopiait. Des différences significatives entre les deux versions du conte sont données aux pages 66 et s.

Dans le manuscrit, le conte est précédé d'un en-tête : « Lien au Conte de Tinúviel, ainsi que le Conte de Tinúviel. » Le *Lien* commence par le passage suivant :

« Grand fut le pouvoir de Melko pour le mal, dit Eriol, s'il put véritablement détruire par sa ruse le bonheur et la gloire des Dieux et des Elfes, assombrissant la lumière de leur demeure et réduisant tout leur amour à rien. Il doit sûrement s'agir là du pire acte qu'il commît jamais.

— Il est vrai que jamais depuis un mal pareil n'a été commis en Valinor, dit Lindo, mais la main de Melko a œuvré à des choses plus mauvaises encore à travers le monde, et les graines de sa Malice ont crû depuis ces jours en une grande et terrible poussée.

— Non, dit Eriol, pourtant mon cœur ne peut penser à d'autres malheurs, par chagrin à songer à la destruction de ces Arbres si beaux et à l'obscurité du monde. »

Ce passage a été barré et ne réapparaît pas dans le texte dactylographié, mais il existe sous une forme pratiquement identique à la fin de *La Fuite des Noldoli*

(I.229). Ceci du fait que mon père décida que *Le Conte du Soleil et de la Lune*, plutôt que Tinúviel, devait suivre *L'Assombrissement de Valinor* et *La Fuite des Noldoli* (voir I.273 et s., où est soulevée la question complexe de cette réorganisation des *Contes*). Les premiers mots de la partie suivante du *Lien*, « Maintenant durant les jours qui suivirent de près le récit de ce conte », faisaient référence, lorsqu'ils furent écrits, au conte de *L'Assombrissement de Valinor* et *La Fuite des Noldoli ;* mais il est impossible de déterminer clairement à quel conte ils devaient se référer lorsque *Tinúviel* fut ensuite déplacé de sa position première.

Les deux versions du *Lien* sont au départ très proches, mais les récits divergent lorsque Eriol parle de sa propre histoire passée. Je propose la version dactylographiée seule pour la première partie, puis, lorsqu'elles divergent, je les donne toutes deux à la suite. Le commentaire sur ce récit de la vie d'Eriol est reporté au chapitre VI.

Maintenant durant les jours qui suivirent de près le récit de ce conte, voici, l'hiver approcha du pays de Tol Eressëa, car maintenant Eriol oubliant son esprit errant demeurait depuis quelque temps dans la vieille Kortirion. Jamais durant ces mois ne voyagea-t-il au-delà des terres fertiles qui s'étendaient au-dehors des murs gris de cette ville, mais bien des palais des clans des Inwir et des Teleri le reçurent en invité joyeux, et il se fit toujours plus habile dans les langages des Elfes, et plus pénétré de la connaissance de leurs coutumes, de leurs contes et de leurs chansons.

Alors vint subitement l'hiver sur l'Île Solitaire, et les pelouses et jardins se revêtirent d'un manteau étincelant de neiges blanches ; leurs fontaines se firent immobiles, et tous leurs arbres dénudés se firent silencieux, et le soleil lointain luisit pâle dans la brume ou bien fragmenté sur les facettes des longues glaces suspendues. Encore Eriol ne partit pas ailleurs, mais plutôt regarda la lune froide des cieux givrés contempler Mar Vanwa Tyaliéva, et lorsque au-dessus des toitures les étoiles luisirent de bleu il écoutait, pourtant pas un son des flûtes de Timpinen ne parvenait à ses oreilles à présent ; car le souffle de l'été est cet esprit, et bien avant que la présence secrète d'automne n'emplisse l'air il prend son bateau gris et magique, et les hirondelles l'emportent au loin.

Tout de même, Eriol connut les rires et le plaisir, et

les musiques aussi, et la chanson, dans les demeures de Kortirion — Eriol même, le voyageur, dont le cœur auparavant ne connut aucun repos. Vint maintenant un jour gris, et un après-midi morne, mais en dedans étaient la lumière du feu et la bonne chaleur et de la danse et le bruit joyeux des enfants, car Eriol faisait grand jeu avec les damoiselles et damoiseaux dans la Salle du Jeu Retrouvé. Là, après un temps, épuisés par leur amusement ils se jetèrent sur les tapis autour du foyer, et un enfant parmi eux, une petite damoiselle, dit : « Raconte-moi, ô Eriol, un conte !

— Que raconterai-je donc, ô Vëannë ? » dit-il, et elle, grimpant sur son genou, dit : « Un conte des Hommes et des enfants des Grandes Terres, ou de ta demeure — et avais-tu un jardin là-bas tel ceux de chez nous, où poussaient les coquelicots et les pensées comme ceux qui poussent dans mon coin auprès de L'Arbre des Grives ? »

Je donne maintenant la version manuscrite de la suite du passage *Lien* :

Alors Eriol lui parla de sa demeure qui se trouvait dans une vieille ville d'Hommes ceinte d'un mur maintenant effrité et brisé, et une rivière coulait à ses abords, surplombée par un château à grande tour. « Une très haute tour en vérité, dit-il, et la lune grimpait haut avant de pouvoir pousser son visage au-dessus. — Était-elle alors aussi haute que la Tirin d'Ingil ? » dit Vëannë, mais Eriol dit que cela il ne pouvait le deviner, car cela faisait bien des années passées depuis qu'il avait vu ce château ou sa tour, car « Ô Vëannë, dit-il, je n'y ai vécu qu'un temps, et pas depuis que je grandis en garçon. Mon père vint d'un peuple du bord de mer, et l'amour de la mer que je n'avais jamais vue était au tréfonds de mon cœur, et mon père aiguisa mon désir, car il me fit le récit de contes que son père lui avait narrés auparavant. Maintenant ma mère mourut durant un siège cruel et affamé de cette vieille ville, et mon père fut tué en un combat amer aux abords des murs, et enfin moi, Eriol, je me suis enfui vers la terre côtière de la Mer de l'Ouest, et j'ai vécu la plupart du temps sur le sein des vagues ou à leurs côtés depuis ces jours lointains. »

Maintenant les enfants qui l'entouraient furent emplis de tristesse par les chagrins qui furent le lot de ces habitants des Grandes Terres, et par les guerres et la mort, et Vëannë s'agrippa à Eriol, disant : « Ô Melinon, ne va jamais en guerre — ou y as-tu déjà été ?

— Oui, assez souvent, dit Eriol, mais non pas dans les grandes guerres des rois terrestres et des nations puissantes qui sont cruelles et amères, et bien des beaux pays et des choses ravissantes et même des femmes et de douces enfants telles que toi, Vëannë Melinir, y sont submergés par la ruine ; pourtant des échauffourées galantes ai-je vues où de petits groupes d'hommes braves d'aventure se rencontrent et de rapides coups se donnent. Mais voici, pourquoi parlons-nous de ces choses, petite fille ; n'aimerais-tu pas mieux entendre mes premières aventures en mer ? »

Alors il souleva grande allégresse autour de lui, et Eriol leur raconta ses errances autour des havres de l'ouest, les camarades qu'il se fit et les ports qu'il connut, la manière dont il s'échoua sur les îles loin à l'ouest jusqu'à ce qu'enfin sur une île très solitaire il découvrît un vieux marinier qui lui donna un abri, et qui devant un feu dans son cabanon solitaire lui raconta d'étranges contes à propos de choses au-delà des Mers de l'Ouest, des Îles Magiques et de la plus solitaire qui se trouvait encore au-delà. Longtemps auparavant l'avait-il une fois aperçue brillant au loin, et ensuite l'avait cherchée durant bien des jours en vain.

« Toujours après cela, dit Eriol, ai-je vogué avec plus de curiosité autour des îles de l'ouest cherchant davantage d'histoires du même tenant, et ainsi se fait-il en vérité qu'après maints grands voyages je parvins moi-même par la grâce des Dieux à Tol Eressëa enfin — et c'est pourquoi je me trouve maintenant ici assis à te parler, Vëannë, jusqu'à ce que mes paroles se soient taries. »

Alors néanmoins un garçon, Ausir, le supplia de parler encore des navires et de la mer, mais Eriol dit : « Non, encore y a-t-il le temps avant qu'Ilfiniol ne sonne le gong pour la viande du soir : venez, que l'un parmi vous, enfants, me raconte un conte que vous avez entendu ! » Puis Vëannë se dressa sur son séant et tapa dans ses mains, disant : « Je vais te raconter le Conte de Tinúviel. »

La version dactylographiée de ce passage se lit comme suit :

Alors Eriol parla de sa demeure d'antan, qui se trouvait en une antique ville des Hommes ceinte d'un mur maintenant effrité et brisé, car le peuple qui y vécut connut longtemps des jours de paix riches et aisés. Une rivière coulait à ses abords, surplombée par un château à grande tour. « Là demeurait un duc puissant, dit-il, et scrutait-il le lointain depuis les plus hautes fortifications ; jamais il ne pouvait voir les limites de son large domaine, sauf là où à l'est s'étendaient les formes bleutées des grandes montagnes — et cette tour était considérée comme la plus élevée de toutes celles qui se dressaient dans tous les pays des Hommes. — Était-elle aussi haute que la Tirin d'Ingil ? » dit Vëannë, mais Eriol dit : « Une très haute tour était-elle en vérité, et la lune grimpait loin avant de jamais faire jaillir son visage au-dessus, pourtant ne puis-je deviner sa hauteur, ô Vëannë, car cela fait bien des années passées depuis que j'ai vu pour la dernière fois ce château ou sa tour escarpée. La guerre survint soudainement sur cette ville, au milieu de sa paix ensommeillée, et ses murs effrités ne purent résister à l'assaut des hommes sauvages qui venaient des Montagnes de l'Est. Là périt ma mère durant ce siège cruel et affamé, et mon père fut tué en combat amer aux abords des murs durant le dernier sac. En ces jours lointains n'étais-je encore à hauteur-de-guerre, et l'on fit de moi un esclave.

Sache donc que mon père provenait d'un peuple côtier avant d'errer jusqu'en cet endroit, et la langueur pour la mer que je n'avais jamais vue était dans mon cœur ; ce que souvent mon père avait aiguisé, me contant des récits des larges eaux et se rappelant le savoir qu'il avait appris de son père auparavant. Fort peu utile est l'évocation de ma peine en servitude, car enfin je brisai mes liens et m'en fus jusqu'aux terres côtières de la Mer de l'Ouest — et j'ai vécu la plupart du temps sur le sein des vagues où à ses côtés depuis ces jours lointains. »

Maintenant à entendre les chagrins qui s'abattirent sur les habitants dans les Grandes Terres, des guerres et de la mort, les enfants furent emplis de tristesse, et Vëannë s'agrippa à Eriol, disant : « Ô Melinon, ne t'en va jamais à une guerre — ou y as-tu déjà été ?

— Oui, assez souvent, dit Eriol, pourtant jamais aux grandes guerres des rois terrestres et des nations puissantes, qui sont cruelles et amères, submergeant de leur ruine toute la beauté et de la terre et de ces belles choses que les hommes façonnent de leurs mains en temps de paix — non, ils n'épargnent ni douces femmes ni tendres damoiselles, telle que toi, Vëannë Melinir, car alors les hommes sont ivres de rage et de la luxure du sang, et Melko est en voyage. Pourtant des échauffourées galantes ai-je vues où de petits groupes d'hommes braves d'aventure se rencontraient et de rapides coups se donnèrent. Mais voici, pourquoi parlons-nous de ces choses, petite fille ? N'aimerais-tu pas mieux entendre mes premières aventures en mer ? »

Alors il y eut grande allégresse, et Eriol leur parla de ses premières errances autour des havres de l'ouest, des camarades qu'il se fit, et des ports qu'il connut ; de la manière dont il échoua une fois sur des îles loin dans l'ouest et là sur un îlot solitaire découvrit un marinier très âgé qui demeurait pour toujours solitaire dans un cabanon sur le rivage, qu'il avait façonné du bois de son bateau. « Plus sage était-il, dit Eriol, en tous sujets sur la mer que tout autre que j'ai rencontré, et grande magie y avait-il dans sa science. Des choses étranges me raconta-t-il des régions loin au-delà de la Mer de l'Ouest, des Îles Magiques et de celle plus solitaire encore qui se trouve derrière. Une fois il y a longtemps, dit-il, il l'avait vue étincelant au loin, et après l'avait-il recherchée durant bien des jours en vain. Beaucoup de science m'enseigna-t-il des mers cachées, et des eaux sombres et sans pistes, et sans cela jamais n'aurais-je trouvé pays si doux, ni cette chère ville, ni la Chaumière du Jeu Perdu — pourtant ce ne fut pas sans une quête longue et douloureuse depuis, et plus d'un voyage épuisant, que je vins moi-même par la grâce des Dieux à Tol Eressëa enfin — et pour cette raison je suis maintenant assis à te parler, Vëannë, jusqu'à ce que mes paroles se soient taries. »

Alors, néanmoins, un garçon, Ausir, le supplia d'en raconter encore sur les navires et la mer, disant : « Car ne sais-tu pas, ô Eriol, que cet ancien marinier à côté de la mer solitaire n'était nul autre que l'être d'Ulmo, dont il n'est pas rare qu'il apparaisse ainsi à ces voyageurs qu'il aime — et celui qui a parlé avec Ulmo doit avoir bien des récits à raconter qui ne seront pas rebattus aux oreilles même de ceux qui demeurent ici à Kortirion. » Mais Eriol en ce temps ne crut pas à cette affirmation d'Ausir, et dit : « Non point, payez-moi votre écot avant qu'Ilfrin ne fasse sonner le gong pour la viande du soir — venez, l'un de vous me racontera un conte que vous avez entendu. »

Alors Vëannë se dressa sur son séant et elle tapa dans ses mains, s'écriant : « Je te raconterai le Conte de Tinúviel. »

Le Conte de Tinúviel

Je donne maintenant le texte du *Conte de Tinúviel* tel qu'on le trouve dans le manuscrit. Le *Lien* n'est pas réellement distinct ou séparé du conte même, et Vëannë n'y adjoint pas d'ouverture formelle.

« Qui donc fut Tinúviel ? dit Eriol. — Ne le sais-tu pas ? dit Ausir ; Tinúviel était la fille de Tinwë Linto. — Tinwelint », dit Vëannë, mais le premier dit : « C'est du pareil au même, mais les Elfes de cette maison qui aiment le conte disent bien Tinwë Linto, quoique Vairë affirme que Tinwë seul est son nom correct avant qu'il n'errât dans les forêts.

— Fais silence, Ausir, dit Vëannë, car c'est mon conte et je le raconterai à Eriol. N'ai-je pas vu Gwendeling et Tinúviel une fois de mes propres yeux lorsque je voyageais par le Chemin des Rêves en des jours depuis longtemps écoulés [1] ?

— Comment était la Reine Wendelin (car c'est ainsi que les Elfes la nomment) [2], ô Vëannë, si tu la vis ? demanda Ausir.

— Mince à la chevelure très noire, dit Vëannë, et sa peau était blanche et pâle, mais ses yeux brillaient et semblaient profonds, et elle était vêtue d'habits vaporeux très beaux et pourtant de noir, sertis de jais et ceints d'argent. Si jamais elle chantait, ou bien si elle dansait, des rêves et des sommeils vous passaient au-dessus de la tête et l'alourdissaient. En vérité elle était un esprit échappé des jardins de Lórien avant même que Kôr fût bâtie, et elle arpenta les endroits boisés du monde et des rossignols l'accompagnèrent et souvent chantaient autour d'elle. C'est le chant de ces oiseaux qui frappa les oreilles de Tinwelint, chef de cette tribu des Eldar qui devinrent par la suite les Solosimpi, les flûtistes de la côte, comme il allait avec ses compagnons suivant le cheval d'Oromë depuis Palisor. Ilúvatar avait placé un germe de musique dans les cœurs de tous ceux de ce clan, à ce qu'en dit Vairë, et elle en fait partie, et il fleurit ensuite très merveilleusement, mais maintenant la chanson des rossignols de Gwendeling fut la musique la plus belle que jamais Tinwelint eût entendue, et il s'écarta un moment, comme il le crut, de cette armée, cherchant dans les sombres forêts d'où elle pouvait venir.

Et on dit que ce ne fut pas durant un moment seulement qu'il prêta oreille, mais de nombreuses années, et son peuple le rechercha vainement, jusqu'à ce qu'enfin ils suivissent Oromë et fussent portés sur Tol Eressëa au loin, et il ne les vit plus jamais. Pourtant après un moment, comme il lui semblait, il découvrit Gwendeling allongée sur un lit de feuilles qui regardait les étoiles au-dessus d'elle et qui écoutait aussi ses oiseaux. Maintenant Tinwelint marchant doucement se courba et la contempla, pensant « Voici un être plus beau même que le plus magnifique parmi mon propre peuple » — car en vérité Gwendeling n'était ni Elfe ni Femme mais était issue des enfants des Dieux ; et se courbant plus bas pour toucher une tresse de ses cheveux il rompit une brindille de son pied. Alors Gwendeling fut debout et partie riant doucement, parfois chantant au loin ou dansant toujours juste devant lui, jusqu'à ce que le submergeât un évanouissement de sommeils parfumés et il tomba visage contre terre sous les arbres et dormit très longtemps.

Maintenant lorsqu'il s'éveilla il ne pensa plus à son peuple (et en vérité c'eût été vain, car cela faisait longtemps maintenant que celui-ci avait atteint Valinor) mais son seul désir était de voir la dame-du-crépuscule ; mais elle n'était pas loin, car elle était restée tout près et avait veillé sur lui. Plus encore sur leur histoire je ne sais rien, ô Eriol, sauf qu'à la fin elle devint son épouse, car Tinwelint et Gwendeling très longtemps en vérité furent roi et reine des Elfes Perdus d'Artanor ou du Pays Au-delà, ou c'est ce qu'on dit ici.

Longtemps, longtemps après, comme tu le sais, Melko entra avec violence à nouveau dans le monde depuis Valinor, et tous les Eldar, que ce soit ceux qui demeurèrent dans l'obscurité ou qui avaient été perdus durant la marche depuis Palisor ou ces Noldoli aussi qui firent le voyage de retour dans le monde à sa suite cherchant leur trésor volé, tombèrent sous son joug comme esclaves. Pourtant on dit que nombreux furent-ils ceux qui s'échappèrent et errèrent dans les forêts et endroits désolés, et parmi ceux-ci nombre de clans farouches des forêts se rallièrent au Roi Tinwelint. Parmi eux les plus nombreux furent des Ilkorindi — c'est-à-dire les Eldar qui jamais n'avaient contemplé Valinor ou les Deux Arbres ou n'étaient jamais demeuré à Kôr — et mystérieux étaient-ils et des créatures étranges, connaissant peu la lumière ou la beauté ou les musiques hormis de sombres chansons et des chants d'une beauté rugueuse qui s'évanouissaient dans les lieux boisés ou résonnaient dans de profondes cavernes. Différents en vérité devinrent-ils lorsque le Soleil se leva, et en vérité avant cela leur nombre fut mêlé à maints Gnomes errants, et aux esprits indociles de l'armée de Lórien qui demeuraient dans les cours de Tinwelint, étant de la suite de Gwendeling, et ceux-ci n'étaient pas issus des clans des Eldalië.

Maintenant en les jours de la Lumière du Soleil et de la Lueur de Lune, Tinwelint demeurait encore en Artanor, et ni lui ni la plupart de son peuple n'allèrent à la Bataille des Larmes Innombrables, bien que ce récit ne touche point à ce conte. Pourtant sa seigneurie fut grandement augmentée par les fugitifs qui se réfugièrent sous sa protection après ce champ de malheur. Sa demeure était cachée de la vision et de la connaissance de Melko par les magies de Gwendeling la fée, et elle tissa des sortilèges autour des chemins qui y menaient si bien que nul autre que les Eldar ne pût les fouler aisément, et ainsi le roi fut écarté de tous dangers sauf de la traîtrise seule. Maintenant ses palais étaient construits dans une profonde caverne de vaste taille, et ils formaient néanmoins une demeure belle et digne d'un roi. Cette caverne se trouvait au cœur de la puissante forêt d'Artanor qui est la plus puissante de toutes les forêts, et un ruisseau coulait devant ses portes, mais personne ne pouvait pénétrer à l'intérieur de ce portail sauf en traversant le ruisseau, et un pont le surplombait, étroit et bien gardé. Ces endroits n'étaient pas maléfiques bien que les Montagnes de Fer ne fussent pas à une distance lointaine au-delà desquelles s'étendait Hisilómë où demeuraient des Hommes, et travaillaient dans la peine les Noldoli en servitude, et où allaient peu d'Eldar libres.

Voici, maintenant vais-je te raconter des choses qui se déroulèrent dans les palais de Tinwelint après le lever du Soleil en vérité mais longtemps avant la Bataille des Larmes Innombrables qui n'est pas oubliée. Et Melko n'avait pas complété ses desseins ni dévoilé sa pleine puissance et sa cruauté.

Tinwelint avait alors deux enfants, Dairon et Tinúviel, et Tinúviel était une damoiselle, et la plus belle de toutes les damoiselles parmi les Elfes cachés, et en vérité elles sont rares à avoir jamais été si belles, car sa mère était une fée, une fille des Dieux ; mais Dairon était alors un garçon vigoureux et joyeux, et par-dessus toutes choses il aimait à jouer sur une flûte de roseaux ou d'autres instruments des bois, et il est maintenant cité parmi les trois joueurs les plus magiques de tous les Elfes, et les autres sont Tinfang Warble et Ivárë qui joue au bord de la mer. Mais le bonheur de Tinúviel se trouvait plutôt dans la danse, et aucun nom ne rivalise auprès du sien pour la beauté et la subtilité de ses pieds virevoltants.

Maintenant ce fut le délice de Dairon et de Tinúviel que de s'éloigner du palais caverneux de Tinwelint leur père et ensemble de passer de longs instants parmi les arbres. Là, souvent, Dairon s'asseyait sur une motte ou la racine d'un arbre et faisait de la musique sur laquelle Tinúviel dansait, et quand elle dansait sur la musique de Dairon plus souple était-elle que Gwendeling, plus magique que Tinfang Warble sous la lune, et personne ne peut voir une telle cadence sortir des roseraies de Valinor où danse Nessa sur les pelouses d'un vert qui ne flétrira jamais.

Même la nuit lorsque la lune brillait pâle, jouaient et dansaient-ils encore, et ils n'étaient pas effrayés comme je le serais, car le règne de Tinwelint et de

Gwendeling écartait les maléfices des bois et Melko ne les troublait pas encore, et les Hommes étaient retenus par-delà des collines.

Maintenant le lieu qu'ils aimaient le plus était un endroit ombragé, et des ormes y poussaient, et des hêtres aussi, mais ceux-ci n'étaient pas très grands, et quelques châtaigniers y avait-il, aux fleurs blanches, mais le sol était humide et une vaste poussée brumeuse de ciguë s'élevait sous les arbres. En un temps du mois de juin ils jouaient là, et les ombelles blanches de la ciguë étaient comme un nuage autour des souches des arbres, et là Tinúviel dansa jusqu'à ce que le soir s'évanouît sur le tard, et que de nombreuses phalènes blanches fussent sorties. Tinúviel étant une fée, elle ne s'en préoccupa pas comme tant d'enfants des Hommes le font, bien qu'elle n'aimât point les bêtes rampantes, et aucun Eldar ne touchera une araignée à cause d'Ungweliantë — mais maintenant les phalènes blanches voletaient autour de sa tête et Dairon trillait sur un air envoûtant, lorsque soudain cette chose étrange advint.

Jamais n'ai-je entendu la manière dont Beren arriva ici par-delà les collines ; pourtant était-il plus courageux que la plupart, comme tu l'entendras, et ce fut peut-être seul l'amour des errances qui l'avait hâté au travers des terreurs des Montagnes de Fer jusqu'à ce qu'il atteignît les Terres Au-delà.

Maintenant Beren était un Gnome, fils d'Egnor le forestier qui chassait dans les endroits plus sombres [3] du nord de Hisilómë. La terreur et le soupçon étaient entre les Eldar et ceux de leur peuple qui avaient goûté de l'esclavage de Melko, et pour cela les actes mauvais des Gnomes au Havre des Cygnes trouvèrent leur revanche. Maintenant les mensonges de Melko parcouraient le peuple de Beren et ils croyaient ainsi à de mauvaises choses au sujet des Elfes secrets, pourtant maintenant vit-il Tinúviel qui dansait dans le crépuscule, et Tinúviel était vêtue d'une robe d'argent perle, et ses pieds nus et blancs étincelaient parmi les tiges de ciguë. Alors Beren ne se soucia point qu'elle fût Vala ou Elfe ou enfant des Hommes et s'approcha furtivement pour la regarder ; il s'appuya contre un jeune orme qui poussait sur un monticule de sorte qu'il pût contempler la petite clairière où elle dansait, car l'enchantement l'affaiblissait. Si mince était-elle et si douce qu'à la fin il se tint à découvert sans prendre garde pour pouvoir mieux la contempler, et à ce moment la lune pleine surgit brillamment à travers les branchages et Dairon entrevit le visage de Beren. Il s'aperçut tout de suite qu'il ne s'agissait pas de l'un des leurs, et tous les Elfes des bois pensaient aux Gnomes de Dor Lómin comme à des créatures pleines de traîtrise, cruelles et infidèles, et Dairon lâcha son instrument et s'écriant « Fuis, fuis, ô Tinúviel, un ennemi marche dans ce bois », il disparut en vitesse parmi les arbres. Alors Tinúviel dans sa surprise ne le suivit pas immédiatement, car elle ne comprit pas ses mots tout d'abord, et sachant qu'elle ne pouvait courir et bondir aussi vigoureusement que son frère elle se glissa soudainement à terre parmi les ciguës et se cacha sous une très haute fleur aux nombreuses feuilles étalées ; et là elle semblait dans son habit blanc comme une gouttelette de clair de lune qui miroitait parmi les feuilles par terre.

Alors Beren fut triste, car il était esseulé et fut chagriné de leur effroi, et il chercha Tinúviel partout alentour, pensant qu'elle ne s'était pas enfuie. Ainsi subitement il mit la main sur son mince bras sous les feuilles, et avec un cri elle s'écarta de lui et voleta aussi vite qu'elle put dans la lumière pâle, autour des troncs d'arbres et des tiges de ciguë. Le doux toucher de son bras donna à Beren encore plus d'ardeur pour la trouver qu'auparavant, et il la suivit vélocement et pourtant pas assez rapidement, car enfin elle lui échappa, et rejoignit les lieux de la demeure de son père dans l'effroi ; et après elle ne dansa plus seule dans les bois durant bien des jours.

Beren en conçut un grand chagrin, et il ne voulut pas

quitter ces lieux, espérant voir cette douce damoiselle elfique danser une fois de plus, et il erra dans la forêt, devenant farouche et solitaire durant bien des jours et cherchant Tinúviel. À l'aube et au crépuscule il la chercha, mais toujours avec plus d'espoir lorsque la lune brillait vivement. Enfin une nuit il entrevit un scintillement au loin, et voici, elle était là qui dansait seule sur un petit monticule sans arbres et Dairon n'était pas là. Souvent et souvent elle vint là ensuite et dansa et chanta toute seule, et parfois Dairon était auprès d'elle, et alors Beren regardait depuis l'extrémité du bois au loin, et parfois il était absent et Beren se glissait alors plus près. En vérité depuis longtemps Tinúviel savait qu'il venait et elle feignait le contraire, et depuis longtemps sa peur l'avait quittée en raison du désir plein de regret de son visage éclairé par la lune ; et elle vit qu'il était bon et plein d'amour pour sa danse magnifique.

Alors Beren se mit à suivre Tinúviel en secret à travers les bois jusqu'à l'entrée même de la grotte et la tête du pont, et quand elle était partie il l'appelait de l'autre côté du ruisseau, prononçant doucement « Tinúviel », car il avait entendu le nom des lèvres de Dairon ; et bien qu'il ne le sût pas, Tinúviel souvent prêtait l'oreille depuis les portes caverneuses et riait doucement ou bien souriait. Enfin un jour alors qu'elle dansait seule il sortit avec plus de bravoure et lui dit : « Tinúviel, apprends-moi à danser. — Qui es-tu ? dit elle. Beren. Je viens d'au-delà des Collines Amères. — Alors si tu veux danser, suis-moi », dit la damoiselle, et elle dansa devant Beren au loin et au loin dans les bois avec agilité et pourtant non pas si vite qu'il ne pût la suivre, et encore et toujours elle regardait en arrière et riait de le voir trébucher à sa suite, en disant : « Danse, Beren, danse ! comme ils dansent au-delà des Collines Amères ! » De cette manière ils vinrent par des chemins tortueux à la demeure de Tinwelint, et Tinúviel fit signe à Beren de passer le ruisseau, et il la suivit en s'émerveillant et descendit dans la caverne et les profondes salles de sa demeure.

Cependant lorsque Beren se trouva devant le roi il fut décontenancé, et grandement intimidé par la majesté de la Reine Gwendeling, et voici, lorsque le roi dit : « Qui es-tu, toi qui surviens dans mes palais sans y être invité ? », il ne trouva rien à dire. Tinúviel répondit donc pour lui, disant : « Celui-ci, mon père, est Beren, un voyageur qui erre depuis l'autre côté des collines, et il voudrait apprendre à danser comme peuvent danser les Elfes d'Artanor », et elle rit, mais le roi fronça les sourcils lorsqu'il entendit d'où venait Beren, et il dit : « Oublie tes paroles légères, mon enfant, et dis-moi si cet Elfe sauvage des ombres a cherché à te faire quelque mal.

— Non point, père, dit-elle, et je pense qu'il n'y a aucun mal en son cœur, et ne sois pas sévère avec lui, à moins que tu ne désires voir ta fille Tinúviel pleurer, car s'émerveille-t-il plus de ma danse que quiconque ai-je connu. » Alors Tinwelint dit maintenant : « Ô Beren, fils des Noldoli, que désires-tu des Elfes du bois avant que tu ne t'en retournes d'où tu es venu ? »

Si grande fut la joie étonnée du cœur de Beren lorsque Tinúviel parla ainsi à son père en sa faveur que le courage monta en lui, et l'instinct aventureux qui l'avait mené hors de Hisilómë et par-dessus les Montagnes de Fer s'éveilla à nouveau, et regardant Tinwelint avec témérité, il dit : « Eh bien, ô Roi, je désire votre fille Tinúviel, car elle est la plus belle et la plus douce de toutes les damoiselles que j'ai vues ou dont j'ai rêvé. »

Alors il y eut un silence dans la salle, bien que Dairon rît, et tous ceux qui entendirent ses paroles furent stupéfaits, mais Tinúviel baissa les yeux, et le roi, jetant un regard à l'aspect sauvage et hirsute de Beren, éclata de rire à son tour, ce qui fit rougir de honte Beren, et le cœur de Tinúviel fut blessé pour lui. « Bien ! épouser ma Tinúviel, la plus belle de toutes les damoiselles du monde, et devenir un prince des Elfes des bois — ce n'est qu'une petite requête pour un étranger, fit Tinwelint. D'aventure puis-je de bon droit demander quelque chose en retour. Ce ne sera rien d'important, un gage seulement de ton estime. Amène-moi un Silmaril de la Couronne de Melko, et ce jour-là Tinúviel t'épousera, si elle le désire. »

Alors tous ceux qui se trouvaient là surent que le roi prenait l'histoire pour une plaisanterie grossière, ayant pitié du Gnome, et ils sourirent, car le renom des Silmarils de Fëanor était maintenant répandu de par le monde, et les Noldoli en avaient fait des récits, et nombre de ceux qui s'étaient évadés d'Angamandi les avaient vus qui flamboyaient maintenant dans la couronne de fer de Melko. Jamais cette couronne ne quittait-elle sa tête, et il veillait sur le trésor de ces joyaux comme sur ses yeux, et personne dans le monde, qu'il fût fée ou elfe ou homme, ne pouvait espérer poser le doigt sur eux et continuer à vivre. Ceci Beren le savait-il en vérité, et il devina le sens de leurs sourires moqueurs, et enflammé par la colère il s'écria : « Non, mais c'est une offrande trop modeste pour le père d'une épouse aussi douce. Étranges tout de même me paraissent les coutumes des Elfes des bois, pareilles aux lois grossières du peuple des Hommes, que vous nommiez l'offrande sans qu'elle ait été offerte, pourtant voici ! Moi, Beren, un chasseur des Noldoli [4], exaucerai votre modeste désir », et ce disant il quitta violemment la salle alors que tous étaient abasourdis ; mais Tinúviel pleura soudain. « Ce fut mal, ô mon père, s'écria-t-elle, d'envoyer quelqu'un à la mort par ta plaisanterie malintentionnée — car maintenant me semble-t-il qu'il va tenter d'accomplir ceci, furieux de ton mépris, et Melko le tuera, et personne ne regardera jamais plus ma danse avec un tel amour. »

Alors dit le roi : « Ce ne sera pas le premier des Gnomes que Melko aura tué et avec moins de raisons. Il est bon pour lui qu'il ne soit pas allongé ici lié par des sorts terribles pour être entré sans invitation dans mes palais et pour son discours insolent » ; pourtant Gwendeling ne dit rien, et elle ne gronda pas non plus Tinúviel ni ne la questionna sur ses larmes soudaines pour cet inconnu errant.

Beren cependant quittant l'image du visage de Tinwelint fut porté par son courroux loin à travers les bois, jusqu'à ce qu'il s'approchât des basses collines et des pays sans arbres qui prévenaient de l'approche des Montagnes de Fer désertiques. Ce ne fut qu'alors qu'il ressentit son épuisement et qu'il interrompit sa marche, et après cela commencèrent ses plus grandes peines. Des nuits de profond abattement furent siennes et il ne vit pas le moindre espoir en sa quête, et en vérité y en avait-il peu, et bientôt, comme il suivait les Montagnes de Fer jusqu'à ce qu'il arrivât près des terribles régions de la demeure de Melko, les plus grandes peurs l'assaillirent. De nombreux serpents venimeux étaient en ces endroits et des loups y vagabondaient, et plus effrayants encore étaient les groupes errants de Goblins et d'Orcs — des êtres répugnants engendrés par Melko qui allaient accomplir ses œuvres maléfiques, piégeant et capturant bêtes sauvages, Hommes et Elfes, et les traînant jusqu'à leur seigneur.

Maintes fois Beren fut proche d'être capturé par les Orcs, et une fois il échappa de justesse aux mâchoires d'un loup géant après un combat où sa seule arme était une massue de hêtre, et d'autres périls et aventures connut-il chaque jour de son errance vers Angamandi. La faim et la soif aussi le mirent souvent au supplice, et souvent serait-il retourné sur ses pas n'eût été que cela fût aussi périlleux que de continuer ; mais la voix de Tinúviel qui plaidait auprès de Tinwelint résonnait en son cœur, et la nuit venue il lui semblait que son cœur l'entendait parfois pleurer doucement pour lui au loin dans les terres boisées de son foyer — et ceci était vrai en effet.

Un jour il fut poussé par une grande faim à chercher des restes de nourriture dans un campement d'Orcs désert, mais certains d'entre eux revinrent sans qu'il en fût alerté et le capturèrent, et ils le tourmentèrent mais ne le tuèrent pas, car leur capitaine, considérant sa force, épuisé comme il l'était par les épreuves, pensa que Melko pourrait d'aventure être contenté si on le menait devant lui et l'obligerait peut-être à effectuer quelque dur labeur d'esclave dans ses mines ou dans ses forges. Ainsi advint-il que Beren fut traîné devant Melko, et il portait un cœur brave en lui néanmoins, car cela était une croyance dans le clan de son père que le pouvoir de Melko ne perdurerait pas toujours, mais que les Valar prêteraient enfin attention aux larmes des Noldoli, et se lèveraient et lieraient Melko et ouvriraient Valinor une fois de plus aux Elfes épuisés, et une grande joie reviendrait alors sur Terre.

Melko, cependant, le contemplant devint furieux, demandant comment un Gnome, un esclave lui appartenant de naissance, osait s'éloigner sans ordres dans les forêts, mais Beren répondit qu'il n'était point un déserteur et qu'il venait d'un clan de Gnomes qui demeurait en Aryador et se mêlait là souvent avec le peuple des Hommes. Alors Melko fut encore plus courroucé, car toujours cherchait-il à détruire l'amitié et les relations entre Elfes et Hommes, et il dit que se trouvait ici de toute évidence un fomenteur de profondes traîtrises contre la seigneurie de Melko, et quelqu'un qui méritait les tortures des Balrogs ; mais Beren, se voyant en péril, répondit : « Ne crois pas, ô si puissant Ainu Melko, Seigneur du monde, que ceci pût être vrai, car en serait-il ainsi je ne me trouverais point ici tout seul et sans aide. Il n'y a pas d'amitié entre Beren fils d'Egnor et le peuple des Hommes ; non, en vérité, complètement épuisé des terres infestées de ce peuple, s'est-il aventuré hors d'Aryador. Nombreux furent les récits que conta auparavant mon père de ta splendeur et de ta gloire, c'est pourquoi, bien que je ne sois aucunement un serf renégat, je ne désire rien tant que de te servir aussi humblement soit-il », et Beren ajouta à cela qu'il était fort pour piéger les petits animaux et pour appâter les oiseaux, et qu'il s'était perdu dans ces collines dans ces poursuites tant et si bien qu'après de longues errances il parvint en d'étranges contrées, et même, les Orcs ne se fussent-ils pas emparés de lui, il n'aurait eu d'idée pour se protéger autre que d'approcher la majesté d'Ainu Melko et de supplier qu'il lui accorde quelque humble office — comme celui, peut-être, d'un chasseur de viandes pour sa table.

Maintenant les Valar avaient dû inspirer ce discours, ou peut-être était-ce un sortilège de paroles rusées que Gwendeling lui jeta par pitié, car en vérité sauva-t-il sa vie, et Melko, remarquant sa carrure robuste, le crut, et voulut bien l'accepter comme serf dans ses cuisines. La flatterie était toujours de douce saveur aux narines de cet Ainu, et malgré toute sa sagesse incommensurable bien des mensonges de ceux qu'il méprisait le trompèrent, pour peu qu'ils fussent revêtus de doux mots louangeurs ; c'est pourquoi il donna maintenant des ordres pour que Beren fût asservi à Tevildo Prince des Chats *. Maintenant Tevildo était un chat puissant — le plus puissant de tous — et possédé par un esprit maléfique, comme le disent certains, et il était constamment dans la suite de Melko ; et ce chat était suzerain de tous les chats, et lui et ses chats étaient les chasseurs et les preneurs des viandes de la table de Melko et de ses nombreux festins. Et c'est pourquoi il y a encore de la haine entre les Elfes et tous les chats, même maintenant que Melko ne règne plus, et que ses bêtes tiennent une petite place.

Lorsque alors Beren fut emmené vers les palais de Tevildo, et ceux-ci n'étaient pas si distants de la place du trône de Melko, il était grandement effrayé, car il n'avait pas voulu que les événements prissent une telle tournure, et ces palais étaient mal éclairés et étaient emplis de grognements et de ronronnements monstrueux dans l'obscurité. Tout autour brillaient des yeux

---

* Note de bas de page dans le manuscrit : *Tifil (Bridhon) Miaugion ou Tevildo (Vardo) Meoita.*

de chats qui luisaient comme des lanternes vertes ou bien rouges ou jaunes là où les seigneurs de Tevildo étaient assis à agiter et fouetter leurs magnifiques queues, mais Tevildo lui-même siégeait à leur tête et il était un chat très puissant et noir comme charbon et maléfique à voir. Ses yeux étaient longs et très étroits et bridés, et luisaient et de rouge et de vert, mais ses grandes moustaches grises étaient épaisses et acérées comme des aiguilles. Son ronronnement était comme un roulement de tambours et son grognement comme le tonnerre, et quand il hurlait de colère il glaçait le sang, et en vérité les petits animaux ou bien les oiseaux étaient gelés comme de la pierre ou bien s'effondraient souvent sans vie au son de celui-ci. Maintenant Tevildo, voyant Beren, plissa les yeux jusqu'à ce qu'ils semblassent clos, et il dit : « Je sens le chien », et Beren lui déplut à partir de ce moment. Maintenant Beren avait aimé les chiens dans sa demeure sauvage.

« Pourquoi, dit Tevildo, osez-vous mener une telle créature devant moi, à moins que ce ne fût d'aventure pour en faire de la viande ? » Mais ceux qui amenaient Beren dirent : « Non, ce fut l'ordre de Melko que cet Elfe malheureux usât sa vie comme chasseur de bêtes et d'oiseaux sous les ordres de Tevildo. » Alors Tevildo hurla-t-il de mépris en vérité, et il dit : « Alors vraiment mon seigneur était endormi ou bien ses pensées étaient fixées ailleurs, car de quel usage pensez-vous qu'un enfant des Eldar pourrait être pour aider le Prince des Chats et ses seigneurs à attraper oiseaux ou bêtes ? autant eussiez-vous pu amener un Homme aux pieds maladroits, car il n'y en a aucun parmi Elfes ou Hommes qui pourraient rivaliser avec nous dans notre traque. » Néanmoins, il mit Beren à l'épreuve, et il lui ordonna de partir attraper trois souris, « car mon palais en est infesté », dit-il. Ceci en vérité n'était point vrai, comme on pourrait l'imaginer, mais quelques-unes s'y trouvaient — d'un genre très sauvage, maléfique et magique, qui osait demeurer là en des trous obscurs, mais elles étaient plus grandes que des rats et très féroces, et Tevildo les gardait pour son déport personnel et ne souffrait pas que leur nombre s'amenuisât.

Durant trois jours Beren les pourchassa, mais ne possédant rien avec lui pour fabriquer un piège (et il ne mentit point à Melko, disant qu'il détenait science et ruse en de telles combinaisons) il les pourchassa en vain, ne gagnant rien d'autre pour son labeur qu'un doigt mordu. Alors Tevildo fut méprisant et fort courroucé, mais ni lui ni ses seigneurs n'infligèrent de blessures à Beren autres que quelques égratignures du fait des ordres de Melko. Cependant à partir de ce moment ses instants dans les demeures de Tevildo furent mauvais. Ils firent de lui un nettoyeur, et ses jours se passèrent misérablement à laver les sols et les plats, à frotter les tables et à trancher du bois et à tirer de l'eau. Souvent aussi le mettait-on à tourner les broches où rôtissaient des oiseaux et des souris bien gras pour les chats, pourtant rarement recevait-il nourriture ou sommeil pour lui, et il devint hagard et hirsute, et souvent il souhaita que n'ayant jamais erré hors de Hisilómë il n'eût même jamais entraperçu la vision de Tinúviel.

Maintenant cette douce damoiselle pleura très longtemps après le départ de Beren et ne dansa plus de par les bois, et Dairon se fâcha et ne put la comprendre, mais elle s'était mise à aimer le visage de Beren qui la regardait d'entre les branches et le crépitement de ses pieds comme ils la suivaient à travers le bois ; se languissait-elle d'entendre à nouveau sa voix qui appelait tristement « Tinúviel, Tinúviel » au-dessus du ruisseau devant les portes de son père, et maintenant elle ne voulait plus danser alors que Beren avait fui vers les palais maléfiques de Melko et peut-être déjà avait péri. Si amère devint cette pensée à la fin que cette tendre damoiselle alla trouver sa mère, car vers son père n'osait-elle se tourner ni même souffrir qu'il la vît pleurer.

« Ô Gwendeling, ma mère, dit-elle, dis-moi de ta magie, si tu le peux, qu'advient-il de Beren. Se portet-il toujours bien ? — Non, dit Gwendeling. Il vit en vérité, mais dans une captivité malfaisante, et l'espoir est mort en son cœur, car voici, il est esclave du pouvoir de Tevildo prince des Chats.

— Alors, dit Tinúviel, je dois aller le secourir, car nul autre à ma connaissance ne le fera. »

Maintenant Gwendeling ne rit pas, car elle était sage en bien des sujets, et voyante, pourtant était-ce chose impensable d'un rêve de folie qu'un Elfe, quel qu'il fût, et encore moins une damoiselle, la fille du roi, partît sans escorte aux palais de Melko, même en ces jours d'antan qui précédèrent la Bataille des Larmes lorsque le pouvoir de Melko ne s'était pas encore grandement accru et qu'il voilait ses desseins et étendait le filet de ses mensonges. C'est pourquoi Gwendeling lui enjoignit doucement de ne pas dire une telle folie ; mais Tinúviel dit : « Alors dois-tu plaider de l'aide auprès de mon père, afin qu'il envoie des guerriers à Angamandi et qu'il ordonne la libération de Beren auprès d'Ainu Melko. »

Ceci, Gwendeling fit-elle en vérité, par amour pour sa fille, et si courroucé fut Tinwelint que Tinúviel souhaita que jamais son désir n'eût été connu ; et Tinwelint lui ordonna de ne plus en parler et de ne plus penser à Beren, et jura qu'il le tuerait si jamais il venait à fouler à nouveau les allées de ses palais. Maintenant alors Tinúviel pensa longuement à ce qu'elle pouvait faire, et allant à Dairon elle le supplia de l'aider, ou même de partir avec elle vers Angamandi s'il le voulait ; mais Beren inspirait peu d'amour à Dairon, et il dit : « Pourquoi devrais-je aller vers le pire péril qui se trouve au monde pour un Gnome errant des bois ? En vérité, je n'ai aucun amour pour lui, car il a détruit le jeu que nous avions ensemble, notre musique et notre danse. » Mais Dairon en outre raconta au roi ce que Tinúviel avait voulu de lui — et ceci le fit-il non par mauvaise intention mais de crainte que la folie de son cœur conduise Tinúviel à son trépas.

Maintenant [5] lorsque Tinwelint entendit ceci il fit

appeler Tinúviel et dit : « Pourquoi, ô damoiselle de mon sang, n'écartes-tu pas cette folie, et ne cherches-tu pas à m'obéir ? » Mais Tinúviel ne voulut pas répondre, et le roi lui ordonna de lui promettre qu'elle ne songerait encore à Beren, ni ne chercherait dans sa folie à le suivre en ces contrées maléfiques, que ce fût seule ou en incitant quiconque parmi son peuple à la suivre. Mais Tinúviel dit que la première chose elle ne promettrait pas du tout et la deuxième seulement en partie, car elle n'inciterait personne du peuple des bois à la suivre.

Alors son père fut fortement courroucé, et sous sa colère pas peu stupéfait et effrayé, car il aimait Tinúviel ; mais ceci fut le plan qu'il conçut, car il ne pouvait enfermer sa fille pour toujours dans les cavernes où seule s'infiltrait une lumière terne et hésitante. Maintenant au-dessus des portes de son palais caverneux se trouvait une pente escarpée qui tombait jusqu'à la rivière, et là poussaient d'immenses hêtres ; et l'un d'entre eux était appelé Hirilorn, la Reine des Arbres, car elle était très haute, et si profondément fendu était son tronc qu'il semblait que trois pieux jaillissaient ensemble du sol et ils étaient de même taille, ronds et droits, et leur peau grise était lisse comme de la soie, brisée ni de branches ni de brindilles et dépassant de très loin la tête des hommes.

Maintenant Tinwelint fit construire très haut dans cet arbre étrange une petite maison de bois, aussi haut que les hommes pouvaient façonner leurs plus longues échelles, et elle était au-dessus des premières branches et était doucement voilée de feuilles. Maintenant cette maison possédait trois coins et trois fenêtres en chaque mur, et à chaque coin était l'un des pieux de Hirilorn. Ici alors Tinwelint ordonna à Tinúviel de demeurer jusqu'à ce qu'elle consentît à devenir sage, et lorsqu'elle escalada les hautes échelles de pin celles-ci furent ôtées et elle n'eut plus aucun moyen de descendre à nouveau. Tout ce dont elle avait besoin lui était amené, et des gens escaladaient les échelles pour l'approvisionner en nourriture et en toute autre chose qu'elle souhaitait, puis redescendant, ôtaient les échelles à nouveau, et le roi promit la mort à quiconque en laisserait une appuyée contre l'arbre ou essayerait d'en placer en cet endroit à la dérobée sous couvert de la nuit. Un garde fut donc placé près du pied de l'arbre, et pourtant vint Dairon souvent là chagriné par ce qu'il avait provoqué, car il était esseulé sans Tinúviel ; mais Tinúviel connut tout d'abord un grand plaisir dans sa maison parmi les feuilles, et regardait par sa petite fenêtre tandis que Dairon élaborait ses plus douces mélodies en contrebas.

Mais une nuit un rêve des Valar vint à Tinúviel et elle rêva de Beren, et son cœur dit : « Laisse-moi partir pour chercher celui que tout autre a oublié » ; et s'éveillant, la lune brillait à travers les arbres, et elle songea très profondément à la manière dont elle pourrait s'échapper. Maintenant Tinúviel fille de Gwendeling n'était point ignorante de magies ou de sorts, comme l'on peut aisément le croire, et après de longues réflexions elle conçut un plan. Le lendemain, elle demanda à ceux qui vinrent à elle de lui porter, s'ils le voulaient bien, un peu de l'eau la plus claire du ruisseau qui coulait en dessous, « mais celle-ci, dit-elle, doit être tirée à minuit dans un bol d'argent, et amenée jusqu'à ma main sans qu'un mot soit prononcé », et après cela elle désira qu'on lui menât du vin, « mais celui-ci, dit-elle, doit être porté ici dans un flacon d'or à midi, et celui qui l'amène doit chanter en venant », et ils firent comme on leur ordonnait, mais Tinwelint n'en eut vent.

Alors Tinúviel dit : « Allez maintenant trouver ma mère et dites-lui que sa fille désire un rouet pour occuper ses heures pénibles », mais à Dairon elle supplia en secret de lui façonner un métier à tisser minuscule, et il le fit dans la petite maison même de Tinúviel dans l'arbre. « Mais que vas-tu filer et que vas-tu tisser ? » lui dit-il ; et Tinúviel répondit : « Des sorts et des magies », mais Dairon ne connaissait pas ses desseins, et il n'en dit pas plus au roi ou à Gwendeling.

Maintenant Tinúviel prit le vin et l'eau lorsqu'elle se retrouva seule, et chantant tout au long une chanson fort magique, ensemble elle les mêla, et alors qu'ils reposaient dans le bol d'or elle chanta une chanson de croissance, et alors qu'ils reposaient dans le bol d'argent elle leur chanta une autre chanson, et les noms de toutes les choses les plus grandes et les plus longues sur Terre furent mises dans cette chanson ; les barbes des Indravangs, la queue de Karkaras, le corps de Glorund, le tronc de Hirilorn, et l'épée de Nan nomma-t-elle, et elle n'oublia pas non plus la chaîne Angainu que façonnèrent Aulë et Tulkas ni le cou de Gilim le géant, et en dernier et la plus longue de toutes elle parla de la chevelure d'Uinen la dame de la mer qui s'étire à travers toutes les eaux. Alors elle lava sa tête avec l'eau mêlée au vin, et ce faisant elle chanta une troisième chanson, une chanson du plus profond sommeil, et la chevelure de Tinúviel qui était sombre et plus fine que les plus délicats fils du crépuscule se mit soudain à pousser très rapidement, et après que douze heures se furent écoulées elle emplissait presque la petite pièce, et alors Tinúviel fut fort satisfaite et elle s'étendit pour se reposer ; et lorsqu'elle s'éveilla la pièce était emplie comme d'une brume noire et elle était cachée au plus profond de celle-ci, et voici ! sa chevelure traînait hors des fenêtres et s'agitait dans le vent autour des troncs des arbres dans le matin. Alors avec difficulté, elle trouva ses petites cisailles et coupa les fils de croissance tout près de sa tête, et après cela sa chevelure ne poussa pas plus qu'elle en avait l'habitude auparavant.

Alors était entamé le travail de Tinúviel, et bien qu'elle œuvrât avec l'habileté d'une Elfe, longtemps fut-elle à filer, et plus longtemps encore à tisser, et en venait-il qui la hélaient d'en bas elle leur ordonnait de s'en aller, leur disant : « Je suis alitée et désire simplement dormir », et Dairon fut fort étonné, et souvent l'appela dans ses hauteurs, mais elle ne répondit pas.

Maintenant de cette chevelure nuageuse Tinúviel tissa une robe de noir brumeux imprégnée d'une somnolence de loin plus magique que celle-là même que porta sa mère et dans laquelle elle dansa il y a si longtemps jadis avant que le soleil ne se levât, et elle recouvrit de celle-ci ses vêtements de blanc miroitant, et de magiques sommeils emplirent les airs autour d'elle ; mais de ce qui restait elle tressa une corde très forte, et elle l'accrocha au tronc de l'arbre à l'intérieur de sa maison, et alors son travail fut achevé, et elle regarda par sa fenêtre vers l'ouest et la rivière. Déjà la lumière du soleil faiblissait parmi les arbres, et comme le crépuscule emplit les bois elle entama une chanson très douce et basse, et comme elle chantait elle lança ses longs cheveux hors de la fenêtre de sorte que leur brume ensommeillée touchât les têtes et les visages des gardes en dessous, et eux, écoutant sa voix, sombrèrent soudain en un sommeil sans fond. Alors Tinúviel vêtue de ses habits d'obscurité se glissa-t-elle en bas sur cette corde de cheveux, légère comme un écureuil, et elle s'éloigna en dansant vers le pont, et avant que les gardiens du pont ne pussent donner l'alerte elle était parmi eux dansant ; et comme l'ourlet de sa robe noire les toucha ils s'endormirent, et Tinúviel s'enfuit très loin aussi vite que ses pieds dansants pouvaient voleter.

Maintenant lorsque le bruit de l'évasion de Tinúviel atteignit les oreilles de Tinwelint, grande fut sa détresse et sa colère mêlée, et toute sa cour fut en éveil, et tous les bois résonnèrent de la poursuite, mais Tinúviel était déjà loin s'approchant des mornes contreforts où commencent les Montagnes de la Nuit ; et on dit que Dairon qui la suivait se perdit complètement, et ne revint jamais plus en Elfinesse, mais se tourna vers Palisor, et là, il joue [6] encore de subtiles musiques magiques, triste et seul dans les bois et les forêts du Sud.

Pourtant avant longtemps comme Tinúviel allait de

l'avant une terreur soudaine s'empara d'elle à la pensée de ce qu'elle avait osé faire et de ce qui se dressait en amont ; alors s'en retourna-t-elle un moment, et elle pleura, souhaitant que Dairon fût avec elle, et on dit qu'en vérité il ne se trouvait pas loin, mais errait perdu dans les grands pins, la Forêt de la Nuit, où plus tard Túrin tua Beleg par mésaventure [7]. Tinúviel était maintenant toute proche de ces lieux, mais elle n'entra point en cette sombre région, et reprenant cœur s'en fut de l'avant, et en raison de la grande magie de son être et grâce au sort d'émerveillement et de sommeil qui allait l'entourant de tels dangers ne l'assaillirent pas comme il advint à Beren auparavant ; pourtant ce fut là un long et mauvais voyage pour les pas d'une jeune fille.

Maintenant faut-il qu'on te raconte, Eriol, qu'en ces jours Tevildo ne connaissait qu'un seul tracas de par le monde, qui était le peuple des Chiens. Nombre d'entre eux en vérité n'étaient ni amis, ni ennemis des Chats, car ils avaient été assujettis à Melko et étaient aussi sauvages et cruels que n'importe lequel de ses animaux ; en vérité des plus cruels et sauvages il engendra la race des loups, et ils lui étaient très chers. N'était-ce point le grand loup gris Karkaras Croc-de-couteau, père des loups, qui gardait les portes d'Angamandi en ces jours et cela depuis bien longtemps ? Nombreux cependant y en avait-il qui ne voulurent ni courber l'échine devant Melko ni vivre entièrement dans sa crainte, mais qui demeuraient soit dans les demeures des Hommes et les gardaient des grands maux qui les eussent autrement assaillis, soit vagabondaient dans les bois de Hisilómë ou bien franchissant les lieux montagneux allaient parfois même jusqu'à la région d'Artanor, les terres au-delà et au sud.

Tevildo ou l'un de ses vassaux ou sujets venait-il à apercevoir l'un de ceux-ci, alors avaient lieu de forts aboiements et une grande poursuite, et bien qu'il fût rare qu'un chat pérît car ils étaient très habiles à grimper et à se cacher grâce aussi à la puissance protectrice de Melko, pourtant régnait-il une grande hostilité entre eux, et certains d'entre ces chiens étaient très redoutés parmi les chats. Tevildo, cependant, n'en craignait aucun, car il était aussi fort et plus agile et plus rapide que n'importe lequel d'entre eux, sauf Huan Capitaine des Chiens. Si rapide était Huan qu'une fois il avait goûté à la fourrure de Tevildo, et bien que Tevildo l'eût repayé pour cela d'une entaille de ses énormes griffes, pourtant la fierté du Prince des Chats n'était pas apaisée et il jouissait à l'idée de faire un grand mal à Huan des Chiens.

Ainsi, grande fut la bonne fortune que connut Tinúviel lorsqu'elle rencontra Huan dans les bois, bien qu'au premier abord elle fût mortellement effrayée et qu'elle prît la fuite. Mais Huan la rattrapa en deux bonds, et parlant doux et profond la langue des Elfes Perdus il lui dit de ne pas s'effrayer, et : « Pour quelle raison, dit-il, est-ce que je vois une damoiselle des Elfes, si belle, errant seule si près des demeures de l'Ainu du Mal ? Ne sais-tu pas que ceux-ci sont des lieux très maléfiques où se trouver, petite, même avec un compagnon, et qu'ils sont la mort pour les solitaires ?

— Cela je le sais, dit-elle, et je ne suis pas ici pour l'amour de voyager, mais je ne cherche que Beren.

— Que sais-tu donc, dit Huan, de Beren — ou en vérité veux-tu dire Beren fils du chasseur des Elfes, Egnor bo-Rimion, l'un de mes amis depuis des jours très anciens ?

— Non, je ne sais pas même si Beren est ton ami, car je ne cherche que Beren d'au-delà des Collines Amères, que je connus dans les bois près de la demeure de mon père. Maintenant il est parti, et ma mère Gwendeling dit dans sa sagesse qu'il est esclave dans la cruelle maison de Tevildo Prince des Chats ; et que ceci soit vrai ou si pire encore lui est advenu depuis, je ne sais, et je vais à sa découverte — bien que de projet n'en ai-je aucun.

— Alors je vais t'en élaborer un, dit Huan, mais fais-moi confiance, car je suis Huan des Chiens, principal ennemi de Tevildo. Repose-toi maintenant avec moi un moment dans les ombres du bois, et je vais penser profondément. »

Alors Tinúviel fit comme il lui dit, et en vérité elle dormit longtemps tandis que Huan faisait le guet, car elle était très fatiguée. Mais après un temps, s'éveillant, elle dit : « Voici, j'ai tardé trop longtemps. Viens, quelle est ta pensée, ô Huan ? »

Et Huan dit : « C'est un problème sombre et difficile que celui-ci, et je ne puis concevoir aucun autre conseil que celui-là. Approche-toi furtivement maintenant si tu en as le cœur vers le lieu de la demeure de ce Prince tandis que le soleil est haut dans le ciel, et que Tevildo et la plupart de sa maisonnée sommeillent sur les terrasses devant ses portes. Là, découvre de quelque manière que tu puisses si Beren est en effet à l'intérieur, comme ta mère te l'a dit. Maintenant je me reposerai non loin de là dans les bois, et tu me contenteras et aideras à l'accomplissement de tes propres désirs si, allant au-devant de Tevildo, que Beren soit là ou n'y soit pas, tu lui racontais comment tu es venue par hasard à trouver Huan des Chiens allongé malade dans les bois en cet endroit. Ne le dirige pas ici, car tu dois le guider toi-même, si cela se peut. Alors tu verras ce que je conçois pour toi et pour Tevildo. Il me semble que porteuse de telles nouvelles Tevildo ne te voudra de mal en ses palais et ne cherchera pas à t'y retenir. »

De cette manière Huan devisait-il et de causer un mal à Tevildo, ou peut-être si cela se pouvait de le tuer, et d'aider Beren qu'il devinait avec justesse être ce Beren fils d'Egnor que les chiens de Hisilómë aimaient. En vérité, en entendant le nom de Gwendeling et sachant par là que cette damoiselle était une princesse des fées des bois il désirait grandement l'aider, et son cœur se réchauffait devant sa douceur.

Maintenant Tinúviel reprenant du cœur s'approcha à la dérobée des palais de Tevildo, et Huan s'émerveilla grandement devant sa bravoure, la suivant sans qu'elle le sache, aussi loin qu'il le pût pour le succès de ses desseins. À la longue, cependant, elle échappa à sa vue, et quittant l'abri des arbres elle parvint à une région de hautes herbes parsemée de buissons qui montait lentement en pente vers un contrefort des collines. Maintenant sur cet éperon rocheux le soleil brillait, mais un nuage noir menaçait au-dessus de toutes les collines et les montagnes, car là se trouvait Angamandi ; et Tinúviel alla de l'avant sans oser lever la tête vers cette morne pénombre, car la peur l'oppressait, et comme elle allait la terre grimpa et l'herbe se fit plus rare et jonchée de rochers jusqu'à ce qu'elle parvînt à une falaise, abrupte d'un côté, et là sur une corniche de pierre était le château de Tevildo. Aucun chemin ne menait jusque-là, et l'endroit où il se dressait tombait vers les bois terrasse après terrasse de sorte que personne ne pût atteindre ses portes sauf en maints grands sauts, et ceux-ci devenaient de plus en plus hauts à mesure que le château devenait proche. Rares étaient les fenêtres de la maison et au sol il n'y en avait aucune — en vérité le portail même était en l'air là où dans les demeures des Hommes se trouvent d'ordinaire les fenêtres de l'étage supérieur ; mais la toiture possédait de nombreux espaces larges et plats qui s'ouvraient au soleil.

Maintenant Tinúviel erre-t-elle inconsolable sur la terrasse inférieure et elle regarde avec effroi vers la maison sombre sur la colline, lorsque voici, elle tomba dans un pli du rocher sur un chat solitaire allongé au soleil et semblait-il endormi. Comme elle s'approchait il ouvrit un œil jaune et cligna en sa direction, et à cela se redressant et s'étirant il vint à elle et dit : « Eh bien, petite damoiselle — ne sais-tu pas que tu es sans permission sur la terrasse où son altesse Tevildo et ses vassaux prennent le soleil ? »

Maintenant Tinúviel fut fort effrayée, mais elle fit une réponse aussi brave qu'elle put, disant : « Cela le sais-je, mon seigneur » — et ceci fit grand plaisir au vieux chat, car il était en vérité simplement le portier de Tevildo — « mais je voudrais en vérité par votre bonté être menée devant Tevildo à présent — et cela même s'il dort », dit-elle, car le portier battit de la queue dans un refus ébahi. « J'apporte des paroles d'une importance immédiate destinées à son oreille seule. Menez-moi à lui, mon seigneur », plaida-t-elle, et à cela le chat ronronna si bruyamment qu'elle osa caresser sa tête disgracieuse, et celle-ci était bien plus grande que la sienne, étant plus grande que celle d'aucun chien vivant maintenant sur Terre. Ainsi supplié, Umuiyan, car tel était son nom, dit : « Viens donc avec moi », et saisissant promptement Tinúviel à l'épaule par ses vêtements, à sa grande terreur il la jeta sur son dos et bondit sur la seconde terrasse. Là, il fit halte, et comme Tinúviel se laissait tomber de son dos il dit : « Il est bien pour toi qu'en cet après-midi mon seigneur Tevildo se repose sur cette basse terrasse loin de sa maison, car un grand épuisement et une envie de dormir m'envahissent, de sorte que je crains de ne pas vouloir te porter beaucoup plus loin » ; maintenant Tinúviel était vêtue de sa robe de brume sable.

Ce disant, Umuiyan * bâilla puissamment et s'étira avant de la mener le long de cette terrasse vers un espace ouvert où sur une large couche de pierres brûlantes était étendue la forme horrible de Tevildo lui-même, et ses deux yeux maléfiques étaient clos. S'approchant de lui le chat portier lui parla doucement à l'oreille, disant : « Une damoiselle attend ton bon vouloir, mon seigneur, qui a des nouvelles d'importance à te délivrer, elle n'a pas voulu accepter mes réticences. » Alors Tevildo battit furieusement de la queue, ouvrant à moitié un œil — « De quoi s'agit-il ? sois rapide, dit-il, car celle-ci n'est pas une heure pour venir demander audience à Tevildo Prince des Chats.

— Non, seigneur, dit Tinúviel, tremblotante, ne soyez pas courroucé ; et je ne pense pas que vous le serez lorsque vous entendrez, pourtant le sujet est tel

* Inscrit ici au-dessus du nom *Umuiyan*, on lit le nom *Gumniow*, entre parenthèses.

qu'il serait mieux de ne pas même en chuchoter un mot ici où soufflent les brises », et Tinúviel lança comme un regard d'appréhension vers les bois.

« Non, pars d'ici, dit Tevildo, tu sens le chien, et quelle bonne nouvelle vint jamais à un chat d'une fée qui avait eu affaire aux chiens ?

— Eh bien, seigneur, que je sente le chien n'a rien de surprenant, car je viens de réchapper d'une de ces bêtes — et il s'agit bien d'un certain chien très puissant dont le nom vous est connu duquel je voudrais parler. » Alors Tevildo s'assit droit et il ouvrit les yeux, et il chercha tout autour de lui, et s'étira trois fois, et enfin ordonna au chat portier de mener Tinúviel à l'intérieur ; et Umuiyan l'attrapa sur son dos comme auparavant. Maintenant Tinúviel se trouvait dans la pire appréhension, car ayant gagné ce qu'elle désirait, une chance d'entrer dans la forteresse de Tevildo et peut-être de découvrir si Beren s'y trouvait, elle n'avait plus de projet à partir de ce moment-là, et ne savait pas ce qu'elle allait devenir — en vérité, en eût-elle été capable elle eût fui ; mais maintenant ces chats commencent l'ascension des terrasses vers le château, et Umuiyan fait un bond portant Tinúviel vers le haut et puis un autre, et au troisième il trébucha de sorte que Tinúviel s'écria de frayeur, et Tevildo dit : « Qu'est-ce donc qui te trouble, Umuiyan aux pieds maladroits ? Il est temps que tu quittes mon service si l'âge te prend si rapidement. » Mais Umuiyan dit : « Non, seigneur, je ne sais ce dont il s'agit, mais une brume est devant mes yeux et ma tête est lourde », et il trébucha comme s'il était ivre, de sorte que Tinúviel glissa de son dos, et il s'allongea aussitôt comme en un sommeil de mort ; mais Tevildo s'irrita et se saisit de Tinúviel sans trop d'égards, et la porta lui-même jusqu'aux portes. Alors d'un bond puissant il fut à l'intérieur, et ordonnant à cette damoiselle de descendre il lança un cri qui résonna terriblement par les sombres allées et passages. Tout de suite se hâtèrent-ils vers lui depuis l'intérieur, et à certains il ordonna de descendre jusqu'à

Umuiyan et de le ligoter et de le lancer depuis les rochers « du côté nord où la pente est la plus escarpée, car il ne m'est plus d'aucune utilité, dit-il, car l'âge lui a volé ses pieds agiles » ; et Tinúviel trembla à entendre le manque de pitié chez cette bête. Mais tout comme il parlait, lui-même bâilla et trébucha comme pris d'un sommeil subit, et il ordonna à d'autres de mener Tinúviel jusqu'en une certaine pièce à l'intérieur, et c'était celle où Tevildo avait coutume de s'asseoir pour prendre la viande avec ses plus grands seigneurs. Elle était pleine d'ossements et sentait de manière maléfique ; il n'y avait pas de fenêtres et une porte seulement ; mais une trappe menait dans les vastes cuisines, et depuis celle-ci une lumière rouge s'y infiltrait et éclairait le lieu de terne façon.

Maintenant Tinúviel fut prise d'une telle frayeur lorsque ces chats la laissèrent là qu'elle se tint un instant incapable de bouger, mais s'habituant rapidement à l'obscurité elle regarda autour d'elle et apercevant la trappe qui possédait un large appui elle y bondit, car il ne se trouvait point trop haut, et elle était une Elfe agile. Maintenant regardant par cette ouverture, car elle était entrebâillée, elle vit les hautes cuisines voûtées et les grands feux qui brûlaient là, et ceux qui travaillaient toujours là, et la plupart étaient des chats — mais voici, là, près d'un grand feu, Beren était courbé, et il était crasseux de travail, et Tinúviel s'assit et pleura, mais n'osa encore rien. D'ailleurs alors même qu'elle était assise là, la voix dure de Tevildo sonna soudain dans cette pièce : « Non, mais au nom de Melko, où cette Elfe folle s'est-elle enfuie », et Tinúviel à l'entendre s'aplatit contre le mur, mais Tevildo l'aperçut là où elle se tenait perchée et s'écria : « Alors le petit oiseau ne chante plus ; descends ou je devrai aller te chercher, car voici, je ne vais pas encourager les Elfes à me demander en audience pour se moquer. »

Alors, en partie par crainte, et en partie avec l'espoir que sa voix claire pût porter même jusqu'à Beren, Tinúviel commença soudain à parler très fort et à raconter son histoire jusqu'à ce que les chambres résonnassent ; mais « Silence, charmante damoiselle, fit Tevildo, si le sujet était secret au-dehors il ne peut être convenable de le hurler dedans. » Alors Tinúviel dit : « Ne parle pas ainsi, ô chat, tout-puissant Seigneur des Chats que tu sois, car ne suis-je pas Tinúviel Princesse des Fées qui suis sortie de mon chemin pour t'agréer ? » Maintenant à ces mots, et elle les avait criés encore plus fort qu'auparavant, un grand fracas se fit entendre des cuisines comme d'un grand nombre de vaisseaux de métal et de poterie que l'on ferait subitement tomber, mais Tevildo gronda rageusement : « Là trébuche ce sot de Beren l'Elfe. Que Melko me libère de tels serviteurs » — pourtant Tinúviel, devinant que Beren avait entendu et s'était figé de stupeur, mit ses peurs de côté et ne se repentit plus de son audace. Tevildo, néanmoins, fut très courroucé par ses paroles hautaines, et n'eût-il eu dans l'idée de découvrir d'abord quel bienfait il pouvait soutirer de son conte, Tinúviel en eût souffert immédiatement. En vérité, dès ce moment elle se trouva en grand péril, car Melko et tous ses vassaux considéraient Tinwelint et son peuple comme des hors-la-loi, et grande était leur joie de les prendre au piège et de les traiter cruellement, de sorte que Tevildo aurait gagné grande faveur eût-il amené Tinúviel devant son seigneur. D'ailleurs, sitôt qu'elle se fut nommée, telle fut son intention dès que ses propres affaires seraient achevées, mais en vérité ses instincts étaient ensommeillés ce jour-là, et il oublia de s'étonner plus loin de ce pour quoi Tinúviel était assise perchée sur le rebord de la trappe ; et il ne pensa pas plus avant à Beren, car son esprit était penché uniquement sur le conte que Tinúviel lui apportait. C'est pourquoi il dit, dissimulant son humeur maléfique : « Non point, Dame, ne sois pas courroucée, mais viens donc, l'attente aiguise mon désir — qu'as-tu pour mes oreilles ? car elles s'agitent déjà. »

Mais Tinúviel dit : « Il y a une grande bête, sauvage et violente, et son nom est Huan » — et à entendre ce nom le dos de Tevildo s'arqua, et ses poils se hérissèrent et produisirent des étincelles, et la lumière dans ses yeux était rouge — « et, poursuivit-elle, il me semble dommageable que l'on souffrît qu'une telle brute infeste les bois si près même de la demeure du puissant Prince des Chats, mon seigneur Tevildo » ; mais Tevildo dit : « Et nous ne le souffrons pas, et il ne vient jamais là si ce n'est furtivement.

— De quelque manière que cela puisse être, dit Tinúviel, là-bas est-il maintenant, pourtant il me semble qu'enfin sa [vie] peut être entièrement achevée, car voici, comme je parcourai le bois, je vis un endroit où un grand animal était étendu sur le sol à gémir comme pris d'un mal — et voici, il s'agissait là de Huan, et quelque sort maléfique ou bien un mal le tient sous sa coupe, et encore est-il étendu sans défense dans un vallon à l'ouest par les bois à moins d'un mille de ce palais. Maintenant par ce récit peut-être n'aurais-je troublé vos oreilles, n'eût été que la brute, lorsque je m'en approchai pour lui porter secours, a grogné en me montrant ses crocs et a tenté de me mordre, et il me semble qu'une telle créature mérite tout ce qui peut lui advenir. »

Maintenant toutes ces choses que dit Tinúviel formaient un gros mensonge dans la conception duquel Huan l'avait guidée, et les damoiselles des Eldar n'ont pas pour habitude d'œuvrer des mensonges ; pourtant je n'ai jamais entendu dire qu'un Eldar l'ait blâmée pour cela, ni Beren ensuite, et ce n'est pas non plus mon cas, car Tevildo était un chat maléfique et Melko le plus mauvais de tous les êtres, et Tinúviel courait un péril mortel entre leurs mains. Tevildo, cependant, lui-même un grand menteur éprouvé, était si profondément versé dans les mensonges et les subtilités de toutes bêtes et toutes créatures qu'il savait rarement s'il devait se fier ou non à ce qu'on lui disait, et avait l'habitude de ne croire en rien sauf en ces choses qu'il désirait qu'elles fussent vraies, et ainsi les plus honnêtes que lui le trompaient-ils souvent. Maintenant le récit de Huan et de son impuissance lui fit tant plaisir qu'il eût volontiers cru que cela fût vrai, et cela le détermina au moins à le vérifier ; néanmoins il feignit tout d'abord l'indifférence, disant qu'il s'agissait là d'une affaire bien petite pour tant de discrétion et qu'elle eût pu se dire dehors sans plus de façons. Mais Tinúviel dit qu'elle n'avait pas songé que Tevildo Prince des Chats eût besoin d'apprendre que les oreilles de Huan entendaient les plus faibles sons à une distance d'une lieue, et la voix d'un chat d'encore plus loin que tout autre son.

C'est pourquoi maintenant Tevildo, feignant de ne pas croire à son conte, chercha à découvrir par Tinúviel où Huan se trouvait exactement, mais elle ne donna que des réponses vagues, voyant en cela son seul espoir de s'échapper du château, et au bout d'un temps, Tevildo, succombant à la curiosité et la menaçant de mauvaises choses si elle se révélait félonne, manda deux de ses vassaux, et l'un d'eux était Oikeroi, un chat féroce et guerrier. Alors tous trois quittèrent cet endroit avec Tinúviel, mais Tinúviel ôta son noir vêtement magique et le replia, de sorte que pour toute sa taille et sa densité il n'apparut pas plus que le plus petit mouchoir (car voici ce dont elle était capable), et ainsi fut-elle portée sans mésaventure au bas des terrasses sur le dos d'Oikeroi, et le sommeil n'assaillit pas son porteur. Maintenant ils avancèrent furtivement à travers les bois dans la direction qu'elle avait indiquée, et bientôt Tevildo sent le chien et se hérisse et agite sa grande queue comme un fouet, mais après il grimpe dans un arbre majestueux et de là, regarde vers le vallon que leur a montré Tinúviel. Là, il voit en effet la grande forme de Huan gisant à gémir et à se lamenter, et il redescend très vite et fort satisfait, et en vérité, dans son ardeur il oublie Tinúviel qui, maintenant prise d'effroi pour Huan, s'allonge pour se cacher sous un massif de fougères. Le projet de Tevildo et de ses deux compagnons était d'entrer silencieusement dans ce vallon et depuis des angles différents, et de fondre ainsi sur Huan sans qu'il s'en aperçût et de le tuer, ou bien s'il était trop atteint pour livrer combat, de le tourmenter et de se jouer de lui. Ce qu'ils firent maintenant, mais au moment même où ils s'abattirent sur lui Huan bondit dans les airs dans un grand aboiement, et ses mâchoires se refermèrent sur le dos et près du cou de ce chat Oikeroi, et Oikeroi mourut ; mais l'autre vassal s'enfuit en hurlant en haut d'un grand arbre, et ainsi Tevildo fut laissé seul face à Huan, et une telle rencontre n'était trop dans ses intentions, pourtant Huan fondit sur lui trop rapidement pour qu'il pût prendre la fuite, et ils combattirent férocement dans cette clairière, et le bruit que fit Tevildo était fort hideux ; mais enfin Huan le tint à la gorge, et ce chat eût bien pu périr n'eussent ses griffes percé l'œil de Huan comme il frappait aveuglément. Alors Huan donna de la voix, et Tevildo en hurlant férocement se libéra dans un grand étirement et bondit dans un arbre haut et lisse qui se dressait tout près comme l'avait fait son compagnon. Malgré sa blessure terrible, Huan saute maintenant sous cet arbre en aboyant bruyamment, et Tevildo le maudit et lui lance des paroles maléfiques depuis les hauteurs.

Alors Huan dit : « Voici, Tevildo, celles-ci sont les paroles de Huan que tu crus attraper et tuer aussi impuissant que les souris misérables qu'il est dans ton habitude de pourchasser — reste pour toujours en haut de ton arbre solitaire et saigne à mort de tes blessures, ou bien redescends et tâte de mes dents à nouveau. Mais si cette alternative ne te satisfait pas, alors dis-moi où se trouvent Tinúviel, Princesse des Fées, et Beren, fils d'Egnor, car ce sont là mes amis. Maintenant ils composeront ta rançon — quoique ce soit là t'accorder bien plus que ta valeur.

— Pour ce qui est de cette Elfe maudite elle est couchée geignant dans les fougères là-bas, si mes oreilles ne me trompent pas, dit Tevildo, et Beren me semble-t-il reçoit en ce moment les coups de griffes mérités de mon cuisinier Miaulë dans les cuisines de mon château pour sa maladresse là-bas voici une heure.

— Alors fais en sorte qu'ils me soient rendus sains et saufs, dit Huan, et tu pourras t'en retourner à tes palais et te lécher sans plus de mal.

— En toute certitude le vassal qui est ici avec moi ira les quérir pour toi », dit Tevildo, mais Huan grogna : « Oui, et aussi chercher toute ta tribu et les armées des Orcs et les fléaux de Melko. Non point, je ne suis pas un sot ; tu vas plutôt donner un insigne à Tinúviel et elle ira chercher Beren, ou bien tu resteras ici si tu n'apprécies point cette autre éventualité. » Alors Tevildo fut forcé de jeter à bas son collier d'or — un insigne qu'aucun chat n'oserait déshonorer, mais Huan dit : « Non, il me faut plus encore, car cela va encourager tout ton peuple à te rechercher », et ceci Tevildo le savait-il, et il l'avait espéré. Ainsi fut-il qu'en fin de compte l'épuisement et la faim et la crainte prévalurent sur ce fier chat, un prince au service de Melko, et il révéla le secret des chats et le sortilège que lui avait confié Melko ; et c'étaient là des paroles de magie par lesquelles étaient maintenues ensemble les pierres de sa maison, et par lesquels il maintenait toutes les bêtes du peuple-des-chats dans son influence, les emplissant d'un pouvoir maléfique au-delà de leur nature ; car depuis longtemps a-t-il été dit que Tevildo était un esprit maléfique qui avait pris la forme d'un animal. C'est pourquoi lorsqu'il l'eut dit, Huan rit jusqu'à ce que les bois en résonnassent, car il savait que les jours du pouvoir des chats étaient passés.

Maintenant Tinúviel fila avec le collier d'or de Tevildo et s'en retourna jusqu'à la plus basse des terrasses devant les portes, et elle se tint là et prononça le sortilège de sa voix claire. Alors, voici, l'air s'emplit des voix des chats et la maison de Tevildo trembla ; et il en vint une armée d'habitants et ils étaient réduits à une maigre taille et craignaient Tinúviel, qui, agitant le collier de Tevildo, prononça devant eux certaines des paroles que Tevildo avait dites à Huan en sa présence, et ils tremblèrent devant elle. Mais elle dit : « Voici, que tous ceux du peuple des Elfes ou bien des enfants des Hommes qui sont tenus dans ces chambres soient amenés », et voici, Beren fut amené, mais d'autres esclaves il n'y en avait point, hormis Gimli seul, un Gnome très âgé, courbé par la servitude et rendu aveugle, mais dont l'ouïe était la plus fine qui ait été au monde, comme le disent toutes les chansons. Gimli vint appuyé sur un bâton et Beren l'aidait, mais Beren était vêtu de haillons et hagard, et il tenait dans sa main un énorme poignard dont il s'était saisi dans la cuisine, craignant quelque nouveau malheur lorsque la maison avait tremblé et que toutes les voix des chats s'étaient fait entendre ; mais lorsqu'il contempla Tinúviel debout parmi l'armée de chats qui reculait devant elle et qu'il vit le grand collier de Tevildo, alors il fut[8] absolument stupéfait, et il ne sut que penser. Mais Tinúviel était très heureuse, et elle parla, disant : « Ô Beren d'au-delà des Collines Amères, danseras-tu maintenant avec moi ? mais quittons ces lieux. » Et elle mena Beren loin de là, et tous ces chats se mirent à pousser des hurlements et des lamentations, si bien que Huan et Tevildo l'entendirent dans les bois, mais aucun d'entre eux ne les suivit ou ne les molesta, car ils avaient peur, et la magie de Melko les avait abandonnés.

Ceci en vérité regrettèrent-ils par la suite, lorsque Tevildo s'en revint suivi de son compagnon tremblant, car le courroux de Tevildo fut terrible, et il fouetta de la queue et donna des coups à tous ceux qui se trouvaient là. Maintenant Huan des chiens, bien que cela pût sembler une folie, lorsque Beren et Tinúviel revinrent en cette clairière, avait souffert que ce prince maléfique s'en fût sans plus de guerre, mais le grand collier d'or avait-il placé autour de son propre cou, et de ceci Tevildo conçut plus de rage que de toute autre chose, car une grande magie de force et de pouvoir y était déposée. Cela ne plaisait guère à Huan que Tevildo vécût encore, mais maintenant il ne craignait plus les chats, et depuis cette tribu s'est toujours enfuie devant les chiens, et les chiens les méprisent depuis l'humiliation de Tevildo dans les bois près d'Angamandi ; et Huan jamais n'a commis d'acte plus grandiose. En vérité Melko entendit tout par la suite et il maudit Tevildo et son peuple et il les bannit, et depuis ce jour ils n'ont eu ni seigneur, ni maître, ni ami quel qu'il fût, et leurs voix se lamentent et crient car leurs cœurs sont fort esseulés et amers et emplis de manque, pourtant dans leurs tréfonds n'y a-t-il qu'obscurité, et aucune gentillesse.

Cependant, au moment que le conte décrit, il était du désir impérieux de Tevildo de capturer à nouveau Beren et Tinúviel et de tuer Huan, car il craignait fortement Melko, et il n'osait rechercher l'aide de son maître et révéler sa défaite et la trahison de son sortilège. Ignorant ceci, Huan craignait ces lieux, et avait grand-peur que ces événements parvinssent rapidement à l'oreille de Melko, comme c'était le cas de la plupart des choses qui survenaient de par le monde ; c'est pourquoi Tinúviel et Beren errèrent loin aux côtés de Huan, et il s'établit une solide amitié avec lui, et en cette vie Beren retrouva ses forces et sa servitude tomba, et Tinúviel l'aimait.

Pourtant sauvages et rudes et très solitaires furent ces jours, car jamais visage d'Homme ou d'Elfe ne virent-ils, et Tinúviel en vint à la fin à se languir péniblement de Gwendeling sa mère et des chansons de douce magie qu'elle chantait à ses enfants comme le crépuscule tombait sur les pays boisés près de leurs palais anciens. Souvent, dans sa fantaisie, elle croyait presque entendre la flûte de Dairon son frère, dans les clairières plaisantes [9] où ils séjournaient, et son cœur se fit lourd. Enfin elle dit à Beren et à Huan : « Je dois retourner chez moi », et maintenant c'est le cœur de Beren qui est assombri par le chagrin, car il aimait cette vie dans les bois avec les chiens (car à cette heure beaucoup d'autres s'étaient joints à Huan), mais non point si Tinúviel était absente.

Néanmoins il dit : « Jamais ne pourrai-je m'en retourner avec toi au pays d'Artanor — ni y venir jamais plus à ta recherche, douce Tinúviel, sauf en portant un Silmaril ; et cela est maintenant impossible à accomplir, car ne suis-je pas un fugitif des palais mêmes de Melko, et menacé des douleurs les plus terribles si l'un de ses serviteurs devait m'apercevoir. » Maintenant il dit ceci dans le chagrin de son cœur de se séparer de Tinúviel, et elle fut déchirée en esprit, ne supportant pas l'idée de quitter Beren, ni de vivre pour toujours ainsi exilée. Et elle resta longtemps assise dans ses tristes pensées et ne parla point, mais Beren s'assit auprès d'elle et au bout d'un long moment dit : « Tinúviel, une seule chose pouvons-nous accomplir : aller chercher un Silmaril » ; et ce disant elle alla trouver Huan, requérant son aide et son avis, mais il s'emplit de gravité et ne vit rien d'autre que folie en l'affaire. Pourtant à la fin, Tinúviel le supplia de leur donner la fourrure d'Oikeroi qu'il avait tué lors du combat dans la clairière ; maintenant Oikeroi était un chat très puissant et Huan portait cette fourrure avec lui en trophée.

Maintenant Tinúviel met en œuvre son talent et sa magie féerique, et elle coud Beren dans cette fourrure et le fait à la ressemblance d'un chat gigantesque, et elle lui apprend à s'asseoir et à se vautrer, à marcher et à bondir et à trottiner en la guise d'un chat, jusqu'à ce que les moustaches de Huan se hérissent à sa vue, ce qui fit rire Beren et Tinúviel. Jamais cependant Beren ne put-il apprendre à hurler ou à se lamenter ou à ronronner comme un chat quelconque ayant jamais marché, et Tinúviel ne put éveiller aucune lueur dans les yeux morts de cette peau de chat — « Mais nous devrons nous contenter de cela, dit-elle, et tu as l'air d'un très noble chat si tu peux tenir ta langue. »

Ils firent alors leurs adieux à Huan et s'en furent vers les palais de Melko par des chemins faciles, car Beren subissait un grand inconfort et une grande chaleur sous la fourrure d'Oikeroi, et le cœur de Tinúviel devint plus léger qu'il ne l'avait été depuis longtemps, et elle caressait Beren ou bien lui tirait la queue, et Beren se mit en colère car en réponse il ne pouvait en battre aussi férocement qu'il l'eût voulu. Après un temps cependant ils parvinrent près d'Angamandi, comme en vérité les grondements et les bruits sourds, et le son du puissant martèlement de dix mille forgerons œuvrant sans cesse, les en informèrent. Elles étaient proches, les tristes cavernes où les Noldoli esclaves travaillaient amèrement sous la garde des Orcs et des goblins des collines, et grandes étaient ici la triste pénombre et l'obscurité de sorte que leurs cœurs faiblirent, mais Tinúviel se vêtit une fois de plus de son vêtement de sommeil profond. Maintenant les portes d'Angamandi étaient de fer ouvragé de formes hideuses et serties de couteaux et de pointes, et au-devant d'eux était étendu le plus grand loup que jamais le monde a vu, Karkaras Croc-de-couteau qui jamais ne dormait lui-même ; et Karkaras grogna lorsqu'il vit Tinúviel s'approcher, mais du chat il ne fit pas grand cas, car il ne s'intéressait guère aux chats et ils étaient toujours à entrer et à sortir.

« Ne grogne pas ô Karkaras, dit-elle, car je vais à la recherche de mon seigneur Melko, et ce vassal de Tevildo va à mes côtés pour m'escorter. » Maintenant la robe obscure voilait toute sa beauté miroitante, et Karkaras ne fut pas bien troublé en son esprit, mais il approcha néanmoins comme c'était son habitude pour renifler l'air autour d'elle, et le doux parfum des Eldar, ce vêtement ne put cacher. C'est pourquoi Tinúviel entama tout de suite une danse magique, et elle jeta dans ses yeux les tresses noires de son voile obscur si bien que ses pattes furent prises d'un engourdissement et qu'il s'écroula et il dormait. Mais Tinúviel ne s'arrêta pas avant qu'il fût plongé en des rêves de grandes chasses à travers les forêts d'Hisilómë quand il n'était encore qu'un louveteau, et tous deux passèrent alors ce noir portail, et serpentant par de nombreuses voies ombreuses ils survinrent enfin en la présence même de Melko.

En cette pénombre, Beren passa assez bien pour un vassal de Tevildo même, et il est vrai qu'auparavant Oikeroi avait souvent vaqué dans les palais de Melko, si bien qu'il ne s'en trouva aucun pour lui prêter attention et il se glissa sans être vu sous la chaise même de l'Ainu, mais les vipères et les choses maléfiques allongées là lui causèrent grand-peur et il n'osa pas bouger.

Maintenant tout ceci se déroula avec la plus grande fortune, car Tevildo eût-il été avec Melko, leur tromperie eût été découverte — et en vérité avaient-ils pensé à ce danger, ignorant que Tevildo était maintenant en ses palais, ne sachant que faire, sa déconfiture vint-elle à s'ébruiter en Angamandi ; mais voici, Melko s'aperçoit de la présence de Tinúviel et il dit : « Qui es-tu qui volettes de par mes palais telle une chauve-souris ? Comment es-tu entrée, car en toute certitude tu n'appartiens pas à cette demeure ?

— Non, cela en effet n'est pas mon cas encore, dit Tinúviel, bien que peut-être cela pût advenir bientôt, par votre bonté, mon seigneur Melko. Ne savez-vous point que je suis Tinúviel fille de Tinwelint le hors-la-loi, et il m'a renvoyée de ses palais, car c'est un Elfe impérieux et je n'accorde point mon amour selon son commandement. »

Maintenant en vérité Melko s'ébahit que la fille de Tinwelint vînt ainsi de sa propre volonté en sa demeure, Angamandi la terrible, et soupçonnant quelque activité néfaste il demanda quels étaient ses désirs : « Car ne sais-tu pas, dit-il, qu'il n'y a aucun amour ici pour ton père ou son peuple, et tu n'as point de raison d'espérer mots doux et hospitalité de ma part ?

— Ainsi l'a dit mon père, dit-elle, mais pourquoi dois-je le croire ? Voici, j'ai un talent pour les danses subtiles, et je voudrais danser maintenant pour vous, mon seigneur, car alors me semble-t-il que l'on pourrait aisément m'offrir quelque humble coin de vos palais où demeurer jusqu'en ces heures où vous feriez quérir la petite danseuse Tinúviel pour alléger vos soucis.

— Non point, dit Melko, de telles choses m'importent peu ; mais puisque tu es venue aussi loin pour danser, danse, et après cela nous verrons », et disant cela il eut un rictus affreux car son noir esprit élaborait quelque maléfice.

Alors Tinúviel entama une danse telle que ni elle ni aucun autre esprit ou fée ou elfe n'en ont dansé auparavant ou depuis, et même le regard de Melko se figea d'émerveillement au bout d'un moment. Autour et autour de la salle alla-t-elle, rapide comme une hirondelle, silencieuse comme une chauve-souris, magiquement belle comme seule Tinúviel le fut jamais, et maintenant était-elle aux côtés de Melko, et maintenant devant lui, et maintenant derrière lui, et ses draperies brumeuses touchaient son visage et s'agitaient devant ses yeux, et les gens assis le long des murs ou bien debout en ce lieu furent l'un après l'autre submergés par le sommeil, tombant en des rêves profonds de tout ce que leurs cœurs maléfiques pouvaient désirer.

Sous son siège, les vipères étaient immobiles comme des pierres, et les loups à ses pieds bâillaient et sommeillaient, et Melko regardait comme enchanté, mais il ne dormait point. Alors Tinúviel se mit à danser une danse plus leste encore devant ses yeux, et tout en dansant elle chanta d'une voix très douce et fort merveilleuse une chanson que lui avait enseignée Gwendeling longtemps auparavant, une chanson que les damoiseaux et damoiselles chantèrent sous les cyprès des jardins de Lórien lorsque l'Arbre d'Or déclinait et que Silpion brillait. Les voix des rossignols s'y trouvaient, et bien des parfums subtils semblaient emplir cet endroit fétide comme elle foulait le sol aussi légère qu'une plume dans le vent ; et jamais une vision ou une si belle voix ne sont revenues en ce lieu, et Ainu Melko malgré toute sa puissance et sa majesté succomba à la magie de cette damoiselle des Elfes, et en vérité même les paupières de Lórien seraient devenues lourdes eût-il été là pour la voir. Alors Melko tomba en avant endormi, et s'effondra enfin de son siège et sur le sol en un sommeil absolu, et sa couronne de fer roula plus loin.

Tinúviel cessa de danser brusquement. Dans la salle aucun son ne se faisait plus entendre hormis le souffle du sommeil ; même Beren dormait sous le propre siège de Melko, mais Tinúviel le secoua et il s'éveilla enfin. Alors effrayé et tremblant il arracha son déguisement et s'en libérant il bondit sur ses pieds. Maintenant il tire ce couteau qu'il tenait des cuisines de Tevildo et il se saisit de cette massive couronne de fer, mais Tinúviel ne put la bouger et les bras de Beren suffirent à peine pour la tourner. Grande est la fièvre de leur peur en ce sombre palais de maléfices endormis, Beren œuvre aussi silencieusement qu'il le peut pour extraire un Silmaril à l'aide de son couteau. Maintenant il commence à libérer le grand joyau central et la sueur coule de son front, mais alors même qu'il l'arrache à la couronne, voici ! son couteau se brise dans un grand bruit sec.

L'entendant, Tinúviel étouffe un cri et Beren bondit en arrière, l'unique Silmaril à la main, et les dormeurs s'agitent et Melko gémit comme si de mauvaises pensées troublaient ses rêves, et une sombre expression apparaît sur son visage endormi. Contentés maintenant par cette seule gemme étincelante, tous deux s'enfuirent de la salle dans une hâte désespérée, trébuchant éperdument le long de maints sombres passages jusqu'à ce que la grise lumière qui filtrait leur apprît qu'ils approchaient des portes — et voici ! Karkaras est allongé en travers du seuil, éveillé à nouveau, et sur ses gardes.

Immédiatement, Beren se jeta devant Tinúviel bien qu'elle lui enjoignît de n'en rien faire, et ceci se révéla finalement un mauvais choix car Tinúviel n'eut pas le temps de lancer à nouveau son sortilège de sommeil sur la bête, avant qu'il vît Beren et montrant les dents grogna furieusement. « D'où provient cette grogne, Karkaras ? dit Tinúviel. — D'où provient ce Gnome [10] qui n'entra point et qui maintenant sort à la hâte ? » fit

Croc-de-couteau, et disant cela il bondit sur Beren qui donna un coup exactement entre les yeux du loup tout en essayant de le saisir à la gorge de l'autre main.

Alors Karkaras attrapa cette main dans ses terribles mâchoires, et c'était là la main dans laquelle Beren empoignait le Silmaril flamboyant, et Karkaras mordit et arracha main et joyau à la fois et les prit dans sa gueule rouge. Grandes furent la douleur de Beren et la peur de Tinúviel, pourtant alors même qu'ils s'attendent à sentir les crocs du loup advient une chose nouvelle étrange et terrible. Voici maintenant, le Silmaril de sa nature même irradie un feu blanc et caché et possède une magie féroce et sacrée — car ne venait-il point de Valinor et des royaumes bénis, œuvré par les sorts des Dieux et des Gnomes avant que le mal n'y vînt ? et il ne tolère point le toucher du mal ou d'une main impie. Maintenant il entre dans le corps immonde de Karkaras, et soudain cette bête est brûlée en un supplice terrible et les hurlements de sa douleur sont terribles à entendre comme ils résonnent par ces voies rocheuses, éveillant au-dedans toute la cour endormie. Alors Tinúviel et Beren s'enfuirent des portes comme le vent, pourtant Karkaras était loin devant eux enragé et affolé comme une bête poursuivie par les Balrogs ; et lorsqu'ils purent reprendre leur souffle Tinúviel pleura sur le bras mutilé de Beren l'embrassant souvent, de sorte que voici, il ne saigna point, et la douleur le quitta, et il fut guéri par le tendre soin de son amour ; pourtant par la suite Beren fut toujours nommé par tous les peuples Ermabwed, Une-Main, qui dans le langage de l'Île Solitaire est Elmavoitë.

Maintenant cependant doivent-ils penser à s'échapper — si telle peut être leur fortune, et Tinúviel entoura Beren d'une partie de son manteau sombre, et ainsi durant un temps allant légèrement de par la pénombre et le crépuscule dans les collines, personne ne les vit, bien que Melko eût levé tous ses Orcs de terreur contre eux ; et sa rage devant le vol de ce joyau fut plus grande que les Elfes l'avaient encore jamais vue.

Même ainsi cela leur semble bien tôt lorsque le filet des chasseurs s'est resserré autour d'eux, et bien qu'ils eussent atteint la bordure des bois plus familiers et dépassé les sinistres pénombres de la forêt de Taurfuin, encore y avait-il maintes lieues de péril à franchir entre eux et les cavernes du roi, et atteindraient-ils même un jour ce lieu, il semblait qu'ils ne feraient qu'entraîner leurs poursuivants avec eux vers cet endroit et attirer la haine de Melko sur ce peuple des bois. Le tintamarre fut si grand en vérité que Huan l'entendit de très loin, et il fut fort émerveillé par le courage de ce couple, et plus encore qu'il se fût échappé d'Angamandi.

Maintenant il part dans les bois accompagné de nombreux chiens pourchasser les Orcs et les vassaux de Tevildo, et nombreuses furent les blessures qu'il reçut ainsi, et nombreux furent ceux qu'il tua ou qu'il fit frémir et fuir, jusqu'à ce qu'un soir au crépuscule les Valar le menassent en une clairière de cette région du nord d'Artanor que l'on nomma plus tard Nan Dumgorthin, la terre des idoles sombres, mais cela est un sujet qui ne concerne point ce conte. Cependant c'était d'ores et déjà une sombre terre, maussade et menaçante, et la terreur errait sous ses arbres menaçants non moins qu'en Taurfuin ; et ces deux Elfes Tinúviel et Beren étaient allongés là, épuisés et sans espoir, et Tinúviel pleurait mais Beren caressait son couteau.

Maintenant lorsque Huan les vit, il ne souffrit pas qu'ils parlassent ou qu'ils racontassent même une partie de leur récit, mais tout de suite prit Tinúviel sur son dos puissant et ordonna à Beren de courir à ses côtés autant qu'il pouvait, « car, dit-il, une grande compagnie d'Orcs se rapprochent rapidement d'ici, et les loups sont leurs pisteurs et leurs éclaireurs ». Maintenant la meute de Huan court à leurs côtés, et ils vont vite le long de chemins secrets et rapides vers les demeures du peuple de Tinwelint au loin. Ainsi se fit-il qu'ils évitèrent l'armée de leurs ennemis, mais ils firent après cela néanmoins bien des rencontres avec des choses errantes et maléfiques, et Beren tua un Orc qui faillit emporter Tinúviel, et cela fut un geste bienheureux. Voyant alors que la chasse les suivait encore de près, Huan les mena une fois de plus par des voies tortueuses, et n'osa les mener en droite ligne jusqu'aux terres des fées des bois et des forêts. Si rusée fut sa conduite qu'enfin au bout de maintes journées la poursuite s'évanouit, et ils ne virent plus et n'entendirent plus parler des bandes d'Orcs ; il n'y eut plus de goblins pour leur poser d'embuscades, ni de hurlements des loups mauvais dans les vents de la nuit, et il se peut bien que ce fût parce qu'ils avaient pénétré dans le cercle de la magie de Gwendeling qui dérobait les chemins aux êtres maléfiques et écartait le mal des régions des Elfes du bois.

Alors Tinúviel respira librement à nouveau comme elle ne l'avait plus fait depuis sa fuite des palais de son père, et Beren prit du repos au soleil loin des ténèbres d'Angband jusqu'à ce qu'enfin l'amertume de l'esclavage l'abandonnât. Grâce à la lumière qui tombe au travers des vertes feuilles et du murmure de vents sains et propres et du chant d'oiseaux ils sont à nouveau sans peur aucune.

Enfin advint néanmoins un jour lorsqu'en s'éveillant d'un profond sommeil Beren sursauta comme quelqu'un qui abandonne un rêve de choses joyeuses revenant soudainement à lui, et il dit : « Adieu, ô Huan, camarade de confiance, et toi, petite Tinúviel, que j'aime, adieu. Je te supplie seulement de ceci : va-t'en maintenant tout droit en la sécurité de ton foyer, et que le bon Huan t'y mène. Mais moi — voici, je dois disparaître dans la solitude des bois, car j'ai perdu ce Silmaril que je détenais, et jamais plus je n'oserai m'approcher d'Angamandi, et je ne pénétrerai donc pas non plus dans les palais de Tinwelint. » Alors il pleura seul, mais Tinúviel qui se trouvait non loin et qui avait écouté ses pensées vint à ses côtés et dit : « Non point, maintenant mon cœur est changé [11], et si tu demeures dans les forêts, ô Beren Ermabwed, alors je ferai de même, et si tu vas errer dans les endroits sauvages, alors là-bas j'errerai aussi, ou bien avec toi ou bien derrière toi — mais jamais plus mon père ne me verra sauf si tu m'amènes à lui. » Alors en vérité Beren fut heureux de ses douces paroles, et il serait volontiers demeuré avec elle comme un chasseur des terres sauvages, mais son cœur fut blessé de tout ce qu'elle avait souffert pour lui, et pour elle il mit sa fierté de côté. En vérité elle raisonna avec lui, disant que ce serait folie que de rester entêté, et que son père ne les accueillerait qu'empli de joie, si heureux serait-il de revoir sa fille vivante — et « peut-être, dit-elle, aura-t-il honte que ses paroles légères aient donné ta douce main aux mâchoires de Karkaras ». Mais à Huan aussi elle implora qu'il revienne avec eux pour un temps, car « mon père te doit une grande récompense, ô Huan, dit-elle, s'il aime sa fille ».

Ainsi se fit-il que tous trois reprirent le chemin ensemble, et furent enfin de retour dans les forêts que Tinúviel connaissait et qu'elle aimait, qui étaient proches des demeures de son peuple et des profondes chambres de son foyer. Pourtant alors même qu'ils s'approchent ils découvrent un effroi et un tumulte parmi ce peuple comme il n'y en avait pas eu depuis de longs âges, et en interrogeant certains qui pleuraient sur leurs seuils ils apprirent que depuis le jour de la fuite secrète de Tinúviel la mauvaise fortune les avait assaillis. Voici, le roi, distrait par le chagrin, relâcha son ancienne vigilance et sa ruse ; de fait ses guerriers avaient été envoyés ici et là au plus profond des bois malsains à la recherche de cette damoiselle, et nombreux avaient été tués ou perdus à tout jamais, et se tenait une guerre constante sur les frontières du nord et de l'est contre les serviteurs de Melko, de sorte que les gens craignaient vivement que l'Ainu soulève sa puissance et vienne pour les écraser totalement et que la magie de Gwendeling n'ait pas la force d'éloigner les multitudes d'Orcs. « Voici, dirent-ils, maintenant le pire de tout est advenu, car depuis longtemps la Reine

Gwendeling a-t-elle siégé hautaine et n'a souri ni parlé, si elle regardait au loin les yeux hagards, et la toile de sa magie s'est faite ténue sous les vents des bois, et les bois sont maussades car Dairon ne revient point, et l'on n'entend jamais plus sa musique de par les clairières. Voici maintenant la couronne des nouvelles de mauvais augure, car sachez qu'un grand loup gris empli d'un esprit maléfique a fondu sur nous rageusement depuis les palais du Mal, et il va comme fouetté par quelque folie cachée, et personne n'est en sécurité. Déjà en a-t-il tué beaucoup comme il court hurlant et mordant à travers les bois, de sorte que les berges mêmes du ruisseau qui coule devant les palais du roi sont devenues un lieu où se terre le danger. Là vient souvent le loup affreux pour boire, ressemblant au Prince du Mal lui-même les yeux injectés de sang et la langue pendante, et jamais il ne peut assouvir son désir d'eau comme si quelque feu intérieur le dévorait. »

Alors Tinúviel fut attristée par la pensée du malheur qui avait frappé son peuple, et par-dessus tout son cœur connut l'amertume à entendre l'histoire de Dairon, car de celle-ci elle n'avait pas ouï dire auparavant. Pourtant elle ne pouvait toujours pas souhaiter que Beren ne fût jamais venu dans les terres d'Artanor, et ensemble ils allèrent en hâte à Tinwelint ; et déjà pour les Elfes des bois il sembla que le mal dût s'achever maintenant que Tinúviel était de retour parmi eux sans blessures. En vérité ils avaient faible espoir que cela pût arriver.

Ils trouvent Tinwelint empli d'une grande tristesse, mais soudain son chagrin fondit en des larmes de bonheur, et Gwendeling chante de joie à nouveau lorsque Tinúviel entre là et rejetant son vêtement de brume obscure elle se tient à nouveau devant eux dans son ancienne splendeur de perles. Pendant un temps tout est joie et émerveillement dans la salle, et pourtant enfin le roi tourne ses yeux vers Beren et lui dit : « Te voici donc revenu aussi — apportant un Silmaril sans aucun doute, en récompense de tout le mal que tu as causé à ma terre, et si tu ne l'as point, je ne sais pas pourquoi tu te trouves ici. »

Alors Tinúviel tapa du pied et s'écria si bien que le roi et tout son entourage s'étonnèrent de de son caractère modifié et intrépide : « Honte à toi, mon père — voici, là se tient Beren le brave que tes paroles légères menèrent en des lieux sombres et en une captivité immonde et que les Valar seuls sauvèrent d'une mort atroce. Il me semble qu'il siérait mieux à un roi des Eldar de le récompenser plutôt que de le honnir.

— Non point, dit Beren, le roi ton père agit à bon droit. Seigneur, dit-il, j'ai là un Silmaril dans ma main en cet instant même.

— Montre-le-moi, alors, dit le roi stupéfait.

— Cela, je ne le puis, dit Beren, car ma main n'est point ici » ; et il montra son bras mutilé.

Alors le cœur du roi tourna en sa faveur grâce à ses manières vaillantes et courtoises, et il ordonna à Beren et à Tinúviel de lui faire le récit de tout ce qui leur était advenu, qu'il voulut écouter en toute hâte, car il ne comprenait pas entièrement le sens des paroles de Beren. Lorsque cependant il eut tout entendu, alors son cœur se tourna d'autant plus en faveur de Beren, et il s'émerveilla de l'amour qui s'était éveillé en Tinúviel et qui lui avait permis d'accomplir de plus grands actes et de plus braves que n'importe lequel des guerriers de son peuple.

« Plus jamais, dit-il, ô Beren, je t'en conjure, ne quitte cette cour ou le côté de Tinúviel, car tu es un grand Elfe et ton nom toujours sera grand parmi les tribus. » Pourtant Beren lui répondit fièrement, et il dit : « Non point, ô Roi, je m'en tiens à ma parole et à la tienne, et j'obtiendrai ce Silmaril pour toi avant de jamais demeurer en paix en tes palais. » Et le roi le conjura de ne plus voyager vers les royaumes sombres et inconnus, mais Beren dit : « Point n'en est-il besoin, car voici, le joyau est maintenant même tout proche de tes cavernes », et il fit apparaître clairement à Tinwelint que la bête qui ravageait son royaume n'était autre que Karkaras le loup-gardien des portes de Melko — et tout le monde ne le savait pas, mais Beren le savait par l'enseignement de Huan, dont la science de lire pistes et sillons était la plus grande de tous les chiens, science dans laquelle aucun chien n'est inexpérimenté. Huan se trouvait d'ailleurs maintenant avec Beren dans les cavernes, et lorsque tous deux parlèrent d'une traque et d'une grande chasse il supplia de faire partie de cette geste ; et on le lui accorda avec joie. Maintenant tous trois se préparent-ils à traquer cette bête, afin que tout le peuple soit libéré de la terreur du loup, et que Beren tienne sa parole, apportant un Silmaril, afin qu'il brillât à nouveau en Elfinesse. Le roi Tinwelint lui-même mena la chasse, et Beren était à ses côtés, et Mablung à la Main-lourde, chef parmi les vassaux du roi, bondit et s'empara d'une lance [12] — une arme puissante capturée lors d'une bataille avec les Orcs lointains — et avec eux marchait Huan, les pattes raides, le plus puissant parmi les chiens, mais ils ne voulurent en prendre d'autres avec eux selon les désirs du roi, qui dit : « Quatre suffiront pour tuer même le Loup d'Enfer » — mais seuls ceux qui l'avaient vu connaissaient l'effroi qu'inspirait cette bête, presque aussi grand qu'un cheval chez les Hommes, et si forte était l'ardeur de son souffle qu'il brûlait toute chose qu'il venait à toucher. Vers l'heure du lever du soleil ils partirent, et peu de temps après Huan aperçut un nouveau sillon près du ruisseau, non loin des portes du roi, « et, dit-il, c'est là l'empreinte de Karkaras ». Après cela ils suivirent le ruisseau toute la journée, et en bien des endroits ses berges étaient nouvellement piétinées et déchirées et l'eau des mares qui s'étendaient alentour était salie comme par des bêtes possédées de folie qui s'y seraient roulées et battues peu de temps auparavant.

Maintenant le soleil décline et disparaît derrière les arbres à l'ouest, l'obscurité descend furtivement de Hisilómë si bien que meurt la lumière de la forêt. Ils parviennent alors en un lieu où la trace vire et s'éloigne du ruisseau ou peut-être se perd en ses eaux et Huan ne peut plus la suivre ; et ici donc installent-ils leur campement, dormant chacun leur tour à côté du ruisseau, et passe le début de la nuit.

Soudain, pendant le tour de garde de Beren, un son plein d'effroi jaillit au loin — un hurlement comme de soixante-dix loups enragés — et voici ! les broussailles craquent et le boisement se brise comme la terreur approche, et Beren sait que Karkaras est sur eux. À peine eut-il le temps d'éveiller les autres, et ils venaient de se lever et n'étaient qu'à moitié éveillés, qu'une forme immense apparut dans la lueur hésitante de la lune qui filtrait jusque-là, et elle fuyait comme prise de folie, en direction de l'eau. À cela Huan fit parler sa voix, et tout de suite la bête abandonna son chemin pour se diriger vers eux, et des gouttes d'écume coulaient de ses mâchoires et une lumière rouge brillait dans ses yeux, et sa face était barrée de terreur et de rage mêlées. Il avait à peine quitté les arbres que Huan fondit sur lui sans crainte au cœur, mais lui d'un bond puissant sauta par-dessus le chien massif, car toute sa rage s'était soudain attisée à l'encontre de Beren qu'il avait reconnu debout derrière, et il sembla à son esprit sombre que là se trouvait la cause de toute son agonie. Alors Beren donna un coup rapide vers le haut et lui planta une lance dans la gorge, et Huan bondit à nouveau et le prit par une patte arrière, et Karkaras tomba comme une pierre car à ce même moment la lance du roi trouva son cœur, et son esprit maléfique s'écoula et fila en hurlant faiblement par-delà les sombres collines vers Mandos ; mais Beren gisait sous lui écrasé par son poids. Maintenant ils roulent cette carcasse en arrière et s'empressent de l'ouvrir, mais Huan lèche le visage de Beren d'où coule du sang. Bientôt la vérité des paroles de Beren se fait claire, car les entrailles du loup sont à moitié dévorées comme par un feu intérieur qui aurait depuis longtemps couvé là, et soudain la nuit s'emplit d'un reflet merveilleux, serti de couleurs pâles et secrètes, comme Mablung [13] retire le Silmaril. Alors, le brandissant, il dit : « Voici, ô Roi [14] », mais Tinwelint dit : « Non, jamais je ne le prendrai à moins que Beren me le donne. » Mais Huan dit : « Et cela semblerait-il ne se produira jamais, à moins que vous ne le soigniez rapidement, car il me semble qu'il est gravement blessé » ; et Mablung et le roi furent honteux.

Ils levèrent donc Beren doucement et le soignèrent et le lavèrent, et il respira, mais il ne parla point ni n'ouvrit les yeux, et lorsque le soleil se leva et qu'ils se furent reposés un peu ils le portèrent aussi délicatement qu'il se pouvait sur un brancard fait de branchages pendant le chemin du retour à travers les bois ; et vers midi ils s'approchèrent à nouveau des demeures des gens, et alors ils étaient mortellement épuisés, et Beren n'avait ni parlé ni bougé, mais gémi trois fois.

Là, tout le peuple se massa à leur rencontre lorsque leur venue s'ébruita parmi eux, et d'aucuns leur portèrent viande et boissons froides et baumes et matières guérissantes pour leurs blessures, et hormis le mal qu'avait rencontré Beren grande eût été leur joie. Maintenant donc ils recouvrirent les branchages feuillus sur lesquels il était allongé d'un doux vêtement, et ils l'emportèrent dans les palais du roi, et là se tenait Tinúviel qui les attendait en grande détresse ; et elle tomba sur le sein de Beren et pleura et l'embrassa, et il s'éveilla et la reconnut, et après Mablung lui donna ce Silmaril, et il l'éleva au-dessus de sa tête, observant sa beauté, avant de dire lentement et avec souffrance : « Vois, ô roi, je te donne la gemme merveilleuse que tu désirais, et ce n'est qu'une petite chose trouvée sur le bord de la route, car un jour me semble-t-il tu en possédais une d'une beauté au-delà de toute pensée, et maintenant elle est à moi. » Pourtant alors même qu'il parlait, les ombres de Mandos planaient sur son visage, et son esprit s'enfuit en cette heure jusqu'aux bords du monde, et les tendres baisers de Tinúviel ne le rappelèrent point.

Alors Vëannë cessa brusquement de parler, et Eriol dit tristement : « Un conte de chagrin pour une si douce damoiselle qui en fait le récit » ; mais voici, Vëannë pleura, et fit une pause avant de dire : « Non, là n'est point tout le conte ; mais ici se termine tout ce que je sais sûrement », et d'autres enfants parlèrent là, et l'un dit : « Voici, j'ai entendu que la magie des tendres baisers de Tinúviel guérit Beren, et rappela son esprit des portes de Mandos, et que durant longtemps il demeura parmi les Elfes Perdus à errer dans les clairières et à aimer la douce Tinúviel. » Mais un autre dit : « Non, cela ne fut point ainsi, ô Ausir, et si tu veux écouter je raconterai le conte véritable et merveilleux ; car Beren mourut là dans les bras de Tinúviel tout comme le dit Vëannë, et Tinúviel terrassée de chagrin et ne trouvant ni réconfort ni lumière dans tout le monde le suivit rapidement et descendit ces sombres chemins que tous doivent fouler seuls. Maintenant sa beauté et sa tendre grâce touchèrent même le cœur glacé de Mandos, si bien qu'il lui accorda de mener Beren à nouveau dans le monde, et ceci ne s'est jamais reproduit depuis pour quiconque, fût-il Homme ou Elfe, et maintes chansons et histoires se trouve-t-il pour conter la prière de Tinúviel devant le trône de Mandos dont je ne me souviens pas tout à fait bien. Mais Mandos leur dit : "Voici, ô Elfes, ce n'est pas à une vie de joie parfaite que je vous renvoie, car une vie telle ne peut plus se trouver dans tout le monde où siège Melko au cœur mauvais — et sachez que vous deviendrez mortels tout comme les Hommes, et lorsque vous reviendrez ici à nouveau ce sera pour toujours, à moins que les Dieux ne vous fassent quérir en Valinor même." Néanmoins, tous deux partirent main dans la main, et ils allèrent ensemble par les forêts du Nord, et souvent les vit-on danser des danses magiques le long des collines, et leur nom se fit entendre de près et de loin. »

Et ce disant ce garçon s'arrêta, et Vëannë dit : « Oui, et ils firent plus que danser, car leurs gestes par la suite furent très grandes, et de nombreux contes y a-t-il sur celles-là que tu dois entendre, ô Eriol Melinon, à l'occasion d'un autre temps de récits. Car de ces deux-là s'agit-il que les histoires nomment i.Cuilwarthon, ce qui veut dire les morts qui vivent à nouveau, et ils devinrent de puissantes fées dans les terres qui s'étendent au nord de Sirion. Voici maintenant, tout s'achève — et cela te plaît-il ? » Mais Eriol dit : « En vérité, c'est là un conte merveilleux, tel que je n'aurais cru entendre des lèvres des petites damoiselles de Mar Vanwa Tyaliéva », mais Vëannë lui répondit : « Non, je ne le façonnai point avec des mots de mon cru ; mais il m'est cher — et en vérité tous les enfants connaissent les gestes qu'il raconte — et je l'ai appris par cœur, le lisant dans les grands livres, et je ne comprends point tout ce qui y est dit.

— Et moi non plus », dit Eriol — mais soudain Ausir s'écria : « Voici, Eriol, Vëannë ne t'a jamais dit ce qui arriva à Huan ; ni la manière dont il n'accepta aucune récompense de Tinwelint et ne voulut pas non plus demeurer auprès de lui, mais s'en alla à nouveau pleurer Tinúviel et Beren. En un temps il fut accompagné par Mablung [15] qui avait aidé lors de la traque, et avait maintenant pris l'habitude de chasser souvent en des régions solitaires ; et tous les deux chassèrent ensemble comme des amis jusqu'aux jours de Glorund le Dragon et de Túrin Turambar, lorsque Huan retrouva Beren une fois de plus et joua son rôle dans la grande geste du Nauglafring, le Collier des Nains. »

« Non, comment pourrais-je raconter tout ceci, dit Vëannë, car voyez, c'est là déjà l'heure de la viande du soir » ; et peu de temps après le grand gong retentit.

La deuxième version du Conte de Tinúviel

Comme je l'ai souligné précédemment (p. 11), il existe une version révisée d'une partie du conte (dactylographiée par mon père). Celle-ci suit la version manuscrite de près ou de très près en règle générale, et n'altère en aucune manière le style ou le ton de la première ; il ne sera donc pas nécessaire de donner cette seconde version dans son intégralité. Mais la version dactylographiée introduit par endroits des changements intéressants, donnés ci-dessous (les numéros en marge correspondant aux pages relatives aux passages du manuscrit original).

Le titre de cette version (qui débute par le passage *Lien* déjà donné, p. 13-16) était à l'origine « Le Conte de Tynwfiel, Princesse de Dor Athro ». Celui-ci est ensuite devenu :

Le Conte de Tinúviel, *la Danseuse de Doriath*

(18) « Qui fut donc Tinúviel ? dit Eriol. — Ne saistu donc pas, dit Ausir, qu'elle était la fille de Singoldo, roi d'Artanor ? — Fais silence, Ausir, dit Vëannë, car ceci est mon conte, et c'est un conte des Gnomes, et je te supplie donc de ne point emplir les oreilles d'Eriol de tes noms elfiques. Voici ! je ferai seule le récit de ce conte, car n'ai-je pas vu Melian et Tinúviel une fois il y a très longtemps de mes propres yeux lorsque je voyageais par le Chemin des Rêves ?

— Comment était donc la Reine Melian, fit Eriol, si tu l'as vue, ô Vëannë ?

— Mince à la chevelure très noire, dit-elle, et sa peau était blanche et pâle, mais ses yeux brillaient et semblaient contenir de vastes profondeurs. Elle était vêtue d'habits légers, transparents, très beaux et pourtant de la teinte de la nuit, sertis de jais et ceints d'argent. Si jamais elle chantait, ou bien si jamais elle dansait, des rêves et des sommeils passaient sur les têtes de ceux qui étaient alentour, les alourdissant de sommeil comme un vin fort. En vérité elle était un esprit qui, s'échappant des jardins de Lórien avant même que Kôr ne fût construite, erra dans les endroits sauvages du monde et dans chaque forêt solitaire. Des rossignols l'accompagnèrent et chantaient autour d'elle sur son chemin — et ce fut le chant de ces oiseaux qui frappa les oreilles de Thingol, comme il marchait à la tête de cette seconde [16] tribu des Eldalië qui devinrent par la suite les Flûtistes de la Côte, les Solosimpi de l'Île.

Maintenant ils avaient parcouru un très long chemin depuis la sombre Palisor, et les compagnies épuisées peinaient derrière le cheval aux pas rapides d'Oromë, c'est pourquoi la musique des oiseaux magiques de Melian lui sembla pleine de réconfort, plus magnifique que les autres mélodies de la Terre, et il s'écarta un moment, comme il le crut, de l'armée, cherchant dans les sombres forêts d'où elle pouvait venir.

Et on dit que ce ne fut pas qu'un moment durant lequel il prêta oreille, mais de nombreuses années, et son peuple le rechercha vainement, jusqu'à ce qu'enfin ils dussent par nécessité suivre Oromë sur Tol Eressëa, laquelle les porta au loin, l'abandonnant à écouter les oiseaux, envoûté dans les forêts d'Aryador. Ce fut là le premier chagrin des Solosimpi, qui par la suite furent légion ; mais Ilúvatar en souvenir de Thingol mit un germe de musique dans les cœurs de ce peuple les distinguant de tous les peuples de la Terre hormis seulement les Dieux, et par la suite, comme le dit l'histoire, il fleurit merveilleusement sur l'île et dans la glorieuse Valinor.

Thingol, cependant, conçut peu de chagrin ; car après un court instant, comme lui sembla, il découvrit Melian allongée sur un lit de feuilles…

(19) Longtemps après cela, comme tu le sais maintenant, Melko entra à nouveau avec violence dans le monde depuis Valinor, et pratiquement tous les êtres à s'y trouver tombèrent sous son esclavage infâme ; et les Elfes Perdus n'étaient pas libres non plus, ni les Gnomes errants qui parcouraient les lieux montagneux à la recherche de leur trésor dérobé. Pourtant il demeurait quelques rares tribus qui menées par des rois puissants défiaient encore cet être maléfique en des lieux sûrs et cachés, et si Turgon, roi de Gondolin, était le plus glorieux de ceux-ci, pendant un temps le plus puissant et libre le plus longtemps fut Thingol des Forêts.

Maintenant dans les jours qui suivirent la Lumière du Soleil et la Lueur de Lune, Thingol demeura encore en Artanor et régna sur un peuple nombreux et vigoureux issu de toutes les tribus de l'ancienne Elfinesse — car ni lui, ni son peuple n'allèrent à la terrible Bataille des Larmes Innombrables — un sujet qui ne touche point à ce conte. Pourtant sa seigneurie fut grandement étendue après ce champ si amer par les fugitifs à la recherche d'un seigneur et d'un foyer. Cachée par la suite fut sa demeure de la vision et de la connaissance de Melko par les magies rusées de Melian la fée, et elle tissa des sortilèges autour des chemins qui y menaient, de sorte que nul autre que les enfants des Eldalië ne pût les fouler sans se perdre. Ainsi le roi fut gardé de tous dangers sauf de la traîtrise seule ; ses palais étaient construits dans une profonde caverne, voûtée démesurément, qui ne connaissait d'autre entrée qu'une porte rocheuse, puissante, aux piliers de pierre, et ombragée par les arbres les plus élevés et les plus anciens de tous les bois broussailleux d'Artanor. Un grand ruisseau allait là en un cours sombre et silencieux à travers les forêts profondes, et celui-ci coulait large et rapide devant cette entrée, si bien que quiconque eût voulu pénétrer par ce portail aurait d'abord dû franchir un pont suspendu par les Noldoli au service de Thingol traversant cette eau — et étroit était-il et fortement gardé. En aucune manière n'étaient mauvaises ces régions de forêts, bien que les Montagnes de Fer ne fussent pas très éloignées et la noire Hisilómë après elles, où demeurait l'étrange race des Hommes, et où travaillaient dans la peine les Noldoli en servitude, et où allaient peu d'Eldar libres.

Thingol avait alors deux enfants, Dairon et Tinúviel…

(21) « sa mère était une fée, une fille de Lórien », à la différence du manuscrit, « sa mère était une fée, une fille des Dieux ».

(21) « Maintenant Beren était un Gnome, fils d'Egnor le forestier », comme dans le manuscrit ; mais *Egnor* corrigé au profit de *Barahir*. Il s'agit cependant d'un changement beaucoup plus tardif et, pourrait-on dire, sans importance ; le père de Beren était toujours Egnor dans des écrits datant de 1925.

(23) La phrase de la version manuscrite « et tous les Elfes des bois pensaient aux Gnomes de Dor Lómin comme à des créatures pleines de traîtrise, cruelles et infidèles » a été abandonnée dans la version dactylographiée.

(26) *Angband* pour *Angamandi* dans le manuscrit, à chaque occurrence.

(27) Bien des combats et des fuites connut-il en ces jours, et il tua là plus d'une fois le loup et l'Orc qui le chevauchait à l'aide d'une seule massue de hêtre qu'il portait ; et d'autres périls et aventures…

(28) Mais Melko le contemplant furieux, demanda : « De quelle manière as-tu, ô esclave, osé sortir ainsi du pays où demeure ton peuple selon mon commandement, et errer sans ordres dans les grandes forêts, abandonnant les labeurs que l'on t'a imposés ? » Alors Beren répondit qu'il n'était point un esclave déserteur mais qu'il venait d'un clan de Gnomes qui demeurait en Aryador où se trouvait nombre du peuple des Hommes. Alors Melko fut encore plus furieux, disant : « Nous avons ici un fomenteur de profondes traîtrises contre la seigneurie de Melko, et quelqu'un qui mériterait les tortures des Balrogs » — car toujours cherchait-il à détruire l'amitié et les relations entre Elfes et Hommes, de peur qu'ils oubliassent la Bataille des Larmes Innombrables et se levassent à nouveau de colère à son encontre. Mais Beren se voyant en péril répondit : « Ne crois pas, ô si puissant Belcha Morgoth (car tels sont ses noms parmi les Gnomes), que ceci pût être vrai, car en serait-il ainsi alors je ne me trouverais point ici tout seul et sans aide. Il n'y a pas d'amitié entre Beren fils d'Egnor et le peuple des Hommes ; non en vérité, complètement épuisé des terres infestées par ce peuple, s'est-il aventuré hors d'Aryador. Où irait-il alors sinon vers Angband ? Car nombreux furent les récits que conta son père auparavant de ta splendeur et de ta gloire. Voici, Seigneur, bien que je ne sois aucunement un serf renégat, je ne désire rien tant que de te servir aussi humblement soit-il. » Il y avait peu de vrai en cela, et en vérité son père Egnor

était l'ennemi principal de Melko parmi tout le peuple des Gnomes qui étaient encore en liberté, hormis seulement Turgon roi de Gondolin et les fils de Fëanor, et de longs jours d'amitié avait-il connus en compagnie du peuple des Hommes à cette époque où il était le frère d'armes d'Úrin le ferme ; mais en ces jours il portait un autre nom et Egnor ne signifiait rien pour Melko. Cependant Beren raconta ensuite la vérité, disant qu'il était un grand chasseur, rapide et rusé à abattre ou piéger ou rattraper à la course tout oiseau ou bête. « J'étais perdu sans le savoir dans une région des collines que je ne connaissais point, ô seigneur, dit-il, tandis que je chassais ; et errant au loin je vins en des contrées inconnues et ne trouvai d'autre conseil pour ma sécurité que d'aller à Angband, que chacun peut trouver qui voit les noires collines au loin. Je serais moi-même venu à toi pour quémander quelque humble office (comme celui, peut-être d'un chasseur de viandes pour ta table), n'eût été que ces Orcs me saisirent et me tourmentèrent injustement. »

Maintenant les Valar avaient dû inspirer ce discours, ou peut-être était-ce un sortilège de paroles rusées que Melian lui jeta par pitié comme il s'enfuyait du palais, car en vérité sauva-t-il sa vie…

Une partie de ce passage a été corrigée par la suite sur la version dactylographiée, et donne :

(…) et de longs jours d'amitié avait-il connus en compagnie du peuple des Hommes (comme ce fut le cas également de Beren quand il fut le frère d'armes d'Úrin le Ferme) ; mais en ces jours les Orcs le nommaient Rog et Egnor ne signifiait rien pour Melko.

Parallèlement les mots « Maintenant les Valar avaient dû inspirer ce discours » ont été transformés en « Maintenant les Valar inspirèrent ce discours ».

(29) Ainsi Beren fut placé par Melko comme esclave auprès du Prince des Chats, que les Gnomes

ont nommé Tiberth Bridhon Miaugion, mais les Elfes, Tevildo.

Par la suite *Tiberth* apparaît à la place du nom utilisé dans le manuscrit, *Tevildo*, dans tout le reste du texte dactylographié, et une fois, le nom complet *Tiberth Bridhon Maugion*. Dans le manuscrit le nom Gnomique est *Tifil*.

(31) … ne gagnant rien de mieux pour son labeur qu'un doigt mordu. Alors Tevildo devint furieux, et dit : « Tu as menti à mon seigneur, ô Gnome, et ta place est plus celle d'un nettoyeur que d'un chasseur, qui ne peut même pas attraper les souris dans mes chambres. » À partir de ce moment mauvais furent ses jours sous le joug de Tiberth ; car ils firent de lui un nettoyeur, et il eut un travail sans fin à fendre du bois et à tirer de l'eau, et dans les tâches domestiques de ce logis infect. Souvent aussi était-il tourmenté par les chats et les autres bêtes répugnantes de leur compagnie, et lorsque, comme il arrivait parfois, il y avait un festin d'Orcs en ces palais, souvent le mettait-on à rôtir des oiseaux et d'autres viandes sur des broches devant les énormes feux des dongeons de Melko, jusqu'à ce qu'il s'évanouît de chaleur insupportable ; pourtant il se savait fortuné au-delà de tout espoir d'être encore en vie parmi ces ennemis cruels des Dieux et des Elfes. Rarement recevait-il nourriture ou sommeil lui-même, et il devint hagard et à moitié aveugle, de sorte qu'il souhaita souvent que n'ayant jamais erré hors des contrées sauvages et libres de Hisilómë il n'eût jamais même entraperçu au loin la vision de Tinúviel.

(32) Mais Melian ne rit pas, et ne répondit rien ; car elle était sage en bien des sujets, et voyante — pourtant néanmoins était-ce chose impensable d'un rêve de folie qu'un Elfe, quel qu'il fût, et encore moins une damoiselle, la fille de ce roi qui défiait Melko depuis le plus longtemps, partît seule jusqu'aux marches mêmes de ce triste pays au milieu duquel s'étendent Angband et les Enfers de Fer. Il y avait peu d'amour entre les Elfes des bois et le peuple d'Angband même en ces

jours qui précédèrent la Bataille des Larmes Innombrables lorsque le pouvoir de Melko ne s'était encore pleinement accru, et il voilait ses desseins, et étendait le filet de ses mensonges. « Aucune aide ne recevras-tu de moi, petite, dit-elle ; car même si magie et destinée pouvaient te sauver de cette bravade, il en découlerait pourtant maintes grandes choses, et maints chagrins sur certains, et mon avis est que tu ne révèles jamais tes desseins à ton père. »

Mais Thingol, venant sans qu'ils s'en doutent, surprit ce dernier mot de Melian, et ils durent alors tout lui dire, et il fut tellement courroucé lorsqu'il sut tout que Tinúviel souhaita que jamais ses pensées n'eussent été révélées, même à sa mère.

(32) « (...) En vérité, je n'ai aucun amour pour lui, car il a détruit le jeu que nous avions ensemble, notre musique et notre danse. » Mais Tinúviel dit : « Je ne le demande point pour lui, mais pour moi-même, et en vérité pour ce jeu même que nous avions auparavant. » Et Dairon dit : « Et pour ton bien, je te réponds non » ; et ils ne parlèrent plus de cela ensemble, mais Dairon raconta au roi ce que Tinúviel avait voulu de lui, de crainte que la folie de son cœur conduise cette damoiselle intrépide à son trépas.

(33) … il ne pouvait enfermer sa fille pour toujours dans les cavernes où la seule lumière qui s'infiltrait était celle des torches, basse et tremblotante.

(35) les noms de toutes les choses les plus grandes et les plus longues sur Terre furent mises dans cette chanson ; les barbes des Indrafangs, la queue de Carcaras, le corps de Glorund le dragon, le tronc de Hirilorn, et l'épée de Nan nomma-t-elle, et elle n'oublia pas non plus la chaîne Angainu que façonnèrent Aulë et Tulkas, ni le cou de Gilim le géant qui est plus grand que bien des ormes…

Par la suite, Carcaras est toujours orthographié ainsi dans le texte dactylographié.

(36) … aussi vite que ses pieds dansants pouvaient voleter.

Maintenant lorsque les gardes s'éveillèrent il était tard dans la matinée, et ils prirent la fuite et n'osèrent pas non plus porter les nouvelles à leur seigneur. Ce fut Dairon qui porta le message de l'évasion de Tinúviel à Thingol, car il avait croisé les gens qui couraient stupéfaits depuis les échelles qui chaque matin étaient élevées jusqu'à sa porte. Grandes furent la détresse et la colère mêlées du roi, et tous les lieux profonds de sa cour furent en éveil, et tous les bois résonnèrent de la poursuite, mais Tinúviel était déjà loin dansant follement à travers les bois sombres vers les mornes contreforts et les Montagnes de la Nuit. On dit que Dairon fut le plus rapide et couvrit le plus de distance à sa poursuite, mais fut enveloppé par la traîtrise de ces endroits lointains, et se perdit complètement, et ne revint jamais plus en Elfinesse, mais se tourna vers Palisor ; et là, il joue encore de subtiles musiques magiques, triste et seul parmi les bois et les forêts du Sud.

Maintenant Tinúviel alla de l'avant, et une terreur soudaine s'empara d'elle à la pensée de ce qu'elle avait osé faire, et de ce qui se dressait devant elle. Alors rebroussa-t-elle chemin un moment, et pleura, souhaitant que Dairon fût avec elle. On dit qu'en vérité il se trouvait proche alors, et errait perdu dans Taurfuin, la Forêt de la Nuit, où par la suite Túrin tua Beleg par mésaventure. Tinúviel était maintenant toute proche de ces lieux maléfiques ; mais elle n'entra point en cette ténébreuse région, et les Valar placèrent un nouvel espoir en son cœur, de sorte qu'elle s'en fut à nouveau de l'avant.

(37) Il était rare en vérité que meure l'un des chats ; car en ces jours ils étaient de loin plus puissants en bravoure et en force qu'ils ne l'ont été depuis qu'advinrent ces choses que tu vas bientôt apprendre, plus puis-

sants même que les chats fauves des terres du sud où le soleil brûle fort. Pas moindre non plus n'était leur adresse à grimper et à se cacher, et leur rapidité était celle d'une flèche, pourtant les chiens libres des forêts du nord étaient merveilleusement braves et ne connaissaient pas la peur, et régnait une grande hostilité entre eux, et certains de ces chiens terrorisaient même les plus grands des chats. Tiberth, cependant, n'en craignait aucun sauf Huan le seigneur des Chiens de Hisilómë. Si rapide était Huan qu'une fois il bondit sur Tiberth qui chassait seul dans les bois, et le poursuivant l'avait rattrapé et lui avait presque arraché la fourrure du cou avant qu'il ne fût sauvé par une armée d'Orcs qui entendirent ses cris. Huan reçut maintes blessures au cours de cette bataille avant de réussir à s'enfuir, mais la fierté blessée de Tiberth toujours convoitait sa mort.

Ainsi, grande fut la bonne fortune que connut Tinúviel lorsqu'elle rencontra Huan dans les bois ; et ceci s'accomplit dans une petite clairière près des bordures de la forêt, où commencent les premières plaines d'herbe qui se nourrissent au départ des eaux du Sirion. Le voyant, elle fut mortellement effrayée et fit volte-face pour prendre la fuite ; mais en deux bonds agiles Huan la rattrapa. Parlant doucement la langue profonde des Elfes Perdus il lui dit de ne pas s'effrayer, et « Pour quelle raison, dit-il, est ce que je vois une damoiselle des Elfes, si belle, errant ainsi, près des places du Prince au Cœur Maléfique ? (...) »

(39) « (...) Quelle est ta pensée, ô Huan ?

— Je n'ai pas grand conseil à te donner, dit-il, sauf de t'en retourner hâtivement en Artanor et jusqu'aux palais de ton père, et je t'accompagnerai sur tout le chemin, jusqu'à ce que ces régions entourées par la magie de Melian la Reine soient atteintes. — Cela je ne le ferai jamais, dit-elle, alors que Beren vit ici, oublié de ses amis. — Je pensais que ce serait là ta réponse, dit-il, mais si tu veux encore aller de l'avant dans ta folle quête, alors je n'ai aucun conseil à te donner sauf un, désespéré et périlleux : nous devons maintenant nous hâter vers les lieux malsains où demeure Tiberth qui sont encore éloignés. Je t'y guiderai par les plus secrets des chemins, et lorsque nous y serons rendus tu devras te glisser seule, si tu en as le cœur, jusqu'à la demeure de ce prince en une heure de midi lorsque lui et la plupart de sa maisonnée sont allongés sommeillant sur les terrasses devant ses portes. Là, si ta fortune se montre très clémente, pourras-tu d'aventure découvrir si Beren se trouve en effet en ce lieu malsain comme ta mère te l'a dit. Mais voici, je m'étendrai non loin du pied de la colline où est bâtie la maison de Tiberth, et tu dois dire à Tiberth sitôt que tu le verras, que Beren soit là ou n'y soit pas, que tu as trouvé par hasard Huan des Chiens étendu malade de ses grandes blessures dans un vallon flétri en dehors de ses portes. N'aie trop de crainte, car en ceci à la fois tu me contenteras et tu feras avancer l'accomplissement de tes propres désirs, autant qu'il soit possible ; et je ne pense pas non plus que lorsque Tiberth entendra tes nouvelles tu seras toi-même en péril, pendant un temps. Seulement ne le dirige pas vers le lieu que je vais te montrer ; tu dois offrir de le guider là toi-même. Ainsi tu te libéreras à nouveau de sa maison maléfique, et tu verras ce que je conçois pour le Prince des Chats. » Alors Tinúviel trembla à l'idée de ce qui devait advenir, mais elle dit qu'elle suivrait ce conseil plutôt que de s'en retourner chez elle, et ils s'en furent immédiatement par des chemins secrets à travers les bois, et des pistes sinueuses qui traversaient les terres dénudées et caillouteuses qui s'étendaient au-delà.

Enfin un jour au matin ils parvinrent à un large vallon creusé comme un bol parmi les rochers. Profonds étaient ses bords, mais rien ne poussait là hormis de basses broussailles aux rares feuilles et une herbe flétrie. « Voici le Vallon Flétri dont je parlai, dit Huan. Là-bas se trouve la grotte où le grand

Ici s'achève la version dactylographiée du *Conte de Tinúviel*, au bas d'une page. Je pense qu'il est improbable qu'elle ait eu une suite.

NOTES

1. Pour des références antérieures à Olórë Mallë, le Chemin ou la Voie des Rêves, voir I.28 et s.39 ; 285, 302.

2. La distinction qui est faite ici entre les Elfes (qui appellent la reine Wendelin) et, par implication, les Gnomes (qui la nomment Gwendeling) est encore plus explicite dans la version dactylographiée, p. 67 (« c'est un conte des Gnomes, et je te supplie donc de ne point emplir les oreilles d'Eriol de tes noms elfiques ») et p. 71 (« Le Prince des Chats, que les Gnomes ont nommé Tiberth Bridhon Miaugion, mais les Elfes, Tevildo »). Voir I.74-75.

3. Le manuscrit donnait, dans sa version originale : « Maintenant Beren était un Gnome, fils d'un esclave de Melko, l'ont dit certains, qui peinait dans les endroits plus sombres (…) » Voir note 4.

4. Le manuscrit donnait, dans sa version originale : « Moi, Beren des Noldoli, fils d'Egnor le chasseur (…) » Voir note 3.

5. À partir de ce point, et jusqu'aux mots « forêts du Sud » à la p. 37, le texte est écrit sur des feuillets volants placés à l'intérieur du carnet. Aucun texte rejeté ne correspondrait à ce passage. Il est possible qu'il en ait existé, qui auraient été retirés du carnet, et perdus ensuite ; mais, bien que le livre soit dans un état de décomposition plutôt avancé, il ne semble pas que des pages aient été retirées en cet endroit, et je pense qu'il est plus probable que mon père s'est tout simplement trouvé à court d'espace, à mesure qu'il écrivait par-dessus la version originale, gommée, et (presque certainement) l'élargissait ce faisant.

6. Le manuscrit donnait, dans sa version originale : « ne revint jamais plus en Ellu, et joue (…) » (pour *Ellu*, voir *Changements opérés dans les noms*, ci-dessous). De l'interpolation de « mais se tourna vers Palisor » résulte que Palisor se trouve placée vers le sud du monde. Dans le conte de *La Venue des Elfes* (I.155), Palisor est appelée « la région centrale » (voir aussi le dessin du « Bateau-monde », I.118), et il paraît vraisemblable que le mot « sud » aurait dû être changé ; toutefois, il subsiste encore dans la version dactylographiée (p. 62).

7. Le *Conte de Turambar*, bien que composé après le *Conte de Tinúviel*, existait déjà au moment de la réécriture de *Tinúviel* (voir p. 97).

8. De « absolument stupéfait » à « si Tinúviel était absente » (p. 50), le texte est écrit sur une page insérée ; voir note 5 — ici aussi, la situation textuelle sous-jacente demeure obscure.

9. Un bref passage du texte antérieur écrit au crayon gris est visible ici, s'achevant par : « (…) et Tinúviel commença de se languir amèrement pour Wendelin sa mère, et pour la vue de Linwë et pour Kapalen faisant de la musique dans de plaisantes clairières. » *Kapalen* est probablement le nom qui précédait *Tifanto*, lui-même antérieur à *Dairon* (voir *Changements opérés dans les noms*, ci-dessous).

10. *ce Gnome* : lecture originale *cet homme*. Il s'agit ici d'un lapsus, mais un lapsus significatif (voir p. 80), en toute probabilité. Il est possible que « homme » ait été employé ici, comme en quelques autres occurrences (ainsi p. 33, « aussi haut que les hommes pouvaient façonner leurs plus longues échelles », où référence est faite aux Elfes d'Artanor), pour signifier « Elfe mâle », mais dans ce cas, pourquoi changer de terme ?

11. Barré ici dans le manuscrit : « Beren des Collines ».

12. « Mablung à la Main-lourde, chef parmi les vassaux du roi, bondit et s'empara d'une lance », remplace la version originale, « Tifanto jeta de côté sa flûte et s'empara d'une lance ». Initialement, le nom du frère de Tinúviel était *Tifanto* dans tout le conte. Voir notes 13-15 ainsi que le Commentaire, p. 86.

13. *Mablung* remplace *Tifanto*, ainsi qu'à l'occurrence suivant immédiatement ; voir note 12.

14. « ô Roi » remplace « ô père » ; voir note 12.

15. Ici, *Mablung* était la forme écrite initialement ; voir le Commentaire, p. 86.

16. Il est essentiel au récit de la Venue des Elfes que les Solosimpi soient la troisième et dernière des trois tribus ; « seconde », ici, ne peut être qu'un lapsus, quoique surprenant.

Changements opérés sur les noms dans le *Conte de Tinúviel*

(I) Version manuscrite

Ilfiniol < *Elfriniol*. Dans le texte dactylographié, le nom est *Ilfrin*. Voir p. 253.

Tinwë Linto, Tinwelint. Dans le passage d'ouverture du conte (p. 18), lorsque Ausir et Vëannë sont en désaccord sur les formes du nom de *Tinwelint*, le manuscrit est très confus et il est impossible d'en déchiffrer les étapes successives. Dans l'intégralité du conte, dans sa première version, Vëannë appelle Tinwelint *Tinto Ellu*, ou *Ellu*, mais durant la discussion initiale c'est Ausir qui l'appelle *Tinto Ellu*, tandis que Vëannë le nomme *Tinto'ellon*. *(Tinto) Ellu* est certainement une forme elfique, mais elle a été corrigée dans l'intégralité du conte pour donner le gnomique *Tinwelint*, tandis que le *Tinto Ellu* initial d'Ausir a été corrigé pour donner *Tinwë Linto*. (Lors de la troisième occurrence de *Tinwë* dans le passage d'ouverture le nom initialement écrit était *Linwë* : voir I.178.)

Dans les contes de *La Venue des Elfes* et *Le Vol de Melko* dans la Première Partie, *Ellu* est le nom du deuxième seigneur des Solosimpi qui a été choisi pour remplacer Tinwelint (par la suite, Olwë), mais aux deux occurrences (I.165, 193) il s'agit d'un ajout ultérieur (I.178 note 5, 212). De nombreuses années plus tard, *Ellu* est redevenu à nouveau le nom de Thingol (sindarin, *Elu Thingol* ; quenya, *Elwë Singollo*, dans *Le Silmarillion*).

Gwendeling. Dans la première version du conte, *Wendelin* était la forme constante (on trouve *Wendelin* dans certains contes de la Première Partie, en correction de *Tindriel* : I.147, 179). Le nom a été ensuite transformé dans tout le conte au profit de la forme gnomique *Gwendeling* (que l'on trouve dans le premier dictionnaire gnomique, I.360, elle-même transformée par la suite pour donner *Gwedhiling*), sauf dans la bouche d'Ausir, qui utilise la forme « elfique » *Wendelin* (p. 18).

Dairon < *Tifanto* dans tout le conte. Pour le changement *Tifanto* > *Mablung* de la fin du conte (notes 12-14, ci-dessus) voir le Commentaire, et pour le nom *Kapalen* qui précédait *Tifanto*, voir note 9.

Dor Lómin < *Aryador* (p. 23). Le conte de *La Venue des Elfes* indique (I.163) qu'*Aryador* était le nom de Hisilómë parmi les Hommes ; pour *Dor Lómin — Hisilómë*, voir I.154. Lors des occurrences suivantes dans ce conte, *Aryador* n'a pas été changé.

Angband a été cité deux fois lors de la première écriture du conte, à une occurrence il a été remplacé par *Angamandi ;* dans l'autre cas (p. 58), il a été laissé tel quel. Lors de chaque autre citation, *Angamandi* était la forme initiale. Dans la version manuscrite du conte, Vëannë ne fait pas un usage systématique de formes soit gnomiques, soit « elfiques » : ainsi elle dit *Tevildo* (et pas *Tifil*), *Angamandi*, *Gwendeling* (< *Wendelin*), *Tinwelint* (< *Tinto (Ellu)*). Dans la version dactylographiée, en revanche, Vëannë utilise *Tiberth*, *Angband*, *Melian* (< *Gwenethlin*), *Thingol* (< *Tinwelint*).

Hirilorn, la Reine des Arbres < *Golosbrindi, la Reine de la Forêt* (p. 33) ; *Hirilorn* < *Golosbrindi* lors de toutes occurrences suivantes.

Uinen < *Onen* (ou, peut-être, *Únen*).

Egnor bo-Rimion < *Egnor go-Rimion*. Dans les contes proposés précédemment, le préfixe patronymique est *go-* (I.200, 212).

Tinwelint < *Tinthellon* (p. 57, seule utilisation). Cf. *Tinto'ellon*, ci- dessus sous *Tinwë Linto*.

i.Cuilwarthon < *i.Guilwarthon*.

(II) Version dactylographiée

Tinúviel < *Tynwfiel* dans le titre et à chaque occurrence jusqu'au passage correspondant à la version manuscrite p. 22, « maintenant vit-il Tinúviel qui dansait dans le crépuscule » ; ici et par la suite la forme directement tapée est *Tinúviel*.

Singoldo < *Tinwë Linto* (p. 67).

Melian < *Gwenethlin* à chaque occurrence jusqu'au passage correspondant à la version manuscrite « la majesté de la Reine Gwendeling » ; ici et par la suite la forme directement tapée est *Melian*.

Thingol < *Tinwelint* à chaque occurrence jusqu'au passage correspondant à la version manuscrite « par des chemins tortueux à la demeure de Tinwelint » ; ici et par la suite la forme directement tapée est *Thingol*.

Egnor > *Barahir*, voir p. 69.

Commentaire sur le *Conte de Tinúviel*

§1. *Le récit premier*

Dans cette section je ne considérerai que la conduite de l'histoire principale, et différerai pour l'instant les questions concernant l'histoire plus large sous-jacente, le peuple de Tinwelint ainsi que sa demeure, ou encore la géographie des régions qui apparaissent dans le conte.

L'histoire de Beren découvrant Tinúviel dans la clairière au clair de lune dans sa première forme préservée (pp. 22-23) n'a jamais été transformée en ce qui concerne son image centrale ; l'on remarquera de même que le passage dans *Le Silmarillion* (p. 166) est un rendu très concentré et exalté de la scène : de nombreux éléments qui n'y sont pas mentionnés ne furent jamais réellement perdus. Dans un remaniement très tardif du passage dans le *Lai de Leithian* * les ciguës et les phalènes blanches apparaissent encore, et Daeron le ménestrel est présent lorsque Beren entre dans la clairière. Mais il existe néanmoins des différences notables ; la principale, bien entendu, étant que Beren n'est pas ici un Homme mortel, mais un Elfe, un Noldoli, et l'élément absolument essentiel de l'histoire de Beren et Lúthien est donc absent. On verra plus tard (p. 100) que ce n'était cependant pas initialement le cas : dans la première forme du *Conte de Tinúviel* maintenant perdue (car effacée) Beren était un Homme (pour cette raison j'ai souligné le « lapsus significatif » de l'utilisation du mot *homme* dans le manuscrit [voir p. 55 et note 10], ensuite corrigé en *Gnome*). Plusieurs années après la composition du conte sous la forme que nous possédons ici, il redevient un Homme à nouveau, bien qu'à cette époque (1925-1926) mon père semble avoir longuement hésité sur le sujet de la nature elfique ou mortelle de Beren.

Le conte donne, nécessairement, une raison tout à fait différente à l'hostilité et la méfiance que Beren rencontre en Artanor (Doriath) — à savoir que « les Elfes des bois pensaient aux Elfes de Dor Lómin comme à des créatures pleines de traîtrise, cruelles et infidèles » (voir ci-dessous, p. 92). Il paraît clair qu'à cette époque l'histoire de Beren et de son père (Egnor) avait été conçue seulement dans ses grands traits ; Dans tous les cas, il n'existe aucune trace de l'histoire du groupe de hors-la-loi mené par son père et de sa trahison par Gorlim le Malheureux (*Le Silmarillion*, pp. 163 et s.) avant la première mouture du *Lai de Leithian*, où l'histoire apparaît tout entière (le Lai existait déjà jusqu'en un point un peu plus avancé de l'histoire à la fin de l'été de 1925). Mais une association du père de Beren (changée ensuite au profit de Beren lui-même) avec Úrin (Húrin) comme « frère d'armes » est mentionnée dans la version dactylographiée du conte (pp. 70-71) ; selon le dernier plan pour le *Conte de Gilfanon* (I.322), « Úrin et Egnor marchèrent accompagnés de bataillons sans nombre » (contre les forces de Melko).

Dans l'ancienne histoire, Tinúviel n'a jamais rencontré Beren avant le jour où il l'accoste enfin, et elle le mène directement à la grotte de Tinwelint ; ils n'étaient pas amants, Tinúviel ne savait rien de Beren hormis qu'il était amoureux de sa danse, et il semble qu'elle l'a mené devant son père par courtoisie, la chose la plus naturelle à faire. La trahison par Daeron de Beren à Thingol (*Le Silmarillion*, p. 167) n'a donc pas lieu d'être dans l'ancienne histoire — il n'y a rien à trahir ; de plus, le conte n'indique pas que Dairon ait eu quelque connaissance de Beren avant que Tinúviel ne le menât à la caverne, sinon d'avoir une seule fois aperçu son visage au clair de lune.

Malgré ces différences radicales dans la structure narrative, on remarque que de nombreuses caractéristiques notables de la scène se déroulant dans le palais de Tinwelint (pp. 25-26), lorsque Beren se tient devant le roi, ont perduré, alors que

* Le long poème inachevé en couplets rimés qui raconte l'histoire de Beren et Luthien Tinúviel ; composé en 1925-1931, mais certains passages du poème furent en grande partie réécrits de nombreuses années plus tard.

toute la signification interne s'est décalée et élargie. Remontent tout au début, par exemple, le gêne et le silence de Beren, Tinúviel qui répond à sa place, son soudain sursaut de courage et l'assertion de son désir sans préambule ni hésitation. Mais le ton est largement plus léger et moins dramatique qu'il ne le deviendra par la suite ; dans le rire railleur de Tinwelint, qui traite le sujet comme une boutade et Beren comme un sot embrumé, il n'y a aucune trace de la destinée explicite dans l'histoire ultérieure : « C'est ainsi qu'il amena la ruine de Doriath et fut pris au piège de la malédiction de Mandos » (*Le Silmarillion*, p. 169). Les Silmarils sont effectivement très renommés, et ils ont un pouvoir sacré (p. 56), mais la destinée du monde ne leur est pas liée (*Le Silmarillion*, p. 62) ; Beren est un Elfe, même s'il est issu d'un peuple craint et soupçonné, et il manque à sa requête la dimension profonde de l'outrage ; en outre, lui-même et Tinúviel ne sont pas amants.

Ce passage cite pour la première fois la Couronne de Fer de Melko et les Silmarils sertis dans cette couronne ; ici encore, on trouve un détail qui ne disparaîtra jamais par la suite : « Jamais cette couronne ne quittait-elle sa tête » (cf. *Le Silmarillion*, p. 77 : « Jamais non plus il n'enleva sa couronne, qui pesait pourtant d'un poids mortel »).

Mais à partir de ce point dans la narration, le conte de Vëannë diverge de manière très inattendue du récit à venir. Ce passage précurseur de l'histoire future qui inclura la capture de Beren et Felagund et leurs compagnons par Sauron le Nécromancien, leur emprisonnement et leur mort à tous excepté Beren dans les dongeons de Tol-in-Gaurhoth (l'Île des Loups-Garous dans la rivière Sirion), la délivrance de Beren et la défaite de Sauron par Lúthien et Huan, présente la transformation ultérieure la plus remarquable des *Contes Perdus*.

Autre trait marquant, ce qui pourrait être appelé « l'élément Nargothrond » est entièrement absent, et s'il existait déjà il n'y avait encore aucune association entre cet élément et l'histoire de Beren et Tinúviel (pour Nargothrond, qui à cette époque n'était pas encore connu sous ce nom, voir pp. 114-115, 157-158, 172). Beren ne possède pas la bague de Felagund, il n'a aucun compagnon lors de son voyage septentrional, et il n'y a aucune relation entre (d'une part) l'histoire de sa capture, son discours devant Melko et son emprisonnement dans la demeure de Tevildo, et (d'autre part) les événements de l'histoire ultérieure où Beren et le groupe d'Elfes issus de Nargothrond languissent dans le donjon de Sauron. D'ailleurs, tout l'arrière-plan complexe de légendes, de batailles et de rivalités, de serments et d'alliances, qui est le cadre de l'histoire de Beren et Lúthien dans *Le Silmarillion*, est en grande partie absent. La forteresse des Chats « est » la tour de Sauron sur Tol-in-Gaurhoth, mais seulement dans le sens où elle occupe le même « espace » dans le récit : chercher des ressemblances même ténues ne présente aucun intérêt au-delà entre les deux constructions. Les chats monstrueux et gourmands, leurs cuisines et leurs terrasses ensoleillées, ainsi que leurs noms aux consonances charmantes elfiques-félines (*Miaugion*, *Miaulë*, *Meoita*) ont disparu sans laisser de traces. Et Tevildo ? Il serait très loin de la vérité, me semble-t-il, de dire même simplement que Sauron a trouvé son origine dans un chat : dans la phase suivante des légendes, le Nécromancien (Thû) ne possède aucun attribut félin. En revanche, ce serait à tort qu'on l'écarterait comme un simple *remplacement* (Thû prendrait la place narrative laissée vacante par Tevildo) sans aucun élément de *transformation* des éléments antérieurs. Le successeur immédiat de Tevildo est « le Seigneur des Loups », lui-même un loup-garou, et il conserve ce trait de caractère de Tevildo d'une haine pour Huan surpassant toute autre créature. « Tevildo était un esprit maléfique qui avait pris la forme d'un animal » (p. 48) ; et la bataille entre les deux puissantes bêtes, chien contre loup-garou (initialement, le chien contre le démon sous forme féline), n'a jamais été perdue.

Lorsque le conte revient à Tinúviel en Artanor, la situation est tout à fait contraire : en effet, l'histoire de son emprisonnement dans la maison dans l'arbre Hirilorn et de son évasion n'a jamais été transformée de manière significative. Le passage dans *Le Silmarillion* est effectivement très bref, mais son manque de détail est dû à une compression plutôt qu'à une omission motivée par insatisfaction ; le *Lai de Leithian*, d'où dérive directement le récit en prose du *Silmarillion*, est dans ce passage suffisamment proche, dans les points de détail narratifs, du *Conte de Tinúviel* pour lui être pratiquement identique.

On peut noter qu'en ce qui concerne cette partie de l'histoire, la première version possédait une force ensuite réduite, en ce que la durée de l'emprisonnement de Tinúviel et de son voyage pour délivrer Beren est aisément mise en relation avec celle de la captivité de Beren, qui devait dans l'intention de ses ravisseurs être sans fin ; dans l'histoire ultérieure une grande quantité d'événements et de mouvements se déroulent (avec en outre la captivité de Lúthien dans Nargothrond) qui doivent tous intervenir dans le laps de temps relativement court pendant lequel Beren attend la mort dans le donjon du Nécromancien.

Alors que le fort élément de fable-de-bêtes « explicatif » (concernant les chats et les chiens) allait se trouver entièrement éliminé, et Tevildo Prince des Chats remplacé par le Nécromancien, Huan demeure néanmoins sous la forme du grand Chien de Valinor. Sa rencontre avec Tinúviel dans les bois, son incapacité à lui échapper, et d'ailleurs l'amour que lui porte le grand chien dès leur première rencontre (suggéré dans le conte, p. 39, explicite dans *Le Silmarillion*, p. 175), sont déjà présents, bien que le contexte de leur rencontre et les motivations de Huan soient totalement différents en raison de l'absence de « l'élément Nargothrond » (Felagund, Celegorm, et Curufin).

On voit clairement dans l'histoire de la défaite de Tevildo et de la délivrance de Beren le germe de la légende ultérieure, bien que dépeintes à grands traits seulement selon des ressemblances structurelles larges. Il est curieux d'observer que le passage où Tinúviel parle fort, assise perchée sur le rebord de la trappe de la cuisine dans le chateau des Chats, afin que Beren l'entende, agit comme élément avant-coureur du passage qui se déroule sur le pont de Tol-in-Gaurhoth lorsqu'elle chante la chanson que Beren entend dans son donjon (*Le Silmarillion*, p. 176). L'intention de Tevildo de la remettre à Melko est identique chez Sauron (*ibid.*). La mort du chat Oikeroi (p. 47) serait le germe du combat entre Huan et Draugluin — la peau de l'adversaire mort de Huan est employée de la même manière dans les deux cas (p. 51, *Le Silmarillion*, pp. 181-182). La bataille entre Tevildo et Huan allait devenir le combat entre Huan et le Loup-Sauron, et pour l'essentiel avec le même résultat : Huan libère son ennemi lorsque ce dernier abandonne la maîtrise de sa demeure. Ce dernier élément est notable : Tinúviel prononçant le sort qui liait chaque pierre du château maléfique (p. 48). Bien entendu, au moment de l'écriture, le château de Tevildo était un trait fortuit de l'histoire — sans histoire antérieure, il s'agissait d'un endroit purement maléfique, et le sortilège (créé par Melko) que Tevildo a été forcé de révéler était le secret de son propre pouvoir sur ses créatures autant que la magie qui maintenait les pierres. Avec l'introduction dans le développement de la légende de Felagund et de la tour de guet elfique sur Tol Sirion (*Minas Tirith* : *Le Silmaril-*

lion, pp. 117, 157) capturée par le Nécromancien, le sortilège se trouve décalé : en effet il ne peut s'agir de l'œuvre de Felagund, qui bâtit la forteresse, car il aurait pu alors prononcer celui-ci dans le donjon et faire écrouler la bâtisse sur eux — une façon moins terrible pour eux de mourir. Cet élément de la légende demeure cependant entièrement présent dans *Le Silmarillion* (p. 177), bien que, puisque mon père n'y indique pas exactement quels étaient les mots que Sauron adresse à Huan et à Lúthien, mais seulement qu'il « céda », la signification de ce qui s'est produit puisse échapper au lecteur :

> [Lúthien dit] « Là tu seras nu pour toujours à subir la torture de son mépris et la flamme de son regard, à moins que tu ne me donnes tout pouvoir sur cette forteresse. »
>
> Sauron céda, Lúthien eut la maîtrise de l'île et de tout ce qui s'y trouvait (...).
>
> Lúthien, debout sur le pont, proclama son pouvoir et défit l'enchantement qui tenait pierre sur pierre. Les portes s'écroulèrent, les murs s'ouvrirent et les cachots furent mis à nu.

Ici encore, le matériau du récit diffère totalement entre les formes antérieures et ultérieures de la légende : dans *Le Silmarillion*, « un grand nombre d'esclaves et de prisonniers émerveillés s'avancèrent en pleine confusion, (...) ayant si longtemps connu la nuit de Sauron », tandis que dans le conte les habitants qui émergent de la demeure écroulée (autres que Beren et le personnage apparemment sans conséquence de Gimli le Gnome, esclave et aveugle) sont une armée de chats, réduits à une taille misérable par la rupture du sort de Tevildo. (En supposant que mon père ait employé dans le conte des noms autres que Huan, Beren et Tinúviel, et en l'absence de toutes autres connaissances, y compris l'identité de l'auteur, il ne serait pas facile de démontrer à partir d'une simple comparaison entre cette partie du Conte et l'histoire telle qu'elle est racontée dans *Le Silmarillion* que les ressemblances sont autres que superficielles et accidentelles.)

Un détail narratif de moindre importance peut être noté ici. La version dactylographiée aurait en toute probabilité traité le combat entre Huan et Tevildo différemment. En effet, dans le manuscrit, Tevildo et son compagnon ont la possibilité de fuir en grimpant à des arbres élevés (p. 47), tandis que dans la version dactylographiée, rien ne pousse dans le Vallon Flétri (où Huan devait s'allonger en feignant la maladie), hormis de « basses broussailles aux rares feuilles ».

En ce qui concerne la suite de l'histoire, les formes premières et ultérieures se suivent de bien plus près. La structure narrative du conte peut se résumer ainsi :

— Beren est déguisé dans la fourrure du chat mort Oikeroi.

— Beren et Tinúviel voyagent ensemble vers Angamandi.

— Tinúviel jette un sort d'endormissement sur Karkaras le loup, gardien des portes d'Angamandi.

— Ils entrent en Angamandi, Beren, déguisé en bête, se glisse sous le trône de Melko, et Tinúviel danse devant Melko.

— Tout le peuple d'Angamandi, et finalement Melko lui-même tombent dans le sommeil, et la couronne de fer de Melko roule de sa tête.

— Tinúviel éveille Beren, qui extrait un Silmaril de la couronne, la lame se brise.

— Les dormeurs s'agitent, Beren et Tinúviel prennent la fuite vers les portes, mais y trouvent Karkaras éveillé à nouveau.

— Karkaras arrache d'un coup de gueule la main de Beren qui tient le Silmaril.

— Karkaras est rendu fou par la douleur du Silmaril dans son ventre, car le Silmaril est une chose sacrée qui brûle la chair des êtres maléfiques.

— Karkaras part enragé vers le sud et Artanor.

— Beren et Tinúviel retournent en Artanor ; ils se rendent devant Tinwelint et Beren déclare tenir un Silmaril dans sa main.

— La chasse au loup a lieu, et Mablung à la Main-lourde fait partie des chasseurs.

— Beren est tué par Karkaras, et on le ramène à la caverne de Tinwelint sur une litière de branchages ; mourant, il présente le Silmaril à Tinwelint.

— Tinúviel suit Beren vers Mandos, et Mandos leur permet de s'en retourner au monde.

En transformant la peau du chat Oikeroi en la peau du loup Draugluin, et en changeant quelques autres noms, ce résumé pourrait servir relativement bien de plan à l'histoire présentée dans *Le Silmarillion* ! Mais il s'agit bien sûr d'une liste de similitudes. Il existe aussi des différences majeures, ainsi qu'une foule de différences mineures qui sont omises.

Encore une fois, la plus importante de toutes est l'absence de « l'élément Nargothrond ». Lorsque celui-ci a été rattaché à la légende de Beren, il a introduit Felagund le compagnon de Beren, l'emprisonnement de Lúthien dans Nargothrond par Celegorm et Curufin, son évasion aux côtés de Huan le chien de meute de Celegorm, et Celegorm et Curufin, fuyant Nargothrond et attaquant Beren et Lúthien comme ils quittent Tol-in-Gaurhoth (*Le Silmarillion*, pp. 174-175, 178-179).

Dans la première histoire, le récit s'organise de manière tout à fait différente à partir de la conclusion de l'épisode de « La Servitude de Beren » (p. 51) ; en effet, ici, Huan accompagne Beren et Tinúviel, Tinúviel se languit de son foyer, et Beren est attristé car il aime la vie dans la forêt avec les chiens, mais il résout cette impasse par sa détermination à s'emparer d'un Silmaril, et, bien qu'il pense que leur projet est une folie, Huan leur donne la peau d'Oikeroi, vêtu duquel, Beren, accompagné de Tinúviel, part pour Angamandi. Dans *Le Silmarillion* (pp. 233-234), de même, Beren, après une longue errance dans les forêts avec Lúthien (bien que sans Huan), prend la résolution de partir à nouveau en quête du Silmaril, mais la position de Lúthien sur la question est différente :

> Tu dois choisir, Beren : ou tu abandonnes ta quête et ton vœu, tu choisis une vie errante, ou tu t'en tiens à ta parole et tu vas défier les puissances des ténèbres sur leur trône. Mais dans les deux cas, je te suivrai et nous aurons le même destin.

Ici intervient donc l'attaque de Celegorm et Curufin contre Beren et Lúthien, lorsque Huan, désertant son maître, les rejoint. Ils s'en retournent ensemble à Doriath, et lorsqu'ils y arrivent, Beren quitte Lúthien endormie et retourne seul vers le nord, chevauchant la monture de Curufin. Il est rattrapé à la bordure d'Anfauglith par Huan qui porte Lúthien sur son dos et qui ramène de Tol-in-Gaurhoth les peaux de Draugluin et du messager-chauve-souris de Sauron, Thuringwethil (de qui il n'y a nulle trace dans la première histoire). Vêtus de ces peaux, Beren et Lúthien entrent dans Angband. Huan joue ici le rôle de conseiller actif.

Dans cette partie de la légende ultérieure l'histoire est donc bien plus mouvementée et pleine d'incidents que dans le *Conte de Tinúviel* (bien que la forme finale, comme on peut se l'imaginer, n'ait pas été obtenue d'un seul coup) ; et dans la forme du *Silmarillion* le fait est d'autant plus marquant qu'il s'agit d'une compression et d'un résumé du long *Lai de Leithian* *.

Dans le *Conte de Tinúviel*, le récit du déguisement de Beren est détaillé de manière caractéristique : son instruction par Tinúviel quant au comportement félin, la chaleur et son inconfort sous la peau de bête. Le déguisement de Tinúviel en chauve-souris n'est cependant pas encore apparu, et tandis que dans *Le Silmarillion*, lorsque Carcharoth se confronte à elle, elle « rejeta son infâme vêture » et « lui ordonna de dormir », ici, elle utilise une fois de plus la tunique magique et brumeuse tissée de ses propres cheveux : « et elle jeta dans ses yeux les tresses noires de son voile obscur » (p. 52). L'indifférence de Karkaras au faux Oikeroi est en contraste marqué avec les soupçons de Carcharoth envers le faux Draugluin, dont on lui avait appris la mort : la première histoire précise qu'aucune nouvelle de la déconfiture de Tevildo (et de la mort d'Oikeroi) n'avait encore atteint Angamandi.

La rencontre de Tinúviel avec Melko est donnée avec bien plus de détail que dans *Le Silmarillion* (résultat d'une forte compression du texte-source). La phrase (p. 54) : « il eut un rictus affreux car son noir esprit élaborait quelque maléfice », est remarquable dans sa préfiguration de celle du *Silmarillion* :

> Alors Morgoth, à voir sa beauté, fut pris en son cœur d'un désir pervers et le plan le plus noir qu'il eût jamais conçu depuis qu'il avait fui Valinor lui vint à l'esprit.

Nous ne saurons jamais rien de plus explicite.

On ne peut dire avec certitude si les paroles que Melko adresse à Tinúviel : « qui es-tu qui volettes de par mes palais telle une chauve-souris ? », ainsi que la

---

* Cf. Professeur T.A. Shippey, *The Road to Middle-earth*, 1982, p. 193 : « Il y a trop d'action dans "Beren et Lúthien" pris dans son ensemble. Le revers de cette critique étant qu'à l'occasion Tolkien doit agir assez sèchement avec ses propres inventions. Celegorm blesse Beren, et le chien Huan se tourne sur son maître et le poursuit ; "à son retour il apporta à Lúthien une herbe cueillie dans la forêt. Elle en prit les feuilles pour étancher la blessure de Beren et, grâce à son amour et à ses soins, elle réussit à le guérir (…)" Le motif de la plante curative est très répandu, au centre par exemple du *Lai d'Eliduc* breton (transformé en *Conte* par Marie de France). Mais il occupe alors une scène entière, sinon un poème entier. Dans *Le Silmarillion*, il apparaît simplement pour être mis de côté en deux lignes, et la blessure de Beren lui est infligée puis guérie en cinq lignes. On retrouve de manière répétée cette impression de résumé (…) » Cette impression est entièrement justifiée ! Dans le *Lai de Leithian*, la blessure et sa guérison par l'herbe curative occupent quelque 64 vers. (Cf. la Préface du *Silmarillion*.)

description de sa danse « silencieuse comme une chauve-souris », portent les prémices de son déguisement en chauve-souris ultérieure, mais cela semble possible.

Le couteau avec lequel Beren extrait le Silmaril de la Couronne de fer a une provenance tout à fait différente dans le *Conte de Tinúviel*, s'agissant d'un couteau de cuisine que Beren avait pris dans le château de Tevildo (p. 55) ; dans *Le Silmarillion*, il s'agit d'Angrist, le célèbre couteau forgé par Telchar que Beren avait pris à Curufin. Les dormeurs d'Angamandi sont ici dérangés dans leur sommeil par le son de la lame qui se brise ; dans *Le Silmarillion*, le morceau de lame brisée qui s'envole frappe la joue de Melko, le faisant gémir et s'agiter.

On trouve une différence mineure entre les récits de la rencontre avec le loup lorsque Beren et Lúthien s'enfuient vers la sortie. Dans *Le Silmarillion*, « Lúthien était épuisée, elle n'eut ni le temps ni la force de calmer la bête » ; dans le conte il semble qu'elle aurait pu le faire si Beren ne s'était pas tant hâté. D'une importance plus grande, apparaît ici pour la première fois la conception du pouvoir sacré des Silmarils qui brûle les chairs impures *.

L'évasion de Tinúviel et de Beren d'Angamandi, ainsi que leur retour en Artanor (pp. 56-60), est traitée tout à fait différemment dans le *Conte de Tinúviel*. Dans *Le Silmarillion*, ils sont sauvés par les Aigles et déposés aux frontières de Doriath ; de même, une importance accrue est donnée à la guérison de la blessure de Beren, dans laquelle Huan joue un rôle. Dans la première histoire, Huan les rejoint plus tard, après leur longue fuite à pied vers le sud. Dans les deux récits, ils discutent pour savoir s'ils doivent retourner au palais du père de Tinúviel, mais celle-ci est décrite de manière différente — dans le conte, c'est elle qui persuade Beren de revenir, dans *Le Silmarillion*, il s'agit du contraire.

Un trait curieux dans la chasse au Loup (pp. 62-63) peut également être considéré ici (voir p. 78, notes 12-15). C'était initialement le frère de Tinúviel qui participait à la chasse avec Tinwelint, Beren et Huan, et il s'appelait ici *Tifanto*, qui était son nom dans tout le conte avant d'être remplacé par *Dairon* **. Par la suite « Tifanto » — sans passer par l'étape « Dairon » — a été remplacé par « Mablung à la Main-lourde, chef des vassaux du roi », qui apparaît ici pour la première fois, comme quatrième membre de la traque. Mais plus tôt dans le conte, il est dit que Tifanto > Dairon quitta Artanor à la recherche de Tinúviel et se perdit totalement, « et ne revint jamais en Elfinesse » (p. 36), et on trouve une nouvelle référence à la perte de Tifanto > Dairon lorsque Beren et Tinúviel reviennent en Artanor (pp. 59-60).

Ainsi d'une part, Tifanto est perdu, et Tinúviel en proie à la détresse apprenant la nouvelle à son retour, mais d'autre part il est présent lors de la chasse au Loup. *Tifanto* a ensuite été changé au profit de *Dairon* dans tout le conte, sauf lors du récit de la chasse au Loup, où *Tifanto* a été remplacé par un nouveau personnage, *Mablung*. Ceci montre que *Tifanto* a été retiré de la chasse avant que son nom ne soit changé au profit de *Dairon*, mais n'explique pas comment, sous

* L'on trouve une référence aux « Silmarils sacrés » dans une note plus ancienne : I.229, note 2.

** L'idée que Timpinen (Tinfang Warble) était le fils de Tinwelint et frère de Tinúviel (voir I.147, note 1) avait été abandonnée. Tifanto/Dairon est maintenant cité avec Tinfang et Ivarë comme « les trois joueurs les plus magiques de tous les Elfes » (p. 21).

le nom de *Tifanto*, il pouvait être à la fois perdu dans les pays sauvages et présent lors de la chasse. Puisque rien ne permet dans le manuscrit lui-même d'expliquer cette énigme, je ne peux qu'arriver à la conclusion que mon père a effectivement écrit tout d'abord que Tifanto fut perdu et ne revint jamais, et aussi qu'il participa à la chasse au Loup. Mais, en observant cette contradiction, il a introduit Mablung dans le dernier rôle (et l'a probablement fait avant même que le conte n'ait été achevé, puisque à la dernière apparition de Mablung, son nom est écrit directement, et non comme correction de *Tifanto* : voir note 15). Après cela, *Tifanto* a été corrigé, partout où le nom figurait encore, pour donner *Dairon*.

Dans le conte, le récit est géré différemment par rapport à l'histoire du *Silmarillion* (où, incidemment, Beleg Grand-Arc était présent). Il est curieux que tous (y compris, semblerait-il, Huan !) hormis Beren sont endormis lorsque Karkaras les découvre (lors du guet de Beren, p. 63). Dans *Le Silmarillion*, Huan et Carcharoth s'entre-tuent, tandis qu'ici Karkaras périt sous la lance du roi, et le garçon Ausir raconte comment à la fin Huan survécut pour retrouver Beren lors de « la grande geste du Nauglafring » (p. 66). Nulle trace ici de la destinée de Huan, qui ne mourra pas avant d'avoir « fait face au plus grand loup qui eût jamais parcouru la surface de la terre », et qui ne pourra parler « avec des mots que trois fois durant sa vie » (*Le Silmarillion*, pp. 174-175).

Le trait le plus remarquable du *Conte de Tinúviel* demeure le fait que dans la plus ancienne version à subsister, Beren était un Elfe. En rapport à cela, les paroles finales du garçon (p. 65) méritent d'être notées :

> Mais Mandos leur dit : « Voici, ô Elfes, ce n'est pas à une vie de joie parfaite que je vous renvoie, car une telle vie ne peut plus se trouver dans tout le monde où siège Melko au cœur mauvais — et sachez que *vous deviendrez mortels tout comme les Hommes*, et lorsque vous reviendrez ici à nouveau ce sera pour toujours, à moins que les Dieux ne vous fassent quérir en Valinor même. »

Dans le conte de *La Venue des Valar et la Construction de Valinor*, on trouve le passage suivant (I.108-109 ; commentaire I.124) :

> Là [c'est-à-dire Mandos], en jours tardifs allèrent les Elfes de tous clans qui furent par malheur tués par des armes ou qui moururent de chagrin pour ceux qui avaient été tués — et ainsi seulement pouvaient mourir les Eldar, et alors ce n'était que pour un temps. Là, Mandos disait leur destin, et là ils attendaient dans l'obscurité, rêvant de leurs faits et gestes passés, jusqu'en un temps qu'il désignait où ils pourraient renaître en leurs enfants et sortir et rire et chanter à nouveau.

La même idée fait surface dans le conte de *La Musique des Ainur* (I.86).

La dispense particulière de Mandos dans le cas de Beren et Tinúviel telle qu'elle est conçue ici revient à ce que toute leur destinée « naturelle » d'Elfes se trouve transformée : étant morts comme peuvent mourir les Elfes (à la suite de blessures ou bien d'un chagrin mortel), ils ne renaissent pas comme les autres êtres, et reviennent de Mandos dans leurs propres corps — mais maintenant « mortels tout comme les Hommes ». La toute première eschatologie est trop confuse pour permettre une interprétation satisfaisante de cette « mortalité », et le passage dans *La Construction de Valinor* concernant les destinées des Hommes

(I.109) s'est révélé particulièrement difficile à interpréter (voir le commentaire à ce sujet, I.124 et s.). Mais il semble possible que les mots « tout comme les Hommes », dans le discours de Mandos à Beren et Tinúviel, aient été inclus pour accentuer la finalité de la deuxième mort qu'ils connaîtraient ; leur départ serait aussi fatal que celui des Hommes, il n'y aurait de deuxième retour dans leurs propres corps, et pas non plus de réincarnation. Ils resteront dans Mandos (« Lorsque vous reviendrez ici à nouveau ce sera pour toujours ») — à moins qu'ils ne soient appelés par les Dieux pour vivre en Valinor. Ces derniers mots devraient probablement être mis en relation avec le passage dans *La Construction de Valinor* concernant le destin de certains Hommes (I.110) :

> Rares sont-ils, et heureux en vérité, ceux pour qui de saison Nornorë le héraut des Dieux va cherchant. Alors ils chevauchent avec lui en des chariots ou sur de bons chevaux et descendent dans la vallée de Valinor et festoient dans les palais de Valmar, demeurant dans les maisons des Dieux jusqu'à ce que vienne la Grande Fin.

§ 2. Lieux et peuples dans le Conte de Tinúviel

Considérons en premier lieu ce qui peut être appris au sujet de la géographie des Grandes Terres dans ce conte : le premier « dictionnaire » de la langue Gnomique montre que le sens d'*Artanor* était « la Terre Au-delà », la même interprétation que dans le corps du texte (p. 19). Plusieurs passages dans les *Contes Perdus* illustrent cette expression : dans une esquisse pour le conte jamais achevé de Gilfanon (I.321), les Noldoli exilés de Valinor,

> combattirent les Orcs pour la première fois et capturèrent le col des Collines Amères ; ils s'échappèrent ainsi hors du Pays des Ombres (…) Ils entrèrent alors dans la forêt d'Artanor et la Région des Grandes Plaines (…)

(cette dernière préfigurant peut-être, comme je l'ai suggéré, Talath Dirnen, la Plaine Gardée de Nargothrond). Le conte qui devait suivre celui raconté par Gilfanon, selon le plan prévu (I.324), devait être *Tinúviel*, et cette esquisse commence par : « Beren fils d'Egnor erra hors de Dor Lómin [c'est-à-dire Hisilómë, voir I.154] et entra en Artanor… » Le conte présent indique que Beren passa « au travers des terreurs des Montagnes de Fer jusqu'à ce qu'il atteignît les Terres Au-delà » (p. 22) ; également (p. 37), certains des Chiens « vagabondaient dans les bois de Hisilómë ou bien franchissant les lieux montagneux allaient parfois même jusqu'à la région d'Artanor, les terres au-delà et au sud ». Enfin, dans le *Conte de Turambar*, on trouve une référence à « la route qui franchissait les sombres collines de Hithlum et pénétrait les vastes forêts du Pays Au-delà où en ces temps Tinwelint le roi caché tenait sa demeure ».

Il est donc tout à fait clair qu'Artanor, plus tard nommée Doriath (qui apparaît dans le titre du texte dactylographié du *Conte de Tinúviel*, sous une forme antérieure, *Dor Athro*, p. 67), s'étendait selon la première conception dans la même direction par rapport à Hisilómë (le Pays des Ombres [de l'Ombre], Dor Lómin, Aryador) que Doriath par rapport à Hithlum (Hisilómë) dans *Le Silmarillion* : vers le sud, et séparée de celle-ci par une chaîne de montagnes, les Montagnes de Fer, ou Collines Amères.

Au cours du commentaire sur le conte du *Vol de Melko et l'Assombrissement de Valinor*, j'ai fait remarquer (I.215) qu'alors que selon les *Contes Perdus*, Hisilómë doit se situer au-delà des Montagnes de Fer, il est indiqué aussi (dans le *Conte de Turambar*, p. 108) que ces montagnes étaient ainsi nommées à cause d'Angband, les Enfers de Fer, qui s'étendaient sous leurs « places fortes les plus au nord », et semble donc intervenir un usage contradictoire du nom « Montagnes de Fer » à l'intérieur même des *Contes Perdus*. « À moins que l'on puisse supposer que ces montagnes furent conçues comme une chaîne continue, l'extension sud (plus tard les Montagnes de l'Ombre) formant la clôture sud de Hisilómë, tandis que les cîmes du nord, se dressant au-dessus d'Angband, donnèrent son nom à la chaîne. »

Or, dans le *Conte de Tinúviel*, Beren, voyageant vers le nord depuis Artanor, s'approche « des basses collines et des pays sans arbres qui prévenaient l'approche des Montagnes de Fer désertiques » (p. 27). Il les avait déjà franchies, en sortant de Hisilómë ; mais à présent, il suit « les Montagnes de Fer jusqu'à ce qu'il arrive près des terribles régions de la demeure de Melko ». Ceci semble soutenir l'hypothèse que les montagnes qui clôturaient Hisilómë des Terres Au-delà s'étendaient en continuité avec les montagnes d'Angband ; nous pouvons comparer la petite carte très ancienne (I.116), où la chaîne de montagnes *(f)* isole Hisilómë *(g)*, voir I.153-154, 184 ; ce qui impliquerait que Hisilómë, si « noire » et « terne », n'aurait pas de défenses naturelles contre Melko.

Apparaissent maintenant également les Montagnes de la Nuit (pp. 37, 74), et il paraît clair que les grandes forêts de pins de Taurfuin, la Forêt de la Nuit, poussaient sur ces hauteurs (dans *Le Silmarillion*, Dorthonion, « Pays des Pins », ensuite nommé Taur-nu-Fuin). Dairon se perd ici, mais Tinúviel, bien qu'elle passe à proximité, n'entre pas dans cette « ténébreuse région ». Rien n'indique que cette région n'est pas localisée de la même manière que sa situation ultérieure — à l'est d'Ered Wethrin, les Montagnes de l'Ombre. Aussi, il est possible que la description (dans la version manuscrite seulement, p. 40) de Tinúviel, laissant Huan, « quittant l'abri des arbres » et venant en une « région de hautes herbes », soit une première indication de la grande plaine d'Ard-galen (appelée Anfauglith et Dor-nu-Fauglith après sa désolation), particulièrement si on la rapproche du passage dans le texte dactylographié qui décrit la rencontre de Tinúviel et de Huan, « dans une petite clairière près des bordures de la forêt, où commencent les premières plaines d'herbe qui se nourrissent au départ des eaux du Sirion » (p. 75).

Après leur évasion d'Angamandi, Huan retrouve Beren et Tinúviel « dans cette région du nord d'Artanor que l'on nomma plus tard Nan Dumgorthin, la terre des idoles sombres » (p. 57). Dans le dictionnaire Gnomique, *Nan Dumgorthin* est défini comme « un pays de sombres forêts à l'est d'Artanor où sur une montagne boisée des tribus maléfiques d'hommes renégats firent des sacrifices à des idoles cachées » (*dum* « secret, qui ne doit être dit », *dumgort*, *dungort* « une idole [maléfique] »). Dans le *Lai des Enfants de Húrin*, poème en vers allitératifs, Túrin et son compagnon Flinding (par la suite Gwindor), fuyant après la mort de Beleg Grand-Arc, arrivent dans ce pays :

Là tous deux sont enveloppés   en crépuscule fantôme
et sombres labyrinthes   noirs, impies,
en Nan Dungorthin   où des dieux sans nom
ont leurs lieux saints brumeux   en ombres secrètes,

plus vieux que Morgoth ou les seigneurs anciens
les Dieux dorés de l'Ouest gardé
Mais les habitants spectraux de cette grise vallée
ni les arrêtèrent ni les blessèrent et ils maintinrent leur chemin
la chair frémissante et les membres tremblants.
Pourtant des rires parfois à l'écho s'attardant,
comme une moquerie lointaine de voix de démons
là cruels et creux dans le crépuscule silencieux
Flinding crut entendre mauvais, malsains
(...)

Il n'existe, je crois, aucune autre référence aux Dieux de Nan Dumgorthin. Dans le poème, le pays est situé à l'ouest de Sirion. Finalement, sous la forme de Nan Dungortheb, « la Vallée de l'Épouvantable Mort », il devient dans *Le Silmarillion* (pp. 76, 119) une « non-terre » entre la Ceinture de Melian et Ered Gorgoroth, les Montagnes de la Terreur. Mais il est clair que sa description dans le *Conte de Tinúviel* comme une « région du nord d'Artanor » n'implique pas qu'elle s'étendait à l'intérieur de la magie protectrice de Gwendeling. Il semble que les frontières de cette « zone » aient été moins distinctement définies, et qu'elle était moins vaste que « la Ceinture de Melian » l'est devenue par la suite. Il est probable qu'Artanor était conçue à cette époque comme une vaste région de forêts, au cœur de laquelle se trouvait la caverne de Tinwelint, et seul son domaine immédiat était protégé par le pouvoir de la reine :

> Sa demeure était cachée de la vision et de la connaissance de Melko par les magies de Gwendeling la fée, et elle tissa des sortilèges autour des chemins qui y menaient si bien que nul autre que les Eldar ne pût les fouler aisément, et ainsi le roi fut écarté de tous dangers sauf de la traîtrise seule (p. 20).

Il semble de surcroît que sa protection ne formait pas du tout le mur de défense infranchissable et puissant qu'elle deviendra par la suite. Ainsi, bien qu'Orcs et loups disparaissent lorsque Beren et Tinúviel pénètrent « dans le cercle de la magie de Gwendeling qui dérobait les chemins aux êtres maléfiques et écartait le mal des régions des Elfes du bois » (p. 58), s'exprime la crainte que même si Beren et Tinúviel atteignent la caverne du Roi Tinwelint, « ils ne feraient qu'entraîner leurs poursuivants avec eux vers cet endroit » (p. 57), et le peuple de Tinwelint craint que Melko « soulève sa puissance et vienne pour les écraser totalement et que la magie de Gwendeling n'ait pas la force d'éloigner les multitudes d'Orcs » (p. 59).

L'image de Menegroth auprès d'Esgalduin, accessible seulement par le pont (*Le Silmarillion*, p. 89), remonte aux premiers écrits, bien que ni grotte ni rivière ne soient nommées dans le conte. Mais (comme on le verra de manière plus explicite dans les contes ultérieurs dans ce livre), une longue ascension attendait Tinwelint, l'Elfe-des-bois dans sa grotte, pour devenir enfin Thingol des Mille Cavernes (« le plus beau palais qu'un roi eut jamais à l'est de la Grande Mer »). Au début, la demeure de Tinwelint n'était certes pas une cité souterraine emplie de merveilles, aux fontaines d'argent qui coulaient dans des bassins de marbre et aux piliers sculptés comme des arbres, mais une grotte grossièrement creusée ; et si dans la version dactylographiée, la caverne se remplit de « voûtes innombrables », seule la lumière basse et vacillante des torches l'illumine.

On a trouvé des références antérieures à Tinwelint et sa demeure dans les *Contes Perdus*. Un passage rajouté, mais par la suite rejeté, au conte de *L'Enchaînement de Melko* (I.147, note 1), indique qu'il se perdit dans Hisilómë et y rencontra Wendelin ; « amoureux d'elle, il fut satisfait d'abandonner son peuple et de danser pour toujours parmi les ombres ». Dans *La Venue des Elfes* (I.159), « Tinwë ne vécut pas longtemps avec son peuple, et pourtant est-il dit qu'il vit encore, seigneur des Elfes éparpillés de Hisilómë » ; dans ce même conte (I.163), les « Elfes Perdus » étaient encore là « longtemps après, lorsque les Hommes furent enfermés en Hisilómë par Melko, (...) et ils nommèrent les Elfes Perdus le Peuple de l'Ombre, et ils les craignirent ». Mais dans le *Conte de Tinúviel*, la conception a changé. Tinwelint règne, non pas en Hisilómë, mais en Artanor *. (Il n'est pas précisé où s'est située sa rencontre avec Gwendeling.)

Dans la description du peuple de Tinwelint (version manuscrite seulement), on trouve mention des Elfes qui « demeurèrent dans l'obscurité », faisant évidemment référence aux Elfes qui ne quittèrent jamais les Eaux de l'Éveil. (Il est vrai que ceux qui se perdirent durant la marche depuis Palisor ne quittèrent jamais non plus « l'obscurité » [et ne vinrent jamais sous la lumière des Arbres], mais la distinction faite dans cette phrase ne concerne pas l'ombre et la lumière, mais marque la différence entre ceux qui demeurèrent sur place et ceux qui entreprirent la marche). À propos de l'émergence de cette idée durant l'écriture des *Contes Perdus*, voir I.313-314. Parmi les sujets de Tinwelint, « Les plus nombreux furent des Ilkorindi », et il doit s'agir de ceux qui « furent perdus durant la marche depuis Palisor » (précédemment, « les Elfes Perdus de Hisilómë »).

Ici une différence majeure dans l'essence même de la conception émerge entre l'ancienne légende et la forme du *Silmarillion*. Ces Ilkorindi de la suite de Tinwelint (« mystérieux étaient-ils et des créatures étranges » dont les « sombres chansons (...) s'évanouissaient dans les lieux boisés ou résonnaient dans les profondes cavernes ») sont décrits par des termes applicables aux sauvages Avari (Ceux du Refus) du *Silmarillion*. Mais en fait ils sont évidemment les précurseurs des Elfes-gris de Doriath. Le terme Eldar est ici équivalent à Elfes (« tous les Eldar, et *ceux qui demeurèrent dans l'obscurité* et ceux qui furent perdus durant la marche de Palisor ») et ne se limite pas à ceux qui firent, ou au moins qui entreprirent, le Grand Voyage ; tous étaient des Ilkorindi — Elfes Sombres — à partir du moment où ils n'avaient pas traversé la Mer. La signification ultérieure du Grand Voyage qui donnait le statut d'« Eldarin » était un aspect de l'élévation des Elfes-gris de Beleriand, amenant une distinction de la plus grande importance à l'intérieur de la catégorie des *Moriquendi* ou « Elfes de la Nuit » — les *Avari* (qui n'étaient pas des Eldar) et les *Úmanyar* (les Eldar qui n'étaient « pas d'Aman ») : voir la table « Les Divisions des Elfes » donnée dans *Le Silmarillion*. Ainsi :

Contes Perdus

Eldar de Kôr
des Grandes Terres (l'Obscurité) : Ilkorindi

---

* Dans les esquisses du *Conte de Gilfanon*, les personnages du « Peuple de l'Ombre » de Hisilómë ont cessé d'être des Elfes et sont devenus des « esprits » dont l'origine est inconnue : I.317, 320.

Avari
Eldar (du Grand Voyage) d'Aman
de la Terre-du-Milieu (Úmanyar)

Mais parmi les sujets de Tinwelint, on trouve également des *Noldoli*, des Gnomes. Cette question reste quelque peu obscure, mais on peut observer du moins que les versions manuscrite et dactylographiée du *Conte de Tinúviel* n'envisagent pas précisément la même situation.

La version manuscrite n'est peut-être pas parfaitement explicite à ce sujet, mais on note (p. 20) qu'au sein des sujets de Tinwelint, « les plus nombreux furent des Ilkorindi », et qu'avant le lever du Soleil, « leur nombre fut mêlé à maints Gnomes errants ». Pourtant Dairon s'enfuit devant l'apparition de Beren dans la forêt car « tous les Elfes du bois pensaient aux Gnomes de Dor Lómin comme à des créatures pleines de traîtrise, cruelles et infidèles » (p. 23) ; de même : « la terreur et le soupçon étaient entre les Eldar et ceux de leur peuple qui avaient goûté de l'esclavage de Melko, et pour cela les actes mauvais des Gnomes au Havre des Cygnes trouvèrent leur revanche » (p. 22). L'hostilité des Elfes d'Artanor envers les Gnomes était, donc, spécifiquement tournée contre les Gnomes de Hisilómë (Dor Lómin), qui étaient soupçonnés d'être sous l'emprise de Melko (et il s'agit probablement là d'une prémisse à la suspicion et au rejet des Elfes évadés d'Angband décrit dans *Le Silmarillion*, p. 158). Le manuscrit dit (p. 19) que *tous* les Elfes des Grandes Terres (ceux qui demeuraient en Palisor, ceux qui furent perdus durant la marche, ainsi que les Noldoli revenus de Valinor) étaient tombés sous l'emprise du pouvoir de Melko, bien qu'ils aient été nombreux à s'échapper et à errer dans les régions sauvages. De même, selon la version manuscrite initiale (voir p. 22 et note 3), Beren était « fils d'un esclave de Melko (...), qui peinait dans les endroits plus sombres du nord de Hisilómë ». Cette interprétation paraît raisonnablement claire, aussi limitée soit-elle.

La version dactylographiée affirme explicitement qu'il y avait des Gnomes « au service de Tinwelint » : c'étaient eux qui avaient suspendu le pont surplombant la rivière qui menait à la porte de Tinwelint. Il n'est plus signifié que tous les Elfes des Grandes Terres étaient tombés sous le joug de Melko ; sont indiqués en revanche plusieurs centres de résistance à son pouvoir, en plus de Tinwelint/Thingol en Artanor : Turgon de Gondolin, les Fils de Fëanor, et Egnor de Hisilómë (le père de Beren) — l'un des principaux ennemis de Melko « de tout le peuple des Gnomes qui étaient encore en liberté » (p. 71). On présume que ceci a amené l'exclusion du passage de la version dactylographiée où les Elfes des bois prennent les Gnomes de Dor Lómin pour des traîtres dénués de toute foi (voir p. 70), tandis que la méfiance vis-à-vis de ceux qui furent les esclaves de Melko a été retenue. Le passage concernant Hisilómë « où demeuraient des Hommes, et travaillaient dans la peine les Noldoli en servitude, et où allaient peu d'Eldar libres » (p. 21) a été retenu également ; mais Hisilómë, lorsque Beren souhaite ne jamais en être sorti, devient « les contrées sauvages et libres de Hisilómë » (p. 72).

Cet élément nous amène à une question sans réponse, celle des références à la Bataille des Larmes Innombrables, et plusieurs passages précités portent sur cette question.

L'histoire de « La Peine des Noldoli et de la Venue des Hommes » qui devait être contée par Gilfanon mais qui au bout de quelques pages d'ouverture n'a malheureusement jamais dépassé le stade de plans et de projections, devait être suivie par l'histoire de Beren et Tinúviel (voir I.323). À la suite de la Bataille des Larmes Innombrables, sont mentionnés la Servitude des Noldoli, les mines de Melko, le Sort de Terreur Sans-fond, l'emprisonnement des Hommes en Hisilómë, *puis* « Beren fils d'Egnor erra hors de Dor Lómin et entra en Artanor... ». (Dans *Le Silmarillion*, les gestes de Beren et Lúthien précèdent la Bataille des Larmes Innombrables.)

Or, dans le *Conte de Tinúviel*, on trouve une référence, dans les deux versions, aux « Noldoli esclaves » qui travaillaient en Hisilómë et aux Hommes qui demeuraient là. Comme le passage présentant Beren a d'abord été manuscrit, le père de celui-ci faisait donc partie de ces esclaves. Les deux versions indiquent que ni Tinwelint, ni la majeure partie de son peuple n'étaient allés à la bataille, mais que sa seigneurie s'était trouvée fortement accrue par les fugitifs (p. 20). L'affirmation selon laquelle sa demeure a été cachée par la magie de Gwendeling/Melian est complétée dans le texte dactylographié par les mots « par la suite », et donc après la Bataille des Larmes Innombrables. Le passage transformé dans le texte dactylographié faisant référence à Egnor indique qu'il est l'un des principaux ennemis de Melko « de tout le peuple des Gnomes *qui étaient encore en liberté* ».

Toute cette démonstration paraît mener à une seule conclusion possible : les événements du *Conte de Tinúviel* se sont déroulés *après* la grande bataille ; qui par ailleurs semblerait être confirmée par l'affirmation expresse du texte dactylographié : dans le manuscrit (p. 28), Melko cherchait toujours « à détruire l'amitié et les relations entre Elfes et Hommes », et la deuxième version rajoute (p. 70) « *de peur qu'ils oubliassent la Bataille des Larmes Innombrables* et se levassent à nouveau de colère à son encontre ».

Il est très curieux, donc, que Vëannë affirme au début (dans le manuscrit uniquement, p. 21) qu'elle parlera de « choses qui se déroulèrent dans les palais de Tinwelint *après le lever du Soleil en vérité mais longtemps avant la Bataille des Larmes Innombrables* ». (Tout au moins, cet élément semble impliquer une période bien plus longue entre les deux événements que ne le suggèrent les esquisses du *Conte de Gilfanon* : voir I.324 et s.) Cette idée revient plus loin (p. 32) : « était-ce chose impensable (...) qu'un Elfe (...) partît sans escorte aux palais de Melko, *même en ces jours d'antan qui précédèrent la Batailles des Larmes* lorsque le pouvoir de Melko ne s'était pas encore grandement accru ». Mais plus étrange encore, cette seconde phrase a été retenue dans le texte dactylographié. La version dactylographiée contient donc deux affirmations indubitablement contradictoires :

> Melko « toujours cherchait-il à détruire l'amitié et les relations entre Elfes et Hommes, de peur qu'ils oubliassent la Bataille des Larmes Innombrables » (p. 70) ;

et :

> « Il y avait peu d'amour entre les Elfes des bois et le peuple d'Angband même en ces jours qui précédèrent la Bataille des Larmes Innombrables » (p. 72).

Une contradiction aussi radicale à l'intérieur d'un même texte est tout à fait inhabituelle, et peut-être unique dans l'ensemble des textes concernant le Premier Âge. Mais je ne vois aucune manière d'explication, sinon en l'acceptant comme une contradiction radicale. D'ailleurs, je ne saurais expliquer non plus ces affirmations des deux versions selon lesquelles les événements du conte se déroulent *avant* la bataille, puisque pratiquement toutes les indications tendent à démontrer le contraire *.

§ 3. *Sujets divers*

(I) Morgoth

Beren s'adresse à Melko sous le titre de « Belcha Morgoth », noms que lui donne le peuple des Gnomes (p. 70). Dans le dictionnaire Gnomique, *Belcha* est la forme Gnomique correspondant à *Melko* (voir I.346), mais *Morgoth* ne s'y trouve pas : il s'agit de la première et unique occurrence du nom dans les *Contes Perdus*. L'élément *goth* est donné dans le dictionnaire Gnomique sous le sens de « guerre, discorde ». Mais si *Morgoth* signifiait à cette époque « Discorde Noire », il paraît étrange que Beren l'emploie dans un discours flatteur. Une liste de noms établie dans les années trente explique Morgoth, comme « formé de son nom en Orc, *Goth* "Seigneur ou Maître" avec *mor* "sombre ou noir" en préfixe », mais il paraît très douteux que cette étymologie soit valable pour la première période. Cette liste de noms explique aussi *Gothmog* « Capitaine des Balrogs » comme contenant le même élément Orc, « voix de *Goth* (Morgoth) ». En revanche, dans la liste de noms accompagnant le conte de *La Chute de Gondolin* (p. 273), le nom *Gothmog* signifie « Discorde-et-haine » (*mog-* « détester, haïr » apparaît dans le dictionnaire Gnomique), ce qui soutiendrait l'interprétation de *Morgoth* dans le conte présent comme « Discorde Noire » **.

(II) Orcs et Balrogs

Malgré la référence aux « groupes errants de Goblins *et* d'Orcs » (p. 27, retenue dans la version dactylographiée), les termes sont de toute évidence synonymes dans le *Conte de Turambar*. Dans le conte présent (p. 27), les Orcs sont décrits comme des « êtres répugnants engendrés par Melko ». Dans la deuxième version (p. 70), des Orcs chevauchant des loups font leur apparition.

Les Balrogs, mentionnés dans le conte (p. 28), sont déjà apparus dans l'une des esquisses pour le *Conte de Gilfanon* (I.323) ; mais ils ont aussi joué un rôle important dans le premier des *Contes Perdus*, *La Chute de Gondolin* (voir pp. 281-282).

---

* Dans le *Conte de Turambar*, il est clair et nécessaire que l'histoire de Beren et Tinúviel s'est déroulée *avant* la Bataille des Larmes Innombrables.

** Aucun texte ne suggère que Gothmog ait joué le rôle en relation avec Morgoth induit par l'interprétation « Voix de *Goth* ». Mais rien non plus ne vient la contredire, et il était depuis l'origine un personnage important au sein du royaume maléfique en relation particulière avec Melko. On trouve peut-être une réminiscence de « la Voix de Morgoth » dans « la Bouche de Sauron », le Numénoréen Noir qui était aussi le Lieutenant de Barad-Dûr (*Le Retour du Roi*, V. 10).

(III) « Le sortilège de longueur » de Tinúviel

Parmi les « choses les plus longues » nommées dans ce sort, deux d'entre elles, « l'épée de Nan », et « le cou de Gilim le géant », semblent à présent complètement perdues, bien qu'elles survivent encore dans le sortilège du *Lai de Leithian*, où l'épée de Nan est citée et nommée, *Glend*, et où Gilim est appelé « le géant d'Eruman ». *Gilim*, dans le dictionnaire Gnomique, signifie « hiver » (voir I.346, entrée *Melko*), ce qui ne paraît pas particulièrement approprié. Toutefois une note hâtive, très difficile à déchiffrer, dans le petit carnet utilisé pour des notes relatives aux *Contes Perdus* (voir I.231), semble indiquer que Nan était un « géant de l'été du Sud », et qu'il ressemblait à un orme.

Les *Indravangs* (*Indrafangs* dans le texte dactylographié) sont les « Barbes-longues », il s'agit dans le dictionnaire Gnomique d'un « nom spécial des Nauglath ou Nains » (voir plus loin, le *Nauglafring*, p. 327).

Karkaras (*Carcaras* dans le texte dactylographié), « Dent-de-couteau », est nommé dans le sortilège puisqu'il a été initialement conçu comme le « père des loups, qui gardait les portes d'Angamandi en ces jours *et cela depuis bien longtemps* » (p. 37). Dans *Le Silmarillion* (p. 181), son histoire est différente : Morgoth choisit « un des louveteaux de la race de Draugluin », et l'élevant spécifiquement pour porter le destin mortel de Huan, il est placé devant les portes d'Angband à cette même époque. Dans *Le Silmarillion*, Carcharoth est nommé « Gueule Rouge », expression que l'on retrouve dans le texte du conte (p. 56) : « Karkaras mordit et arracha à la fois main et joyau et les prit dans sa gueule rouge. »

Glorund est le nom du dragon dans le *Conte de Turambar* (*Glaurung* dans *Le Silmarillion*).

Le conte de *L'Enchaînement de Melko* n'indique pas que Tulkas ait participé à la fabrication de la chaîne (dans ce conte le nom est donné sous la forme *Angaino*) (I.137-138).

(IV) L'influence des Valar

On trouve fréquemment répétée la suggestion que les Valar ont exercé d'une manière ou d'une autre une influence directe sur les esprits et les cœurs des Elfes des Grandes Terres lointaines. Ainsi, à la p. 28, les Valar ont inspiré le discours ingénieux de Beren à Melko ; il pourrait s'agir d'une simple fioriture « rhétorique », mais il est clair que le rêve de Tinúviel de Beren doit être pris comme « un rêve des Valar » (p. 34). En outre, « les Valar placèrent un nouvel espoir en son cœur » (p. 74) : et plus tard, pendant le conte de Vëannë, on retrouve les Valar comme des « Parques » actives, guidant les destinées des personnages — ainsi les Valar « menèrent » Huan à la rencontre de Beren et Tinúviel en Nan Dumgorthin, et Tinúviel dit à Tinwelint que « les Valar seuls sauvèrent Beren d'une mort atroce » (p. 61).

II

Turambar et le Foalókë

Le *Conte de Turambar*, comme celui de *Tinúviel*, existe sous la forme d'un manuscrit écrit à l'encre sur un original au crayon à papier entièrement gommé ; il paraît cependant certain que la forme *existante* de *Turambar* a précédé la forme existante de *Tinúviel*. Cette conjecture peut se déduire de plusieurs manières, mais l'ordre de composition est montré clairement par les formes successives du nom du Roi des Elfes des Forêts (Thingol). À travers tout le manuscrit de *Turambar* la forme originale était *Tintoglin* (cette forme apparaissant aussi dans le conte de *La Venue des Elfes*, où elle a ensuite été transformée en *Tinwelint*, I.158, 179). Une note inscrite sur le manuscrit en début de conte précise : « Le nom Tintoglin doit être transformé à chaque occurrence en *Ellon* ou *Tinthellon* = Q. *Ellu* », mais la note a ensuite été barrée, et dans le manuscrit le nom a été changé à chaque occurrence au profit de *Tinwelint*.

En revanche, dans le *Conte de Tinúviel*, le nom du roi a tout d'abord été donné comme *Ellu* (ou bien *Tinto Ellu*), et en une occurrence seulement, *Tinthellon* (p. 79) ; plus tard le nom a été transformé à chaque occurrence en *Tinwelint*. Il est clair que la note indiquant le changement de *Tintoglin* en faveur de « *Ellon* ou *Tinthellon* = Q. *Ellu* » appartient à la période où le *Conte de Tinúviel* était déjà réécrit, ou bien était en cours de réécriture, et que la forme existante du *Conte de Turambar* existait déjà.

De plus, cette forme réécrite de *Tinúviel* a été suivie, à la même période de composition, par la première forme de « l'interlude » dans laquelle Gilfanon fait son apparition (voir I.273-274), alors qu'au début de *Turambar* c'est Ailios (ensuite remplacé par Gilfanon) qui conclut le conte précédent. En ce qui concerne l'organisation différente que mon père a voulu introduire par la suite dans l'ordre des *Contes*, à partir de ce point, mais qu'il ne mena pas à terme, voir I.307-309. Au départ, Ailios raconte son histoire lors de la première veillée des fêtes de Turuhalmë ou de la Menée-des-bûches, et Eltas poursuit avec le *Conte de Turambar* lors de la deuxième veillée.

Nous pouvons affirmer, preuves à l'appui, que le *Conte de Turambar* existait déjà au moins courant 1919. Humphrey Carpenter a découvert un passage, écrit sur un fragment d'épreuves destiné à l'*Oxford English Dictionary*, et ce dans un alphabet ancien conçu par mon père ; en le transposant il a établi qu'il s'agissait d'une partie du début de ce conte. Il m'a rapporté que mon père utilisait cette version de « l'Alphabet de Rúmil » autour de juin 1919 (voir *Biographie*).

Lorsque donc Ailios eut parlé tout son soûl, l'heure d'allumer les bougies était venue, et ainsi vint la première journée de Turuhalmë à sa fin ; mais lors de la deuxième nuit, Ailios n'était plus là, et à la demande de Lindo un certain Eltas entama un conte, et il dit :

« Maintenant tous les gens rassemblés ici savent que celle-ci est l'histoire de Turambar et du Foalókë, et il est, dit-il, un conte favori parmi les Hommes, et parle de jours très anciens de ce peuple, avant la Bataille de Tasarinan lorsque pour la première fois, des Hommes pénétrèrent dans les sombres vallons de Hisilómë.

En ces jours, nombreux sont les contes tels que les Hommes les racontent encore, et plus encore furent racontés par le passé particulièrement dans ces royaumes du Nord que je connus autrefois. Peut-être les aventures d'autres guerriers y ont-elles été mêlées, et d'autres sujets encore qui ne se trouvent point dans le conte ancien — mais maintenant je vais vous raconter la vraie et lamentable histoire, et je la connaissais longtemps avant de fouler Olórë Mallë en ces temps d'avant la chute de Gondolin.

En ces jours mon peuple demeurait en un vallon de Hisilómë et cette terre était nommée Aryador dans les langues que les Hommes utilisaient alors, mais ils étaient très loin des rives d'Asgon et les éperons des Montagnes de Fer étaient proches de leurs demeures, ainsi que des grands bois d'arbres très maussades. Mon père m'a dit que nombre de nos aînés, s'aventurant au loin, avaient eux-mêmes vu les vers maléfiques de Melko et que certains étaient tombés devant eux, et en raison de la haine de notre peuple envers ces créatures et le Vala mauvais souvent le conte de Turambar et du Foalókë était sur leurs lèvres — mais plutôt selon l'usage des Gnomes ils disaient Turumart et le Fuithlug.

Car sachez qu'avant la Bataille de la Lamentation et

la ruine des Noldoli, demeurait là un seigneur des Hommes nommé Úrin, et prêtant l'oreille aux appels des Gnomes lui et son peuple marchèrent avec les Ilkorindi contre Melko, mais femmes et enfants ils laissèrent derrière eux dans les pays boisés, et avec eux était Mavwin, épouse d'Úrin, et son fils demeura avec elle, car il n'était pas encore à hauteur de guerre. Maintenant le nom de ce garçon était Túrin et il est le même en toutes langues, mais Mavwin est nommée Mavoinë par les Eldar.

Maintenant Úrin et ses hommes ne s'enfuirent pas de cette bataille comme le fit la plupart des tribus des Hommes, mais grand nombre d'entre eux périrent en combattant jusqu'au dernier souffle, et Úrin fut fait prisonnier. Des Noldoli qui combattirent en cet endroit, toutes les compagnies furent tuées ou capturées ou bien s'enfuirent dans la déroute, sauf celle de Turondo (Turgon) seulement, et lui et son peuple se taillèrent un chemin hors de ce combat et n'entrent point dans ce conte. Néanmoins, l'évasion de cette grande compagnie gâcha la victoire complète qu'eût sinon connue Melko sur ses adversaires, et il désirait très ardemment connaître le lieu de leur fuite ; et ceci ne put-il faire, car ses espions ne furent d'aucun secours, et aucune torture en ce temps n'avait le pouvoir de forcer le savoir traître des Noldoli captifs.

Sachant aussi que les Elfes de Kôr avaient une piètre opinion des Hommes, les craignant ou se méfiant peu d'eux à cause de leur aveuglement et de leur petit savoir-faire, il eût voulu contraindre Úrin à accepter son service et partir à la recherche de Turondo comme espion de Melko. Cependant ni menaces de tortures, ni promesses de riche récompense ne purent amener Úrin à consentir à cela, car il dit : “Non, fais ce que tu voudras, car à quelque œuvre maléfique de ton cru jamais ne me contraindras, ô Melko, ennemi que tu es des Dieux et des Hommes.

— Pour sûr, dit Melko dans sa colère, jamais ne t'ordonnerai-je encore d'accomplir une œuvre mienne, et je ne t'y forcerai pas non plus, mais des actes qui seront miens et qui t'agréeront peu vas-tu demeurer ici assis à contempler, et tu seras pieds et poings figés et tu ne pourras les contrecarrer." Et celle-ci fut la torture qu'il conçut pour l'affliction d'Úrin le Ferme, et le plaçant en un lieu élevé des montagnes il se tint debout à ses côtés et le maudit, lui et son peuple, par certaines malédictions terribles des Valar, les soumettant à un destin de malheur et à une mort de chagrin ; mais il donna à Úrin une mesure de vision, de sorte qu'il pût voir nombre des choses qui adviendraient à sa femme et à ses enfants sans qu'il pût faire quoi que ce soit pour venir à leur secours, car une magie le retenait en ce lieu élevé. "Vois ! dit Melko, la vie de Túrin ton fils sera rapportée comme un sujet de larmes partout où Elfes ou Hommes se réunissent pour se dire des contes" ; mais Úrin dit : "Au moins personne n'aura pitié de lui en ceci, que son père fût un lâche."

Maintenant après cette bataille Mavwin s'en fut en larmes dans le pays de Hithlum ou Dor Lómin où tous les Hommes doivent maintenant demeurer par l'ordonnance de Melko, hormis quelques rares indomptables qui erraient encore en dehors. Là, elle donna naissance à Nienóri, mais son époux Úrin se languissait sous la servitude de Melko, et Túrin étant encore jeune garçon Mavwin ne sut en sa détresse comment les élever lui et sa sœur, car les hommes d'Úrin avaient tous péri durant la grande bataille, et les hommes étrangers qui demeuraient en ce lieu ne connaissaient point la dignité de la Dame Mavwin, et tout ce pays était sombre et peu avenant.

La courte section de texte qui suit a été barrée par la suite et remplacée par une annexe sur une feuille indépendante. Le passage rejeté donne :

En ce temps la rumeur [*inscrit en interligne* : le souvenir] des gestes de Beren Ermabwed s'était largement ébruitée en Dor Lómin, c'est pourquoi il vint au cœur de Mavwin, faute d'un meilleur conseil, d'envoyer Túrin à la cour de Tintoglin [1], le suppliant d'élever cet orphelin en souvenir de Beren, et de lui enseigner la sagesse des fées et des Eldar ; maintenant Egnor [2] était du sang de Mavwin et il était le père de Beren Une Main.

Le passage de remplacement donne (passage transformé pour mieux s'imbriquer dans l'histoire de Tinúviel et l'histoire à suivre du Nauglafring) :

Le conte dit cependant qu'Úrin avait été un ami des Elfes, et sur ce point était bien différent de la plupart de son peuple. Maintenant grande avait été son amitié avec Egnor, l'Elfe de la forêt verte, le chasseur des Gnomes, et il connaissait Beren Ermabwed fils d'Egnor et lui avait rendu un service un jour concernant Damrod son fils ; mais on se souvenait encore en Dor Lómin des gestes de Beren Une Main dans les palais de Tinwelint [3]. C'est pourquoi il vint au cœur de Mavwin, faute d'un meilleur conseil, d'envoyer Túrin son fils à la cour de Tinwelint, le suppliant d'élever cet orphelin en souvenir d'Úrin et de Beren fils d'Egnor [4].

Très amère en vérité fut cette rupture, et pendant un bien long [temps ?] Túrin pleura et ne voulut pas quitter sa mère, et ceci fut le premier des nombreux chagrins qui lui advinrent durant sa vie. Pourtant enfin, lorsque sa mère put le raisonner, il accepta et se prépara dans la détresse pour ce voyage. Avec lui s'en furent deux vieillards, auparavant serviteurs de son père Úrin, et lorsque tout fut apprêté et que les adieux furent accomplis, ils tournèrent leurs pas vers les sombres collines, et la petite demeure de Mavwin se perdit parmi les arbres, et Túrin aveuglé par les larmes ne put la voir plus longtemps. Puis, lorsqu'ils furent encore à portée de voix il s'écria : "ô Mavwin ma mère, bientôt reviendrai-je à toi" — mais il ne savait point que la malédiction de Melko s'étendait entre eux.

Longue et fort épuisante et incertaine était la route qui franchissait les sombres collines de Hithlum et pénétrait les vastes forêts du Pays Au-delà où en ces temps Tinwelint le roi caché tenait sa demeure ; et Túrin fils d'Úrin [5] fut le premier des Hommes à fouler ce chemin, et ils sont rares à l'avoir foulé depuis. En péril furent Túrin et ses gardiens des loups et des Orcs errants qui à cette époque s'éloignaient autant d'Angband tandis que le pouvoir de Melko croissait et s'étendait à travers les royaumes du Nord. Des magies de maléfice les entouraient, si bien que souvent ils s'égaraient et erraient vainement pendant des jours et des jours ; pourtant enfin ils gagnèrent un passage et remercièrent les Valar pour cela — pourtant peut-être ne s'agissait-il que d'une partie de la destinée que Melko tissait autour de leurs pas, car plus tard Túrin eût volontiers péri lorsqu'il était enfant là en ces sombres forêts.

Quoi qu'il en fût, telle fut la manière de leur venue dans les palais de Tinwelint ; car dans les bois au-delà des montagnes ils se perdirent complètement, jusqu'à ce qu'enfin n'ayant aucun moyen de se nourrir ils furent près de mourir, lorsqu'un pisteur de la forêt les découvrit, un chasseur des Elfes secrets, et il se nommait Beleg car il était de grande taille et de noble robustesse selon les critères de ce peuple. Alors Beleg les mena par des chemins détournés et à travers maintes contrées aux bois sombres et solitaires jusqu'aux berges de ce ruisseau ombragé devant les portes caverneuses des palais de Tinwelint. Maintenant arrivant devant ce roi, ils furent bien reçus en souvenir d'Úrin le Ferme, et lorsque le roi apprit aussi ce qui liait Úrin et Beren Une-main [6] ainsi que la détresse de la dame Mavwin son cœur s'adoucit et il accéda à son désir, et il ne voulut pas renvoyer Túrin, mais il dit plutôt : “Fils d'Úrin, tu demeureras en paix à ma cour dans la forêt, et non point même comme serviteur, mais voici, comme un deuxième enfant seras-tu pour moi, et toutes les sagesses de Gwedheling et de moi-même apprendras-tu."

Après un temps, lorsque les voyageurs furent reposés il renvoya le plus jeune des deux gardiens de Túrin à Mavwin, car tel était le désir de cet homme de mourir au service de l'épouse d'Úrin, pourtant l'on envoya une escorte d'Elfes pour l'accompagner, et autant de conforts et de magies pour le voyage que purent se faire, et de plus ces paroles porta-t-il de Tinwelint à Mavwin : "Voici, ô Dame Mavwin épouse d'Úrin le ferme, ni par amour ni par crainte de Melko mais par la sagesse de mon cœur et la destinée des Valar je n'allai pas avec mon peuple à la Bataille des Larmes Innombrables, moi qui suis maintenant devenu un havre et un refuge pour tous ceux qui, craignant le Mal, peuvent trouver les chemins secrets qui mènent à la protection de mes palais. Peut-être ne reste-t-il plus maintenant d'autre rempart contre l'arrogance du Vala de Fer, car les gens disent que Turgon n'a point péri, mais qui connaît la vérité ou bien durant combien de temps pourra-t-il s'en échapper ? C'est pourquoi ton fils Túrin sera maintenant élevé ici comme mon propre enfant jusqu'à ce qu'il soit en âge de te secourir — alors, s'il le veut, il pourra partir."

En outre, il fit dire à la Dame Mavwin, pût-elle surmonter le voyage, de venir elle aussi en ses palais, et de demeurer là en paix ; mais ceci lorsqu'elle l'entendit elle ne fit point, à la fois par tendresse pour son jeune enfant Nienóri, et aussi parce qu'elle préféra demeurer pauvre parmi les Hommes plutôt que de vivre dans la douceur invitée par charité auprès des Elfes des Bois. Il se peut aussi qu'elle s'agrippât à cette demeure où Úrin l'avait installée avant de s'en aller à la grande guerre, espérant encore faiblement son retour, car aucun des messagers qui avaient ramené les nouvelles lamentables de ce champ n'avait pu dire s'il était mort, rapportant seulement que personne ne savait où il pût être — pourtant en vérité ces messagers étaient rares et à moitié fous de détresse, et maintenant les années passaient lentement depuis que le dernier coup avait été porté en ce jour si douloureux. De fait, en des jours à venir se languit-elle de voir Túrin à nouveau et peut-être qu'à la fin, lorsque Nienóri serait grande, aurait-elle abandonné sa fierté pour franchir les collines, n'eût-été que celles-ci fussent maintenant infranchissables à cause de la puissance et la grande magie de Melko, qui avait pris au piège tous les Hommes en Hithlum et qui tuait tous ceux qui osaient s'aventurer hors de ses murs.

Ainsi s'établit la demeure de Túrin dans les palais de Tinwelint ; et avec lui souffrit-on que demeurât Gumlin le vieillard qui l'avait accompagné hors de Hithlum, et qui n'avait ni la force ni le cœur de s'en retourner. Grande joie connut-il en ce séjour, pourtant il ne put jamais tout à fait se départir de la tristesse de sa séparation d'avec Mavwin ; grandement s'accrut la force de son corps et la vaillance de ses actes lui valut des louanges partout où Tinwelint régnait, pourtant était-il un garçon silencieux et souvent maussade, et il ne rencontrait pas aisément l'amour et la fortune ne le suivait point, car les choses qu'il désirait fortement venaient peu à lui et de nombreuses choses auxquelles il œuvra ne réussirent point. Mais rien cependant ne l'affligeait tant que l'interruption de tous messages entre lui et Mavwin, lorsque au bout de quelques années comme on l'a dit les collines devinrent infranchissables et les chemins fermés. Maintenant Túrin était âgé de sept ans lorsqu'il s'en fut chez les Elfes des bois, et durant sept ans il y demeura pendant lesquels des nouvelles parvinrent encore et toujours de sa mère, si bien qu'il apprit comment sa sœur Nienóri grandissait et devenait une damoiselle élancée et très belle, et la manière dont les choses allaient s'améliorant en Hithlum et sa mère s'apaisait ; puis toutes nouvelles cessèrent, et les années passèrent.

Afin d'apaiser son chagrin et la rage de son cœur, qui toujours se souvenait de la manière dont Úrin et son peuple étaient tombés durant la bataille contre Melko, Túrin toujours en compagnie des plus belliqueux parmi les gens de Tinwelint parcourait les confins du pays, et bien avant d'avoir grandi jusqu'au premier âge d'homme il avait tué et fut blessé en combat contre les Orcs qui rôdaient sans cesse aux marches du royaume et menaçaient les Elfes. En vérité, n'eussent été ses prouesses, ce peuple aurait connu de grandes blessures, et il tint à distance la colère de Melko durant de nombreuses années, et après son temps ils furent grièvement harcelés, et à la longue ils seraient devenus esclaves, ne fussent advenues des choses vastes et terribles si bien que Melko les oublia.

Maintenant à la cour de Tinwelint demeurait un Elfe qui se nommait Orgof, et, comme la plupart des gens de ce roi, il était Ilkorin, et pourtant possédait-il du sang de Gnome aussi. Du côté de sa mère il était presque parent du roi lui-même, et il connaissait quelque faveur étant un bon chasseur et un Elfe valeureux, pourtant avait-il la langue par trop déliée et il était arrogant à cause de la faveur qu'il tenait du roi ; pourtant n'y avait-il rien qu'il aimait tant que les habits de qualité et les joyaux et les ornements d'or ou d'argent, et toujours il s'habillait de galante manière. Maintenant Túrin qui était continuellement à dormir dans les forêts et à peiner en des lieux désolés et solitaires devint désordonné dans son accoutrement et ses mèches se firent sauvages, et Orgof le raillait dès que tous deux se trouvaient assis ensemble à la table du roi ; mais Túrin jamais ne répondait une parole à ses moqueries stupides, et de fait à aucun moment ne prêtait-il grande attention aux paroles qu'on lui adressait, et les yeux sous ses sourcils broussailleux étaient souvent distants comme regardant au loin — et il semblait voir des choses et écouter des sons des forêts que les autres n'entendaient point.

En un temps Túrin s'assit au repas avec le roi, et ce jour-là cela faisait douze années depuis qu'il avait contemplé Mavwin à travers ses larmes, debout devant les portes et pleurant à mesure qu'il s'éloignait à travers les arbres, jusqu'à ce que leurs tiges l'eussent soustraite à sa vue, et il était maussade, répondant laconiquement à ceux qui étaient assis près de lui, et entre tous à Orgof.

Mais ce sot ne voulut lui accorder la paix, se riant de ses habits rudes et de ses cheveux emmêlés, car Túrin arrivait alors d'un long séjour dans les bois, et à la fin il tira délicatement un peigne d'or qu'il avait et le proposa à Túrin ; et ayant bu en quantité, lorsque Túrin ne daigna pas le remarquer il dit : "Non point, et si tu ne sais comment employer un peigne, retourne-t'en chez ta mère, car elle peut-être te l'apprendra — à moins qu'en vérité les femmes de Hithlum ne soient aussi laides que leurs fils et aussi peu soignées." Alors une colère féroce monta dans son cœur blessé et, ces paroles concernant la dame Mavwin, s'enflamma soudain dans le sein de Túrin, et il se saisit d'un lourd gobelet d'or qui reposait à sa main droite et sans penser à sa force il le lança puissamment dans les dents d'Orgof, disant : "Bouche tes lèvres avec ceci, imbécile, et ne raille plus." Mais le visage d'Orgof était brisé et il s'écroula en arrière de tout son poids, tapant la tête sur la roche du sol et tirant à lui la table et toute sa vaisselle, et il ne parla ni ne railla plus, car il était mort.

Alors tous se levèrent en silence, mais Túrin considérant avec horreur le corps d'Orgof et le vin renversé sur sa main, tourna les talons et s'en fut dans la nuit ; et d'aucuns qui appartenaient à la famille d'Orgof tirèrent à demi leurs armes de leurs fourreaux, pourtant aucun ne frappa, car le roi ne fit aucun signe mais fixa d'un œil de pierre le corps d'Orgof, et une grande consternation se lisait sur son visage. Mais Túrin se lava les mains dans le ruisseau devant les portes et là éclata en sanglots, disant : "Voici ! Une malédiction repose-t-elle sur moi, car tout ce que je fais est malheureux, et maintenant les choses sont telles que je dois fuir la maison de mon père adoptif, un hors-la-loi coupable de sang — et je ne pourrai voir les visages de ceux que j'aime à nouveau." Et en son cœur il n'osait retourner en Hithlum de crainte que sa mère ne connût un chagrin amer devant sa disgrâce, ou bien peut-être de porter le courroux des Elfes sur son peuple ; il s'en fut donc au loin, et lorsqu'on partit à sa recherche on ne put le trouver.

Pourtant ils ne cherchaient pas à lui faire du mal, bien qu'il ne le sût point, car Tinwelint malgré son chagrin et cet acte malheureux le pardonna, et la plupart de son peuple le suivait en cela, car Túrin s'était longtemps tu ou bien avait répondu courtoisement à la sottise d'Orgof, bien que souvent piqué par celle-ci, car cet Elfe n'étant pas peu envieux avait l'habitude d'empoisonner ses paroles ; et maintenant donc les proches parents d'Orgof étaient tenus par la crainte de Tinwelint, et par de nombreux présents, à accepter le jugement du roi.

Pourtant Túrin dans son désespoir, croyant que tous étaient contre lui et que le cœur du roi était devenu celui d'un ennemi, se glissa jusqu'aux confins les plus éloignés de ce royaume de bois et de forêts. Là, il chassa pour se nourrir, étant bon tireur à l'arc, et pourtant il ne pouvait pas rivaliser avec les Elfes en cela, mais c'était plutôt dans le maniement de l'épée qu'il était plus puissant. Autour de lui se rassemblèrent quelques esprits sauvages, et parmi eux était Beleg le chasseur, qui avait auparavant sauvé Gumlin et Túrin dans les bois. Maintenant en de nombreuses aventures tous deux allèrent-ils ensemble, Beleg l'Elfe et Túrin l'Homme, dont on ne se souvient plus maintenant et qui ne sont plus racontées mais qui, jadis, étaient chantées en bien des lieux. Ils firent la guerre contre bêtes et Goblins, et se rendirent parfois en des endroits lointains inconnus des Elfes, et le renom des chasseurs cachés des marches commença à se répandre parmi Orcs et Elfes, de sorte que peut-être Tinwelint bientôt eût pris connaissance de l'endroit où demeurait Túrin, n'eût été qu'en un temps toute la cohorte de Túrin tomba en une rencontre désespérée sur une armée d'Orcs qui les surnombrait par trois fois. Tous furent tués là hormis Túrin et Beleg, et Beleg en réchappa avec des blessures, mais Túrin fut maîtrisé et ligoté, car telle était la volonté de Melko qu'on le lui menât vivant ; car voici, à demeurer dans les palais de Linwë [7] autour desquels cette fée Gwedheling la reine avait tissé grande magie et grand mystère et si grande puissance de sortilèges que seuls de Valinor pouvaient-ils provenir, d'où en vérité elle les avait amenés bien longtemps auparavant, Túrin ne lui était plus visible, et il craignait qu'il ne se dérobe au châtiment qu'il avait conçu pour lui. Il avait donc maintenant l'intention de le torturer terriblement sous les yeux d'Úrin ; mais Úrin avait fait appel aux Valar de l'Ouest, ayant appris des Eldar de Kôr — les Gnomes qu'il avait rencontrés — beaucoup les concernant, et ses mots parvinrent, qui pourra dire comment, jusqu'à Manwë Súlimo sur les hauteurs de Taniquetil la Montagne du Monde. Néanmoins Túrin fut à présent traîné sur bien des lieues maléfiques en une cruelle détresse, un captif des Orcs sans merci, et ils voyagèrent lentement, car ils suivaient toujours la ligne des collines sombres vers ces régions où elles s'élèvent escarpées et tristes et leurs cimes se cachent derrière des linceuls de noires vapeurs. En cet endroit les nomme-t-on Angorodin ou les Montagnes de Fer, car sous les racines de leurs places fortes du Nord s'étend Angband, les Enfers de Fer, la plus douloureuse de toutes les demeures — et vers ce lieu se dirigeaient-ils maintenant, chargés de butin et de gestes maléfiques.

Sache donc qu'en ces jours, toujours Hithlum et les Terres Au-delà étaient emplies des Elfes sauvages et des Noldoli encore libres, fugitifs de la bataille ancienne ; et d'aucuns erraient toujours dans l'épuisement, et d'autres avaient des demeures secrètes et cachées dans des cavernes ou bien dans des places fortes des forêts, mais Melko les pourchassait inlassablement et il les traitait plus impitoyablement que tous ses autres serfs lorsqu'il venait à les capturer. Orcs et dragons et êtres maléfiques étaient lâchés contre eux et leurs vies étaient pleines de chagrin et de peine, si bien que ceux qui ne purent enfin parvenir aux royaumes de Tinwelint, ni à la place forte secrète du roi de la cité de pierre *, périrent ou furent réduits à l'esclavage.

Des Noldoli également étaient sous la coupe des enchantements maléfiques de Melko et ils erraient comme dans un rêve de peur, accomplissant ses ordres mauvais, car le sort de la terreur sans fond était sur eux et ils sentaient les yeux de Melko les brûler de loin. Pourtant bien souvent ces tristes Elfes, qu'ils fussent esclaves ou libres, entendaient la voix d'Ulmo dans les ruisseaux ou près de la berge marine là où les eaux de Sirion se mêlaient aux vagues ; car Ulmo, de tous les Valar, pensait encore à eux avec une grande tendresse et concevait avec leur mince aide la ruine des maléfices de Melko. Alors, se remémorant la béatitude de Valinor rejetaient-ils parfois leur crainte, agissant dans le bien et aidant Elfes et Hommes contre le Seigneur de Fer.

Maintenant se fit-il que vint au cœur de Beleg le chasseur des Elfes de partir à la recherche de Túrin dès que ses propres blessures seraient guéries. Ceci nécessitant peu de jours, car il détenait une science de la guérison, il s'en fut en toute hâte à la suite du groupe d'Orcs, et il eut besoin de toute sa science de traqueur pour suivre cette piste, car un groupe de Goblins de Melko va rusé et très léger. Bientôt il se trouva loin au-delà de toute région connue, pourtant par amour pour Túrin il continua, et en ceci il montra un courage bien plus grand que nombre de ce peuple des forêts, et en vérité il est impossible maintenant pour quiconque de mesurer la profondeur de la peur et de l'oppression que Melko mettait dans les cœurs des Hommes et des Elfes en ces tristes jours. Ainsi advint-il que Beleg s'égara

* Gondolin.

dans la nuit en une région sombre et périlleuse dont les pins à la poussée géante étaient si denses que nul hormis les goblins ne pouvait y trouver un chemin, qui possédaient des yeux perçant l'obscurité la plus profonde, et pourtant y en eut-il beaucoup même parmi ceux-ci qui se perdirent longtemps en ces royaumes ; et les Noldoli les appelaient Taurfuin, la Forêt de la Nuit. Maintenant se résignant à sa perte, Beleg s'adossa à un arbre massif et écouta les vents dans les cimes dénudées de la forêt à bien des cordes au-dessus de lui, et le gémissement des airs nocturnes et le craquement des branches étaient pleins de tristesse et de mauvais augure, et son cœur s'épuisa entièrement.

Subitement, il aperçut une petite lumière au loin parmi les arbres, ferme et pâle comme celle d'une luciole très lumineuse, mais pensant qu'il ne pouvait guère s'agir d'une luciole en un tel lieu il s'en approcha à pas feutrés. Maintenant les Noldoli qui œuvraient dans la terre et qui auparavant excellaient dans le travail des métaux et des gemmes en Valinor étaient les esclaves de Melko à qui l'on accordait la plus grande valeur, et il ne souffrait pas qu'ils s'éloignassent, et ainsi était-il que Beleg ne savait point que ces Elfes possédaient des petites lanternes d'étrange facture, et elles étaient d'argent et de cristal et une flamme d'un bleu pâle brûlait toujours en dedans, et ceci était un secret et seuls les tailleurs de joyaux parmi eux le connaissaient et ils ne voulurent jamais le révéler même à Melko, bien que pour lui ils dussent fabriquer maints joyaux et lampes magiques.

À l'aide de ces lampes, les Noldoli se déplaçaient beaucoup la nuit, et rarement perdaient un chemin pour peu qu'ils l'aient déjà arpenté une fois. Ainsi se fit-il que s'approchant, Beleg vit l'un des Gnomes des Collines étendu sur les aiguilles sous un grand pin, endormi, et sa lanterne bleue luisait à côté de sa tête. Alors Beleg l'éveilla, et cet Elfe se redressa empli de crainte et d'angoisse, et Beleg apprit que c'était un fugitif des mines de Melko et qu'il se nommait Flinding bo-Dhuilin d'une antique maison des Gnomes. Maintenant se mettant à parler, Flinding fut fort joyeux d'échanger des paroles avec un Noldo libre, et il raconta de nombreuses histoires de sa fuite depuis la plus lointaine place forte des mines de Melko ; et au bout d'un temps il dit : "Lorsque je me crus tout près de la liberté, voici, une nuit j'errai par mégarde en plein milieu d'un campement d'Orcs, et ils étaient endormis et avaient avec eux un gros butin et de pesants paquetages, et il me sembla apercevoir de nombreux Elfes captifs : et l'un d'entre eux gisait près d'un tronc auquel il était pitoyablement lié, et il gémissait et s'écriait avec amertume contre Melko, appelant les noms d'Úrin et de Mavwin ; et bien qu'en ce temps étant un lâche à cause d'une longue captivité je prisse la fuite sans plus y penser, maintenant je m'étonne grandement, car qui donc parmi les esclaves d'Angband ignore le nom d'Úrin le Ferme qui seul parmi les Hommes défie Melko enchaîné et tourmenté sur un pic amer ?"

Alors Beleg s'anima fortement et bondit sur ses pieds en criant : "C'est là Túrin, fils adoptif de Tinwelint, lui-même dont je suis à la recherche, qui fut le fils d'Úrin il y a là bien longtemps. Non point, mène-moi à ce campement, ô fils de Duilin, et bientôt sera-t-il en liberté", mais Flinding était très craintif, disant : "Mesure tes mots, mon bon Beleg, car les Orcs ont des oreilles de chats, et bien qu'une journée de marche s'étende entre moi et ce campement, qui sait s'ils ne sont point suivis."

Néanmoins, à entendre l'histoire de Túrin racontée par Beleg, et malgré sa terreur, il consentit à mener Beleg en cet endroit, et longtemps avant que le soleil ne se levât sur le jour ou que ses rais évanescents n'eussent filtré en cette noire forêt ils étaient sur la route, guidés par la lumière dansante de la lampe de Flinding qui se balançait. Maintenant il advint que durant leur voyage leur chemin croisa celui des Orcs qui reprenaient maintenant leur marche, mais en une autre direction que celle qu'ils avaient pendant longtemps poursuivie, car craignant maintenant une évasion de leur prisonnier ils se dirigeaient vers un lieu où ils savaient que les arbres se faisaient moins denses et où une piste courait d'un cheminement aisé sur bien des lieues ; c'est pourquoi ce soir-là, bien avant qu'ils ne vinssent en cet endroit que cherchait Flinding, ils entendirent des cris et des chants grossiers au loin dans les bois, mais se rapprochant ; ils ne se cachèrent point non plus trop tôt avant que la totalité du groupe d'Orcs ne passât à proximité, et d'aucuns parmi les capitaines étaient montés sur des petits chevaux, et à l'un de ceux-ci Túrin était lié par les poignets de sorte qu'il devait trotter ou bien être cruellement traîné. Alors Beleg et Flinding les suivirent avec pusillanimité à mesure que le crépuscule tombait sur la forêt, et lorsque ce groupe établit son campement ils se terrèrent dans les alentours jusqu'à ce que tout se fît silencieux sauf les gémissements des prisonniers. Maintenant Flinding recouvrit sa lampe d'une peau et ils s'approchèrent en rampant, et voici, les goblins dormaient, car ce n'était point leur habitude de maintenir un feu ou bien un tour de garde autour de leurs bivouacs, et pour les gardes ils faisaient confiance à certains loups féroces qui allaient toujours aux côtés de leurs troupes comme les chiens avec les Hommes, mais qui ne dormaient point lorsqu'ils campaient, et leurs yeux brillaient comme des foyers de lumière rouge parmi les arbres. Maintenant Flinding était terrifié, mais Beleg l'obligea à poursuivre, et tous deux se glissèrent entre les loups par un endroit où se trouvait un large espace entre eux, et comme le voulut la bonne fortune des Valar Túrin gisait tout près, à l'écart des autres, et Beleg vint sans être vu à ses côtés et aurait tranché ses liens, lorsqu'il découvrit que son couteau était tombé de sa ceinture pendait qu'il rampait et qu'il avait laissé son épée derrière lui hors du campement. C'est pourquoi à présent, car ils n'osent risquer à nouveau le furtif retour et aller, Beleg et Flinding, tous deux des hommes robustes, tentent de le transporter discrètement hors du camp endormi profondément dans un sommeil d'absolu épuisement, et ceci accomplirent-ils, et toujours l'a-t-on considéré comme un acte admirable, et ils sont rares à avoir réussi une prouesse telle que passer à l'insu des loups gardes des goblins, et dépouiller leur campement.

Maintenant ils l'allongèrent dans les bois non loin du campement, car ils ne pouvaient le porter plus loin, vu qu'il était un Homme et de plus grande stature qu'eux [8] ; mais Beleg alla prendre son épée et voulut tout de suite couper ses liens. Les liens autour de ses poignets trancha-t-il les premiers et en coupant ceux des chevilles il trébucha dans l'obscurité et piqua profondément le pied de Túrin, et Túrin s'éveilla effrayé. Maintenant voyant une forme se pencher au-dessus de lui dans la pénombre une épée à la main et sentant la blessure de son pied il crut que c'était l'un des Orcs venu le tuer ou bien le tourmenter — et ceci faisaient-ils souvent, le coupant avec des couteaux ou le blessant avec des lances ; mais à présent Túrin sentit que sa main était libre et il bondit et jeta d'un coup tout son poids sur Beleg qui tomba et fut à moitié écrasé, gisant le souffle coupé sur le sol ; mais Túrin au même moment se saisit de l'épée et la planta dans la gorge de Beleg avant que Flinding pût jamais savoir ce qui se déroula. Alors Túrin bondit en arrière et maudissant les goblins leur ordonna de s'approcher et de le tuer ou bien de goûter de son épée, car il s'imaginait au milieu de leur camp, et ne pensait point à la fuite mais simplement à vendre chèrement sa vie. Maintenant se serait-il lancé sur Flinding, mais ce Gnome se jeta en arrière, laissant choir sa lampe de sorte que la couverture glissa et sa lumière brilla librement, et il s'écria dans la langue des Gnomes que Túrin retienne sa main et ne tue point ses amis — alors Túrin entendant son discours s'interrompit, et là, à la lueur de la lampe, vit le visage blanc de Beleg allongé près de lui gorge transpercée, et debout comme transformé en pierre, tel fut le regard sur son visage que Flinding n'osa parler pendant un très long moment. En vérité avait-il peu l'esprit à parler, car dans cette lumière avait-il vu lui aussi le sort de Beleg et son cœur en était très amer. Enfin cependant il sembla à Flinding que les Orcs se mouvaient, et il en était bien ainsi, car les cris de Túrin étaient parvenus jusqu'à eux ; alors il dit à Turin : “Les Orcs viennent sur nous, fuyons”, mais Túrin ne répondit point, et Flinding le secoua, lui ordonnant de rassembler ses esprits ou bien de périr, et à ce moment-là Túrin fit ce qu'on lui disait mais comme hébété, et se baissant il souleva Beleg et lui baisa la bouche.

Alors Flinding guida-t-il Túrin du mieux qu'il put rapidement hors de ces régions, et Túrin erra avec lui selon ses directions, et enfin pour un temps avaient-ils semé la poursuite et ils purent respirer à nouveau. Maintenant donc Flinding eut le temps de raconter à Túrin tout ce qu'il savait ainsi que sa rencontre avec Beleg, et les torrents des larmes de Túrin furent libérés, et il pleura amèrement, car Beleg avait souvent été son compagnon en de nombreuses aventures ; et celle-ci fut la troisième douleur que connut Túrin, et il ne perdit pas complètement la marque de cette tristesse de toute sa vie ; et longtemps il erra avec Flinding s'inquiétant peu de la direction qu'il pouvait prendre, et n'eût été ce Gnome il eût rapidement été à nouveau capturé ou bien se fût perdu, car il ne pensait qu'au visage blafard de Beleg le chasseur, gisant dans la forêt obscure tué par sa main au moment même où il le libérait des liens de la servitude.

En ce temps les cheveux de Túrin se teintèrent de gris, malgré ses jeunes années. Pendant longtemps néanmoins le Noldo et Túrin voyagèrent ensemble, et grâce à la magie de cette lampe ils allèrent de nuit et se cachèrent le jour et se fondirent dans les collines, et les Orcs ne les trouvèrent point.

Maintenant dans les montagnes se trouvait un site de cavernes au-dessus d'un ruisseau, et ce ruisseau descendait nourrir le Sirion, mais de l'herbe poussait devant les portes des grottes, et celles-ci étaient habilement dérobées à la vue par des arbres et par ces magies que ces groupes épars qui y demeuraient se rappelaient encore. De fait, en ce temps le lieu s'était agrandi jusqu'à devenir un fort bastion du peuple et bien des fugitifs venaient enfler leurs rangs, et là les anciens arts et les œuvres des Noldoli revinrent à la vie bien que de façon rude et grossière.

Là, en secret, se travaillait le métal et on forgeait de bonnes armes, et même des choses belles aussi, et les femmes filaient à nouveau, et tissaient, et parfois on extrayait de l'or discrètement en des lieux tout proches, là où il était découvert, de sorte qu'au plus profond de ces cavernes pouvait-on apercevoir des vaisseaux de beauté dans la flamme de secrètes lumières, et des chansons anciennes étaient doucement chantées. Pourtant ceux qui demeuraient dans les grottes fuyaient toujours devant les Orcs et jamais ne combattaient à moins d'y être contraints par la malchance ou bien de pouvoir les prendre au piège afin de tous les tuer et qu'aucun n'en réchappât ; et ceci firent-ils par politique pour qu'aucune nouvelle ne parvînt à Melko au sujet du lieu de leur demeure et qu'il ne pût suspecter d'assemblée en nombre dans ces régions.

Cet endroit, cependant, était connu du Noldo Flinding qui accompagnait Túrin ; en vérité, il fit partie de ce peuple longtemps auparavant, avant d'être capturé par les Orcs et maintenu en servitude. Là-bas se dirigea-t-il maintenant, étant persuadé que la poursuite était tenue à distance, pourtant alla-t-il par des chemins tortueux, si bien qu'il se passa longtemps avant qu'ils ne parvinssent aux alentours de cette région, et les espions et les guetteurs des Rodothlim (car ainsi se nommait ce peuple) donnèrent l'alerte à leur approche, et le peuple se retira à leur approche, tous ceux qui avaient quitté leur demeure. Alors ils fermèrent leurs portes et espérèrent que les étrangers ne découvriraient pas leurs grottes, car ils craignaient et soupçonnaient tous gens inconnus de quelque race fussent-ils, si terribles étaient les leçons de cette époque épouvantable.

Maintenant donc Flinding et Túrin s'approchèrent hardiment des portes des cavernes, et voyant que tous deux connaissaient maintenant les chemins pour y parvenir les Rodothlim sortirent et les firent prisonniers et les menèrent dans leurs palais rocheux, et les conduisirent devant le chef, Orodreth. Maintenant les Noldoli libres en ce temps-là craignaient puissamment ceux de leur peuple qui avaient goûté de l'esclavage, car contraints par la peur et la torture et les sortilèges ils avaient accompli de grandes traîtrises ; même ainsi furent vengés les actes maléfiques des Gnomes à Cópas Alqalunten [9], poussant Gnomes contre Gnomes, et les Noldoli maudirent le jour où ils prêtèrent l'oreille pour la première fois aux mensonges de Melko, regrettant absolument leur départ du royaume béni de Valinor.

Néanmoins lorsque Orodreth entendit le récit de Flinding et sut qu'il était véridique, il accueillit joyeusement son retour parmi le peuple, pourtant ce Gnome était tellement transformé par l'horreur de son esclavage qu'ils furent rares à le reconnaître ; mais pour l'amour de Flinding, Orodreth écouta le récit de Túrin, et Túrin raconta ses peines et nomma Úrin comme son père, et les Gnomes n'avaient point oublié ce nom. Alors le cœur d'Orodreth s'adoucit et il leur dit de demeurer parmi les Rodothlim et de lui être fidèles. Ainsi advint le séjour de Túrin parmi le peuple des cavernes, et il demeura avec Flinding bo-Dhuilin et œuvra grandement pour le bien du peuple, et tua maints Orcs errants, et commit de nombreux actes de bravoure pour les défendre. En retour grande fut la nouvelle sagesse qu'il apprit d'eux, car des souvenirs de Valinor brûlaient encore profondément en leurs cœurs indomptés, et plus grande encore était leur sagesse que celle d'un Eldar qui n'avait point vu les visages bénis des Dieux.

Parmi ce peuple était une très belle damoiselle et

elle se nommait Failivrin, et son père était Galweg ; et ce Gnome aimait Túrin et l'aida grandement, et Túrin souvent était avec lui lors de sorties et de bons actes. Maintenant Galweg faisait de nombreux récits de ces gestes devant son foyer et Túrin souvent était à sa table, et le cœur de Failivrin s'émut à le voir, et elle pensa souvent à sa mélancolie et à sa tristesse, se demandant quel chagrin reposait enfermé en son sein, car Túrin n'allait point joyeusement parce qu'il sentait peser sur sa tête le poids de la mort de Beleg, et il ne souffrit point que son cœur fût ému, bien qu'il prît plaisir à sa douceur ; mais il se jugea hors-la-loi et chargé d'une pesante destinée de malheur. C'est pourquoi Failivrin s'emplit de tristesse et pleura en secret, et elle devint si pâle que les gens s'émerveillèrent de la blancheur et de la délicatesse de son visage et de ses yeux lumineux qui y brillaient.

Maintenant survint un temps où les bandes d'Orcs et les choses maléfiques de Melko s'approchèrent toujours plus près de la demeure de ce peuple, et malgré les bons sortilèges qui coulaient dans le ruisseau en contrebas il sembla que leur foyer ne pouvait plus longtemps se dérober. On dit cependant que durant tout ce temps la présence de Túrin dans les grottes et ses actes parmi les Rodothlim furent voilés aux yeux de Melko, et qu'il n'infesta point les Rodothlim à cause de Túrin et pas non plus par machination, mais plutôt que c'était le nombre sans cesse croissant de ces créatures et leur pouvoir et leur férocité grandissants qui les menaient si loin. Néanmoins l'aveuglement et l'infortune qu'il avait tissés longtemps auparavant s'attachaient encore à Túrin, comme on peut le voir.

Chaque jour s'assombrirent encore les sourcils des chefs des Rodothlim, et des rêves leur vinrent [10] leur commandant de se lever et de partir vite et secrètement, à la recherche de Turgon, si cela se pouvait, car avec lui le salut pouvait encore se trouver pour les Gnomes. Des murmures se faisaient entendre également dans le ruisseau au soir, et ceux qui étaient versés dans l'écoute de telles voix ajoutèrent leurs prémonitions aux conseils du peuple. Maintenant en ces conseils, Túrin s'était gagné une place à force d'actes de bravoure, et il outrepassa leurs craintes, faisant confiance à sa force, car il désirait toujours guerroyer contre les créatures de Melko, et il tança les hommes de ce peuple, disant : "Voici ! vous possédez des armes d'une facture excellente, et pourtant la plupart sont vierges du sang de vos ennemis. Souvenez-vous de la Bataille des Larmes Innombrables et n'oubliez point ceux de votre peuple qui tombèrent là-bas, et ne cherchez jamais à fuir, mais battez-vous et résistez."

Maintenant malgré la sagesse des plus sages ces paroles si amères semèrent la confusion au sein de leurs conseils et les retardèrent, et ils ne furent pas rares parmi les cœurs braves à y trouver quelque espoir, attristés à la pensée d'abandonner ces lieux qu'ils avaient commencé à transformer en une demeure de paix et de bien-être ; mais Túrin supplia Orodreth qu'on lui donnât une épée, et il n'avait manié d'épée depuis le meurtre de Beleg, mais plutôt s'était-il contenté d'une puissante massue. Maintenant donc Orodreth fit qu'on lui façonnât une grande épée, et par magie celle-ci était ouvrée de sorte qu'elle était entièrement noire sauf sur les bords, et ceux-ci étaient lumineux et brillants et aiguisés comme seul l'acier des Gnomes peut l'être. Lourde était-elle, et dans un fourreau noir, et elle pendait à une ceinture sable, et Túrin la nomma Gurtholfin la Baguette de Mort ; et souvent cette lame bondit dans sa main de son propre chef, et on dit que parfois elle lui parla prononçant de sombres paroles. Avec celle-ci parcourut-il maintenant les collines, et il tua sans cesse, de sorte que cette Noire-épée des Rodothlim devint un nom de terreur parmi les Orcs, et durant une saison tout mal fut écarté des cavernes des Gnomes. De ceci Túrin a reçu ce nom parmi les Gnomes, qui l'appelèrent Mormagli ou bien Mormakil selon leur langage, car ces noms signifient épée noire.

Cependant plus grande devint la valeur de Túrin, plus profond se fit l'amour de Failivrin, et les gens murmuraient-ils en son absence qu'elle parlait en sa faveur, et toujours cherchait à le soigner, et lui la traita toujours avec courtoisie et joyeusement, disant qu'il s'était trouvé une douce sœur dans les pays des Gnomes. En raison des gestes de Túrin cependant le conseil passé des Rodothlim fut écarté et leur demeure se fit connaître au loin en toutes directions, et Melko n'en demeura point ignorant, mais nombre parmi les Noldoli s'enfuirent pour les rejoindre et leur force se fit croissante et Túrin fut tenu en grand honneur parmi eux. Alors furent des jours de grand bonheur et pendant un temps ils purent vivre ouvertement à nouveau et purent s'éloigner largement de leurs demeures en toute sécurité, et nombre d'entre eux se vanta du salut des Noldoli, tandis que Melko rassemblait en secret ses vastes hordes. Celles-ci lâcha-t-il sur eux soudain par surprise, et ils rassemblèrent leurs guerriers en toute hâte et partirent pour l'affrontement, mais voici, une armée d'Orcs fondit sur eux, et des loups, et des Orcs montés sur des loups ; et un grand ver était avec eux dont les écailles étaient de bronze poli et dont le souffle était flammes et fumée mélangées, et son nom était Glorund [11]. Tous les hommes des Rodothlim tombèrent ou furent pris durant cette bataille, car les ennemis étaient innombrables, et ce fut la lutte la plus amère depuis ce champ mauvais de Nínin-Udathriol *. Orodreth y fut grièvement blessé et Túrin le porta hors du combat avant que tout ne fût achevé, et avec l'aide de Flinding dont les blessures n'étaient point importantes [12] il le ramena aux grottes.

---

* Au bas de la page manuscrite est inscrit :

« *Nieriltasinwa* la bataille des larmes innombrables
Glorund *Laurundo* ou *Undolaurë* »

Plus tard, *Glorund* et *Laurundo* ont été corrigés pour donner *Glorunt* et *Laurunto*.

Là mourut Orodreth, reprochant à Túrin d'avoir toujours résisté à ses conseils de sagesse, et le cœur de Túrin fut amer devant la ruine du peuple mis à son compte [13]. Alors laissant la dépouille du Seigneur Orodreth, Túrin se rendit sur les lieux de la demeure de Galweg, et là se trouvait Failivrin qui pleurait amèrement aux nouvelles de la mort de son père, mais Túrin tenta de la réconforter, et pour la douleur de son cœur et du chagrin de la mort de son père et de la ruine de son peuple elle s'effondra sur son sein et l'entoura de ses bras. Si profond était le regret du cœur de Túrin qu'en cette heure il pensa l'aimer très chèrement ; mais maintenant lui et Flinding se trouvaient seuls hormis quelques serviteurs âgés et hommes agonisants, et les Orcs avaient dépouillé le champ des morts et étaient presque sur eux.

Ainsi Túrin se tint devant les portes, Gurtholfin à la main, et Flinding était à ses côtés ; et les Orcs fondirent sur cet endroit et le saccagèrent entièrement, tirant dehors tous les gens qui s'y tapissaient ainsi que tous leurs biens, quoi qu'il s'y trouvât de grande ou de petite valeur. Mais Túrin leur interdit l'entrée de la demeure de Galweg, et ils tombèrent drus autour de lui, jusqu'à ce qu'une compagnie de leurs archers qui se tenait à distance lui dépêchât une nuée de flèches. Maintenant il portait une cotte de mailles telle que tous les guerriers des Gnomes ont toujours aimé et portent encore, pourtant elle ne détourna point toutes ces tiges de male destinée, et déjà était-il gravement blessé lorsque Flinding tomba soudain l'œil transpercé ; et bientôt lui aussi eût-il trouvé la mort — et son destin eût été plus heureux de cela —, n'eût ordonné cet immense dragon survenant dans le saccage qu'ils cessassent leur tir ; mais du pouvoir de son souffle il chassa Túrin de ces portes et de la magie de ses yeux il lui lia pieds et poings.

Maintenant ces dragons et vers sont les créatures les plus maléfiques que Melko ait façonnées, et les plus étranges, mais encore de toutes sont-elles les plus puissantes, sauf les Balrogs peut-être. Grande ruse et sagesse possèdent-ils, de sorte que depuis longtemps on a dit parmi les Hommes que quiconque goûte le cœur d'un dragon connaîtra toutes les langues des Dieux ou des Hommes, d'oiseaux ou de bêtes, et ses oreilles attraperaient les murmures des Valar ou de Melko comme jamais il ne les aurait entendus auparavant. Rares furent ceux qui jamais réussirent un acte d'une telle prouesse que la mise à mort d'un dragon, et aucun même parmi ces hommes de bravoure ne saurait goûter leur sang et vivre encore, car il est tel un poison de feux qui tue tout être qui ne posséderait pas la force d'un Dieu. Quoi qu'il en soit, tout comme leur seigneur, ces bêtes infectes aiment les mensonges et convoitent l'or et les objets précieux, animés d'une immense férocité de désir, bien qu'ils ne puissent en avoir l'usage ni en jouir.

Ainsi se fit-il que ce *lókë* (car ainsi sont nommés les vers de Melko par les Eldar) permit que les Orcs tuassent qui ils désiraient et qu'ils rassemblassent tous ceux qu'ils voulaient en une fort grande et triste foule de femmes, filles et jeunes enfants, mais tout le vaste trésor qu'ils avaient transporté hors des palais rocheux et entassé étincelant dans le soleil devant les portes il convoitait pour lui-même et leur interdit d'y poser le doigt, et ils n'osèrent lui résister, et ils n'auraient pu le faire l'eussent-ils voulu.

Dans ce triste regroupement se tenait Failivrin horrifiée, et elle étendit ses mains vers Túrin, mais Túrin était maintenu par le sortilège du dragon, car le regard de cette bête possédait une magie immonde, comme en ont bien d'autres de son genre, et il rendit les muscles de Túrin comme de la pierre, car son œil tint l'œil de Túrin de sorte que sa volonté mourut, et il ne put bouger de son propre chef, et pourtant pouvait-il toujours voir et entendre.

Alors Glorund railla Túrin presque jusqu'à la folie, disant que voici ! il avait jeté son épée et n'avait non plus le cœur de donner un coup pour ses amis — maintenant l'épée de Túrin gisait à ses pieds là où elle avait glissé de sa poigne dénervée. Grande fut l'agonie de Túrin pour cela, et les Orcs se gaussèrent de lui, et parmi les captifs certains lui lancèrent des cris amers. À ce moment même les Orcs commencèrent à pousser la foule d'esclaves, et son cœur se brisa en voyant cela, pourtant il ne bougea point ; et le pâle visage de Failivrin s'évanouit au loin, et sa voix porta jusqu'à lui, s'écriant : "Ô Túrin Mormakil, où est ton cœur ; ô mon bien-aimé, pourquoi m'abandonnes-tu ?" Si forte alors se fit la douleur de Túrin que même le sort de ce ver ne put le retenir, et s'écriant à haute voix il se tendit vers l'épée à ses pieds et aurait voulu en blesser le dragon, mais le serpent exhala un souffle infect et chaud sur lui, et il s'évanouit et crut que c'était là la mort.

Longtemps après cela, et le conte ne dit point combien de temps, il revint à lui, et il gisait sur le sol regardant le soleil devant les portes, et sa tête reposait sur un amoncellement d'or comme les pilleurs l'avaient abandonné. Alors dit le dragon, qui se tenait tout près : "Ne te demandes-tu point pourquoi j'ai écarté la mort de ton être, ô Túrin Mormakil, que l'on nomma auparavant le brave ?" Et Túrin se souvint alors de tous ses malheurs et du mal qui lui était advenu, et il dit : "Ne me raille pas, ver immonde, car tu sais que je voudrais mourir ; et pour cette raison seule, me semble-t-il, tu ne me tues point."

Mais le dragon répliqua, disant : "Sache alors ceci, ô Túrin fils d'Úrin, qu'un destin de maléfices est tissé autour de toi, et tu ne peux en démêler tes pas quel que soit l'endroit où tu iras. Oui, en vérité, je ne voudrais pas que tu sois tué, car ainsi échapperais-tu à de très amers chagrins et à une destinée de douleur." Alors Túrin, bondissant soudain sur ses pieds et évitant l'œil funeste de la bête, leva haut son épée et cria : "Non, à partir de cette heure personne ne me nommera Túrin si je vis. Voici, je me nommerai d'un nouveau nom et il sera Turambar !" Maintenant cela signifie Vainqueur du Destin, et la forme de ce nom en langage gnomique est Turumart. Alors prononçant ces mots il se lança une seconde fois sur le dragon, pensant en vérité forcer le dragon à le tuer et vaincre son destin par la mort, mais le dragon rit, disant : "Idiot ! L'eussé-je voulu, je t'aurais tué il y a longtemps et je pourrais le faire ici et maintenant, et si je ne le veux pas tu ne peux me combattre éveillé, car mon œil pourra te lancer une fois de plus le sort qui lie et qui te figera comme de la pierre. Non, va-t'en, ô Turambar Vainqueur du Destin ! D'abord dois-tu rencontrer ta destinée si tu veux la conquérir." Mais Turambar était empli de honte et de colère et peut-être se serait-il lui-même tué, si grande était sa folie, bien qu'ainsi il ne pût espérer que son esprit fût jamais libéré des tristes pénombres de Mandos ou vagabondât jamais parmi les doux chemins de Valinor [14] ; mais au milieu de sa détresse il se remémora le visage pallide de Failivrin et courba la tête, car vint en son cœur l'idée de retourner dans toutes les forêts pour chercher les traces de ses pas, cela dût-il l'amener jusqu'en Angamandi et les Collines de Fer mêmes. Peut-être en cette sortie désespérée eût-il trouvé une mort généreuse et rapide ou bien d'aventure une male mort, et peut-être eût-il sauvé Failivrin et trouvé le bonheur, pourtant ce n'était point ainsi qu'il était destiné à mériter le nom qu'il s'était choisi de nouveau, et le dragon lisant dans son esprit ne souffrit point qu'il échappât si légèrement à la marée de son malheur.

"Écoute-moi, ô fils d'Úrin, dit-il, toujours as-tu été un lâche en ton cœur, te vantant faussement devant les hommes. Peut-être penses-tu que c'est là un geste galant que de partir à la suite d'une damoiselle de sang étranger, t'inquiétant peu de ta propre famille qui souffre maintenant de terribles choses ? Regarde, Mavwin qui t'aime depuis longtemps a attendu avec allégresse que tu reviennes, sachant que tu as connu l'âge d'homme il y a un temps, et elle attend en vain ton secours, car elle ne se doute guère que son fils est un hors-la-loi entaché du sang de ses compagnons, un profanateur de la table de son seigneur. On la traite mal, et voici, les Orcs infestent maintenant ces régions de Hithlum, et elle connaît la peur et le péril et sa fille Nienóri ta sœur se trouve avec elle."

Alors Turambar fut enflammé par le chagrin et la honte car les mensonges de ce ver étaient piqués de vérité, et à cause du sortilège de ses yeux il crut tout ce qui lui était dit. C'est pourquoi son ancien désir de voir à nouveau Mavwin sa mère et de contempler Nienóri qu'il n'avait jamais vue depuis ses premiers jours [15] se fit brûlant en lui, et le cœur déchiré par le chagrin pour le destin de Failivrin il tourna ses pieds vers les collines à la recherche de Dor Lómin, et son épée était dans son fourreau. Et en vérité on dit : "Pour aucune raison n'abandonne tes amis — et n'accorde aucune croyance à ceux qui te conseillent de le faire" — car en abandonnant Failivrin à un danger qu'il pouvait voir lui-même advinrent sur lui et sur tous ceux qu'il aimait les pires maléfices ; et en vérité son cœur fut confondu et il hésita, et quitta ces lieux sous la honte la plus terrible et dans l'épuisement. Mais le dragon se réjouit devant le trésor et enroula ses anneaux au-dessus, et la renommée de ce vaste trésor de vaisseaux d'or et d'or encore brut qui reposait près des grottes au-dessus du ruisseau s'étendit loin alentour ; mais le grand ver dormit devant et il eut des pensées maléfiques tandis qu'il méditait aux semailles de ses mensonges rusés, à leur éclosion et à leur poussée et à leurs fruits, et des nuages de fumée s'élevèrent de ses narines durant son sommeil.

En un temps donc longtemps après Turambar vint à grand-peine en Hisilómë, et trouva enfin le lieu de la demeure de sa mère, celle-là même de qui il fut arraché étant enfant, mais voici, la demeure était sans toiture et la terre cultivée était redevenue sauvage. Alors son cœur le frappa, mais il apprit de certains qui habitaient les environs qu'espérant des jours meilleurs la

Dame Mavwin avait pris le départ plusieurs années auparavant vers des lieux point trop distants où se trouvait une vaste et prospère demeure d'hommes, car cette région de Hisilómë était fertile et les hommes cultivaient un peu la terre et nombre d'entre eux possédaient des troupeaux de moutons et de bétail, même si pour la plupart en ces jours sombres les hommes craignaient de demeurer en des endroits fixes et parcouraient les bois et chassaient ou pêchaient, et ainsi en était-il de ces peuples près des eaux d'Asgon d'où plus tard vint Tuor fils de Peleg.

À entendre ces paroles cependant Turambar fut grandement surpris, et il les questionna quant aux errances des Orcs et des autres peuples féroces de Melko en ces régions, mais ils secouèrent la tête, et dirent que jamais de telles créatures n'étaient parvenues si loin dans le pays de Hisilómë [16]. "Si tu veux des Orcs, alors va vers les collines qui bordent toute notre terre, dirent-ils, et tu ne chercheras point bien longtemps. Il est rare que les plus alertes puissent entrer et sortir si vigilant est leur guet, et ils infestent les portes rocheuses du pays afin que les Enfants des Hommes soient à jamais retenus dans le Pays des Ombres ; mais des hommes disent que c'est par la volonté de Melko qu'ils ne nous troublent point ici — et pourtant il nous semble que tu es venu de loin, et de ceci nous nous émerveillons, car cela fait longtemps depuis que quelqu'un venu d'autres régions a pu fouler le chemin qui mène ici." Turambar devint alors perplexe et à ceci il suspecta la tromperie des paroles du dragon, mais se rendit maintenant avec espoir vers la demeure des hommes et la maison de sa mère, et parvenant aux logis des hommes on lui montra aisément le chemin. Maintenant les hommes eurent des regards étranges à certaines de ses questions, et en vérité ils avaient à cela de bonnes raisons, mais ceux à qui il parla furent étonnés et craintifs en le voyant et ils reculèrent plutôt que d'avoir à échanger des paroles avec lui, car son habit provenait des bois sauvages et ses cheveux étaient longs et son visage hagard et tiré comme par des chagrins intarissables, et y brûlaient férocement là ses yeux sombres sous de sombres sourcils. Un collier d'or fin portait-il et une puissante épée à son côté, et les hommes s'émerveillèrent grandement à le voir ; et y en eût-il pour oser le questionner il se nomma Turambar fils de la forêt lassante *, et cela ne leur en sembla que plus étrange.

Maintenant il arriva à la demeure de Mavwin, et voici, c'était une belle maison, mais personne n'habitait là, et l'herbe était haute dans les jardins, et il n'y avait pas de bétail dans les étables ni de chevaux dans les écuries, et les pâturages alentour étaient silencieux et déserts. Seules les hirondelles avaient leur demeure sous les charpentes des avant-toits et celles-ci faisaient un bruit et s'agitaient comme si le départ pour l'automne était proche, et Turambar s'assit devant les portes sculptées et pleura. Et quelqu'un qui passait en chemin vers d'autres demeures, car un sentier passait près de ce logis, l'aperçut, et s'approchant le questionna sur son affliction, et Turambar dit que pour un fils séparé de son foyer pendant de nombreuses années il était amer d'abandonner tout ce qui lui était cher et de s'aventurer parmi les dangers des collines infestées pour trouver seulement les demeures désolées de sa famille lorsqu'il était enfin de retour.

"Non, alors ce doit être là une astuce de Melko, dit l'autre, car en vérité ici demeura Dame Mavwin l'épouse d'Úrin, et pourtant est-elle partie voici deux ans passés en grand secret et très subitement, et les hommes disent qu'elle recherche son fils qui est perdu, et que sa fille Nienóri l'accompagne, mais je ne connais point l'histoire. Ceci cependant je le sais, et ils sont nombreux par ici à le savoir de même, ce qui est un sujet d'opprobre, car sachez que la surveillance de tous ses biens et de sa terre donna-t-elle à Brodda, un

* Une note dans le manuscrit se référant à ce nom donne : « *Turumart go-Dhrauthodauros* [changé en *bo-Dhrauthodavros*] ou *Turambar Rúsitaurion.* »

homme en qui elle avait confiance, et qui est seigneur de ces régions par le consentement des hommes et a pour épouse une femme de la famille de Dame Mavwin. Mais maintenant qu'elle est depuis longtemps partie il a mêlé ses troupeaux de moutons et de bétail, aussi petits fussent-ils, avec ses vastes troupeaux, les marquant de ses propres marques, pourtant il consent que la demeure et foyer de Mavwin tombe en ruine, et les hommes en pensent du mal mais n'agissent point, car le pouvoir de Brodda est devenu fort grand."

Alors Turambar le supplia de placer ses pas sur les chemins qui menaient aux domaines de Brodda, et l'homme fit comme il le désirait, si bien que Turambar allant à grands pas y survint au moment où la nuit tombait et les hommes s'asseyaient pour souper en cette maison. Grande était la compagnie cette nuit-là, mais la Dame Airin ne s'y trouvait point, car les hommes buvaient trop lors des festins de Brodda et leurs chants étaient féroces et des querelles enflammaient la pièce, et elle n'aimait point ces choses. Maintenant Turambar donna de grands coups dans les portes et son cœur était noir et une grande rage était en lui, car les paroles de l'étranger devant les portes de sa mère lui étaient amères.

Il y en eut alors certains pour ouvrir devant ses coups et Turambar entra à grandes enjambées dans cette pièce, et Brodda lui enjoignit de s'asseoir et il commanda que l'on place devant lui vin et viandes, mais Turambar ne voulut ni manger ni boire, de sorte que des hommes surpris par son air taciturne lui demandèrent qui il pouvait être. Alors Turambar se plaçant au milieu de tous et faisant face au haut lieu où siégeait Brodda dit : "Voici, je suis Turambar fils de la forêt", et des hommes rirent de cela, mais les yeux de Turambar étaient emplis de rage. Alors dit Brodda dans le doute : "Que veux-tu de moi, ô fils de la forêt sauvage ?" Mais Turambar dit : "Seigneur Brodda, je suis venu faire paiement de ton intendance des biens d'autrui", et le silence se fit en cet endroit ; mais

Brodda rit et dit encore : "Mais qui es-tu ?" Et à cela Turambar bondit sur l'estrade et avant que Brodda n'ait pu prévoir son geste il tira Gurtholfin et saisissant Brodda par les cheveux lui trancha pratiquement la tête du corps, criant à haute voix : "Ainsi meurt l'homme riche qui rajoute le peu de la veuve à sa quantité. Voici, les hommes ne meurent pas tous dans les forêts, et ne suis-je pas en vérité le fils d'Úrin, qui étant rentré à la recherche de sa famille trouve une maisonnée vide et dépouillée." Alors il se fit grand bruit en cette pièce, et en vérité, bien qu'il fût trop fortement chargé du fardeau de ses nombreux chagrins et bien près de l'égarement, pourtant ce geste de Turambar était-il violent et sans loi. D'aucuns étaient là néanmoins qui ne voulurent pas tirer leurs armes de leur fourreau, disant que Brodda était un voleur et mourut comme tel, mais nombreux furent-ils à bondir, leurs épées contre Turambar, et il dut se défendre difficilement, et il tua un homme, et celui-ci était Orlin. Alors vint Airin aux longs cheveux en grande crainte dans la salle et au son de sa voix les hommes retinrent leurs mains ; mais grande fut son horreur lorsqu'elle vit les actes qui s'étaient commis, et Turambar détourna son visage et ne put la contempler, car sa rage s'était refroidie et il se sentait mal et épuisé.

Mais elle, entendant le récit, dit : "Non, ne t'afflige point pour moi, fils d'Úrin, mais pour toi-même ; car mon seigneur fut un seigneur dur et cruel et injuste, et les hommes pourraient dire des choses pour ta défense, mais pourtant voici, tu l'as tué maintenant à sa table et étant son hôte, et Orlin as-tu tué qui est du sang de ta mère ; et quel sera ton sort ?" À ces mots certains gardèrent le silence et de nombreux autres s'écrièrent "À mort", mais Airin dit que ce n'était pas entièrement en accord avec les lois de ce lieu, « car, dit-elle, Brodda fut tué à tort, pourtant juste était la colère du meurtrier, et Orlin aussi le tua-t-il pour se défendre, bien que ce fût dans la salle d'un festin. Pourtant maintenant je crains que cet homme doive s'en aller rapidement et ne jamais plus poser pied sur ces terres, ou bien tout un chacun pourra le tuer ; mais ces terres et biens qui appartinrent à Úrin seront gardés par la famille de Brodda, hormis seulement si Mavwin et Nienóri reviennent jamais de leurs errances, pourtant même alors Túrin fils d'Úrin ne pourra jamais en hériter d'une partie ou d'une parcelle ». Maintenant ce jugement sembla juste à tous sauf à Turambar, et ils s'émerveillèrent de l'équité d'Airin dont le seigneur gisait mort, et ils ne devinèrent point quelle était auparavant l'horreur de sa vie en compagnie de cet homme ; mais Turambar jeta son épée sur le sol et leur demanda de le tuer, mais ils ne le voulurent point pour les paroles d'Airin qu'ils aimaient, et Airin ne le souffrit point pour l'amour de Mavwin, espérant encore joindre les deux, mère et fils dans le bonheur, et son jugement avait-elle conçu pour satisfaire la colère des hommes et épargner la mort à Túrin. "Non, dit-elle, trois jours je te donne pour t'en aller du pays, et pars donc !" et Turambar, soulevant son épée, l'essuya, disant : "Je voudrais être lavé de son sang", et il sortit dans la nuit. Dans la folie de son cœur maintenant se jugea-t-il coupé et séparé en vérité à tout jamais de Mavwin sa mère, pensant que jamais plus n'y aurait-il un de ceux qu'il aimait pour vouloir le contempler. Il eut alors soif de nouvelles de sa mère et de sa sœur et à personne ne pouvait-il en demander, mais il erra à nouveau de l'autre côté des collines sachant seulement qu'elles le cherchaient encore peut-être dans les forêts des Terres Au-delà, et il n'en sut pas plus durant un très long temps.

De ses errances ci-après aucun conte n'a fait la description, sauf qu'après de longs parcours sa tristesse s'émoussa et son cœur mourut peu à peu, jusqu'à ce qu'enfin en des lieux très lointains à bien des équipées au-delà de la rivière des Rodothlim il rencontrât quelques chasseurs des forêts, et ceux-ci étaient des Hommes. Certains parmi cette compagnie avaient été des vassaux d'Úrin, ou bien leurs fils, et ils erraient dans les ténèbres depuis cette Bataille des Larmes, mais maintenant Túrin se joignit à eux, et bâtit sa vie à nouveau aussi bien qu'il put. Maintenant ce peuple avait sa demeure en une région plus souriante des bois en des terres qui n'étaient point trop loin de Sirion ou des collines verdoyantes à mi-parcours de ce fleuve, et c'étaient des hommes robustes et qui ne prêtaient pas allégeance à Melko, et Turambar reçut des honneurs parmi eux.

Maintenant faut-il raconter que bien autrement se déroulèrent les choses pour Mavwin que le Foalókë ne les décrivit à Túrin, car ses jours s'orientant vers des temps meilleurs elle connut paix et honneur parmi les hommes de ces régions. Néanmoins la douleur de la perte de son fils causée par l'interruption de tous messagers ne fit que s'approfondir au fil des années, bien que Nienóri grandît et devînt une damoiselle très belle et élancée. À l'époque de la fuite de Túrin des palais de Tinwelint elle était déjà âgée de douze [17] ans et grande et belle.

Maintenant le conte ne dit point combien de jours Turambar séjourna parmi les Rodothlim mais ceux-ci furent très nombreux, et pendant ce temps Nienóri grandit jusqu'au seuil d'être femme, et souvent échangea-t-elle des paroles avec sa mère à propos de Túrin qui était perdu. Dans les palais de Tinwelint de même le souvenir de Túrin vivait encore, et là demeurait toujours Gumlin, maintenant décrépit par les ans, qui auparavant fut le gardien de l'enfance de Túrin durant ce premier voyage vers les Pays Au-delà. Maintenant Gumlin avait les cheveux blancs et les années lui pesaient lourdement, mais il se languissait douloureusement de voir à nouveau des gens du peuple des Hommes et la Dame Mavwin sa maîtresse. En un temps alors, Gumlin prit connaissance du retrait des collines de la plupart de ces bandes d'Orcs et autres créatures féroces de Melko qui depuis si longtemps les rendaient infranchissables pour les Elfes et les

Hommes. Maintenant pour un temps les collines et les chemins qui les sillonnaient étaient largement libérés de sa malice, car Melko avait en ce temps un grand et terrible projet en marche, et c'était la destruction des Rodothlim et en outre de nombreuses demeures des Gnomes, que ses espions avaient révélées [18], pourtant tous les peuples de ces régions respirèrent d'autant plus librement pour un temps, bien qu'en eussent-ils connu toute la raison peut-être ne l'auraient-ils point fait.

Alors Gumlin le vieux tomba à genoux devant Tinwelint et supplia qu'il l'autorisât à s'en aller vers son pays, afin de voir sa maîtresse d'antan avant que la mort ne l'amenât dans les palais de Mandos — si de fait cette dame ne l'avait précédé sur ce chemin. Et le roi [19] acquiesça, et pour son voyage lui accorda deux guides pour secourir son grand âge ; pourtant tous trois, Gumlin et les Elfes des forêts, firent un rude voyage, car c'était dans l'hiver avancé, et pourtant Gumlin ne voulut en aucun cas s'attarder jusqu'à ce que vînt le printemps.

Maintenant comme ils s'approchèrent de cette région de Hisilómë où Mavwin demeurait auparavant, et près de sa nouvelle demeure, une grande neige vint à tomber, comme c'était souvent le cas en ces régions en des jours qui auraient plutôt dû annoncer le début du printemps. Là, Gumlin fut submergé, et ses guides cherchant de l'aide parvinrent sans le savoir à la maison de Mavwin, et demandant secours en reçurent. Alors, avec le secours des gens de Mavwin ils retrouvèrent Gumlin et le portèrent dans la maison où il fut réchauffé et ramené à la vie, et revenant enfin à lui, il reconnut Mavwin et fut très joyeux.

Maintenant lorsqu'il fut en partie guéri il raconta son histoire à Mavwin, et comme il fit le récit des années et des gestes les plus braves de Túrin elle fut heureuse, mais grand fut son chagrin et son désarroi aux nouvelles de sa séparation d'avec Linwë [20], et la manière dont cela se fit, et quittant Gumlin elle pleura amèrement. En vérité depuis longtemps et depuis que jamais elle sut que Túrin, s'il vivait, avait grandi jusqu'à l'âge d'homme, elle s'était demandé pourquoi il ne revenait point à sa recherche, et souvent la terreur avait empli son cœur à l'idée que dans cette tentative il eût péri dans les collines ; mais maintenant la vérité était amère à porter et elle s'affligea pendant longtemps, et Nienóri ne put la réconforter.

Maintenant en raison de l'inclémence du temps ces guides qui avaient mené Gumlin hors du royaume de Tinwelint logèrent comme hôtes jusqu'à la venue du printemps, mais à l'aube du printemps Gumlin mourut.

Alors Mavwin se leva et se rendant chez plusieurs chefs de ces lieux elle implora leur aide, leur faisant le récit du destin de Túrin comme le lui avait raconté Gumlin. Mais certains rirent, disant qu'elle avait été trompée par les babillages d'un mourant, et la plupart dirent qu'elle était bouleversée par le chagrin, et que ce serait le conseil d'un sot que de partir au-delà des collines à la recherche d'un homme perdu il y avait des années de cela : "Et, dirent-ils, nous ne prêterons ni homme, ni cheval pour une telle quête, malgré tout notre amour pour toi, ô Mavwin épouse d'Úrin."

Alors Mavwin en larmes s'en alla mais ne les invectiva point, car elle n'avait que peu d'espoir pour sa requête et elle savait qu'il y avait de la sagesse dans leurs paroles. Néanmoins, étant incapable de trouver le repos elle vint maintenant auprès de ces guides des Elfes, qui déjà s'agitaient pour partir sous le soleil ; et elle leur dit : "Menez-moi maintenant à votre seigneur", et ils voulurent l'en dissuader, disant que la route n'était point une route que devaient fouler les pieds d'une femme ; mais elle ne les écouta point. Plutôt supplia-t-elle son amie dont le nom était Airin Faiglindra * (aux longues tresses) et qui avait épousé Brodda, un seigneur de cette région, et riche et puissant, que Nienóri fût prise

---

* Dans la marge : *Firilanda.*

sous la tutelle de son mari, et tous ses biens de même. Ceci Airin l'obtint de Brodda sans grandes supplications, et lorsqu'elle le sut elle voulut quitter sa fille ; mais son plan eut peu de succès, car Nienóri se tint devant sa mère et lui dit : "Soit tu ne pars point, ô Mavwin, ma mère, soit nous partons toutes deux", et rien ne put la détourner de ces paroles. C'est pourquoi, enfin, mère et fille se préparèrent pour ce rude voyage, et à cela il y eut forte rumeur parmi les guides. Pourtant il se fit que la saison qui suivit ce dur hiver fut très clémente et malgré les pressentiments des guides tous quatre franchirent les collines et effectuèrent leur grand voyage sans connaître pires maux que la faim et la soif.

Venant donc enfin devant Tinwelint, Mavwin se jeta à terre et pleura, suppliant pour le pardon de Túrin et compassion et aide pour elle et Nienóri ; mais Tinwelint lui ordonna de se lever et de s'asseoir à côté de Gwedheling sa reine, disant : "Il y a de longues années ton fils Túrin fut pardonné, oui, avant même qu'il n'abandonnât ces palais, et bien des quêtes épuisantes ont été menées à sa recherche. Ce ne fut pas un bannissement de mon fait qui le conduisit hors de ce royaume, mais le remords et l'amertume l'attirèrent dans les contrées sauvages, et là, me semble-t-il, des choses maléfiques durent le rattraper, ou bien, s'il vit encore je crains que ce ne soit sous la servitude des Orcs. » Alors Mavwin pleura à nouveau et implora le roi de lui accorder son aide, car elle dit : "Oui, en vérité, je voyagerais jusqu'à ce que la chair de mes pieds fût usée, s'il se pouvait qu'à la fin de mon voyage je visse le visage de Túrin fils d'Úrin mon bien-aimé." Mais le roi dit qu'il ne savait point où elle pouvait rechercher son fils sinon en Angamandi, et là-bas ne pouvait-il envoyer aucun de ses vassaux, non, pas même alors que son cœur était plein de regrets pour le chagrin du peuple d'Úrin. En vérité Tinwelint dit simplement ce qu'il crut être juste, et il ne voulait ajouter à la peine de Mavwin sauf pour la retenir face à une quête aussi folle et mortelle, mais Mavwin l'entendant ne prononça pas un mot de plus, et quittant sa présence sortit dans les bois et ne souffrit que personne la retînt, et seule Nienóri l'accompagna quel que fût l'endroit où elle alla.

Maintenant le peuple les considéra avec pitié, et avec amabilité, et en secret ils les surveillèrent, et sans qu'elles le sussent écartèrent de nombreux dangers, si bien que les dames errantes des bois leur devinrent familières et chères pour nombre d'entre eux, pourtant étaient-elles une vision de regret, et les gens qui les virent passer jurèrent une haine à Melko et à ses œuvres. Ainsi advint-il qu'après maintes lunes Mavwin rencontra une bande de Gnomes errants, et entamant un discours avec eux, on lui raconta l'histoire des Rodothlim, pour autant que les Gnomes la connaissaient, et du séjour de Túrin parmi eux. La destruction de cette demeure par les armées de Melko et par le dragon Glorund racontèrent-ils aussi, car ces gestes étaient alors récents et leur renommée se répandait très loin. Maintenant Túrin, ils ne nommèrent point par son nom, l'appelant Mormakil, l'homme sauvage qui prit la fuite devant la face de Tinwelint et qui s'échappa ensuite des mains des Orcs.

Alors le cœur de Mavwin s'emplit d'espoir et elle les questionna plus avant, mais les Noldoli déclarèrent qu'ils n'avaient pas ouï dire que quelqu'un fût sorti vivant de ce pillage hormis ceux qui furent traînés vers Angamandi, et encore une fois l'espoir de Mavwin fut terrassé. Maintenant néanmoins s'en retourna-t-elle dans les palais du roi, et racontant son histoire elle lui demanda son aide contre le Foalókë. Maintenant c'était la pensée de Mavwin que peut-être Túrin demeurait encore sous la servitude du dragon et qu'il pourrait leur échoir de le libérer d'une quelconque manière, ou encore si la prouesse des guerriers du roi venait à suffire alors pourraient-ils tuer le ver et se venger de ses maux, et ainsi à sa mort dirait-il les paroles de son savoir au sujet du sort de Túrin, ne se trouvât-il plus en vérité auprès des cavernes des Rodothlim. Du vaste trésor que protégeait ce ver, Mavwin se préoccupait peu, mais elle en parla longuement à Tinwelint, tout comme les Noldoli lui en avaient parlé à elle. Maintenant les gens de Tinwelint étaient des gens des forêts et possédaient peu de richesses, et pourtant ils aimaient les choses plaisantes et emplies de beauté, l'or et l'argent et les gemmes, comme c'est le cas de tous les Eldar, mais des Noldoli par-dessus tous ; et le roi non plus n'était pas autrement incliné, et ses richesses étaient faibles, à part ce glorieux Silmaril dont bien des rois eussent donné tout leur trésor pour le posséder.

C'est pourquoi Tinwelint répondit : "Maintenant auras-tu de l'aide, ô Mavwin si tenace, et, ouvertement te le dis-je, ce n'est pas dans l'espoir de libérer Túrin ainsi que je te l'accorde, car je ne vois pas tellement d'espoir en cette histoire, mais plutôt la mort de l'espoir. Pourtant il est vrai que j'ai besoin et désir d'un trésor, et il se peut que cela puisse me venir de cette aventure ; mais la moitié du butin recevras-tu, ô Mavwin pour la mémoire d'Úrin et de Túrin, ou bien tu le garderas pour Nienóri ta fille." Alors Mavwin dit : "Non point, donne-moi simplement un lit de forestier et mon fils", et le roi répondit : "Cela je ne le puis, car je ne suis qu'un roi des Elfes sauvages, et non un Vala des Îles de l'Ouest."

Puis Tinwelint rassembla un groupe choisi parmi ses guerriers et chasseurs et leur dit ses ordres, et il sembla que le nom du Foalókë leur était déjà connu, et ils étaient nombreux qui purent guider la troupe jusqu'aux régions inconnues de sa demeure, pourtant ce nom exprimait-il la terreur pour les plus braves et les lieux de sa demeure étaient un territoire de peur maudite. Maintenant les antiques logis des Rodothlim ne se situaient point à très grande distance du royaume de Tinwelint, bien qu'ils fussent assez loin, mais le roi dit à Mavwin : "Reste maintenant avec moi, et Nienóri aussi, et mes hommes iront à l'encontre du dragon, et de tout ce qu'ils feront et trouveront en ces lieux, ils feront un rapport fidèle", et ses hommes dirent : "Oui, nous ferons selon tes ordres, ô roi", mais la peur se montrait en leurs yeux.

Et Mavwin voyant cela dit : "Oui, ô roi, que Nienóri ma fille reste en effet aux pieds de Gwedheling la reine, mais moi, à qui importe peu si je meurs ou si je vis, j'irai contempler le dragon et trouver mon fils" ; et Tinwelint rit, mais Gwedheling et Nienóri craignant qu'elle ne plaisantât point l'implorèrent avec grand sérieux de changer d'avis. Mais elle demeura inflexible, de peur que ceci, son dernier espoir de sauver Túrin, ne soit réduit à néant du fait de l'effroi des guerriers de Tinwelint. "De l'amour, je le sais, dit-elle, proviennent toutes les paroles que vous prononcez, pourtant donnez-moi plutôt un cheval à monter et si vous le voulez bien une dague acérée pour ma propre mort au besoin, et que je m'en aille." Maintenant ces paroles frappèrent d'ébahissement ces Elfes qui les entendirent, car en vérité les épouses et les filles des Hommes en ces temps étaient vigoureuses et leur jeunesse durait de longues années, pourtant ceci sembla à tous une folie.

Cela sembla plus insensé encore lorsque Nienóri, voyant l'opiniâtreté de sa mère, dit devant tous : "Alors j'irai aussi ; là où va mère Mavwin irai-je, Nienóri fille d'Úrin, avec plus d'aisance encore" ; mais Gwedheling dit au roi qu'il ne le permît point, car elle était une fée et peut-être avait quelque prémonition de ce qui pouvait être.

Alors Mavwin eût achevé la dispute et quitté la présence du roi pour partir vers les bois, n'eût été que Nienóri attrapa sa robe et la retint, et ainsi tous implorèrent Mavwin, jusqu'à ce qu'enfin il fût convenu que le roi envoyât une forte troupe contre le Foalókë et que Nienóri et Mavwin chevauchassent en leur compagnie jusqu'en ces régions où la bête pouvait se trouver. Alors devraient-elles se chercher un endroit dans les hauteurs d'où elles pourraient distinguer une partie de l'action mais en sécurité et en secret, tandis que les guerriers se glisseraient pour surprendre le ver et le tuer. Maintenant de ce lieu dans les hauteurs un forestier parla, et souvent avait il contemplé de là-bas la demeure du ver au loin. Enfin cette troupe de tueurs de dragons fut apprêtée, et ils étaient montés sur des chevaux de bonne carrure, rapides et aux jambes sûres, bien que le peuple des bois ne possédât que peu de ces bêtes. Des chevaux aussi trouva-t-on pour Nienóri et Mavwin, et elles chevauchèrent à la tête des guerriers, et les gens s'émerveillèrent à voir leur tenue, car les hommes d'Úrin et ceux parmi qui Nienóri fut élevée allaient souvent à cheval, et damoiseaux et damoiselles de leur peuple chevauchaient même lors de leurs tendres années.

Après de nombreux jours de cheminement vint à présent cette cavalcade en vue d'un endroit qui fut autrefois une douce région, et à travers laquelle courait une rivière rapide sur un lit rocheux, et d'un côté la berge était haute et couverte d'arbres et de l'autre la terre était plus nivelée et fertile et large, mais audelà de la berge haute de la rivière, les collines venaient tout près. Par là se porta leur regard et ils virent que la terre était devenue désolée et était brûlée sur une vaste distance autour des antiques cavernes des Rodothlim, et les arbres étaient broyés au sol ou bien brisés. Vers les collines s'étalait une lande noire et les terres étaient striées des larges ornières que produisait ce ver immonde lors de ses reptations.

Nombreux sont les dragons que Melko a lâchés sur le monde et certains sont plus puissants que d'autres. Maintenant les moins puissants — et pourtant étaient-ils énormes à côté des Hommes de ces jours — sont froids comme il est de la nature des serpents, et de ceux-ci grand nombre possèdent des ailes et vont avec une rapidité et un vacarme extrêmes ; mais les plus puissants sont chauds et très lourds et d'allure lente, et certains vomissent des flammes, et le feu danse sous leurs écailles, et leur désir et leur avarice et leur maléfice rusé est le plus grand parmi toutes créatures : et tel était le Foalókë dont le feu désolait et flétrissait tous les lieux où il séjournait. Déjà grandissime avait crû ce ver depuis les jours de l'attaque sur les Rodothlim, et plus grand encore était son trésor gardé avec avarice, car il tuait Hommes et Elfes et même Orcs, ou il bien les dominait afin qu'ils le servissent, lui apportant nourriture pour assouvir son désir [sur ?] des choses précieuses, et les butins de leurs ravages pour venir enfler son trésor.

Maintenant cette troupe fut frappée d'horreur en contemplant cette région de loin mais ils se préparèrent au combat et, tirant au sort, envoyèrent l'un d'entre eux avec Nienóri et Mavwin en ce lieu élevé [21] aux confins de la terre flétrie qui avait été nommée, et il était recouvert d'arbres et on pouvait y accéder par des chemins dérobés. Alors même que tous trois chevauchaient dans cette direction et que les guerriers s'approchaient furtivement des cavernes, laissant là leurs chevaux qui étaient déjà suants de crainte, voici, le Foalókë sortit de son repaire, et se laissant glisser au bas de la berge s'étendit en travers du ruisseau, comme il avait accoutumé de faire. Jaillirent immédiatement un vaste brouillard et des vapeurs auxquels une puanteur était mêlée, de sorte que cette troupe fut submergée de fumées et presque étouffée, et s'interpellant ils révélèrent leur présence au ver ; et il éclata de rire. Devant ce plus affreux des sons bestiaux ils s'enfuirent en désordre affolés parmi les brumes, et pourtant ne purent découvrir leurs chevaux, car ceux-ci en proie à un sommet de terreur s'étaient libérés et s'étaient enfuis.

Alors Nienóri entendant des cris dans le lointain et voyant la grande brume rouler en leur direction depuis la rivière s'en retourna avec sa mère jusqu'au lieu de la séparation et là, mettant pied à terre, elles attendirent en grande anxiété. Soudain cette brume aveugle les submergea là où elles se tenaient, et avec elle dévalèrent en une fuite effrénée les vagues chevaux des chasseurs. Alors les leurs, contractant cette terreur, piétinèrent à mort cet Elfe qui fut leur escorte comme il essayait d'attraper les brides envolées, et rendus fous de peur ils s'enfuirent dans les bois sombres et jamais plus ne portèrent ni Elfe ni Homme en leurs selles ; mais Mavwin et Nienóri restèrent seules et sans secours aux frontières des lieux de la peur. Très périlleux en vérité était leur état, et longtemps elles tâtonnèrent dans la brume sans savoir où elles se trouvaient, et elles ne revirent jamais plus un membre de la troupe, et seules de pâles voix semblèrent passer au loin criant comme terrifiées, et puis tout fut silencieux. Maintenant elles s'agrippèrent l'une à l'autre et épuisées avancèrent encore en trébuchant sans se préoccuper de la direction de leurs pas, jusqu'à ce que d'un coup le soleil luisît terne au-dessus d'elles, et l'espoir leur revint ; et voici, les brumes se dissipèrent et les airs se firent plus clairs et elles se tenaient non loin de la rivière, et voici, le Foalókë était allongé là et ses yeux étaient posés sur elles.

Il ne prononça mot ni ne bougea, mais son œil maléfique enveloppa leur regard jusqu'à ce que la force semblât quitter leurs genoux et que leur esprit devînt vague. Alors Nienóri se tira de cette influence pour un moment grâce à une force de volonté, et "Voici, cria-t-elle, ô serpent de Melko, que feras-tu de nous — sois prompt à le dire ou à le faire, car sache que nous ne te cherchons ni toi, ni ton trésor, mais un certain Túrin qui demeura ici en un temps." Alors dit le dragon, et la terre trembla : "Tu mens — heureuse aurais-tu été de ma mort, et heureuse ta bande de lâches qui maintenant fuit en bégayant dans les bois si elle m'avait dépouillé. Sots et menteurs, menteurs et lâches, comment tuerez-vous ou dépouillerez-vous Glorund le Foalókë, qui avant que son pouvoir se déployât tua les armées des Rodothlim et Orodreth leur seigneur, dévorant tout son peuple.

— Mais, peut-être, dit Nienóri, ce Túrin quitta ce combat et demeure encore ici sous tes liens, s'il ne t'a point échappé et ne se trouve maintenant loin d'ici", et ceci dit-elle dans une tentative hasardeuse, espérant contre tout espoir, mais l'être maléfique dit : "Voici ! les noms de tous ceux qui demeurèrent ici avant la prise des cavernes sont de ma sagesse connus, et je te dis qu'il n'y en eut aucun à s'appeler Túrin qui s'en fut d'ici vivant." Et ainsi même la vantardise de Túrin fut subtilement retournée contre lui, car ces bêtes aiment toujours parler ainsi, jouant doublement de mots rusés [22].

"Alors Túrin périt en cet endroit maléfique", dit Mavwin, mais le dragon lui répondit : "Ici le nom de Túrin s'évanouit-il pour toujours de la terre — mais ne pleure point, femme, car c'était le nom d'un lâche qui trahit ses amis. — Bête immonde, cesse tes mots pleins de malices, dit Mavwin ; tueur de mon fils, n'insulte point les morts, de crainte que ta propre mort ne te trouve. — Moins fières doivent être tes paroles, ô Mavwin, si tu veux échapper aux tourments, ou ta fille avec toi", répondit ce dragon, mais Mavwin s'écria : "Ô maudit d'entre tous, voici ! je ne te crains pas. Prends-moi si tu le veux en tes tourments et ta servitude, car il est vrai que je désirai ta mort, mais consens simplement que Nienóri ma fille s'en retourne auprès des demeures des Hommes : car elle vint ici sous ma contrainte, et sans connaître l'intention de notre voyage.

— Ne cherche point à m'amadouer, femme, railla cet être maléfique. Bien volontiers je garderais ta fille et te tuerais ou bien te renverrais en tes taudis, mais je n'ai besoin ni de l'une ni de l'autre." À ces mots il ouvrit grand ses yeux maléfiques, et une lumière brilla en eux, et Mavwin et Nienóri tremblèrent sous son regard et un évanouissement s'empara de leurs esprits, et il leur sembla qu'elles tâtonnaient en des tunnels d'obscurité sans fin, et là elles ne se retrouvèrent l'une l'autre jamais plus, et lorsqu'elles appelaient seuls de vains échos leur répondaient et il n'y avait pas le moindre reflet de lumière.

Lorsque cependant après un temps dont elle ne se souvint point l'obscurité quitta l'esprit de Nienóri, voici que la rivière et les lieux flétris du Foalókë ne l'entouraient plus, mais de profondes forêts et c'était le crépuscule. Maintenant il lui sembla se réveiller de rêves d'horreur et elle ne pouvait se les rappeler, mais leur terreur se tapit dans la noirceur au plus profond de son esprit, et son souvenir de toutes choses passées était terni. Ainsi, durant longtemps elle erra, perdue dans les bois, et il se peut que le sortilège seul maintînt la vie en elle, car elle avait amèrement faim et était assoiffée, et par chance c'était l'été, car ses vêtements se déchirèrent et ses pieds se déchaussèrent et s'épuisèrent, et souvent elle pleura, et elle alla sans savoir où.

Maintenant en un temps par une ouverture dans le bois elle aperçut un campement qui pouvait être d'Hommes, et s'approchant en rampant pour espionner à cause de la faim elle vit qu'il s'agissait de créatures trapues et sans délicatesse qui demeuraient là, et des visages fort maléfiques avaient-ils et leurs voix et leurs rires étaient comme le bruit de la pierre contre le métal. Ils étaient armés d'épées courbées et d'arcs de corne, et la peur la posséda en les regardant, bien qu'elle ne sût point que c'étaient des Orcs, car elle n'avait jamais vu de ces êtres maléfiques auparavant. Maintenant elle se détourna et prit la fuite, mais fut aperçue, et l'un d'eux lâcha une flèche sur elle qui trembla soudain dans un arbre à ses côtés comme elle courait, et d'autres voyant qu'il s'agissait d'une femme jeune et belle lui donnèrent la chasse avec des cris et des appels les plus affreux. Maintenant Nienóri courut autant qu'elle put malgré la densité du bois, mais bientôt fut-elle épuisée et la capture et un esclavage terrifiant étaient proches, lorsque quelqu'un vint à grand fracas à travers bois comme en réponse à ses cris lamentables.

Sauvages et noirs étaient ses cheveux, mais avec des mèches de gris, et son visage était pâle et marqué comme par des chagrins d'un lointain passé, et dans sa main il tenait une épée massive qui hormis ses bordures était entièrement noire. Ce faisant il bondit contre les Orcs qui la poursuivaient et leur donna de grands coups d'épée, et ils s'enfuirent rapidement, étant pris de court, et même si certains tirèrent quelques flèches au hasard entre les arbres, ils firent peu de mal, et cinq d'entre eux furent tués.

Alors Nienóri s'assit sur une pierre et de fatigue et de l'oppression allégée de son effroi des sanglots la secouèrent et elle ne put parler ; mais son sauveur se tint à ses côtés un moment et s'émerveilla de sa beauté et qu'elle errât ainsi abandonnée dans les forêts, et enfin il dit : "Ô douce damoiselle des forêts, d'où viens-tu, et quel peut être ton nom ?

— Non, mais ces choses je ne sais point, dit-elle ; pourtant il me semble errer très loin de mon foyer et de mon peuple, et nombre de choses très mauvaises me sont advenues sur le chemin, desquelles ne demeure qu'un nuage au-dessus de ma mémoire — non, d'où viens-je et où vais-je, je ne le sais" — et elle pleura de nouveau, mais cet homme parla, et dit : "Alors, voici, je te nommerai Níniel, ou la petite aux larmes", et à cela elle leva la tête vers la sienne et son visage était très doux bien que marqué par les larmes, et elle dit d'un air étonné : "Non, pas Níniel, pas Níniel." Mais elle ne put se souvenir de rien de plus, et son visage s'emplit de détresse, et elle s'écria : "Non, qui es-tu, guerrier des bois ; pourquoi me troubles-tu ? — Turambar, suis-je nommé, dit-il, et je n'ai ni foyer, ni peuple, et non plus de passé à méditer, mais j'errerai toujours", et encore une fois, à ce nom, l'étonnement de la damoiselle s'éveilla.

"Maintenant, dit Turambar, sèche tes larmes, ô Níniel, car tu as trouvé la sécurité telle que peuvent l'accorder ces forêts *. Voici, je fais partie à présent d'un petit peuple de la forêt, et une douce demeure dans une clairière est la nôtre loin d'ici, mais aujourd'hui comme le voulut ta fortune nous sommes sortis chasser — oui, chasser les Orcs aussi, car il nous est difficile d'écarter ces créatures du mal de nos foyers."

---

* Le texte publié anglais donne « mots », mais après vérification dans le manuscrit il s'agit d'une faute d'impression (« woods »/« words »). (*N.d.T.*)

Alors Níniel (car Turambar la nomma toujours ainsi, et elle apprit à l'appeler son nom) s'en alla avec lui rejoindre ses compagnons, et eux, posant peu de questions se mirent à cheval, et Turambar plaça Níniel devant lui, et ainsi ils quittèrent aussi rapidement qu'ils le purent le péril des Orcs.

Maintenant au moment de la lutte entre Turambar et les Orcs poursuivants la moitié de la journée était déjà épuisée, mais ils avaient déjà parcouru des lieues de leur chemin avant de mettre pied à terre à nouveau, et c'était alors le début de la nuit. Déjà au coucher du soleil il sembla à Níniel que les bois étaient plus lumineux et moins maussades et l'air moins chargé de malice qu'en arrière. Maintenant ils établirent un campement dans une clairière, et les étoiles brillaient pures au-dessus de leurs têtes, là où la toiture d'arbres était plus fine, mais Níniel s'étendit un peu à l'écart et ils lui donnèrent maintes fourrures pour la garder des froidures de la nuit, et ainsi elle dormit plus calmement que depuis bien des nuits et les brises lui baisèrent le visage, mais Turambar raconta à ses compagnons la rencontre dans les bois et ils se demandèrent qui elle pouvait être ou comment elle en vint à errer ici comme sous l'emprise d'un sortilège aveugle d'oubli.

Le jour suivant encore ils allèrent de l'avant et ainsi durant de nombreux voyages plus encore jusqu'à ce qu'enfin, épuisés et aspirant au repos, ils vinssent un midi à un ruisseau de la forêt, et ils le suivirent quelque temps jusqu'à ce que, voici, ils vinssent en un endroit où on pouvait le franchir en raison de sa maigre profondeur et des rochers qui se dressaient dans son lit ; mais à leur droite il plongeait en une vaste chute et tombait dans un abîme, et Turambar le montrant du doigt, dit : "Maintenant nous sommes près de notre foyer, car ici est la chute du Bol d'Argent", mais Níniel sans en connaître la raison fut oppressée et ne put contempler la beauté de cette eau écumante. Maintenant ils vinrent bientôt en des lieux où les arbres étaient plus clairsemés puis à une pente où rares étaient-ils à pousser hormis çà et là un chêne antique de grande taille, et l'herbe à leurs pieds était douce, car la clairière avait été arrangée il y a bien des années et elle était très vaste. Là se dressait aussi un groupe serré de maisonnées de bois de bon aloi, et un champ labouré les entourait et des arbres fruitiers. Vers l'une de ces maisons qui était décorée de sculptures étranges et grossières, et des fleurs s'épanouissaient tout autour, Turambar mena maintenant Níniel. "Voici, dit-il, mon logis — là si tu le désires, tu demeureras à présent, mais il me semble que c'est une demeure solitaire, et des maisons de ce peuple se trouvent alentour où vivent des jeunes filles et des femmes, et là te trouverais-tu mieux et plus volontiers." Ainsi se fit-il ensuite que Nienóri demeura avec les pisteurs-des-forêts *, et après un temps entra dans la maison de Bethos, un homme robuste qui avait combattu bien qu'étant alors seulement un garçon lors de la Bataille des Larmes Innombrables. De là, il avait réussi à s'échapper, mais son épouse était une damoiselle des Noldo, comme il est dit dans le conte, et très belle, et beaux l'étaient aussi ses fils et ses filles, hormis seulement son fils aîné Tamar Pied-bot.

Maintenant comme les jours passaient Turambar vint à aimer Níniel vraiment très fort, et tous les gens autour l'aimaient pour sa grande beauté et douceur, pourtant était-elle toujours un peu attristée et l'esprit souvent en déroute, comme une personne qui cherche une chose égarée que bientôt elle doit découvrir, de sorte que les gens dirent : "Si seulement les Valar voulaient lever le sort qui s'étend sur Níniel." Néanmoins, la plupart du temps elle était heureuse en vérité parmi les gens et dans la maison de Bethos, et chaque jour elle devenait de plus en plus belle, et Tamar Pied-bot à qui on n'accordait pas grande importance l'aimait mais en vain.

---

* Dans la marge, est inscrit le mot *Vettar*, se rapportant apparemment à « pisteurs-des-forêts ».

Maintenant vinrent des jours où la vie semblait à nouveau apporter de la joie pour Turambar, et l'amertume du passé se fit vague et distante, et un amour frais était en son cœur. Alors pensa-t-il écarter à jamais sa destinée et vivre le reste de sa vie là dans les maisons des bois avec des enfants autour de lui, et regardant Níniel, il éprouva le désir de l'épouser. Alors souvent la courtisa-t-il, mais bien qu'il fût homme de bravoure et de renommée elle le retint, ne disant ni oui, ni non, bien qu'elle-même elle ne sût pourquoi, car il lui sembla en son cœur qu'elle l'aimait profondément, craignant pour lui se trouvât-il loin et connaissant le bonheur lorsqu'il était proche.

Maintenant ce peuple avait coutume d'obéir à un chef, et il était choisi par eux parmi leurs hommes les plus valeureux, et il tenait ce rôle jusqu'à ce que de sa propre volonté il le déposât étant malade ou bien vieilli par les ans ou encore fût-il tué. Et en ce temps Bethos était leur chef ; mais il fut tué par malchance en une équipée peu de temps après — car malgré son âge il chevauchait encore au loin — et il échut qu'un nouveau capitaine dut être choisi. Enfin, ils nommèrent Turambar, car sa lignée, en ce qu'il était connu parmi eux pour être un fils d'Úrin, était tenue en estime parmi ces braves rebelles à Melko, tandis qu'il[23] était en outre devenu un homme très fort en tous actes et qu'il possédait une grande sagesse au-delà de ses années, en raison de ses lointaines errances et de ses liens avec les Elfes.

Voyant donc l'amour de leur nouveau chef pour Níniel et pensant savoir qu'elle l'aimait aussi en retour, ces hommes commencèrent à dire la manière dont ils aimeraient volontiers voir leur chef marié, et que c'était folie que d'attendre sans juste cause ; mais cette parole parvint aux oreilles de Níniel, et enfin elle consentit à devenir l'épouse de Turambar, et tous furent heureux de cela. Un bon festin se déroula et il y eut rires et chansons, et Níniel devint la dame des pisteurs des forêts et demeura par la suite dans la maison de Turambar. Là, leur bonheur fut grand, bien que de temps en temps un froid pressentiment se posât sur le cœur de Níniel, mais Turambar était pris par la joie et dit en son cœur : “Ce fut bien que je me sois nommé Turambar, car voici ! j'ai vaincu le destin de malheur qui fut tissé autour de mes pas.” Il écarta le passé et à Níniel il ne parla pas trop de choses révolues, sauf de son père et de sa mère et de sa sœur qu'il n'avait vus, mais toujours Níniel se troublait à ces propos et il ne savait pas pourquoi [24]. Mais de sa fuite des palais de Tinwelint et de la mort de Beleg et de son retour et de ses recherches en Hisilómë il ne dit jamais un mot, et la pensée de Failivrin demeurait enfouie tout au fond de son cœur et presque oubliée.

Níniel ne put jamais lui dire quoi que ce fût de ses jours d'antan, et le demandait-il, la détresse s'inscrivait sur son visage comme s'il troublait la surface de rêves obscurs, et il était parfois affligé de cela, mais cela ne lui pesait point trop.

Maintenant passent les jours et Níniel et Turambar demeurent en paix, mais Tamar Pied-bot erre à travers les bois pensant que le monde est un endroit mauvais et plein d'amertume, et il aimait Níniel d'un très grand amour et il ne pouvait étouffer cet amour. Mais voici, en ces jours le Foalókë se fit gras, et ayant assujetti de nombreuses bandes de Noldoli et d'Orcs il pensa étendre son domaine au loin. En vérité, en de nombreux endroits en ces jours les bêtes de Melko agirent de même, installant des royaumes de terreur pour eux qui fleurissaient sous le joug maléfique du règne de Melko. Ainsi se fit-il que les cohortes de Glorund le dragon harcelèrent très grièvement le peuple de Tinwelint, et qu'enfin il en parvint même près de ces bois et de ces clairières qu'aimaient Turambar et son peuple.

Maintenant ces forestiers ne prirent point la fuite mais traitèrent vaillamment leurs ennemis, et la colère de Glorund le ver fut très grande lorsque lui parvinrent les nouvelles d'un peuple d'Hommes courageux qui demeuraient loin au-delà de la rivière et que ses maraudeurs ne pouvaient soumettre. On dit en effet que malgré la ruse de ses desseins maléfiques il ne savait pas encore où se trouvait la demeure de Turambar ou de Nienóri ; et en vérité en ces jours il sembla que la fortune sourit un temps à Turambar, car son peuple s'accrut et devint prospère, et un grand nombre s'évada même des confins de Hisilómë et le rejoignit, et il rassembla un trésor de richesses et de biens de qualité, car toutes ses batailles lui valurent victoires et butin. Comme un roi et une reine devinrent Turambar et Níniel, et il y eut chansons et rires dans ces clairières de leur demeure, et grand bonheur en leurs salles. Et Níniel conçut [25].

Des espions rapportèrent grand nombre de ces faits au Foalókë, et sa colère fut terrible. De surcroît, son avarice en fut vivement attisée, de sorte qu'après de longues réflexions, il posta une garde de confiance à la surveillance de sa demeure et de son trésor, dont le capitaine était Mîm le nain [26]. Puis, quittant les grottes et les lieux de son sommeil, il traversa les rus et entra dans les bois, et ils brûlèrent devant sa face. Des nouvelles de ceci parvinrent rapidement à Turambar, mais il n'en conçut de crainte pour l'instant et il ne prêta d'ailleurs pas grande attention au récit, car il y avait une très grande distance depuis les foyers des hommes des bois jusqu'aux cavernes du ver. Mais maintenant le cœur de Níniel se serra, et bien qu'elle ne sût pourquoi, un poids d'inquiétude et de tristesse reposa sur elle, et elle sourit rarement après l'annonce de cette nouvelle, de sorte que Turambar s'étonna et s'attrista.

Maintenant s'en vient le Foalókë pendant ce temps à travers les forêts profondes et un chemin de désolation s'étend derrière lui, et pourtant durant sa reptation un très long moment s'écoule, jusqu'à ce que, voici, soudain une troupe d'hommes des bois le surprenne endormi dans les bois au milieu des arbres brisés. Parmi ceux-ci, plusieurs succombèrent au souffle vénéneux de la bête et furent ensuite tués ; mais il y en eut deux qui revenant en toute hâte portèrent le message à leur seigneur que le récit passé n'était pas vain, et que le dragon rampait maintenant à l'intérieur même des confins de son royaume ; et ce disant ils s'effondrèrent évanouis à ses pieds.

Maintenant l'endroit où le dragon reposait était encaissé et une petite colline se dressait, non loin, une île parmi les arbres mais elle-même assez peu boisée, d'où l'on pouvait apercevoir, bien qu'au loin, une grande partie de cette région à présent déchirée par le passage du dragon. Un ruisseau y avait-il aussi qui courait à travers la forêt en cet endroit entre le dragon et les demeures des forestiers, mais son cours s'approchait tout près du dragon et il s'agissait d'un ruisseau étroit aux berges profondément creusées et surplombé par des arbres. C'est pourquoi Turambar avait maintenant l'intention d'emmener ses hommes les plus valeureux au sommet de ce tertre et d'observer s'ils le pouvaient les mouvements du dragon en secret, que d'aventure ils pussent s'abattre sur lui à son désavantage et parvenir à le tuer, car en ceci reposait leur meilleur espoir. Il ne permit pas que cette troupe fût trop nombreuse, et les autres à ses ordres prirent les armes et battirent la région, craignant que des armées d'Orcs ne fussent venues avec le ver, leur seigneur. Ceci en vérité n'était point le cas, et il vint seul, confiant en son pouvoir irrésistible.

Maintenant lorsque Turambar s'apprêtait à prendre le départ, Níniel supplia qu'on la laissât chevaucher avec lui et il y consentit, car il l'aimait et c'était sa pensée que s'il tombait et que le dragon vivait alors il se pourrait qu'aucun de ce peuple ne fût sauvé, et il préférait plutôt avoir Níniel à ses côtés, espérant peut-être l'arracher au moins aux griffes du ver, en la tuant de ses propres mains ou bien de celles de l'un de ses vassaux.

Ainsi Turambar et Níniel chevauchèrent ensemble, comme les connaissait ce peuple, et derrière eux était une vingtaine d'hommes braves. Maintenant ils évaluèrent la distance jusqu'à ce tertre à travers les bois à une journée de voyage, et à leur suite bien que ce fût à l'encontre des ordres et du conseil de Turambar, vinrent furtivement une grande assemblée de ses gens, même des femmes et des enfants. Le charme d'une étrange inquiétude les tenait, et certains pensaient voir un grand combat, et d'autres suivirent la foule sans penser grand-chose, et il n'y en eut aucun qui croyait voir ce qu'enfin leurs yeux virent ; et ils les suivirent à peu de distance, car la troupe de Turambar allait lentement et précautionneusement. Lorsque tout d'abord Turambar permit qu'elle chevauchât à son côté, Níniel fut joyeuse comme elle ne l'avait été depuis longtemps, et elle allégea les pressentiments du cœur de ces hommes ; mais bientôt ils vinrent en un endroit non loin du pied du tertre, et là son cœur se serra, et d'ailleurs une mélancolie s'abattit sur tous.

Pourtant très beau était ce lieu, car ici coulait ce même ruisseau qui plus loin en contrebas ondulait au-devant du repaire du dragon en un lit profond qui creusait une entaille profonde dans la terre ; et il venait en un courant froid depuis les collines au-delà des demeures des hommes des bois, et il tombait en une vaste chute où la roche usée par les eaux, lisse et grise, affleurait de l'herbe. Maintenant il s'agissait là de la tête de cette force que les hommes des bois nommaient le Bol d'Argent, et auparavant Turambar et Níniel l'avaient longée, revenant à leur demeure pour la première fois après la délivrance de Níniel. La hauteur de cette chute était très grande et les eaux avaient une voix forte et musicale, éclaboussant très loin en contrebas en une écume argentée où elles avaient usé une large vasque dans les rochers, et les ombrages des arbres et des broussailles surplombaient ce creux, mais le soleil filtrait et miroitait sur l'écume ; et autour de la tête de la cascade se trouvaient une clairière ouverte et une pelouse verte où poussait une richesse de fleurs, et les hommes aimaient cet endroit.

Ici Níniel soudain pleura, et se jetant au cou de Turambar le supplia de ne pas tenter le destin mais plutôt de s'enfuir avec elle et tout son peuple, les menant vers des terres lointaines. Mais il la regarda et dit : "Non, Níniel mienne, ni toi, ni moi ne mourrons ce jour, et demain non plus, par la malice du dragon ou par les épées des ennemis", mais il ne connaissait pas la portée de ses paroles ; et lorsqu'elle les entendit Níniel calma ses pleurs et se fit très calme. S'étant alors reposés un temps en cet endroit, ces guerriers grimpèrent ensuite en haut de la colline et Níniel alla avec eux. Depuis son sommet ils purent voir au loin une large bande dont les arbres étaient brisés, les terres blessées [27] et calcinées et le sol noirci, mais près de la bordure des arbres encore intacts, non loin de la berge de l'abîme profond de la rivière, s'élevait une mince fumée d'une grande noirceur, et des hommes dirent : "Là repose le ver."

Des conseils de toutes sortes furent prononcés sur ce sommet, et les hommes craignaient ouvertement de marcher contre le dragon de jour ou de nuit qu'il dormît ou fût réveillé, et voyant leur terreur Turambar leur donna un conseil, et on l'accepta, et ceux-ci furent ses mots : "Bien avez-vous parlé, ô chasseurs des forêts, que ni de nuit, ni de jour, ne pourront des hommes espérer surprendre un dragon de Melko, et voici, celui-ci a fait une désolation autour de lui, et la terre est aplanie si bien que personne ne peut l'approcher en restant caché. C'est pourquoi ceux qui en ont le cœur viendront avec moi et nous descendrons par les rochers jusqu'au pied de la cascade, et gagnant ainsi le chemin du ruisseau, d'aventure pourrons-nous approcher du dragon autant que faire se peut. Alors devrons-nous escalader si nous le pouvons la rive la plus proche et attendre ainsi, car il me semble que le Foalókë ne se reposera plus longtemps encore avant de s'avancer plus vers nos demeures. Ainsi devra-t-il soit traverser ce profond ruisseau, soit se détourner loin de son chemin, car il est devenu trop puissant pour ramper le long de son cours. Maintenant je ne pense pas qu'il se détournera, car ce n'est qu'un fossé, une étroite ornière remplie d'un filet d'eau, pour le grand Foalókë des cavernes d'or. Si, cependant, il fait mentir mon avis et ne vient point par ce chemin, d'aucuns parmi vous devront prendre du courage en leurs cœurs, et tenter de le leurrer avec prudence au travers du ruisseau, afin que là où nous nous dissimulons, nous puissions lui porter un coup mortel par en dessous, car l'armure de ces vers immondes ne vaut pas grand-chose sous leurs ventres."

Maintenant de cette bande il n'y en eut que six pour s'avancer prestement pour accompagner Turambar, et lui voyant cela dit qu'il pensait trouver plus de six hommes braves parmi son peuple, mais après cela il ne consentit à aucun autre de les suivre, disant que six seulement valaient mieux que l'entrave des craintifs. Alors Turambar fit ses adieux à Níniel et ils s'embrassèrent sur le sommet de la colline, et c'était alors la fin de l'après-midi, mais le cœur de Níniel se fit, de chagrin, comme de la pierre ; puis toute cette compagnie descendit à la tête du Bol d'Argent, et là elle contempla son seigneur qui escaladait jusqu'au bas de la chute avec ses six compagnons. Maintenant lorsqu'il eut disparu loin en bas elle parla amèrement à ceux qui n'avaient pas osé y aller, et eux de honte ne répondirent point mais retournèrent furtivement au sommet de la colline et regardèrent vers le repaire du dragon, et Níniel s'assit auprès de l'eau et regarda droit devant elle, et elle ne pleura point mais elle était affligée.

Personne ne resta auprès d'elle sauf Tamar seul qui avait suivi sans ordres cette compagnie, et il l'avait aimée dès le début lorsqu'elle logea dans la maison de Bethos, et en un temps pensa gagner ses faveurs avant que Turambar ne la prît. Le boitement de Tamar l'accompagnait depuis l'enfance, pourtant il était sage et bienveillant, bien que tenu en piètre estime par son peuple, pour qui la force était la sécurité et la bravoure la plus grande fierté des hommes. Maintenant cependant Tamar portait-il une épée, et nombreux s'étaient gaussés de lui pour cela, mais il était joyeux à cette occasion de veiller sur Níniel, bien qu'elle ne le remarquât point.

Maintenant faut-il raconter que Turambar atteignit le lieu de ses desseins après de grands efforts dans le lit rocheux du ruisseau, et accompagné de ses hommes grimpa avec difficulté en haut de la pente escarpée de ce ravin. Juste sous l'aplomb ils se juchèrent dans certains arbres surplombants, et non loin de là ils pouvaient entendre le grand souffle de la bête, et certains de ses compagnons tombèrent en terreur.

Déjà était venue l'obscurité et toute la nuit ils s'agrippèrent là, et il y avait un étrange étincellement là où reposait le dragon et des bruits terrifiants et un tremblement s'il s'agitait, et lorsque l'aube vint, Turambar vit qu'il n'avait que trois compagnons, et il maudit les autres de leur lâcheté, et aucun conte ne dit où s'enfuirent ces infidèles. En ce jour tout vint à se dérouler comme l'avait pensé Turambar, car le dragon s'éveillant se traîna lentement vers le bord de l'abîme et ne se détourna point, mais chercha à ramper par-dessus et ainsi venir sur les maisons des forestiers. Maintenant la terreur à son arrivée fut très grande, car la terre trembla, et tous trois craignirent que les arbres qui les maintenaient ne perdissent leurs racines et tombassent dans le ruisseau rocheux au-dessous. Les feuilles de ces arbres aussi qui poussaient aux abords se flétrirent devant le souffle du serpent, mais ils ne furent pas blessés grâce à la protection de la berge.

Enfin, le dragon atteignit le bord de ruisseau et la vision de sa tête maléfique et de ses mâchoires ruisselantes était absolument affreuse, et ils virent celles-ci clairement et furent pris de terreur à l'idée qu'il les aperçût aussi, car il ne traversa point à l'endroit où Turambar avec choisi de se tenir caché à cause de l'étroitesse du précipice et de sa moindre profondeur. Plutôt, il commença de se hisser maintenant au travers du ravin légèrement plus bas que l'endroit où ils se trouvaient, et ainsi se glissant hors de leurs refuges, Turambar et ses hommes atteignirent aussi rapidement que possible le lit du ruisseau et vinrent sous le ventre du ver. Ici la chaleur était si forte et la puanteur tellement infâme que ses hommes furent pris de douloureuse terreur et n'osèrent grimper la berge à nouveau. Alors dans sa colère Turambar eût tourné son épée contre eux, mais ils s'enfuirent, et ainsi ce fut seul qu'il escalada la muraille jusqu'à ce qu'il arrivât tout près sous le corps du dragon, et il chancela en raison de la chaleur et de la puanteur et s'agrippa à un buisson robuste.

Alors, attendant jusqu'à ce qu'un point des plus vitaux et sans défense fût à portée d'épée, il éleva Gurtholfin son épée noire et la planta de toutes ses forces au-dessus de sa tête, et cette lame magique des Rodothlim pénétra dans les entrailles du dragon jusqu'à la garde même, et le hurlement de sa douleur-de-mort déchira les bois et tous ceux qui l'entendirent furent frappés d'horreur.

Alors ce dragon se tordit affreusement et les immenses anneaux de ses contorsions étaient terribles à voir, et il brisa tous les arbres qui se dressaient près du lieu de son agonie. Avait-il presque traversé l'abîme lorsque Gurtholfin le transperça, et maintenant il se jeta sur l'autre rive et dévasta tout ce qui l'entourait, et fouetta et s'entortilla et poussa hurlements et cris tels que les plus valeureux pâlirent et se tournèrent pour fuir. Maintenant ceux qui se trouvaient au loin pensèrent que c'était là le terrible fracas de la bataille entre les sept, Turambar et ses compagnons [28], et ils eurent peu d'espoir de voir un seul en revenir, et le cœur dc Níniel s'éteignit en elle lorsqu'elle entendit ces bruits ; mais en dessous dans le ravin les trois lâches qui avaient regardé Turambar de loin s'enfuirent maintenant terrifiés vers la cascade, et Turambar resta agrippé près de la bordure de l'abîme, blanc et frémissant, car il était épuisé.

Enfin ces bruits d'horreur cessèrent, et il s'éleva une grande fumée, car Glorund se mourait. Alors, d'une témérité extrême, Turambar rampa seul hors de sa cachette, car dans l'agonie du Foalókë son épée avait été arrachée de sa main avant qu'il n'ait pu la retirer, et il chérissait Gurtholfin par-dessus toutes ses possessions, car toutes choses mouraient, bête, homme, que ses bords mordassent une seule fois. Maintenant Turambar vit où le dragon gisait, étalé raide sur le côté, et Gurtholfin se dressait encore dans son ventre ; mais il respirait toujours.

Néanmoins, Turambar, rampant jusque-là, plaça le pied sur son corps et avec difficulté retira Gurtholfin en usant de toutes ses forces, et ce faisant il dit dans le triomphe de son cœur : "Maintenant nous rencontrons-nous à nouveau, ô Glorund, toi et moi, Turambar, qui fut un jour nommé valeureux [29]" ; mais alors même qu'il parlait le sang maléfique jaillit de cette blessure sur sa main et la brûla, et elle se flétrit, de sorte qu'à la douleur soudaine il s'exclama à pleine voix. Alors le Foalókë ouvrit ses yeux terrorisants et le contempla, et il tomba évanoui à côté du dragon, et son épée sous lui.

Ainsi se poursuivit la journée et ne vint aucune nouvelle au sommet de la colline, et Níniel ne put plus longtemps supporter sa détresse et elle se leva et fit mine de quitter cette clairière au-dessus de la cascade, et Tamar Pied-bot lui dit : "Que cherches-tu à faire ?" mais elle : "Je voudrais trouver mon seigneur et m'allonger dans la mort à ses côtés, car il me semble qu'il est mort", et il chercha à l'en dissuader, mais en vain. Et alors même que le soir tombait, cette dame s'avança furtivement à travers les bois et elle ne voulut pas que Tamar la suivît, mais voyant que c'était le cas elle prit la fuite aveuglément entre les arbres, déchirant ses vêtements et griffant son visage dans des étendues de broussailles épineuses, et Tamar qui boitait ne put la suivre. Ainsi tomba la nuit sur les bois et tout fut calme, et s'abattit sur Tamar une grande peur pour Níniel, et il maudit sa faiblesse et son cœur fut amer, pourtant il ne cessa point de la suivre aussi rapidement qu'il pouvait, et la perdant de vue il tourna ses pas vers cette partie de la forêt près du ravin où s'était déroulé le dernier combat du ver, car les guetteurs sur la colline avaient pu en effet le distinguer. Maintenant se leva une lune claire lorsque la nuit fut vieille, et Tamar, errant souvent bien loin des demeures des hommes des bois, connaissait ces lieux, et il vint enfin au bord de cette désolation que commit le dragon dans son agonie ; mais le clair de lune était très lumineux, et, demeurant parmi les buissons au bord de cet endroit, Tamar entendit et vit tout ce qui se déroulait là.

Voici, maintenant Níniel avait atteint ces lieux peu de temps avant lui, et immédiatement sans peur elle courut à découvert par amour pour son seigneur, et ainsi le trouva allongé avec sa main flétrie évanoui en travers de son épée ; mais à la bête allongée et grassement étalée à côté elle ne prêta la moindre attention, et tombant à côté de Turambar elle pleura, et baisa son visage, et mit du baume sur sa main, car elle en avait emporté dans une petite boîte lorsqu'ils partirent auparavant, craignant que de nombreuses blessures fussent reçues avant que les hommes prissent le chemin du retour.

Pourtant Turambar ne s'éveilla pas à son toucher, et il ne bougea point, et elle s'écria, pensant que sûrement il devait être mort : "Ô Turambar, mon seigneur, éveille-toi, car le serpent de colère est mort et moi seule demeure !" Mais voici ! à ces mots le dragon fit son dernier geste, et posant ses yeux torves sur elle avant de les fermer pour toujours, dit : "Ô toi Nienóri fille de Mavwin, je te donne la joie de retrouver ton frère à la fin, car la quête fut épuisante — et maintenant est-il devenu un garçon très fort et il poignarde ses ennemis par surprise" ; mais Nienóri s'assit comme assommée, et à ces mots Glorund mourut, et avec sa mort le voile de ses sortilèges la quitta, et toute sa mémoire se fit claire comme du cristal, et elle n'oublia point non plus toutes les choses qui lui étaient advenues depuis qu'elle avait succombé à la magie du ver ; et son corps fut secoué d'horreur et d'affliction. Alors elle sursauta et se leva, blafarde sous la lune, et contemplant Turambar avec des yeux énormes elle parla ainsi à haute voix : "Alors ta destinée est-elle enfin achevée. Il est heureux que tu sois mort, ô malheureux entre tous", mais bouleversée par son malheur elle s'enfuit soudainement de ce lieu et partit fiévreusement là où ses pieds la menaient comme prise de folie.

Mais Tamar dont le cœur était figé par le chagrin et le regret la suivit comme il put, se préoccupant peu de Turambar, car la colère devant le sort de Nienóri emplissait son cœur. Maintenant le ruisseau et l'abîme profond bloquaient son chemin, mais fortuitement elle détourna ses pas avant d'arriver sur les berges et suivit son cours sinueux par des endroits rocheux et épineux jusqu'à ce qu'elle vînt à nouveau à la clairière à la tête de la cascade rugissante, et elle était désertée comme la première lumière grise d'un nouveau jour filtrait à travers les arbres.

Là retint-elle ses pas et debout parla comme s'adressant à elle-même : "Ô sources des forêts, où allez-vous ? Prendrez-vous Nienóri, Nienóri fille d'Úrin, enfant du chagrin ? ô vous, écumes blanches, si vous pouviez me laver et me nettoyer — mais profondes, profondes doivent être les eaux qui pourront laver ma mémoire de cette malédiction sans nom. Ô emportez-moi d'ici, loin, très loin, là où sont les eaux de la mer sans mémoire. Ô sources des forêts, où allez-vous ?" Puis cessant brusquement elle se jeta par-dessus le bord de la cascade, et périt là où l'eau écume autour des rochers qui affleuraient au-dessous ; mais à ce moment le soleil se leva au-dessus des arbres et la lumière tomba sur les eaux, et les eaux rugirent indifférentes au-dessus de la mort de Nienóri.

Maintenant Tamar contempla ces choses, et la lumière du soleil nouveau lui parut sombre, mais se détournant de ces lieux il se rendit au sommet de la colline et là s'était rassemblée déjà une grande foule de gens, et parmi eux étaient les trois qui avaient abandonné Turambar les derniers, et ils racontèrent une histoire pour les oreilles des gens. Mais Tamar survint et se tint devant eux, et son visage était terrible à voir, de sorte qu'un murmure courut parmi eux : "Il est mort" ; mais d'autres dirent : "Qu'est-il donc advenu de la petite Níniel ?" — mais Tamar s'écria : "Écoutez, ô mon peuple, et dites-moi s'il se trouve un destin tel que celui que je vous raconte, ou un malheur aussi lourd. Mort est le dragon, mais à ses côtés repose aussi Turambar mort, lui-même d'abord nommé Túrin fils d'Úrin [30], et cela est bien ; oui très bien", et les gens murmurèrent, s'étonnant de son discours, et certains dirent qu'il était fou. Mais Tamar dit : "Car sachez, ô peuple, que Níniel la douce, aimée de vous tous et que j'aime plus chèrement que mon cœur, est morte, et les eaux rugissent au-dessus d'elle, car elle a sauté dans les chutes du Bol d'Argent ne désirant jamais plus voir la lumière du jour. Maintenant s'achève ce sortilège maléfique, maintenant la destinée du peuple d'Úrin s'est-elle accomplie de la façon la plus terrible, car celle que vous appeliez Níniel était la même Nienóri fille d'Úrin, et ceci elle l'apprit avant de mourir, et ceci elle le raconta aux forêts sauvages, et l'écho en parvint jusqu'à moi."

À ces mots le cœur de tous ceux qui se tenaient là se brisa de chagrin et d'horreur, et aucun n'osa se rendre sur le lieu de douleur de cette douce dame, car un triste esprit habite ces lieux encore et personne ne pose le pied sur son herbe ; mais un grand remords transperça le cœur de ces trois lâches, et quittant furtivement l'assemblée, ils partirent à la recherche du corps de leur seigneur, et voici, ils le trouvèrent remuant et vivant, car lorsque le dragon mourut l'évanouissement le quitta, et il dormit d'un profond sommeil d'épuisement, mais maintenant s'éveillait-il et il était endolori. Lorsque tous trois se tinrent à ses côtés il parla, et dit "Níniel", et à ce mot ils se cachèrent la face de regret et d'horreur, et ne purent regarder son visage, mais ensuite ils l'éveillèrent, et voici il était très fier de sa victoire ; mais remarquant soudain sa main il dit :

"Voici ! quelqu'un est venu qui a soigné ma blessure avec adresse — qui croyez-vous que ce fût ?" — mais ils ne lui répondirent point, car ils le devinaient. Maintenant donc Turambar fut ramené épuisé et blessé parmi son peuple, et l'un d'entre eux se hâta en avant et cria que leur seigneur vivait, mais les hommes ne surent point s'ils étaient heureux ; et comme il vint parmi eux ils furent nombreux à détourner leur regard pour cacher la perplexité de leur cœur et leurs larmes, et nul n'osa parler.

Mais Turambar dit à ceux qui se tenaient auprès de lui : "Où est Níniel, ma Níniel ? car je croyais la trouver ici en joie, mais si elle est retournée plutôt dans mon foyer alors tout est bien", mais ceux qui l'entendirent ne purent plus longtemps retenir leurs larmes, et Turambar se leva s'écriant : "Quel nouveau malheur y a-t-il là ? parlez, parlez, mon peuple, et ne me tourmentez pas ! » Mais l'un dit : "Níniel hélas est morte, mon seigneur", mais Turambar s'écria amèrement contre les Valar et sa destinée de malheur, et enfin un autre dit : "Oui, elle est morte, car elle tomba dans les profondeurs mêmes du Bol d'Argent." Mais Tamar qui se tenait là marmonna : "Non, elle s'y jeta." Et Turambar entendant ces mots le saisit par le bras et cria : "Parle, Pied-bot, parle, dis ce que signifient tes paroles infâmes, ou tu perdras ta langue", car son affliction était terrible à voir.

Maintenant le cœur de Tamar était la proie d'une grande tourmente de douleur due aux choses terribles qu'il avait vues et entendues, et à la longue désespérance de son amour pour Níniel, et ainsi une colère furieuse contre Turambar s'attisa subitement en lui et, repoussant sa main d'une secousse, il dit : "Une damoiselle tu trouvas dans les bois sauvages et lui donnas un nom en plaisantant, et toi et tout le peuple la nommâtes Níniel, la petite aux larmes. Malheureuse fut cette bouffonnerie, Turambar, car voici ! elle s'est jetée dans le vide aveuglée d'horreur et de malheur, avec le désir de ne plus jamais te revoir, et le nom qu'elle se donna dans la mort était Nienóri fille d'Úrin, enfant du malheur, et toutes les eaux du Bol d'Argent, comme elles tombent dans le profond vallon, ne pourront verser tout le conte de larmes de Níniel."

Alors Turambar dans un rugissement empoigna sa gorge et le secoua, disant : "Tu mens — ô toi, fils maléfique de Bethos" — mais Tamar haleta : "Non, maudit ; ainsi parla Glorund le dragon, et Níniel en l'entendant sut que cela était vrai." Mais Turambar dit : "Alors pars converser à Mandos avec ton Glorund", et il le tua devant les yeux du peuple, puis s'en alla comme pris par la folie, hurlant "il ment, il ment" ; et pourtant étant libéré maintenant de l'aveuglement et des rêves, dans son cœur profond il sut que cela était vrai et que maintenant son destin s'était achevé enfin.

Ainsi laissa-t-il le peuple derrière lui et partit insensé à travers les bois appelant toujours le nom de Níniel, jusqu'à ce que les bois résonnassent fort lugubrement de cette parole, et son trajet le mena par des voies détournées toujours vers la clairière du Bol d'Argent, et personne n'osa le suivre. Là brillait le soleil de l'après-midi, et voici, tous les arbres s'étaient flétris bien que ce fût encore le plein été, et y avait-il un bruit comme de l'automne mourant parmi les feuilles. Toutes les fleurs étaient fanées ainsi que l'herbe, et la voix de l'eau cascadante était plus triste que des larmes pour la mort de la blanche damoiselle Nienóri fille d'Úrin qui fut là. Là se dressa Turambar, enfin épuisé, et là il tira son épée, et dit : "Je te salue, Gurtholfin, baguette de mort, car tu es fatale pour tout homme et la vie de tout homme boirais-tu volontiers, ne connaissant ni seigneur, ni foi hormis la main qui te manie si elle en a la force. Je n'ai plus que toi maintenant — tue-moi donc et sois rapide, car la vie est une malédiction, et tous mes jours se traînent, immondes, et mes actes sont vils, et tous ceux que j'aime sont morts." Et Gurtholfin dit : "Cela je le ferai avec bonheur, car le sang est le sang, et il se peut que le tien ne soit pas moins doux que bien d'autres que tu me donnas jusqu'à présent" ; et Turambar se jeta sur la pointe de Gurtholfin, et la sombre lame lui ôta sa vie.

Mais plus tard certains vinrent timidement et l'emportèrent et l'étendirent en un endroit tout près de là, et élevèrent un vaste tertre au-dessus de sa dépouille, et ensuite certains tirèrent jusque-là un grand rocher dont une face était lisse, et sur laquelle furent entaillés des signes étranges tels que Turambar lui-même leur avait enseignés en des jours défunts, apportant ce savoir des cavernes des Rodothlim, et cette inscription dit :

Turambar tueur de Glorund le Ver
qui fut aussi Túrin Mormakil
Fils d'Úrin des Forêts

et sous cela fut gravé le mot "Níniel" (ou enfant aux larmes) ; mais elle ne se trouvait point là, et où les eaux ont déposé sa douce dépouille aucun homme ne le sait. »

Maintenant à cela Eltas interrompit ses paroles, et soudain tous ceux qui prêtaient l'oreille pleurèrent ; mais il ajouta : « Oui, c'est un triste conte, car le chagrin s'est toujours déplacé parmi les Hommes et il continue son chemin, mais durant les jours de sauvagerie des choses terribles s'accomplirent et engendrèrent la souffrance ; et pourtant Melko a-t-il rarement généré plus de cruauté, et je ne connais pas non plus d'histoire plus pitoyable. »

Puis après un temps certains le questionnèrent à propos de Mavwin et d'Úrin et des événements qui suivirent, et il dit : « Maintenant de Mavwin aucun récit certain n'a été préservé comme le fut le conte de Túrin Turambar son fils, et de nombreuses choses sont affirmées et certaines diffèrent d'autres ; mais ceci puis-je vous raconter, qu'après ces gestes terribles le peuple des bois n'eut plus de cœur pour le lieu de sa demeure et s'en alla vers d'autres vallées de la forêt, et pourtant certains s'attardèrent tristement auprès de leur ancien foyer ; et un jour il vint une vieillarde qui errait à travers les bois, et elle vint par hasard à ce rocher gravé. Pour elle, l'un des hommes des bois lui indiqua le sens de ces signes, et il lui dit le conte comme il s'en souvenait — mais elle resta silencieuse, et ne parla ni ne bougea. Alors il dit : "Ton cœur est lourd, car c'est un conte à pousser tout homme aux larmes." Mais elle dit : "Oui, triste en effet est mon cœur, car je suis Mavwin, la mère de ces deux enfants", et cet homme perçut que cette histoire de chagrin n'avait pas encore atteint sa fin — mais Mavwin se leva et sortit dans les bois en criant de douleur, et pendant longtemps elle hanta cet endroit de sorte que le forestier et sa famille s'enfuirent et ne revinrent plus jamais, et personne ne peut dire si c'était en effet Mavwin qui venait là ou son ombre obscure qui ne partait point pour Mandos en raison de sa grande douleur [31].

Pourtant on dit qu'Úrin vit tous ces événements terribles par la magie de Melko, et fut continuellement tenté par cet Ainu de céder à sa volonté, et il ne le voulut point ; mais lorsque le sort de sa famille fut entièrement accompli, alors Melko pensa-t-il user d'Úrin d'une autre manière et plus subtile, et il le libéra de ce lieu élevé et amer où il traversa tant d'années dans le tourment de son cœur. Mais Melko vint à lui et lui parla des Elfes en mal, et surtout accusa-t-il Tinwelint [32] de faiblesse et de lâcheté. "Jamais je ne pourrai comprendre, dit-il, pourquoi il se fait qu'il y ait encore des Hommes grands et sages ayant confiance en l'amitié des Elfes, et, se rendant assez sots pour résister à ma puissance, qui triplent leur folie en cherchant une aide sûre auprès de Gnomes ou de Fées. Voici, ô Úrin, sauf le cœur faible de Tinwelint du pays des bois, comment eussent mes desseins pu s'accomplir, et peut-être maintenant Nienóri eût-elle vécu et Mavwin ton épouse n'eût point pleuré, heureuse du retour de son fils. Pars donc, ô être stupide, et retourne-t'en manger le pain amer de la charité dans les palais de tes beaux amis."

Alors Úrin courbé par les ans et le chagrin partit sans entraves des royaumes de Melko et revint dans les régions meilleures, mais toujours sur son chemin il médita les dits de Melko et la toile rusée tissée de vérité et de fausseté embruma l'œil de son cœur, et il en conçut un esprit fort amer. Maintenant donc il rassembla autour de lui une bande d'Elfes sauvages [33], et ils étaient devenus une tribu féroce et sans loi qui ne demeuraient point avec leur peuple qui les avait repoussés dans les collines, les laissant vivre ou mourir comme ils le pouvaient. En un temps donc Úrin les mena aux cavernes des Rodothlim, et voici, les Orcs s'étaient enfuis de cet endroit lors de la mort de Glorund, et un être seulement demeurait encore là, un nain vieux et difforme assis toujours sur le tas d'or à chanter pour lui-même de noires chansons d'enchantement. Mais personne ne s'était approché jusque-là pour le dépouiller, car la terreur du dragon avait vécu plus longtemps que lui, et personne ne s'était aventuré là à nouveau de crainte de l'esprit même de Glorund le ver [34]. Maintenant donc lorsque ces Elfes s'approchèrent, le nain se dressa devant les portes de la grotte qui fut en un temps la demeure de Galweg, et il s'écria : "Que voulez-vous de moi, ô rebelles des collines ?" Mais Úrin répondit : "Nous venons prendre ce qui n'est point à toi." Puis ce nain, et son nom était Mîm, dit : "Ô Úrin je n'aurais point pensé te voir, un seigneur des Hommes, avec une telle racaille. Écoute maintenant les paroles de Mîm sans-père et pars, sans plus toucher à cet or que s'il s'agissait de feux vénéneux. Car n'est-il pas vrai que Glorund s'y est étendu de longues années, et le maléfice des dragons de Melko repose dessus, et il ne peut rien amener de bien fût-ce pour Homme ou Elfe, mais moi, moi seul, puis le veiller, Mîm le nain, et par maints sombres sortilèges me le suis-je lié." Alors Úrin hésita, mais ses hommes en furent courroucés, et il leur ordonna de s'emparer de l'ensemble, et Mîm se tint à l'écart et regarda, et éclata en malédictions terribles et maléfiques. À cela Úrin lui donna un grand coup, disant : “Nous vînmes simplement pour prendre ce qui n’était point à toi — maintenant pour tes mots maléfiques nous prendrons ce qui est tien aussi, ta vie même.”

Mais Mîm en mourant dit à Úrin : “Maintenant Elfes et Hommes maudiront cet acte, et à cause de la mort de Mîm le nain la mort poursuivra cet or aussi longtemps qu’il restera sur la Terre, et une telle destinée partagera chaque parcelle et chaque part avec le tout.” Et Úrin frissonna, mais ses gens rirent.

Maintenant Úrin fit amener cet or par ses partisans vers les palais de Tinwelint, et ils maugréèrent à cela, mais il dit : “Êtes-vous devenus comme les dragons de Melko, qui voudraient s’étendre et se vautrer dans l’or et ne chercheraient aucun autre bonheur ? Une vie plus douce connaîtrez-vous dans les cours de ce roi de l’avarice, si vous lui menez un tel trésor, que tout l’or de Valinor ne vous procurera dans les forêts désertes.”

Maintenant son cœur était amer à l’encontre de Tinwelint, et il désirait accomplir une vengeance sur lui, comme on pourra le voir. Si vaste était ce trésor que, si grande pût être la compagnie d’Úrin, ils réussirent à peine le porter jusqu’aux grottes de Tinwelint le roi, et on dit qu’il y en eut d’abandonné là et qu’il y en eut de perdu en chemin, et le mal toujours a poursuivi ceux qui l’ont trouvé.

Pourtant enfin cette armée pesamment chargée vint au pont devant les portes et interrogé par les gardes Úrin dit : « Annoncez au roi qu’Úrin le Ferme est venu portant des offrandes », ce qui fut fait. Alors Úrin laissa amener toute cette splendeur devant le roi, mais elle était cachée dans des sacs ou bien enfermée dans des caisses de bois grossier ; et Tinwelint accueillit Úrin avec joie et grand étonnement et lui souhaita trois fois la bienvenue, et lui et toute sa cour se levèrent en l’honneur de ce seigneur des Hommes ; mais le cœur d’Úrin était aveugle en raison de ses années tourmentées et des mensonges de Melko, et il dit : “Non, ô roi, je ne désire point entendre de telles paroles — mais dis-moi seulement, où est Mavwin mon épouse, et sais-tu de quelle mort Nienóri ma fille mourut ?" Et Tinwelint dit qu'il ne le savait point.

Alors Úrin férocement raconta cette histoire, et le roi et tous ses gens autour de lui cachèrent leurs visages pleins de compassion, mais Úrin dit : "Non[35], aurais-tu un cœur comme celui que possède le moindre des Hommes, jamais n'eussent-elles été perdues ; mais voici, je t'amène maintenant paiement complet pour les troubles que connut ta troupe pitoyable qui marcha contre Glorund le dragon, et qui en désertant abandonna mes êtres chers à son pouvoir. Contemple, ô Tinwelint, avec plaisir mes offrandes, car me semble-t-il le lustre de l'or est la seule chose que ton cœur contienne."

Alors jetèrent-ils ce trésor aux pieds du roi, le découvrant de sorte que toute la cour fut éblouie et stupéfaite — mais les hommes d'Úrin comprirent maintenant ce qui était avancé et furent désappointés. « Contemple le trésor de Glorund, dit Úrin, acheté par la mort de Nienóri avec le sang de Túrin tueur du ver. Prends-le, ô lâche roi, et sois heureux qu'il y ait des Hommes assez braves pour te gagner des richesses. »

Alors les paroles d'Úrin dépassèrent ce que Tinwelint pouvait endurer, et il dit : "Que veux-tu dire, enfant des Hommes, et pour quelle raison me réprimandes-tu[36] ? Longtemps ai-je élevé ton fils et lui pardonnai le mal de ses actes, et après j'ai secouru ton épouse, cédant contre mon conseil à ses fols désirs. C'est Melko qui te hait et non moi. Mais qu'est-ce pour moi — et comment toi, de la race grossière des Hommes, peux-tu endurer de réprimander un roi des Eldalië ? Voici ! en Palisor ma vie commença des années sans nombre avant que le premier des Hommes s'éveillât. Va-t'en, ô Úrin, car Melko t'a envoûté, et prends tes richesses avec toi" — mais il s'abstint de tuer Úrin ou de le lier par des sortilèges, se rappelant son ancienne bravoure pour la cause des Eldar.

Alors Úrin s'en fut, mais il ne voulut pas toucher à

l'or, et frappé par les années il atteignit Hisilómë et mourut parmi les Hommes, mais ses paroles survivant après lui engendrèrent l'éloignement entre Elfes et Hommes. Pourtant on dit que lorsqu'il mourut son ombre partit dans les bois à la recherche de Mavwin, et longtemps tous deux hantèrent les bois autour de la chute du Bol d'Argent à pleurer leurs enfants. Mais les Elfes de Kôr ont dit, et ils savent, qu'enfin Úrin et Mavwin allèrent à Mandos, et Nienóri ne s'y trouvait point et Túrin leur fils non plus. Turambar suivit en effet Nienóri le long des noirs sentiers qui mènent aux portes de Fui, mais Fui ne voulut pas leur ouvrir, et Vefántur non plus. Pourtant maintenant les prières d'Úrin et de Mavwin parvinrent même jusqu'à Manwë, et les Dieux eurent pitié de leur destin malheureux, de sorte que tous deux, Túrin et Nienóri, entrèrent dans Fôs'Almir, le bain de flammes, tout comme le firent Urwendi et ses damoiselles en des âges révolus précédant le premier lever du Soleil, et ainsi furent tous leurs chagrins et leurs taches lavés, et ils demeurèrent comme des Valar lumineux parmi les êtres bénis, et maintenant l'amour de ce frère et de cette sœur est très doux ; mais Turambar en vérité se tiendra à côté de Fionwë au moment de la Grande Ruine, et Melko et ses dragons maudiront l'épée de Mormakil. »

Et ce disant Eltas termina, et nul ne l'interrogea plus loin.

NOTES

1. Le passage a été rejeté avant le changement de *Tintoglin* au profit de *Tinwelint* ; voir p. 97.

2. « Damrod le Gnome » est inscrit au-dessus du nom *Egnor ;* voir Commentaire, p. 187.

3. Ici et à l'occurrence subséquente le nom écrit initialement était *Tinthellon ;* cette annexe doit appartenir à la même époque que la note sur le manuscrit indiquant que *Tintoglin* doit être changé en *Ellon* ou *Tinthellon* (p. 97). Voir note 32.

4. Une note sur le manuscrit associée à ce remplacement donne : « Si Beren est un Gnome (comme à présent dans l'histoire de Tinúviel), les références à Beren doivent être transformées. » Dans le passage rejeté, Egnor père de Beren « était de la famille de Mavwin », donc Egnor était un Homme. Voir notes 5 et 6, et le Commentaire, p. 187.

5. « Túrin fils d'Úrin » ; version initiale : « Beren Ermabwed ». Voir notes 4 et 6.

6. Version initiale : « et lorsque aussi le roi sut le lien de parenté entre Mavwin et Beren ». Voir notes 4 et 5.

7. *Linwë (Tinto)* était le nom initial « elfique » du roi, et appartient à la même « strate » de noms que *Tintoglin* (voir I.158, 174). Qu'il subsiste ici (sans la transformation *Tinwë*) indique clairement une omission. Voir notes 19 et 20.

8. Version initiale : « vu qu'il était un Homme de très grande taille ».

9. Avec ce passage, cf. celui dans le *Conte de Tinúviel*, p. 20, qui lui est très proche. Que le passage dans *Turambar* soit le premier écrit (ce que l'on présume de toute manière) est démontré par le fait que le passage dans *Tinúviel* n'offre un intérêt que si Beren est un Gnome, et non un Homme (voir note 4).

10. « des rêves leur vinrent » ; version initiale : « rêves que les Valar leur envoyèrent ».

11. « et son nom était Glorund » a été ajouté plus tard, comme les occurrences suivantes du nom ; mais à partir de la p. 133, *Glorund* est le nom initial dans le manuscrit.

12. « avec l'aide de Flinding dont les blessures n'étaient point importantes » ; version initiale : « avec l'aide d'un homme légèrement blessé ». Toutes les références ultérieures à Flinding dans ce passage ont été ajoutées par la suite.

13. Version initiale : « Le cœur de Túrin était amer, et de cette manière lui et cet autre seuls s'en revinrent de cette bataille. »

14. Version initiale : « bien que tous les gens en cette époque tinssent un tel acte pour celui d'un lâche ».

15. Version initiale : « et de contempler Nienóri à nouveau ». Ceci a été corrigé pour donner « et de contempler Nienóri qu'il n'avait jamais vue ». Les mots « depuis ses premiers jours » ont été ajoutés encore plus tard.

16. Le passage suivant a été barré, apparemment au moment de l'écriture :

> « En vérité, dirent-ils, c'est le rapport des hommes du voyage et des pisteurs des collines que depuis bien des lunes, même les confins les plus reculés en ont été libérés et inhabituellement sûrs, et ainsi de nombreux hommes se sont aventurés hors de Hisilómë vers les Pays Au-delà. » Et ceci était la vérité, que durant la vie de Turambar en exil de la cour de Tintoglin ou caché parmi les Rothwarin, Melko avait peu troublé Hisilómë ainsi que les chemins qui y menaient.

(Rothwarin était l'original dans tout le texte, remplacé plus tard par Rodothlim.) Voir pp. 131-132, où la situation décrite dans le passage rejeté se réfère à la période antérieure (avant la destruction des Rodothlim), quand Mavwin et Nienóri quittent Hisilómë.

17. Version initiale : « deux fois sept ». Lorsque Túrin s'enfuit du pays de Tinwelint cela faisait exactement douze ans qu'il avait quitté la maison de sa mère (p. 104). Nienóri naquit avant cet événement, mais nous ne savons pas combien de temps auparavant.

18. Après « un grand et terrible projet en marche », la lecture originale donnait : « dont l'histoire ne rentre point dans ce conte ». Il est possible que cela signifie que, lorsque mon père a commencé à écrire à propos du « projet » de Melko, il ne pensait pas encore à la destruction des Rodothlim.

19. « le roi » ; version initiale : « Linwë ». Voir note 7.

20. *Linwë* : un oubli. Voir note 7.

21. « ce lieu élevé » ; version initiale : « une colline ».

22. La phrase « Et ainsi même la vantardise de Túrin… » a été rajoutée au crayon ultérieurement. Elle fait référence à Túrin se donnant le nom de Turambar : « à partir de cette heure personne ne me nommera Túrin si je vis », p. 122.

23. La phrase à partir de « car sa lignée… » jusqu'à ce point est très légèrement barrée. Une note a été ajoutée très rapidement sur la page opposée du manuscrit : « Faire que Turambar ne parle jamais à d'autres gens de sa lignée (enterrera le passé) — ceci évite la possibilité (presque certaine) que Níniel entende parler de sa lignée par quelqu'un. » Voir Commentaire, p. 179-180.

24. On trouve en face de cette phrase un point d'interrogation au crayon gris. Voir note 23 et Commentaire, p. 179-180.

25. « Et Níniel conçut » ajouté au crayon plus tard. Voir Commentaire, p. 183.

26. « et le capitaine de ceux-ci était Mîm le nain », ajouté par la suite au crayon. Voir Commentaire p. 185.

27. « Bande » [« tract » en anglais] pourrait être lu comme « piste » [« track » en anglais] ; de même, le mot « blessées » [« hurt » en anglais] pourrait être (mais moins sûrement) « brûlées » [« burnt »].

28. Telle qu'on la lit, cette phrase peut difficilement signifier autre chose que l'éventualité où les hommes se battaient entre eux ; mais comment est-ce que les autres pourraient croire à cela ? Il est plus probable que mon père a omis par inadvertance la fin de la phrase : « entre les sept, Turambar et ses compagnons, et le dragon ».

29. Turambar fait référence aux paroles que lui a adressées le dragon devant les grottes des Rodothlim : « ô Túrin Mormakil, que l'on nomma auparavant le brave » (p. 122).

30. Ces mots, à partir de « lui-même… », ont été rajoutés par la suite au crayon. *Úrin* peut aussi être interprété comme *Húrin*.

31. À partir de ce point et jusqu'à la fin du conte d'Eltas, le texte original est barré et suivi dans le cahier manuscrit par deux brèves esquisses narratives, celles-ci ayant été rejetées également. Le texte donné ici (à partir de « Pourtant on dit… ») se trouve sur des feuilles volantes placées dans le cahier. Pour le matériau rejeté, voir le Commentaire, pp. 183-184.

32. Dans toute la partie finale du texte (c'est-à-dire écrite sur des feuilles volantes, voir note 31), le nom du roi était initialement *Tinthellon*, et non *Tintoglin* (voir note 3).

33. « Elfes » : lecture originale « hommes ». Le même changement a été opéré plus bas (« Maintenant donc lorsque ces Elfes s'approchèrent »), ainsi qu'un peu plus loin, où « hommes » a été changé en deux endroits (« ses gens rirent », « Úrin fit amener cet or par ses partisans », p. 163). Mais dans plusieurs cas « hommes » a été retenu ; il se peut que ce soit par omission, mais « hommes » est très fréquemment employé pour désigner des Elfes dans le *Conte de Turambar* (ainsi, « Beleg et Flinding tous deux des hommes robustes », p. 113).

34. Cette phrase, à partir de « et personne ne s'était aventuré là… », a été rajoutée par la suite au crayon.

35. Cette phrase, à partir de « Alors Úrin férocement… » a été rajoutée par la suite, remplaçant « mais Úrin dit : " Non, aurais-tu un cœur… " »

36. Cette phrase, à partir de « Que veux-tu dire… », remplace la phrase originale : « Pars, et prends ta racaille avec toi. »

Changements opérés sur les noms dans le *Conte de Turambar*

Fuithlug < *Fothlug* < *Fothlog*

Nienóri : à la première occurrence (p. 100), mon père a écrit initialement *Nyenòrë* (*Nienor*). Par la suite il barra *Nyenòrë*, ôta les parenthèses autour de *Nienor* et rajouta *-i*, donnant *Nienori*. Aux occurrences suivantes le nom était écrit soit *Nienor*, soit *Nienóri*, mais *Nienor* a été transformé ultérieurement pour donner *Nienóri* dans toute la première partie du conte. Vers la fin, et dans le texte écrit sur feuilles volantes qui le conclut, la forme est *Nienor*. J'ai donné *Nienóri* à chaque occurrence.

Tinwelint < *Tinthellon* (p. 101, deux fois). Voir p. 97 et note 3. *Tinwe- lint* < *Tinthellon* aussi dans la partie conclusive du texte, voir note 32.

Tinwelint < *Tintoglin* à travers tout le conte, sauf comme nous venons de le noter (où *Tinwelint* < *Tinthellon* dans des passages rajoutés ultérieurement) ; voir p. 97.

Gwedheling < *Gwendeling* à chaque occurrence (*Gwendeling* n'a pas été changé p. 108, mais il s'agit à l'évidence d'un oubli ; je donne *Gwedheling* dans le texte). Dans le dictionnaire Gnomique la forme *Gwendeling* a été changée pour donner *Gwedhiling* ; voir p. 78.

Flinding bo-Dhuilin < *Flinding go-Dhuilin* : ce changement, opéré à l'occurrence pp. 110-111 n'a pas été effectué p. 116, mais il s'agit clairement d'un oubli, et je donne *bo-Dhuilin* dans les deux cas ; le même changement de *go-* en *bo-* apparaît dans le *Conte de Tinúviel*, voir p. 78-79. Le nom prend la forme *Dhuilin* lorsque le patronyme a un préfixe (cf. *Duilin*, p. 111).

Rodothlim < *Rothwarin* à chaque occurrence.

Gurtholfin < *Gortholfin* aux premières occurrences, mais à partir de la p. 128, *Gurtholfin* est la forme initialement écrite.

Commentaire sur le *Conte de Turambar*

Pour commenter ce long conte, il a été pratique de le séparer en courtes sections. Au cours de ce commentaire je fais fréquemment référence au long (mais incomplet) récit en prose, le *Narn i Hîn Húrin*, donné dans *Contes et Légendes Inachevés*, lui donnant souvent préférence au récit plus bref du *Silmarillion*, chapitre XXI ; en référence au premier, je cite « *Narn* » aux pages référencées des *Contes et Légendes Inachevés*.

§ 1. *Le récit d'Eltas jusqu'à la mort de Túrin*

(I) La capture d'Úrin et l'enfance de Túrin en Hisilómë (pp. 98-100)

Au début du conte, il serait intéressant d'en savoir un peu plus sur le conteur, Eltas. C'est un personnage intrigant : il semblerait être un Homme (il dit que « notre peuple » nommait Turambar *Turumart* « à la façon des Gnomes ») qui aurait vécu en Hisilómë après l'époque de Turambar mais avant la chute de Gondolin, et il « foula Olórë Mallë », le Sentier des Rêves. Serait-il alors un enfant, un de ces « enfants des pères des pères des Hommes », qui « découvrirent Kôr et demeurèrent avec les Eldar à jamais » (*La Chaumière du Jeu Perdu*, I.29-31) ?

Le passage d'ouverture concorde avec la forme finale de l'histoire dans pratiquement tous ses détails essentiels. Ainsi remontent aux prémices de la « tradition » (ou au moins à sa toute première forme existante) : le départ de Húrin à la Bataille des Larmes Innombrables en réponse à l'appel des Noldor, laissant son épouse (Mavwin = Morwen) et son jeune fils Túrin ; le grand combat des hommes de Húrin, et la capture de Húrin par Morgoth ; la cause du tourment de Húrin (le souhait de Morgoth de connaître l'emplacement de la demeure de Turgon) et la forme qu'il prend, ainsi que la malédiction de Morgoth ; puis la naissance de Nienor peu de temps après la grande bataille.

L'emprisonnement des Hommes en Hisilómë (ou Hithlum, la forme Gnomique, qui apparaît ici pour la première fois, équivalent à Dor Lómin, p. 100) après la Bataille des Larmes Innombrables est déjà présent dans *La Venue des Elfes* (I.160), ainsi que dans la dernière esquisse pour le *Conte de Gilfanon* (I.318). Plus tard un décalage sera effectué pour parvenir à l'envoi des Easterlings (Hommes de l'Est) perfides en Hithlum (*Le Silmarillion*, p. 197), et les mauvais traitements qu'ils infligeront aux survivants de la Maison de Hador deviennent un élément essentiel de l'histoire de l'enfance de Túrin. Mais dans le *Conte de Turambar*, l'idée est déjà présente que « les hommes étrangers qui demeuraient en ce lieu ne connaissaient point la dignité de la Dame Mavwin ». On ne sait pas clairement où demeurait Úrin : le conte indique qu'après la bataille « Mavwin s'en fut en larmes dans le pays de Hithlum ou Dor Lómin où tous les Hommes doivent maintenant demeurer », ce qui ne peut que signifier qu'elle s'y est rendue, sur l'ordre de Melko, en partant de l'endroit où elle habitait auparavant avec Úrin ; en revanche, un peu plus loin dans le texte (p. 98) et en contradiction apparente, Mavwin n'accepte pas l'invitation de Tinwelint à se rendre en Artanor en partie parce que (est-il suggéré) elle s'agrippait « à cette demeure où Úrin l'avait installée *avant de s'en aller à la grande guerre* ».

Dans l'histoire ultérieure, Morwen prend la résolution de faire partir Túrin de peur qu'il soit réduit en esclavage par les Easterlings (*Narn*, p. 83), tandis qu'ici, Mavwin « ne sut en sa détresse comment les élever lui et sa sœur » (ce qui doit sûrement refléter sa pauvreté matérielle). Ceci révèle à son tour une différence supplémentaire : ici, Nienóri naît avant le départ de Túrin (mais voir p. 168). Dans la légende ultérieure, lui et ses compagnons quittent Dor Lómin à l'automne de l'Année de Lamentation et Nienor naît au début de l'année suivante — il ne l'avait donc jamais vue, même bébé.

Une importante différence transparaît de manière sous-jacente dans une absence ; le conte n'indique pas que Húrin avait lui-même visité Gondolin, ni que Morgoth le savait, justifiant le fait qu'il soit pris vivant (*Le Silmarillion*, pp. 159-161) ; cet élément de l'histoire est apparu beaucoup plus tard, lorsque l'établissement de Gondolin avait été situé bien plus loin dans le passé et longtemps avant la Bataille des Larmes Innombrables.

(II) Túrin en Artanor (pp. 101-108)

Dans ce premier récit du voyage de Túrin, les deux vieillards qui l'accompagnent, l'un s'en retournant auprès de Morwen tandis que le plus âgé reste avec Túrin, n'ont jamais disparu ; de même, le cri de Túrin lors de leur départ réapparaît dans le *Narn* (p. 86) : « Morwen, Morwen, quand te reverrai-je ? »

Beleg, aussi, était présent dès la première version, tout comme la signification de son nom : « il se nommait Beleg *car* il était de grande taille » (voir I.340, entrée *Haloisi velikë*, et l'Appendice au *Silmarillion*, entrée *beleg*) ; il joue le même rôle, sauvant les voyageurs qui meurent de faim dans la forêt et les amenant au roi.

Les versions ultérieures n'ont gardé aucune trace du message remarquable que Tinwelint envoie à Mavwin, ni d'ailleurs de son explication curieusement candide de son absence à la Bataille des Larmes Innombrables, où, dans sa sagesse, il prévoit qu'Artanor deviendra un refuge en cas de désastre, ce qui ne concorderait guère avec son caractère ultérieur. Bien entendu, de tout autres causes motivaient sa conduite (*Le Silmarillion*, p. 191). En revanche, les motivations qui poussent Mavwin à ne pas quitter Hithlum elle-même demeurent inchangées (voir le passage dans le *Narn*, p. 84, où le terme « vivre d'aumône » fait écho au premier conte). Étonnante cependant est l'affirmation selon laquelle Mavwin aurait pu, lorsque Nienóri serait grande, oublier sa fierté et passer les montagnes, si elles n'étaient pas entre-temps devenues infranchissables — ce qui suggère clairement qu'elle ne quitta jamais Hithlum. Peut-être faut-il comprendre qu'elle aurait pu effectuer le voyage *plus tôt* (alors que Túrin se trouvait encore en Artanor) qu'elle ne le fit effectivement (quand les chemins étaient devenus momentanément plus aisément praticables, mais que Túrin était déjà parti).

La personnalité de Túrin enfant réapparaît à chaque tournant de la description du *Narn* (p. 91) :

> Dans d'autres domaines également, il semblait que la fortune lui soit contraire, de sorte que souvent ses projets avortaient, et ses désirs ne se réalisaient pas ; et il ne gagnait pas facilement l'amitié d'autrui, car il n'était pas gai, et il riait peu et une ombre recouvrait sa jeunesse.

(Dans *Turambar*, un détail remarquable complète la description : « à aucun moment ne prêtait-il grande attention aux paroles qu'on lui adressait ».) Aussi, la raison de l'interruption de tout contact entre Túrin et sa mère reste la même — une garde plus intense dans les montagnes (*Narn*, p. 92).

Alors que l'histoire de Túrin et de Saeros racontée dans *Le Silmarillion*, et avec bien plus de détail dans le *Narn*, remonte pour l'essentiel au *Conte de Turambar*, demeurent plusieurs différences notables — dont la principale réside en ce qu'Orgof est tué sur le coup par le gobelet dans la première histoire. Toutes les complications ultérieures relatives à l'assaut perfide de Saeros sur Túrin et à la poursuite qui mène à sa mort, du procès de Túrin en son absence pour ce geste, ainsi que du témoignage de Nellas (ce dernier élément apparaissant seulement dans le *Narn*), sont entièrement absentes, évidemment. Mablung non plus n'apparaît pas — il semble d'ailleurs clair que Mablung émergea pour la première fois à la fin du *Conte de Tinúviel* (voir p. 86). Certains autres détails survivront (comme le peigne qu'Orgof/Saeros présente narquoisement à Túrin, *Narn*, p. 94), tandis que d'autres seront transformés ou abandonnés (comme le fait qu'il s'agisse de l'anniversaire du départ de Túrin de son foyer — bien que les douze années concordent avec l'histoire ultérieure, et que le roi soit présent dans la salle, à la différence du *Narn*, p. 94). Mais la raillerie qui fait apparaître Túrin en proie à une rage meurtrière demeure essentiellement la même en ce qu'elle touche à sa mère, et la tenue dépenaillée et les cheveux hirsutes de Túrin, causes des railleries de son ennemi, demeurent dans toutes les versions.

Le personnage d'Orgof n'est pas très distinct de celui de Saeros, bien qu'il soit moins développé. Il a la faveur du roi, il est fier, et il est envieux de Túrin ; dans l'histoire ultérieure il est un Elfe Nandorin tandis qu'ici il est un Ilkorin possédant du sang Gnomique, mais nul doute qu'une quelconque particularité dans ses origines faisait partie de la « tradition ». La première histoire est explicite dans la description de sa fatuité et de sa bêtise, et il n'a pas les mêmes motivations de haïr Túrin que dans le *Narn* (p. 91).

Bien que plus simplement présenté dans le récit, l'élément essentiel de l'ignorance où se trouve Túrin de son pardon était présent dès l'origine. Le conte fournit une explication, que l'on ne trouve plus ultérieurement, de la raison pour laquelle Túrin ne retourne pas en Hithlum après son départ d'Artanor ; cf. le *Narn*, p. 101, « à Dor-lómin, il n'osait se rendre car Dor-lómin était assiégée de toutes parts, et un homme seul, à cette époque, ne pouvait espérer, pensait-il, franchir les Passes des Montagnes de l'Ombre. »

Les prouesses de Túrin contre les Orcs durant son séjour en Artanor revêtent une importance plus centrale, voire même unique dans le conte (« il tint à distance la colère de Melko durant de nombreuses années »), particulièrement puisque Beleg, son compagnon d'armes des versions ultérieures, n'est pas mentionné ici (et dans ce passage le pouvoir de résistance de la reine à une invasion du royaume semble encore une fois moindre qu'il ne le deviendra par la suite).

(III) Túrin et Beleg (pp. 108-114)

Cette partie de la saga de Túrin suivant son séjour en Artanor/Doriath a été largement développée ensuite (« Túrin parmi les Hors-la-loi »), d'ailleurs mon père n'acheva jamais complètement cette partie de l'histoire. Dans la plus ancienne version, l'intrigue se développe beaucoup plus rapidement : Beleg rejoint la bande de Túrin, et la destruction du groupe et la capture de Túrin par les Orcs suivent (en termes de récit) presque immédiatement. Il n'est pas fait mention de « hors-la-loi », mais seulement d'« esprits sauvages », sont absents la longue recherche de Túrin par Beleg, la capture et le mauvais traitement de Beleg par la bande, et la trahison du campement par un félon (rôle finalement endossé par Mîm le Nain). D'ailleurs, le conte ne précise pas (comme on l'a déjà remarqué) que Beleg ait été le compagnon de Túrin d'une époque antérieure à la mort d'Orgof, et ils ne se rencontrent qu'après l'exil que Túrin s'impose lui-même.

Beleg est cité comme étant un Noldo (p. 110), et si cette seule référence doit prendre tout son poids (et je ne vois pas de raisons d'en douter : il est explicite dans le *Conte de Tinúviel* qu'il y avait des Noldoli en Artanor, et Orgof avait du sang Gnomique), on peut observer que Beleg était initialement conçu comme étant un Elfe de Kôr. Il n'est pas ici désigné spécialement comme un grand archer (ni son nom Cúthalion, « Arc-Puissant * », ni son grand arc Belthronding n'apparaissent). Il est décrit à sa première apparition, comme « un pisteur de la forêt, un chasseur des Elfes secrets », mais pas encore comme le chef des gardiens des marches du royaume.

Mais à partir de la capture de Túrin jusqu'à la mort de Beleg, l'ancien conte a été à peine modifié par la suite, du moins dans tous ses aspects importants, même si nombre de détails varient : ainsi Beleg tuant à l'arc les sentinelles-loups dans le silence et l'obscurité au cours de l'histoire ultérieure, et l'éclair de foudre qui illumine son visage — en revanche, les lampes bleuâtres des Noldor réapparaissent dans des écrits beaucoup plus tardifs : les Elfes Gelmir et Arminas qui guident Tuor par la Porte des Noldor durant son voyage vers la mer en portent (voir *Contes et Légendes inachevés*, pp. 32, 65 note 2) ; dans la peinture à l'aquarelle (que mon père a effectuée probablement en 1927 ou 1928) représentant la rencontre de Beleg et Flinding dans Taur-nu-Fuin (reproduite dans *Dessins et Aquarelles de J.R.R. Tolkien*, n° 37), on voit la lampe de Flinding à ses côtés. L'intrigue de la première histoire est très bien conçue en ce qui concerne des détails comme leur motif de porter Túrin encore endormi hors du campement des Orcs, et pourquoi Beleg utilise son épée, plutôt qu'un couteau, pour couper ses liens ; peut-être aussi jusque dans l'écrasement de Beleg, qui, le souffle coupé, ne peut articuler son nom avant que Túrin ne l'achève.

L'histoire de la folie de Túrin après avoir tué Beleg, Gwindor le guidant, et la libération de ses larmes à Eithel Ivrin, apparaît ici sous une forme embryonnaire. Il n'existe en revanche aucune suggestion relative à une nature particulière de l'épée de Beleg.

(IV) Túrin parmi les Rodothlim ; Túrin et Glorund (pp. 114-124)

On trouve dans ce passage (pour autant que nous ayons une trace écrite, car il faut se rappeler qu'un texte entièrement effacé existait sous le manuscrit) l'origine de Nargothrond, encore sans nom. Parmi de nombreux traits remarquables, le principal serait peut-être qu'Orodreth était présent avant Felagund, Seigneur des Grottes, avec qui la légende ultérieure de Nargothrond sera identifiée, comme son fondateur et son concepteur. (Dans *Le Silmarillion*, Orodreth était l'un des frères de Finrod Felagund [les fils de Finarfin], à qui Felagund remit la garde de Minas Tirith sur Tol Sirion après l'édification de Nargothrond [p. 117], Orodreth devint roi de Nargothrond après la mort de Felagund.) Dans le conte, la demeure troglodyte des Noldoli exilés est un lieu beaucoup plus simple et rudimentaire, et aussi (suggère-t-on) caractérisé par une vie bien courte face au pouvoir irrésistible de Melko. Comme de coutume, de nombreuses caractéristiques n'ont jamais été modifiées, mais la genèse de Nargothrond devait être grandement transformée en un aspect crucial au contact de la légende de Beren et Tinúviel. Ainsi, dès le début, le site était situé « surplombant un ruisseau » (le Narog ultérieur), qui descendait nourrir le fleuve Sirion, et, comme nous le voyons plus

* Traduit dans *Le Silmarillion* par « Arc-de-Fer ». (*N.d.T.*)

loin (p. 137), la berge de la rivière du côté des grottes était plus haute et les collines plus proches : cf. *Le Silmarillion*, p. 111: « le Roi [Thingol] lui parla de la rivière Narog, de ses gorges encaissées et des cavernes qui donnaient sur la rive ouest ». La politique de discrétion et de refus d'une guerre ouverte pratiquée par les Elfes de Nargothrond est toujours demeurée un élément essentiel (cf. *Le Silmarillion*, pp. 170-171) *, tout comme l'abandon de cette politique sous l'influence de la confiance et de la fermeté de Túrin (bien que le conte ne mentionne pas le grand pont qu'il a fait construire). Ici, cependant, la chute de cette place forte est peut-être plus clairement attribuée à Túrin, sa venue étant présentée plus simplement comme une malédiction, et le désastre découlant plus inévitablement de son manque de sagesse : au moins dans les fragments de cette partie du *Narn* (p. 178), les arguments de Túrin l'opposant à Gwindor, qui réclame une discrétion poursuivie et accrue, ne semblent pas dénués de substance, malgré le résultat final. Cependant, l'essence de l'histoire reste la même : la politique de Túrin révèle Nargothrond à Morgoth, qui l'attaque avec une force irrésistible, et le détruit.

Lorsqu'on se rapporte à la première version, le rôle de Flinding (Gwindor), de Failivrin (Finduilas) **, et d'Orodreth, respectivement, allaient connaître une évolution notable. Dans l'ancien récit, Flinding fait partie des Rodothlim avant sa capture et son emprisonnement dans Angband, tout comme par la suite Gwindor vient de Nargothrond (mais son histoire est largement développée, voir *Le Silmarillion*, pp. 191, 193-194), et à son retour était changé à en être presque méconnaissable (je laisse de côté des détails mineurs qui ont perduré comme la capture de Túrin et Flinding/Gwindor lors de leur arrivée aux grottes). La belle Failivrin était déjà présente, ainsi que son amour non partagé pour Túrin, mais la complication engendrée par sa relation antérieure avec Gwindor est entièrement absente, et elle n'est pas encore la fille d'Orodreth le Roi, mais d'un certain Galweg (qui devait par la suite disparaître sans laisser de traces). Flinding ne s'oppose pas aux stratégies de Túrin ; et lors de la bataille finale, il aide Túrin à porter Orodreth hors du combat. Orodreth meurt (après avoir été ramené aux grottes) en reprochant à Túrin ce qu'il a causé — comme Gwindor dans *Le Silmarillion*, p. 215, avec l'élément supplémentaire de son amertume quant à la relation de Túrin avec Finduilas. En revanche, ici, le père de Failivrin, Galweg, est tué durant la bataille, tout comme le père de Finduilas, Orodreth, dans *Le Silmarillion* (p. 215). Ainsi, avec l'évolution de la légende, Orodreth prendra le rôle de Galweg, tandis que Gwindor prendra en partie celui d'Orodreth.

Comme je l'ai déjà fait remarquer plus haut, le récit ne fait aucune allusion à une particularité quelconque attachée à l'épée de Beleg, et bien que l'Épée Noire soit déjà présente, elle est fabriquée pour Túrin sur ordre d'Orodreth, et sa noirceur et la pâleur brillante de ses bords datent de sa première fabrication (voir *Le Silmarillion*, pp. 211-212). Son pouvoir de parole (« on dit que parfois elle lui parla prononçant de sombres paroles ») demeure par la suite avec les

---

* Dans le premier de ces passages il semblerait que la politique de "discrétion" était déjà celle de Felagund à l'arrivée de Beren à Nargothrond ; en revanche, le deuxième prête à croire que la rhétorique puissante de Curufin en a été l'instigateur après la venue de Beren.

** Dans Le Silmarillion, elle se nomme Finduilas, et Gwindor l'appelle Faelivrin, « l'éclat du soleil sur les fontaines d'Ivrin » (p. 212).

paroles atroces qu'elle prononce envers Túrin avant sa mort (*Narn*, p. 166) — une idée qui apparaît déjà dans le conte, p. 160. Également, le nom de Túrin dérivant de l'épée (ici, *Mormagli*, *Mormakil*, ultérieurement *Mormegil*) était déjà conçu. En revanche, aucune référence ne montre Túrin cachant son vrai nom à Nargothrond, il est même explicitement affirmé qu'il donne son identité.

On peut éventuellement trouver les prémices des figures de Gelmir et d'Arminas et de l'avertissement d'Ulmo qu'ils apportent à Nargothrond (*Narn*, pp. 182-183), dans les « murmures du ruisseau au soir », qui évoquent sans aucun doute des messages d'Ulmo.

Le dragon Glorund est nommé dans le « sortilège de longueur » du *Conte de Tinúviel* (pp. 35, 73), mais le nom a été réellement introduit au cours de l'écriture du *Conte de Turambar* (voir note 11). Aucune allusion ne suggère qu'il ait joué un rôle antérieur dans l'histoire, ou d'ailleurs qu'il ait été le premier de son espèce, le Père des Dragons, assorti d'une longue histoire de maléfices précédant la destruction de Nargothrond. Le passage où se définit la nature des dragons de Melko est d'un grand intérêt : leur sagesse maléfique, leur amour des mensonges et de l'or (« bien qu'ils ne puissent en avoir l'usage ni en jouir »), ainsi que la connaissance des langues que les Hommes supposent être offerte par l'ingurgitation d'un cœur de dragon (une référence évidente à la légende de Sigurd le Fléau de Fafnir dans l'*Edda* scandinave, qui pouvait comprendre, à son grand profit, le langage des oiseaux après avoir mangé le cœur du dragon Fafnir, le rôtissant sur une broche).

L'histoire de la prise et de la destruction de Nargothrond est traitée différemment dans la première légende, bien que les thèmes essentiels soient restés. Ainsi, Failivrin/Finduilas est enlevée avec les autres prisonniers sans que Túrin, hypnotisé par le dragon, puisse agir pour l'aider. Des différences mineures (telles que l'arrivée de Glorund sur les lieux : dans *Le Silmarillion*, Túrin revient à Nargothrond alors que Glaurung a déjà pénétré dans les grottes et que le pillage est presque achevé), ainsi que des concordances mineures (comme les Orcs privés de butin) peuvent être écartées. Le plus intéressant demeure le récit des paroles de Túrin avec le dragon. Ici est présenté pour la première fois le thème de la possibilité pour Túrin d'échapper ou non à son destin, et il est significatif qu'il prenne le nom de Turambar à cette occasion, alors que dans la légende ultérieure il l'adopte lorsqu'il rejoint les Forestiers de Brethil, et il lui est donné beaucoup moins d'importance. L'ancienne version est bien moins concise et forte, et les paroles du dragon moins subtiles et ingénieusement fausses. Ici aussi, la morale exprime de manière explicite que Túrin n'aurait pas dû abandonner Failivrin « à un danger qu'il pouvait voir lui-même » — suggérant que même sous l'emprise du dragon, il y avait une faiblesse (un « aveuglement », voir p. 117) en Túrin que le dragon était capable de déceler. De la manière dont se déroule le récit dans *Le Silmarillion*, ce commentaire semblerait hors de propos, l'adversaire de Túrin étant d'une puissance démesurée pour son esprit et sa volonté.

Existe ici un passage notable où le suicide est montré comme un péché, privant celui qui s'en servirait de tout espoir « que son esprit fût jamais libéré des tristes pénombres de Mandos ou vagabondât jamais parmi les doux chemins de Valinor ». Ce qui semble aller de pair avec le passage intrigant du conte de *La Venue des Valar et la Construction de Valinor* concernant la destinée des Hommes : voir p. 80.

Enfin, curieusement, dans le premier récit, le trésor d'or a été transporté hors des grottes par les Orcs et demeure ainsi (étalé près des grottes au-dessus du ruisseau), si bien que le dragon dort de manière très étonnante *à l'extérieur* sur son trésor. Dans *Le Silmarillion*, Glaurung « rassembla toutes les dépouilles et les trésors de Felagund, les mit en tas et se coucha dessus dans la plus profonde des cavernes ».

(v) Le retour de Túrin à Hithlum (pp. 124-130)

Dans ce passage, l'évolution est identique aux sections précédentes du conte : sans que les grands traits de la structure du conte aient été profondément modifiés par la suite, nombre de différences importantes ont néanmoins été introduites.

Dans le *Conte de Turambar*, il est clair que la maison de Mavwin n'était pas imaginée comme bâtie à proximité des collines ou des montagnes qui formaient la barrière entre Hithlum et les Terres Au-delà : Túrin apprend que les Orcs jamais « n'étaient parvenus si loin dans le pays de Hisilómë » ; à la différence du *Narn* (p. 82), « la maison de Húrin se trouvait au sud-est de Dor-lómin, et les montagnes étaient proches. De fait, Nen Lalaith jaillissait à l'ombre de l'Amon Darthir, que franchissait un sentier escarpé ». Le déménagement de Mavwin d'une maison à l'autre à l'intérieur de Hithlum, et leur visite successive par Túrin lancé à sa recherche seront par la suite rejetés, au grand bénéfice de l'histoire. Ici, Túrin revient à son ancienne demeure à la fin de l'été, alors que dans *Le Silmarillion*, la chute de Nargothrond se déroule à la fin de l'automne (« Un grand vent faisait tomber les feuilles des arbres, car l'automne laissait place au dur hiver », p. 215), et Túrin arrive en Dor-lómin au cours du Rude Hiver (p. 217).

Les noms Brodda et Airin (plus tard écrit Aerin) perdureront ; cependant, Brodda est ici le seigneur du pays, et Airin joue un rôle plus important que par la suite dans la scène de la salle seigneuriale, rendant jugement avec vigueur et sagesse. Le conte n'indique pas qu'elle ait été mariée de force, bien qu'il soit précisé que sa vie avec Brodda était cruelle. Mais, bien entendu, la situation des récits ultérieurs est bien plus claire — les Hommes de Hithlum étaient des « Easterlings », des envahisseurs venus de l'Est hostiles aux Elfes et au restant de la Maison de Hador, alors que l'histoire initiale ne fait aucune distinction entre les Hommes ; d'ailleurs, Brodda était « un homme en qui elle [Mavwin] avait confiance ». Le thème du mauvais traitement que Brodda inflige à Mavwin est déjà présent, mais seulement en ce qu'il lui vole ses biens après son départ. Dans le *Narn*, il paraîtrait d'après les paroles d'Aerin à Túrin (p. 124) que le départ de Morwen pour Doriath a été motivé par l'oppression qu'elle subissait aux mains de Brodda (entre autres). D'ailleurs, le très bref récit du *Silmarillion* (pp. 217-218) n'indique pas explicitement pourquoi Brodda méritait en particulier la haine de Túrin.

Le comportement de Túrin dans la grande salle est plus simple dans le conte : il a entendu le récit authentique d'un passant, il entre pour se venger de Brodda qui a dépouillé Mavwin, et il le fait avec empressement. Dans le *Narn*, seules les paroles d'Aerin, qui est présente dans la salle, parviennent à ouvrir définitivement les yeux de Túrin. Sa rage est plus passionnée, plus folle et plus amère, et elle est de fait plus compréhensible aussi ; l'appréciation morale de l'acte de Túrin, « violent et sans loi », n'apparaît pas. L'histoire du jugement d'Aerin, élaboré dans le souci de sauver Túrin, disparaît par la suite, et le départ solitaire de Túrin prend plus d'importance, avec l'élément supplémentaire de l'incendie de la maison de Brodda par Aerin (*Narn*, p. 126).

Quelques détails perdurent à la suite de toutes ces modifications : dans le *Narn*, Túrin saisit toujours Brodda par les cheveux, et, en accord avec le conte où sa rage s'éteint subitement après l'acte de violence (« sa rage s'était refroidie »), dans le *Narn*, « le feu de sa rage était cendres ». On peut noter ici que, même si dans la première histoire Túrin ne se donne pas un nouveau nom tout à fait aussi fréquemment, cette tendance est déjà présente.

Le récit décrivant la manière dont Túrin arrive parmi les Forestiers et les délivre des Orcs n'existe pas dans le *Conte de Turambar*. On n'y trouve pas non plus de référence au Tertre de Finduilas près du Carrefour de Teiglin, ni d'allusion au sort de cette dernière.

(VI) Le retour de Gumlin en Hithlum et le départ de Mavwin et Nienóri pour l'Artanor (pp. 130-132)

Lors de l'histoire ultérieure, le plus âgé des gardiens de Túrin (Gumlin dans ce conte, Grithnir dans le *Narn*) ne joue aucun rôle après avoir mené Túrin à Doriath : le *Narn* dit seulement qu'il y reste jusqu'à sa mort (p. 88). Aussi, Morwen n'a reçu aucune nouvelle de Doriath avant de quitter sa demeure — de fait, elle apprend seulement que Túrin a quitté le royaume de Thingol lorsqu'elle l'atteint à son tour (cf. *Le Silmarillion*, p. 214 ; les paroles d'Aerin dans le *Narn*, p. 124 : « Elle espérait retrouver son fils l'attendant là-bas »). Toute cette section du conte sert à élucider ce que mon père a sans nul doute jugé être une complication sans intérêt (puisqu'il l'a intégralement rejetée par la suite) : la raison du voyage de Mavwin à la cour de Tinwelint. Je pense qu'il est clair cependant que la différence entre les versions dépend de l'évolution de la condition de Mavwin (Morwen) en Hithlum. Dans l'histoire initiale elle n'est pas opprimée ; elle a suffisamment confiance en Brodda pour lui remettre non seulement la garde de ses biens mais même sa fille, et elle connaît « paix et honneur parmi les hommes de ces régions ». Un motif de départ serait le retour de Gumlin et les nouvelles qu'il rapporte de la fuite de Túrin du royaume de Tinwelint. Dans l'histoire ultérieure, en revanche, le caractère de tyran et d'oppresseur de Brodda prend de l'ampleur, et c'est la détresse de Morwen sous son pouvoir qui la pousse à partir (la nouvelle qui parvient à Túrin en Doriath, à savoir que le chagrin de Morwen s'était allégé [*Narn*, p. 88, cf. *Le Silmarillion*, p. 201] implique plutôt une survivance de la première histoire ; rien ne subsiste dans les versions ultérieures pour expliquer cette détresse, ni son interruption). Dans les deux cas la motivation de son départ est couplée avec la sécurité accrue des régions environnantes. Mais dans l'histoire ultérieure, les prouesses de l'Épée Noire de Nargothrond sont à l'origine de cette confiance, dans le conte, en revanche, il s'agit du « grand et terrible projet » de Melko qui se trame : l'assaut des grottes des Rodothlim (voir note 18).

Il est curieux que dans ce passage Airin et Brodda soient présentés comme s'il s'agissait de la première fois. Peut-être est-il significatif que cette partie du conte (commençant par les mots du dragon, « Écoute-moi, ô fils d'Úrin… », p. 123, et s'achevant avec « Alors Gumlin le vieux tomba à genoux devant Tinwelint », p. 131), se trouve dans une partie séparée du carnet manuscrit. Cette section a pu remplacer un texte encore antérieur où Brodda et Airin n'apparaissaient pas. Mais maintes questions de ce type se posent au long des tout premiers manuscrits, et on ne peut à présent que rarement les résoudre avec certitude.

(VII) Mavwin et Nienóri en Artanor et leur rencontre avec Glorund (pp. 132-140)

La phase suivante essentielle du développement de l'intrigue — où Mavwin/Morwen apprend que Túrin a séjourné à Nargothrond — est construite plus efficacement et plus naturellement dans *Le Silmarillion* (pp. 219-220) et le *Narn* (p. 130), où les nouvelles parviennent à Thingol de la bouche des fugitifs du pillage, à la différence du *Conte de Turambar*, où Mavwin et Nienóri apprennent la destruction des Elfes des Grottes d'un groupe de Noldoli alors qu'elles errent sans but dans la forêt. Il est étrange que ces Noldoli n'appellent pas Túrin par son nom mais utilisent son alias, le Mormakil : il semblerait alors qu'ils ne connaissaient pas sa véritable identité, mais suffisamment de son histoire pour que Mavwin le reconnaisse sans peine. Comme signalé ci-dessus, Túrin a donné son nom et sa lignée aux Elfes des Grottes. Dans le récit ultérieur, en revanche, Túrin le cache à Nargothrond, se nommant Agarwaen, mais tous les porteurs de nouvelles de la chute de Nargothrond à Doriath « déclarèrent qu'à la fin presque tout Nargothrond savait que Mormegil n'était autre que Túrin fils de Húrin de Dor-lómin ».

Comme c'est souvent le cas, les complexités narratives inutiles du premier récit ont été évacuées par la suite : ainsi, l'argumentation complexe nécessaire pour que Mavwin et Nienóri fassent le voyage avec les guerriers de Tinwelint disparaît du *Silmarillion* ainsi que du *Narn*. Dans le conte, les dames et les guerriers Elfiques partent ensemble avec l'intention affirmée que ces premières vont observer les événements depuis un lieu élevé (plus tard Amon Ethir, la Colline des Espions) ; dans l'histoire ultérieure, Morwen s'en va tout simplement et le groupe d'Elfes, mené par Mablung, la suivent, accompagnés de Nienor, déguisée.

Le passage du conte où Mavwin présente le grand trésor d'or des Rodothlim pour attirer Tinwelint mérite une attention particulière, et Tinwelint (comme un Elfe sauvage des bois) admet sans aucune honte que c'est là ce qui le pousse à envoyer une expédition, et non pas un quelconque espoir de venir en aide à Túrin. La majesté, la fierté et le pouvoir de Thingol apparaîtront avec le développement des Elfes-Gris de Beleriand. Comme je l'ai dit plus haut, la demeure de Tinwelint était encore loin d'être une cité souterraine emplie de merveilles, mais toujours une caverne primitive. Ici, on le voit prévoyant une expédition dans le but d'accroître ses maigres richesses en objets précieux — nous sommes bien loin de la description de son vaste trésor dans le *Narn* (p. 89) :

> Or Thingol possédait à Menegroth d'immenses armureries où étaient entreposées armes et armures à profusion : des cottes de métal travaillées comme des écailles de poisson, et brillantes comme l'eau sous la lune ; des épées et des haches, des boucliers et des heaumes, fabriqués par Telchar lui-même, ou par son maître Gamil Zirak l'ancien, ou bien par les Forgerons-Elfes, plus habiles encore. Car certaines pièces venaient de Valinor, et Thingol les avait reçues en don, et elles étaient l'œuvre de Fëanor, le maître forgeron, dont l'art n'a jamais été égalé depuis que le monde est monde.

Malgré les très grandes divergences entre le conte et la légende ultérieure dans le passage concernant la rencontre avec le dragon, sont déjà présents les éléments tels que les vapeurs puantes s'élevant lorsqu'il s'allonge dans la rivière et provoque l'avortement du projet, la folle fuite des chevaux, et le sort jeté sur

Nienor qui lui fait perdre tout souvenir de son passé. Peut-être la plus frappante parmi ces nombreuses différences serait-elle la présence de Mavwin pendant la conversation avec Glorund ; on ne retrouve aucun écho de ces discussions dans le *Narn* (p. 137), sauf lorsque Nienor précise que Túrin est l'objet de sa quête, aidant ainsi le dragon à deviner son identité (ceci est explicite dans le *Narn*, et peut sans doute être déduit de la teneur du conte). Le ton particulier employé par Glaurung dans le récit ultérieur, railleur et brusque, malin et confiant, et également empreint d'un maléfice sans limites, se détecte déjà chez Glorund, mais son évolution vers un discours plus laconique lui apporte une dimension terrifiante supplémentaire.

La principale différence structurelle réside dans l'absence totale de « l'élément Mablung » dans le conte, sans le moindre soupçon de sa présence ultérieure. On ne trouve aucune suggestion de l'exploration des demeures pillées en l'absence du dragon (de fait, il paraîtrait qu'il ne s'en éloigne à aucun moment) ; le but de l'expédition depuis Artanor est explicitement belliqueux (« une forte troupe contre le Foalókë », « ils se préparèrent au combat »), puisque Tinwelint a l'espoir de s'emparer du trésor, tandis que par la suite l'expédition devient une simple incursion de reconnaissance, car Thingol « désirait fort en savoir plus long sur le sort de Nargothrond » (*Narn*, p. 130).

Un détail curieux est ce « lieu élevé » recouvert d'arbres où Mavwin et Nienóri devaient se poster et qui par la suite allait se nommer la Colline des Espions ; elles s'y postent effectivement dans *Le Silmarillion* et le *Narn*, mais ne l'atteignent jamais dans l'histoire initiale, prises au piège par Glorund là où il s'était allongé dans, ou auprès de, la rivière. Ainsi ce « lieu élevé » a fini par présenter une importance quasiment nulle dans le conte.

(VIII) Turambar et Níniel (pp. 140-146)

Dans la légende ultérieure, Mablung retrouve Nienor après qu'elle a été ensorcelée par Glaurung, et avec trois compagnons il la ramène vers les frontières de Doriath. La poursuite de Nienor par la bande d'Orcs (*Narn*, p. 139) est présente dans le conte, mais n'offre pas la fonction narrative ultérieure d'amener la fuite de Nienor et sa perte par Mablung et les autres Elfes (qui n'apparaissent pas). Plutôt, elle conduit directement à sa délivrance par Turambar, qui vit maintenant avec les Forestiers. Il est vrai que dans le *Narn* (p. 141), les Forestiers de Brethil passent par l'endroit où ils la découvrent à leur retour d'une expédition contre les Orcs ; mais les circonstances de sa découverte sont tout à fait différentes, notamment puisque le conte ne fait aucune référence au Haudh-en-Elleth, le Tertre de Finduilas.

Un détail intéressant concerne la réaction de Nienor lorsque Turambar la nomme Níniel. Dans *Le Silmarillion* et le *Narn*, elle « secoua la tête, mais dit : Níniel » ; dans le texte présent, elle s'exclame : « Pas Níniel, pas Níniel. » On a l'impression que dans le premier texte son esprit obscurci saisit seulement la ressemblance entre *Níniel* et son nom oublié *Nienóri* (ainsi que celle entre les noms *Turambar* et *Túrin*), tandis que dans l'histoire ultérieure elle refuse et à la fois accepte d'une certaine manière le nom *Níniel*.

Un élément original dans la légende consiste en ce que les Forestiers amènent Níniel en un lieu (le « Bol d'Argent ») où se trouve une grande cascade (plus tard, Dimrost, les Marches Pluvieuses, où la rivière Celebros « chutait vers Teiglin »). Cette chute se situe près des habitations des Forestiers — mais le lieu où ils ont découvert Níniel se trouvait beaucoup plus loin dans la forêt (à plusieurs jours de voyage) que la distance qui sépare le Carrefour de Teiglin de Dimrost. Lorsqu'elle arrive là elle est la proie d'une angoisse, d'une prémonition de ce qui devait s'y dérouler par la suite, origine de ses frissonnements dans les récits ultérieurs, et nous donne le nouveau nom du lieu : Nen Girith, l'Eau Frissonnante (voir *Narn*, p. 170, note 24).

L'obscurité totale qui pèse sur l'esprit de Níniel, suite au sortilège du dragon, est moins accentuée dans le conte, et rien n'indique qu'elle doit réapprendre jusqu'à sa langue. Toutefois, il est intéressant d'observer la récurrence, dans un contexte transformé, de la comparaison avec « une personne qui cherche une chose égarée que bientôt elle doit découvrir » : dans le *Narn* (p. 142), Níniel prend grand plaisir à réapprendre les mots, « comme qui retrouve des trésors précieux ou moins précieux, dont il avait été dépossédé ».

L'homme boiteux, ici nommé Tamar, et son amour vain pour Níniel apparaissent déjà. À la différence de son remplaçant ultérieur, Brandir, il n'est pas le chef des Forestiers, mais tout de même le fils du chef. Il est aussi mi-Elfe ! L'indication selon laquelle l'épouse de Bethos le chef et la mère de Tamar serait une Elfe, une femme du peuple des Noldoli, est extraordinaire, d'autant plus que le fait est signalé en passant, comme si l'immense signification et la rareté d'une union entre Elfe et Mortel n'avaient pas encore émergé — mais dans une Liste-de-noms associée au conte de la Chute de Gondolin Eärendel est décrit comme étant « le seul être mi-Eldalië et mi-Homme » (p. 284) *.

La répugnance première de Níniel à accepter la cour de Turambar ne reçoit aucune explication dans le conte : on peut en induire qu'un instinct, une appréciation subconsciente de la vérité, la retient. Dans *Le Silmarillion* (p. 223) :

> (…) Mais malgré son amour elle retarda sa réponse. Car Brandir craignait il ne savait quoi et tentait de la retenir, par égard pour elle plutôt que pour Turambar ou par rivalité avec lui. Il lui apprit que Turambar était Túrin, le fils de Húrin, et bien qu'elle ignorât ce nom, une ombre vint sur son esprit.

Dans la version finale, tout comme dans la toute première, les Forestiers connaissaient l'identité de Turambar. Les directives hâtives pour la transformation de l'histoire citées dans la note 23 sont curieuses (« Faire que Turambar ne parle jamais à d'autres gens de sa lignée… »). En effet, puisque Níniel avait perdu tout souvenir de son passé elle ne pouvait connaître les noms de Túrin et de Húrin même si on lui apprenait l'identité véritable de Turambar. Il est possible cependant qu'au moment d'écrire cette note mon père imaginait le savoir que Níniel avait perdu d'elle-même et de sa famille, plus proche de la surface de son esprit, et pouvant être ramené par le simple fait d'entendre ces noms — à la différence de l'histoire ultérieure où elle ne reconnaît pas consciemment le nom de Túrin même lorsque Brandir le prononce clairement. Il est clair que le point d'interrogation inscrit sur le texte lorsque Turambar parle à Níniel « de son père et de sa mère et de sa sœur qu'il n'avait vus », ainsi que la détresse de Níniel à

---

* Une réécriture ultérieure d'un passage de ce conte (p. 219, et note 22) indique au sujet de Tuor et Idril de Gondolin : « Ainsi pour la première fois furent réunis en justes noces un enfant des Hommes et une fille d'Elfinesse, et Tuor ne fut pas le dernier. »

ces paroles (voir note 24), dépendent du même cheminement de pensée. L'indication ici que Turambar n'avait jamais vu sa sœur n'est pas cohérente avec l'idée exprimée plus près du début du conte qu'il a quitté Hithlum après la naissance de Nienóri. Le fait est que mon père était incertain sur ce point, comme le montrent clairement les variantes successives, alternant entre les deux hypothèses, que j'ai données à la note 15.

(IX) La mort de Glorund (pp. 146-154)

Dans cette section je suivrai la narration du conte jusqu'à l'évanouissement de Túrin lorsque le dragon agonisant ouvre les yeux et les pose sur lui. Ici le récit ultérieur est très proche de l'ancien, mais on trouve néanmoins un grand nombre de différences intéressantes.

Dans le conte, Glorund a assujetti des bandes d'Orcs aussi bien que de Noldoli, mais seuls les Orcs subsistent par la suite ; cf. le *Narn*, p. 144 :

> Or donc la puissance et la malfaisance de Glaurung allaient toujours croissant, et il se fit gros et gras [cf. « le Foalókë se fit gras »], et il rassembla tous les Orcs sous ses ordres, et régna comme Roi-dragon, et tout le royaume dévasté de Nargothrond lui était asservi.

Le conte indique que « les cohortes de Glorund le dragon harcelèrent très grièvement le peuple de Tinwelint », ce qui suggère une fois de plus que la magie de la Reine ne devait pas être une protection bien puissante. L'affirmation suivante, selon laquelle « il en parvint même près de ces bois et de ces clairières qu'aimaient Turambar et son peuple » semble être en contradiction avec les paroles de Turambar à Níniel plus tôt dans le conte qu'il leur est « difficile d'écarter ces créatures du mal de nos foyers » (p. 142). Aucune référence n'est faite ici au serment de Turambar où il jure à Níniel qu'il partira combattre uniquement si les demeures des Forestiers sont attaquées (*Narn*, p. 144) ; on ne trouve pas non plus un seul personnage correspondant à Dorlas dans les versions ultérieures. Le caractère de Tamar, brièvement décrit, concorde dans ses détails avec celui de son remplaçant ultérieur, Brandir, mais la relation frère-sœur entre Brandir et Níniel, « ô mon frère sagace » (*Narn*, p. 143), n'a pas encore émergé. Le bonheur et la prospérité des Forestiers sous le commandement de Turambar sont bien plus fortement soulignés dans le conte (par la suite, il n'a plus le rôle de chef des forestiers, au moins officiellement), justifiant le motif de l'avarice de Glorund pour les attaquer.

Les indications topographiques de ce passage, importantes pour le récit, s'accordent relativement aisément aux récits ultérieurs, avec une exception de taille : dans la première histoire, le ruisseau qui nourrit la cascade du Bol d'Argent est clairement le même que celui qui coule dans les gorges où Turambar tue le dragon :

> Car ici coulait ce même ruisseau qui plus loin en contrebas ondulait au-devant du repaire [c'est-à-dire l'endroit où il s'était lové] du dragon en un lit profond qui creusait une entaille profonde dans la terre (p. 149).

Ainsi, Turambar et ses compagnons pourront descendre :

> par les rochers jusqu'au pied de la cascade, et gagnant ainsi le chemin du ruisseau, d'aventure pourrons-nous approcher du dragon autant que faire se peut

Dans l'histoire finale, en revanche, le ruisseau cascadant (Celebros) est un affluent du Teiglin ; cf. le *Narn*, p. 147 :

> Or voici quel était le cours de la rivière Teiglin : elle se chassait des flancs de l'Ered Wethrin, et dévalait les pentes, aussi impétueuse que le Narog, et coulait d'abord entre les rives basses jusqu'au-delà des Gués, puis grossie au passage par les torrents tributaires, elle se taillait un chemin au pied des hautes terres qui portaient la Forêt de Brethil. Et à partir de là, elle s'enfonçait dans des gorges profondes, dont les vertigineuses parois étaient des murs de roc ; et là, resserrées dans leur lit encaissé, les eaux se ruaient avec une force terrible et un fracas épouvantable. Et une de ces gorges s'ouvrait juste sur la route de Glaurung ; non point la plus profonde, mais la plus étroite, un peu au nord de la confluence du Teiglin avec le Celebros.

Cet endroit plaisant (« une pelouse verte où poussait une richesse de fleurs ») survit par la suite ; cf. le *Narn*, p. 142 : « il y avait une verte prairie, environnée de bouleaux » ; de même, le « Bol d'Argent », même si le nom a été perdu : « le ruisseau [Celebros] franchissait une margelle de pierre tout usée, et déferlait, écumant par-dessus plusieurs marches, pour retomber en cascade dans une vasque beaucoup plus bas » (*Narn, ibid.* ; cf. le conte p. 149 : « il tombait en une vaste chute où la roche usée par les eaux, lisse et grise, affleurait de l'herbe »). La « petite colline » ou « tertre », une « île parmi les arbres », depuis laquelle Turambar et ses compagnons font le guet n'est pas décrite de la même manière dans le *Narn*, mais l'image d'un endroit élevé faisant office de tour de guet demeure, comme on peut le voir dans l'indication du *Narn* (p. 142), « la vue découvrait à l'horizon les gorges du Teiglin » ; plus loin, le *Narn* (p. 147) précise que c'était l'intention de Turambar de « chevaucher jusqu'aux hautes chutes de Nen Girith (...) où il lui serait loisible de surveiller lui-même un vaste horizon de pays ». Il paraît donc certain que la première représentation n'a jamais disparu, et a été peu modifiée.

Tous les récits, anciens et récents, donnent une grande foule de gens suivant Turambar contre sa volonté jusqu'au sommet des chutes ; mais les textes plus récents sont explicites quant à la justification de son refus d'être suivi : ils doivent rester dans leurs foyers et se préparer à la fuite. Ici, en revanche, Níniel chevauche avec Turambar jusqu'au Bol d'Argent et lui fait ses adieux en cet endroit. Mais un détail de ce récit initial perdure : les paroles de Turambar à Níniel, « ni toi, ni moi ne mourrons ce jour, et demain non plus, par la malice du dragon ou par les épées des ennemis », sont en rapport immédiat avec les paroles qu'il lui adresse dans le *Narn* (p. 149) : « ni toi, ni moi, ne serons tués par ce Dragon, ni par aucun ennemi venu du Nord ». De surcroît, dans le premier récit, Níniel « calma ses pleurs et se fit très calme » et, dans l'autre, elle « cessa de pleurer et elle demeura silencieuse ». La situation est en règle générale plus simple dans le conte, où les Forestiers sont à peine personnalisés ; Tamar n'est pas, comme Brandir, chef en titre du peuple, et son motif d'amertume envers Turambar n'existe pas plus que la figure de Dorlas pour l'insulter, ni de Hunthor pour réprimander Dorlas. Tamar demeure cependant avec Níniel au même point du récit, s'étant armé d'une épée : « et nombreux s'étaient gaussés de lui pour cela », tout comme, par la suite, Brandir porte une courte épée « qu'on lui voyait rarement » (*Narn*, p. 153).

Turambar, ici, part vers le sommet des chutes accompagné de six hommes, dont pas un ne se révèle plus courageux que l'autre, alors que plus tard il ne sera accompagné que de deux hommes, Dorlas et Hunthor, et Hunthor lui restera fidèle, mais sera tué par une pierre tombant dans les gorges. Le résultat est donc identique, puisque Turambar doit escalader la falaise tout seul. Ici, le dragon reste lové au même endroit près du bord de la falaise toute la nuit, et ne se déplace qu'à l'aube, de sorte que sa mort et les événements subséquents se déroulent de jour. Mais, sous d'autres aspects, le récit de la mort du dragon reste très similaire à la première écriture même jusqu'en de nombreux détails, plus particulièrement si on le compare au *Narn* (p. 154), où réapparaît le besoin, pour Turambar et ses compagnons, de se déplacer depuis leur premier poste, afin d'arriver directement sous le ventre de la bête (ce déplacement disparaissant dans *Le Silmarillion*).

Deux points majeurs de cette section méritent encore d'être soulignés, à savoir deux idées ultérieures ajoutées au crayon sur le manuscrit. D'une part, nous rencontrons pour la première fois Mîm le Nain dans le rôle de Capitaine de la garde de Glorund qui veille sur son trésor en son absence — un choix étrange pour ce poste, pourrait-on croire. À ce sujet, voir p. 185, ci-dessous. Le deuxième indique que Níniel a conçu un enfant de Turambar, ce qui, trait éminemment remarquable, ne faisait pas partie du premier jet ; voir p. 183.

(x) Les morts de Túrin et Nienóri (pp. 154-160)

La structure narrative de la conclusion de l'histoire subsiste dans le *Narn* : la lune, les soins prodigués à la main brûlée de Turambar, le cri de Níniel qui pousse le dragon à son dernier acte de malice, Turambar accusé par le dragon de poignarder ses ennemis à la dérobée, Turambar traitant Tamar/Brandir de « Piedbot » et l'envoyant accompagner le dragon dans la mort, la flétrissure subite des feuilles à l'endroit du saut fatidique de Nienor, comme si la fin de l'automne était déjà là, Nienor invoquant les eaux, et Turambar, son épée, l'édification du tertre de Túrin et l'inscription de « signes étranges ». De nombreux autres détails pourraient se greffer à la liste, mais on doit relever également des différences notables ; je ne ferai référence ici qu'aux plus importantes.

Mablung étant absent de la première histoire, Turambar est tributaire de son intuition (« étant libéré maintenant de l'aveuglement » — aveuglement que Melko « avait tissé longtemps auparavant », p. 117) * pour savoir si Tamar dit la vérité. La mort de Glaurung et tout ce qui s'ensuit occupe une nuit et la matinée du lendemain dans l'histoire ultérieure, alors que dans le conte, les événements s'étendent sur deux nuits, une journée, et la matinée du deuxième jour. Ici, les trois déserteurs qui l'avaient abandonné dans le ravin transportent Turambar jusqu'aux Forestiers, qui attendent sur le sommet de la colline, or, dans l'histoire ultérieure il revient de lui-même. (Le conte n'offre aucune trace de la mort de

---

* Cf. les paroles qu'il adresse à Mablung dans le *Narn*, p. 166 : « Car, vois-tu, je suis aveugle ! Tu l'ignorais ? Aveugle, aveugle, et tâtonnant depuis l'enfance dans le sombre brouillard de Morgoth ! »

Dorlas des mains de Brandir, et Tamar s'armant exceptionnellement d'une épée ne semble avoir aucune incidence.)

Le déplacement de lieu des trépas respectifs de Túrin et de Níniel est d'un intérêt particulier. Le conte donne une seule rivière, Níniel suit le torrent et remonte à travers bois pour se jeter dans les chutes du Bol d'Argent (au lieu appelé par la suite Nen Girith), et Turambar se tue là également, dans la clairière au-dessus des chutes. Dans le récit plus développé, en revanche, Níniel saute vers la mort dans le ravin du Teiglin à Cabed-en-Aras, le Saut-du-cerf, près de l'endroit où Turambar gisait à côté de Glaurung, et c'est ici aussi que meurt Turambar. Ainsi l'oppression que Níniel ressent lorsqu'elle vient pour la première fois au Bol d'Argent en compagnie de ses sauveteurs, les Forestiers, (p. 143), relève d'une prémonition de sa propre mort en cet endroit, mais l'histoire transformée donne une moindre justification à la prémonition de malheur qui la surprend alors. Le lieu change, mais la flétrissure des feuilles subsiste, ainsi que la révérence entourant le lieu de leur mort, entraînant la répugnance de tous à se rendre à Cabed-en-Aras, ou à poser le pied sur l'herbe au-dessus du Bol d'Argent.

Le trait le plus remarquable de cette première version de l'histoire de Turambar et Níniel consiste certainement en ce que, lors de la première écriture, mon père *ne dit pas* qu'elle avait conçu un enfant de lui (note 25) ; rien dans la première histoire ne peut donc correspondre aux paroles de Glaurung : « Mais le plus noir de ses forfaits, tu l'éprouveras dans ton propre corps » (*Narn*, p. 159). Le fait qui explique avant tout l'horreur et le désespoir de Níniel a été ajouté au conte plus tard.

En conclusion de cette longue analyse du *Conte de Turambar* proprement dit, on peut noter l'absence de noms de lieux dans la dernière partie. La demeure des Rodothlim n'est pas nommée, ni la rivière qui la longe ; la forêt où demeurent les Forestiers n'a pas de nom, leur village non plus, ni même le torrent qui influe si directement sur la fin de l'histoire (à la différence des récits à venir : Nargothrond, Narog, Tumhalad, Amon Ethir, Brethil, Amon Obel, Ephel Brandir, Teiglin, Celebros).

§ 2. *La suite du récit d'Eltas (après la mort de Túrin)*

Mon père a barré la plus grande partie de la suite, la conservant uniquement jusqu'aux mots « en raison de sa grande douleur », p. 161 (voir note 31). Du bref passage retenu on peut déduire que l'histoire de la venue de Morwen au tertre de Túrin et sa lecture de l'inscription sur la pierre remontent tout au début, bien qu'elle y rencontre Húrin dans l'histoire ultérieure (*Le Silmarillion*, p. 231).

La partie barrée se poursuit comme suit :

> Pourtant on dit aussi que lorsque le destin de son peuple fut entièrement accompli alors Úrin fut relâché par Melko, et courbé par les ans il s'en retourna vers les terres meilleures. Là, il rassembla quelques gens à lui, et ils allèrent et trouvèrent vides les cavernes des Rothwarin [forme antérieure de Rodothlim, voir p. 166], et personne ne les gardait, et une vaste trésorerie s'y étalait encore puisque nul ne l'avait trouvée, car la terreur du dragon vécut plus longtemps que lui et nul ne s'y était aventuré depuis. Mais Úrin fit porter l'or devant Linwë [c'est-à-dire Tinwelint], et le jetant à ses pieds lui

ordonna avec amertume de prendre sa vile récompense, le nommant un lâche dont le cœur faible avait causé de grands malheurs à sa maison qui auraient pu ne jamais être ; et ceci marqua le début d'un nouvel éloignement entre Elfes et Hommes, car Linwë fut irrité des paroles d'Úrin et lui ordonna de partir, car dit-il : « Longtemps ai-je élevé Túrin, ton fils, et lui ai pardonné le mal de ses actes, et ensuite ton épouse ai-je secourue, cédant contre mon avis à ses fols désirs. Pourtant qu'est-ce pour moi — et en vertu de quelle raison peux-tu, ô fils de la race grossière des Hommes, endurer de haranguer un roi de Eldalië, dont la vie commença en Palisor des âges sans nombre avant que les Hommes ne naquissent ? » Et Úrin eût alors quitté le lieu, mais ses hommes ne voulurent point abandonner l'or, et une dissension s'éleva entre eux et les Elfes, et il en provint des coups amers, et Tintoglin [c'est-à-dire Tinwelint] ne put les retenir.

Là périt alors la troupe d'Úrin en ses palais, et ils entachèrent de leur sang le trésor du dragon ; mais Úrin s'échappa et maudit cet or d'une malédiction terrible afin que nul n'en jouît, et que celui qui en possédât une quelconque partie connût malédiction et mort. Mais Linwë entendant cette malédiction voulut que l'or fût jeté dans un étang profond de la rivière qui coulait devant ses portes, et ce fut longtemps avant que quiconque ne le vît à nouveau hormis l'Anneau du Destin [*transformé en* : le Collier des Nains], et ce conte n'a pas sa place ici, bien que le maléfice du ver Glorund y trouvât son dernier achèvement.

(Cette dernière phrase a été ajoutée au texte.) La fin de ce texte rejeté, concernant les destins ultimes d'Úrin et de Mavwin et de leurs enfants, est essentiellement la même que dans le texte de remplacement donné à la p. 164 (« Alors Úrin s'en fut... ») et il n'est donc pas nécessaire de la donner ici.

Immédiatement à la suite du récit rejeté on trouve une courte esquisse intitulée « Histoire du Nauglafring ou Collier des Nains », barrée elle aussi. Celle-ci ne fait aucune référence à Úrin, mais précise que les Orcs (correction de *Gongs*, voir I.329, note 10) qui avaient la garde du trésor de Glorund partirent à sa recherche lorsqu'il ne revint pas aux grottes et que, pendant leur absence, Tintoglin (c'est-à-dire Tinwelint), apprenant la mort de Glorund, envoya des Elfes pour voler le trésor des Rothwarin (Rodothlim). À leur retour, les Orcs maudirent les voleurs, et l'or de même.

Linwë (Tinwelint) conserva cet or, et il fit faire un grand collier par des Úvanimor (Nautar ou Nauglath). (Les *Úvanimor* ont été définis dans un conte antérieur comme « des monstres, des géants et des ogres », voir I.106, 315 et s. ; les *Nauglath* sont les Nains, I.315). Le Silmaril fut serti dans ce collier, mais tenu par la malédiction de l'or il les frustra d'une partie de leur récompense. Les Nauglath complotèrent, et se firent aider par des Hommes ; Linwë fut tué lors d'un assaut, et l'or fut emporté.

Une autre esquisse, rejetée également, fait suite ; intitulée « Le Collier des Nains », elle mêle des caractéristiques de l'esquisse précédente avec des éléments de la conclusion rejetée du récit d'Eltas (pp. 183-184). Dans celle-ci, Úrin rassemble à lui une bande d'Elfes et d'Hommes féroces et sauvages ; ils se rendent aux cavernes, faiblement gardées puisque les « Orqui » (Orcs) sont partis à la recherche de Glorund. Ils emportent le trésor, et les Orcs à leur retour le maudissent. Úrin jette le trésor aux pieds du roi et lui adresse des reproches (disant qu'il aurait pu envoyer une plus vaste compagnie dans ces grottes pour s'emparer du trésor, sinon pour secourir Mavwin en sa détresse) ; « Tintoglin ne voulut y toucher et ordonna à Úrin de garder ce qu'il avait gagné, mais Úrin choisit de partir avec des mots amers. » Les hommes d'Úrin ne voulaient pas abandonner le trésor et ils reviennent à la dérobée ; se déroule un combat à l'intérieur des palais du roi, et quantité de sang est versé sur l'or. L'esquisse se conclut ainsi :

> Les Gongs saccagent le palais de Linwë et Linwë est tué et l'or emporté très loin. Beren Ermabwed les surprend à un gué du Sirion et le trésor est jeté dans les eaux, avec le Silmaril de Fëanor. Les Nauglath qui demeurent à proximité plongent à la recherche de l'or mais ne découvrent qu'un grand collier (et ce Silmaril y est serti). Celui-ci devient un insigne de leur roi.

Ces deux esquisses concernent en partie l'histoire du Nauglafring et montrent mon père s'interrogeant sur le déroulement de ce conte avant de l'écrire ; nous ne considérerons pas ces éléments maintenant. Il est évident qu'il concevait de forts doutes quant à la suite de l'histoire après la libération d'Úrin — qu'est-il arrivé au trésor du dragon ? Était-il gardé ou au contraire laissé sans surveillance, et s'il était gardé, par qui ? Comment vient-il enfin aux mains de Tinwelint ? Qui le maudit, et à quel moment de l'histoire ? Si la troupe d'Úrin s'en empare effectivement, s'agit-il d'une troupe d'Elfes ou d'Hommes ou des deux ?

Dans le texte final, écrit sur des feuilles volantes placées dans le carnet manuscrit et donné ci-dessus, ces questions ont été résolues ainsi : la troupe d'Úrin était tout d'abord composée d'Hommes, puis d'Elfes par la suite (voir note 33) ; le trésor était gardé par le nain Mîm, qu'Úrin tua, et il maudit le trésor en mourant. La bande d'Úrin convoya le trésor jusqu'à la demeure de Tinwelint dans des sacs et des coffres de bois (et ils l'amènent, apparemment sans la moindre difficulté, jusqu'aux portes du roi au cœur de la forêt). Ce texte n'offre aucun soupçon d'une explication quant au sort du trésor après le départ d'Úrin (puisque que le *Conte du Nauglafring* commence ici).

Après avoir écrit le *Conte de Turambar*, mon père inséra Mîm dans le texte en un point antérieur du récit (voir pp. 147, 167, note 26), le faisant capitaine de la garde affectée par Glorund à la surveillance du trésor en son absence ; mais je ne peux dire si cet ajout a été opéré avant ou après l'apparition de Mîm à la fin (pp. 162-163) — ni s'il s'agit d'une idée divergente ou bien d'une explication de la présence de Mîm.

Dans *Le Silmarillion* (pp. 67-68), l'histoire est entièrement transformée ; le trésor demeure en Nargothrond, et après avoir tué Mîm (pour une raison bien plus convaincante que dans le récit antérieur), Húrin ramène uniquement le Collier des Nains à Doriath.

On ne trouve pas d'explication de la remarque incroyable concluant le récit d'Eltas (pp. 164-165), concernant la « déification » de Túrin Turambar et de Nienóri (et le refus des Dieux de la Mort de leur ouvrir leurs portes) — bien que Túrin Turambar apparaisse dans des versions beaucoup plus tardives de la mythologie lors de la Dernière Bataille où il frappe Morgoth de son épée noire. Le bain purificatoire dans lequel entrent Túrin et Nienóri, nommé *Fôs'Almir* dans le texte final, était appelé *Fauri* dans le texte rejeté ; il a déjà été décrit dans le *Conte du Soleil et de la Lune* (I.253-254), mais sous d'autres noms : *Tanyasalpë*, *Faskala-númen*, et *Faskalan*.

Reste enfin un dernier fragment de texte à considérer. La seconde des deux esquisses rejetées données ci-dessus (pp. 184-185) est écrite à l'encre sur une esquisse au crayon qui *n'avait pas* été effacée, et j'ai pu en déchiffrer une bonne partie sous le texte ultérieur. Les deux passages n'ont rien à voir entre eux ; pour quelque raison mon père n'a pas pris le soin d'effacer ce fragment antérieur. Le texte sous-jacent, pour autant que j'ai pu le déchiffrer, donne :

> Tirannë et Vainóni rencontrent le magicien noir Kurúki qui leur donne une boisson maléfique. Ils oublient leurs noms et errent en détresse à travers les forêts. Vainóni se perd. Elle rencontre Turambar qui la sauve des Orcs et l'aide dans la recherche de sa mère. Ils se marient et vivent heureux. Turambar devient le seigneur des pisteurs des forêts et harcèle les Orcs. Il part à la recherche du Foalókë qui ravage son territoire. Le trésor — et fuite de sa troupe. Il tue le Foalókë et est blessé. Vainóni lui porte secours, mais le dragon à l'agonie lui raconte tout, levant le voile dont Kurúki les a couverts. Détresse profonde de Turambar et Vainóni. Elle fuit à travers bois et se jette du haut d'une cascade. Folie de Turambar qui demeure seul .... Úrin s'échappe d'Angamandi et part à la recherche de Tirannë. Turambar s'enfuit à son approche et tombe sur son épée .... Úrin bâtit un tertre de pierre et .... et malédiction de Melko. Tirannë meurt de chagrin et Úrin atteint Hisilómë .... Purification de Turambar et de Vainóni qui s'en vont resplendissants dans le monde et partent avec les armées de Tulkas contre Melko.

Des notes hâtives suivent ce fragment, sans aucun doute écrites au même moment :

> Úrin s'échappe. Tirannë reçoit des nouvelles de Túrin. Tous deux errent en détresse .... dans la forêt.
>
> Túrin quitte Linwë car lors d'une querelle il tua un membre de la famille de Linwë (accidentellement).
>
> Introduire élément Failivrin dans l'histoire ?
>
> Turambar incapable de combattre à cause des yeux du Foalókë. Voit Failivrin partir.

Ce qui précède représente à l'évidence certaines des toutes premières interrogations de mon père sur l'histoire de Túrin Turambar. (Qu'elles apparaissent dans le carnet tout à fait à la fin du Conte achevé peut paraître surprenant, mais à l'évidence il employait ces carnets de façon plutôt excentrique.) Nienóri se nomme ici Vainóni, et Mavwin, Tirannë ; le sortilège d'oubli est jeté par un magicien nommé Kurúki, bien que ce soit le dragon qui lève le voile posé sur leurs yeux par le magicien. Les deux rencontres de Túrin avec le dragon semblent avoir émergé d'une seule rencontre initiale.

Comme je l'ai déjà indiqué, le *Conte de Turambar*, comme certains autres *Contes Perdus*, a été écrit à l'encre sur un texte au crayon entièrement effacé, et la forme existante du conte est telle qu'il a forcément été construit à partir d'une version antérieure moins élaborée. Mais le texte sous-jacent est complètement effacé et il ne subsiste aucune indication du niveau de développement de la légende au moment de son écriture. Il est fort probable que cette esquisse concernant Vainóni, Tirannë, et Kurúki nous autorise, par un étonnant hasard, un aperçu d'une « strate » de la saga de Túrin, plus ancienne même, que le texte effacé sous-jacent à la version existante.

§ 3. *Sujets divers*

(I) Beren

Le passage rejeté donné à la p. 100, ainsi qu'une annotation marginale, « si Beren est un Gnome (comme à présent dans l'histoire de Tinúviel), les références à Beren doivent être transformées » (note 4), forment la base de mon hypothèse (p. 80) selon laquelle, dans la toute première forme maintenant disparue du *Conte de Tinúviel*, Beren était un Homme. J'espère avoir montré que la forme existante du *Conte de Turambar* a précédé la forme existante du *Conte de Tinúviel* (p. 97). Lorsque la version existante de *Turambar* a été écrite, Beren était un Homme de la famille de Mavwin ; il devint ensuite un Gnome dans la version existante de *Tinúviel ;* ce changement a ensuite été ajouté dans *Turambar*. Le passage de remplacement à la p. 96 opère un changement dans la relation entre Egnor et Beren : d'une relation familiale avec l'épouse d'Úrin à une amitié avec Úrin. (Une correction dans la version dactylographiée de *Tinúviel*, p. 71, est ultérieure : Úrin est un camarade de Beren plutôt que d'Egnor.) Deux changements supplémentaires au texte de *Turambar*, conséquences de la transformation de Beren d'Homme en Elfe, sont donnés dans les notes 5 et 6. — Il est intéressant de noter que dans la généalogie développée du *Silmarillion*, où Beren est bien entendu redevenu un Homme, il est aussi à nouveau parent de Morwen : en effet, il est cousin au premier degré du père de Morwen, Baragund.

Dans le passage rejeté, p. 100, mon père a inscrit « Damrod le Gnome » contre le nom Egnor, (note 2), et dans le passage corrigé, Úrin a connu Beren « et lui avait un jour rendu service concernant Damrod son fils ». On ne trouve nulle part d'indication relative à la nature de ce service ; mais dans le deuxième « plan » du *Livre des Contes Perdus* (voir I.312), l'esquisse pour le *Conte du Nauglafring* fait référence au fils de Beren et Tinúviel, le père d'Elwing, sous le nom de *Daimord*, bien que dans le conte finalement écrit le fils se nomme définitivement *Dior*. On peut supposer que *Daimord* est une alternative à *Damrod*.

Je ne parviens pas à expliquer cette insertion de « Damrod le Gnome » en face d'« Egnor » dans le passage rejeté — il a pu s'agir d'une simple idée passagère, donner le nom *Damrod* au père de Beren.

On peut remarquer ici que les deux passages montrent très clairement que l'histoire de Beren et Tinúviel s'est déroulée *avant* la Bataille des Larmes Innombrables ; voir pp. 91-93.

(II) La Bataille de Tasarinan

Eltas présente le conte (p. 98) comme évoquant des « jours très anciens de ce peuple [les Hommes], avant la Bataille de Tasarinan lorsque pour la première fois, des Hommes pénétrèrent dans les sombres vallons de Hisilómë ».

Au premier abord, il s'agirait d'une contradiction d'importance, puisque est très fréquemment soulignée la réclusion des Hommes en Hisilómë à l'époque de la Bataille des Larmes Innombrables, et le *Conte de Turambar* se déroule — et doit se dérouler — après cette bataille. La solution se trouve cependant dans une ambiguïté de la phrase citée. Mon père ne voulait pas dire qu'il s'agissait d'un conte des Hommes des jours très anciens avant leur entrée en Hisilómë ; mais « ceci est un conte des jours anciens *lorsque* les Hommes entrèrent pour la première fois en Hisilómë — longtemps avant la Bataille de Tasarinan ».

Tasarinan est le Pays des Saules, *Nan-Tathren* dans *Le Silmarillion ;* les premiers dictionnaires et listes-de-mots donnent la forme « elfique » *tasarin* « saule », et le Gnomique *tathrin* *. La Bataille de Tasarinan a eu lieu longtemps après, au cours de la vaste expédition partie de Valinor pour libérer les Noldoli asservis dans les Grandes-Terres. Voir p. 289.

(III) La géographie du *Conte de Turambar*

Le passage décrivant l'itinéraire des Orcs qui capturent Túrin (p. 107) semble soutenir l'hypothèse selon laquelle les montagnes séparant Hisilómë des Terres Au-delà étaient en continuité avec la chaîne surplombant Angband. En effet, les Orcs « voyagèrent lentement, car ils suivaient toujours la ligne des collines sombres vers ces régions où elles s'élèvent escarpées et tristes et leurs cimes se cachent derrière des linceuls de noires vapeurs », et « *en cet endroit* les nomme-t-on Angorodin ou les Montagnes de Fer, car sous les racines de leurs places fortes du nord s'étend Angband ».

Le site des grottes de Rodothlim a déjà été étudié (p. 172), et concorde bien avec tout ce qui est dit ultérieurement au sujet de Nargothrond, tout comme la topographie du Bol d'Argent et du ravin où se tapit Turambar pour tuer Glorund, avec les sites du Teiglin, de Celebros, et de Nen Girith à venir (pp. 180-181). Le conte donne en outre quelques indications de la relation entre les grottes des Rodothlim et le royaume de Tinwelint, ainsi qu'avec le pays des Forestiers. « Les antiques logis des Rodothlim ne se situaient point à très grande distance du royaume de Tinwelint, bien qu'ils fussent assez loin » (p. 135) ; tandis que les Forestiers vivaient « en des terres qui n'étaient point trop loin de Sirion ou des collines verdoyantes à mi-parcours de ce fleuve » (p. 130), ce qui concorde relativement bien avec la situation géographique de la Forêt de Brethil. Dans le même passage, la région où ils habitaient se trouvait « en des lieux très lointains à bien des équipées au-delà de la rivière des Rodothlim », et la colère de Glorund est grande lorsqu'il entend des nouvelles « d'un peuple d'Hommes courageux qui demeuraient loin au-delà de la rivière » (p. 146). Ces indications aussi peuvent s'aligner sur la géographie ultérieurement plus développée — Brethil se trouvant en effet à une bonne distance au-délà de la rivière (Narog) pour quiconque quitterait Nargothrond.

J'ai le sentiment très net que même si la géographie de l'Ouest des Grandes Terres *était peut-être* encore assez floue, en bien des aspects importants elle avait déjà acquis la même structure essentielle et les mêmes rapports entre sites géographiques respectifs que celle donnée par la carte accompagnant *Le Silmarillion.*

---

* *Tasarinan* a survécu sans changement comme la forme quenya : « Dans les saussaies de Tasarinan, je me promenais au printemps », dans la chanson de Sylvebarbe dans *Le Seigneur des Anneaux ; Les Deux Tours*, III.4.

(IV) L'influence des Valar

Comme dans le *Conte de Tinúviel* (voir p. 95), on trouve de multiples références dans le *Conte de Turambar* au pouvoir des Valar dans les affaires des Hommes et des Elfes à l'intérieur des Grandes Terres — également les prières de remerciement et de requête qui leur sont adressées : ainsi les gardiens de Túrin « remercièrent les Valar » une fois accompli le voyage depuis Artanor (p. 102), et, trait plus marquant, Úrin « avait fait appel aux Valar de l'Ouest, ayant appris des Eldar de Kôr — les Gnomes qu'il avait rencontrés — beaucoup les concernant, et ses mots parvinrent, qui pourra dire comment, jusqu'à Manwë Súlimo sur les hauteurs de Taniquetil » (p. 108). (Úrin était déjà un « ami-des-Elfes », instruit par les Noldoli ; cf. le passage de remplacement, p. 101.) Sa prière reçut-elle une réponse ? On trouve peut-être ici l'explication de l'expression très surprenante « comme le voulut la bonne fortune des Valar » (p. 112), lorsque Flinding et Beleg découvrent Túrin allongé près de l'endroit par lequel ils pénètrent dans le campement des Orcs *.

Les Valar envoient aussi des rêves aux chefs des Rodothlim, bien que ce passage ait été modifié par la suite, et la référence aux Valar supprimée (p. 117 et note 10) ; les Forestiers formulent le souhait, « si seulement les Valar voulaient lever le sort qui s'étend sur Níniel » (p. 144) ; et Túrin « s'écria amèrement contre les Valar et sa destinée de malheur » (p. 158).

Une référence intéressante aux Valar (et à leur pouvoir) apparaît dans la réponse de Tinwelint (p. 135) aux paroles de Mavwin : « Donne-moi simplement un lit de forestier et mon fils. » Le roi dit : « Cela je ne le puis, car je ne suis qu'un roi des Elfes sauvages, *et non un Vala des Îles de l'Ouest*. » Le bref fragment du *Conte de Gilfanon* effectivement écrit mentionne (I.308-310) les Elfes Sombres qui sont restés en Palisor et qui croient que « leurs frères étaient partis vers l'ouest et les Îles Étincelantes. Là, dirent-ils, demeurent les Dieux, et ils les nommèrent le Grand Peuple de l'Ouest, et pensèrent qu'ils demeuraient sur des îles illuminées de feux dans la mer ».

(V) L'âge de Túrin

Selon le *Conte de Turambar*, lorsque Túrin quitte Mavwin il a sept ans, et toutes nouvelles de son foyer sont interrompues au bout de sept ans de séjour chez les Elfes des bois (p. 104) ; dans le *Narn*, les années correspondantes sont respectivement huit et neuf ans, et Túrin avait dix-sept ans, et non quatorze, lorsque « le chagrin de Túrin s'aviva » (pp. 84, 91). Exactement douze ans au jour près depuis son départ sont passés lorsqu'il tue Orgof et s'enfuit d'Artanor et il a donc dix-neuf ans ; de même, dans le *Narn* (p. 94 et s.), douze ans se sont écoulés depuis son départ de Hithlum lorsqu'il pourchasse Saeros jusqu'à la mort, mais il a alors vingt ans.

« Maintenant le conte ne dit point combien de jours Turambar séjourna parmi les Rodothlim mais ceux-ci furent très nombreux, et pendant ce temps Nienóri grandit jusqu'au seuil d'être femme » (p. 130). Nienóri avait sept ans de moins

---

* Le dictionnaire Gnomique donne l'entrée : *gwalt* : bonne fortune — toute occasion ou idée providentielle : « la fortune des Valar », *i.walt ne Vanion* » (I.359, entrée *Valar*).

que Túrin : elle avait douze ans lorsqu'il s'est enfui d'Artanor (p. 130). Il ne peut donc pas être demeuré parmi les Rodothlim plus de (admettons) cinq ou six ans ; et lorsqu'il est élu chef des Forestiers, il « possédait une grande sagesse au-delà de ses années ».

Bethos, chef des Forestiers avant Túrin, avait combattu, « *bien qu'étant alors seulement un garçon* lors de la Bataille des Larmes Innombrables » (p. 144), mais il meurt au cours d'une sortie, puisque « *malgré son âge* il chevauchait encore ». Mais il est impossible de mettre en relation la durée de vie de Bethos (d'un « garçon » au moment de la Bataille des Larmes Innombrables, jusqu'à sa mort lors d'une sortie à un âge suffisamment avancé pour qu'on le juge notable) et celle de Túrin. En effet, les événements qui suivent la destruction des Rodothlim, et qui s'achèvent lorsque Túrin sauve Níniel après sa première rencontre avec Glorund, ne peuvent couvrir une si longue période. Il est en tout cas clair et certain que dans la première histoire Túrin meurt très jeune. Selon la chronologie très précise fournie dans les écrits bien plus tardifs, il avait trente-cinq ans à sa mort.

(VI) La taille respective des Elfes et des Hommes

Les Elfes étaient conçus comme étant de stature moindre que les Hommes : ainsi Beleg « était de grande taille et de noble robustesse *selon les critères de ce peuple* » (p. 102), et Túrin « était un Homme et de plus grande stature qu'eux [Beleg et Flinding] » — cette phrase étant une modification ultérieure de « il était un Homme de très grande taille » (note 8). Voir à ce sujet I.48, 309-310.

(VII) Dragons ailés

À la fin du *Silmarillion* (p. 253), Morgoth « lâcha sur ses ennemis les forces qu'il avait gardées en réserve dans une attaque désespérée, et on vit sortir des cavernes d'Angband les dragons ailés qu'on n'avait encore jamais vus ». Il serait donc suggéré que les dragons ailés étaient un raffinement de la conception initiale de Morgoth (concrétisée par Glaurung, Père des Dragons qui allait en rampant sur le ventre). Selon le *Conte de Turambar*, en revanche, parmi les nombreux types de dragons de Melko certains étaient plus petits, froids comme des serpents, et parmi ceux-ci, certains volaient. D'autres cependant, les plus puissants, étaient brûlants et pesants, des dragons-de-feu, et ceux-ci étaient sans ailes. Comme je l'ai déjà souligné (p. 174), rien dans le conte ne suggère que Glorund ait été le premier de son espèce.

III

La Chute de Gondolin

À la fin du récit d'Eltas au sujet de la visite d'Úrin à Tinwelint et des étranges destinées d'Úrin et Mavwin, Túrin et Nienóri (pp. 164-165), le manuscrit, écrit sur des feuilles volantes, continue avec un bref interlude dans lequel on débat à Mar Vanwa Tyaliéva du cours des contes à venir.

Et ce disant Eltas termina, et nul n'interrogea plus loin. Mais Lindo les enjoignit tous de le remercier pour son conte, et à cela il dit : « Non, si vous le voulez, il reste encore beaucoup à raconter concernant l'or de Glorund, et la manière dont le maléfice de ce ver trouva son dernier accomplissement — mais voici, il s'agit là de l'histoire du Nauglafring ou du Collier des Nains et elle doit attendre un peu — et d'autres contes à propos de choses plus légères et plus heureuses ai-je à raconter si vous les écoutiez plutôt. »

Alors s'élevèrent de nombreuses voix suppliant Eltas de raconter le conte du Nauglafring le lendemain, mais il dit : « Non ! Car qui ici connaît le conte entier de Tuor et de la venue d'Eärendel, ou qui fut Beren Ermabwed, et quels furent ses gestes, car il est mieux de bien connaître de telles choses en premier. » Et tous dirent que Beren Ermabwed ils le connaissaient bien, mais que de la venue d'Eärendel bien peu de choses avaient jamais été racontées.

« Et cela est bien mal, dit Lindo, car c'est là la plus vaste des histoires des Gnomes, et dans cette maison même se trouve Ilfiniol fils de Bronweg qui connaît ces gestes plus exactement que tout autre qui soit maintenant sur la Terre. »

À ce moment Ilfiniol le Gardien du Gong entra en effet, et Lindo lui dit : « Voici, ô Petitcœur fils de Bronweg, il est du désir de tous que tu nous racontes les histoires de Tuor et d'Eärendel aussi tôt qu'il se pourra. » Et Ilfiniol fut heureux de cela, mais il dit : « Il s'agit d'un vaste conte, et sept fois les gens iront-ils au Feu-aux-contes avant qu'il ne soit bien raconté ; et si mêlé est-il au conte du Nauglafring et de la Marche-des-Elfes [1] que j'accepterai volontiers l'aide d'Ailios ici présent et de Meril la Dame de l'Île, car il y a bien longtemps qu'elle n'a pas recherché cette maison. »

C'est pourquoi l'on envoya des messagers le lendemain au *korin* [2] des grands ormes, et ils dirent que Lindo et Vairë auraient plaisir à voir le visage de leur dame parmi eux, car ils avaient l'intention d'arranger une grande fête et que s'y tienne une longue narration de contes elfiques, avant qu'Eriol leur hôte ne s'en allât quelque temps pour Tavrobel. Ainsi se fit-il que durant trois jours cette pièce n'entendit plus de contes et les gens de Mar Vanwa Tyaliéva firent de grands préparatifs, mais le quatrième soir Meril vint là parmi sa compagnie de damoiselles, et empli de lumières et de rires fut ce lieu ; mais après la viande du soir une grande foule s'assit devant Tôn a Gwedrin [3], et les damoiselles de Meril chantèrent les plus belles chansons que connaissait cette île [4].

Et Heorrenda tourna ensuite l'une d'entre elles dans la langue de son peuple, et elle est ainsi [5].

Mais lorsque ces chansons retombèrent dans le silence, alors Meril, qui était assise sur le siège de Lindo, dit : « Viens donc maintenant, ô Ilfiniol, commence le conte des contes, et raconte-le plus complètement que tu ne l'as jamais fait. »

Alors dit Petitcœur fils de Bronweg ... (Conte de Gondolin) [*sic*].

Ce texte représente donc le *Lien* entre le *Conte de Turambar* et *La Chute de Gondolin* (une « préface » antérieure à ce *Lien* est donnée plus loin). Il semble que mon père ait hésité à propos du conte qui devait suivre *Turambar* (voir note 4), mais a finalement décidé qu'il était temps d'introduire *La Chute de Gondolin*, qui existait déjà depuis quelque temps.

Dans ce *Lien*, Ailios (plus tard Gilfanon) est présent (« j'accepterai volontiers l'aide d'Ailios ici présent ») à la fin du conte raconté par Eltas de *Turambar*, mais au début du conte d'Eltas (p. 98) son absence est expressément indiquée ce soir-là. Au sujet de la proposition qu'Eriol « s'en allât quelque temps pour Tavrobel » (comme hôte de Gilfanon), voir I.236.

Qu'Eltas parle du conte de Beren Ermabwed comme s'il ne savait pas qu'on l'avait récemment raconté à Mar Vanwa Tyaliéva s'explique sans doute par le fait qu'il n'a pas été dit devant le Feu-aux-contes (voir pp. 11-17).

Le narrateur du conte de *La Chute de Gondolin*, Petitcœur le Gardien-du-gong de Mar Vanwa Tyaliéva, est déjà apparu plusieurs fois dans les *Contes Perdus*, et son nom Elfique connaît plusieurs formes différentes (voir sous *Changements opérés dans les noms* à la fin du texte du conte). Dans *La Chaumière du Jeu Perdu* on dit de lui (I.24) qu'il est « ancien au-delà de tout compte » et qu'il « navigua dans Wingilot avec Eärendel en ce dernier voyage durant lequel ils partirent à la recherche de Kôr » ; et dans le *Lien* avec *La Musique des Ainur* (I.68) qu'il « avait un visage buriné par les intempéries et des yeux bleus d'une grande gaieté, et il était très mince et petit, et l'on n'aurait su dire s'il avait cinquante ou dix mille ans ». C'est un gnome, le fils de Bronweg/Voronwë (Voronwë dans *Le Silmarillion*) (I.71, 129).

Les textes de La Chute de Gondolin

La chronologie textuelle de *La Chute de Gondolin*, si on l'examine dans le détail, est extrêmement complexe ; mais bien que je l'expose ici telle que je l'ai comprise, elle ne doit pas laisser compliquer la lecture du conte.

En premier lieu, existe un manuscrit très difficile d'accès contenu dans deux livres d'exercices d'écolier, dont le titre est *Tuor et les Exilés de Gondolin (qui introduit au grand conte d'Eärendel).* (Il s'agit du seul titre que l'on trouve rapporté dans les premiers textes, mais mon père a toujours fait référence au conte par la suite sous le titre *La Chute de Gondolin.*) Ce manuscrit est (ou, plutôt, était) le texte original du conte, datant de 1916-1917 (voir I.268 et *Contes et Légendes Inachevés*, pp. 11-12), et je l'appellerai ici pour des raisons pratiques *Tuor A*. À la différence de *Tinúviel* et *Turambar*, mon père n'a pas entièrement effacé le manuscrit pour établir un texte complexe et nouveau à sa place. Il permit pour l'essentiel à l'ancienne version de subsister, au moins dans la première partie du conte : à mesure que la révision progressait, la réécriture à l'encre au-dessus du texte au crayon à papier est devenue il est vrai presque continue, et bien que le crayon n'ait pas été gommé, l'encre l'a effacé effectivement. Mais même après que la deuxième version se fut avérée continue, demeurent plusieurs passages dont le premier récit n'a pas été sur-écrit mais simplement barré, et où il reste lisible. Ainsi, alors que *Tuor A* est comparable à *Tinúviel* et *Turambar* (et d'autres parmi les *Contes Perdus*), en ce qu'il s'agit d'une révision ultérieure, une deuxième version, la méthode de mon père pour *Gondolin* permet de montrer que dans ce cas au moins la révision n'a constitué en aucun cas un remaniement total (et encore moins une recréation). En effet si ces passages dans les parties ultérieures du conte où les deux versions peuvent encore être comparées montrent qu'il suivait l'ancienne version d'assez près, la même remarque doit pouvoir s'appliquer aux passages que l'on ne peut plus comparer.

Ma mère a établi une version au propre (*Tuor B*) à partir de la version de *Tuor A*, *toutes transformations comprises* (c'est-à-dire une fois sa forme actuelle atteinte). Celle-ci, si l'on considère la complexité de l'original, est extrêmement précise, et seules quelques erreurs très occasionnelles de retranscription ont pu être répérées. J'ai dit, dans *Contes et Légendes Inachevés* (p. 12), que cette copie a été retranscrite apparemment en 1917, mais ceci me semble maintenant très improbable *. Il est bien sûr *possible* que mon père ait eu en tête des concepts tels que la Musique des Ainur, auquel un ajout ultérieur fait référence dans *Tuor A* (p. 209), bien avant d'écrire ce conte à Oxford pendant qu'il travaillait à l'*Oxford English Dictionary* (I.67). Mais il semble plus probable que la révision de *Tuor A* (et donc l'établissement de *Tuor B* également, recopié à partir du premier texte révisé) appartienne également à cette période.

Par la suite, mon père prit son crayon et s'attaqua à *Tuor B*, le corrigeant assez fréquemment, cependant ces corrections sont principalement groupées dans la première partie du conte, et sont presque toujours stylistiques plutôt que narratives. Mais ces corrections, comme nous le verrons, ne furent pas toutes effectuées à la même période. Certaines d'entre elles sont écrites sur des feuilles indépendantes, dont plusieurs donnent au verso des extraits d'une discussion étymologique sur certains mots germaniques pour la pie-grièche, ces matériaux apparaissant dans l'*Oxford Dictionary* à l'entrée *Wariangle*. En outre, l'une de ces feuilles contenant une directive claire en vue de la réduction du conte lors d'une lecture publique (voir note 21), il est pratiquement certain qu'une bonne part de la révision de *Tuor B* avait été effectuée avant que mon père ne l'ait lu devant le Club d'Essais d'Exeter College au printemps 1920 (voir *Contes et Légendes Inachevés*, p. 12).

Que toutes les corrections de *Tuor B* n'aient pas été effectuées à la même période est prouvé par l'existence d'un texte dactylographié (*Tuor C*), sans titre, qui se termine prématurément par les mots suivants : « votre colline de vigilance contre la malice de Melko » (p. 205). Celui-ci a été tiré de *Tuor B* après quelques modifications, mais sans inclure celles qui, selon mes déductions, furent effectuées avant la lecture publique. Un étrange aspect de ce texte est crée par des blancs laissés pour la majeure partie des noms, et seuls certains ont été remplis par la suite. Vers la fin de cette version on constate beaucoup de variations indépendantes de *Tuor B*, mais il s'agit exclusivement de détails mineurs ne présentant aucune importance narrative. J'en conclus qu'il doit s'agir d'une ramification rapidement avortée.

La chronologie textuelle peut donc se représenter comme suit :

---

* Humphrey Carpenter, dans la *Biographie*, indique que le conte a été « retranscrit pendant la convalescence de Tolkien à Great Haywood au début de l'année 1917 », mais il se réfère sans aucun doute au texte original écrit au crayon à papier de *Tuor A*.

Tuor A (original 1916-1917, texte au crayon)

↓

grandement révisé et plus loin dans le texte entièrement sur-écrit

↓

Tuor B (copie au propre)

↓

révisions stylistiques mineures (et changements dans les noms)

↓ → *Tuor C* (dactylographié ; peu développé ; changements stylistiques mineurs)

↓

transformations ultérieures, pour la plupart sur des feuilles insérées (et changements supplémentaires dans les noms) précédant sa lecture à Exeter College en 1920

(*La Chute de Gondolin*, telle qu'elle est présentée ici)

Puisque le récit lui-même a subi très peu de changements notables au cours de l'histoire de ces textes (étant accepté que de grandes parties du texte original *Tuor A* sont presque entièrement illisibles), le texte qui suit ici est celui de *Tuor B* sous sa forme finale, avec quelques variantes antérieures intéressantes données dans les Notes. Apparemment, mon père n'a pas vérifié la copie au propre, *Tuor B*, en le comparant à l'original, et il n'a donc pas relevé à chaque occurrence les erreurs de transcription éventuelles. Elles sont corrigées à nouveau lorsqu'il les a relevées, mais selon le sens et le contexte, et non pas en se référant à *Tuor A*. Dans quelques très rares cas, je suis revenu à *Tuor A* s'il est clair que celle-ci était la version correcte (comme avec « un mur d'eau s'éleva presque jusqu'au sommet de la falaise », p. 199, où *Tuor B* et *Tuor C* donnent « à hauteur du sommet de la falaise » *).

À chaque occurrence dans le texte dactylographié, *Tûr* est donné pour *Tuor*. Dans *Tuor B*, le nom est parfois transformé de *Tuor* en *Tûr* dans la première partie du conte (*Tûr* est le nom donné dans les dernières révisions), mais absolument pas à chaque occurrence. Il semblerait que mon père ait décidé de transformer le nom, mais il est finalement revenu sur sa décision. Je donne *Tuor* à chaque occurrence.

Un document intéressant accompagne le Conte : il s'agit d'une liste substantielle bien qu'incomplète des noms (accompagnés d'éclarcissements) employés dans *La Chute de Gondolin*, à présent par endroits difficile sinon impossible à lire. Les noms sont donnés par ordre alphabétique mais la liste s'interrompt à la lettre *L*. Les renseignements linguistiques proposés par cette liste sont donnés dans l'Appendice sur les Noms, mais la remarque d'en-tête peut être citée ici :

---

* « nigh up to » : presque aussi haut que , et « high up to » : à hauteur de. (*N.d.T.*)

Ici sont transcrits par Eriol selon l'enseignement du fils de Bronweg Elfrith [*une modification de* Elfriniel] ou Petitcœur (et il était ainsi dénommé à cause de la jeunesse et de l'émerveillement de son cœur) ces noms et mots qui sont employés en ces contes, qu'ils fussent dans la langue des Elfes de Kôr comme on la parlait en cette époque sur l'île Solitaire, ou appartinssent-ils à la langue apparentée des Noldoli leurs frères qu'ils arrachèrent au joug de Melko.

Ici, tout d'abord sont ceux qui apparaissent dans le *Conte de Tuor et des Exilés de Gondolin*, premiers de ces noms, ceux-là du langage des Gnomes.

Dans *Tuor A* apparaissent deux versions (dont une barrée) d'une courte « préface » au conte de Petitcœur absente dans *Tuor B*. La seconde version donne :

Alors dit Petitcœur fils de Bronweg : « Maintenant l'histoire que je raconte est des Noldoli, qui furent le peuple de mon père, et il se peut bien que les noms sonneront étrangement à vos oreilles et que des gens familiers seront nommés par des noms qui n'ont pas été entendus auparavant, car les Noldoli parlent une langue curieuse, douce encore à mes oreilles même si peut-être ce n'est pas le cas pour tous les Eldar. Des gens sages la voient comme proche de l'Eldarissa, mais elle ne sonne pas ainsi, et je ne connais rien d'un tel savoir. C'est pourquoi je vous énoncerai les vrais noms Eldar lorsqu'il s'en trouve, mais en bien des cas il n'y en a point.

Sachez donc, dit-il, que »...

La première version (intitulée « Lien entre *Tuor* et conte précédent ») commence de la même manière mais diverge ensuite :

« ... et elle est douce à mes oreilles encore, bien que de peur qu'il n'en soit pas ainsi pour tous les autres Eldar et Hommes ici rassemblés, je ne l'emploierai pas plus que je ne le dois, et cela est dans les noms de ces gens et de ces choses dont parle le conte mais pour qui, vu qu'ils disparurent avant que jamais le reste des Eldar ne vînt de Kôr, les Elfes n'ont pas de vrais noms. Sachez donc, dit-il, que Tuor »…

Cette préface s'enchaîne ainsi avec l'ouverture du conte. Apparaît ici, dans la deuxième version, le nom *Eldarissa* pour la langue des *Eldar* ou *Elfes*, en opposition au *Noldorissa* (un terme trouvé dans la Liste-de-noms). Pour la distinction en jeu, voir I.74-75. Avec les paroles de Petitcœur, comparer ici ce que Rúmil dit à Eriol à son sujet (I.71) :

> « Langues et langages, diront-ils, une me suffit » — Et ainsi parla un jour Petitcœur, le gardien du Gong : « Le langage gnomique, dit-il, me suffit — n'est-il pas vrai qu'un dénommé Eärendel et Tuor et Bronweg mon père (qu'en minaudant vous appelez à tort Voronwë) le parlaient et aucun autre ? » Pourtant il dut apprendre l'elfique en fin de compte, ou être condamné à rester silencieux ou à quitter Mar Vanwa Tyaliéva…

Après ces longs préliminaires, voici maintenant le texte du Conte.

Tuor et les Exilés de Gondolin
(qui introduit au grand conte d'Eärendel)

Alors dit Petitcœur fils de Bronweg : « Sachez donc que Tuor était un homme qui demeura en des jours très anciens en cette terre du Nord nommée Dor Lómin ou le Pays des Ombres, et parmi les Eldar ce sont les Noldoli qui le connaissent le mieux.

Maintenant le peuple dont Tuor provenait errait parmi les forêts et les landes et ne connaissait ni ne chantait la mer ; mais Tuor ne demeurait point avec eux, et il vivait seul auprès de ce lac appelé Mithrim, chassant dans ses bois, faisant de la musique auprès de ses rives sur sa harpe grossière de bois et de tendons d'ours. Maintenant de nombreuses personnes entendant parler du pouvoir de ses chansons rudes vinrent de près et de loin écouter son jeu de harpe, mais Tuor laissa son chant et s'en fut vers des lieux solitaires. Là il apprit nombre de choses étranges et acquit du savoir des Noldoli errants, qui lui enseignèrent beaucoup de leur langage et de leur science, mais ce ne fut point sa destinée que de vivre à jamais dans ces bois.

Par la suite on dit que la magie et la destinée le menèrent en un jour à une ouverture caverneuse par laquelle une rivière cachée descendait de Mithrim. Et Tuor pénétra dans cette caverne à la recherche de son secret, mais les eaux de Mithrim le poussèrent en avant dans le cœur du rocher et il ne put regagner le jour. Et ceci, dit-on, fut la volonté d'Ulmo Seigneur des Eaux à l'incitation duquel les Noldoli tracèrent cette voie secrète.

Alors vinrent les Noldoli à Tuor et ils le guidèrent le long de passages obscurs parmi les montagnes jusqu'à ce qu'il sortît à nouveau à la lumière du soleil, et il vit que la rivière se précipitait dans un ravin d'une grande profondeur dont on ne pouvait escalader les bords. Maintenant Tuor ne désirait plus s'en retourner mais allait toujours de l'avant, et la rivière allait toujours vers l'ouest [6].

Le soleil se leva dans son dos et vint se placer devant son visage, et là où l'eau écumait parmi maints rochers ou tombait en cascades parfois des arcs-en-ciel se tissaient au travers du ravin, mais au soir ses bordures lisses luisaient dans le soleil couchant, et pour ces raisons Tuor l'appela la Faille Dorée ou bien le Couloir au Toit Arc-en-ciel, qui est dans le langage des Gnomes Glorfalc ou Cris Ilbranteloth.

Maintenant Tuor voyagea en cet endroit durant trois jours [7], buvant les eaux de la rivière secrète et se nourrissant de ses poissons ; et ceux-ci étaient d'or et de bleu et d'argent et d'une multiplicité de formes merveilleuses. À la fin le ravin s'élargit, et toujours comme il s'ouvrait ses pentes se faisaient plus basses et plus découpées, et le lit de la rivière d'autant plus obstrué de rochers sur lesquels les eaux écumaient et se brisaient. Durant de longues heures Tuor s'asseyait et contemplait l'eau bouillonnante et écoutait sa voix, puis il se levait et bondissait en avant de pierre en pierre chantant comme il allait ; ou bien lorsque les étoiles apparaissaient dans le fin ruban de ciel au-dessus de la ravine il levait des échos pour répondre aux féroces pincements de sa harpe.

Un jour après un grand voyage de fatigant chemin, Tuor au soir entendit un cri, et il ne put décider de quelle créature il émanait. Maintenant disait-il : “C’est une créature magique”, maintenant : “Non, ce n’est qu’une petite bête qui gémit parmi les rochers” ; ou encore il lui semblait qu’un oiseau inconnu sifflait à ses oreilles d’une voix nouvelle et étonnamment triste — et parce qu’il n’avait entendu la voix d’aucun oiseau pendant qu’il arpentait la Faille Dorée, le son le rendit heureux malgré son ton lugubre. Le jour suivant au cours du matin il entendit le même cri au-dessus de sa tête, et levant les yeux il avisa trois grands oiseaux remontant la ravine à grands battements d’ailes, et lançant des cris pareils à ceux qu’il avait entendus dans le crépuscule. Maintenant ceux-ci étaient des mouettes, les oiseaux d’Ossë [8].

Dans cette partie du cours de la rivière se trouvaient des îlots de rochers au milieu des courants, et des roches tombées sur les franges de sable blanc au bord de la ravine, rendant le chemin malaisé, et ayant cherché un temps Tuor trouva un endroit où il put enfin escalader les falaises. Là un vent frais vint sur son visage, et il dit : “Cela est très bon et comme boire du vin”, mais il ne savait point qu’il était proche des confins de la Grande Mer.

Comme il avançait surplombant les eaux, ce ravin se rétrécit à nouveau et les murailles s’élevèrent, de sorte qu’il marchait le long d’une haute crête de falaise, puis vint une embouchure étroite, et celle-ci était pleine de bruit. Alors Tuor baissa les yeux et vit la plus grande des merveilles, car il semblait qu’une crue d’eau furieuse désirait remonter ces passages étroits et couler à contre-courant de la rivière jusqu’à sa source, mais cette eau qui descendait du lointain Mithrim voulait avancer encore, et un mur d’eau s’éleva presque jusqu’au sommet de la falaise, et il était couronné d’écume et tordu par les vents. Alors les eaux de

Mithrim furent vaincues et la crue montante balaya le chenal en rugissant et submergea les îlots rocheux et bouillonna dans le sable blanc — de sorte que Tuor pris de peur s'enfuit, lui qui ne connaissait pas les manières de la mer ; mais les Ainur mirent en son cœur de grimper hors de la ravine, où il eût été submergé par la marée rentrante, et celle-ci était féroce en raison d'un vent venu de l'ouest. Alors Tuor se retrouva dans un pays rude et dénué d'arbres, balayé par un vent qui provenait du couchant, et toutes les broussailles et tous les buissons penchaient vers l'aube à cause de la prévalence de ce vent. Et ici durant un temps, il erra jusqu'à ce qu'il parvînt aux falaises noires qui bordaient la mer et qu'il vît l'océan et ses vagues pour la première fois, et en cette heure le soleil se coucha au-delà du bord de la Terre loin dans la mer, et il se dressa sur le sommet de la falaise les bras levés, et son cœur s'emplit d'une langueur immense. Maintenant certains disent qu'il fut le premier des Hommes à atteindre la Mer et à la contempler et à connaître le désir qu'elle provoque ; mais je ne sais s'ils disent bien.

En ces régions il installa sa demeure, habitant dans une anse abritée par de vastes rochers sable, dont le plancher était de sable blanc, sauf lorsque la crue haute le recouvrait d'eau bleue ; l'écume et la mousse n'y pénétraient qu'au temps des plus terribles tempêtes. Là pendant longtemps il séjourna seul et erra le long du rivage ou se rendit sur les rochers à marée basse, s'émerveillant devant les flaques et les grandes algues, les cavernes suintantes et les étranges oiseaux de mer qu'il vit et qu'il vint à connaître ; mais la montée et la redescente des eaux et la voix des vagues furent toujours pour lui la plus grande merveille et toujours cela lui semblait une chose nouvelle et inimaginable.

Maintenant sur les eaux calmes du Mithrim au-dessus desquelles portait loin la voix du canard ou bien de la poule d'eau il avait souvent voyagé à bord d'un petit bateau dont l'étrave était façonnée comme le cou d'un cygne, et il l'avait perdu le jour de sa découverte de la rivière secrète. Il ne s'aventurait pas encore sur la mer, bien que son cœur toujours l'encourageât avec une étrange langueur à le faire, et durant les calmes soirées lorsque le soleil descendait derrière le bord de la mer cela se transformait en un féroce désir.

Il y avait du bois qui descendait la rivière cachée ; c'était du bon bois, car les Noldoli le taillaient dans les forêts de Dor Lómin et lui flottèrent à dessein. Mais pour l'instant il ne construisit rien d'autre qu'une demeure dans un lieu abrité de son anse, que les contes des Eldar appellent depuis Falasquil. Celle-ci, par lent labeur, il orna de belles sculptures des bêtes et des arbres et des fleurs et des oiseaux qu'il connaissait aux alentours du lac Mithrim, et toujours parmi eux était le Cygne en premier, car Tuor aimait cet emblème et il devint ensuite son symbole pour lui-même, sa famille et son peuple. Il demeura là une très longue époque jusqu'à ce que la solitude de la mer désolée entrât en son cœur, et que même Tuor le solitaire se languît de la voix des Hommes. En cela les Ainur [9] avaient un rôle ; car Ulmo aimait Tuor.

Un matin alors qu'il jetait un regard le long du rivage — et c'était alors les derniers jours de l'été — Tuor vit trois cygnes qui volaient dans les hauteurs avec force depuis le nord. Maintenant il n'avait vu aucun de ces oiseaux auparavant dans ces régions et il les reçut comme un présage, et dit : "Depuis longtemps mon cœur s'est décidé à faire un long voyage loin d'ici ; voici ! maintenant enfin je vais suivre ces cygnes." Et voici, les oiseaux se laissèrent tomber dans l'eau de son anse et là nagèrent trois tours et s'élevant prirent leur envol lentement vers le sud le long de la côte, et Tuor portant sa harpe et sa lance les suivit.

Tuor mit derrière lui une grande journée de voyage ce jour-là ; et il parvint avant le soir en une région où les arbres apparaissaient à nouveau, et l'aspect du pays à travers lequel il voyageait maintenant différait grandement de ces rivages aux alentours de Falasquil. Là Tuor avait connu de vastes falaises parsemées de cavernes et d'immenses trous par où l'eau jaillissait, et des anses aux murs élevés, mais à partir des sommets des falaises une terre accidentée et plate s'étendait derrière, morne et désolée, jusqu'à ce qu'une bordure bleutée loin dans l'est parlât de lointaines collines. Maintenant cependant il voyait un long rivage en pente et des étendues de sable, tandis que les collines lointaines s'avançaient toujours plus près de la marge de la mer, et leurs pentes obscures étaient revêtues de pins ou de sapins et à leurs pieds surgissaient des bouleaux et des chênes vénérables. Du pied des collines de frais torrents se déversaient par d'étroits abîmes et trouvaient ainsi les rivages et les vagues salées. Maintenant Tuor ne pouvait sauter certaines de ces crevasses, et souvent le chemin était malaisé en ces lieux, mais il avançait encore quoiqu'avec peine, car les cygnes toujours étaient devant lui, maintenant décrivant des cercles subits, maintenant filant de l'avant, mais sans jamais se poser, et le rythme de leurs ailes battant à toute force l'encourageait.

On dit que de cette façon Tuor alla de l'avant pendant un grand nombre de jours, et que l'hiver avançait depuis le nord un peu plus rapidement que lui malgré toute son ardeur. Néanmoins il parvint sans avoir été blessé, ni par les bêtes, ni par les intempéries, à l'embouchure d'une rivière à l'époque du premier printemps. Maintenant ici le pays était moins septentrional et plus doux qu'à l'issue de la Faille Dorée, de plus à cause d'une courbe de la côte, la mer se trouvait maintenant plutôt au sud qu'à l'ouest, comme le lui indiquaient le soleil et les étoiles ; mais il avait toujours gardé la mer à sa main droite.

Cette rivière descendait un chenal de bonne taille et sur ses berges se trouvaient des terres riches : herbes et prés humides d'un côté et pentes recouvertes d'arbres de l'autre ; ses eaux rencontraient la mer avec torpeur et ne luttaient point comme les eaux du Mithrim au nord. De longues langues de terre s'étendaient en îles dans son lit, recouvertes de roseaux et de buissons broussailleux, et plus loin des jetées sablonneuses s'avançaient sur la mer ; et celles-ci étaient les lieux bien-aimés d'une telle multitude d'oiseaux, comme Tuor n'en avait encore jamais vu en aucun endroit. Leurs trilles et leurs lamentations et leurs sifflements emplissaient l'air ; et ici, parmi leurs ailes blanches, Tuor perdit les trois cygnes de vue, et il ne les revit plus.

Alors Tuor pendant une saison se fatigua de la mer, car les épreuves de son voyage avaient été rudes. Et ceci ne fut pas non plus hors des desseins d'Ulmo, et cette nuit-là les Noldoli vinrent à lui et il sortit du sommeil. Guidé par leurs lanternes bleues il trouva un chemin près du bord de la rivière, et il marcha si vaillamment vers l'intérieur des terres que lorsque l'aube emplit le ciel sur sa main droite voici ! la mer et sa voix se trouvaient loin derrière lui, et le vent lui venait de face de sorte que sa senteur même ne flottait plus dans l'air. Ainsi il parvint bientôt en cette région que l'on a appelée Arlisgion "le lieu aux roseaux", et elle se trouve dans ces terres qui sont au sud de Dor Lómin et séparées de cette région par les Montagnes de Fer dont les éperons descendent jusqu'à la mer. Cette rivière descendait de ces montagnes, et ses eaux étaient d'une grande clarté et d'une fraîcheur merveilleuse même en cet endroit. Maintenant il s'agit là d'une rivière d'une grande renommée dans les Histoires des Eldar et des Noldoli et elle se nomme dans toutes les langues Sirion. Ici, Tuor se reposa un temps jusqu'à ce que poussé par le désir il se levât encore une fois pour voyager de plus en plus loin à de nombreuses journées de marche le long des bords de la rivière. Le printemps épanoui n'avait pas encore amené l'été lorsqu'il parvint en une région encore plus douce. Ici le chant de petits oiseaux se fit strident tout autour de lui dans une musique de beauté, car nul oiseau ne chante comme les oiseaux chanteurs du Pays des Saules ; et en cette région était-il maintenant venu. Ici la rivière ondulait en de larges courbes aux rives basses à travers une grande plaine dont l'herbe était de la plus grande douceur et très haute et verte ; des saules sans âge poussaient sur ses bordures, et son large sein était semé de feuilles de nénuphar, dont les fleurs n'étaient encore apparues dans le début de l'année, mais sous les saules, les vertes épées des iris étaient tirées, et les laîches se dressaient, et des roseaux en ordre de bataille. Maintenant demeurait en ces lieux sombres un esprit de murmures, et il chuchota aux oreilles de Tuor au crépuscule et il ne voulut point partir ; et au matin devant la splendeur des renoncules innombrables il lui répugna d'autant plus, et il s'attarda.

Ici, il vit les premiers papillons et fut heureux de cette vision ; et on dit que tous les papillons et leur famille naquirent dans la vallée du Pays des Saules. Alors vint l'été et l'époque des phalènes et des soirées chaudes, et Tuor s'émerveilla de la multitude de mouches, de leur bourdonnement et du vrombissement des scarabées et du fredonnement des abeilles ; et à toutes ces choses il donna ses propres noms, et tissa leurs noms en de nouvelles chansons sur sa vieille harpe ; et ces chansons furent plus douces que ses chants anciens.

Alors en Ulmo grandit l'appréhension que Tuor demeurât pour toujours en cet endroit et que les grandes choses de ses desseins ne s'accomplissent point. Pour cela il craignit de confier plus longtemps la conduite de Tuor aux Noldoli seuls, qui le servaient en secret, et qui par crainte de Melko hésitaient bien souvent. Eux non plus ne pouvaient résister face à la magie de ce lieu aux saules, car très grand était son enchantement. Ne se fit-il pas que même après les jours de Tuor, Noldorin et ses Eldar vinrent là à la recherche de Dor Lómin et la rivière cachée et les cavernes de la réclusion des Gnomes ; et pourtant si près de la fin de leur quête furent proches de l'abandon ? En vérité, dormant et dansant ici, et faisant de belles musiques des sons de la rivière et du murmure de l'herbe, et tissant de riches étoffes de fils arachnéens et de plumes d'insectes ailés, ils furent submergés par les Goblins dépêchés par Melko depuis les Collines de Fer et Noldorin s'échappa avec peine de l'endroit. Mais ces choses n'étaient pas encore.

Voici, maintenant Ulmo bondit dans son attelage devant l'entrée de son palais sous les eaux calmes de la Mer Extérieure ; et sa voiture était tirée par des narvals et des otaries et était façonnée à l'apparence d'une baleine ; et dans le vacarme des grandes conches il fila d'Ulmonan. Si rapide fut son départ qu'en l'espace de jours et non d'années comme on pourrait le penser, il atteignit l'embouchure de la rivière. Sa voiture n'aurait pu la remonter sans endommager ses eaux ou ses rives ; et Ulmo qui aimait toutes les rivières et celle-ci plus encore que presque toutes les autres poursuivit donc à pied, vêtu jusqu'à la taille de mailles semblables à des écailles de poissons bleus et argentés ; mais ses cheveux étaient d'un argent bleuté et sa barbe qui descendait à ses pieds était de la même teinte, et il ne portait ni casque ni couronne. Sous ses mailles tombaient les jupes de sa tunique de verts ondoyants, et l'on ne sait de quelle substance ceux-ci furent tissés, mais il semblait à quiconque plongeait son regard dans les profondeurs de leurs couleurs subtiles qu'il contemplait les légers mouvements des eaux profondes serties des lumières furtives des poissons phosphorescents qui vivent dans l'abysse. Sa ceinture était une corde de perles énormes, et il était chaussé de grands souliers de pierre.

Il emporta aussi son grand instrument de musique ; et celui-ci était d'un dessin étrange, car il était fait d'une multitude de coquillages incurvés et percés de trous. Soufflant dedans et jouant de ses longs doigts il fabriquait des mélodies profondes d'une magie plus grande qu'aucun autre musicien jamais à la harpe ou bien au luth, à la lyre ou à la flûte, ou encore avec un instrument à archet. Alors venant le long de la rivière il s'assit parmi les roseaux au crépuscule et joua de son objet de coquillages ; et cela était proche de ces lieux où s'attardait Tuor. Et Tuor prêta l'oreille et en resta muet. Il se tint là, de l'herbe au genou, et il n'entendit plus le fredonnement des insectes, ni le murmure des bords de la rivière, et l'odeur des fleurs n'entra point en ses narines ; mais il entendit le son des vagues et la lamentation des oiseaux de mer, et son âme eut un sursaut pour les lieux rocheux et les corniches aux relents de poisson, pour l'éclaboussure du cormoran plongeant et ces endroits où la mer perce les falaises noires et hurle à vive voix.

Alors Ulmo se leva et lui parla et de peur il approcha la mort, car la profondeur de la voix d'Ulmo est de la plus ultime profondeur : aussi profonde même que ses yeux qui sont les plus profonds parmi toutes choses. Et Ulmo dit : "Ô Tuor au cœur solitaire, je ne veux point que tu demeures pour toujours en des lieux de douceur d'oiseaux et de fleurs ; et je n'aurais pas voulu non plus te mener à travers ce doux pays [10], sauf qu'ainsi doit-il en être. Mais pars maintenant vers ton voyage destiné et ne t'attarde point, car loin d'ici se trouve ton sort. Maintenant dois-tu chercher de par les terres la cité du peuple nommé Gondothlim ou ceux qui demeurent dans la pierre, et les Noldoli t'y escorteront en secret de crainte des espions de Melko. Je placerai là-bas des paroles en ta bouche, et là-bas demeureras-tu un temps. Pourtant peut-être que ta vie se tournera à nouveau vers les vastes eaux ; et il est sûr qu'un enfant viendra de toi qui connaîtra plus qu'aucun homme les profondeurs ultimes, fussent-elles de la mer ou du firmament des cieux. » Alors Ulmo dévoila aussi à Tuor un peu de ses desseins et de ses désirs, mais de cela Tuor comprit peu en ce temps-là et il en conçut grand-crainte.

Ulmo était alors enveloppé d'une brume semblable à l'air de la mer en ces lieux intérieurs, et Tuor, avec cette musique dans les oreilles, serait volontiers retourné dans les régions de la Grande Mer ; mais se souvenant de ses ordonnances il se tourna et poursuivit vers l'intérieur des terres le long de la rivière, et il alla ainsi jusqu'au jour. Pourtant celui qui a entendu les conches d'Ulmo les entend l'appeler jusqu'à la mort, et cela, Tuor le découvrit.

Lorsque vint le jour il était épuisé et il dormit jusqu'à ce que ce fût presque le crépuscule de nouveau, et les Noldoli vinrent à lui et le guidèrent. Ainsi voyageat-il de crépuscule et de nuit durant de nombreux jours et en dormant le jour, et ainsi se fit-il par la suite qu'il ne se souvint guère des chemins qu'il parcourut en ces temps. Maintenant Tuor et ses guides poursuivirent inlassablement, et le pays se transforma en collines onduleuses et la rivière sinuait à leurs pieds, et il y avait maints vallons de la plus grande douceur ; mais ici les Noldoli devinrent inquiets. « Ceux-ci, dirent-ils, sont les confins de ces régions qu'infeste Melko de ses Goblins, le peuple de la haine. Loin vers le nord — mais hélas pas suffisamment loin, se dresseraient-elles à dix mille lieues — s'étendent les Montagnes de Fer où trônent le pouvoir et la terreur de Melko, dont nous sommes les esclaves. En vérité si nous te guidons c'est en secret de lui, et connaîtrait-il toutes nos intentions le tourment des Balrogs serait nôtre."

Tombant alors en une si grande crainte les Noldoli le quittèrent peu de temps après et il continua seul parmi les collines, et leur départ se révéla malheureux plus tard, car "Melko a des yeux partout", dit-on, et tandis que Tuor voyageait avec les Gnomes ils le menèrent par des chemins crépusculaires et par maints tunnels dérobés à travers les collines. Mais maintenant il se perdit, et grimpa souvent en haut des monts et des collines pour observer les terres alentour. Pourtant il ne put voir quelque signe de la demeure de gens, et en vérité la cité des Gondothlim ne se trouvait point aisément, puisque Melko et ses espions ne l'avaient pas encore découverte. On dit néanmoins qu'en cette époque ces espions eurent vent ainsi que le pied étranger de l'Homme s'était posé en ces régions, et pour cela Melko redoubla de science et de méfiance.

Maintenant lorsque les Gnomes abandonnèrent Tuor

par crainte, l'un d'eux, Voronwë ou Bronweg, le suivit de loin malgré sa peur lorsque les remontrances ne firent rien pour donner du cœur aux autres. Maintenant Tuor était tombé en un grand épuisement et était assis auprès du ruisseau rapide, et la nostalgie de la mer étreignait son cœur, et il avait une fois de plus l'esprit à suivre cette rivière et à s'en retourner vers les vastes eaux et les vagues rugissantes. Mais ce Voronwë le fidèle vint de nouveau à ses côtés, et se tenant à son oreille, dit : "Ô Tuor, ne pense pas que ne se produira pas le jour où tu reverras ce que tu désires ; lève-toi maintenant, et voici, je ne te quitterai pas. Je ne suis point des Noldoli qui ont la science de la route, étant un artisan et œuvrant à la main le bois et le métal, et je ne rejoignis l'escorte que tardivement. Pourtant en d'anciens temps ai-je entendu des murmures et des paroles répétées dans l'épuisement de l'esclavage, concernant une cité où les Noldoli pourraient être libres, découvrissent-ils le chemin secret qui y mène ; et tous deux nous trouverons sans aucun doute [11] la route de la Cité de Pierre, où réside cette liberté des Gondothlim."

Sachez donc que les Gondothlim étaient composés de ce peuple des Noldoli qui seul échappa au pouvoir de Melko, lorsque durant la Bataille des Larmes Innombrables il tua et emmena leurs frères en esclavage [12] et tissa des sorts autour d'eux de sorte qu'ils demeurassent dans les Enfers de Fer, ne sortant de là que selon sa volonté et à ses ordres.

Longtemps Tuor et Bronweg [13] cherchèrent la cité de ce peuple, lorsque après maints jours ils débouchèrent dans un vallon profondément encaissé dans les collines. Ici la rivière courait avec grand bruit sur un lit rocailleux et très rapidement, et elle était masquée par une épaisse poussée d'aulnes ; mais les murs du vallon tombaient à pic, car ils étaient près de montagnes que Voronwë ne connaissait point. Là dans la verte muraille ce Gnome trouva une ouverture comme une vaste porte aux bords inclinés, et celle-ci se dérobait derrière des buissons épais et des sous-bois aux branches longues et emmêlées ; pourtant la vue perçante de Voronwë ne put être trompée. Néanmoins on dit que ceux qui l'avaient construite y avaient placé une telle magie (avec l'aide d'Ulmo dont le pouvoir courait en cette eau même si l'horreur de Melko suivait ses rives) que nul être qui n'était du sang des Noldoli ne pouvait y survenir ainsi par chance ; et Tuor jamais ne l'eût trouvée n'eût été la résolution de ce Gnome Voronwë [14]. Maintenant les Gondothlim firent ainsi un secret de leur demeure par crainte de Melko ; mais même ainsi les Noldoli ne furent point rares qui se glissèrent le long de la rivière Sirion depuis ces montagnes, et s'ils furent nombreux à périr ainsi de la malice de Melko, nombre d'entre eux découvrant ce passage magique parvinrent enfin à la Cité de Pierre et gonflèrent son peuple.

Tuor et Voronwë se réjouirent fortement de la découverte de ce portail, pourtant en entrant ils trouvèrent là un chemin sombre, rude, et détourné ; et pendant longtemps ils voyagèrent en hésitant dans ses tunnels. Il était empli d'echos effrayants, et là un bruit de pas innombrables les suivit, de sorte que Voronwë fut terrifié et dit : “Ce sont les Goblins de Melko, les Orcs des collines.” Alors ils prenaient la fuite, trébuchant sur des pierres dans l'obscurité, jusqu'à ce qu'ils perçussent que ce n'était qu'une tromperie du lieu. Ils vinrent alors, après ce qui sembla être un temps sans mesure de tâtonnements terrifiés en un lieu où luisait une lointaine lumière, et se dirigeant vers cc rai ils vinrent à un portail pareil à celui qu'ils avaient franchi pour entrer, mais aucune végétation ne le recouvrait. Alors ils passèrent dans la lumière du soleil et pendant un moment ne purent rien voir, mais immédiatement un énorme gong résonna et un fracas d'armure retentit, et voici, ils étaient entourés de guerriers vêtus d'acier.

Ils levèrent alors les yeux et purent voir, et voici ! ils se trouvaient au pied de collines escarpées, et ces collines formaient un vaste cercle dans lequel s'étendait une large plaine, et placé au-dedans, pas exactement en plein milieu mais plutôt plus près de l'endroit où ils se tenaient, était une grande colline dont le sommet était nivelé, et sur ce sommet s'élevait une cité dans la lumière nouvelle du matin.

Alors Voronwë parla à la Garde des Gondothlim, et ils comprirent son langage, car il s'agissait de la douce langue des Gnomes [15]. Alors Tuor parla aussi et leur demanda où ils pouvaient se trouver, et qui pouvaient être les gens en armes qui se tenaient tout autour, car il était quelque peu abasourdi et s'émerveillait grandement de la qualité de l'ouvrage de leurs armes. Alors un membre de cette compagnie lui dit : "Nous sommes les gardiens de l'issue du Chemin d'Évasion. Réjouissez-vous de l'avoir trouvé, car contemplez devant vous la Cité aux Sept Noms où tous ceux qui guerroient contre Melko peuvent trouver espoir."

Tuor dit alors : "Quels sont ces noms ?" Et le chef de la Garde fit cette réponse : "On dit et on chante : 'Gondobar suis-je nommée et Gondothlimbar, Cité de Pierre et Cité de ceux qui Demeurent dans la Pierre ; Gondolin la Pierre de Chanson et Gwarestrin suis je nommée, la Tour de Garde, Gar Thurion ou le Lieu Secret, car je suis cachée des yeux de Melko ; mais ceux-là qui m'aiment le plus me nomment Loth, car telle une fleur je suis, même Lothengriol la fleur qui fleurit sur la plaine.' Pourtant, dit-il, dans notre langage courant nous disons et la nommons le plus souvent Gondolin." Alors Voronwë dit : "Menez-y-nous, car nous entrerions volontiers", et Tuor dit que son cœur désirait vivement fouler les voies de cette belle cité.

Alors le chef de la Garde dit qu'eux-mêmes devaient demeurer là, car leur lune de garde était loin d'être achevée, mais que Voronwë et Tuor pouvaient continuer vers Gondolin ; et qui plus est pour cela ne nécessitaient point de guide, car "Voici, elle se dresse belle à voir et très claire, et ses tours piquent les cieux au-dessus de la Colline du Guet dans le milieu de la plaine." Alors Tuor et son compagnon parcoururent la plaine dont le nivelé merveilleux était seulement brisé çà et là par des rochers ronds et lisses qui reposaient sur une pelouse, ou bien près d'étangs dans leurs lits rocheux, et ils parvinrent au bout d'une journée de marche légère au pied de la Colline du Guet (qui est dans la langue des Noldoli Amon Gwareth). Alors commencèrent-ils l'ascension des escaliers sinueux qui grimpaient jusqu'à la porte de la cité ; et personne ne pouvait atteindre cette cité sauf à pied et découvert. Comme la porte de l'ouest était dorée par le dernier soleil ils parvinrent au sommet du long escalier, et maints yeux les fixaient [16] depuis les parapets et les tours.

Mais Tuor regarda les murs de pierre, et les tours dressées, les pinacles reluisants de la ville, et il regarda les escaliers de pierre et de marbre, bordés par de délicates balustrades et rafraîchis par les bonds des cascades minces comme des fils qui partaient à la recherche de la plaine depuis les fontaines d'Amon Gwareth, et il alla tel un homme pris dans quelque rêve des dieux, car il jugea de telles choses impossibles à voir par des hommes, même pendant les visions de leur sommeil, si grande était sa stupeur devant la splendeur de Gondolin.

De cette façon ils parvinrent aux portes, Tuor en émerveillement et Voronwë en grande joie qu'en bravant tant d'obstacles il eût mené Tuor ici selon la volonté d'Ulmo et il avait lui-même rejeté le joug de Melko pour toujours. Bien qu'il ne le détestât pas moins, il ne craignait plus cet Être Maléfique [17] d'une terreur astreignante (et en vérité ce sortilège que Melko maintenait sur les Noldoli représentait une terreur sans fond, de sorte qu'il leur paraissait toujours proche même lorsqu'ils se trouvaient loin des Enfers de Fer, et leurs cœurs tremblaient et il ne s'enfuyaient point même lorsqu'ils le pouvaient ; et Melko plaçait souvent sa confiance en ceci).

Maintenant se fait une sortie depuis les portes de Gondolin et une foule vient entourer ces deux-là avec stupéfaction, se réjouissant qu'encore un autre Noldoli ait échappé ici à Melko, et s'émerveillant devant la taille et les membres émaciés de Tuor, sa lance aux barbelures d'os de poisson et sa grande harpe. Il était rude d'aspect, et ses mèches emmêlées, et il était vêtu de peaux d'ours. On écrit qu'en ces jours les pères des pères des Hommes étaient de moindre taille qu'ils ne le sont maintenant, et les enfants d'Elfinesse de taille supérieure, pourtant Tuor était plus grand que quiconque se tenait là. De fait les Gondothlim n'avaient point le dos courbé comme ce devint le cas pour certains de leurs frères infortunés, peinant sans repos à creuser et à marteler pour Melko, mais ils étaient petits et minces et très agiles [18]. Ils couraient très vite et étaient d'une grande beauté ; douces et tristes étaient leurs bouches, et leurs yeux contenaient toujours une joie qui en dedans oscillait vers les larmes ; car en ces temps les Gnomes étaient au fond de leur cœur des exilés, hantés par le désir de leur ancienne demeure qui ne faiblissait point. Mais le destin et une envie indomptable de savoir les avaient poussés vers des endroits lointains, et maintenant ils étaient assiégés par Melko et devaient rendre le lieu de leur demeure aussi doux qu'ils le pouvaient par le travail et par l'amour.

Comment put-il jamais se faire que parmi les Hommes on confondît les Noldoli et les Orcs qui sont les Goblins de Melko, je ne le sais, à moins que ce ne fût parce que certains des Noldoli avaient été déformés selon la malice de Melko et mêlés à ces Orcs, car toute cette race fut engendrée par Melko depuis les chaleurs souterraines et la boue. Leurs cœurs étaient de granit et leurs corps déformés ; immondes leurs visages qui ne souriaient point, mais leur rire celui du fracas du métal, et ils ne faisaient rien plus volontiers que de contribuer aux plus basses intentions de Melko. La plus grande haine régnait entre eux et les Noldoli, qui les nommaient Glamhoth, ou peuple de haine atroce.

Voici, les gardes armés de la porte repoussèrent en arrière les gens massés qui se rassemblaient autour des voyageurs, et l'un d'entre eux parla, disant : "Ici est une cité de guet et de garde, Gondolin sur Amon Gwareth, où tous peuvent être libres qui sont de cœur vrai, mais où aucun ne peut être libre d'entrer inconnu. Dites-moi donc vos noms." Mais Voronwë se nomma Bronweg des Gnomes, venu ici [19] par la volonté d'Ulmo comme guide pour ce fils des Hommes ; et Tuor dit : "Je suis Tuor fils de Peleg fils d'Indor de la maison du Cygne des fils des Hommes du Nord qui vivent loin d'ici, et je viens ici par la volonté d'Ulmo des Océans Extérieurs."

Alors tous ceux qui écoutaient se firent silencieux, et sa voix profonde et retentissante les emplit de stupeur, car leurs propres voix étaient douces comme l'éclaboussement des fontaines. Puis des paroles s'élevèrent parmi eux : "Menez-le devant le roi."

Alors la foule s'en retourna à l'intérieur des portes et les voyageurs avec eux, et Tuor vit qu'elles étaient de fer et de grande hauteur et montraient une grande force. Maintenant les rues de Gondolin étaient larges et pavées de pierres, aux trottoirs de marbre, et de belles maisons et des cours au milieu de jardins de fleurs vives étaient disposées autour des voies, et de nombreuses tours de grande finesse et beauté bâties de marbre blanc et sculptées très merveilleusement s'élevaient vers le ciel. Il y avait des places illuminées par des fontaines et les demeures des oiseaux qui chantaient dans le branchage de leurs arbres anciens, mais de toutes celles-ci la plus grande était la place où se dressait le palais du roi, dont la tour était la plus haute de la ville, et les fontaines qui jouaient devant les portes jaillissaient à vingt et sept brasses dans l'air et retombaient en une pluie chantante de cristal : au dedans le soleil étincelait magnifiquement le jour, et la lune miroitait avec grande magie la nuit. Les oiseaux qui demeuraient là étaient de la blancheur de la neige et leurs voix plus douces qu'une berceuse de musique.

De chaque côté des portes du palais étaient deux

arbres, l'un qui portait une floraison d'or et l'autre d'argent, et ils ne se fanaient jamais, car ils étaient d'antiques scions des Arbres glorieux de Valinor qui illuminaient ces endroits avant que Melko et la Tisseuse de Pénombre ne les flétrissent : et ces arbres les Gondothlim les nommaient Glingol et Bansil.

Alors Turgon roi de Gondolin étreint de blanc par une ceinture d'or, et une couronne de grenats coiffait sa tête, se dressa devant ses portes et dit du haut des escaliers blancs qui menaient là : "Bienvenue, ô Homme du Pays des Ombres. Voici ! ta venue fut déposée dans nos livres de sagesse, et il a été écrit que de grandes choses viendraient à se dérouler dans les demeures des Gondothlim au temps où tu voyagerais jusqu'ici."

Alors parla Tuor, et Ulmo mit pouvoir en son cœur et majesté en sa voix. "Voici, ô père de la Cité de Pierre, je suis mandé par celui qui fait de la musique au plus profond de l'Abysse, et qui connaît les esprits des Elfes et des Hommes, pour te dire que les jours de Libération s'approchent. Il est venu jusqu'aux oreilles d'Ulmo des échos de votre demeure et de votre colline de vigilance contre la malice de Melko, et il est heureux : mais son cœur est irrité et les cœurs des Valar sont pris de courroux, qui siègent dans les montagnes de Valinor et qui contemplent le monde depuis le pic de Taniquetil, à considérer le chagrin de la servitude des Noldoli et les errances des Hommes ; car Melko les cerne dans le Pays des Ombres au-delà des collines de fer. C'est pourquoi j'ai été mené par un chemin secret pour te demander de compter tes armées et de te préparer à la bataille, car les temps sont mûrs."

Alors parla Turgon : "Cela je ne le ferai point, bien que ce fussent là les paroles d'Ulmo et de tous les Valar. Je ne lancerai pas en cette aventure tout mon peuple contre la terreur des Orcs, et ne mettrai non plus ma cité en péril du feu de Melko."

Alors parla Tuor : "Non, si tu n'oses pas à présent avec magnanimité alors les Orcs demeureront pour toujours et posséderont à la fin la plus grande partie des Montagnes de la Terre, et ne cesseront de troubler et les Elfes et les Hommes, même si par d'autres moyens les Valar réussissent par la suite à délivrer les Noldoli ; mais si tu donnes maintenant ta confiance aux Valar, bien que terrible la rencontre, alors les Orcs tomberont, et le pouvoir de Melko réduit à peu de chose."

Mais Turgon dit qu'il était roi de Gondolin et qu'aucune volonté ne le forcerait contre son propre avis à mettre en péril le cher labeur de longs âges révolus ; mais Tuor dit, car il en avait ainsi reçu l'ordre d'Ulmo qui craignait les répugnances de Turgon : "Alors me donne-t-on l'ordre de dire que les hommes des Gondothlim descendent en hâte et en secret le fleuve de Sirion jusqu'à la mer, et que là ils se construisent des bateaux et s'en retournent à la recherche de Valinor : voici ! les chemins qui y mènent sont oubliés et les routes ont disparu du monde, et les mers et les montagnes l'entourent, pourtant demeurent encore là les Elfes sur la colline de Kôr et les Dieux siègent en Valinor, bien que leur plaisir soit amoindri par le chagrin et par la crainte de Melko, et ils cachent leur pays et tissent autour une magie inaccessible afin qu'aucun Mal n'atteigne ses rives. Pourtant encore se pourrait-il que tes messagers réussissent à y parvenir et à convaincre leurs cœurs pour se lever avec colère et abattre Melko, et détruire les Enfers de Fer qu'il a œuvrés sous les Montagnes Obscures."

Alors Turgon dit : "Chaque année quand l'hiver s'éteint, des messagers ont descendu en hâte et en secret la rivière que l'on nomme Sirion jusqu'aux côtes de la Grande Mer, et là se sont construits des bateaux auxquels ont été attelés des mouettes et des cygnes ou bien les ailes puissantes du vent, et ceux-ci sont retournés au-delà de la lune et du soleil à la recherche de Valinor ; mais les chemins qui y mènent sont oubliés et les routes ont disparu du monde, et les mers et les montagnes l'entourent, et ceux-là mêmes qui y siègent dans le plaisir s'inquiètent peu de la terreur de Melko et du chagrin du monde, mais cachent leur pays et tissent autour une magie inaccessible, afin qu'aucune nouvelle du Mal n'atteigne leurs oreilles. Non, il y en a déjà suffisamment parmi mon peuple, partis depuis des années sans nombre sur les vastes eaux pour n'en jamais revenir, mais qui ont péri dans les profondeurs ou errent maintenant perdus dans les ombres sans chemin ; et à l'année qui s'annonce plus personne n'ira vers la mer, mais plutôt aurons nous confiance en nous-mêmes et en notre cité pour tenir Melko au loin ; et en cela les Valar ont été auparavant de peu d'assistance."

Alors le cœur de Tuor fut lourd, et Voronwë pleura ; et Tuor s'assit près de la grande fontaine du roi et son clapotis rappelait la musique des vagues et son âme fut troublée par les conches d'Ulmo et il voulut redescendre le long des eaux de Sirion jusqu'à la mer. Mais Turgon, qui savait que Tuor, tout mortel qu'il était, avait la faveur des Valar, remarquant sa tenue de brave et le pouvoir de sa voix le fit appeler et lui dit de demeurer à Gondolin et de jouir de sa faveur et même de vivre dans les palais royaux si tel était son désir.

Alors Tuor, car il était fatigué, et cet endroit était doux, acquiesça ; et ainsi advint la venue de Tuor à Gondolin. De tous les gestes de Tuor parmi les Gondothlim les contes ne font point le récit, mais on dit qu'en de nombreuses occasions il s'en fût échappé, se fatiguant des foules de gens, et pensant à la forêt vide et à la lande ou bien entendant au loin la musique-des-mers d'Ulmo, n'eût été que son cœur était empli d'amour pour une dame des Gondothlim, et elle était la fille du roi.

Maintenant Tuor apprit maintes choses en ces royaumes recevant l'enseignement de Voronwë qu'il aimait, et qui l'aimait très vivement en retour ; ou bien il recevait l'instruction des gens habiles de la cité et des gens sages du roi. Ainsi, il devint un homme bien plus puissant qu'autrefois et la sagesse le conseillait ;

et maintes choses lui devinrent claires qui ne l'étaient point auparavant, et il sut maintes choses qui demeurent encore inconnues aux Hommes mortels. Là, il entendit parler de cette cité de Gondolin et de la manière dont le travail sans relâche à travers les âges et les ans n'avait pas encore suffi à sa construction et à son ornement auxquels des gens [20] peinaient toujours ; du forage de ce tunnel caché il entendit parler, que les gens nommaient le Chemin d'Évasion, et comment il y eut un avis partagé à ce sujet, mais la compassion pour les Noldoli réduits en servitude avait finalement décidé de son élaboration ; de la garde qui sans cesse s'y tenait en armes et de même en certains lieux moins élevés parmi les montagnes encerclantes, et de la manière dont des guetteurs demeuraient toujours en éveil sur les plus hauts pics de cette chaîne auprès de feux déjà prévus et prêts à s'enflammer ; car ce peuple ne cessait jamais de guetter une attaque des Orcs, leur place forte serait-elle connue.

Maintenant cependant maintenait-on la garde des collines plus par coutume que par nécessité, car les Gondothlim avaient longtemps auparavant, grâce à un travail dépassant toute imagination, nivelé et dégagé et miné toute cette plaine entourant Amon Gwareth, de sorte que rare était le Gnome, l'oiseau, la bête ou le serpent qui pût s'en approcher sans que l'on l'aperçoive à bien des lieues, car parmi les Gondothlim s'en trouvait grand nombre dont les yeux étaient plus perçants que même les faucons de Manwë Súlimo Seigneur des Dieux et des Elfes qui demeure sur Taniquetil ; et pour cette raison, ils nommaient cette vallée Tumladin ou la vallée lisse. Maintenant cette vaste entreprise s'était achevée dans leur esprit, et le peuple était plus affairé autour des carrières de métaux et des forges de toutes sortes d'épées et de haches, de lances et de faux, du façonnage de cottes de mailles, de corsets et de hauberts, de jambières et de brassières, de heaumes et de boucliers. Maintenant l'on dit à Tuor que d'ores et déjà le peuple entier de Gondolin tirerait à l'arc sans relâche jour et nuit, ils ne pourraient épuiser leur magasins de flèches avant maintes années, et qu'à chaque année passée leur crainte des Orcs s'amenuisait grâce à cela.

Là, Tuor apprit l'utilisation de la pierre, la maçonnerie et la taille de la roche et du marbre, les artisanats du tissage et du filage ; il approfondit sa connaissance de la tapisserie et de la peinture, et de la science des métaux. Il entendit là les musiques les plus délicates ; et les habitants du sud de la cité étaient les plus habiles en cela, car jouaient là une profusion de fontaines et de sources murmurantes. Tuor maîtrisa nombre de ces finesses et il apprit à les mêler à ses chansons pour l'émerveillement et la joie du cœur de tous ceux qui l'entendaient. D'étranges contes du Soleil et de la Lune et des Étoiles, de l'agencement de la Terre et de ses éléments, et des profondeurs des cieux, lui furent racontés ; et il apprit les caractères secrets des Elfes, et leurs langages et leurs langues anciennes, et il entendit parler d'Ilúvatar, le Seigneur pour Toujours, qui demeure au-delà du monde, de la musique des Ainur aux pieds d'Ilúvatar dans les profondeurs ultimes du temps, d'où vint le monde et sa façon, et tous ceux qui le peuplèrent et leur gouvernement [21].

Maintenant grâce à toute son adresse et sa grande maîtrise de toutes sciences et techniques, quelles qu'elles fussent, et son grand courage de cœur et de corps, Tuor en vint-il à devenir un réconfort et un soutien pour le roi qui n'avait pas de fils ; et il était bien-aimé du peuple de Gondolin. Une fois, le roi demanda à ses plus habiles artificiers de façonner une armure pour Tuor comme un grand cadeau, et elle fut faite de l'acier des Gnomes recouvert d'argent ; mais son heaume était orné d'un emblème de métaux et de joyaux semblable à deux ailes de cygne, une de chaque côté, et une aile de cygne fut œuvrée sur son bouclier ; mais il portait une hache plutôt qu'une épée, et il nomma celle-ci Dramborleg dans le langage des Gondothlim, car son plat assommait et son tranchant traversait toute armure.

Une maison lui fut bâtie sur l'enceinte du sud, car il aimait les airs libres et n'appréciait point le proche voisinage d'autres demeures. Là il se délectait souvent à se tenir sur le parapet à l'aube, et les gens se réjouissaient de voir la lumière nouvelle se refléter sur les ailes de son heaume — et ils furent nombreux à chuchoter entre eux et l'auraient volontiers soutenu dans une bataille contre les Orcs, puisque leurs paroles à tous deux, Tuor et Turgon, devant le palais étaient connues d'un grand nombre ; mais ce sujet n'allait pas plus loin par respect pour Turgon, et parce qu'en ce temps la pensée des paroles d'Ulmo dans le cœur de Tuor paraissait vague et lointaine.

Maintenant vinrent les jours où Tuor demeurait parmi les Gondothlim depuis maintes années. Depuis longtemps il connaissait et nourrissait un amour pour la fille du roi, et maintenant son cœur était empli de cet amour. Idril également avait conçu un grand amour pour Tuor, et les fils de son destin étaient entremêlés aux siens depuis le jour même où elle l'avait contemplé depuis une haute fenêtre comme il s'était tenu là, épuisé par son cheminement et suppliant le roi devant le palais. Turgon avait peu de raisons de résister à leur amour, car il voyait en Tuor un proche porteur de réconfort et de grand espoir. Ainsi pour la première fois furent réunis en justes noces un enfant des Hommes et une fille d'Elfinesse, et Tuor ne fut pas le dernier. Nombreux sont ceux qui ont connu moins de bonheur que ces deux-là, et leur malheur fut grand à la fin. Pourtant immense fut la joie de ces jours lorsque Idril et Tuor convolèrent devant le peuple dans Gar Ainion, la Place des Dieux, près du palais du roi. Cette noce fut un jour de réjouissances pour la cité de Gondolin, et de [22] la plus grande liesse pour Tuor et Idril. Par la suite ils demeurèrent en joie dans cette maison sur les remparts qui regardait vers le sud au-dessus de

Tumladin, et ceci fut bénéfique pour le cœur de tous dans la cité hormis Meglin seul. Maintenant ce Gnome provenait d'une ancienne maison, bien que maintenant celle-ci fût moins importante que d'autres, mais lui-même était neveu du roi par sa mère, la sœur de la reine Isfin ; et ce conte d'Isfin et d'Eöl ne peut être raconté ici [23].

Maintenant le blason de Meglin était une Taupe sable, et il était grand parmi les carriers et un chef parmi les mineurs de métaux précieux ; et nombre de ceux-ci appartenaient à sa maison. Il était moins beau que la plupart de ce beau peuple, de mine sombre et d'humeur bien peu aimable, si bien qu'il se gagna peu d'amour, et on murmurait que du sang d'Orc coulait dans ses veines, mais je ne sais comment ceci aurait pu être vrai. Maintenant souvent avait-il marchandé la main d'Idril avec le roi, pourtant Turgon la trouvant pleine de répugnance avait tout aussi souvent refusé, car il lui sembla que la cour de Meglin était autant causée par le désir de se tenir en puissance auprès du trône du roi que par amour pour cette douce damoiselle. Belle en effet, était-elle, et valeureuse de plus ; et les gens la nommaient Idril aux Pieds d'Argent * en ce qu'elle allait toujours pieds nus et tête nue, toute fille de roi qu'elle était, hormis seulement lors des festivités des Ainur ; et Meglin couva sa colère en voyant Tuor l'écarter.

En ces jours vint à se dérouler l'accomplissement du temps du souhait des Valar et de l'espoir des Eldalië, car en grand amour Idril donna un fils à Tuor et il fut nommé Eärendel. Maintenant ce nom a occasionné maintes interprétations chez Elfes et Hommes, mais il est probable que ce fut un nom forgé dans quelque langue secrète parmi les Gondothlim [24] et qui s'est évanoui avec eux des demeures de la Terre.

Maintenant ce nourrisson était de la plus grande

* Inscrit au-dessus au crayon très clair dans *Tuor B* : *Idril Talceleb*.

beauté ; sa peau d'un blanc lumineux et ses yeux d'un bleu surpassant celui du ciel des pays du Sud — plus bleu encore que les saphirs du vêtement de Manwë[25] ; et l'envie de Meglin fut profonde à sa naissance, mais la joie de Turgon et du peuple entier fut très grande.

Voici, de nombreuses années sont maintenant passées depuis que Tuor se perdit parmi les contreforts et fut abandonné par ces Noldoli ; mais de nombreuses années aussi sont passées depuis qu'aux oreilles de Melko vinrent d'abord ces étranges nouvelles — lointaines étaient-elles et de formes diverses — d'un Homme qui errait parmi les vallées de Sirion. Maintenant Melko n'avait pas grand-crainte de la race des Hommes en ces jours de son grand pouvoir, et pour cette raison Ulmo œuvra à partir d'un homme de ce peuple pour mieux tromper Melko, puisque aucun Valar et pratiquement aucun Elfe ou Noldoli ne pouvait se déplacer sans être l'objet de sa vigilance. Néanmoins à ces nouvelles une prémonition frappa ce cœur maléfique, et il rassembla une armée d'espions : des fils des Orcs y avait-il, avec des yeux jaunes et verts comme des chats qui pouvaient percer toute pénombre et voir à travers les brumes et le brouillard et la nuit ; des serpents qui pouvaient aller en tout lieu et fouiller tout recoin ou bien les gouffres les plus profonds ou bien les plus hautes cimes, écouter chaque murmure qui courait dans l'herbe ou bien les échos des collines ; des loups aussi et des chiens voraces et de grandes fouines assoiffées de sang dont les narines pouvaient flairer une piste vieille de plusieurs lunes à travers l'eau courante, ou dont les yeux pouvaient percevoir des traces de pas au milieu des galets datant d'une vie passée ; des hiboux vinrent, et des faucons dont le regard perçant pouvait discerner de jour ou de nuit le volètement de petits oiseaux dans toutes les forêts du monde, et le mouvement de chaque souris ou campagnol ou rat qui furetait ou demeurait sur toute la Terre. Tous ceux-ci les appelat-il en son Palais de Fer, et ils vinrent en myriades. De là, il les envoya sur toute la Terre à la recherche de cet Homme qui s'était échappé du Pays des Ombres, mais avec encore plus de curiosité et de vigilance pour débusquer la demeure des Noldoli qui avaient échappé à son joug ; car son cœur brûlait de détruire ou d'asservir.

Maintenant tandis que Tuor demeurait dans le bonheur et en grande accumulation de science et de force à Gondolin, ces créatures traversaient les années, et infatigables humaient les pierres et les rochers, sillonnaient les forêts et les landes, épiaient les airs et les lieux élevés, pistaient tous les chemins qui traversaient les vallées et les plaines, et ne se reposaient ni ne s'arrêtaient. De cette traque, ils ramenèrent une richesse de nouvelles à Melko — en vérité parmi maintes choses dérobées qu'ils mirent au jour ils découvrirent ce Chemin d'Évasion par où Tuor et Voronwë entrèrent auparavant. Ils ne l'auraient d'ailleurs pas découvert, n'eussent-ils contraint certains des moins braves Noldoli à les rejoindre en cette vaste fouille par des menaces terribles de tourments ; car en raison de la magie entourant cette porte aucune des créatures de Melko ne pouvait y parvenir sans une aide des Gnomes. Pourtant maintenant s'étaient-ils récemment introduits profondément dans ses tunnels et ils avaient capturé là nombre des Noldoli qui s'en approchaient en secret pour échapper à la servitude. Ils avaient escaladé aussi les Collines Encerclantes * en certains endroits et contemplé au loin la beauté de la cité de Gondolin et la puissance d'Amon Gwareth ; mais ils ne purent pénétrer dans la plaine à cause de la vigilance de ses gardes et de la difficulté de ces montagnes. En vérité, les Gondothlim étaient de grands archers, et ils façonnaient des arcs d'une merveille de puissance. Avec ceux-ci ils pouvaient tirer une flèche dans les cieux sept fois plus

* Inscrit au-dessus au crayon dans *Tuor B : Heborodin.*

loin que le pouvait un archer parmi les Hommes visant une cible au sol ; et ils n'auraient souffert aucun faucon planant longtemps au-dessus de leur plaine ni serpent rampant ; car ils n'aimaient point les créatures de sang, enfants de Melko.

Maintenant en ces jours Eärendel était âgé d'un an lorsque ces nouvelles malheureuses des espions de Melko vinrent en cette cité et de la manière dont ils entouraient la vallée de Tumladin de toutes parts. Alors le cœur de Turgon s'attrista, se rappelant les paroles de Tuor des années auparavant devant les portes du palais ; et il ordonna que la garde et les veilleurs fussent renforcés trois fois en tous lieux, et que des engins de guerre fussent conçus par ses artificiers et placés sur la colline. Des feux empoisonnés et des liquides brûlants, des flèches et de vastes rochers étaient préparés pour être lancés sur quiconque aurait voulu assaillir ces murs éclatants ; puis il demeura aussi satisfait qu'il était possible, mais le cœur de Tuor était plus lourd que celui du roi, car à présent les paroles d'Ulmo revenaient toujours en son esprit, et il comprit plus profondément qu'auparavant leur sens et leur gravité ; et il ne trouva pas non plus de reconfort auprès d'Idril, car les prémonitions de son cœur étaient plus malheureuses encore que les siennes.

Sachez donc qu'Idril, par sa pensée, possédait un grand pouvoir de pénétration de l'obscurité dans le cœur des Elfes et des Hommes, et des pénombres de l'avenir qui en découlaient — plus loin encore que le pouvoir habituel des peuples des Eldalië ; c'est pourquoi elle parla ainsi un jour à Tuor : “Sache, mon époux, que mon cœur est gros d'appréhension car je doute de Meglin, et je crains qu'il apporte un malheur en ce doux pays, bien que je n'en puisse voir aucunement la manière ou le moment — pourtant je crains que tout ce qu'il sait de nos actes et de nos préparatifs ne devienne de quelque façon connu de l'Ennemi, de sorte qu'il conçoive un nouveau moyen de nous submerger, contre lequel nous n'avons pas de défense.

Voici ! je rêvai une nuit que Meglin construisait un fourneau, et nous surprenant y jetait Eärendel notre enfant, et voulait nous y lancer par la suite, toi et moi ; mais de chagrin pour la mort de notre doux enfant, je ne voulus pas résister."

Et Tuor répondit : "Ta crainte est bien fondée, car mon cœur non plus n'est point bien disposé à l'égard de Meglin ; pourtant est-il le neveu du roi et ton propre cousin, et il n'y a pas d'accusation contre lui, et je ne sais que faire hormis attendre et observer."

Mais Idril dit : "Voici mon avis en cela : rassemble auprès de toi en grand secret ces mineurs et carriers qui par mise à l'épreuve prudente se révèlent concevoir le moins d'amour pour Meglin en raison de la fierté et de l'arrogance qu'il manifeste envers eux. Parmi ceux-ci tu devras choisir des hommes de confiance pour surveiller Meglin lorsqu'il part pour les collines extérieures, pourtant je te conseille de faire creuser en secret par la plupart de ceux qui seront dans le secret et auxquels tu peux te confier, et de concevoir avec leur aide — aussi prudent et lent dût être ce labeur — un passage secret depuis ta maison ici sous les rochers de cette colline jusqu'à la vallée en contrebas. Maintenant cette voie ne doit pas mener vers le Chemin d'Évasion, car mon cœur m'ordonne de ne point avoir confiance, mais au contraire jusqu'en ce col très lointain, la Faille des Aigles dans les montagnes du Sud ; et plus loin ce tunnel pourra aller en cette direction sous la plaine, meilleur je pense cela sera — mais que tout ce labeur demeure dans l'obscurité sauf pour quelques-uns."

Maintenant aucun mineur creusant la terre ou la roche n'égale les Noldoli (et cela Melko le sait), mais en ces endroits la terre est d'une grande dureté ; et Tuor dit : "Les rochers de la colline d'Amon Gwareth sont comme du fer, et seulement à grand-peine peuvent-ils être fendus ; pourtant si on doit le faire en grand secret, alors faudra-t-il compter bien du temps et bien de la patience ; mais la pierre de la Vallée de Tumladin est comme de l'acier forgé, et elle ne pourra être taillée sans la connaissance des Gondothlim sauf pendant des lunes et des années.”

Idril dit alors : “Cela peut bien être vrai, mais tel est mon conseil, et il reste encore du temps pour l’accomplir. » Alors Tuor dit qu’il ne comprenait point toute son intention, « mais meilleure est n’importe quelle idée que l’absence de conseil, et je ferai comme tu le dis.”

Maintenant la fortune fit que peu de temps après Meglin partit dans les collines à la recherche de métaux, et allant seul par les montagnes il fut pris par des Orcs qui rôdaient en cet endroit, et ils lui eussent causé maux et blessures terribles, sachant qu’il était du peuple des Gondothlim. Ceci se produisit cependant sans que les guetteurs de Tuor en eussent connaissance. Mais le Mal entra dans le cœur de Meglin, et il dit à ses ravisseurs : “Sachez donc que je suis Meglin fils d’Eöl qui eut pour épouse Isfin, sœur de Turgon roi des Gondothlim.” Mais ils dirent : “Et qu’est cela pour nous ?” Et Meglin répondit : “C’est beaucoup pour vous ; car si vous me tuez, que ce soit vite ou lentement, vous perdrez d’importantes nouvelles concernant la cité de Gondolin que votre maître aurait grand plaisir à entendre.” Alors les Orcs retinrent leurs mains, et dirent qu’ils lui laisseraient la vie si les choses qu’il leur révélait semblaient le mériter ; et Meglin leur raconta tout sur la disposition de cette plaine et de la cité, et de ses enceintes et de leur hauteur et de leur épaisseur, et de la valeur de ses portes ; de l’armée de soldats qui obéissaient maintenant à Turgon il parla, et de la réserve d’armes innombrables rassemblées pour leur équipement, des engins de guerre, et des feux vénéneux.

Alors les Orcs devinrent furieux, et ayant entendu ces choses furent encore d’avis de le tuer sur-le-champ comme quelqu’un qui accroîtrait le pouvoir de son peuple misérable avec impertinence pour railler la grande puissance et la force de Melko ; mais Meglin, se raccrochant à un fétu de paille, dit : “Ne croyez-vous point que vous seriez agréables à votre maître si vous rameniez à ses pieds un captif si noble, qu'il pût entendre mes nouvelles de lui-même et juger de leur véracité ?"

Maintenant cela sembla bien aux Orcs, et ils s'en retournèrent des montagnes qui entouraient Gondolin vers les Collines de Fer et les sombres palais de Melko ; ils traînèrent Meglin avec eux, et maintenant il était terrifié. Mais lorsqu'il s'agenouilla devant le trône noir de Melko pris d'effroi à la vue des formes menaçantes qui l'entouraient, des loups qui étaient assis sous cette chaise et des vipères qui s'entortillaient autour de ses pieds, Melko lui ordonna de parler. Alors il raconta ces nouvelles, et Melko l'écoutant lui parla fort doucereusement, si bien que l'insolence de son cœur lui revînt en grande partie.

Maintenant la conclusion de ceci fut que Melko aidé par la ruse de Meglin conçut un plan pour écraser Gondolin. Pour ceci la récompense de Meglin devait être une grande capitainerie parmi les Orcs — pourtant Melko n'avait point l'intention en son cœur de tenir une telle promesse — mais Melko devait brûler Tuor et Eärendel, et Idril devait être donnée à Meglin — et de telles promesses, cet être maléfique les accomplissait volontiers. Mais en récompense d'une traîtrise éventuelle Melko menaça Meglin du tourment des Balrogs. Maintenant ceux-ci étaient des démons munis de fouets de feu et de griffes d'acier par l'entremise desquels il tourmentait ceux des Noldoli qui osaient lui résister en quoi que ce fût — et les Eldar les ont nommés Malkarauki. Mais le conseil que Meglin donna à Melko était que l'armée entière des Orcs ou les Balrogs dans leur férocité ne pourraient jamais espérer mettre à bas les portes et les murailles de Gondolin même s'ils pouvaient réussir à gagner la plaine alentour. C'est pourquoi il conseilla à Melko de concevoir par ses sorcelleries un secours pour soutenir l'effort de ses guerriers. De l'étendue de sa richesse en métaux et de ses pouvoirs de feu il le poussa à façonner des bêtes comme des serpents et des dragons dont la puissance serait irrésistible afin qu'ils rampassent au-dessus des Collines Encerclantes et arrosassent cette plaine et sa douce cité de flammes et de mort.

Alors il fut ordonné à Meglin de s'en retourner de crainte que devant son absence les gens ne suspectassent quelque chose ; mais Melko tissa autour de lui le sort de terreur sans fond, et il n'eut ensuite plus jamais bonheur ou tranquillité en son cœur. Néanmoins, il afficha un joli masque de bon aloi et de gaieté, de sorte que les gens dirent : "Meglin s'est adouci", et on le tint en moindre défaveur ; pourtant Idril le craignit d'autant plus. Maintenant Meglin dit : "J'ai beaucoup peiné et j'ai l'esprit à me reposer, et à me joindre aux danses et aux chants et aux réjouissances du peuple", et il n'alla plus aux carrières de pierre ou de métaux dans les collines : mais en vérité il cherchait à enfouir ainsi sa crainte et son agitation. Il était possédé par l'effroi que Melko fût toujours proche, et ceci provenait du sort ; et il n'osa plus jamais se rendre dans les mines de peur de rencontrer à nouveau les Orcs et d'être convoqué une fois de plus vers les terreurs des palais des ténèbres.

Maintenant les années passent, et encouragé par Idril, Tuor poursuit toujours son forage secret ; mais voyant que les troupes d'espions se sont éclaircies, Turgon séjourne en plus grande aise et en moindre crainte. Pourtant Melko consacre ces années à la fermentation du labeur, et tout le peuple d'esclaves Noldoli doit creuser sans cesse pour récolter les métaux tandis que Melko siège et conçoit des feux et appelle des flammes et des fumées à remonter des chaleurs des profondeurs, et il ne souffre que quiconque parmi les Noldoli mette un pied hors de sa place de servitude. Puis, en un temps, Melko rassembla tous ses plus adroits forgerons et sorciers, et de fer et de flamme ils façonnèrent une armée de monstres comme on n'en vit qu'en ce temps et qui ne seront plus jusqu'à la Grande Fin. Certains étaient tout de fer si adroitement relié qu'ils pouvaient couler comme de lentes rivières de métal ou bien s'enrouler autour et par-dessus tout obstacle qui se présentait à eux, et ceux-ci étaient emplis dans leurs intérieurs profonds par les plus sinistres des Orcs armés de cimeterres et de lances ; d'autres de bronze et de cuivre reçurent des cœurs et des esprits de feu brûlant, et ils réduisaient en cendres tout ce qui se trouvait devant eux par la terreur de leur souffle ou écrasaient tout ce qui échappait à leur ardeur ; encore d'autres étaient des créatures de pure flamme qui se tordaient comme des cordes de métal fondu, et ils ruinaient tout tissu dont ils s'approchaient, et le fer et la pierre fondaient devant eux et devenaient comme de l'eau, et sur ceux-ci chevauchaient des Balrogs par centaines ; et c'étaient les pires de tous les monstres que Melko conçut contre Gondolin.

Maintenant lorsque le septième été fut passé depuis la trahison de Meglin, et Eärendel était encore très jeune bien qu'un enfant valeureux, Melko retira tous ses espions, car chaque chemin et chaque recoin des montagnes lui était maintenant connu ; mais les Gondothlim dans leur insouciance pensèrent que Melko ne chercherait plus à les attaquer, ayant perçu leur puissance et la force imprenable de leur demeure.

Mais Idril fut abattue par une humeur sombre et la lumière de son visage fut obscurcie, et ils furent nombreux à s'en étonner ; mais Turgon réduisit ses guetteurs et sa garde jusqu'à leur nombre précédent, et même moins, et comme vint l'automne et que la cueillette des fruits s'acheva, les gens se tournèrent le cœur joyeux vers les festivités d'hiver : mais Tuor se tint sur les parapets et contempla les Collines Encerclantes.

Maintenant voici, Idril se tint à ses côtés, et le vent était en ses cheveux, et Tuor pensa qu'elle était de grande beauté, et se baissa pour l'embrasser ; mais son visage était triste, et elle dit : “Maintenant viennent les jours où tu devras faire un choix”, et Tuor ne sut pas ce qu'elle disait. Alors le tirant à l'intérieur de leur maison elle lui dit la manière dont son cœur la faisait douter, de crainte concernant Eärendel son fils, et du pressentiment qu'un grand maléfice était proche, et que Melko en serait la source. Tuor voulut alors la réconforter, mais il ne le put, et elle le questionna concernant le tunnel secret, et il dit qu'il menait maintenant à une lieue sous la plaine, et à cela son cœur fut quelque peu allégé. Mais encore conseilla-t-elle que l'on accélère le forage, et que maintenant la hâte devait prendre le pas sur la discrétion, "car maintenant le moment est très proche". Et elle lui donna un autre conseil, et celui-ci il écouta encore, que certains parmi les plus valeureux et les plus loyaux des seigneurs et des guerriers des Gondothlim fussent choisis avec grand soin et informés de ce chemin secret et de son issue. Ceux-ci conseilla-t-elle devraient être groupés en une garde robuste, et porter son emblème et devenir ses gens, et de faire ainsi sous le prétexte du droit et de la dignité d'un grand seigneur, de la famille du roi. "De plus, dit-elle, je demanderai la faveur de mon père pour cela." En secret aussi elle confia aux gens que, si la cité venait à sa dernière résistance ou bien si Turgon venait à être tué, ils se ralliassent autour de Tuor et de son fils, et ils acceptèrent ceci en riant, disant cependant que Gondolin tiendrait aussi longtemps que Taniquetil ou les Montagnes de Valinor.

Mais à Turgon elle ne parla point ouvertement, et ne permit pas que Tuor le fît, comme il le désirait, malgré l'amour et le respect qu'ils lui portaient — et c'était un roi grand et noble et glorieux — car il faisait confiance à Meglin et maintenait avec une obstination aveugle sa croyance que Gondolin était imprenable et que Melko ne cherchait pas encore à l'attaquer, n'y fondant aucun espoir. Maintenant en ceci il était encore et toujours encouragé par les paroles rusées de Meglin. Voici, la tromperie de ce Gnome était très puissante, car il œuvrait beaucoup dans l'ombre, de sorte que les gens disaient : "Il fait bien de porter l'emblème de la Taupe sable" ; et en raison de la folie de certains carriers, et plus encore des paroles faciles de certains de son clan à qui Tuor avait parlé avec quelque insouciance, il rassembla des connaissances sur l'œuvre secrète et prépara un plan de son cru pour la contrecarrer.

Et l'hiver se fit plus profond et il fit très froid pour ces régions, le gel passa sur la plaine de Tumladin et la glace s'installa sur ses étangs ; mais les fontaines jouaient encore sur Amon Gwareth et les deux arbres fleurirent, et les gens festoyèrent jusqu'à ce jour de terreur dissimulé dans le cœur de Melko.

Ainsi donc cet hiver amer s'écoula, et les neiges s'étendaient de plus en plus épaisses sur les Collines Encerclantes ; pourtant, en son heure un printemps d'une splendeur merveilleuse fondit les jupes de ces vêtements blancs et la vallée en but les eaux et jaillit en fleurs. Ainsi advinrent et se passèrent pour la plus grande réjouissance des enfants les fêtes de Nost-na-Lothion ou la Naissance des Fleurs, et les cœurs des Gondothlim furent rassérénés par la bonne promesse de l'année ; et maintenant enfin cette grande fête de Tarnin Austa ou des Portes de l'Été approche. Car sachez qu'une certaine nuit leur coutume était de commencer une cérémonie solennelle à minuit, la poursuivant jusqu'à ce qu'apparût l'aube de Tarnin Austa, et aucune voix ne brisait le silence de minuit jusqu'au lever du jour, mais ils saluaient l'aube par d'antiques chants. Depuis des années sans nombre la venue de l'été avait été ainsi accueillie par une musique chorale, depuis le haut de la muraille brillante de l'est ; et maintenant vient la nuit de veille et la cité est emplie de lanternes d'argent, tandis que dans les bosquets, sur les arbres aux feuilles nouvelles des lumières couleur de joyaux se balancent, et des musiques basses parcourent les allées, mais aucune voix ne chante jusqu'à l'aube.

Le soleil s'est couché derrière les collines et les gens se vêtent pour la fête avec grande joie et grand enthousiasme — regardant vers l'est dans l'expectative. Voici ! alors qu'elle s'éclipsa et que tout fut sombre, une nouvelle lumière apparut soudain, et une lueur se fit, mais elle se trouvait au-delà des hauteurs du nord [26], et les hommes s'émerveillèrent, et une foule se pressa sur les murs et le long des parapets. Puis l'émerveillement se transforma en doute à mesure que cette lumière s'accrut et se fit plus rougeoyante, et le doute en terreur lorsque les gens virent la neige sur les montagnes prendre la teinte du sang. Et ainsi vinrent sur Gondolin les serpents de feu de Melko.

Alors vinrent à travers la plaine des cavaliers essoufflés qui amenaient des nouvelles de ceux qui veillaient sur les sommets ; et ils parlèrent des armées de feu et des formes semblables à des dragons, et dirent : « Melko est sur nous. » Grandes furent la peur et la détresse dans cette cité magnifique, et les rues et les allées s'emplirent des pleurs des femmes et des lamentations des enfants, et les places du rassemblement des soldats et du bruit résonnant des armes. Là étaient les étendards lumineux de toutes les grandes maisons et familles des Gondothlim. Vaste était le déploiement de la maison du roi et ses couleurs étaient le blanc et l'or et le rouge, et ses emblèmes la lune et le soleil et le cœur écarlate [27]. Maintenant en leur milieu se tenait Tuor les dominant tous, et sa cotte d'argent luisait ; et autour de lui était une foule serrée des gens les plus valeureux. Voici ! tous ceux-ci portaient des ailes comme de cygnes ou de mouettes sur leurs heaumes, et l'emblème de l'Aile Blanche était sur leurs boucliers. Mais les gens de Meglin étaient rassemblés au même endroit, et sable était leur harnachement, et ils ne portaient ni signe, ni emblème, mais leurs coiffes rondes étaient d'acier et recouvertes de peau de taupe, et ils combattaient avec des haches à deux lames semblables à des masses. Là, Meglin prince de Gondobar rassembla maints guerriers à la mine sombre et au regard menaçant à ses côtés, et une lueur ocre brillait sur leurs visages et luisait sur les surfaces polies de leur accoutrement. Voici, toutes les collines vers le nord étaient en flammes, et c'était comme si des rivières de feu coulaient le long des pentes qui descendaient vers la plaine de Tumladin, et les gens sentaient déjà la chaleur qui en émanait.

Et de nombreuses autres familles étaient là, les gens de l'Hirondelle et de l'Arche Céleste, et de ce peuple venaient le plus grand nombre et les meilleurs des archers, et ils étaient déployés sur les parties larges de l'enceinte. Maintenant les gens de l'Hirondelle portaient un éventail de plumes sur leurs heaumes, et leur parure était de blanc et de bleu foncé et de pourpre et de noir et ils montraient une pointe de flèche sur leurs boucliers. Leur seigneur était Duilin, le plus rapide de tous à la course et au saut et le plus sûr des archers visant sa cible. Mais ceux de l'Arche Céleste, un clan dont la richesse était énorme, étaient déployés en une splendeur de couleurs, et leurs armes étaient serties de joyaux s'enflammant dans la lumière qui remplissait maintenant le ciel. Chaque bouclier de ce bataillon était du bleu des cieux et son ombon un joyau façonné à partir de sept gemmes, rubis et améthystes et saphirs, émeraudes, chrysophrase, topaze, et ambre, mais une opale de grande taille était sertie dans leur heaume. Egalmoth était leur seigneur, et il portait une mante bleue sur laquelle les étoiles étaient tissées en cristal, et son épée était incurvée — maintenant aucun autre des Noldoli ne portait une épée courbe — mais il faisait confiance plutôt à l'arc, et tirait plus loin que tout autre de cette armée.

Là aussi étaient les gens du Pilier et de la Tour de Neige, et ces deux clans obéissaient à Penlod, le plus grand des Gnomes en taille. Il y avait là ceux de l'Arbre, et ils venaient d'une grande maison, et leurs vêtements étaient verts. Ils combattaient avec des massues cloutées de fer ou bien avec des frondes, et leur seigneur Galdor était réputé comme le plus valeureux de tous les Gondothlim hormis Turgon seul. Là se tenait la maison de la Fleur d'Or qui portait un soleil rayonnant sur son bouclier, et son chef Glorfindel portait une mante tissée de telle manière de fils d'or qu'elle était recouverte d'un motif serré de célandine comme un champ au printemps ; et ses armes étaient damasquinées d'un or adroit.

Puis vinrent là depuis le sud de la cité les gens de la Fontaine, et Ecthelion était leur seigneur, et l'argent et les diamants étaient leur félicité ; et ils maniaient des épées très longues et brillantes et pâles, et ils partaient à la bataille accompagnés d'une musique de flûtes. Derrière eux vint l'armée de la Harpe, et il s'agit là d'une légion de braves guerriers ; mais leur chef Salgant était un lâche, et il flattait Meglin. Leur attirail était couvert de tasseaux d'argent et de tasseaux d'or, et une harpe argent brillait sur un champ noir dans leur blason ; mais Salgant portait une harpe d'or, et lui seul de tous les fils de Gondolin entra dans la bataille à cheval, et il était lourd et trapu.

Maintenant la dernière des légions était formée des gens du Marteau de Colère, et de ceux-ci provenait nombre des meilleurs forgerons et artisans, et tout ce peuple révérait Aulë le Forgeron plus que tout autre Ainu. Ils combattaient avec d'énormes masses d'armes comme des marteaux, et leurs boucliers étaient lourds, car leurs bras étaient très forts. En des jours anciens ils furent en grand nombre recrutés parmi ces Noldoli qui s'étaient échappés des mines de Melko, et la haine de cette maison envers les œuvres de cet être maléfique et les Balrogs ses démons outrepassait tout. Maintenant leur chef était Rog, le plus fort des Gnomes, et en bravoure il suivait de peu Galdor de l'Arbre. L'emblème de ce peuple était l'Enclume Frappée, et un marteau lançant des étincelles était représenté sur leur bouclier, et ils se délectaient de l'or rouge et du fer noir. Très nombreux étaient-ils dans ce bataillon, et aucun parmi eux n'avait le cœur timoré, et de toutes ces belles maisons ils récoltèrent la plus grande gloire durant cette lutte contre la ruine ; pourtant ils connurent une male destinée, et aucun ne réchappa de ce champ, mais ils tombèrent tous autour de Rog et disparurent de la

Terre ; et avec eux ont été perdues à jamais force science et adresse [28].

Voici la manière et le déploiement des onze maisons des Gondothlim avec leurs signes et leurs emblèmes, et les gardes de Tuor, les gens de l'Aile, étaient comptés comme la douzième. Maintenant le visage de ce chef est rude et il ne pense pas vivre longtemps — et là dans sa maison sur l'enceinte Idril se vêt de mailles, et elle cherche Eärendel. Et cet enfant était en larmes à cause des étranges lumières rouges qui voletaient sur les murs de la pièce où il dormait ; et les contes que lui avait narrés sa nourrice Meleth à propos de Melko le Brûlant lorsqu'il se montrait indiscipliné lui revenaient et le troublaient. Mais sa mère survenant l'installa dans une minuscule cotte de mailles qu'elle avait fait façonner en secret, et en ce temps il fut joyeux et très fier, et il s'écria de plaisir. Pourtant Idril pleura, car elle avait grandement chéri en son cœur la douce cité et sa bonne maison, et l'amour entre Tuor et elle-même qui demeura là ; mais maintenant elle vit sa ruine approcher, et craignit que ses desseins n'échouassent contre la puissance irrésistible de la terreur des serpents.

On était encore à quatre heures du milieu de la nuit, et le ciel était rouge au nord et à l'est et à l'ouest ; et ces serpents de fer avaient atteint les plats de Tumladin, et ces êtres enflammés étaient sur les plus basses pentes des collines, et les gardes furent pris et livrés aux tourments maléfiques des Balrogs qui dévastaient les environs, sauf tout à fait au sud là où se trouvait Cristhorn, la Faille des Aigles.

Alors le roi Turgon appela un conseil, et là se rendirent Tuor et Meglin comme ils étaient des princes royaux ; et Duilin vint avec Egalmoth et Penlod le grand, et Rog s'y rendit à grands pas avec Galdor de l'Arbre et Glorfindel le doré et Ecthelion de la voix de musique. Là aussi s'en vint Salgant tout tremblant devant les nouvelles, et d'autres nobles encore dont le sang était de moindre noblesse mais le cœur meilleur.

Alors Tuor parla et tel fut son conseil, que l'on fît

immédiatement une sortie en masse, avant que la lumière et la chaleur ne s'accrussent par trop sur la plaine ; et ils furent nombreux à le soutenir, leurs avis ne différant que pour savoir si la sortie devait se faire avec l'armée entière et les demoiselles et les épouses et les enfants au milieu, ou bien par divers groupes sortant en multiples directions ; et Tuor tendait vers ce dernier avis.

Mais Meglin et Salgant seuls donnèrent un autre conseil, et ils étaient d'avis de se tenir à l'intérieur de la cité et de chercher à veiller sur ces trésors qui y reposaient. Meglin parla ainsi par ruse, craignant qu'un des Noldoli pût échapper au destin qu'il leur avait apporté pour sauver sa propre chair, et il était terrifié à l'idée que sa trahison fût connue et qu'une vengeance le trouvât d'une manière ou d'une autre en des jours à venir. Mais Salgant parla ainsi à la fois en écho à Meglin et étant aussi terriblement effrayé à l'idée de sortir de la cité, car il préférait plutôt combattre depuis une forteresse imprenable que de risquer de rudes coups sur la plaine.

Alors le seigneur de la maison de la Taupe joua de l'unique faiblesse de Turgon, disant : "Voici ! ô Roi, la cité de Gondolin renferme une richesse de joyaux et de métaux et d'étoffes et de choses qui furent œuvrées par les mains des Gnomes pour en faire des objets d'une beauté inégalée, et tout ceci tes nobles — plus braves me semble-t-il que sages — voudraient l'abandonner à l'Ennemi. La victoire serait-elle tienne sur la plaine, ta cité sera pillée, et les Balrogs s'en iront avec un butin incommensurable" ; et Turgon gémit, car Meglin connaissait son grand amour pour la richesse et la beauté de cette cité sur Amon Gwareth. Encore une fois parla Meglin, mettant du feu dans sa voix : "Voici ! as-tu durant des années sans nombre œuvré à la construction de murailles d'une épaisseur imprenable et à la fabrication de portes dont la vaillance ne peut être renversée ; le pouvoir de la colline d'Amon Gwareth s'est-il fait aussi humble que celui de la vallée profonde, ou bien le trésor d'armes qui y repose et ses flèches sans nombre sont-elles si peu valeureuses qu'à l'heure du péril tu abandonnerais tout et sortirais dénudé et à découvert contre des ennemis d'acier et de feu, dont les lourds déplacements secouent la terre et dont les Montagnes Encerclantes résonnent de la clameur des pas ?"

Et Salgant frémit à cette pensée et parla volubilement, disant : "Meglin parle bien, ô Roi, entends-le." Alors le roi suivit le conseil de ces deux-là bien que tous les nobles eussent parlé autrement, non point, d'autant plus pour cette raison : c'est pourquoi, à son commandement, tout ce peuple maintenant attend l'assaut contre les murs. Mais Tuor pleura et quitta le palais du roi, et rassemblant les hommes de l'Aile passa à travers les rues cherchant son foyer ; et en cette heure la lumière était forte et sanglante et il y avait une chaleur étouffante et une fumée et une puanteur noire s'élevait depuis les chemins menant à la cité.

Et maintenant les Monstres traversèrent la vallée et les tours blanches de Gondolin rougirent à leur approche ; mais les plus courageux furent terrifiés à la vue de ces dragons de feu et ces serpents de bronze et de fer qui déjà entourent la cité ; et ils leur décochèrent des flèches en pure perte. On entendit alors un cri d'espoir, car voici, les serpents ne peuvent escalader la colline en raison de ses pentes escarpées et lisses comme du verre et des eaux qui dévalent ses pentes et éteignent les flammes ; mais ils s'étendent à son pied et une grande vapeur s'élève à l'endroit où les ruisseaux d'Amon Gwareth et les flammes des serpents se confrontent. Alors se fit une telle chaleur que les femmes s'évanouirent et les hommes suèrent jusqu'à l'épuisement sous leurs mailles, et toutes les sources de la cité, hormis seule la fontaine du roi, s'échauffèrent et fumèrent.

Mais maintenant Gothmog seigneur des Balrogs, capitaine des armées de Melko, tint conseil et rassembla toutes ses choses de fer qui pouvaient s'enrouler autour et au-dessus de tous les obstacles qui se présentaient à eux. À celles-ci il ordonna de s'amasser devant la porte du nord ; et voici, leurs grands anneaux atteignirent jusque son seuil et s'élancèrent vers les tours et les bastions qui l'entouraient, et à cause du poids énorme de leurs corps ces portes s'écroulèrent, et grand fut le fracas qui en résulta : pourtant la plupart des murs d'enceinte restèrent solides. Puis les engins et les catapultes du roi déversèrent des flèches et des rochers et des métaux fondus sur ces bêtes sans pitié, et leurs corps creux rendirent un fracas métallique sous les coups, pourtant cela fut en pure perte car ils ne purent être brisés, et les feux s'écoulèrent sur leurs corps sans les arrêter. Alors ceux du haut s'ouvrirent en leur milieu, et une armée innombrable d'Orcs, les goblins de la haine, s'en déversa dans la faille ; et qui racontera la lueur de leurs cimeterres ou bien l'éclat des lances aux lames épaisses avec lesquels ils poignardaient ?

Alors Rog éleva sa voix puissante, et tout le peuple du Marteau de Colère ainsi que le clan de l'Arbre avec Galdor le vaillant bondirent sur l'ennemi. Là les coups de leurs grands marteaux et les chocs de leurs massues résonnèrent jusqu'aux Montagnes Encerclantes et les Orcs tombèrent comme des feuilles ; et ceux de l'Hirondelle et de l'Arche déversèrent sur eux des flèches comme les sombres pluies d'automne, et Orcs et Gondothlim tombèrent sous la nuée à cause de la fumée et de la confusion. Grande fut cette bataille, mais malgré toute leur bravoure les Gondothlim sous la puissance du nombre toujours croissant furent lentement repoussés vers l'arrière jusqu'à ce que les goblins tinssent une partie de la cité du Nord.

À ce moment Tuor est à la tête du peuple de l'Aile en plein combat dans la tourmente des rues, et il gagne maintenant sa demeure et découvre que Meglin est devant lui. Confiant dans la bataille maintenant entamée autour de la porte du nord et dans l'agitation de la ville, Meglin avait attendu cette heure pour la consommation de ses desseins. Ayant beaucoup appris du tunnel secret de Tuor (bien que seulement au dernier moment lui fût-il connu et qu'il ne pût tout découvrir) il ne dit rien au roi ou à aucun autre, car c'était sa pensée que certainement, ce tunnel se dirigerait finalement vers le Chemin d'Évasion, celui-ci étant le plus proche de la cité, et il avait dans l'idée de s'en servir pour son bien, et pour le malheur des Noldoli. Il envoya très furtivement des messagers à Melko afin qu'il plaçât une garde auprès de l'issue extérieure de ce Chemin lorsque l'assaut se ferait ; mais lui-même pensa alors prendre Eärendel et le jeter au feu en bas des murs, et saisissant Idril il voulait la contraindre à le guider dans les secrets du passage, pour échapper à cette terreur de feu et de tuerie et la traîner avec lui vers les terres de Melko. Maintenant Meglin était en grande crainte que même le gage secret que lui avait donné Melko échouât en ce pillage terrible, et il désirait aider cet Ainu à remplir ses promesses de sauvegarde. Il n'avait nul doute cependant de la mort de Tuor dans ce vaste incendie, car à Salgant il avait confié la tâche de le retarder dans les chambres du roi et de le pousser directement de cet endroit dans la partie la plus mortelle du combat — mais voici ! Salgant tomba en une terreur comme mortelle, et il chevaucha jusqu'à sa demeure et y gisait maintenant à trembler sur son lit ; mais Tuor rentra vers son foyer accompagné des gens de l'Aile.

Maintenant Tuor en décida ainsi, bien que sa bravoure fît un bond au bruit de la guerre, pour faire ses adieux à Idril et à Eärendel, et les hâter sous escorte le long du chemin secret avant de s'en retourner lui-même à la bataille pour mourir si cela devait être : mais il trouva une foule de gens de la Taupe autour de sa porte, et ceux-ci étaient les hommes les plus menaçants et les moins bons que Meglin avait pu trouver en cette cité. Pourtant étaient-ils des Noldoli libres et ils n'étaient point sous la coupe d'un sort de Melko comme leur maître, c'est pourquoi bien que l'autorité de Meglin les empêchât d'aider Idril, ils n'acceptèrent pas non plus de la toucher pour servir à ses desseins, malgré toutes ses malédictions.

Maintenant donc Meglin tenait Idril par les cheveux et cherchait dans la cruauté de son cœur à la traîner jusqu'au parapet, afin qu'elle vît la chute d'Eärendel vers les flammes ; mais il était encombré par cet enfant, et elle lutta seule comme elle l'était comme une tigresse malgré toute sa beauté et sa finesse. Là, lutte-t-il maintenant et il s'attarde au milieu des imprécations tandis que les gens de l'Aile s'approchent — et voici ! Tuor lance un cri si puissant que les Orcs le perçoivent au loin et marquent une hésitation en l'entendant. Comme le fracas d'une tempête les gardes de l'Aile fondirent sur les hommes de la Taupe, et ceux-ci furent scindés d'un coup. Lorsque Meglin vit ceci il voulut poignarder Eärendel avec une petite dague qu'il portait sur lui ; mais cet enfant mordit sa main gauche, ses dents s'enfoncèrent, et il trébucha, son coup porta faiblement, et les mailles du petit justaucorps détournèrent la lame ; et ce faisant Tuor fut sur lui et sa fureur était terrible à voir. Il saisit Meglin par cette main qui tenait la dague et brisa le bras en le tirant, puis le prenant par la taille bondit avec lui sur les murs, et le lança au loin. Longue fut la chute de son corps, et il frappa Amon Gwareth trois fois avant de chuter au milieu des flammes ; et le nom de Meglin a disparu dans la honte d'entre les Eldar et les Noldoli.

Alors les guerriers de la Taupe étant plus nombreux que ces rares combattants de l'Aile, et loyaux envers leur seigneur, assaillirent Tuor, et de grands coups furent échangés, mais aucun homme n'aurait pu se dresser contre la fureur de Tuor, et ils furent blessés et repoussés et durent s'enfuir vers les trous sombres qu'ils purent trouver, ou bien jetés au bas des murs. Alors Tuor et ses hommes doivent se diriger vers la bataille de la Porte, car la clameur s'est faite très forte, et Tuor espère encore en son cœur que la cité puisse tenir ; pourtant avec Idril il laissa là contre son gré

Voronwë et quelques autres lames pour la garder jusqu'à ce qu'il revînt ou pût envoyer des nouvelles du combat.

Maintenant la bataille aux portes était néfaste, et Duilin de l'Hirondelle comme il jaillissait des remparts fut frappé par un éclair enflammé des Balrogs qui bondissaient aux pieds d'Amon Gwareth ; et il tomba du parapet et périt. Alors les Balrogs continuèrent à tirer des fléchettes de feu et des flèches enflammées comme des petits serpents dans le ciel, et celles-ci s'abattirent sur les toitures et les jardins de Gondolin jusqu'à ce que tous les arbres fussent roussis, et les fleurs et l'herbe consumées, et la blancheur de ces murs et ces colonnades noircie et flétrie : pourtant une action pire encore était qu'une compagnie de ces démons grimpa sur les anneaux des serpents de fer et de là tira sans cesse de leurs arcs et leurs frondes jusqu'à ce qu'un incendie s'enflammât dans la cité à l'arrière du gros de l'armée défensive.

Alors dit Rog d'une voix puissante : “Qui maintenant craindra les Balrogs malgré toute leur terreur ? Voyez devant nous ces êtres maudits qui durant des âges ont tourmenté les enfants des Noldoli, et qui maintenant produisent avec leurs tirs un incendie derrière nous. Venez, vous du Marteau de Colère, et nous les frapperons pour leurs maléfices.” À cela il leva sa masse d'armes, dont la poignée était longue ; et il traça un chemin devant lui par la furie de son passage même jusqu'à la porte abattue : mais tout le peuple de l'Enclume Frappée accourut derrière comme une saignée, et des étincelles jaillissaient de leurs yeux de la fureur de leur rage. Une grande action fut cette sortie, comme les Noldoli la chantent encore, et grand nombre des Orcs furent repoussés dans les feux en contrebas ; mais les hommes de Rog bondirent sur les anneaux mêmes des serpents et fondirent sur ces Balrogs et les frappèrent grièvement, malgré leurs fouets de feu et leurs griffes d'acier, et leur très grande stature. Ils les réduisirent à rien, ou bien attrapant leur fouets les maniaient contre eux, et ils les déchirèrent comme ceux-ci avaient auparavant déchiré les Gnomes ; et le nombre de Balrogs qui périt là fut un prodige et une terreur pour toutes les armées de Melko, car avant ce jour jamais un Balrog ne périt des mains d'un Elfe ou d'un Homme.

Alors Gothmog Seigneur des Balrogs rassembla tous ses démons qui entouraient la cité et leur donna les ordres suivants : un bon nombre s'en fut vers le Peuple du Marteau et recula à leur avancée, mais la plus grande compagnie survenant sur leur flanc réussit à atteindre leurs arrières, plus haut sur les anneaux des serpents et plus près des portes, de sorte que Rog ne pouvait regagner la cité sans que ses gens subissent un massacre. Mais Rog voyant ceci n'essaya point de revenir, comme on l'espérait, mais avec tous ses gens tomba sur ceux dont le rôle était de céder du terrain devant lui ; et ils fuirent à son approche par mortelle nécessité plutôt que par stratégie. En bas dans la plaine ils furent poursuivis, et leurs hurlements déchirèrent les airs de Tumladin. Alors cette maison du Marteau se dispersa en tous sens frappant et tailladant les troupes stupéfaites de Melko jusqu'à ce qu'ils fussent enfin de toutes parts entourés par une force irrésistible d'Orcs et de Balrogs, et on lâcha un dragon de feu sur eux. Là, autour de Rog ils périrent, frappant jusqu'au dernier jusqu'à ce que le fer et le feu les submergeassent, et on chante encore que chaque homme du Marteau de Colère prit la vie de sept ennemis en paiement de la sienne. Alors la terreur s'abattit plus lourdement encore sur les Gondothlim à la mort de Rog et à la perte de son bataillon, et ils reculèrent plus loin à l'intérieur de la cité, et Penlod périt là dans une allée le dos au mur, et autour de lui grand nombre d'hommes du Pilier et grand nombre de la Tour de Neige.

Maintenant donc les goblins de Melko tenaient toute la porte et une grande partie des murs de chaque côté, d'où nombre de ceux de l'Hirondelle et de ceux de l'Arc-en-Ciel furent jetés dans la mort ; mais à l'intérieur de la cité ils avaient gagné un vaste espace s'étendant presque jusqu'au centre, même jusqu'au Lieu du Puits avoisinant la Place du Palais. Pourtant autour de ces voies et autour de la porte leurs morts étaient entassés en des piles sans nombre, et ils firent alors halte et tinrent conseil, voyant que par la valeur des Gondothlim ils avaient subi bien plus de pertes qu'ils n'avaient espéré et bien plus que parmi ces défenseurs. Effrayés étaient-ils aussi à cause de cette tuerie que Rog avait accomplie au sein des Balrogs, car de ces démons ils retiraient grand courage et grande confiance de cœur.

Maintenant donc le plan qu'ils établirent était de tenir ce qu'ils avaient gagné, tandis que ces serpents de bronze aux pattes énormes faites pour écraser lentement montaient sur les serpents de fer, et atteignant les murs ouvraient là une brèche par laquelle les Balrogs pourraient passer, chevauchant les dragons de flamme : pourtant ils savaient que ceci devait se faire avec célérité, car les chaleurs émanant de ces dragons ne duraient point éternellement, et ne pouvaient être ravitaillées qu'à partir des puits de feu que Melko avait fabriqués dans la forteresse de ses propres domaines.

Mais alors même que leurs messagers s'étaient hâtés ils entendirent une douce musique qui se jouait au sein de l'armée des Gondothlim et ils en craignirent le sens ; et voici ! venait là Ecthelion accompagné du peuple de la Fontaine que Turgon avait jusqu'alors maintenu en réserve, car il contemplait la plus grande partie de cette bataille depuis les hauteurs de sa tour. Maintenant ce peuple marchait dans un grand jeu de flûtes, et le cristal et l'argent de leur déploiement étaient très beaux à contempler dans la lumière rouge des feux et la noirceur des ruines.

Puis soudain leur musique cessa et Ecthelion à la douce voix cria que l'on tirât les épées, et avant que les Orcs ne pussent prévoir son assaut l'éclat de ces pâles lames était sur eux. On dit que le peuple d'Ecthelion occit là plus de goblins que jamais il n'en tombât dans toutes les batailles des Eldalië contre cette race, et que son nom représente une terreur en leur sein même en ce jour si tardif, et un cri de guerre pour les Eldar.

Maintenant se fait-il que Tuor et les hommes de l'Aile entrent en ce combat et se rangent aux côtés d'Ecthelion et de ceux de la Fontaine, et tous deux donnent des coups puissants et se défendent l'un l'autre de bien des blessures, et assaillent les Orcs si bien qu'ils sont près de regagner la porte. Mais là, voici, la terre tremble et elle est piétinée car les dragons œuvrent en puissance pour aplatir le chemin de sorte à remonter Amon Gwareth et jeter à bas l'enceinte de la cité ; et déjà il y a un trou dans ces murs et une confusion de maçonnerie où les tours de garde sont abattues et ruinées. Des bandes éparses de l'Hirondelle et de l'Arc du Ciel combattent là amèrement au milieu de la ruine ou bien contestent à l'ennemi la possession des murs de l'est et de l'ouest ; mais au moment même où Tuor arrive là, repoussant les Orcs, un de ces serpents de bronze s'appuie sur le mur de l'ouest et une grande masse de celui-ci tremble et s'abat, et derrière vient une créature de feu chevauchée par des Balrogs. Des flammes fusent des mâchoires de ce ver et les gens se flétrissent à son approche, et les ailes du heaume de Tuor sont noircies, mais il tient et rassemble autour de lui sa garde et tous ceux de l'Arc et de l'Hirondelle qu'il peut trouver, tandis qu'à sa droite Ecthelion rallie les hommes de la Fontaine du Sud.

Maintenant les Orcs reprennent à nouveau du cœur à la venue des dragons, et ils se mêlent aux Balrogs qui déferlent autour de la brèche, et ils attaquent cruellement les Gondothlim. Là Tuor tua Othrod, un seigneur des Orcs, fendant son heaume, et Balcmeg il coupa en deux, et Lug il taillada de sa hache et ses jambes furent tranchées au genou, mais Ecthelion coupa à travers deux capitaines des goblins d'un seul coup d'épée et fendit la tête d'Orcobal leur principal champion jusqu'aux dents ; et grâce à la grande bravoure de ces deux seigneurs ils parvinrent même jusqu'aux Balrogs.

De ces démons de pouvoir, Ecthelion en tua trois, car l'éclat de son épée fendit le fer de ceux-là et les blessa en leur flamme, et ils se tordirent ; mais ils craignaient plus encore le sursaut de cette hache Dramborleg que maniait la main de Tuor, car elle chantait comme le passage des ailes de l'aigle dans l'air et donnait la mort en retombant, et cinq d'entre eux tombèrent devant elle.

Mais il est ainsi que le plus petit nombre ne peut combattre toujours contre le plus grand, et le bras gauche d'Ecthelion reçut une blessure douloureuse d'un fouet des Balrogs et son bouclier tomba à terre au moment même où ce dragon de feu approchait dans l'effondrement des murs. Alors Ecthelion dut s'appuyer sur Tuor, et Tuor ne put le quitter, bien que les pieds mêmes de la bête broyante fussent sur eux, et ils semblaient prêts à être renversés : mais Tuor entailla un pied de la créature et de la flamme en jaillit, et ce serpent hurla, fouettant de sa queue ; et nombre d'Orcs et de Noldoli furent tués ainsi. Maintenant Tuor ramassa sa force et souleva Ecthelion, et avec un restant des hommes sortit d'en dessous et échappa au dragon ; pourtant terrible fut le massacre qu'œuvra cette bête, et les Gondothlim étaient gravement ébranlés.

Ainsi se fit-il que Tuor fils de Peleg recula devant l'ennemi, combattant tout en perdant du terrain, et porta hors de cette bataille Ecthelion de la Fontaine, mais les dragons et les ennemis tenaient la moitié de la cité et toute sa partie nord. De là des bandes en maraude s'en furent dans les rues et pillèrent à foison, ou tuèrent dans l'obscurité hommes, femmes et enfants, et nombre d'entre eux, si l'occasion le permettait, ils les attachaient et les ramenaient et les jetaient dans les chambres de fer que contenaient les dragons de fer, afin de les traîner ensuite et de les asservir à Melko.

Maintenant Tuor atteignit la Place du Puits-du-Peuple par une voie qui entrait au nord, et il trouva là Galdor qui refusait l'entrée de l'ouest près de l'Arche d'Inwë à une horde de goblins, mais ne l'entouraient à présent que quelques-uns de ces hommes de l'Arbre. Là, grâce à Galdor, Tuor fut secouru, car il portait Ecthelion et trébucha sur un corps étendu dans l'obscurité et se trouvant en retrait de ses hommes les Orcs les eussent pris tous deux, n'eût été la soudaine arrivée de ce champion et la force de sa massue.

Là étaient les ultimes survivants épars de la garde de l'Aile et des maisons de l'Arbre et de la Fontaine, et de l'Hirondelle et de l'Arche, soudés en un fort contingent, et sur le conseil de Tuor ils abandonnèrent et évacuèrent cette Place du Puits, voyant que la Place du Roi qui la jouxtait était plus défendable. Maintenant cette place avait auparavant abrité de nombreux arbres magnifiques, chênes et peupliers, autour d'un grand puits de grande profondeur et de pureté d'eau ; pourtant en cette heure était-elle pleine de l'émeute et de la laideur de ce peuple hideux de Melko, et ces eaux étaient polluées de leurs carcasses.

Ainsi le dernier rassemblement de taille de ces défenseurs entre dans la Place du Palais de Turgon. Nombre d'entre eux sont blessés et s'évanouissent, et Tuor est épuisé des labeurs de la nuit et du poids d'Ecthelion qui est pris d'un évanouissement mortel. Même comme il menait ce contingent vers l'intérieur de la cité par la route des Arches depuis le nord-ouest (et ils eurent fort à faire pour empêcher l'ennemi de se poster dans leur dos), un bruit s'éleva vers l'est de la place, et voici ! Glorfindel y est repoussé en compagnie des derniers hommes de la Fleur d'Or.

Maintenant ceux-ci avaient soutenu un conflit terrible dans le Grand Marché à l'est de la cité, où une force d'Orcs menée par des Balrogs s'abattit sur eux à l'improviste comme ils marchaient par une voie détournée pour rejoindre le combat à la porte. Ils agirent ainsi pour surprendre l'ennemi sur son flanc gauche, mais ils furent eux-mêmes pris en embuscade ; là ils combattirent amèrement durant des heures jusqu'à ce qu'un dragon de feu nouvellement arrivé depuis la brèche les submergeât, et Glorfindel se fraya une issue à grand-peine et avec très peu d'hommes ; mais ce lieu avec ses étals et ses belles choses finement ouvragées était une désolation de flammes.

Le conte dit que Turgon avait envoyé les hommes de la Harpe à leur secours à cause de l'urgence des messages de Glorfindel, mais Salgant leur cacha cet ordre, disant qu'ils devaient établir une garnison sur la Place du Petit-Marché vers le sud où il habitait, et ils en furent mécontents. Maintenant cependant ils se détachèrent de Salgant et arrivèrent devant le palais du roi ; et ce fut là très opportun, car une masse triomphante d'ennemis était sur les talons de Glorfindel. Sans en avoir reçu l'ordre, les hommes de la Harpe s'abattirent sur ceux-ci avec grande ardeur et rachetèrent entièrement la lâcheté de leur seigneur, repoussant l'ennemi dans le marché, et privés de chef, ils agirent même trop impétueusement, si bien qu'un grand nombre fut pris au piège des flammes ou bien s'effondra devant le souffle du serpent qui festoyait là.

Tuor but maintenant à la grande fontaine et en fut rafraîchi, et desserrant le heaume d'Ecthelion lui donna à boire, éclaboussant son visage afin que son évanouissement le quittât. Maintenant les seigneurs Tuor et Glorfindel vident la place et retirent tous les hommes qu'ils peuvent des entrées de la place et les bouchent par des barrières, sauf au sud pour l'instant. De cette région même arrive maintenant Egalmoth. Il avait la charge des engins sur les murs ; mais jugeant depuis longtemps que les événements appelaient plutôt à des coups de main dans les rues que des tirs sur les murailles il rassembla certains de l'Arche et du Cygne à ses côtés, et jeta son arc. Alors allèrent-ils par la cité distribuant de grands coups chaque fois qu'ils se trouvaient confrontés aux bandes ennemies. Ainsi, il sauva de nombreux groupes de captifs et n'en rassembla pas moins parmi les hommes errants et fuyants, et ainsi parvint à la Place du Roi à force de durs combats ; et les hommes le hélèrent avec bonheur car ils avaient craint qu'il fût mort. Maintenant toutes les femmes et tous les enfants qui avaient été rassemblés là ou bien ramenés par Egalmoth sont placés dans les palais du roi, et chacune des maisons apprête ses rangs pour la lutte finale. Dans cette armée il s'en trouve quelques-uns, si peu soient-ils, de tous les clans sauf celui du Marteau de Colère ; et la maison du roi n'a pas encore été touchée. Et ceci n'est pas non plus honteux, car leur rôle toujours était de rester dispos jusqu'à la fin et défendre le roi.

Mais maintenant les hommes de Melko ont rassemblé leurs forces, et sept dragons de feu sont venus des Orcs les escortant et des Balrogs les chevauchant, descendant toutes les voies venant du nord, de l'ouest, et de l'est, à la recherche de la Place du Roi. Alors il y eut un carnage aux barrières, et Egalmoth et Tuor allèrent de place en place autour des défenses, mais Ecthelion gisait au bord de la fontaine ; et cette résistance fut la plus obstinée et la plus valeureuse dont on se souvienne dans tous les chants ou dans quelque conte. Pourtant longtemps après un dragon rompt la barrière du nord — et là fut auparavant l'issue de l'Allée des Roses et un bel endroit à contempler ou à arpenter, mais à présent seule demeure une ruelle de noirceur et elle est emplie de bruit.

Tuor se dressa alors sur le chemin de cette bête, mais il fut séparé d'Egalmoth, et ils le poussèrent en arrière jusqu'au milieu même de la place auprès de la fontaine. Là il fut épuisé par la chaleur étranglante et fut jeté à terre par un grand démon, Gothmog lui-même, le seigneur des Balrogs, fils de Melko. Mais voici ! Ecthelion, dont le visage était de la pâleur de l'acier gris et dont le bras-bouclier pendait sans vie de côté, l'enjamba comme il tombait ; et ce Gnome fonça sur le démon, et pourtant ne lui infligea pas la mort, mais reçut une blessure à son bras droit si bien que son arme lui échappa. Alors bondit Ecthelion, seigneur de la Fontaine, le plus beau parmi les Noldoli, droit sur Gothmog alors même que celui-ci levait son fouet, et il enfonça au plus profond de ce sein maléfique son heaume qui avait une pointe sur le dessus, et il serra ses jambes autour des cuisses de son ennemi ; et le Balrog hurla et tomba en avant ; mais tous deux chutèrent dans le bassin de la fontaine du roi qui était très profond. Là cette créature trouva sa destinée mortelle ; et Ecthelion sous son fardeau d'acier coula dans les profondeurs, et ainsi périt le seigneur de la Fontaine après bataille de flammes en des eaux fraîches [29].

Maintenant Tuor s'était relevé lorsque l'assaut d'Ecthelion lui laissa le champ libre, et voyant ce grand geste il pleura par amour de ce doux Gnome de la Fontaine, mais, dans la bataille qui l'enveloppait, il put à peine se frayer un chemin vers son peuple autour du palais. Là, voyant l'hésitation de l'ennemi en raison de la terreur de la chute de Gothmog le maréchal de ces armées, la maison royale attaqua et le roi descendit en splendeur parmi eux et combattit avec eux, si bien qu'ils balayèrent à nouveau une grande partie de la place, et des Balrogs en tuèrent même deux vingtaines, ce qui fut une très grande prouesse en vérité : mais plus haut fait encore accomplirent-ils, car ils entourèrent de toutes parts l'un des Dragons-de-feu malgré toutes ses flammes, et le forcèrent jusque dans les eaux mêmes de la fontaine de sorte qu'il y pérît. Maintenant ce fut la fin de cette douce eau ; et ses étangs se transformèrent en vapeur et sa source se tarit, et elle ne jaillit plus dans les hauteurs, mais plutôt une vaste colonne de vapeur s'éleva jusqu'au ciel et le nuage qui en provenait flotta sur tout le pays.

Alors la terreur s'abattit sur tous à cause du destin de la fontaine, et la place fut emplie de brumes de chaleur bouillante et de brouillards aveuglants, et les gens de la maison royale y furent tués par la chaleur et par l'ennemi et par les serpents et se tuèrent les uns les autres : mais un groupe sauva le roi, et il y eut un ralliement sous Glingol et Bansil.

Alors dit le roi : "Grande est la chute de Gondolin", et tous tressaillirent, car telles furent les paroles d'Ammon le prophète d'antan [30] ; mais Tuor inspiré par le regret et par amour pour le roi parla furieusement et s'écria : "Gondolin se dresse encore, et Ulmo ne souffrira point qu'elle périsse !" Maintenant ils étaient debout à ce moment, Tuor près des Arbres et le roi sur les Marches, comme ils s'étaient tenus auparavant lorsque Tuor annonça l'ambassade d'Ulmo. Mais Turgon dit : "Le malheur ai-je mené sur la Fleur de la Plaine malgré Ulmo, et maintenant il la laisse se faner dans le feu. Voici ! il n'y a plus d'espoir en mon cœur pour ma cité de ravissement, mais les enfants des Noldoli ne seront pas toujours vaincus."

Alors les Gondothlim firent un fracas de leurs armes, car ils étaient nombreux à se tenir auprès de lui, mais Turgon dit : "Ne combattez point contre la destinée, ô mes enfants ! Cherchez, vous qui le pouvez, la sécurité dans la fuite, si peut-être il est encore temps : mais que Tuor conserve votre loyauté." Mais Tuor dit : "Tu es le roi", et Turgon fit réponse : "Mais je ne frapperai pas un coup de plus", et il jeta sa couronne aux racines de Glingol. Alors Galdor qui se tenait là, la ramassa, mais Turgon ne l'accepta point, et nu-tête, il grimpa jusqu'au pinacle de cette blanche tour qui se dressait près de son palais. Là il s'écria d'une voix pareille à une corne soufflée au milieu des montagnes, et tous rassemblés sous les Arbres, et les ennemis dans les brumes de la place l'entendirent : "Grande est la victoire des Noldoli !" Et on dit que c'était alors le milieu de la nuit, et que les Orcs hurlèrent de dérision.

Alors les hommes parlèrent d'une sortie, et ils étaient de deux avis. Nombreux maintinrent qu'il serait impossible de passer au travers, et qu'ils ne pourraient pas, même alors, traverser la plaine ou franchir les collines, et qu'il était mieux de mourir auprès du roi. Mais Tuor ne put penser du bien de la mort de tant de douces femmes et d'enfants, fût-ce des mains de leur propre peuple en dernier recours, ou par les armes de l'ennemi, et il parla du forage et de la voie secrète.

c'est pourquoi il conseilla qu'ils suppliassent Turgon de tenir un autre conseil, et que venant parmi eux il menât les survivants vers le sud jusqu'aux remparts et l'entrée de ce passage ; mais lui-même, il brûlait du désir de s'y rendre et d'apprendre comment Idril et Eärendel se portaient, ou bien de leur faire parvenir là-bas des nouvelles et leur ordonner de prendre le départ en hâte, car Gondolin était prise. Maintenant le plan de Tuor parut aux seigneurs désespéré en vérité — à cause de l'angoisse du tunnel et de la nombreuse compagnie qui devait le passer — pourtant eussent-ils volontiers suivi son conseil dans leur situation. Mais Turgon n'écouta point, et leur ordonna de partir alors avant qu'il ne fût trop tard, et "Que Tuor, dit-il, soit votre guide et votre chef. Mais moi, Turgon, je ne quitterai pas ma cité, et je brûlerai avec elle." Alors ils hâtèrent à nouveau des messagers jusqu'à la tour, disant : "Sire, que sont les Gondothlim si tu péris ? Conduis-nous !" Mais il dit : "Voici ! je demeure ici" ; et une troisième fois, et il dit : "Si je suis roi, obéissez à mes ordres, et n'osez parlementer plus longtemps à mes commandements." Après cela ils n'envoyèrent plus de messagers et se préparèrent pour la tragique tentative. Mais les gens de la maison royale qui vivaient encore ne voulurent bouger d'un pied, et se rassemblèrent en rangs serrés autour de la base de la tour du roi. "Ici, dirent-ils, resterons-nous si Turgon ne sort pas" ; et l'on ne put les persuader.

Maintenant Tuor fut douloureusement déchiré entre sa révérence pour le roi et l'amour d'Idril et de son enfant, ce dont son cœur fut malade ; mais déjà des serpents vont par la place piétinant les morts et les agonisants, et l'ennemi se rassemble dans les brumes pour le dernier assaut ; et le choix doit être fait. Alors, à cause des lamentations des femmes dans les salles du palais et de la grandeur de sa pitié pour ce triste restant des peuples de Gondolin, il rassembla toute cette compagnie chagrinée, damoiselles, enfants et mères, et les plaçant au milieu organisa aussi bien qu'il le put ses hommes autour d'eux. Il les plaça le plus profondément sur le flanc et à l'arrière, car il avait l'intention de reculer vers le sud et en chemin de combattre aux côtés de l'arrière-garde aussi bien qu'il le pouvait ; et ainsi s'il était possible de gagner la Place des Dieux en longeant la Rue des Pompes avant que quelque grande force pût être envoyée pour le circonvenir. Ainsi, c'était sa pensée d'aller par la Voie des Eaux Courantes en passant par les Fontaines du Sud et de rejoindre ainsi les murs d'enceinte et son foyer ; mais du passage du tunnel secret, il doutait grandement. À cela, apercevant son mouvement, l'ennemi se lança immédiatement en une puissante attaque sur son flanc gauche et ses arrières — de l'est et du nord — au moment même où il commençait à se retirer ; mais sa droite était couverte par le palais du roi et la tête de cette colonne entrait déjà dans la Rue des Pompes.

Alors certains parmi les plus immenses des dragons avancèrent et leurs regards étaient furieux dans le brouillard, et il dut ordonner à la compagnie de partir au pas de course, combattant sur leur gauche et au hasard ; mais Glorfindel tint l'arrière avec vaillance et de nombreux compagnons de la Fleur d'Or tombèrent en cet endroit. De cette manière ils passèrent la Rue des Pompes et atteignirent Gar Ainion, la Place des Dieux ; et celle-ci était très ouverte et en son milieu le lieu le plus élevé de toute la cité. Ici Tuor cherche un endroit où mettre en place une malheureuse résistance et il a peu d'espoir de faire grand chemin encore ; mais voici, l'ennemi semble déjà ralentir et pratiquement plus aucun ne les suit encore, et ceci dépasse l'entendement. Maintenant vient Tuor à leur tête au Lieu de Noce, et voici ! là se dresse Idril devant lui avec ses cheveux lâchés comme avant, le jour de leur mariage ; et grand est son étonnement. À ses côtés se tenait Voronwë et nul autre, mais Idril ne vit même pas Tuor, car son regard était posé en arrière sur la Place du Roi qui s'étendait à présent un peu au-dessous d'eux. Puis toute cette armée fit halte et ils regardèrent derrière eux cherchant où ses yeux étaient dirigés et leurs cœurs se figèrent ; car maintenant ils voyaient pourquoi l'ennemi les pressait si peu et la raison de leur salut. Voici ! un dragon était lové sur les marches mêmes du palais et souillait leur blancheur ; mais des nuées d'Orcs le pillaient et traînaient au-dehors des femmes et des enfants oubliés ou bien tuaient des hommes qui combattaient seuls. Glingol était flétri jusqu'à la base du tronc et Bansil entièrement noirci, et la tour du roi était assiégée. Très loin dans les hauteurs ils pouvaient entrapercevoir la silhouette du roi, mais autour de la base un serpent de fer crachant de la flamme fouettait et ramait de la queue, et les Balrogs l'entouraient ; et là était la maison du roi en grande détresse, et des cris terribles portaient jusqu'aux observateurs. Ainsi se fit-il que le sac des palais de Turgon et cette résistance si vaillante de la maison royale occupèrent l'esprit de l'ennemi, de sorte que Tuor pût s'en aller de là avec sa compagnie, et se tenait maintenant en larmes sur la Place des Dieux.

Alors Idril dit : "Malheur à moi dont le père attend la fin sur sa plus haute tour ; mais sept fois malheur à celle dont le seigneur qui est tombé devant Melko ne rentrera jamais plus dans son foyer !" — car elle était égarée par l'agonie de cette nuit.

Alors Tuor dit : "Voici ! Idril, je suis là, et je vis ; pourtant maintenant vais-je mener ton père ici, dussé-je le sortir des Enfers de Melko !" Disant cela, il voulut redescendre la colline seul, rendu fou par la douleur de son épouse ; mais elle, reprenant ses esprits en un orage de larmes, s'agrippa à ses genoux disant : "Mon seigneur ! mon seigneur !" et le retarda. Mais même comme ils parlaient un grand bruit accompagné de grands cris s'éleva de ce lieu de malheur. Voici, la tour s'embrasa en une grande flamme et s'effondra en un poignard de feu, car les dragons en avaient broyé la base avec tous ceux qui étaient là. Grand fut le fracas de cette chute terrible, et avec elle s'en fut Turgon Roi des Gondothlim, et en cette heure la victoire appartint à Melko.

Alors Idril dit pesamment : “Triste est l’aveuglement du sage” ; mais Tuor dit : “Triste aussi est l’entêtement de ceux que nous aimons — pourtant ce fut une faute vaillante”, puis se baissant, il la souleva et l’embrassa, car elle était plus pour lui que tous les Gondothlim réunis ; mais elle pleura amèrement son père. Alors Tuor se tourna vers les capitaines et leur dit : “Voici, nous devons quitter cet endroit en toute célérité, sans quoi nous nous ferons cerner” ; et ils avancèrent alors avec toute la rapidité qu’ils pouvaient fournir et s’en furent loin de ce lieu avant que les Orcs ne fussent lassés de dévaster le palais et de se réjouir de la chute de la tour de Turgon.

Maintenant ils se trouvent dans le quartier au sud de la cité et ils ne croisent plus que des groupes épars de pillards qui s’enfuient à leur approche ; pourtant ils trouvent des flammes et des incendies partout autour d’eux causés par cet ennemi sans pitié. Ils rencontrent des femmes, certaines avec des nourrissons et d’autres chargées de sacs, mais Tuor ne leur permit pas d’emporter quoi que ce fût sauf quelque nourriture. Parvenant maintenant enfin en un plus grand calme, Tuor demanda des nouvelles à Voronwë, car Idril ne parlait point et était au bord de l’évanouissement ; et Voronwë lui dit la manière dont elle et lui avaient attendu devant les portes de la maison tandis que le bruit des combats s’accroissait et secouait leurs cœurs ; et Idril pleurait l’absence de nouvelles de Tuor. A la fin elle avait hâté la plus grande partie de sa garde en bas dans le passage secret avec Eärendel, les contraignant à partir par des paroles autoritaires, et pourtant grand fut son chagrin à cette séparation. Elle allait demeurer, dit-elle, et ne chercherait pas à vivre après son seigneur ; puis elle s’en retourna rassembler les femmes et les gens égarés et les hâter dans le tunnel, et aussi frapper les pillards avec son petit groupe ; et ils ne purent la dissuader de porter une épée.

À la fin ils étaient tombés sur une troupe un peu trop nombreuse, et Voronwë n'avait pu la tirer de là que par la fortune des Dieux, car tous ceux qui les accompagnaient avaient péri, et leur ennemi brûla la demeure de Tuor ; mais ne trouvèrent point la voie secrète. "À cela, dit Voronwë, ta dame s'égara dans le malheur et l'épuisement, et, hors d'elle, s'en fut dans la cité à ma grande crainte — et je ne pus la convaincre de s'échapper de l'incendie."

Après ces paroles ils vinrent aux remparts du sud et près de la maison de Tuor ; et voici ! elle était détruite et les débris étaient tout enfumés, et de cela Tuor fut pris d'une colère amère. Mais il y eut un bruit qui présageait l'arrivée des Orcs, et Tuor envoya la compagnie aussi rapidement que possible au bas de ce chemin secret.

Maintenant y a-t-il grande douleur sur ces marches lorsque ces exilés font leurs adieux à Gondolin ; pourtant ils n'ont que peu d'espoir d'une vie future au-delà des collines, car comment un seul d'entre eux pourra-t-il se glisser d'entre les mains de Melko ?

Heureux est Tuor lorsque tous ont passé l'entrée et sa crainte s'allège ; en vérité, c'est par la fortune des Valar seule que toute cette foule a réussi à s'y introduire sans être vue des Orcs. Certains restent maintenant qui ayant jeté leurs armes de côté travaillent avec des pioches au-dedans et bloquent l'entrée du passage, rattrapant alors le reste de l'armée comme ils le peuvent. Mais lorsque ces gens eurent descendu l'escalier jusqu'au niveau de la vallée la chaleur s'accrut en un tourment dû au feu des dragons qui rôdaient dans la cité ; et ils étaient proches en effet, car la mine n'était pas en cet endroit très profondément enfouie dans la terre. Des roches furent libérées par les tremblements du sol et en tombant en écrasèrent beaucoup, et des fumées flottaient dans l'air de sorte que leurs torches et leurs lanternes s'éteignirent. Ici ils trébuchèrent sur les corps de certains qui étaient passés avant et qui avaient péri et Tuor avait force crainte pour Eärendel ; et ils s'avancèrent en grande obscurité et angoisse. Durant presque deux heures ils furent dans ce tunnel de la terre, et vers sa fin il était à peine achevé, mais grossièrement taillé sur les côtés et au plafond bas [31].

Alors ils vinrent à la fin à l'ouverture du tunnel amoindris presque d'un dixième de leur compagnie, et il débouchait savamment dans un large bassin où de l'eau s'était étendue un jour mais qui était maintenant rempli d'épaisses broussailles. Ici était rassemblée une foule non pas des moindres de gens serrés qu'Idril et Voronwë avaient hâtés au bas du chemin caché avant eux, et ils pleuraient doucement d'épuisement et de chagrin, mais Eärendel n'était point là. À cela Tuor et Idril conçurent une atroce douleur de cœur [32]. Une lamentation aussi s'élevait de tous les autres car au milieu de la plaine qui les entourait se dressait au loin la colline d'Amon Gwareth couronnée de flammes, où s'était élevée la cité resplendissante de leur demeure. Des dragons-de-feu l'entourent et des monstres de fer entrent et sortent par ses portes, et terrible est la mise à sac des Balrogs et des Orcs. Ceci donne quelque réconfort néanmoins aux meneurs, car ils jugent que la plaine doit être presque désertée par les gens de Melko sauf à proximité de la cité, car là-bas sont parties toutes ses créatures maléfiques pour se délecter de cette destruction.

“Maintenant, dit alors Galdor, nous devons partir aussi loin d'ici qu'il se peut vers les Montagnes Encerclantes avant que l'aube ne nous surprenne, et cela ne nous offre pas grand laps de temps, car l'été est proche [33].” À cela s'éleva une dissension, car un certain nombre déclara que c'était folie que se diriger vers la Cristhorn comme Tuor en avait l'intention. “Le soleil, dirent-ils, sera levé longtemps avant que nous ayons gagné les contreforts, et nous serons submergés dans la plaine par ces dragons et ces démons. Partons plutôt vers Bad Uthwen, le Chemin d'Évasion, car cela ne représente que la moitié du voyage, et ceux parmi nous qui sont blessés ou épuisés peuvent espérer parcourir cette distance sinon plus encore."

Mais Idril s'éleva contre ce conseil, et persuada les seigneurs de ne point faire confiance à la magie de ce chemin qui l'avait auparavant protégé de la découverte : "Car quelle magie peut encore tenir si Gondolin est tombée ?" Néanmoins une grande compagnie d'hommes et de femmes se sépara de Tuor et s'en fut vers Bad Uthwen, et là dans les mâchoires d'un monstre qui par la ruse de Melko conseillé par Meglin attendait à l'autre issue que personne n'a franchie. Mais les autres, menés par un certain Legolas Feuille-Verte de la maison de l'Arbre, qui connaissait cette plaine entière de jour ou d'ombre, et qui voyait la nuit, traversèrent la vallée très rapidement malgré leur épuisement, et ne firent halte qu'après une très longue marche. Alors la Terre entière était étendue de la lumière grise de cette triste aube qui ne contemplait plus maintenant la beauté de Gondolin ; mais la plaine était emplie de brumes — et cela était un prodige, car aucune brume ni brouillard n'y étaient jamais venus auparavant, et ceci peut-être provenait du sort de la fontaine du roi. Une fois de plus, ils se levèrent, et couverts par les vapeurs continuèrent longtemps après l'aube en sécurité, jusqu'à ce qu'ils fussent déjà trop loin pour que quiconque les aperçût dans ces airs brumeux depuis la colline ou les murs en ruine.

Maintenant les Montagnes ou plutôt leurs plus bas contreforts étaient de ce côté à sept lieues moins un mille de Gondolin, et Cristhorn, la Faille des Aigles à deux lieues en amont depuis le pied des montagnes, car elle se trouvait à une grande hauteur ; et ils avaient encore deux lieues et presque trois à traverser parmi les éperons et les contreforts, et ils étaient fort épuisés [34]. À cette heure, le soleil était suspendu bien plus haut qu'une selle sur les collines de l'est, et elle * était

* Cf. *Le Conte du Soleil et de la Lune*, où le Soleil est dirigé par Urwendi, figure féminine. (*N.d.T.*)

très rouge et très grosse ; et les brumes qui les entouraient furent levées, mais les ruines de Gondolin étaient entièrement cachées comme dans un nuage. Voici, maintenant, lors de l'éclaircissement des airs ils virent, à peine quelques centaines de mètres plus loin, un petit groupe d'hommes qui fuyaient à pied, et ceux-ci étaient poursuivis par une étrange cavalerie, car des Orcs montaient de grands loups, comme il leur parut, brandissant des lances. Alors Tuor dit : “Voici ! là se trouve Eärendel mon fils ; voyez, son visage brille comme une étoile dans la désolation [35], et mes hommes de l'Aile l'entourent, et ils sont en pénible situation.” Immédiatement, il choisit cinquante hommes parmi les moins épuisés, et laissant la plus grande partie de la compagnie derrière à le suivre il franchit la plaine accompagné de cette troupe aussi rapidement que l'autorisait la force qui leur restait. Venant maintenant à portée d'une voix, Tuor cria aux hommes entourant Eärendel de s'arrêter et de ne plus s'enfuir, car les cavaliers aux loups les dispersaient et les tuaient les uns après les autres, et l'enfant était sur les épaules d'un certain Hendor, un homme de la maison d'Idril, et il semblait prêt à être abandonné avec sa charge. Ils se tinrent alors dos à dos, Hendor et Eärendel au centre ; mais Tuor les rattrapa bientôt, bien que sa troupe entière fût hors d'haleine.

Il y avait une vingtaine de cavaliers aux loups, et des hommes qui entouraient Eärendel il n'en restait que six en vie ; Tuor avait donc déployé ses hommes en un croissant d'une seule rangée, et il espérait ainsi envelopper les cavaliers, de crainte que l'un d'entre eux ne s'échappât en portant des nouvelles à la grande armée et pût ainsi mener les exilés à la ruine. Il réussit, de sorte qu'ils ne furent que deux à s'échapper, et ceux-là étaient blessés et privés de leurs montures, et leurs nouvelles parvinrent donc trop tard à la cité.

Heureux fut Eärendel de saluer Tuor, et Tuor ravi de son enfant ; mais Eärendel dit : “J'ai soif, père, car j'ai couru loin — et Hendor n'avait point besoin de me porter." À cela son père ne dit rien, n'ayant pas d'eau, et pensant aux besoins de toute la compagnie qu'il conduisait ; mais Eärendel dit encore : "Ce fut bien de voir Meglin mourir ainsi, car il eût posé ses bras autour de ma mère — et je ne l'aimais point ; mais je n'aurais voulu voyager par aucun tunnel pour tous les cavaliers aux loups de Melko." Alors Tuor sourit et le plaça sur ses épaules. Peu de temps après cela le gros de la compagnie les rattrapa, et Tuor donna Eärendel à sa mère qui était en grande joie ; mais Eärendel ne voulut pas être porté dans ses bras, car il dit : "Mère Idril, tu es épuisée, et les guerriers en mailles ne chevauchent point parmi les Gondothlim, hormis le vieux Salgant !" et sa mère rit au milieu de sa douleur ; mais Eärendel dit : "Non, mais où se trouve Salgant ?" — car Salgant lui avait conté de pittoresques histoires ou bien lui avait joué des drôleries parfois, et Eärendel avait ri beaucoup du vieux Gnome en ces jours où il venait souvent et encore à la maison de Tuor, aimant fort le bon vin et les doux repas qu'il recevait là. Mais nul ne put dire où se trouvait Salgant, et ils ne le peuvent toujours pas. Peut-être fut-il englouti par le feu dans son lit ; pourtant certains ont dit qu'il fut emmené en captivité aux palais de Melko et qu'il devint son bouffon — et cela est un destin malheureux pour un noble de la belle race des Gnomes. Alors Eärendel s'attrista à cela, et il marcha aux côtés de sa mère en silence.

Maintenant parvinrent-ils aux contreforts et c'était alors la pleine matinée mais il faisait encore gris et là près du début du chemin ascendant les gens s'étendirent et se reposèrent dans un petit vallon frangé d'arbres et de noisetiers, et ils furent nombreux à dormir malgré le péril, car ils étaient absolument à bout de forces. Pourtant Tuor établit un guet très strict, et lui-même ne dormit point. Ici, ils firent un repas de rare nourriture et de copeaux de viandes ; et Eärendel étancha sa soif et joua près d'un petit ruisseau. Il dit alors à sa mère : "Mère Idril, je voudrais que nous ayons le bon Ecthelion de la Fontaine ici pour me jouer de sa flûte, ou pour me faire des sifflets de saules ! Peut-être est-il parti de l'avant ?" Mais Idril dit que non, et raconta ce qu'elle avait entendu de sa fin. Alors Eärendel dit que cela lui était égal de ne jamais plus revoir les rues de Gondolin, et il pleura des larmes amères ; mais Tuor dit qu'il ne verrait plus jamais ces rues, "car Gondolin n'est plus".

Après cela, près de l'heure où le soleil tombe derrière les collines, Tuor ordonna à la compagnie de se relever, et ils avancèrent encore par de rudes chemins. Bientôt l'herbe s'évanouit et laissa la place à des pierres moussues, et les arbres disparurent, et même les pins et les mélèzes se firent parsemés. Vers le coucher du soleil le chemin sinua tant derrière un éperon des collines qu'ils ne purent encore regarder en direction de Gondolin. Là, toute cette compagnie se tourna, et voici ! la plaine est claire et souriante dans la dernière lumière comme auparavant ; mais au loin comme ils contemplaient la scène, un grand éclair jaillit dans le nord assombri — et c'était là la chute de la dernière tour de Gondolin, celle-là même qui s'élevait à côté de la porte du sud, et dont l'ombre tombait souvent sur les murs de la maison de Tuor. Alors le soleil tomba, et ils ne virent plus Gondolin.

Maintenant le col de Cristhorn, qui est la Faille des Aigles, est d'un parcours difficile, et cette armée ne s'y serait point aventurée de nuit, dépourvue de lanternes et sans torches, et très fatiguée et encombrée de femmes et d'enfants et d'hommes malades et abattus, n'eût été la grande crainte des éclaireurs de Melko, car c'était une vaste compagnie et elle ne pouvait voyager en grand secret. L'obscurité tomba rapidement comme ils s'approchèrent de cet endroit élevé, et ils durent s'échelonner en une longue file dispersée. Galdor et un groupe d'hommes armés de lances allèrent de l'avant, et Legolas était avec eux, dont les yeux étaient comme ceux des chats dans l'obscurité, et pourtant ils pouvaient voir plus loin encore. Suivaient derrière les femmes les moins épuisées soutenant les malades et les blessés qui pouvaient aller à pied. Idril était avec celles-ci, et Eärendel qui avait une bonne endurance, mais Tuor était au milieu derrière eux avec tous ses hommes de l'Aile, et ils en portaient certains qui étaient blessés grièvement, et Egalmoth était avec lui, mais il avait reçu une blessure durant cette sortie de la place. Derrière encore venaient de nombreuses femmes avec des nourrissons, et des filles, et des hommes éclopés, et pourtant le cheminement était assez lent pour eux. Tout à l'arrière voyageait le plus grand groupe d'hommes ingambes pour la bataille, et là était Glorfindel aux cheveux d'or.

Ainsi étaient-ils parvenus au Cristhorn, qui est un endroit malaisé en raison de sa hauteur, car cette faille est si élevée que ni printemps, ni été n'y viennent jamais, et il y fait très froid. En effet, tandis que la vallée danse dans le soleil, là, toute l'année la neige habite ces lieux désolés, et alors même qu'ils y arrivaient le vent hurlait, venant du nord derrière eux, et il mordait durement. De la neige tombait et tournoyait en tourbillons venteux et pénétrait leurs yeux, et ceci était funeste, car là le sentier est étroit, et à main droite ou du côté ouest un mur lisse s'élève à près de sept chaînées du chemin, avant d'éclater à son sommet en cimes déchiquetées où se trouvent maintes aires. Là demeure Thorndor Roi des Aigles, Seigneur du Thornhoth, que les Eldar nommèrent Sorontur. Mais de l'autre côté se trouve une chute ne tombant pas complètement en à-pic mais pourtant terriblement escarpée, et il y a de longues dents de roche pointant vers le haut de sorte que l'on peut descendre — ou tomber peut-être — mais en aucune manière remonter. Et de cette profondeur il n'y a d'évasion possible à aucune des extrémités pas plus que par les côtés, et Thorn Sir coule en son fond. Il y tombe au sud par un vaste précipice mais dans un mince courant, car il est un ruisseau étroit en ces hauteurs, et il prend son cours vers le nord après avoir coulé à peine un mille rocheux sur terre le long d'un passage étroit qui entre dans la montagne, et à peine un poisson pourrait-il s'y faufiler avec lui.

Galdor et ses hommes étaient arrivés maintenant au bout à proximité de l'endroit d'où Thorn Sir plonge dans l'abîme, et les autres s'éparpillaient, malgré tous les efforts de Tuor, presque tout au long du mille de cette voie périlleuse entre gouffre et falaise, de sorte que les gens de Glorfindel étaient à peine arrivés à son début, qu'un cri résonna dans la nuit à travers cette dure région. Voici, les hommes de Galdor furent soudain attaqués dans le noir par des formes qui bondissaient de derrière les rochers où ils avaient attendu, cachés même du regard de Legolas. Ce fut la pensée de Tuor qu'ils étaient tombés sur l'une des compagnies d'éclaireurs de Melko, et il ne craignit rien plus qu'une brusque échauffourée dans l'obscurité ; néanmoins, il renvoya les femmes et les invalides vers l'arrière et joignit ses hommes à ceux de Galdor, et il y eut une lutte sur le sentier périlleux. Mais maintenant des rochers tombèrent d'en haut, et les choses semblèrent prendre mauvaise tournure, car ils infligèrent des blessures douloureuses ; mais les événements parurent bien pires à Tuor lorsque le bruit des armes provint de l'arrière, et que des nouvelles lui furent annoncées par l'un de l'Hirondelle que des hommes avaient mis Glorfindel en mauvaise posture à l'arrière, et qu'un Balrog les accompagnait.

Alors il craignit grandement un piège, et cela s'était bien déroulé ainsi en vérité ; car des guetteurs avaient été placés par Melko tout autour des collines encerclantes. Pourtant la valeur des Gondothlim en entraîna tant vers l'assaut avant que la cité ne fût prise que ceux-ci n'étaient disposés que de façon éparse, et leur plus faible nombre était ici dans le sud. Néanmoins, l'un d'entre eux avait aperçu la compagnie au moment où elle commençait son chemin ascendant depuis le vallon de noisetiers, et un nombre aussi grand que possible avait été rassemblé contre elle, et avec l'intention de s'abattre sur elle à la fois par l'avant et par l'arrière le long de cette voie périlleuse de la Cristhorn. Maintenant Galdor et Glorfindel maintinrent leur position malgré la surprise de l'assaut, et maints Orcs furent jetés à grands coups dans le gouffre ; mais la chute des rochers semblait devoir anéantir toute leur vaillance, et la fuite de Gondolin s'achever en ruine. La lune autour de cette heure s'éleva au-dessus du col, et la pénombre s'éclaircit un peu, car sa pâle lueur filtra dans les endroits sombres ; pourtant elle n'éclairait pas le chemin à cause de la hauteur des murailles. Alors s'éleva Thorndor, Roi des Aigles, et il n'aimait point Melko, car Melko avait attrapé grand nombre de son peuple et les avait enchaînés contre des rochers pointus pour leur extorquer les paroles magiques par lesquelles il pourrait apprendre à voler (car il rêvait même de rivaliser avec Manwë dans les airs) ; et quand ils ne voulurent point parler, il leur trancha les ailes et chercha à en façonner une grande paire à son usage, mais elle ne servit point.

Maintenant lorsque la clameur du col s'éleva jusqu'à sa grande aire il dit : "Pourquoi ces choses immondes, ces Orcs des collines ont-ils grimpé près de mon trône ; et pourquoi les fils des Noldoli crient-ils dans les basses terres par peur des enfants de Melko le maudit ? Levez-vous, ô Thornhoth, dont les becs sont d'acier et les serres des épées !"

Là-dessus se produisit un mouvement comme d'un grand vent en des endroits rocheux, et le Thornhoth, le peuple des Aigles, fondit sur ces Orcs qui avaient escaladé les falaises au-dessus du chemin, et ils déchirèrent leurs visages et leurs mains et les jetèrent sur les rochers du Thorn Sir loin en contrebas. Alors les Gondothlim furent heureux, et ils firent de l'Aigle un emblème de leur peuple en des jours plus tardifs en signe de leur joie, et Idril le porta, mais Eärendel aimait plutôt l'Aile de Cygne de son père. Maintenant délivrés, les hommes de Galdor repoussèrent leurs opposants, car ils n'étaient pas très nombreux et l'arrivée soudaine du Thornhoth leur fit grand-peur ; et la compagnie avança à nouveau, bien que Glorfindel dût mener des combats en suffisance à l'arrière. Déjà la moitié avaient franchi le chemin périlleux et les chutes de Thorn Sir, lorsque ce Balrog qui accompagnait l'ennemi à l'arrière bondit puissamment sur certains rochers élevés qui rentraient dans le sentier sur le côté gauche au bord du gouffre, et de là en un bond de fureur il était au-delà des hommes de Glorfindel et parmi les femmes et les blessés à l'avant, cinglant de son fouet de flamme. Alors Glorfindel bondit en avant sur le Balrog et son armure dorée luisit étrangement sous la lune, et il entailla ce démon qui bondit à nouveau sur un vaste rocher et Glorfindel à sa suite. Maintenant s'engagea un combat mortel sur ce roc élevé au-dessus des gens ; et ceux-ci, pressés à l'arrière et harcelés à l'avant, s'étaient groupés si près que presque tous pouvaient voir, pourtant tout fut achevé avant que les hommes de Glorfindel pussent bondir à ses côtés. L'ardeur de Glorfindel repoussa ce Balrog de pointe en pointe, et son armure de mailles le défendit de son fouet et de sa griffe. Maintenant avait-il fait une lourde entaille dans son heaume de fer, maintenant tranché le bras fouettant de la créature au niveau du coude. Alors le Balrog dans le tourment de sa douleur et de sa peur bondit droit sur Glorfindel, qui le poignardait comme une piqûre de serpent ; mais il ne trouva qu'une épaule, et fut empoigné, et ils vacillèrent vers leur chute en haut du rocher. Alors la main gauche de Glorfindel chercha une dague, et il en donna un coup vers le haut et réussit à percer le ventre du Balrog tout près de son propre visage (car ce démon faisait deux fois sa taille) ; et il hurla, et tomba en arrière du rocher, et en tombant s'agrippa aux mèches jaunes de Glorfindel sous sa coiffe, et tous deux tombèrent dans le gouffre.

Maintenant ce fut une chose très douloureuse, car Glorfindel était grandement chéri — et voici ! le bruit de leur chute résonna de par les collines, et l'abîme de Thorn Sir fit écho. Et, lorsqu'ils entendirent le cri d'agonie du Balrog, les Orcs à l'avant et à l'arrière hésitèrent et furent tués ou bien s'enfuirent très loin, et Thorndor lui-même, un oiseau puissant, descendit dans le gouffre et remonta le corps de Glorfindel ; mais le Balrog demeura, et l'eau de Thorn Sir coula noire durant bien des jours loin en aval en Tumladin.

Toujours, les Eldar disent lorsqu'ils voient un combat courageux d'un pouvoir bien faible contre une furie de maléfice : "Hélas ! C'est Glorfindel et le Balrog", et leurs cœurs souffrent encore pour ce doux Elfe des Noldoli. Par amour, malgré leur hâte et leur crainte de la venue de nouveaux ennemis, Tuor fit élever un grand tertre de pierres au-dessus de Glorfindel juste en cet endroit tout de suite après la voie périlleuse près du précipice du Ruisseau des Aigles, et Thorndor n'a jamais permis qu'un malheur lui soit occasionné, mais des fleurs jaunes sont venues jusque-là et fleurissent toujours maintenant autour de ce tertre en ces lieux inhospitaliers ; mais les gens de la Fleur d'Or pleurèrent lors de son édification et ne purent étancher leurs larmes.

Maintenant qui parlera des errances de Tuor et des exilés de Gondolin dans les terres désolées qui s'étendent au-delà des montagnes au sud de la vallée de Tumladin ? Ils connurent des misères, et la mort, des froidures et des famines, et des guets incessants. Qu'ils réussissent jamais à traverser ces régions infestées du mal de Melko résulta du grand massacre et des grands dommages que connut son pouvoir lors de cet assaut, et de la rapidité et de la précaution avec lesquelles Tuor les mena ; car il était certain que Melko connaissait leur évasion et qu'il était furieux de cela. Dans les lointains océans, Ulmo avait entendu des nouvelles des gestes qui furent accomplis, mais il ne pouvait encore les aider car ils étaient loin des eaux et des rivières — et en vérité ils étaient douloureusement assoiffés, et ils ne connaissaient point le chemin.

Mais au bout d'un an et plus d'errances, durant lesquelles maintes fois ils furent enchevêtrés dans la magie de ces landes et voyagèrent longtemps seulement pour revenir sur leurs propres pas, l'été vint à nouveau, et près de son apogée [36] ils arrivèrent enfin près d'un ruisseau, et en suivant celui-ci parvinrent en des terres meilleures et s'en trouvèrent un peu réconfortés. Ici Voronwë les guida, car il avait saisi un murmure d'Ulmo dans ce ruisseau tard une nuit d'été — et il recevait toujours grande sagesse du son des eaux. Maintenant il les mena même jusqu'à ce qu'ils descendissent au Sirion que nourrissait ce ruisseau, et alors Tuor et Voronwë, tous deux, virent qu'ils se trouvaient non loin de cette ancienne issue du Chemin d'Évasion, et qu'ils étaient une fois de plus dans cette profonde vallée d'aulnes. Ici tous les buissons étaient piétinés et les arbres brûlés, et le mur de la vallée était barré de profondes cicatrices de flamme, et ils pleurèrent, car ils pensèrent connaître le sort de ceux qui se séparèrent d'eux auparavant à la bouche du tunnel.

Maintenant ils voyagèrent en descendant cette rivière mais furent à nouveau dans la crainte de Melko, et combattirent en des échauffourées avec ces bandes d'Orcs et furent mis en péril par des cavaliers aux loups, mais ses dragons-de-feu ne les cherchèrent point, à la fois du fait du grand épuisement de leurs feux lors de la prise de Gondolin, et du pouvoir croissant d'Ulmo à mesure que la rivière s'élargissait. Ainsi, ils vinrent au bout de maints jours — car ils allèrent lentement et eurent peine à trouver nourriture — en ces vastes landes et moraines au-dessus du Pays des Saules, et Voronwë ne connaissait point ces régions. Maintenant ici le Sirion suit un très long parcours sous la terre, plongeant dans la grande caverne des Vents Tumultueux, mais coulant à l'air libre à nouveau au-dessus des Étangs du Crépuscule, là même où Tulkas [37] combattit plus tard avec Melko en personne. Tuor avait traversé ces régions de nuit et au crépuscule après qu'Ulmo fut venu à lui parmi les roseaux, et il ne se souvenait pas des chemins. Par endroits cette terre est pleine de tromperies et très marécageuse ; et ici l'armée connut de grands retards et fut troublée par des mouches pénibles, car c'était encore l'automne, et des fièvres et des maladies passèrent parmi eux, et ils maudirent Melko.

Pourtant ils vinrent enfin aux vastes étangs et aux bords du si tendre Pays des Saules ; et le souffle même des vents de cette région leur amena paix et repos, et grâce au réconfort de cet endroit la douleur de ceux qui étaient en deuil des morts de cette grande chute fut calmée. Là, femmes et jeunes filles devinrent belles à nouveau et leurs malades furent guéris, et de vieilles blessures cessèrent de les tourmenter ; pourtant eux seuls qui avec raison craignaient que leurs familles vécussent encore en esclavage amer dans les Enfers de Fer ne chantèrent point, et non plus ne sourirent.

Ici ils demeurèrent très longtemps en vérité, et Eärendel était un garçon mature avant que la voix des conches d'Ulmo n'attirât le cœur de Tuor, et que sa langueur pour la mer revînt animée d'une soif d'autant plus profonde qu'elle avait été étouffée au cours des ans ; et toute cette armée se leva lorsqu'il le commanda, et ils descendirent le Sirion jusqu'à la Mer.

Maintenant les gens qui étaient entrés dans la Faille des Aigles et qui avaient vu la chute de Glorfindel étaient près de huit centaines — une grande équipée, et pourtant un triste restant d'une cité si douce et si nombreuse. Mais ceux qui se levèrent des herbes du Pays des Saules des années plus tard et qui partirent vers la mer, lorsque le printemps sertit les prés de chélidoine et qu'ils eurent célébré de tristes fêtes en souvenir de Glorfindel, ceux-ci n'étaient plus qu'au nombre de trois centaines et une vingtaine d'hommes et d'enfants-hommes, et de deux centaines et trois vingtaines de femmes et d'enfants-femmes. Maintenant le nombre de femmes était réduit car elles se cachèrent ou furent tenues en des lieux secrets de la cité par leurs familles. Là, elles furent brûlées ou tuées ou prises et emmenées en esclavage, et les équipées venues à leur secours les retrouvèrent trop rarement ; et il est du plus grand regret de penser à cela, car les damoiselles et les femmes de Gondolin étaient belles comme le soleil et ravissantes comme la lune et plus resplendissantes que les étoiles. La gloire habita cette cité de Gondolin aux Sept Noms, et sa ruine fut la plus terrible de tous les sacs des cités de la surface de la Terre. Ni Bablon, ni Ninwi, ni les tours de Trui, ni chacune des prises de Rûm, qui est la plus grande parmi les Hommes, ne virent une terreur telle que celle qui s'abattit en ce jour sur Amon Gwareth parmi le peuple des Gnomes ; et on la considère comme la pire œuvre que Melko ait encore jamais conçue de par le monde.

Pourtant maintenant ces exilés de Gondolin demeurèrent à l'embouchure du Sirion près des vagues de la Grande Mer. Là prennent-ils le nom de Lothlim, le peuple de la fleur, car Gondothlim est un nom trop douloureux pour leurs cœurs ; et bel parmi les Lothlim, Eärendel grandit dans la maison de son père [38], et le grand conte de Tuor en vient à son déclin. »

Alors dit Petitcœur fils de Bronweg : « Hélas pour Gondolin. »

Et personne dans toute la Salle-aux-bûches ne parla ni ne bougea durant un long moment.

NOTES

1. Il ne s'agit pas bien entendu du grand voyage des Eaux de l'Éveil jusqu'à la Mer, mais de l'expédition des Elfes de Kôr au secours des Gnomes (cf. I.39-40).

2. Un *korin* est défini dans *La Chaumière du Jeu Perdu* (I.26) comme « une grande haie circulaire, qu'elle soit faite de pierres ou d'épines ou même d'arbres, qui limite une pelouse » ; Meril-i-Turinqi demeurait « dans un grand *korin* d'ormes ».

3. *Tôn a Gwedrin* est le nom du Feu-aux-contes.

4. Une directive a été notée ici, puis barrée : « Voir ensuite le Nauglafring ».

5. Au sujet de Heorrenda, voir p. 377, 418. Un blanc laissé après les mots « c'est ainsi » marquait la place du poème en vieil-anglais qui devait être inséré, mais je ne possède aucune indication quant à sa nature.

(Dans les notes suivantes, « la lecture originale » renvoie au texte de Tuor A, *et de* Tuor B *avant correction. Cela n'implique pas que la version de* Tuor A *se trouvait effectivement dans le texte initial écrit au crayon à papier [ce qui, dans la grande majorité des cas, ne peut pas être déterminé].)*

6. Ce passage, qui commence par la phrase « Et Tuor pénétra dans cette caverne... », p. 198, est un remplacement ultérieur écrit sur une feuille volante (voir p. 195). Le passage était pour l'essentiel similaire pour ce qui est de la signification, mais contenait l'idée suivante :

> Maintenant en creusant le tracé de cette rivière entre les collines les Noldoli travaillèrent à l'insu de Melko qui en ces jours profonds les tenait encore cachés et au service de sa volonté. Plutôt furent-ils incités par Ulmo qui luttait toujours contre Melko ; et par le biais de Tuor, il espérait concevoir pour les Gnomes une libération de la terreur du mal de Melko.

7. « trois jours » : remplacement de « trois années » dans chaque texte, mais « jours ? » inscrit au crayon au-dessus d'« années » dans *Tuor B*.

8. L'évolution des oiseaux-marins par l'entremise d'Ossë a été décrite dans le conte de *La Venue des Elfes*, I.169-170 ; la phrase provient ici du texte initial au crayon de *Tuor A*.

9. Dans la version dactylographiée de *Tuor C*, on trouve un blanc, rempli par la suite avec le nom « Ulmo », et non pas le terme générique « Ainur ».

10. La lecture initiale était : « Toi, Tuor au cœur solitaire, les Valar ne veulent point que tu demeures pour toujours en des lieux de douceur d'oiseaux et de fleurs ; et ils n'auraient point non plus voulu te mener à travers ce doux pays... »

11. *Tuor C* ajoute ici : « avec l'aide d'Ulmo ».

12. La référence à la Bataille des Larmes Innombrables est un ajout ultérieur dans *Tuor B*. La lecture antérieure était : « qui seul échappa au pouvoir de Melko lorsqu'il emprisonna leur peuple... ».

13. Dans *Tuor A* et *B*, Voronwë est le nom employé dans tous les cas, mais cette phrase, contenant la forme Bronweg, est un ajout dans *Tuor B* (remplaçant la phrase initiale, « Maintenant au bout de maintes journées les deux Elfes découvrirent un vallon profond »).

14. La version dactylographiée de *Tuor C* donne ici :

> que nul être, sauf du sang des Noldoli ne pût la découvrir, fût-ce par chance ou par longue quête. Ainsi était-elle à l'abri de tout malheur hormis la traîtrise seule, et jamais Tûr n'y serait parvenu, n'eût été la résolution de ce Gnome Voronwë.

Dans la phrase suivante *Tuor C* donne : « Pourtant même ainsi il n'était pas rare que les plus braves parmi les Gnomes en servitude se glissassent le long de la rivière Sirion depuis les montagnes douloureuses. »

15. La lecture initiale donnait : « ils comprirent ses paroles, bien que la langue des Noldoli libres se fût quelque peu transformée à cette époque par rapport à celle des tristes esclaves de Melko ». Le texte dactylographié de *Tuor C* donne : « ils le comprirent car c'étaient des Noldoli. Alors Tûr parla aussi dans la même langue... ».

16. La lecture initiale donnait : « C'était tôt le matin lorsqu'ils s'approchèrent des portes et maints yeux les contemplaient » Mais lorsque Tuor et Voronwë voient Gondolin pour la première fois c'est à la « lumière nouvelle du matin » (p. 210), et la cité était à « une journée de marche légère » ; d'où le changement ultérieur dans *Tuor B.*

17. « Être Maléfique » : correction d'« Ainu ».

18. Ce passage, à partir de « Il était rude d'aspect… » remplace sur une feuille séparée le texte initial qui donnait :

> Tuor était de bel aspect mais rude et ses mèches étaient hirsutes et il était vêtu de peaux d'ours, pourtant sa taille n'était pas si grande au sein de son propre peuple, mais les Gondothlim, bien qu'ils ne fussent pas courbés comme l'étaient tant de leur peuple qui peinaient à creuser et à marteler sans cesse au service de Melko, étaient petits et minces et agiles.

Le passage initial affirme que les Hommes étaient par nature plus grands que les Elfes de Gondolin. Voir pp. 190, 289.

19. « venu ici » : « échappé de Melko », *Tuor C.*

20. « gens » : lecture initiale, « hommes ». C'est le seul cas où « hommes » a été remplacé lorsqu'il s'agissait d'Elfes. L'usage est constant dans *La Chute de Gondolin* et l'on trouve même une occurrence dans une référence étrange aux armées de Melko : « mais maintenant les hommes de Melko ont rassemblé leurs forces » (p. 247).

21. Dans *Tuor B*, mon père a placé entre crochets le passage s'achevant ici et commençant par les mots « Alors le cœur de Tuor fut lourd » (p. 216). Sur une feuille séparée renvoyant à ce passage il a écrit :

> (Si néc[essaire]) : Maintenant est raconté comment Idril fille du roi ajouta ses paroles à la sagesse du roi de sorte que Turgon demanda à Tuor de se reposer un temps à Gondolin, et, possédant une sagesse de ce qui était à venir le persuada finalement de demeurer là. Comment il en vint à aimer la fille du roi, Idril aux Pieds d'Argent, et comment on lui enseigna avec pénétration le savoir de ce grand peuple et comment il apprit son Histoire et l'Histoire des Elfes. Comment Tuor grandit en savoir et acquit de la puissance au sein des conseils des Gondothlim.

La seule divergence narrative avec le texte réside dans l'introduction d'Idril, la fille du roi, comme élément décisif de l'installation de Tuor à Gondolin. Le passage demeure pour autant un résumé extrêmement concis du récit de l'instruction de Tuor à Gondolin, en omettant ce qu'indique le texte au sujet des préparatifs des Gondothlim contre un assaut de l'extérieur. Cependant, je ne pense pas qu'il s'agissait d'une proposition de réduction du conte ; les mots « si nécessaire » suggèrent plutôt que mon père pensait simplement à un résumé pour un récit oral — c'est-à-dire lorsqu'il lut le conte devant le Club d'Essais du Collège d'Exeter au printemps 1920 ; voir p. 195. Je donne une autre proposition de réduction dans la note 31.

22. Ce passage, qui commence avec les mots « Idril également avait conçu un grand amour pour Tuor », était écrit sur une feuille séparée et remplace le texte original :

Le roi, lorsqu'il entendit ceci, et découvrit que son enfant Idril, appelée Irildë par les Eldar, aimait Tuor en retour, consentit à ce qu'ils fussent mariés, vu qu'il n'avait pas de fils, et que Tuor constituerait dans sa famille un membre de force et de réconfort. Là Idril et Tuor convolèrent devant le peuple dans cette Place des Dieux, Gar Ainion, près du palais du roi ; et cette noce fut un jour de réjouissances pour la cité de Gondolin, mais de…

Le passage de remplacement indique que le mariage de Tuor et d'Idril fut la première mais non pas la dernière union entre Homme et Elfe, alors que dans la Liste-de-noms accompagnant *La Chute de Gondolin* Eärendel était « le seul être mi-Eldalië et mi-Homme » (voir p. 284).

23. La phrase « et ce conte d'Isfin et d'Eöl ne peut ici être raconté ici » est un rajout à *Tuor B*. Voir p. 289.

24. Lecture originale : « un nom forgé dans la langue des Gondothlim ».

25. Les saphirs donnés à Manwë par les Noldoli sont mentionnés dans *La Venue des Elfes* (I.176). Le texte initial au crayon à papier de *Tuor A* est lisible ici : « plus bleu encore que les saphirs de Súlimo ».

26. Le passage s'achevant ici et commençant par « Ainsi donc cet hiver amer s'écoula » avait été inséré sur une feuille séparée dans *Tuor B* (mais ne faisait pas partie de la dernière « strate » de corrections) ; il est venu remplacer un passage beaucoup plus bref qui date du texte initial de *Tuor A* :

> Maintenant lors du solstice d'hiver au début du soir le soleil s'enfonça derrière les montagnes et voici ! lorsqu'elle eut disparu une lumière s'éleva au-delà des collines vers le nord et les hommes s'émerveillèrent…

Voir notes 33 et 36.

27. Le Cœur Écarlate : le cœur de Finwë Nólemë, le père de Turgon, fut arraché par les Orcs durant la Bataille des Larmes Innombrables, mais Turgon le regagna et il devint son blason ; voir I.323 et note 11 (I.329).

28. Ce passage décrivant le déploiement des maisons des Gondothlim et leurs blasons a été relativement peu affecté par la révision ultérieure de *Tuor A* ; la plus grande partie subsiste dans le texte au crayon, qui n'a pas été effacé, et tous les noms semblent dater de cette composition initiale.

29. Le passage sur la mort d'Ecthelion reste lisible dans le texte initial au crayon et la révision n'a introduit que quelques changements dans les tournures employées.

30. Cette phrase, à partir de « et tous tressaillirent », a été rajoutée à *Tuor B* ; au sujet de cette prophétie, voir I.232.

31. De « Maintenant vient Tuor à leur tête au Lieu de Noce » (p. 251) jusqu'ici, le passage de *Tuor B* était entre crochets ; une feuille insérée et renvoyant à ce passage entre crochets donne :

> Comment Tuor et ses gens découvrirent Idril qui errait hébétée dans le Lieu des Dieux. Comment Tuor et Idril virent le saccage du Palais du roi et la ruine de la Tour du Roi et le trépas du roi depuis ce lieu élevé, et donc l'ennemi ne les suivit point. Comment Tuor entendit des nouvelles, grâce à Voronwë, qu'Idril avait fait descendre Eärendel et sa garde dans le passage caché, et était sortie dans la ville à la recherche de son époux ; comment grandement menacés par l'ennemi ils avaient sauvé nombre de ceux qui s'enfuyaient et les avaient fait

descendre dans le passage caché. Comment Tuor mena son armée grâce à la fortune des Dieux jusqu'à la bouche de ce passage, et comment tous descendirent sur la plaine, scellant complètement l'entrée derrière eux. Comment la compagnie chagrinée trouva une issue dans un creux du vallon de Tumladin.

Ce plan est un simple résumé du texte tel qu'il a été écrit ; je suppose qu'il s'agissait d'une coupure proposée pour le cas ou le récit oral semblerait prendre trop de temps (voir note 21).

32. Ce passage, depuis « Ici était rassemblée », a remplacé la lecture originale de *Tuor B* : « Ici se reposent-ils volontiers, mais ne trouvant aucun signe d'Eärendel et de son escorte Tuor est abattu, et Idril pleure. » Fragment réécrit en partie pour des raisons narratives, mais aussi pour lui donner une conjugaison du passé. Dans la phrase suivante, le texte a été corrigé et « Une lamentation aussi s'élève » et « se dresse au loin » donnent « Une lamentation aussi s'élevait » et « se dressait au loin ». En revanche, la phrase suivante (« Des dragons-de-feu l'entourent... ») n'a pas été corrigée. Je pense que mon père avait l'intention (mise en œuvre par quelques corrections seulement, jamais aboutie) de réduire la quantité de « présent historique » employé dans la récit.

33. « car l'été est proche » : lecture originale « bien que ce soit l'hiver ». Voir notes 26 et 36.

34. La lecture originale donnait :

> Maintenant les Montagnes étaient de ce côté à sept lieues moins un mille de Gondolin, et Cristhorn la Faille des Aigles à une autre lieue en amont depuis le pied des Montagnes ; ils étaient donc encore à deux lieues et presque trois du col, et fort épuisés de surcroît.

35. « Voyez, son visage brille comme une étoile dans la désolation » a été rajouté dans *Tuor B*.

36. Ce passage, à partir de « Mais au bout d'un an et plus d'errances », a remplacé la lecture initiale, « Mais au bout d'une demi-année d'errances, au plus fort de l'été ». Cette correction dépend donc du changement de date de l'assaut sur Gondolin, qui, de l'hiver, passe aux « Portes de l'Été » (voir notes 26 et 33). Ainsi dans la version révisée, quand les exilés arrivent dans la régions entourant Sirion la saison décrite reste l'été, mais il a fallu « un an et plus », plutôt que six mois pour l'atteindre.

37. « là même où Tulkas » : lecture originale, « là même où Noldorin et Tulkas ». Voir p. 362.

38. Le texte initial au crayon de *Tuor A* donnait : « bel parmi les Lothlim, Eärendel grandit dans Sornontur la maison de Tuor ». Le nom pourrait aussi être lu *Soruontur*.

Changements opérés sur les noms dans *La Chute de Gondolin*

Ilfiniol < *Elfriniol* aux trois premières occurrences du nom dans le passage-lien initial, *Ilfiniol* écrit directement dès la quatrième.

(Dans *La Chaumière du Jeu Perdu* [I.24], le Gardien-du-gong de Mar Vanwa Tyaliéva est seulement nommé *Petitcœur ;* dans le *Lien* à *La Musique des Ainur*, son nom elfique est *Ilverin* < *Elwenildo* (I.68, 76) ; dans le *Lien* au *Conte de Tinúviel*, il s'appelle *Ilfi- niol* < *Elfriniol* comme ici, alors que la version dactylographiée donne *Ilfrin* (p. 17).

Elfrith < *Elfriniel*, et nous trouvons ici la seule explication du nom « Petitcœur » (p. 196) ; la Liste-de-noms offre une entrée : « *Elf* signifie "cœur" (comme l'elfique, *Elben*) : *Elfrith* est Petitcœur » (voir I.341, entrée *Ilverin*). Dans une autre liste de noms à l'état de projet, abandonnée après seulement quelques entrées, nous rencontrons à nouveau la forme *Elfrith*, et aussi *Elbenith* > *Elwenil*.

Ce changement constant du nom doit être étudié en corrélation avec le changement incessant des idées et des formulations phonologiques, mais il demeure toutefois assez inhabituel.

Il faut préciser, par souci de clarté dans les notes suivantes, que les noms dans Tuor B *(avant correction) se trouvent sous la même forme dans* Tuor A ; *ainsi,* « Mithrim < Asgon *dans* Tuor B » *implique que* Tuor A *donne* Asgon *(sans correction).*

Tuor. Parfois corrigé pour donner *Tûr* dans *Tuor B* et *Tûr* sans exception dans le texte dactylographié de *Tuor C*, mais je donne *Tuor* à chaque occurrence (voir p. 195).

Dor Lómin. Écrit ainsi dès le début dans *Tuor B*. *Tuor A* donne aux trois premières occurrences *Aryador* > *Mathusdor ;* lors de la quatrième : *Aryador* > *Mathusdor* > *Dor Lómin*.

Mithrim. < *Asgon* à chaque occurrence dans *Tuor B ; Tuor C* donne *Asgon* sans correction.

Glorfalc ou Cris Ilbranteloth (p. 198). *Tuor A* donne *Glorfalc* ou *Teld Quing Ilon ; Tuor B* n'offrait pas de noms elfiques lors de la première composition, *Glorfalc ou Cris Ilbranteloth* sont des ajouts ultérieurs.

Ainur. Comme dans la première ébauche de *La Musique des Ainur* (I.87), le texte initial de *Tuor A* donnait au pluriel *Ainu*.

Falasquil. Aux deux occurrences (p. 201) dans *Tuor A*, cette forme remplace le nom initial illisible mais commençant par un *Q* ; dans *Tuor B*, ma mère laissa des blancs et rajouta le nom par la suite au crayon ; dans *Tuor C* les blancs dans le texte dactylographié n'ont pas été remplis.

Arlisgion. Ce nom a été rajouté ensuite à *Tuor B*.

Orcs. *Tuor A* et *B* donnaient *Orqui ;* mon père a effectué la correction dans *Tuor B*, mais irrégulièrement, et pas du tout dans la dernière partie du conte. Dans un cas seulement (p. 262, dans le discours de Thorndor) les deux textes donnent *Orcs* (aussi *bandes d'Orcs*, p. 265). Comme avec le nom *Tuor/Tûr*, j'ai donné à chaque occurrence la forme définitive. Lors de l'unique emploi du singulier le mot est orthographié avec un *k* dans *Tuor A* et *B* (« Sang des Orks », p. 210).

Gar Thurion. < *Gar Furion* dans *Tuor B* (*Gar Furion* dans *Tuor C*).

Loth. < *Lôs* dans *Tuor B* (*Lôs* dans *Tuor C*).

Lothengriol. *Lósengriol* dans *Tuor B* (*Lósengriol* dans *Tuor C*).

Taniquetil. À l'occurrence p. 214, le texte initial de *Tuor A* offrait un rajout : « *Danigwiel* », mais barré ensuite.

Kôr. À côté du nom et ajouté au crayon, *Tuor B* donne : *Tûn*. Voir I.299, II.378.

Gar Ainion. < *Gar Ainon* dans *Tuor B* (p. 219 ; non corrigé à l'occurrence p. 251, mais je donne *Gar Ainion* aux deux occurrences).

Nost-na-Lothion. < *Nost-na-Lossion* dans *Tuor B*.

Duilin. À la première occurrence (p. 232) < *Duiglin* dans le texte original de *Tuor A*.

Rog. Orthographié *Rôg* aux premières occurrences dans *Tuor A*, *Rog* par la suite ; orthographié *Rôg* à chaque occurrence dans *Tuor B* mais le plus souvent corrigé ensuite en faveur de *Rog*.

Dramborleg. < *Drambor* dans le texte initial de *Tuor A* à l'occurrence p.

Bansil. Lors de l'occurrence p. 248 uniquement ; *Bansil* > *Banthil* dans *Tuor B*.

Cristhorn. Toujours *Cristhorn* dans *Tuor A* ; toujours *Cris Thorn* dans *Tuor B*.

Bad Uthwen. < *Bad Uswen* dans *Tuor B*. La lecture initiale dans *Tuor A* donnait (apparemment) *Bad Usbran*.

Sorontur. < *Ramandur* dans *Tuor B*.

Bablon, Ninwi, Trui, Rûm. Le texte initial de *Tuor A* donnait *Babylon, Nineveh, Troy* et (probablement) *Rome* *. Ces noms furent remplacés au profit des formes données dans le texte, sauf *Nine- veh* > *Ninwë*, changé pour donner *Ninwi* dans *Tuor B*.

Commentaire sur *La Chute de Gondolin*

§ 1. *Le récit premier*

Comme avec le *Conte de Turambar*, j'ai séparé mon commentaire en sections. Je ferai très souvent référence à la version bien plus tardive (qui s'interrompt à l'arrivée de Tuor et Voronwë dans la plaine de Gondolin) donnée dans *Contes et Légendes Inachevés*, pp. 27 à 64 (« De Tuor et de sa venue à Gondolin ») ; j'appellerai celle-ci « le *Tuor* ultérieur ».

(I) Le voyage de Tuor jusqu'à la mer et la visitation d'Ulmo (pp. 197-207)

En certains passages le *Tuor* ultérieur (dont l'abandon reste un des faits les plus malheureux de tout cet historique d'inachèvement) est si proche dans sa formulation de *La Chute de Gondolin*, écrit plus de trente ans auparavant, qu'il est presque certain que mon père le conservait à sa table, ou du moins l'avait très récemment relu. Certains exemples frappants tirés de la version ultérieure (pp. 39-40) ressemblent, à en être presque identiques, aux passages du conte (pp. 198-199) : « Le soleil se levait dans son dos et se couchait face à lui, et là où l'eau tourbillonnait parmi les rochers ou bouillonnait en soudaines cascades, des arcs-en-ciel se tissaient matin et soir d'une rive à l'autre » ; « Et il se dit : "C'est là une voix de fée", et puis : "Non, c'est un petit animal qui se lamente dans les solitudes" » ; « [Tuor] erra plusieurs jours encore dans une contrée sauvage et aride, et ces solitudes étaient balayées par le vent de la mer et tout ce qui y poussait, herbe ou buisson rabougri, penchait toujours vers l'est, infléchi par le vent dominant qui soufflait de l'ouest ». — Toutefois, les divergences du récit sont profondes.

* Babylone, Ninive, Troie, Rome. (*N.d.T.*)

L'origine de Tuor reste vague dans la première histoire. Un passage du *Conte de Turambar* (p. 125) mentionne « ces peuples près des eaux d'Asgon d'où plus tard vint Tuor fils de Peleg », mais *La Chute de Gondolin* indique que Tuor n'habitait pas avec son peuple (qui « errait parmi les forêts et les vallées »), mais « vivait seul auprès de ce lac nommé Mithrim [< Asgon] », sur lequel il naviguait à bord d'une barque à la proue sculptée en col de cygne. Il n'existe d'ailleurs pratiquement aucune référence faisant le lien avec d'autres événements, et bien entendu aucun soupçon des Elfes-Gris de Hithlum qui allaient l'élever dans l'histoire ultérieure, ni de sa mise hors-la-loi ou bien de sa persécution par les Easterlings. On trouve en revanche des « Noldoli errants » dans Dor Lómin (Hisliómë, Hithlum) — à ce sujet, voir p. 93 — qui instruisent Tuor, entre autres sujets, de l'usage de leur langue, et ce sont eux qui le guident dans la descente du sombre corridor fabriqué par les eaux sous les montagnes. Ce passage préfigure l'apparition future de Gelmir et d'Arminas, les Elfes Noldorin qui guident Tuor à travers la Porte des Noldor (*Tuor* ultérieur, p. 32) ; de même, le récit selon lequel les Noldoli « tracèrent cette voie secrète », « à l'incitation » d'Ulmo, a survécu dans le contexte historique bien plus riche de la légende ultérieure où cette voie secrète « fut ménagée grâce à l'adresse de ce peuple [les Noldor], il y a bien longtemps, sous le règne de Turgon » (*Tuor* ultérieur, p. 28).

Le *Tuor* ultérieur se rapproche encore de très près de la première histoire lorsque Tuor émerge du tunnel et entre dans le ravin (ultérieurement Cirith Ninniach, mais toujours un nom conçu par Tuor). De nombreuses caractéristiques se retrouvent : ainsi, les étoiles apparaissant dans « le fin ruban de ciel au-dessus de la ravine », les échos de sa harpe (dénués dans le premier conte des échos littéraires du cri de Morgoth et des voix de l'armée de Fëanor qui aborde cette côte), ses doutes concernant les tristes appels des mouettes, le rétrécissement du ravin en un goulet là où la marée montante (rendue féroce par le vent d'ouest) rencontre les eaux de la rivière, et la manière dont Tuor se sauve, en escaladant la falaise (mais dans le conte il n'y a aucune relation entre la curiosité de Tuor concernant les mouettes et son ascension : il escalade la falaise à l'incitation des Ainur). Constatons aussi le maintien notable de l'idée selon laquelle Tuor fut le premier Homme à atteindre la Mer, se dressant sur le sommet de la falaise les bras déployés, et de son « âpre languir » pour la mer (*Tuor* ultérieur, p. 35). Mais la description de sa demeure dans l'anse de Falasquil et de ses sculptures (ainsi bien sûr que le bois descendu par les Noldoli de Dor Lómin le long de la rivière) sera abandonnée ; dans la légende à venir Tuor découvre sur la côte les ruines des antiques ouvrages portuaires des Noldor datant des jours du règne de Turgon sur Nevrast, et dans la première histoire on ne trouve nulle trace d'un séjour de Tuor dans ces régions précédant son départ pour Gondolin. Ainsi l'intégralité de l'épisode concernant Vinyamar en est absente, et, malgré le fréquent rappel qu'Ulmo le guidait comme l'instrument de ses desseins, manque l'élément essentiel de la légende ultérieure ; les armes que Turgon laisse à Tuor selon les instructions d'Ulmo (*Le Silmarillion*, pp. 125 et 240).

L'élément des cygnes volant vers le sud (qui sont sept, et non pas trois dans le *Tuor* ultérieur) joue essentiellement le même rôle dans les deux récits, attirant Tuor et le poussant à poursuivre son voyage ; mais l'emblème du Cygne reçut par la suite une signification différente, « l'emblème d'Annael et de ses parents nourriciers », les Elfes-Gris de Mithrim (*Tuor* ultérieur, p. 36).

En ce qui concerne l'itinéraire suivi (pour la géographie, voir p. 286) ou les saisons de l'année, mon père a ensuite grandement divergé de l'histoire originale du voyage de Tuor vers Gondolin. Dans le *Tuor* ultérieur, il voyage en compagnie de Voronwë vers l'est le long des contreforts des Montagnes de l'Ombre à travers la neige et le froid glacial de l'Hiver Mauvais qui suit la chute de Nargothrond, l'hiver du retour de Túrin en Hithlum. Ici, le voyage prend beaucoup plus de temps : il quitte Falasquil durant les « derniers jours de l'été » (comme dans le *Tuor* ultérieur), mais il descend toute la côte de Beleriand jusqu'aux aux bouches du Sirion, et il s'attarde au Pays des Saules l'été de l'année suivante. (Sans doute, la géographie était-elle moins définie que par la suite, mais la similitude de ses contours avec la carte ultérieure semble assurée par la description [p. 202] de la côte s'incurvant de plus en plus vers l'est à mesure que l'on descendrait vers le sud.)

Leur situation commune à l'intérieur de la structure narrative est la seule ressemblance entre la visitation d'Ulmo à Tuor au pays des Saules sous un crépuscule d'été, et sa terrible épiphanie hors de la tempête naissante sur la côte à Vinyamar. Que cette ancienne vision du Pays des Saules et sa beauté ensommeillée de fleurs-d'eau et de papillons n'ait pas été perdue demeure cependant un trait saillant, bien que par la suite Voronwë, et non pas Tuor, s'y aventure, imaginant des noms, et « comme ensorcelé », « de l'herbe au genou » (*Tuor* ultérieur, p. 47), jusqu'à ce que son destin, ou bien Ulmo Seigneur des Eaux, le mène jusqu'à la Mer. On trouve peut-être un vague rappel de la première histoire dans les premières paroles d'Ulmo (*Tuor* ultérieur, p. 40) : « Il va te falloir apprendre la célérité, et *le chemin aisé que je t'avais tracé* devra être modifié. »

Dans le conte, le discours d'Ulmo à Tuor (ou du moins la partie qui en est rapportée) reste plus simple et plus bref, et ne s'y trouve aucune suggestion d'une quelconque opposition d'Ulmo à la volonté de ses frères Valar ; cependant deux éléments essentiels à son message ultérieur sont déjà présents : Tuor trouvera les paroles à prononcer lorsqu'il se tiendra devant Turgon, ainsi que la référence faite au fils futur de Tuor (bien moins explicite dans le *Tuor* ultérieur [p. 41] : « Mais ce n'est pas seulement pour ta valeur que je t'envoie, mais pour apporter au monde un espoir qui échappe à ton regard, et une lumière qui percera les ténèbres »).

(II) Le voyage de Tuor et Voronwë à Gondolin (pp. 209-212)

Le conte évoque peu le voyage de Tuor vers Gondolin, hormis son séjour au Pays des Saules, et Voronwë apparaît tard dans le récit comme le seul Noldo assez courageux pour l'accompagner plus loin ; l'histoire de Voronwë décrite par la suite n'est pas du tout mentionnée, et il n'est pas un Elfe de Gondolin.

Un fait mérite d'être souligné : les Noldoli qui guident Tuor vers le nord hors du Pays des Saules se décrivent comme esclaves de Melko. Les *Contes* restent cohérents à ce sujet. Ainsi, dans le *Conte de Tinúviel* (p. 19) :

> Tous les Eldar que ce soit ceux qui demeurèrent dans l'obscurité ou qui avaient été perdus durant la marche depuis Palisor ou ces Noldoli aussi qui retournèrent dans le monde à sa suite [Melko] cherchant leur trésor volé tombèrent sous son joug comme esclaves.

La Chute de Gondolin indique que les Noldoli qui obéirent à Ulmo en secret, « par crainte de Melko, hésitaient bien souvent » (p. 204), et que Voronwë parla à

Tuor de « l'épuisement de l'esclavage » (p. 208) ; et Melko déploie sa horde d'espions « pour débusquer la demeure des Noldoli qui avaient échappé à son joug ». Ces « Noldoli serfs » sont présentés comme errant librement à travers les régions, même jusqu'aux Bouches du Sirion, mais errant « comme dans un rêve de peur, accomplissant ses ordres mauvais [à Melko], car le sort de terreur sans fond était sur eux et ils sentaient les yeux de Melko les brûler de loin » (le *Conte de Turambar*, p. 109). Cette expression est souvent employée : Voronwë se réjouit à Gondolin de ne plus craindre Melko d'une « terreur astreignante » — « et en vérité ce sortilège que Melko maintenait sur les Noldoli représentait une terreur sans fond, de sorte qu'il leur paraissait toujours même lorsqu'ils se trouvaient loin des Enfers de Fer, et leurs cœurs tremblaient et ils ne s'enfuyaient point même lorsqu'ils le pouvaient » (p. 211). Meglin, aussi, tombe sous le sortilège de terreur sans fond.

Rares sont les éléments appartenant à cet ensemble qui ne peuvent être comparés plus ou moins harmonieusement avec les récits ultérieurs, un écho en transparaît par ailleurs dans ce passage du *Silmarillion* (p. 158) :

> Les Noldor craignaient par-dessus tout la trahison de ceux d'entre eux qui étaient enchaînés à Angband, car Morgoth en employait certains pour ses projets malfaisants. Il les laissait aller, feignant de leur rendre leur liberté mais, en fait, leur volonté restait liée à la sienne et leurs pas les ramenaient vers lui.

Néanmoins on retient l'impression que mon père imaginait à l'époque le pouvoir de Melko à son apogée comme opérant de manière plus pernicieuse et plus impalpable, et peut-être aussi plus universellement à travers les Grandes Terres. Tandis que dans *Le Silmarillion*, les Noldor asservis sont des prisonniers à l'intérieur d'Angband (d'où quelques-uns peuvent s'échapper, et d'autres dont la volonté est dominée peuvent être envoyés en mission), ici, tous sauf les Gondothlim sont des esclaves contrôlés de loin par Melko, qui soutient que les Noldoli sont tous, de par leur présence même au sein des Grandes Terres, ses esclaves de plein droit. Il s'agit d'une différence difficile à définir précisément, mais elle est confirmée par l'improbabilité, lors de la composition de l'histoire ultérieure, que les Noldor qui guident Tuor vers Gondolin puissent être asservis à Morgoth d'une quelconque manière.

La porte qui mène à Gondolin présente quelque similitude générale avec le récit beaucoup plus complet et à la description nettement plus précise dans le *Tuor* ultérieur : une gorge profonde, des broussailles emmêlées, la bouche d'une caverne — mais la rivière est certainement le Sirion (voir le passage à la fin du conte, lorsque les exilés reviennent à l'entrée), et l'ouverture du passage secret est creusée dans une berge de la rivière, description complètement différente de la Rivière-à-sec dont le lit était lui-même le passage secret (*Tuor* ultérieur pp. 56-57). Le long tunnel qu'empruntent Tuor et Voronwë dans le conte les amène enfin à la Garde mais aussi au soleil, et « au pied de collines escarpées », d'où ils peuvent apercevoir la cité : autrement dit nous avons une conception simple d'une plaine, un cirque montagneux la cernant de toutes parts, et un tunnel traversant ces montagnes pour mener au monde extérieur. Dans le *Tuor* ultérieur l'approche de la cité est bien plus étrange : en effet, le tunnel de la Garde mène au ravin d'Orfalch Echor, une vaste faille creusant de haut en bas les Montagnes Encerclantes (aux parois « abruptes, comme taillées à la hache », p. 59), et la route monte au travers des portes successives jusqu'à la Septième Porte, barrant la faille à son sommet. Ainsi Tuor ne voit Gondolin qu'une fois la dernière porte ouverte et franchie ; nous devons donc supposer (bien que le récit ne soit jamais parvenu jusque-là) que les voyageurs devaient ensuite redescendre depuis la Septième Porte pour atteindre la plaine.

Remarquons enfin que la Garde reçoit Tuor et Voronwë sans aucune trace de la suspicion et de la menace qui les accueilleront lors de l'histoire ultérieure (pp. 57-58).

(III) Tuor à Gondolin (pp. 212-218)

À cette section de la narration, comparer le passage du *Silmarillion*, p. 125 :

> Les gens de Turgon se mirent à croître et à se multiplier derrière le cercle des montagnes, et à mettre tous leurs talents dans un labeur incessant tant et si bien que Gondolin sur Amon Gwareth devint une ville d'une beauté digne d'être comparée avec la cité des Elfes, Tirion d'au-delà des mers. Hautes et blanches étaient ses murailles, et ses marches de marbre, haute et puissante était la Tour du Roi. Il y avait le jeu étincelant des fontaines et dans les palais de Turgon se dressaient des images des Arbres d'autrefois, taillés par le Roi lui-même avec le talent des Elfes. L'arbre qu'il sculpta dans l'or fut nommé Glingal, celui dont les fleurs était d'argent fut nommé Belthil.

La représentation de Gondolin devait durer, et réapparaît dans les aperçus donnés par les notes pour la continuation du *Tuor* ultérieur (*Contes et Légendes Inachevés*, p. 68) : « les escaliers menant à la haute terrasse et le gigantesque portail ; (...) la Place de la Fontaine, et la Tour du Roi dressée sur une arcade à piliers, la maison du Roi (...) ». À vrai dire, la seule réelle différence qui émerge de ce récit initial concerne les Arbres de Gondolin. Ce sont « d'antiques scions des Arbres glorieux de Valinor » qui ne se fanent jamais, alors que dans *Le Silmarillion* ce sont des représentations faites de métaux précieux. Au sujet des Arbres de Gondolin, voir les entrées *Bansil* et *Glingol* dans la Liste-de-noms, donnée ci-dessous, pp. 284-286. Le don des Dieux de ces pousses (« qui fleurirent toutes deux éternellement sans jamais faiblir ») à Inwë et Nólemë au moment de la construction de Kôr, chacun recevant une pousse de chaque arbre, est mentionné dans *La Venue des Elfes* (I.168-169), et *La Dissimulation de Valinor* fait référence à celles données à Nólemë, qui « avaient été déraciné[e]s pour partir nul ne savait où, et il n'y en eut jamais davantage » (I.288).

Mais une modification profonde de l'Histoire de Gondolin sépare le récit initial de la version ultérieure : car tandis que dans les *Contes Perdus* (et encore par la suite), Gondolin a été découverte *après* la Bataille des Larmes Innombrables lorsque l'armée de Turgon bat en retraite vers le sud le long des rives de Sirion, dans *Le Silmarillion*, Turgon de Nevrast avait découvert la vallée de Gondolin plus de quatre cents ans auparavant (442 ans avant que Tuor n'arrivât à Gondolin lors de l'Hiver Mauvais à la suite de la chute de Nargothrond en l'an 495 du Soleil). Dans le conte, mon père a imaginé qu'un grand âge se déroule *entre* la Bataille des Larmes Innombrables et la destruction de la cité (« le travail sans relâche à travers les âges et les ans n'avait pas encore suffi à sa construction et à son ornement auxquels des gens peinaient toujours », p. 217). Par la suite, avec les transformations radicales dans la chronologie du Premier Âge suivant le lever du Soleil et de la Lune, cette durée s'est réduite (dans la dernière version existante du « Conte des Âges » du Premier Âge) à une période de trente-huit ans seulement. Mais l'influence de l'ancienne version se fait encore ressentir dans le passage du *Silmarillion*, p. 241, décrivant le retrait du peuple de Gondolin, le privant de tout rapport avec le monde extérieur après la Nirnaeth Arnoediad, dont le ton induit que de longues années s'étaient écoulées *.

Il est explicite dans *Le Silmarillion* que Turgon avait conçu la ville comme un « souvenir de Tirion, celle qui couronnait Túna » (p. 124), et qu'elle était devenue « aussi belle qu'un souvenir de la Tirion des Elfes » (p. 241). Cette idée n'existe pas dans l'histoire initiale, d'ailleurs dans les *Contes Perdus* Turgon n'avait lui même jamais connu Kôr (il était né dans les Grandes Terres, après le retour des Noldoli de Valinor, I.227, 318, 321) ; on peut néanmoins penser que la tour du Roi, les fontaines, les marches et les marbres blancs de Gondolin incarnent un souvenir de la cité de Kôr telle qu'elle est décrite dans *La Venue des Elfes et la Construction de Kôr* (I.167-168).

J'ai précisé plus haut que « malgré le fréquent rappel qu'Ulmo le guidait comme l'instrument de ses desseins, manque l'élément essentiel de la légende ultérieure ; les armes que Turgon laisse à Tuor selon les instructions d'Ulmo ». Cependant, le germe de cette idée semble maintenant apparaître dans les paroles que Turgon adresse à Tuor (p. 214) : « Ta venue fut déposée dans les livres de sagesse, et il a été écrit que de grandes choses viendraient à se dérouler dans les demeures des Gondothlim au temps où tu voyagerais jusqu'ici. » Pourtant, il est clair dans la réponse de Tuor que l'établissement de la cité de Gondolin ne faisait encore nullement partie des desseins d'Ulmo, puisque « il est venu jusqu'aux oreilles d'Ulmo des échos de votre demeure et de votre colline de vigilance contre la malice de Melko, et il en est heureux ».

Dans le conte, Ulmo a prévu que Turgon serait peu disposé à entrer en lutte ouverte avec Melko, et il a recours, par la bouche de Tuor, à un deuxième conseil : que Turgon envoie des Elfes depuis Gondolin le long de Sirion jusqu'aux côtes, pour construire là des bateaux et porter des messages en Valinor. À cela, Turgon répond, d'un ton décidé et sans appel, qu'il avait déjà envoyé des messagers vers les bouches du fleuve avec cette intention même « depuis des années sans nombre », et puisque cela avait été en pure perte, il ne s'y emploierait plus. Or, on peut clairement rapporter ce passage au *Silmarillion* (p. 161), où Turgon, après Dagor Bragollach et la rupture du siège d'Angband :

> envoya secrètement des troupes à l'embouchure du Sirion et sur l'Île de Balar. Là, ils construisirent des navires et partirent loin vers l'ouest comme le voulait Turgon, à la recherche de Valinor pour demander aux Valar leur pardon et leur aide. Ils demandèrent aux oiseaux de la mer de les aider, mais l'océan était immense et sauvage, parsemé d'ombres et de maléfices, et Vali-

---

* Mon père n'a jamais rien écrit concernant l'histoire de Gondolin entre l'arrivée de Tuor et sa destruction après la version du « Silmarillion » composée (très probablement) en 1930, et la première conception de son histoire y était encore présente. Celle-ci a été la base d'une grande partie du chapitre XXIII de l'œuvre publiée.

nor resta cachée. Aucun des messagers de Turgon ne parvint à l'ouest, beaucoup disparurent, très peu reparurent.

Turgon répéta son geste une fois de plus, à la suite de la Bataille des Larmes Innombrables (*Le Silmarillion*, p. 198), et le seul survivant de cette dernière expédition dans l'Ouest était Voronwë de Gondolin. Ainsi, malgré de profondes modifications dans la chronologie, et un énorme développement du récit de ces derniers siècles du Premier Âge, le motif des tentatives désespérées de Turgon pour envoyer un message jusqu'en Valinor est demeuré constant depuis le récit initial.

Un autre élément conservé depuis l'origine indique que Turgon n'a pas de fils ; mais (curieusement) le conte ne fait pas la moindre référence à son épouse, la mère d'Idril. Dans *Le Silmarillion* (p. 86), sa femme Elenwë a été perdue lors de la traversée du Helcaraxë, mais cette histoire date de toute évidence d'une période ultérieure, lorsque le lieu de naissance de Turgon était devenu Valinor.

Le récit du séjour de Tuor à Gondolin perdure dans *Le Silmarillion*, dans le bref paragraphe (p. 242) :

> Tuor resta à Gondolin, ensorcelé par sa beauté, le bonheur et la sagesse de ses habitants. Il y grandit en taille comme en esprit et apprit tous les chants des Elfes exilés.

Dans le conte présent, on lui parle « d'Ilúvatar, le Seigneur pour Toujours, qui demeure au-delà du monde », et de la Musique des Ainur. La connaissance de l'existence même d'Ilúvatar semble rester une prérogative des Elfes ; longtemps plus tard, dans le jardin de Mar Vanwa Tyaliéva (I.72), Eriol demande : « Qui fut Ilúvatar ? Était-il des Dieux ? », et Rúmil lui répond : « Non, cela, il ne l'était pas, car ce fut lui qui les fit. Ilúvatar est le Seigneur pour Toujours qui demeure au-delà du monde. »

(IV) L'encerclement de Gondolin ; la trahison de Meglin (pp. 219-228)

La fille du roi était depuis le début nommée « Idril aux Pieds d'Argent » (Irildë dans la langue des « Eldar », voir note 22) ; Meglin (plus tard Maeglin) était le neveu du roi, bien que le nom de sa mère (la sœur de Turgon) Isfin ait été changé par la suite.

En ce qui concerne cette section de la narration, l'histoire dans *Le Silmarillion* (pp. 242-243) préserve tous les traits essentiels de la version originale, avec une exception majeure. Les noces de Tuor et Idril se déroulent avec le consentement et la faveur du roi, et tous sont joyeux à Gondolin sauf Maeglin (dont l'amour pour Idril est décrit plus tôt dans *Le Silmarillion*, p. 138, où est mis l'accent sur l'écueil que représente leur lien de proche parenté, qui n'est pas mentionné dans le conte). Le pouvoir prophétique d'Idril et sa prémonition de malheurs à venir ; le passage secret qu'elle imagine (mais dans le conte celui-ci mène au sud de la cité, et la Faille des Aigles est située dans les montagnes du Sud) ; Meglin s'égarant dans les collines lors de sa quête de minéraux ; sa capture par les Orcs, son marché perfide pour garder la vie sauve, et son retour à Gondolin pour détourner les soupçons (avec les détails de son changement d'humeur et de son visage souriant) — tous ces éléments ont été conservés. De nombreux points précis sont bien entendu absents (qu'ils aient été activement rejetés ou simplement omis) dans le compte rendu succinct composé pour *Le Silmarillion* — qui ne mentionne pas, par exemple, le rêve d'Idril concernant Meglin, la surveillance instaurée à son insu lors de son départ pour les collines, le regroupement sur le conseil d'Idril d'une garde portant l'emblème de Tuor, le refus de Turgon de douter de l'invulnérabilité de la cité et sa confiance en Meglin, la découverte par Meglin du passage secret *, ou bien l'élément notable selon lequel Meglin avait lui-même imaginé les monstres de fer et de feu dont il fit part à Melko — un transfuge de bien grande valeur !

La grande différence entre les deux versions se trouve bien sûr dans la nature de la découverte de Gondolin par Melko/Morgoth. Dans le conte, il avait déjà repéré la cité par le biais d'une vaste armée d'espions ** avant la capture de Meglin, et ses créatures avaient découvert le « Chemin d'Évasion » et avaient contemplé Gondolin depuis les hauteurs environnantes. Dans l'histoire initiale, la trahison de Meglin repose dans sa description précise de la structure de la cité et des préparatifs pour sa défense, ainsi que sa proposition concernant les monstres de feu. Dans *Le Silmarillion*, en revanche, on trouve l'élément, conçu beaucoup plus tard, de la trahison inconsciente de Húrin aux espions de Morgoth de la région où il fallait rechercher Gondolin, dans « cette contrée montagneuse entre Anach et le cours supérieur du Sirion, où ses serviteurs [de Morgoth] n'avaient jamais pu aller » (p. 242). Par ailleurs, « nulle créature d'Angband ne pouvait encore y pénétrer grâce à la vigilance des aigles » (*idem*), et aucune indication de ce rôle des aigles des Montagnes Encerclantes (bien que soit précisé qu'ils sont hostiles à Melko) n'apparaît dans l'histoire initiale.

Ainsi dans *Le Silmarillion*, Morgoth demeure dans l'ignorance de la localisation précise de Gondolin jusqu'à la capture de Maeglin, et l'information de Maeglin lui est d'autant plus précieuse, comme d'un malheur plus grand pour la cité. L'histoire des dernières années de Gondolin possède donc une atmosphère quelque peu différente dans le conte, car les Gondothlim savent que les espions de Melko « entouraient la vallée de Tumladin de toutes parts » (p. 212), et Turgon se prépare à la guerre et renforce la garde sur les collines. Il est vrai que le retrait de la totalité des espions de Melko peu de temps avant l'assaut sur Gondolin amène un regain d'optimisme parmi les Gondothlim, et non le moindre chez Turgon, de sorte que l'attaque est renforcée d'un effet de surprise ; mais dans l'histoire ultérieure, le choc causé par l'assaut est bien plus brutal, car il n'y a jamais eu de raison de supposer que la ville ait été en danger immédiat, et la prémonition d'Idril demeure isolée et plus mystérieuse.

(v) L'apparat des Gondothlim (pp. 230-233)

Bien que l'image cruciale de cette section de l'histoire ait survécu — les gens de Gondolin contemplant et saluant le soleil levant depuis les parapets lors

---

* *Le Silmarillion* nie cet élément explicitement : « Elle fit aussi en sorte que très peu en eurent connaissance et qu'aucun murmure ne parvînt aux oreilles de Maeglin » (p. 243).

** Il semble qu'ici les « créatures de sang » (qui déplaisaient aux gens de Gondolin), serpents, loups, fouines, hiboux, faucons, sont les serviteurs et alliés naturels de Melko.

de la fête des Portes de l'Été, mais découvrant une lumière rouge qui s'élève au nord et non pas à l'est — toute l'héraldique de ce passage a presque disparu des écrits ultérieurs. Sans doute, si mon père avait poursuivi le *Tuor* ultérieur, bien des éléments auraient-ils émergé à nouveau, sous une forme ou une autre, si nous en jugeons par les descriptions très fournies de l'héraldique des grandes portes et de leurs gardes lors de l'ascension de l'Orfalch Echor (pp. 61-63). Mais dans le récit concis du *Silmarillion*, les seuls vestiges en sont les titres Ecthelion « de la Fontaine * » et Glorfindel, « chef de la Maison de la Fleur d'Or de Gondolin ». Ecthelion et Glorfindel sont cités également par ailleurs dans *Le Silmarillion* (p. 196) comme les capitaines qui protégèrent les flancs de l'armée de Gondolin lors de leur retraite le long du Sirion depuis la Nirnaeth Arnoediad, mais nulle mention ultérieure ne fait référence aux autres capitaines cités dans le conte **. (Il est pourtant significatif que le dix-huitième Régent de Gondor se nomme Egalmoth, le dix-septième et le vingt-cinquième se nommant tous deux Ecthelion (*Le Seigneur des Anneaux*, Appendice A, I, II)) ***.

Glorfindel « aux cheveux d'or » a conservé son nom dans *Le Silmarillion*, la signification de *Glorfindel* étant restée la même depuis sa conception première.

(VI) La bataille de Gondolin (pp. 233-250)

Pratiquement toute la description des combats dans Gondolin existe uniquement dans le conte de *La Chute de Gondolin ;* l'histoire entière se trouve résumée en quelques lignes dans *Le Silmarillion* (pp. 243-244) :

> De nombreux exploits dus au courage du désespoir et accomplis par les chefs des grandes maisons et leurs guerriers, non les moindres par Tuor,

---

* Dans le *Tuor* ultérieur (p. 63), il est « Seigneur des Fontaines » (la lecture au pluriel du manuscrit étant certaine).

[Précisons que la traduction du *Silmarillion* donne « Ecthelion de la Source » à la place d'« Ecthelion de la Fontaine » (traduction exacte d'*Ecthelion of the Fountain*). N.d.T.]

** Dans la version du « Silmarillion » composée en 1930 (voir note de bas de page, p. 278), dans le dernier compte rendu de la Chute de Gondolin et dans le corpus qui a servi à la description du chapitre XXIII de l'œuvre publiée, le texte donne : « De nombreux exploits dus au courage du désespoir et accomplis par les chefs des grandes maisons et leurs guerriers, et non les moindres par Tuor, sont racontés dans *La Chute de Gondolin* : la mort de Rog devant les murs, et le duel entre Ecthelion de la Source (...) ». J'ai omis la référence à Rog (*Le Silmarillion*, p. 243), avec la certitude que mon père n'aurait pas retenu ce nom comme celui d'un seigneur de Gondolin.

*** Dans une annotation très tardive sur l'un des textes qui a constitué le chapitre XVI du *Silmarillion* (« Maeglin »), mon père indique que les « trois seigneurs de sa maison » désignés par Turgon pour escorter Aredhel en Hithlum (p. 130) pourraient être Glorfindel, Ecthelion et Egalmoth. Il note qu'Ecthelion et Egalmoth « proviennent du texte primitif de la C[hute de] G[ondolin] » mais qu'ils « sonnent correctement et ont déjà été publiés » (se référant donc aux noms des Régents de Gondor). Par la suite, il opta contre la dénomination de l'escorte d'Aredhel.

sont racontés dans La Chute de Gondolin : le duel entre Ecthelion de la Source et Gothmog le Seigneur des Balrogs au pied de la Tour du Roi, où chacun tua son adversaire, la défense de la Tour par Turgon et les gens de sa maison jusqu'à son écroulement qui fut considérable comme le fut la chute de Turgon.

Tuor voulut sauver Idril du sac de la cité, mais Maeglin s'était emparé d'elle et d'Eärendeil. Il dut se battre avec lui sur les remparts et le corps de Maeglin en tombant heurta deux fois les rochers d'Amon Gwareth avant de plonger tout en bas dans les flammes. Tuor et Idril rassemblèrent alors tous ceux qu'ils purent trouver dans le désordre provoqué par l'incendie et les menèrent au passage secret aménagé par Idril.

(Remarquons que dans ce récit extrêmement condensé, le détail du corps de Maeglin heurtant les pentes d'Amon Gwareth trois fois avant de plonger dans les flammes a été retenu.)

Il semblerait d'après le récit du *Silmarillion* que Maeglin tente de s'emparer d'Idril et d'Eärendil beaucoup plus tard dans la chronologie des combats et très peu de temps avant la fuite dans le tunnel ; mais je pense qu'il s'agit d'un effet de la concision du passage plutôt que d'une modification du cours de la bataille.

Le conte offre une représentation très claire de Gondolin comme d'une ville, avec ses marchés et ses grandes places dont ne restent que de rares traces dans les écrits ultérieurs (voir plus haut, pp. 276-277) ; de même, la description des combats ne laisse aucune part à l'imagination. Cette première conception des Balrogs les rend moins terribles, et certainement plus facilement destructibles, que leur représentation par la suite : ils existaient par « centaines » (p. 228) *, et périssent en grand nombre aux mains de Tuor et des Gondothlim : cinq tombent sous les coups de la hache massive de Tuor, Dramborleg, trois sous l'épée d'Ecthelion, et une vingtaine sont tués par les guerriers de la maison du roi. Les Balrogs sont des « démons de pouvoir » (p. 244), mais capables aussi de douleur et de peur (p. 263) ; ils sont vêtus d'une armure de fer (pp. 244, 263), sont armés de fouets de flammes (une caractéristique qu'ils n'allaient jamais perdre) et de griffes d'acier (pp. 226, 240).

Dans *Le Silmarillion*, les dragons qui montent à l'assaut de Gondolin étaient « engendrés par Glaurung » et « étaient maintenant nombreux et terrifiants » ; dans le conte, en revanche, le langage employé (p. 228) suggère qu'au moins certains « Monstres » étaient des machines inanimées, une construction des forgerons d'Angband. Mais même ces « choses de fer » qui « s'ouvrirent en leur milieu » pour déverser des groupes d'Orcs sont appelées des « bêtes sans pitié », et Gothmog leur « ordonna » de « s'amasser » (p. 237) ; ceux faits de bronze et de cuivre « reçurent des cœurs et des esprits de feu brûlant », et le « dragon-de-feu » hurle et fouette de sa queue lorsque Tuor l'entaille (p. 244).

Un détail du récit demeure curieux : quels « messagers » Meglin envoie-t-il à Melko pour l'avertir de surveiller la sortie du Chemin d'Évasion (qu'il devinait être le but du tunnel secret) ? À qui Meglin pouvait-il faire suffisamment confiance ? Et qui oserait accepter ?

---

* L'idée que Morgoth disposait d'une armée de Balrogs perdura très longtemps, mais dans une note tardive, mon père écrit que seuls quelques-uns avaient vu le jour — « sept au plus ».

(VII) L'évasion des fugitifs et la bataille dans le Cristhorn (pp. 255-262)

Le récit du *Silmarillion* (p. 244) est un peu plus complet dans sa description de la fuite des rescapés de la cité et de l'embuscade dans la Faille des Aigles (appelée par la suite *Cirith Thoronath*) que dans celle de l'assaut et de la mise à sac, mais les deux narrations divergent en un seul point : comme il a déjà été noté, la Faille des Aigles a été déplacée ensuite des régions du sud des Montagnes Encerclantes vers le nord, et le tunnel d'Idril mène alors au nord de la cité (en effet, les capitaines d'Angband « ne pensaient pas que des fugitifs pourraient aller vers le nord, là où les montagnes étaient les plus hautes et où ils se rapprochaient d'Angband »). Le conte nous fournit une richesse de détails et un caractère immédiat qui manque à la version courte, où des images comme les fugitifs trébuchant sur des cadavres dans le couloir confiné et étouffant ont disparu ; de même ont disparu les Gondothlim qui se dirigèrent vers le Chemin de Fuite contre les conseils de Tuor et d'Idril et furent détruits par le dragon qui attendait là *, ainsi que le combat pour sauver Eärendel.

L'Elfe aux yeux perçants Legolas Feuille-Verte est mentionné ici, premier nom d'un membre de la Communauté de l'Anneau à apparaître dans les écrits de mon père (voir p. 286 au sujet de ce premier Legolas), suivi par un Gimli (un Elfe), dans le *Conte de Tinúviel*.

L'histoire de l'embuscade dans le Cristhorn paraît difficile à suivre au motif, p. 262, que la lune « n'éclairait pas le chemin à cause de la hauteur des murailles ». Les fugitifs se déplaçaient alors vers le sud à travers les Montagnes Encerclantes, et le mur de rochers à pic se dressait « à main droite ou du côté ouest » au-dessus du sentier franchissant la Faille des Aigles, alors que sur la gauche se trouvait « une chute ne tombant pas complètement en à-pic mais pourtant terriblement escarpée ». Dans ce cas, il semble pourtant certain que la lune se levant à l'est aurait illuminé la piste.

Le nom Cristhorn apparaît dans le dessin de mon père, « Gondolin et la Vallée de Tumladin depuis le Cristhorn », septembre 1928 (*Dessins de J.R.R. Tolkien*, n° 35).

(VIII) Les errances des exilés de Gondolin (pp. 262-265)

Le Silmarillion (p. 245) donne : « Ainsi, menés par Tuor fils de Huor, le restant de Gondolin franchit les montagnes et descendit dans la Vallée de Sirion » ; on supposerait donc qu'ils arrivèrent à Dimbar et, « là, fuyant vers le sud par des marches épuisantes et dangereuses ils vinrent enfin à Nan-tathren, le Pays des Saules (…) ». Il semble étrange que dans le conte, les exilés aient erré dans les étendues sauvages pendant plus d'une année entière sans pour autant dépasser

---

* Cet élément de l'histoire était en fait toujours présent dans le « Silmarillion » de 1930 (voir note de bas de page, p. 278), mais je l'ai exclu de l'œuvre publiée car un texte beaucoup plus récent montre que l'ancienne entrée de Gondolin avait été murée entre-temps — un fait qui a ensuite été rajouté au texte du chapitre XXIII du *Silmarillion*.

l'issue au sud du Chemin d'Évasion ; il se peut que la géographie de cette région ait été beaucoup plus vague lors de l'écriture de *La Chute de Gondolin*.

Dans *Le Silmarillion*, lorsque Tuor et Idril descendirent de Nan-tathren jusqu'aux bouches du Sirion ils « se joignirent aux gens d'Elwing, la fille de Dior, qui étaient arrivés là peu de temps avant ». Le conte ne fait aucune mention de cet élément ; mais je remettrai à un autre chapitre une considération sur cette partie du récit.

§ 2. *Entrées dans la Liste-de-noms accompagnant* La Chute de Gondolin

Au sujet de cette liste, voir p. 195, où je donne la note qui l'accompagne. Les renseignements spécifiquement linguistiques, y compris les significations, sont incorporés à l'Appendice sur les Noms, mais j'ai groupé ici certaines indications d'un autre type (organisées par ordre alphabétique) qui en sont issues.

Bablon « était une cité des Hommes, et plus exactement appelée *Babylone*, mais c'est ainsi que les Gnomes forment ce nom maintenant, et ils le reçurent des Hommes auparavant ».

Bansil « Maintenant les Gondothlim avaient ce nom pour désigner cet arbre devant la porte de leur roi qui fleurissait d'argent et ne s'évanouissait jamais — et Elfriniel détenait ce nom de son père Voronwë ; et il signifie " Douce-lueur ". Maintenant l'arbre dont il était une pousse (amenée en des âges profonds hors de Valinor par les Noldoli) avait des propriétés similaires, mais plus étendues, car pendant la moitié des vingt-quatre heures il illuminait tout Valinor d'une lumière argentée. Les Eldar parlent encore de celui-ci en utilisant le nom *Silpion* ou " Lune-de-cerise ", car sa floraison était pareille à celle d'une cerise au printemps — mais cet arbre à Gondolin ils ne le désignent point, et seuls les Noldoli en parlent. »

Dor Lómin « ou le " Pays des Ombres " était cette région appelée Hisilómë par les Eldar (et cela signifie Crépuscules Ombreux) où Melko enferma les Hommes, et elle est appelée ainsi à cause du faible soleil qui apparaît rarement au-dessus des Montagnes de Fer qui la bordent à l'est et au sud — y demeure maintenant le Peuple de l'Ombre. Tuor venait de cette région lors de son voyage vers Gondolin ».

Eärendel « était le fils de Tuor et d'Idril et on dit que c'est le seul être mi-Eldalië et mi-Homme. Il fut le plus grand et le premier des marins parmi les Hommes, et il vit des régions que les Hommes n'ont toujours pas découvertes ou contemplées malgré la multitude de leurs bateaux. Il chevauche maintenant les vents du firmament en compagnie de Voronwë et il ne revient plus de ce côté de Kôr ou bien il mourrait comme les autres Hommes, tant il porte encore la condition mortelle en lui ».

(Au sujet des ces dernières indications concernant Eärendel, voir pp. 345-346. Présente un intérêt particulier la phrase indiquant qu'Eärendel était « le seul être mi-Eldalië et mi-Homme ». On peut supposer que cette explication a été apportée lorsque Beren était encore un Elfe et non pas un Homme (voir p. 187) ; Dior, le fils de Beren et Tinúviel apparaît dans le *Conte du Nauglafring*, mais Beren est encore un Elfe, et Dior n'est donc pas mi-Elfe, mi-Homme. Le conte de *La Chute de Gondolin* lui-même indique, bien que dans un passage de remplacement ultérieur (p. 177 et note 22), que Tuor était le premier mais pas le dernier à épouser « une enfant d'Elfinesse ». Pour l'assertion insolite dans le *Conte de Turambar* concernant l'origine à moitié elfique de Tamar Pied-bot, voir p. 179).

Ecthelion « était ce seigneur de la maison de la Fontaine qui possédait la plus belle voix et était le plus talentueux des musiciens de tous les Gondothlim. Il se gagna un renom éternel lorsqu'il tua Gothmog fils de Melko, sauvant ainsi Tuor de la mort, mais Ecthelion fut noyé en compagnie de son ennemi dans la fontaine du roi ».

Egalmoth « seigneur de la maison de l'Arche Céleste, échappa à l'incendie de Gondolin et demeura par la suite à la bouche du Sirion, mais y fut tué lors d'une bataille terrible lorsque Melko se saisit d'Elwing ».

(Voir p. 339.)

Galdor « était ce Gnome vaillant qui mena les hommes de l'Arbre en bien des combats et qui pourtant en réchappa à Gondolin et même lors de l'assaut de Melko sur les habitants de la bouche du Sirion et s'en retourna sur les ruines avec Eärendel. Il demeure encore sur Tol Eressëa (dit Elfriniel), et certains parmi son peuple se nomment encore *Nos Galdon*, car *Galdon* est un arbre, et le nom de Galdor est de la même famille ». *Cette dernière phrase a été corrigée pour donner* : « *Nos nan Alwen*, car *Alwen* est un Arbre ».

(Pour le retour de Galdor sur les ruines de Gondolin avec Eärendel, voir p. 339.)

Glingol « signifie " or-chantant " (dit-on), et ce nom était celui qu'utilisaient les Gondothlim pour cet autre des deux arbres éternels plantés sur la place du roi et qui fleurissait d'or. C'était aussi une pousse des arbres de Valinor (voir plutôt là où Elfrith a parlé de Bansil), mais issue de Lindeloktë (qui signifie " grappe-chantante ") ou Laurelin [*correction de* Lindelaurë] (qui signifie " or-chantant ") qui baignait la totalité de Valinor dans une lumière dorée pendant la moitié des 24 heures ».

(Pour le nom *Lindeloktë*, voir I.344 entrée *Lindelos*.)

Glorfindel « menait la Fleur d'Or et était le mieux aimé de tous les Gondothlim, hormis peut-être Ecthelion, mais qui pourrait choisir. Pourtant il se trouva désemparé et tomba alors qu'il était en train de tuer un Balrog au cours du grand combat dans la Cristhorn. Son nom signifie Tresse-d'or car ses cheveux étaient dorés, et le nom de sa maison en Noldorissa était *Los'loriol* [*correction de* Los Glóriol] ».

Gondolin « signifie pierre de chanson (ce par quoi les Gnomes veulent dire au sens figuré que la taille et l'ouvrage de la pierre étaient de grande beauté), et celui-ci était le nom usuel parmi les Sept Noms donnés à leur cité de refuge secret contre le pouvoir de Melko, en ces jours d'avant la libération ».

Gothmog « était un fils de Melko et de l'ogresse Fluithuin et son nom est Discorde-et-Haine, et il était Capitaine des Balrogs et seigneur des armées de

Melko avant qu'Ecthelion le tuât lors de la prise de Gondolin. Les Eldar le nommèrent *Kosmoko* ou *Kosomok(o)* mais c'est un nom inadapté à leur langue et qui sonne mal même dans notre langage plus rude, dit Elfrith [*correction d'*Elfriniel] ».

Une liste de noms des Valar associée au conte de *La Venue des Valar* (I.128) précise que Melko eut un fils « par Ulbandi » nommé *Kosomot ;* le premier dictionnaire « Qenya » donne *Kosomoko* = gnomique *Gothmog*, I.344 (entrée *Kosomot*). Dans le conte, Gothmog est le « maréchal » des armées de Melko (p. 247).

Dans le développement ultérieur des légendes, Gothmog devient le meurtrier de Fëanor, tue Fingon et capture Húrin au cours de la Bataille des Larmes Innombrables (*Le Silmarillion*, pp. 104, 196, 197, respectivement). Bien entendu, par la suite il n'est plus un « fils de Melkor », les « Enfants des Valar » étant une caractéristique de la mythologie initiale que mon père a ensuite abandonnée.

Au cours du Troisième Âge, *Gothmog* devient le nom du lieutenant de Minas Morgul (*Le Retour du Roi*, V.6).

Hendor « était un serviteur très âgé de la maison d'Idril, mais il porta Eärendel à travers le passage secret ».

Idril « était cette plus douce enfant du roi de Gondolin que Tuor aima lorsqu'elle n'était qu'une jeune fille et de qui elle porta Eärendel. Les Elfes la nomment *Irildë ;* et nous en parlons sous le nom d'*Idril Tal-Celeb* ou Idril aux Pieds d'Argent, mais eux l'appellent *Irildë Taltelepta* ».

(Voir l'Appendice sur les Noms, entrée *Idril*.)

Indor « était le nom du père du père de Tuor, c'est pourquoi les Gnomes appelèrent Eärendel *Gon Indor* et les Elfes l'appelèrent *Indorildo* ou *Indorion* ».

Legolas « ou Vertefeuille était un homme de l'Arbre, qui guida les exilés à travers Tumladin dans l'obscurité, car il possédait la vue-de-nuit, et il vit encore sur Tol Eressëa et y est appelé *Laiqalassë* par les Eldar *;* mais le livre de Rúmil en dit plus à ce sujet ».

(Voir I.353, entrée *Tári-Laisi*.)

§ 3. *Sujets divers*

(I) La géographie de *La Chute de Gondolin*

J'ai déjà souligné (p. 276) que le voyage de Tuor jusqu'aux bouches du Sirion le long de la côte du pays qui allait devenir Beleriand possède une ressemblance marquée avec la carte ultérieure, la direction de la côte tendant d'une ligne nord-sud à une ligne est-ouest. Le conte dit aussi qu'après son départ de Falasquil, « les lointaines collines s'avançaient toujours plus près de la marge de la mer », et que les éperons des Montagnes de Fer « descendent jusqu'à la mer » (p. 196). Ces indications peuvent être de même aisément rapprochées de la carte où la longue extension occidentale des Montagnes de l'Ombre (Ered Wethrin), formant la frontière sud de Nevrast, atteint la mer à Vinyamar (pour l'adéquation entre les Montagnes de Fer et les Montagnes de l'Ombre, voir I.154).

Arlisgion, « le lieu aux roseaux » (p. 203) au-dessus des bouches du Sirion, survivra par la suite dans Lisgardh « le pays de roseaux aux Bouches du Sirion » dans le *Tuor* ultérieur. La partie souterraine du cours du fleuve provient également d'un motif remontant aux origines du conte, comme celui des Mares du Crépuscule, Aelin-uial (« les Étangs du Crépuscule », p. 265). Il demeure cependant une différence de taille entre le conte et le récit du *Silmarillion* (p. 120), dans lequel Aelin-uial est la région de vastes étangs et de marais où « le cours du fleuve [Sirion] est ralenti » ; *au sud des Étangs*, « le Sirion venu du Nord se déversait en chutes majestueuses au-dessous des Marais, puis s'enfonçait brusquement sous terre dans des tunnels gigantesques creusés par la force de ses eaux ». Ici en revanche, les Étangs du Crépuscule se situent clairement *plus bas que* la « caverne des Vents Tumultueux » (qui n'apparaîtra plus jamais) où le Sirion plonge sous terre. Mais le Pays des Saules, plus bas que la région du passage souterrain du Sirion, est à sa place définitive.

Ainsi, le point de vue exprimé (p. 220) sur les indications géographiques incluses dans le *Conte de Turambar* est confirmé également par celles de *La Chute de Gondolin*.

(ii) Ulmo et les autres Valar dans *La Chute de Gondolin*

Lors du discours inspiré par Ulmo, prononcé par Tuor à sa première rencontre avec Turgon (p. 214), il dit : « Les cœurs des Valar sont pris de courroux ... à considérer le chagrin de la servitude des Noldoli et les errances des Hommes. » Cette phrase diverge fortement du conte de *La Dissimulation de Valinor*, et particulièrement du passage suivant (I.281) * :

> De surcroît, la plupart des Valar étaient satisfaits de leur aise ancienne et ne désiraient que la paix, souhaitant que ni rumeur de Melko et de sa violence, ni murmure des Gnomes agités ne vinssent jamais plus parmi eux pour troubler leur bonheur ; et pour de telles raisons ils lancèrent force vociférations en faveur de la dissimulation de leur pays. Non des moindres parmi ceux-ci furent Vána et Nessa, bien que la plupart même des grands Dieux fussent d'un semblable avis. Ce fut en vain qu'Ulmo en raison de sa divination plaida devant eux pour la pitié et le pardon des Noldoli (...)

Plus loin, Tuor dit (p. 215) : « Les Dieux siègent en Valinor, bien que leur plaisir soit amoindri par le chagrin et par la crainte de Melko, et ils cachent leur pays et tissent autour une magie inaccessible afin qu'aucun Mal n'atteigne ses rives. » Turgon répond par un écho ironique et transforme ces paroles : « Ceux-là mêmes qui y [Valinor] siègent dans le plaisir s'inquiètent peu de la terreur de Melko et du chagrin du monde, mais cachent leur pays et tissent autour une magie inaccessible. »

Comment doit-on comprendre ces passages ? S'agit-il là de la « diplomatie » d'Ulmo ? Il est certain que la compréhension des motivations des Valar par Turgon s'intègre mieux à la description donnée dans *La Dissimulation de Valinor*.

---

* Elle semble diverger aussi du récit selon lequel Melko décréta l'emprisonnement des Hommes en Hithlum après la Bataille des Larmes Innombrables ; mais « errances » est un mot surprenant dans le contexte, puisque la phrase suivante dit « car Melko les cerne dans le Pays des Ombres ».

Mais les Gnomes de Gondolin vouaient un culte aux Ainur. Il y avait les « festivités des Ainur » (p. 219) ; le plus haut point d'une grande place de la cité est Gar Ainion, la Place des Dieux, où sont célébrés les mariages (pp. 219, 251) ; et les gens du Marteau de Colère « révéraient Aulë le Forgeron plus que tout autre Ainu » (p. 233).

Le passage (p. 211) qui explique pourquoi Ulmo choisit un Homme pour agent de ses desseins représente un intérêt particulier : « Maintenant Melko n'avait pas grand-crainte de la race des Hommes en ces jours de son grand pouvoir et pour cette raison Ulmo œuvra à partir d'un homme de ce peuple pour mieux tromper Melko, puisque aucun Valar et pratiquement aucun Elfe ou Noldoli ne pouvait se déplacer sans être l'objet de sa vigilance. » Dans ce passage seulement une explication est directement proposée, hormis une note isolée qui donne deux justifications :

(1) « la colère des Dieux » (c'est-à-dire contre les Gnomes) ;
(2) « Melko ne craignait point les Hommes — eût-il pensé que des messagers pouvaient atteindre Valinor, il eût redoublé de vigilance et de maléfice et eût totalement enfermé les Gnomes. »

Mais cette note demeure trop imprécise pour nous éclairer.

Le motif de « la fortune des Dieux » réapparaît dans ce conte (pp. 254, 270-271, note 31), comme dans le *Conte de Turambar* : voir p. 181. Les Ainur « mirent en son [Tuor] cœur » d'escalader la falaise hors du ravin de la Faille Dorée et se sauver (p. 194).

Le passage concernant la naissance d'Eärendel est très étrange (p. 220) : « En ces jours vint à se dérouler l'accomplissement du temps du vœu des Valar et de l'espoir des Eldalië, car en grand amour Idril donna un fils à Tuor et il fut nommé Eärendel. » Faut-il comprendre ici que l'union entre une Elfe et un Homme mortel, et la naissance de leur enfant, était « le vœu des Valar » ? que les Valar le prévoyaient où l'espéraient, comme l'accomplissement d'un des desseins d'Ilúvatar, dont naîtrait un grand bien ? Cette idée n'apparaît à aucune autre occasion, qu'elle soit explicite ou suggérée.

(III) Les Orcs

Une remarque méritant d'être relevée (p. 212) concerne l'origine des *Orcs* (ou *Orqui* comme l'écrit *Tuor A*, ainsi que *Tuor B* lors de sa première composition) : « toute cette race fut engendrée par Melko depuis les chaleurs souterraines et la boue ». Il n'y a pas encore de trace de l'opinion à venir selon laquelle « Melkor, depuis sa rébellion d'avant le Commencement du monde, pendant l'Ainulindalë, ne pouvait plus rien créer qui ait une vie propre ni même une apparence de vie », ou que les Orcs pussent provenir des Quendi rendus esclaves après l'Éveil (*Le Silmarillion*, p. 44). Un premier soupçon pourrait émaner quant à leur origine dans cet extrait du même passage du conte : « à moins que ce ne fût que certains des Noldoli avaient été déformés selon la malice de Melko et mêlés à ces Orcs », toutefois cette idée est bien entendu tout à fait distincte d'une conception des Orcs directement engendrés à partir des Elfes.

Ici, en outre, nous trouvons pour la première fois le nom *Glamhoth* pour désigner les Orcs, nom qui réapparaîtra dans le *Tuor* ultérieur (pp. 51 et 66, note 18).

Au sujet des Balrogs et des Dragons dans *La Chute de Gondolin*, voir pp. 282-283.

(IV) Noldorin au Pays des Saules

« Ne se fit-il pas que même après les jours de Tuor, Noldorin et ses Eldar vinrent là à la recherche de Dor Lómin et la rivière cachée et les cavernes de l'emprisonnement des Gnomes ; et pourtant si près de la fin de leur quête furent proches de l'abandon ? En vérité, dormant et dansant ici (...) ils furent submergés par les Goblins dépêchés par Melko depuis les Collines de Fer et Noldorin s'échappa avec peine de l'endroit » (p. 204). Il s'agit de la Bataille de Tasarinan, mentionnée dans le *Conte de Turambar*, à l'époque de la grande expédition des Elfes de Kôr. Voir la remarque de Lindo dans *La Chaumière du Jeu Perdu* (I.26), où Lindo parle de son « père Valwë, qui alla avec Noldorin à la recherche des Gnomes ».

Selon le conte, Noldorin (Salmar, compagnon d'Ulmo) combattit aussi aux côtés de Tulkas aux Étangs du Crépuscule contre Melko lui-même, bien que son nom ait été barré ensuite (p. 246 et note 37) ; cette lutte se serait déroulée après la Bataille de Tasarinan. Au sujet de ces batailles, voir pp. 353-354 et s.

(V) La taille des Elfes et des Hommes

Le passage concernant la taille de Tuor à la p. 212, avant réécriture (voir note 18), signifie forcément que si Tuor n'était pas particulièrement grand pour un Homme, il demeurait néanmoins plus grand que les Elfes de Gondolin, ce qui concorde avec les indications du *Conte de Turambar* (voir p. 223). Cependant, selon la correction, la signification évoluerait pour indiquer qu'il n'y avait pas de grande disparité de taille entre Hommes et Elfes.

(VI) Isfin et Eöl

La première version de ce conte se trouve dans le petit carnet des *Contes Perdus* (voir I.231) et donne ce qui suit :

> Isfin et Eöl
>
> Isfin fille de Fingolma aimée en secret par Eöl (Arval) du Peuple-taupe des Gnomes. Il est fort et connaît la faveur de Fingolma et des fils de Fëanor (il appartient à leur famille) car c'est un chef parmi les Mineurs et il cherche des joyaux cachés, mais son aspect est disgracieux et Isfin le déteste.

(Fingolma est une dénomination pour Finwë Nólemë apparaissant dans des esquisses pour le *Conte de Gilfanon*, I.319.) Nous avons ici un mineur d'aspect disgracieux nommé Eöl « de la Taupe » qui aime Isfin mais qu'elle rejette avec répugnance ; on peut à l'évidence établir un parallèle avec Meglin, le mineur disgracieux dont l'emblème est la taupe couleur sable et qui désire la main d'Idril et qu'elle rejette dans *La Chute de Gondolin*. Ce parallèle demeure difficile à interpréter ; on pourrait simplement supposer que l'histoire esquissée dans le petit carnet soit antérieure à *La Chute de Gondolin*, et que Meglin n'existait pas encore. Ainsi, par la suite, l'image du « mineur disgracieux, soupirant éconduit » est devenue celle du fils, l'objet du désir étant Idril (la nièce d'Isfin), tandis qu'une nouvelle histoire était développée pour le père, Eöl l'Elfe sombre de la forêt qui prit Isfin au piège. Mais aucun élément ne détermine où se trouvait Eöl le mineur lorsqu'il aimait en secret Isfin fille de Fingolma. Aucune raison ne laisse supposer qu'il était associé à Gondolin ; il est nettement plus probable que le motif du mineur portant l'emblème de la Taupe pénétra dans Gondolin avec Meglin.

IV

Le Nauglafring

Nous parvenons maintenant au dernier *Conte Perdu* original rédigé sous la forme d'un récit consécutif. Celui-ci apparaît dans un carnet distinct, et porte le titre *Le Nauglafring : Le Collier des Nains.*

Le début de conte se révèle assez déroutant ; en effet, avant d'en venir à raconter *La Chute de Gondolin*, Lindo dit à Petitcœur que « il est du désir de tous que tu nous racontes les histoires de Tuor et d'Eärendel aussi tôt qu'il se pourra » (p. 192), et celui-ci répond : « il s'agit d'un vaste conte, et sept fois les gens iront-ils au Feu-aux-contes avant qu'il ne soit bien raconté ; et si mêlé est-il au conte du Nauglafring et de la Marche-des-Elfes[1] que j'accepterai volontiers l'aide d'Ailios ici présent (...) ». Ainsi Petitcœur rend le siège du conteur à Ailios au début de ce texte, afin que ce dernier narre le conte du Nauglafring, ce qui s'inscrit bien dans le contexte. En revanche, il est surprenant que le nouveau conte commence par les mots, « Mais après un temps le silence revint », puisque *La Chute de Gondolin* se termine par : « et personne dans toute la Salle-aux-bûches ne parla ni ne bougea durant un long moment ». Quoi qu'il en soit, il semblerait nécessaire qu'après le très long conte de *La Chute de Gondolin* le conte suivant fût remis à la veillée nouvelle.

À nouveau, ce conte est rédigé à l'encre sur un original au crayon entièrement effacé, jusqu'aux mots « étancher sa convoitise », p. 304. À partir de cette phrase, subsiste seulement le premier manuscrit au crayon datant de la première époque de composition, écrit à la hâte — par endroits comme jeté sur la page, comprenant une grande quantité de mots partiellement indéchiffrables. De plus, une partie de ce manuscrit a été largement réécrite alors que le conte était encore en cours de composition (voir note 13).

Le Nauglafring
Le Collier des Nains

Mais après un temps le silence revint, et les gens murmurèrent « Eärendel », mais d'autres dirent : « Non

— et le Nauglafring, le Collier des Nains. » Et Ilfiniol dit alors, quittant le siège du conteur : « Oui, et le conte sera mieux raconté si Ailios consentait à faire le récit des événements concernant ce collier », et Ailios étant tout à fait disposé à le faire commença ainsi, posant son regard sur l'assemblée.

« Vous rappelez-vous tous la manière dont Úrin le Ferme jeta l'or de Glorund aux pieds de Tinwelint, et ensuite ne voulut plus y toucher, mais retourna douloureusement vers Hisilómë, et mourut là-bas ? » Et tous dirent que ce conte était encore frais dans leurs cœurs.

« Voici donc, dit Ailios, le roi contempla avec grand chagrin Úrin qui quittait la salle, et il était épuisé par les maléfices de Melko qui trompait ainsi tous les cœurs ; pourtant le conte dit qu'en raison de la puissance des sorts que tissa Mîm le nain sans père tout autour de ce trésor, alors même que celui-ci reposait toujours sur le sol du palais du roi, luisant étrangement à la lumière des torches qui brûlaient là, déjà tous ceux qui le contemplaient furent touchés par son subtil maléfice.

C'est pourquoi maintenant les gens de la cohorte d'Úrin maugréèrent et l'un d'eux dit au roi : "Voici, seigneur, notre capitaine Úrin, un vieillard et un fou, est parti, mais nous n'avons aucunement l'intention d'abandonner notre gain."

Alors Tinwelint dit, car lui non plus n'avait pas échappé au sortilège doré : "Non point, ne savez-vous pas que cet or appartient en partage au peuple des Elfes, car les Rodothlim qui le gagnèrent de la terre dans le lointain passé ne sont plus, et personne ne peut le réclamer1 n'en serait-ce qu'une poignée hors Úrin seul, à cause de son fils Túrin qui tua le Ver, le dépouilleur des Elfes ; pourtant Túrin est mort et Úrin ne veut y toucher ; et Túrin était mon homme."

À ces paroles les proscrits conçurent une grande colère, jusqu'à ce que le roi leur dit : "Partez maintenant, et ne cherchez point, ô gens stupides, à vous quereller avec les Elfes de la forêt, de peur que la mort ou l'enchantement terrible de Valinor ne vous trouve dans les bois. Et n'injuriez point non plus le nom de Tinwelint leur roi, car je vous récompenserai avec une générosité suffisante pour votre peine et pour avoir amené l'or ici. Que chacun d'entre vous s'approche maintenant et qu'il prenne tout ce qu'il pourra saisir dans chaque main, et ensuite qu'il parte en paix."

Maintenant les Elfes du bois furent à leur tour mécontents, qui longtemps s'étaient tenus là à contempler cet or ; mais ces gens sauvages firent selon ses ordres, et plus encore, car certains d'entre eux attaquèrent le trésor deux fois et trois fois, et des exclamations de colère s'élevèrent dans la salle. Alors les Elfes des bois voulurent prévenir ce vol, et une grande dissension s'éleva, si bien que le roi voulut les en empêcher mais personne ne lui prêta attention. Alors ces proscrits étant un peuple féroce et sans peur tirèrent leurs épées et donnèrent des coups autour d'eux, si bien qu'un grand combat eut lieu sur les marches mêmes du dais et du trône du roi. Braves étaient ces proscrits et grands manieurs de l'épée et de la hache grâce à leurs guerroyements avec les Orcs [2], si bien qu'un grand nombre fut tué avant que le roi, voyant que la paix et le pardon ne pouvaient régner plus longtemps, appelât une armée de ses guerriers, et ces proscrits troublés par les magies plus fortes du roi [3] et perdus dans les passages obscurs des palais de Tinwelint furent tous tués en un amer combat ; mais du sang épais coula à flots dans la grand-salle du roi, et l'or qui s'étalait devant son trône, éparpillé et foulé aux pieds, était inondé de sang. Ainsi la malédiction de Mîm le Nain entama son cours ; et un chagrin de plus semé en Valinor par les Noldoli dans les temps anciens avait porté ses fruits [4].

Alors les cadavres des proscrits furent jetés dehors, mais Tinwelint fit enterrer les Elfes des bois qui avaient été tués près de la butte de Tinúviel, et on dit qu'un vaste tertre s'y dresse toujours, en Artanor, et pendant longtemps les fées l'appelèrent Cûm an-Idrisaith, le Tertre de l'Avarice.

Maintenant Gwenniel vint à Tinwelint et lui dit : "Ne touche point à cet or, car mon cœur me dit qu'il est par trois fois maudit. Maudit en effet par le souffle du dragon, et maudit par le sang de tes vassaux qui l'humecte, et par la mort de ceux [5] qu'ils tuèrent ; mais je soupçonne quelque pire maléfice, amer et contraignant, planant au-dessus de cet or, et je ne peux le voir."

Alors, se rappelant la sagesse de Gwenniel son épouse, le roi fut disposé à l'écouter, et il ordonna qu'il fût rassemblé et jeté dans le ruisseau devant ses portes. Pourtant même alors il ne put échapper complètement au sortilège, et il se dit : "D'abord vais-je contempler une dernière fois sa beauté avant de le jeter loin de moi pour toujours." Donc il le fit laver de ses taches sanglantes dans des eaux pures, et on l'exposa devant lui. Maintenant de si vastes amoncellements d'or jamais n'ont été rassemblés en un seul endroit depuis ; et une quantité avait été œuvrée pour des coupes, des récipients et des plats, et des gardes pour des épées et des fourreaux, et des gaines pour des poignards ; mais la plus grande partie était faite d'or rouge non ouvragé étalé en masses et en barres. Aucun homme ne put compter la valeur de ce trésor, car au sein de l'or reposaient une multitude de gemmes, et celles-ci étaient fort belles à regarder, car les pères des Rodothlim les avaient emportées hors de Valinor, une part de ce trésor infini que les Noldoli avaient possédé là-bas.

Maintenant en le contemplant, Tinwelint dit : "Quelle splendeur possède ce trésor ! Et je n'en ai pas même un dixième, et aucune de ces gemmes de Valinor sauf ce Silmaril que Beren gagna en Angamandi." Mais Gwenniel qui se tenait tout près dit : "Et celui-là vaudrait encore tout ce qui repose ici, fût-il trois fois plus grand."

Alors un membre de la compagnie se leva, et c'était Ufedhin, un Gnome ; mais il avait erré de par le monde plus longtemps qu'aucun autre des gens du roi, et il était demeuré longtemps avec les Nauglath et les Indrafangs leurs frères. Les Nauglath sont une race étrange et nul ne sait avec certitude d'où ils proviennent ; et ils ne servent ni Melko, ni Manwë, et ne s'intéressent ni aux Elfes, ni aux Hommes, et certains disent qu'ils n'ont pas entendu parler d'Ilúvatar, ou bien qu'en ayant entendu parler n'y croient point. Quoi qu'il en soit, dans les techniques et les sciences et dans la connaissance des vertus de toutes choses qui sont dans la terre [6] ou bien sous l'eau, nul ne les surpasse ; et ils demeurent sous terre dans des grottes et des villes de tunnels, et Nogrod fut auparavant la plus vaste de celles-ci. Âgés sont-ils, et jamais un enfant n'arrive parmi eux, et jamais non plus ils ne rient. Ils sont trapus de stature, et pourtant sont forts, et leurs barbes atteignent leurs pieds, mais les barbes des Indrafangs sont les plus longues de toutes, et sont fourchues, et ils les attachent autour de leur taille lorsqu'ils vont au-dehors. Toutes ces créatures ont été appelées "Nains" par les Hommes, et ils disent que leurs sciences et leur adresse dépassent celles des Gnomes en conceptions merveilleuses, mais en vérité il y a peu de beauté dans les œuvres de leur cru, car à ces choses de ravissement qu'ils œuvrèrent en des âges révolus, des Gnomes rénégats comme l'était Ufedhin ont toujours participé. Maintenant ce Gnome depuis longtemps avait renié son peuple, s'alliant aux Nains de Nogrod, et il était venu en cette époque dans les domaines de Tinwelint avec certains autres Noldoli du même esprit portant des épées et des cottes de mailles et d'autres choses forgées par une science fabuleuse dont les Nauglath en ces temps trafiquaient beaucoup avec les Noldoli libres, et, dit-on, avec les Orcs et les soldats de Melko aussi.

Alors qu'il se tenait en cet endroit le sortilège de l'or avait transpercé le cœur d'Ufedhin plus profondément que le cœur de tout autre présent, et il ne put endurer qu'il fût entièrement jeté, et celles-ci furent ses paroles : "Un geste mauvais est celui-ci que propose

Tinwelint le roi ; ou bien qui par la suite dira que les peuples des Eldalië aiment les choses de beauté si un roi des Eldar jette un si grand trésor de ravissement dans les eaux des sombres forêts où nul, sauf les poissons, ne pourra le contempler par la suite ? Plutôt que cela se fasse, je t'en supplie, ô Roi, souffre que les artisans des Nains expérimentent leur science sur cet or brut, que le nom de la trésorerie dorée de Tinwelint se fasse entendre en tout pays et tout endroit. Ceci feront-ils, je te le promets, contre faible récompense, pourront-ils simplement sauver le trésor de la ruine."

Alors le roi contempla l'or et il contempla Ufedhin, et ce Gnome était vêtu avec grande richesse, portant une tunique de toile d'or et une ceinture d'or sertie de minuscules gemmes ; et son épée était damasquinée d'étrange façon [7], mais un collier d'or et d'argent entrelacés avec une grande complexité était autour de son cou, et la tenue de Tinwelint ne pouvait en aucune manière être comparée avec celle du voyageur en son palais. Encore une fois, Tinwelint contempla cet or, et il brillait d'une très douce séduction, et jamais le scintillement des gemmes n'avait paru plus resplendissant, et Ufedhin dit encore : "Ou bien de quelle manière, ô Roi, veilles-tu sur ce Silmaril dont le monde entier a ouï dire ?"

Maintenant Gwenniel le gardait dans un coffret de bois cerclé de fer, et Ufedhin déclara que c'était une honte de sertir ainsi un joyau qui ne devrait rien toucher de moindre valeur que l'or le plus pur. Alors Tinwelint, confus, céda, et celui-ci fut l'accord qu'il passa avec Ufedhin. Le roi devait mesurer la moitié de l'or et le confier aux mains d'Ufedhin et de sa compagnie, et ils devaient l'emporter à Nogrod et dans les demeures des Nains. Maintenant celles-ci se trouvaient à un très long voyage vers le sud au-delà de la vaste forêt à la bordure de ces grandes landes près d'Umboth-muilin, les Étangs du Crépuscule, sur les marches de Tasarinan. Pourtant au bout de sept lunes pleines les Nauglath reviendraient portant le prêt du roi tout œuvré en travaux de la plus grande adresse, et pourtant la pureté et le poids de l'or ne seraient en aucune manière altérés. Alors s'entretiendraient-ils avec Tinwelint, et s'il n'aimait point le travail alors ils s'en retourneraient et n'ajouteraient rien de plus ; pourtant si cela lui semblait bon alors de ce qui resterait ils façonneraient des choses d'une telle merveille pour son ornement et pour Gwenniel la Reine que jamais Gnome ou Nain n'avaient encore faites.

“Car, dit Ufedhin, l'adresse des Nauglath ai-je apprise, et la beauté des conceptions que seuls les Noldoli peuvent saisir, je la connais aussi — et pourtant le salaire de notre travail sera maigre en vérité, et nous le nommerons devant toi lorsque tout sera achevé.”

Alors en raison de l'enchantement de l'or, le roi se repentit de son accord avec Ufedhin, et il n'apprécia point complètement ses paroles, et il ne voulut pas souffrir qu'une si grande réserve d'or fût emportée sans protection hors de sa vue durant sept lunes jusqu'aux demeures lointaines des Nains ; pourtant voulut-il néanmoins profiter de leur adresse. C'est pourquoi il fit soudain saisir Ufedhin, et ses gens, et il leur dit : “Ici demeurerez-vous comme otages dans mes palais jusqu'à ce que je voie à nouveau mon trésor.” Maintenant Tinwelint pensait en son cœur qu'Ufedhin et ses Gnomes étaient de la plus grande utilité pour les Nains, et qu'aucune convoitise ne serait assez forte pour les amener à l'abandonner ; mais le Gnome en fut fort courroucé, disant : “Les Nauglath ne sont pas des voleurs, ô Roi, et pas non plus leurs amis” ; mais Tinwelint dit : “Pourtant la lumière d'une trop grande quantité d'or a fait bien des voleurs, qui ne l'étaient point auparavant”, et Ufedhin par force consentit, mais il ne pardonna point à Tinwelint en son cœur.

L'or fut donc maintenant emporté à Nogrod par des gens du roi guidés par un seul des compagnons d'Ufedhin, et l'accord entre Ufedhin et Tinwelint répété à Naugladur, le roi de ces lieux.

Maintenant durant l'attente, Ufedhin fut traité avec

bonté dans les cours de Tinwelint, pourtant il était oisif par force, et il s'inquiétait intérieurement. Durant son loisir il songeait toujours à quelle forme de chose ravissante d'or et de joyaux il façonnerait par la suite pour Tinwelint, mais ceci n'était que pour prendre mieux le roi au piège, car déjà il commençait à tisser de sombres complots fort profonds d'avarice et de vengeance.

Le jour même de la plénitude de la septième lune ci-après, les guetteurs sur le pont du roi s'écrièrent : "Voici ! il vient une vaste compagnie à travers le bois, et tous semblerait-il sont des vieillards, et ils portent de très lourds fardeaux sur leurs dos." Mais le roi, entendant cela, dit : "Ce sont les Nauglath, qui respectent leur parole : maintenant peux-tu partir librement, Ufedhin, et leur porter mon salut, et les mener immédiatement dans mon palais" ; et Ufedhin sortit avec bonheur, mais son cœur n'oubliait point son ressentiment. C'est pourquoi tenant un discours secret aux Nauglath il les persuada de réclamer à la fin une énorme récompense, une de celles que le roi ne pourrait accorder sans faire preuve d'humilité ; et plus encore de ses machinations dévoila-t-il, de sorte que de l'or pût finalement partir pour Nogrod à tout jamais.

Maintenant les Nains arrivent néanmoins par le pont et devant le siège de Tinwelint, et voici, ils avaient convoyé là les objets de leur maîtrise dans des étoffes de soie, et des coffres d'essences rares aux bas-reliefs finement sculptés. D'une autre façon Úrin avait-il traîné le trésor jusqu'en cet endroit, et la moitié de celui-ci reposait encore dans ses sacs grossiers et ses coffres maladroits ; pourtant lorsque l'or fut révélé à nouveau, alors s'éleva un cri d'émerveillement, car les choses qu'avaient façonnées les Nauglath étaient plus merveilleuses de loin que les rares vaisseaux et les ornements qu'avaient œuvrés les Rodothlim longtemps auparavant. Des tasses et des gobelets le roi contempla, et certains possédaient des doubles bols ou bien des poignées curieuses et entrelacées, et des cornes étaient là aux formes étranges, des assiettes et de grands plats, des flacons et des pichets, et tous les apprêts pour un festin digne d'un roi. Des chandeliers y avait-il, et des porte-torches, et nul ne put compter les anneaux, les bracelets pour les bras et les poignets, et les colliers, ainsi que les diadèmes d'or ; et tous ceux-ci étaient si subtilement façonnés et si adroitement ornés que le bonheur de Tinwelint dépassa l'espoir d'Ufedhin.

Mais pour l'instant les machinations d'Ufedhin n'aboutirent à rien, car Tinwelint ne consentit en aucune manière que lui ou bien des Nauglath prissent le départ pour Nogrod avec ou sans cette portion d'or brut qui demeurait encore, et il dit : "Qu'en penserait-on, si après la fatigue de vos voyages lourdement chargés jusqu'ici je vous laissais partir si vite, pour ébruiter le manque de courtoisie de Tinwelint au loin à Nogrod ? Demeurez maintenant un temps et reposez-vous et festoyez, et après vous prendrez l'or qui reste encore pour y travailler votre bon plaisir ; et aucune aide ne manquera à votre labeur que moi ou mon peuple pourrons dispenser, et une riche récompense et plus qu'équitable vous attend à la fin."

Mais ils savaient néanmoins qu'ils étaient prisonniers, et essayant discrètement les issues ils les trouvèrent fortement gardées. Étant donc privés de conseil ils se courbèrent devant le roi, et les visages du peuple des Nains montrent rarement leurs pensées. Maintenant après un temps de repos, cette dernière forge débuta en un lieu des profondeurs de la demeure de Tinwelint qu'il fit tenir à part pour leur usage, et ce dont leurs cœurs manquaient pour cela, la crainte y pourvut, et dans tout ce travail Ufedhin prit une grande part.

Ils fabriquèrent une couronne d'or pour Tinwelint, qui jusque-là n'avait rien porté hormis une couronne de feuilles écarlates, et ils conçurent aussi un heaume très glorieux ; et une épée dont l'acier venait de la lointaine contrée des Nains reçut un pommeau d'or vif et fut damasquinée d'or et d'argent avec d'étranges images où était dépeinte clairement la chasse-au-loup de Karkaras, Croc-de-couteau, père des loups. Il s'agissait là de l'épée la plus merveilleuse que Tinwelint eût jamais vue auparavant, et elle brillait plus resplendissante que l'épée pendue à la ceinture d'Ufedhin que le roi avait convoitée. Ces choses étaient de la science d'Ufedhin, mais les Nains firent un habit de mailles croisées d'acier et d'or pour Tinwelint, et une ceinture d'or. Alors le cœur du roi fut ravi, mais ils dirent : "Tout n'est pas achevé", et Ufedhin façonna une couronne d'argent pour Gwenniel, et aidé par les Nains conçut une paire d'escarpins d'argent, de diamants encroûtée, et l'argent de celle-ci était façonné en écailles délicates, de sorte qu'elles paraissaient comme un doux cuir sous le pied, et il fit aussi une ceinture, d'argent mêlé à de l'or pâle. Pourtant ces choses ne représentaient qu'un dixième de leurs œuvres, et aucun conte n'en établit la somme complète.

Maintenant lorsque tout fut achevé et le résultat de leurs forges donné au roi, alors Ufedhin déclara : "Ô Tinwelint, plus riche des rois, penses-tu que ces choses soient belles ?" Et il acquiesça ; mais Ufedhin dit : "Sache donc que de cette grande réserve de ton or le meilleur et le plus pur demeure encore, car nous l'avons épargné, ayant une requête à te formuler, et il s'agit de celle-ci : nous voudrions te fabriquer un collier, et en sa fabrication déposer toute l'adresse et la science que nous possédons, et nous désirons que celui-ci soit l'ornement le plus merveilleux que la Terre ait vu, et la plus grande des œuvres des Elfes et des Nains. C'est pourquoi nous te supplions de nous laisser prendre le Silmaril qui est ton trésor, qu'il puisse briller splendidement dans le Nauglafring, le Collier des Nains."

Alors Tinwelint douta à nouveau des intentions d'Ufedhin, pourtant il accorda la requête, s'ils consentaient à ce qu'il fût présent lors de ce travail.

Personne qui vit encore, fit Ailios [8], qui ait contemplé cette chose glorieuse, hormis seul [9] Petitcœur fils de Bronweg, pourtant en a-t-on dit maintes choses. Non seulement fut-elle œuvrée avec la plus grande adresse et subtilité dans le monde mais de plus elle possédait un pouvoir magique, et il n'y avait de gorge, si large ou si mince fût-elle, sur laquelle elle ne se posait avec grâce et ravissement. Bien qu'un poids inimaginable d'or fût employé dans sa fabrication, elle tombait légèrement sur celui qui la portait comme un fil de lin ; et tous ceux qui l'attachaient autour de leur cou, semblaient, comme elle tombait sur leur sein, avoir un bon maintien, et les femmes paraissaient très belles. Des gemmes sans nombre entrèrent dans ce collier d'or, mais seulement comme encadrement préparant à sa grande gloire magistrale, et qui y attiraient l'œil, car en plein centre pendait comme une petite lampe de feu limpide le Silmaril de Fëanor, joyau des Dieux. Pourtant, hélas, même si cet or des Rodothlim n'avait pas contenu de sortilège maléfique, encore ce collier aurait été objet de malchance, car les Nains étaient emplis d'amertume, et chacune de ses chaînes était entrelacée de pensées funestes. Maintenant cependant ils le portèrent devant le roi dans sa splendeur neuve et brillante ; et la joie de Tinwelint roi des Elfes du bois fut à son apogée, et il jeta le Nauglafring sur son sein, et immédiatement la malédiction de Mîm s'empara de lui. Alors Ufedhin dit : "Maintenant, ô Seigneur, que tu es satisfait au-delà de tes espoirs, peut-être accorderas-tu aux artisans ta récompense royale, et souffriras-tu qu'ils reprennent aussi le chemin de leurs propres terres dans le contentement."

Mais Tinwelint, dans l'ahurissement du sortilège doré et de la malédiction de Mîm, n'aima point le souvenir de son accord ; pourtant, trompeusement, il ordonna aux artisans de venir devant lui, et il loua le travail de leurs mains par des paroles régaliennes. Enfin il dit : "Un certain Ufedhin m'a dit qu'à la fin cette récompense que vous désiriez serait exprimée devant moi, encore qu'elle serait assez faible, vu que le labeur était le travail du cœur, et qu'il était du désir d'Ufedhin que le trésor d'or ne fût point jeté et perdu. Que souhaiteriez-vous donc que je puis vous accorder ?"

Alors Ufedhin dit avec mépris : "Pour moi-même, rien, ô Seigneur ; en vérité l'hospitalité de tes palais durant sept lunes et trois fut plus que je ne désirais." Mais les Nains dirent : "Voici ce que nous demandons. Pour notre labeur durant sept mois, pour chacun, sept joyaux de Valinor et sept robes de magie que seule Gwendelin [10] peut tisser, et pour chacun un sac d'or ; mais pour notre grand labeur durant trois lunes dans tes palais contre notre volonté, nous demandons pour chacun d'entre nous trois sacs d'argent, et pour chacun un gobelet d'or dans lequel nous boirons à ta santé, ô Roi, et pour chacun une douce demoiselle des Elfes du bois pour partir avec nous vers nos demeures."

Alors le Roi Tinwelint fut véritablement courroucé, car ce que les Nains avaient demandé était en soi un beau trésor, puisque leur compagnie était très nombreuse ; et il n'avait pas du tout l'intention de dévorer ainsi le trésor du dragon, mais jamais il ne pourrait livrer ainsi des demoiselles des Elfes aux Nains difformes sans concevoir une honte à n'en jamais mourir.

Maintenant ils avaient fait cette demande uniquement en raison de la machination d'Ufedhin, mais lisant la colère sur le visage du roi ils dirent : "Non, mais là n'est pas tout, car en paiement de la captivité d'Ufedhin durant sept lunes, sept Elfes braves devront venir avec nous et demeurer sept fois sept années parmi nous comme serfs et ouvriers de notre labeur."

À cela Tinwelint se dressa de son siège, et héla ses vassaux armés et ses guerriers si bien que ceux-ci entourèrent de toutes parts les Nauglath et ces Gnomes. Il dit alors : "Pour votre insolence chacun recevra trois coups de fouet brûlants, et Ufedhin en recevra sept, et après nous parlerons d'une récompense."

Lorsque ceci fut accompli, et une flamme d'amère vengeance allumée dans ces cœurs profonds, il dit : "Voici, pour votre labeur de sept mois, chacun recevra six morceaux d'or et un d'argent, et pour votre labeur dans mes palais, chacun aura trois morceaux d'or ainsi que quelque petite gemme dont je n'ai pas l'usage. Pour votre voyage ici vous mangerez un grand festin et vous repartirez munis d'une bonne réserve pour votre retour, et avant de partir vous boirez à Tinwelint du vin elfique ; mais, sachez-le, pour la pension d'Ufedhin durant sept mois oisifs dans mes palais chacun d'entre vous paiera un morceau d'or, et d'argent deux, car lui-même n'a rien et n'en recevra pas plus puisqu'il ne le désire point, et pourtant me semble-t-il qu'il est à la source de votre arrogance."

Alors les Nains reçurent leur récompense comme de simples forgerons du bronze et du fer, et contraints de céder une fois de plus le paiement de celle-ci pour Ufedhin — "sinon, dit le roi, jamais vous ne le ferez sortir d'ici". Ils s'assirent alors devant un grand festin et cachèrent leur humeur ; pourtant à la fin l'heure de leur départ arriva, et ils burent à Tinwelint du vin elfique, mais ils le maudirent dans leurs barbes, et Ufedhin n'en avala point et cracha le vin de sa bouche sur le seuil.

Maintenant le conte dit que les Nauglath retournèrent en leurs demeures, et si leur avarice avait été embrasée lorsque l'or fut porté pour la première fois à Nogrod, maintenant devint-elle une féroce flamme de désir, et ils se consumaient de surcroît sous les insultes du roi. En vérité ce peuple entier aime l'argent et l'or au-delà de toute chose sur la Terre, alors que ce trésor était hanté par un sortilège et ils n'étaient en aucune manière armés contre celui-ci. Maintenant il y en eut un, Fangluin * le vieux, qui leur avait conseillé depuis le début de ne jamais rendre le prêt du roi, car, dit-il : "Ufedhin, pourrons-nous tenter de le libérer par la ruse plus tard, si cela semble bénéfique", mais en ce temps cela ne sembla pas de bonne politique à Naugladur leur

* Dans la marge du manuscrit : *Fangluin : Barbe bleue.*

seigneur, qui ne désirait pas la guerre contre les Elfes. Pourtant maintenant à leur retour Fangluin les railla fortement, disant qu'ils avaient abandonné leur labeur pour un salaire de bâcleur et une gorgée de vin et qu'ils avaient subi un déshonneur de surcroît, et il joua de leur convoitise, et Ufedhin y joignit ses mots amers. Ainsi, Naugladur tint un conseil secret des Nains de Nogrod, et il chercha un moyen d'être vengé de Tinwelint, et d'étancher sa convoitise [11].

Pourtant, après de longues réflexions, il ne vit pas comment il pourrait atteindre son but hormis par la force, et il n'y avait que peu d'espoir en cela, à la fois en raison du grand nombre d'Elfes d'Artanor en ces temps, et de la magie tissée de Gwenniel qui gardait toutes ces régions, de sorte que les hommes au cœur hostile se perdaient et ne parvenaient point en ces bois ; et, d'ailleurs, nul ne pouvait y parvenir sans une aide traîtresse venant de l'intérieur.

Maintenant alors même que ces êtres sans âge siégeaient dans leurs sombres palais et rongeaient leurs barbes, voici un son de cornes, et des messagers de Bodruith des Indrafangs étaient là, un peuple des Nains qui demeurait en d'autres royaumes. Maintenant amenaient-ils des nouvelles de la mort de Mîm le sans-père des mains d'Úrin et du viol de l'or de Glorund, récit qui n'était que récemment parvenu aux oreilles de Bodruith. Maintenant jusqu'ici les Nains ne connaissaient point le récit complet concernant ce trésor, et rien de plus que ce qu'Ufedhin avait pu raconter après avoir entendu le discours dans les palais de Tinwelint, et Úrin n'en avait pas proféré l'histoire complète avant son départ. À entendre donc ces nouvelles un motif de colère supplémentaire s'ajouta à leur convoitise et une clameur s'éleva parmi eux, et Naugladur fit le serment de ne plus se reposer jusqu'à ce que Mîm fût trois fois vengé — “et de plus, dit-il, me semble-t-il que l'or appartient de droit au peuple des Nains”.

Celle-ci fut donc la machination ; et depuis ces temps-là, à cause de ces actes, les Nains ont été pour toujours séparés des Elfes et n'ont cessé de se quereller avec eux, et se sont rapprochés d'amitié avec l'engeance de Melko. En secret il fit mander aux Indrafangs qu'ils préparassent leur armée dans l'attente d'un jour qu'il annoncerait, lorsque l'heure serait venue ; et une forge cachée d'acier amer s'établit alors à Belegost, le fief des Indrafangs. De plus il rassembla à lui une grande armée d'Orcs, et de goblins errants, à qui il promit un grand salaire, et de surcroît le plaisir de leur Maître, ainsi qu'un riche butin à la fin ; et tous ceux-ci il arma de ses propres armes. Maintenant vint auprès de Naugladur un Elfe, et il était des gens de Tinwelint, et il offrit de guider cette armée à travers les magies de Gwendelin, car il avait été mordu par la convoitise d'or du trésor de Glorund, et ainsi la malédiction de Mîm vint sur Tinwelint et la traîtrise apparut pour la première fois parmi les Elfes d'Artanor. Naugladur [sourit ?] amèrement alors, car il sut que le temps était venu et que Tinwelint lui était livré. Maintenant chaque année vers l'époque de la grande chasse-au-loup de Beren Tinwelint avait coutume d'honorer le souvenir de ce jour par une chasse dans les bois, et il s'agissait d'une vaste poursuite et fréquentée par une multitude de gens, et des nuits de festins et de réjouissances se déroulaient dans la forêt. Maintenant Naugladur apprit de cet Elfe Narthseg, dont le nom est amer pour les Eldar encore maintenant, que le roi partirait à la chasse à la lune haute qui suivrait la prochaine, et immédiatement il envoya un signe convenu, un couteau entaché de sang, à Bodruith à Belegost. Maintenant toute cette armée se rassembla aux confins des bois, et aucune nouvelle ne parvint encore au roi.

Maintenant le conte dit que quelqu'un vint auprès de Tinwelint, et Tinwelint ne le reconnut point à cause de la sauvage poussée de ses cheveux — et voici ! c'était Mablung, et il dit : “Voici, même dans les profondeurs de la forêt nous avons entendu que cette année tu célébreras la mort de Karkaras par de hautes festivités plus grandes qu'aucune jamais auparavant, ô Roi — et me voici revenu pour te tenir compagnie." Et le roi fut empli d'un bon sentiment et joyeux d'accueillir Mablung le brave ; et lorsque Mablung annonça que Huan capitaine des Chiens était aussi en Artanor il fut très heureux en vérité.

Voici, maintenant le roi Tinwelint prit son cheval et s'en fut à la chasse, et plus splendide fut son vêtement que jamais auparavant, et le heaume d'or était au-dessus de ses mèches flottantes, et d'or étaient les harnachements de son destrier ; et la lumière du soleil parmi les arbres tombait sur son visage, et il semblait à ceux qui le contemplèrent pareil au visage glorieux du soleil au matin ; car autour de sa gorge était ceint le Nauglafring, le Collier des Nains. À ses côtés chevauchait Mablung à la Main Lourde à la place d'honneur en vertu de ses actes pendant la grande chasse précédente — mais Huan des Chiens était à la tête des chasseurs, et des hommes pensèrent que ce grand chien se tenait étrangement, mais peut-être le vent portait-il quelque chose ce jour-là qu'il n'aimait point.

Maintenant le roi se trouve loin dans les bois entouré de toute sa compagnie, et les cornes se font lointaines dans la forêt profonde, mais Gwendelin est assise dans sa gloriette et un pressentiment de mauvais aloi est en son cœur et dans ses yeux. Alors une demoiselle des Elfes, Nielthi, dit : "Pourquoi, ô Dame, es-tu triste au jour de la grande veillée du roi ?" Et Gwendelin répondit : "Le mal cherche notre pays, et mon cœur me dit que mes jours en Artanor se hâtent vers leur fin, et pourtant perdrais-je Tinwelint, je souhaiterais alors n'avoir jamais quitté Valinor." Mais Nielthi dit : "Non, ô Dame Gwendelin, n'as-tu point tissé une vaste magie autour de nous, si bien que nous n'avons aucune crainte ?" Mais la reine fit réponse : "Pourtant, il me semble qu'un rat ronge les fils et que toute la toile s'est défaite." À ces mots mêmes il y eut un cri de l'autre côté des portes, et brusquement il crut en un bruit féroce… par le fracas de l'acier. Alors Gwendelin sortit sans peur de sa gloriette, et voici, une soudaine multitude d'Orcs et d'Indrafangs tenaient le pont, et il y avait la guerre sous les portes caverneuses ; mais cet endroit fut inondé de sang, et un grand amoncellement de morts s'étendait là, car l'assaut fut secret et de tous ignoré.

Alors Gwendelin sut bien que son pressentiment était vrai, et que la traîtrise avait enfin découvert son royaume, pourtant encouragea-t-elle ces rares gardes qui lui demeuraient encore et qui n'étaient point partis avec la chasse, et ils gardèrent le palais du roi avec vaillance jusqu'à ce que le flux du nombre les repoussât en arrière [et] le feu et le sang trouvèrent chacune des salles et des chemins profonds de cette grande forteresse des Elfes.

Alors ces Orcs et ces Nains saccagèrent chaque chambre dans leur quête de trésor, et voici ! l'un d'entre eux arriva et s'assit sur le haut siège du roi et il rit à tue-tête, et Gwendelin vit que c'était Ufedhin, et se gaussant d'elle il lui ordonna de s'asseoir sur son ancien siège à côté de celui du roi. Alors Gwendelin le contempla et lui fit baisser le regard, et elle dit : “Pourquoi donc, ô rénégat, profanes-tu le siège de mon seigneur ? Je n'aurais jamais cru voir un des Elfes assis en cet endroit, un voleur, entaché de meurtre, un complice des ligueurs, ennemis sans trêve de son propre peuple. Ou bien crois-tu que c'est un geste glorieux que d'attaquer une maisonnée mal armée en un moment où son seigneur est au loin ?” Mais Ufedhin ne dit rien, évitant les yeux brillants de Gwendelin, alors elle dit encore : “Pars maintenant, avec tes Orcs immondes, de peur que Tinwelint en revenant ne te repaie amèrement.”

Alors Ufedhin répondit enfin, et il rit, mais mal à l'aise, et il ne regarda point la reine, mais il dit tout en écoutant un bruit qui venait du dehors : “Mais le voici déjà revenu.” Et voici, Naugladur entra à présent, et une armée de Nains l'entourait, mais il portait la tête de Tinwelint couronnée et casquée d'or ; mais le collier de toute merveille était ceint autour de la gorge de Naugladur. Alors Gwendelin vit en son cœur tout ce qui advint, et la manière dont la malédiction de l'or était tombée sur le royaume d'Artanor, et jamais plus elle n'a dansé ou encore chanté depuis cette heure sombre ; mais Naugladur ordonna que l'on rassemblât toutes choses d'or ou d'argent ou de pierres précieuses et qu'on les portât à Nogrod — "et ce qu'il peut rester de biens ou de gens, que les Orcs les gardent, ou bien qu'ils les tuent, comme ils le désirent. Mais la Dame Gwendelin, Reine d'Artanor, viendra avec moi".

Alors Gwendelin dit : "Voleur et assassin, enfant de Melko, pourtant es-tu un sot, car tu ne peux voir ce qui est suspendu au-dessus de ta propre tête." En raison de la détresse de son cœur sa vision s'était faite très claire, et elle lut avec sa sagesse de fée la malédiction de Mîm et nombre des choses qui devaient encore advenir.

Alors Naugladur en son triomphe rit jusqu'à ce que sa barbe en frémît, et ordonna qu'on se saisît d'elle : mais nul ne put ce faire, car à mesure qu'ils s'approchèrent ils tâtonnèrent comme en une obscurité subite, ou trébuchèrent et tombèrent les uns à la suite des autres, et Gwendelin quitta les lieux de sa demeure, et ses lamentations amères emplirent la forêt. Maintenant une vaste obscurité s'abattit sur son esprit et son discernement et son savoir l'abandonnèrent, et elle erra sans savoir en quelle direction durant un très long temps ; et ceci était dû à l'amour qu'elle portait à Tinwelint le roi, pour lequel elle avait choisi de ne jamais s'en retourner vers Valinor et la beauté des Dieux, et de toujours demeurer dans les forêts sauvages du Nord ; et maintenant lui sembla-t-elle qu'il n'y avait ni joie ni beauté, que ce fût en Valinor ou dans les Terres du Dehors. Elle rencontra nombre des Elfes épars pendant ses voyages errants, et ils la prirent en pitié, mais elle ne les écouta point. Ils lui avaient fait des récits, mais elle n'y prêta pas attention puisque Tinwelint était mort ; néanmoins vous devez apprendre la manière dont à l'heure même où l'armée d'Ufedhin brisait le palais et le dépouillait, et d'autres compagnies aussi immenses et terribles d'Orcs et d'Indrafangs s'abattaient portant la mort et le feu sur le royaume de Tinwelint, voici, la fière chasse du roi se reposait dans le plaisir et les rires, mais Huan, avec raideur, marchait alentour. Alors soudain les bois s'emplirent de bruit et Huan aboya fort ; mais le roi et sa compagnie étaient cernés d'ennemis armés. Ils combattirent longtemps et violemment en cet endroit, au milieu des arbres, et les Nauglath — car ceux-là étaient leurs adversaires — reçurent de grandes blessures avant de les tuer. Pourtant à la fin furent-ils tous massacrés, et Mablung et le roi tombèrent côte à côte — mais ce fut Naugladur qui coupa la tête de Tinwelint après sa mort, car alors qu'il vivait encore il n'osa pas s'approcher de si près de son épée brillante ni de la hache de Mablung [12].

Maintenant le conte ne sait rien de plus de l'histoire de Huan, sauf que, tandis que les épées chantaient encore, ce grand chien se hâtait à travers le pays, et son chemin le mena comme le [vent ?] jusqu'au pays d'i·Guilwarthon, les morts-vivants, où régnaient Beren et Tinúviel la fille de Tinwelint. Le couple ne demeurait point en un logis installé, et leur royaume n'avait pas de frontières bien marquées — d'ailleurs nul autre messager qu'Huan seul, pour qui tous les chemins étaient connus, eût jamais pu trouver Beren et obtenir son secours si rapidement [13]. En vérité, le conte dit qu'alors même que les Orcs dévastaient par le feu tout le pays de Tinwelint et que les Nauglath et les Indrafangin s'en retournaient vers leur demeure croulant complètement sous les dépouilles d'or et de biens précieux, Huan arriva au logis de Beren, et c'était alors le crépuscule. Voici, Beren était assis sur une racine d'arbre et Tinúviel dansait sur une verte pelouse dans la lueur du couchant tandis que Beren la regardait, lorsque soudain Huan était devant eux, et Beren lança un cri de joie et d'émerveillement, car cela faisait long temps depuis qu'ils avaient chassé ensemble. Mais Tinúviel contemplant Huan vit qu'il saignait, et qu'il y avait une histoire à lire dans ses yeux immenses. Et elle dit subitement : “Quel mal s’est donc abattu sur Artanor ?” et Huan dit : “Le feu et la mort et la terreur des Orcs ; mais Tinwelint a été tué.”

Alors Beren et Tinúviel pleurèrent tous deux des larmes amères ; et le récit entier de Huan ne sécha point leurs yeux. Lorsque l’histoire vint à sa fin Beren bondit sur ses pieds pris d’une fureur blanche, et empoignant un cor qui pendait à sa ceinture il en donna un coup qui résonna à travers toutes les collines alentour, et un peuple elfique tout vêtu de vert et de brun jaillit comme par magie en sa direction depuis chaque clairière et chaque bosquet, chaque ruisseau et chaque vallée.

Maintenant même Beren ne connaissait pas l’histoire de ces gens en myriade qui suivirent son cor dans les forêts de Hisilómë, et avant que la lune ne fût levée bien au-dessus des collines l’armée rassemblée dans la clairière de sa demeure était immense, pourtant ils n’étaient que légèrement armés et la plupart ne portaient que des couteaux ou des arcs. “Pourtant, dit Beren, c’est de célérité que nous avons le plus besoin” ; et certains parmi les Elfes écoutèrent ses ordres et filèrent aussi rapides qu’une biche devant lui, à la recherche de nouvelles de la marche des Nains et des Indrafangs, mais à l’aube il les suivit en tête des Elfes verts, et Tinúviel demeura dans la clairière et se lamenta de la mort de Tinwelint, et elle prit aussi le deuil pour Gwendelin qu’elle croyait morte.

Maintenant il faut raconter que l’armée des Nains croulant sous les fardeaux quitta le lieu dévasté, et Naugladur était à leur tête, et à ses côtés, Ufedhin et Bodruith ; et toujours en chevauchant Ufedhin chercha à écarter de son esprit les yeux terribles de Gwendelin et il n’y parvint pas, et toute joie avait quitté son cœur qui flétrissait au souvenir de ce regard ; et celle-ci n’était point non plus la seule agitation à le torturer, car venait-il à lever les yeux, voici ! ils se posaient sur le Collier des Nains qui brillait autour du cou sans âge de

Naugladur, et alors toutes autres pensées étaient bannies hormis un désir sans fond pour sa beauté.

Ainsi voyagèrent ces trois individus, et avec eux toute leur armée, mais si grand devint le tourment de l'esprit d'Ufedhin qu'enfin il ne put l'endurer plus longtemps, et la nuit lorsqu'une halte fut décidée il se glissa furtivement jusqu'au lieu où dormait Naugladur, et surprenant cet être sans âge envahi par le sommeil, il voulut tuer ce Nain et faire main basse sur le merveilleux Nauglafring. Maintenant au moment même où il cherchait un moyen de le faire, voici que quelqu'un le saisit à la gorge par-derrière, et c'était là Bodruith, qui, empli de la même envie, cherchait aussi à faire sienne cette chose magnifique ; mais découvrant Ufedhin, son lien de parenté avec Naugladur le poussa à le tuer. Alors Ufedhin donna au hasard un brusque coup de couteau vers l'arrière dans l'obscurité avec un long poignard à lame effilée et tranchante qu'il avait avec lui pour la mort de Naugladur, et le couteau transperça le corps de Bodruith Seigneur de Belegost qui tomba en mourant sur Naugladur, et la gorge de Naugladur et la parure magique furent inondées de sang à nouveau.

Alors Naugladur s'éveilla dans un cri, mais Ufedhin s'enfuit de cet endroit en ahanant, car les longs doigts de l'Indrafang l'avaient presque étranglé. Maintenant lorsque l'on porta rapidement des torches en cet endroit, Naugladur pensa que Bodruith seul avait tenté de le dépouiller du bijou, et il s'étonna de sa mort si propice, et il promit une riche récompense au tueur de Bodruith si cet homme s'avançait pour raconter tout ce qu'il avait vu. Ainsi se fit-il que momentanément nul ne s'aperçut de la fuite d'Ufedhin, et la colère se réveilla entre les Nains de Nogrod et les Indrafangs, et nombre d'entre eux furent tués avant que les Indrafangs moins nombreux ne fussent dispersés, et ils s'en furent comme ils le purent vers Belegost, n'emportant qu'un peu du trésor avec eux. De cet épisode découla la guerre qui traversa les âges entre ces peuples des Nains et qui s'est étendue à travers tant de pays et qui fut la source de maints contes, guerres dont les Elfes savent peu de chose et dont les Hommes ont rarement entendu parler. Pourtant l'on peut voir ainsi comment la malédiction de Mîm vint rapidement s'installer parmi son propre peuple, et cela aurait été bénéfique en effet si elle n'était pas allée plus avant et n'avait plus visité les Eldar.

Voici, lorsque la fuite d'Ufedhin apparut aussi au grand jour, alors Naugladur devint furieux, et il fit tuer tous les Gnomes qui demeuraient encore dans l'armée. Alors il dit : "Maintenant sommes-nous débarrassés des Indrafangs et des Gnomes et de tous les traîtres, et je ne crains absolument plus rien maintenant."

Mais Ufedhin erra par les contrées sauvages en grande crainte et en grande détresse, car il lui sembla qu'il était devenu un traître à son propre peuple, coupable de crime de sang devant les Elfes, et hanté par les yeux [brûlants ?] de Gwendelin la reine, tout cela pour rien sauf l'exil et le désespoir, et il ne possédait pas la moindre part ou portion de l'or de Glorund, malgré son cœur enflammé par l'envie et le désir ; pourtant ils sont rares à avoir eu pitié de lui.

Maintenant le conte dit qu'il rencontra les pisteurs de Beren, et ceux-ci eurent grâce à lui une connaissance sûre de toute l'armée et du déploiement de Naugladur et des chemins qu'il avait l'intention de suivre, et ils se hâtèrent comme le vent parmi les arbres de retourner auprès de leur seigneur ; mais Ufedhin ne leur révéla point qui il était, feignant être un Elfe d'Artanor échappé de la servitude de leur armée. Maintenant donc ils le traitèrent avec aménité, et il fut envoyé à Beren afin que leur capitaine pût .... ses paroles, et bien que Beren s'étonnât de sa .... [lâche ?] [14] et de son regard furtif, il lui sembla qu'il apportait des propos sûrs, et il prépara un piège pour Naugladur.

Il choisit de ne plus suivre au plus près la piste des Nains, mais, sachant qu'ils tenteraient de passer le gué de la rivière Aros à un certain moment, il se détourna du chemin, se déplaçant rapidement en compagnie de ses Elfes aux pieds légers par des sentiers plus directs pour atteindre Sarnathrod le Gué de Pierres avant eux. Maintenant l'Aros est un ruisseau ardent — et ne s'agit-il point de ces mêmes eaux qui, plus près de leur source, coulent rapidement devant les portes antiques des grottes des Rodothlim et les sombres repaires de Glorund [15] — et en ces régions ne peut en aucune manière être traversé par une grande armée d'hommes chargés, hormis à l'endroit de ce gué, et ce n'est pas là non plus une traversée très aisée. Jamais Naugladur n'eût emprunté ce chemin s'il avait eu vent de Beren — pourtant aveuglé par le sortilège et l'or éblouissant il ne craignait nulle chose, que ce fût dans ou hors de son armée, et il avait hâte d'atteindre Nogrod et ses noires cavernes, car les Nains n'apprécient guère de demeurer longtemps dans la brillante lumière du jour.

Maintenant toute cette armée parvint sur les rives de l'Aros, et leur déploiement était tel : en premier, un certain nombre de Nains sans chargement et intégralement armés, et au milieu, la vaste compagnie de ceux qui portaient le trésor de Glorund, et bien des belles choses de surcroît qu'ils avaient prises dans les palais de Tinwelint ; et derrière ceux-ci venait Naugladur, et il montait le cheval de Tinwelint, et il présentait une étrange apparence, car les jambes des Nains sont courtes et arquées, mais deux Nains menaient ce cheval, car il ne voyageait point de bonne grâce, et il était chargé de butin. Mais derrière ceux-ci venait encore une masse d'hommes armés mais peu chargés ; et avec ce déploiement ils cherchèrent à traverser Sarnathrod en ce jour fatal.

C'était le matin lorsqu'ils atteignirent la rive la plus proche, et midi les vit encore passer en longues files étirées et traversant lentement les endroits peu profonds de ce rapide ruisseau. Ici, il s'élargit et descend par d'étroits chenaux emplis de rochers entre de longues bandes de sable et de pierres moins vastes. Maintenant Naugladur glissa de son cheval surchargé et se prépara à traverser, car la masse en armes de l'avant-garde avait déjà escaladé l'autre rive, et celle-ci était très haute et escarpée et recouverte d'un épais manteau d'arbres, et pour certains les porteurs d'or y posaient déjà le pied tandis que d'autres se trouvaient encore au milieu du ruisseau, mais les hommes armés de l'arrière-garde se reposaient un temps.

Subitement cet endroit s'emplit du son des cors elfiques, et l'un ...... [16] d'un son plus clair que tous les autres, et il s'agit du cor de Beren, le chasseur des forêts. Alors l'air s'emplit des fines flèches des Eldar qui ne manquent point leur cible et le vent ne les fait point dévier, et voici ! depuis chaque arbre et chaque rocher, les Elfes bruns et les verts jaillissent brusquement, et ils tirent sans cesse de leurs carquois débordants. Il y eut alors un affolement et un bruit au sein de l'armée de Naugladur, et ceux qui traversaient le gué jetèrent leurs fardeaux dorés dans les eaux et cherchèrent à atteindre dans la peur une rive ou l'autre, mais un grand nombre fut abattu par ces flèches sans pitié et tombèrent avec leur or dans les courants de l'Aros, entachant ses eaux claires de leur sang noir.

Maintenant les guerriers sur la rive opposée étaient [enveloppés ?] dans la bataille et se ralliant cherchèrent à atteindre leurs ennemis, mais ceux-ci agilement prenaient la fuite à leur approche, tandis que [d'autres ?] leur décochaient encore une grêle de flèches, et ainsi les Eldar reçurent de rares blessures et le peuple des Nains tomba sans trêve. Maintenant ce grand combat du Gué de Pierres .... gagnait Naugladur, car bien que Naugladur et ses capitaines menassent avec force leurs compagnies, jamais ne pouvaient-elles attraper leur ennemi, et la mort s'abattit comme la pluie sur leurs rangs jusqu'à ce que la plus grande partie se brisât et prît la fuite, et à cela un bruit de rires clairs se fit entendre parmi les Elfes, et ils se retinrent de continuer de tirer, car les figures difformes des Nains en fuite, leurs barbes blanches déchirées par le vent les emplirent [de ?] gaieté. Mais maintenant se dressa Naugladur et rares étaient ceux qui l'entouraient, et il se souvint des paroles de Gwendelin, car voici, Beren s'avança vers lui, et jeta son arc de côté, et tira une épée luisante ; et Beren était grand parmi les Eldar, bien que sans atteindre la carrure et la taille de Naugladur des Nains.

Alors Beren dit : "Défends ta vie comme tu le peux, ô meurtrier aux jambes tordues, car sinon je vais la prendre", et Naugladur lui offrit même le Nauglafring, le collier de merveille, qu'on le laissât partir indemne ; mais Beren dit : "Non, cela je pourrai encore le prendre lorsque tu seras mort", et à cela il fondit seul sur Naugladur et ses compagnons, et lorsqu'il eut tué ceux qui étaient devant, les autres s'enfuirent sous les rires elfiques, et ainsi Beren vint sur Naugladur, le meurtrier de Tinwelint. Alors cet être sans âge se défendit avec courage, et ce fut une lutte amère, et nombreux parmi les Elfes qui y assistaient par amour ou par crainte pour leur capitaine effleurèrent la corde de leurs arcs, mais Beren en plein combat exigea que tous reposent leurs mains.

Maintenant le conte en dit peu sur les blessures et les coups portés lors de cette lutte, sauf que Beren y reçut de nombreuses plaies, et que nombre de ses coups les plus adroits ne firent pas grand mal à Naugladur grâce à l'[adresse ?] et la magie de ses mailles façonnées par les Nains ; et on dit qu'ils combattirent pendant trois heures et que les bras de Beren se fatiguèrent, mais non point ceux de Naugladur, accoutumés à manier son puissant marteau à la forge, et il est plus que probable que tout autre aurait été le résultat n'eût été la malédiction de Mîm ; car remarquant la faiblesse de Beren, Naugladur l'acculait toujours plus, et l'arrogance qui provenait de ce sortilège cruel entra en son cœur, et il pensa : "Je tuerai cet Elfe, et son peuple s'enfuira devant moi dans l'effroi", et empoignant son épée, il donna un coup puissant et s'écria : "Savoure ici ton fléau, ô gringalet des bois", et à ce moment précis son pied rencontra une pierre coupante et il trébucha en avant, mais Beren évita ce coup et cherchant à agripper sa barbe, sa main trouva la parure d'or, et à l'aide de celle-ci il fit brusquement s'étaler Naugladur face contre terre : l'épée de Naugladur échappa de sa main, mais Beren s'en saisit et le tua, car il dit : "Je ne vais pas souiller de ton sang noir ma lame brillante, puisqu'il n'y a pas lieu." Mais le corps de Naugladur fut jeté dans l'Aros.

Alors libéra-t-il le collier, et il le regarda avec émerveillement — et il contempla le Silmaril, ce même joyau qu'il prit en Angband, geste par lequel il se gagna une gloire sans fin ; et il dit : "Jamais mes yeux t'ont-ils considéré luisant moitié autant que maintenant, ô Lampe de Faërie, sertie comme tu l'es dans l'or et les gemmes et la magie des Nains" ; et il voulut qu'on lavât ce collier de ses taches, et il ne le jeta point, ne sachant rien de son pouvoir, mais le ramena avec lui de retour dans les bois de Hithlum.

Mais les eaux de l'Aros coulèrent pour toujours au-dessus du trésor noyé de Glorund, et ainsi le font-elles encore, car en des jours à venir des Nains vinrent de Nogrod à sa recherche, et à la recherche du corps de Naugladur ; mais une crue naquit dans les montagnes et ceux qui le cherchaient y périrent ; et si grands maintenant sont l'effroi et la pénombre de ce Gué de Pierres que nul ne vient rechercher le trésor qu'il garde et nul n'ose non plus traverser le ruisseau magique en cet endroit enchanté.

Mais dans les vallons de Hithlum il y eut de l'allégresse au retour des Elfes, et grande fut la joie de Tinúviel lorsqu'elle vit son seigneur qui revenait parmi ses compagnies, mais de savoir que Naugladur avait péri, et bien d'autres Nains de surcroît, soulagea peu son chagrin de la mort de Tinwelint. Alors Beren chercha à la réconforter, et la prenant dans ses bras, il posa le splendide Nauglafring autour de son cou, et tous furent aveuglés par la grandeur de sa beauté ; et Beren dit : « Voici la Lampe de Fëanor que toi et moi, nous avons ramené de l'Enfer », et Tinúviel sourit, se rappelant les premiers jours de leur amour et de ces jours de peine dans les terres sauvages.

Maintenant il faut raconter que Beren fit quérir Ufedhin et le récompensa généreusement pour ses paroles vraies qui indiquèrent le moyen de vaincre les Nains, et l'enjoignit de demeurer à ...., parmi son peuple, et ceci ne déplut pas à Ufedhin ; pourtant en un temps non loin de là advint cette chose qu'il désirait le moins. Car vint le son d'un chant très triste à travers bois, et voici, c'était Gwendelin qui errait dans la détresse, et ses pas la menèrent au milieu d'une clairière où étaient assis Beren et Tinúviel ; et en cette heure c'était le nouveau matin, mais entendant ce son ils cessèrent tous de parler et devinrent très calmes. Alors Beren regarda Gwendelin avec émoi, mais Tinúviel s'écria brusquement avec un chagrin mêlé de joie : "ô mère Gwendelin, où te mènent tes pas, car je pensai que tu étais morte" ; mais leur rencontre sur la pelouse verte fut très douce. Et Ufedhin s'enfuit de chez les Elfes, car il ne pouvait endurer de voir les yeux de Gwendelin, et la folie le prit, et nul ne peut dire quelle fut sa destinée malheureuse par la suite ; et de l'or de Glorund il ne récolta que la torture de son cœur.

Maintenant, entendant les cris d'Ufedhin, Gwendelin le suivit du regard avec étonnement, et interrompit ses tendres paroles ; et la mémoire regagna ses yeux de sorte qu'elle s'écria comme prise de stupeur en voyant le Collier des Nains suspendu à la blanche gorge de Tinúviel. Et avec colère elle demanda à Beren ce que cela pouvait signifier, et pourquoi il souffrait que cette chose maudite touchât Tinúviel ; et conta Beren [17] tout le récit tel que Huan lui avait conté, des actes ou de ce qu'il avait pu en deviner, et il raconta aussi la poursuite et le combat du gué, disant pour terminer : "Et je ne vois point de surcroît qui, à présent que le seigneur Tinwelint est parti pour Valinor, serait plus en droit de porter ce joyau des Dieux que Tinúviel." Mais Gwendelin fit le récit du ban du dragon à propos de l'or et le sang qui [tacha ?] les palais du roi, "et encore une malédiction toujours plus puissante, dont je ne connais pas la source, y est tissée, dit-elle, et je ne pense non plus que le labeur des Nains fût libre de sortilèges pleins d'une malice des plus durables." Mais Beren rit, et il dit que la splendeur du Silmaril et son caractère sacré vaincraient tous ces maux, tout comme il brûla la chair [immonde ?] de Karkaras. "Et, dit-il, jamais je n'ai vu ma Tinúviel aussi belle qu'elle l'est maintenant, prise dans le ravissement de cette chose d'or" ; mais Gwendelin dit : "Pourtant le Silmaril logea dans la Couronne de Melko, et c'est là le travail de forgerons maléfiques en vérité."

Tinúviel dit alors qu'elle ne désirait point de choses de valeur ou de pierres précieuses mais la joie elfique de la forêt, et pour agréer Gwendelin elle l'arracha de son cou ; mais Beren en fut peu gratifié, et il ne souffrit pas que le collier fut jeté, mais le conserva dans son ....[18]

Après cela Gwendelin demeura quelque temps dans les forêts parmi eux et fut guérie ; et enfin elle s'en retourna tristement vers le pays de Lórien et ne rentra jamais plus dans les contes au sujet des habitants de la Terre ; mais sur Beren et Tinúviel tomba rapidement ce destin mortel que Mandos avait prononcé lorsqu'il les avait renvoyés de ses palais — et en ceci peut-être la malédiction de Mîm prouva-t-elle sa [force ?] en ce qu'elle vint plus tôt sur eux ; et cette fois-ci tous deux ne prirent pas la route ensemble, mais lorsque leur enfant, Dior[19] le Beau, n'était encore qu'un bambin, Tinúviel s'évanouit doucement, tout comme l'ont fait les Elfes des jours tardifs à travers le monde, et elle disparut dans les bois, et nul ne l'a revue dansant là depuis. Mais Beren partit à sa recherche à travers toutes les terres de Hithlum et d'Artanor ; et jamais un Elfe n'a connu plus de solitude que lui, avant que lui aussi s'évanouisse de la vie, et Dior son fils demeura comme souverain des Elfes bruns et des verts, et Seigneur du Nauglafring.

Peut-être que tous les Elfes disent vrai, que tous

deux chassent à présent dans la forêt d'Oromë en Valinor, et que Tinúviel danse sur les vertes pelouses de Nessa et de Vána, filles des Dieux, à tout jamais ; pourtant le chagrin des Elfes fut grand lorsque les Guilwarthon les quittèrent, et se trouvant sans souverain et leur magie amoindrie leur nombre diminua ; et ils furent nombreux à partir pour Gondolin, dont les échos du pouvoir et de la splendeur grandissante couraient en murmures secrets parmi tous les Elfes.

Encore, lorsque Dior parvint à l'âge d'homme, régnait-il sur un peuple nombreux, et il aimait les bois tout comme Beren auparavant ; et les chansons le nomment le plus souvent Ausir le Riche car il possédait la gemme merveilleuse sertie dans le Collier des Nains. Maintenant les récits de Beren et Tinúviel devinrent flous en son cœur, et il prit coutume de la porter à son cou et de vouer un grand amour à sa beauté ; et le renom de ce joyau s'étendit comme le feu à travers toutes les régions du Nord, et les Elfes se dirent entre eux : "Un Silmaril de Fëanor brûle dans les forêts de Hisilómë."

Maintenant continuent les longs jours d'Elfinesse jusqu'en ce temps où Tuor demeura à Gondolin ; et Dior l'Elfe [20] avait alors conçu des enfants, Auredhir et Elwing ; et Auredhir ressemblait fortement à son aïeul Beren, et tous l'aimaient, mais nul autant que Dior ; mais tous les poèmes ont reconnu qu'Elwing la fée possédait une beauté aussi grande que celle de Tinúviel, si une telle chose est possible, mais il est difficile de se décider en vérité au vu de la grande beauté du peuple elfique des jours d'antan. Maintenant ce furent des jours de bonheur dans les vallées de Hithlum, car la paix régnait avec Melko et les Nains qui n'avaient plus qu'une pensée, celle de leur complot contre Gondolin, et Angband s'emplissait de labeur ; pourtant il faut raconter que l'amertume entra dans les cœurs des sept fils de Fëanor, au souvenir de leur serment. Maintenant Maidros, qui fut mutilé par Melko, était leur meneur ; et il appela ses frères Maglor et Dinithel, et aussi Damrod et Celegorm, Cranthor et Curufin le Rusé, et il leur dit comment il avait su qu'un Silmaril de ceux que leur père Fëanor avait façonnés était maintenant la fierté et la gloire de Dior des vallées du Sud, "et Elwing sa fille le porte où qu'elle aille — mais vous n'oubliez pas, dit-il, que nous avons juré de ne jamais faire la paix avec Melko ou quiconque de ses gens, pas plus qu'avec aucun autre habitant de la Terre qui retiendrait les Silmarils de Fëanor. Pour quelle raison, dit Maidros, endurons-nous l'exil et l'errance et régnons-nous sur un peuple clairsemé et oublié, si d'autres rassemblent dans leur trésor l'héritage qui est nôtre ?"

Ainsi se fit-il qu'ils envoyèrent Curufin le Rusé auprès de Dior, qui lui fit part de leur serment, et lui ordonna de rendre le merveilleux joyau à ceux à qui il appartenait de droit ; mais Dior contempla la beauté d'Elwing et ne voulut obtempérer, et il dit qu'il ne pouvait endurer que le Nauglafring, le plus magnifique des ouvrages façonnés sur la Terre, pût être ainsi dépouillé. "Alors, dit Curufin, le Nauglafring doit être donné intact aux fils de Fëanor", et Dior devint furieux, et lui ordonna de partir, et de ne jamais oser réclamer ce que son père Beren Une Main gagna des [mâchoires ?] de Melko de sa main — "deux encore se trouvent en ce même lieu, dit-il, si vos cœurs sont assez braves".

Alors Curufin s'en retourna auprès de ses frères, et à cause de leur serment inviolable et de leur [soif ?] de ce Silmaril (et le sortilège de Mîm ainsi que celui du dragon n'y étaient pas pour rien), ils projetèrent une guerre contre Dior — et les Eldar leur jettent l'opprobre pour ce geste, la première guerre préméditée d'un peuple elfique contre un autre peuple elfique, eux, dont le nom autrement eût été glorieux parmi les Eldaliё en raison de leurs grandes souffrances. Ils n'en retirèrent que peu de bénéfice ; car ils tombèrent sur Dior par surprise, et Dior et Auredhin furent tués, mais voici, Evranin la nourrice d'Elwing, et Gereth, un Gnome, l'emportèrent contre son gré dans une fuite rapide et soudaine depuis ces pays, et ils emportèrent le Nauglafring, si bien que les fils de Fëanor ne le virent point ; mais une armée du peuple de Dior, arrivant fort rapidement au combat et pourtant avec retard, fondit soudainement sur leur arrière-garde, et se produisit une grande bataille, et Maglor fut tué par des épées, et Mai ....[21] mourut de blessures dans les terres sauvages, et Celegorm fut percé de cent flèches, et Cranthor à ses côtés. Pourtant à la fin, les fils de Fëanor se rendirent maîtres du champ des morts, et les Elfes bruns et les verts furent dispersés dans les pays malheureux, car ils n'avaient pas voulu prêter oreille à Maidros le mutilé, ni encore à Curufin et à Damrod qui avaient tué leur seigneur ; et on dit que le jour même de la bataille des Elfes, Melko se leva contre Gondolin, et la fortune des Elfes connut son pire déclin.

Maintenant il ne demeura plus personne de la semence de Beren Ermabwed fils d'Egnor hormis Elwing la Ravissante, et elle erra dans les forêts, et parmi les Elfes bruns et les verts quelques-uns se rallièrent à elle, et ils s'en allèrent pour toujours des clairières de Hithlum et s'en furent vers le sud et les eaux profondes de Sirion, et les douces terres.

Et ainsi toutes les destinées des fées se tressent en une seule mèche, et cette mèche est le grand conte d'Eärendel ; et maintenant sommes-nous arrivés au commencement véritable de ce conte-là. »

Et Ailios dit alors : « Et il me semble que nous avons eu tout notre soûl de récits pour ce soir. »

NOTES

1. Cette phrase est une réécriture du texte, la version initiale donnant :

« Non point, ne savez-vous pas que cet or appartient au peuple des Elfes, qui le gagnèrent de la terre dans le lointain passé, et nul parmi les Hommes ne peut le réclamer… »

Tout le reste de cette scène, qui se termine par le massacre de la cohorte d'Úrin, a été corrigé en de multiples endroits, avec la même intention que dans le passage cité ci-dessus : convertir la cohorte d'Úrin d'Hommes en Elfes, comme c'est aussi le cas à la fin du conte d'Eltas (voir p. 167 note 33). Ainsi, « Elfes » a été changé pour donner « Elfes du bois, Elfes des bois », et « Hommes » est devenu « gens, hors-la-loi ». Voir aussi notes 2, 3, 5.

2. La phrase initiale donnait ici :

« Braves étaient ces hors-la-loi et grands manieurs de l'épée et de la hache, et encore en ces jours lointains les armes des Hommes pouvaient blesser les corps du peuple-elfique. »

Voir note 1.

3. La phrase originale était ici : « et ces hors-la-loi, troublés par des magies ». Voir note 1.

4. Cette phrase, commençant par « et un chagrin de plus… », a été ajoutée au texte ultérieurement.

5. « de ceux » : le texte donne « des Hommes », de toute évidence un simple oubli. Voir note 1.

6. « dans la terre » est une correction de la lecture initiale « sur la terre ».

7. L'épée de Tinwelint façonnée par les Nains était de même « damasquinée », avec des images de la grande chasse au loup (p. 299) ; de même que pour les armes de Glorfindel.

8. Le texte donne « Eltas », mais « Ailios » est ajouté au-dessus au crayon. Puisque Ailios est choisi comme narrateur au début du conte, et non pas du fait d'une correction, « Eltas » doit être ici un simple oubli.

9. « hormis seul » est une correction ultérieure qui remplace la lecture initiale « pas même ». Voir p. 337.

10. Il est étonnant que le nom *Gwendelin* soit employé ici, et pas *Gwenniel* comme c'est le cas depuis le début du conte. Puisque la première partie du conte est rédigée à l'encre sur un texte au crayon et effacé, l'explication la plus évidente serait que le texte effacé donnait *Gwendelin* et que mon père changeait le nom en *Gwenniel* à mesure de la nouvelle rédaction, l'oubliant à cette occurrence. Mais l'affaire est probablement plus complexe — l'une de ces petites énigmes dont les textes des *Contes Perdus* sont truffés — car après l'interruption du manuscrit à l'encre, la forme *Gwenniel* apparaît dans le texte au crayon, bien qu'à une seule occasion, et *Gwendelin* est ensuite la dénomination employée jusqu'à la fin du conte. Voir *Changements opérés sur les Noms*, p. 324.

11. Ici s'achève le manuscrit à l'encre ; voir p. 291.

12. Mon père a ajouté une annotation marginale en face de cette phrase selon laquelle le Nauglafring devait s'accrocher dans un buisson et retenir le roi.

13. Un passage rejeté du manuscrit propose ici une version antérieure des événements, selon laquelle Gwendelin, et non pas Huan, amène la nouvelle à Beren :

> (…) et ses lamentations amères emplirent la forêt. Maintenant là-bas Gwendeling [*sic*] rassembla à elle nombre des Elfes des bois dispersés, et d'eux elle apprit comment les événements s'étaient déroulés de la façon même qu'elle avait devinée : comment la compagnie de chasse avait été

entourée et vaincue par les Nauglath tandis que les Indrafangs et les Orcs tombaient soudainement porteurs de mort et de feu sur le royaume de Tinwelint, et ce n'était pas la moindre armée que celle d'Ufedhin qui tua les gardes sur le pont ; et on a dit que Naugladur tua Tinwelint lorsqu'il fut submergé par le nombre, et les gens pensaient que Narthseg un Elfe sauvage avait mené les ennemis jusqu'ici, et qu'il avait péri pendant les combats.

Alors ne voyant aucun espoir, Gwendelin et ses compagnons quittèrent aussi rapidement que faire se put cette terre de détresse, et s'en furent même jusqu'au royaume de i.Guilwarthon en Hisilómë, où régnaient Beren et Tinúviel sa fille. Maintenant Beren et Tinúviel ne demeuraient point en un logis installé, et leur royaume n'avait pas de frontières bien marquées, et nul autre messager hormis Gwendelin fille des Vali avec certitude eût pu retrouver ce couple mort-vivant si rapidement.

Le manuscrit montre clairement que le retour de Mablung et de Huan en Artanor, ainsi que leur présence lors de la chasse (indiqué de manière générale à la fin du *Conte de Tinúviel*, p. 66), a été rajouté au conte, et que ce nouvel élément amena la transformation des déplacements de Gwendelin immédiatement après le désastre. La chronologie textuelle est très difficile à interpréter ici, à cause d'une multitude de corrections, de passages effacés et de rajouts sur des feuilles volantes, mais il me paraît presque certain que cette remise en forme a eu lieu *pendant* la première composition du conte.

14. La première des deux lacunes laissées dans le texte contient deux mots, le premier pourrait être « croire », et le second est probablement « mieux ». La deuxième lacune pourrait donner « pâleur ».

15. Cette phrase, depuis « et ne s'agit-il point de ces mêmes eaux… » a été barrée et mise entre crochets, avec une annotation marginale gribouillée à la hâte : « Non [celui-là ?] est Narog. »

16. Le mot illisible pourrait être « éclate » ; le mot « clair » est une correction de « rauque ».

17. Il s'agit ici d'un exemple frappant de la difficulté d'interprétation (et de traduction) du manuscrit due à sa syntaxe étonnante. Le texte original donnait *Then told Beren* « Puis raconta à Beren », transformé par la suite pour donner *and told Beren* « et raconta à Beren » ; toutefois le contexte montre clairement, malgré l'inversion verbe/sujet, que c'est Beren qui prend la parole à son tour, le sens étant donc « et Beren raconta » (*and Beren told* dans la syntaxe anglaise) *(N.d.T.)*

18. Il serait possible que le mot illisible soit « trésor », mais il ne me semble pas que ce soit le cas.

19. *Dior* est une correction remplaçant le nom *Ausir*, cependant réutilisé plus bas comme un autre nom de Dior.

20. « Dior l'Elfe » est une correction de « Dior alors un Elfe d'un grand âge ».

21. La dernière partie de ce nom est illisible : on pourrait lire *Maithog*, ou bien *Mailweg*. Voir *Changements opérés sur les Noms* sous *Dinithel*.

Changements opérés sur les noms dans *Le Nauglafring*

Ilfiniol (p. 292), ici orthographié ainsi dès la première écriture ; voir p. 271.

Gwenniel est le nom employé dans toute la section révisée du conte à une exception près (p. 302), où la forme est *Gwendelin ;* dans la section manuscrite au crayon, à la première occurrence le nom de la reine est à nouveau *Gwenniel* (p. 304), mais toujours *Gwendelin* par la suite (voir note 10).

Le nom de la reine dans les *Contes Perdus* est aussi variable que celui de Petitcœur. Dans *L'Enchaînement de Melko* et dans *La Venue des Elfes* elle est *Tindriel* > *Wendelin*. Dans le *Conte de Tinúviel* elle est *Wendelin* > *Gwendeling* (voir p. 78) ; dans le texte dactylographié de *Tinúviel*, *Gwenethlin* > *Melian ;* dans le *Conte de Turambar*, *Gwendeling* > *Gwedheling*. Dans le conte présent elle est *Gwendelin/Gwenniel* (la forme *Gwendeling* apparaissant aussi dans le passage rejeté donné dans la note 13) ; enfin le dictionnaire Gnomique donne *Gwendeling* > *Gwedhiling*.

Belegost. À la première occurrence (p. 305), le manuscrit donne *Ost Belegost*, avec *Ost* entouré d'un cercle comme s'il devait être rejeté, et *Belegost* demeure la forme utilisée par la suite.

(i.) Guilwarthon Dans le *Conte de Tinúviel*, p. 66, la forme est *i.Cuilwarthon*. À l'occurrence p. 319, la terminaison du nom ne ressemble pas à *-on*, mais comme je ne peux la déchiffrer avec certitude, je donne *Guilwarthon* dans le texte.

Dinithel pourrait aussi se lire *Durithel* (p. 319). Le nom a été rajouté plus tard à l'encre au-dessus d'un nom antérieur écrit au crayon et à présent à peine lisible, mais il est clair qu'il s'agit du même nom que ce fragment *Mai...* employé pour ce même fils de Fëanor plus tard dans le conte (voir note 21).

Commentaire sur *Le Nauglafring*

Je ne comparerai pas dans ce commentaire le détail du *Nauglafring* avec le récit du *Silmarillion* (chapitre XXII, *La Ruine de Doriath*). Les deux histoires divergent en profondeur et sur des traits essentiels — principalement avec la réduction à un objet unique du trésor que Húrin ramène de Nargothrond, le Collier des Nains, qui existait depuis déjà très longtemps (mais bien entendu sans l'inclusion du Silmaril), également, toute l'histoire des rapports entre Thingol et les Nains est transformée. Mon père n'a jamais repris l'écriture de quelque partie de cette histoire sur une échelle comparable, et l'élaboration du texte publié a été d'une extrême difficulté ; j'espère pouvoir en donner un compte rendu ultérieurement.

Alors qu'il est souvent difficile de différencier les caractéristiques omises des versions plus concises (pour limiter leur longueur), de celles activement rejetées, il paraît clair qu'une grande partie de la narration très élaborée du *Nauglafring* a été très rapidement abandonnée. Dans les écrits ultérieurs, l'histoire du combat entre la cohorte d'Úrin et les Elfes de Tinwelint a disparu, et l'on ne trouve aucune trace par la suite d'Ufedhin ou des autres Gnomes qui vivaient parmi les Nains, ou des Nains emportant la moitié de l'or non travaillé (« le prêt du roi ») avec eux à Nogrod pour en œuvrer des objets précieux, de la rétention d'Ufedhin en otage, du refus de Tinwelint de laisser partir les Nains, de leurs demandes insolentes, de leur punition et de leur insultant salaire.

Le conte insiste à nouveau sur l'amour que Tinwelint porte aux richesses et sa relative pauvreté, ce qui contraste fortement avec la conception ultérieure de son immense richesse (voir mes remarques précédentes, pp. 177-178). Le Silmaril est conservé dans un coffret en bois (p. 296), la couronne de Tinwelint n'est composée que de feuilles écarlates, et il est bien moins richement vêtu que le « voyageur en son palais » (Ufedhin). Tous ces éléments fonctionnent parfaitement bien pour cette histoire où l'Elfe des Bois est corrompu par le piège des splendeurs dorées, mais il n'est nul besoin de souligner à nouveau à quel point cette représentation diverge étrangement de celle de Thingol Seigneur de Beleriand qui possédait un vaste trésor dans son royaume souterrain merveilleux de Menegroth, les Mille Cavernes — d'ailleurs en grande partie creusé par les Nains de Belegost dans le lointain passé (*Le Silmarillion*, p. 89). Ce souverain-là n'avait certainement pas besoin de l'aide des Nains pour lui façonner une couronne et une belle épée, ou bien des plats pour orner ses banquets. Tel qu'il sera conçu ultérieurement, Thingol est fier, et sévère ; il est aussi sage et puissant, et son union avec une Maia a grandement accru son pouvoir et son savoir. Est-ce qu'un tel roi pouvait sombrer dans l'escroquerie mesquine décrite dans *Le Nauglafring* ?

La taille du trésor est très fortement accentuée — « Maintenant de si vastes amoncellements d'or jamais n'ont été rassemblés en un seul endroit depuis », p. 294 — et elle prend de telles proportions qu'il devient difficile de croire qu'un petit groupe de hors-la-loi errants aient pu le transporter jusqu'à la demeure des Elfes des bois, même si « on dit qu'il y en eut d'abandonné là et qu'il y en eut de perdu en chemin » (*Conte de Turambar*, p. 163). Une divergence se profile peut-être ici, avec la description des Rodothlim et de leurs œuvres donnée dans le *Conte de Turambar*, où rien ne suggère que les Rodothlim possédaient des trésors provenant de Valinor — même si cette idée a perduré à travers toutes les vicissitudes qui ont affecté cette partie du récit : *Le Silmarillion*, au sujet du Seigneur de Nargothrond, précise (p. 111) que « Finrod avait apporté de Tirion plus de trésors qu'aucun autre prince des Noldor ».

Plus importantes encore, les notions de « sortilège » et de « malédiction » prédominent dans ce conte, à tel point que l'on pourrait dire qu'ils en sont les acteurs principaux. On ressent la malédiction de Mîm planant sur l'or à chaque tournant du récit. Une des motivations déterminantes pour la décision de Naugladur d'attaquer les Elfes d'Artanor est de venger Mîm (p. 291). Sa malédiction s'accomplit dans « la guerre qui traversa les âges entre ces peuples des Nains » (p. 311), dont la trace a été par la suite totalement effacée, disposant ainsi de toute l'histoire d'Ufedhin tentant de voler le Collier à Naugladur endormi, l'assassinat de Bodruith Seigneur de Belegost, et des luttes entre les deux clans des Nains. Naugladur, « aveuglé par le sortilège » (p. 313), choisit un itinéraire imprudent pour sortir d'Artanor ; et la malédiction de Mîm devient la cause de la victoire de Beren lors de leur duel au Gué de Pierres (p. 316). Il est même suggéré, ce qui est très surprenant, que la brièveté de la deuxième vie de Beren et Tinúviel soit l'effet de cette malédiction (p. 318). Enfin « le sortilège de Mîm » est un élément dans l'attaque de Dior par les Fëanoriens (p. 320).

Également, un motif important du conte consiste en la nature sinistre du Nauglafring, car les Nains le façonnèrent avec amertume ; et dans ce complexe de malédictions et de sortilèges est introduit aussi « le ban du dragon à propos de l'or » (p. 317), son « sortilège » (p. 320). Le *Conte de Turambar* n'indique pas que Glorund ait maudit ou ensorcelé le trésor, mais Mîm dit à Úrin (p. 162) : « N'est-il pas vrai que Glorund s'y est étendu de longues années, et le maléfice des dragons de Melko repose dessus, et il ne peut rien amener de bien fût-ce pour Homme ou Elfe » De façon tout aussi remarquable, Gwendelin laisse entendre, en réponse à Beren qui affirme que « son caractère sacré vaincraient tous ces maux », que le Silmaril lui-même a été profané, puisqu'il « logea dans la Couronne de Melko » (p. 318). La deuxième esquisse pour les *Contes Perdus* (voir I.145, note 3) indique que le Nauglafring « amena la maladie à Tinúviel » *.

Mais si « ensorcelés » que soient les acteurs principaux du conte et quelle que soit la puissance de la malédiction auxquels ils obéissent aveuglément, nul doute que les Nains, dans leur conception initiale, étaient de nature bien plus ignoble qu'ils ne le deviendraient par la suite, plus inclinés vers le mal pour assouvir leurs désirs, et plus exclusivement influencés par la cupidité. L'idée que Doriath ait été dévastée par des Orcs mercenaires payés par des Nains (p. 303) deviendra aussi inconcevable qu'impossible par la suite. Il est même précisé qu'en raison des actes de Naugladur, « depuis ces temps-là les Nains ont été pour toujours séparés des Elfes et n'ont cessé de se quereller avec eux, et se sont rapprochés d'amitié avec l'engeance de Melko » (p. 304). Également, dans les esquisses pour le *Conte de Gilfanon*, les Nauglath forment un peuple maléfique, associés aux Goblins (I.317-315). Dans une esquisse abandonnée pour le *Nauglafring* (p. 184), le Collier était fabriqué « par certains Úvanimor (Nautar ou Nauglath) », les Úvanimor ayant été décrits par ailleurs comme « des monstres, des géants, et des ogres ». On peut comparer à tous ces éléments l'Appendice F (I) du *Seigneur des Anneaux* : « Ils [les Nains] n'étaient pas de nature maléfique, et rares sont ceux qui servirent l'Ennemi de leur propre volonté, quoi que les récits des Hommes aient soutenu. »

La description des Nains dans ce conte présente un intérêt exceptionnel grâce à d'autres aspects également. « Les barbes des Indrafangs » ont déjà été citées dans le « sortilège de longueur » de Tinúviel (p. 35), mais il s'agit ici de la première description des Nains dans les écrits de mon père — déjà avec cette orthographe particulière [Dwar<u>ves</u>, à la place de l'orthographe acceptée Dwar<u>fs</u>. *N.d.T.*] qu'il maintint toujours face à l'opposition incessante des correcteurs — et ils sont aisément reconnaissables par leur nature austère et rude et secrète, leur « aspect disgracieux » (*Le Silmarillion*, p. 110), et leur habileté merveilleuse « à travailler le métal et la pierre » (*id.*, p. 88). L'indication étonnante selon laquelle « jamais un enfant n'arrive parmi eux » devrait peut-être être rapprochée de « cette opinion absurde, répandue parmi les Hommes », à laquelle fait référence *Le Seigneur des Anneaux*, Appendice A (III), « qu'il n'y a pas de femmes naines, et que les "Nains sont engendrés par les pierres" ». Cet appendice précise aussi que « c'est en raison du petit nombre de Naines parmi eux que l'espèce des Nains ne s'accroît que lentement ».

Le conte indique aussi que selon la croyance de certains, les Nains « n'ont pas entendu parler d'Ilúvatar » ; au sujet des connaissances des Hommes sur Ilúvatar, voir p. 279.

---

* Le dictionnaire Gnomique dit que la malédiction de Mîm fut « apaisée » lorsque le Nauglafring a été perdu en mer ; voir l'Appendice sur les Noms, entrée *Nauglafring*.

Selon le dictionnaire Gnomique, *Indrafang* était « un nom spécial pour les Barbes-longues ou Nains », mais le conte montre clairement que les Barbes-longues étaient au contraire les Nains de Belegost ; les Nains de Nogrod étaient les Nauglath, dont Naugladur était le souverain. Il faut cependant avouer que l'emploi des deux termes est parfois déroutant, ou confus : ainsi la description des Nauglath à la p. 296 semble être une description de tous les Nains, et inclure les Indrafangs, mais ceci ne peut avoir été intentionnel. La référence à « la marche des Nains et des Indrafangs » (p. 310) doit être acceptée comme une ellipse : « les Nains de Nogrod et les Indrafangs », par ailleurs le texte signale que Naugladur de Nogrod et Bodruith de Belegost sont apparentés (p. 311), mais ceci pourrait signifier simplement qu'ils appartenaient tous deux à l'espèce des Nains alors qu'Ufedhin était un Elfe.

Selon le conte, la cité des Nains de Nogrod se situe « à un très long voyage vers le sud au-delà de la vaste forêt à la bordure de ces grandes landes près d'Umboth-muilin, les Étangs du Crépuscule, sur les marches de Tasarinan » (p. 296). On pourrait interpréter cette description comme signifiant que Nogrod elle-même se trouvait « à la bordure de ces grandes landes près d'Umboth-muilin », mais ceci me paraît impossible. En effet, ce site paraît très improbable pour les Nains, qui « demeurent sous la terre dans des grottes et des villes de tunnels, et Nogrod fut auparavant la plus vaste de celles-ci » (p. 295). Bien que des montagnes ne soient pas explicitement décrites ici en relation avec les Nains, je crois extrêmement probable que mon père concevait déjà la situation de leurs cités sous les montagnes, comme par la suite. En outre, rien ne semble contredire l'opinion selon laquelle la configuration des terres dans les *Contes Perdus* était similaire pour l'essentiel à la première carte « Silmarillion », ainsi qu'aux cartes ultérieures ; et en se rapportant à celles-ci, « un très long voyage vers le sud » serait totalement improbable en comparaison de celui qui mènerait des Mille Grottes jusqu'aux Étangs du Crépuscule.

La signification doit donc être simplement, « un très long voyage au-delà de la vaste forêt », et le reste de la phrase sert uniquement à situer la forêt et non pas Nogrod ; la forêt est, en fait, la Forêt d'Artanor.

La Chute de Gondolin décrit les Étangs du Crépuscule, mais le nom elfique n'apparaît pas alors.

La distance entre Belegost et Nogrod n'est pas non plus explicite ; ce même passage indique que l'or sera emporté « à Nogrod et dans les demeures des Nains », mais plus tard (p. 304), les Indrafangs sont « un peuple des Nains qui demeurait en d'autres royaumes ».

Dans son association avec les Nains, Ufedhin rappelle Eöl, le père de Maeglin, est décrit dans *Le Silmarillion* (p. 132) comme préférant « les Nains à tous les anciens peuples des Elfes » ; cf. *Le Silmarillion*, p. 88 : « Rares furent les Elfes qui se rendirent à Nogrod ou à Belegost, si ce n'est Eöl de Nan Elmoth et son fils Maeglin. » Dans les premières formes de l'histoire d'Eöl et d'Isfin (*cf. La Chute de Gondolin*), Eöl n'a aucun lien avec les Nains. Le conte présent mentionne (p. 295) le grand trafic entre Nains et « Noldoli libres » (ainsi qu'entre les Nains et les serviteurs de Melko) « en ces temps » : on pourrait se demander qui étaient ces « Noldoli libres », puisque les Rodothlim avaient été détruits, et Gondolin était cachée. Peut-être mon père pensait-il aux fils de Fëanor, ou bien à Egnor, le père de Beren.

L'idée que les Nains de Nogrod étaient les premiers instigateurs de la dévastation du royaume de Tinwelint a survécu dans le récit ultérieur, et ils le deviennent même exclusivement, puisque est spécifié que les Nains de Belegost leur refusent toute aide (*Le Silmarillion*, p. 235).

Nous tournant maintenant vers les Elfes, Beren est bien sûr toujours un Elfe à l'époque de ce conte, et pendant la durée de sa seconde vie il est souverain, en Hithlum-Hisilómë, d'un peuple elfique si nombreux que « même Beren ne connaissait pas l'histoire de ces gens en myriade » (p. 310) ; on les appelle les « Elfes verts » et « les Elfes bruns et les verts », car ils étaient « tous vêtus de vert et de brun », et Dior régna sur eux en Hithlum après le départ final de Beren et Tinúviel. Qui sont-ils ? Il n'est pas du tout évident de les intégrer dans la conception des Elfes des Grandes Terres telle qu'elle apparaît dans les autres contes. Comparons au passage de *La Venue des Elfes* (I.163) :

> En vérité longtemps après que la joie de Valinor eut lavé son souvenir et l'eut affaibli, les Elfes le chantèrent encore tristement, et racontèrent des histoires de ceux, nombreux parmi leur peuple, dont ils dirent et disent qu'ils furent perdus en ces antiques forêts et toujours y errèrent dans le chagrin. Encore y étaient-ils longtemps après, lorsque les Hommes furent enfermés en Hisilómë par Melko, et y dansent-ils encore alors que les Hommes se sont aventurés bien plus loin dans les lieux mieux éclairés de la Terre. Hisilómë fut nommé par les Hommes Aryador, et ils nommèrent les Elfes Perdus le Peuple de l'Ombre, et ils les craignirent.

Mais dans ce conte Tinwelint était encore imaginé comme régnant sur « les Elfes dispersés de Hisilómë », et dans les esquisses pour le *Conte de Gilfanon*, le « Peuple de l'Ombre » de Hisilómë n'était plus un peuple elfique. Dans tous les cas, l'expression « Elfes verts », couplée avec le fait que Beren mena les Elfes-verts d'Ossiriand à l'embuscade des Nains à Sarn Athrad dans le récit ultérieur (*Le Silmarillion*, p. 237), montre quel peuple elfique ils allaient devenir par la suite, même si on ne trouve aucune trace pour l'instant d'Ossiriand au-delà de la rivière Gelion, ou de l'histoire de l'origine des Laiquendi (*Le Silmarillion*, p. 90-92).

Il était inévitable que le pays « des morts qui vivent » cesserait de se situer en Hisilómë (qui semble avoir été en péril de se retrouver surpeuplé), et une note inscrite sur le manuscrit du *Nauglafring* donne : « Beren doit se trouver en « Doriath au-delà de Sirion » sur un .... pas en Hithlum. » Doriath au-delà de Sirion était cette région appelée Nivrim, la Marche de l'Ouest, dans *Le Silmarillion* (p. 120), la forêt qui s'étendait sur le rivage occidental du fleuve entre la confluence du Teiglin et du Sirion et Aelin-uial, les Étangs du Crépuscule. Dans le Conte de Tinúviel, Beren et Tinúviel, nommés i.Cuilwarthon, « devinrent de puissantes fées dans les pays au nord de Sirion ».

Gwendelin/Gwenniel apparaît comme un personnage quelque peu effacé et inefficace en comparaison de la Melian du *Silmarillion*. Il est concevable qu'un aspect de cette différence réside dans la protection bien plus légère accordée au royaume d'Artanor par sa magie que le mur impénétrable et les labyrinthes trompeurs de la Ceinture de Melian. Mais la nature exacte de cette protection dans la première conception reste très vague. Dans *Le Nauglafring*, l'arrivée des Nains de Nogrod est seulement repérée lorsqu'ils approchent du pont devant les grottes de Tinwelint (p. 298) ; en revanche, il est dit (p. 304) que la « magie tissée » de la reine était une défense contre « les hommes au cœur hostile », qui ne pourraient jamais trouver leur chemin à travers les bois si ce n'est grâce à l'aide d'une trahison intérieure. Ceci fournit peut-être un début d'explication à la manière dont les Nains qui amenaient un trésor de Nogrod ont été capables de pénétrer jusqu'aux palais de Tinwelint sans obstacle et apparemment sans qu'on les détecte (cf. de même l'arrivée de la cohorte d'Úrin dans le *Conte de Turambar*). En l'occurrence, la magie protectrice fut aisément — trop aisément — vaincue par l'action d'un Elfe d'Artanor isolé, qui perfidement « offrit de guider cette armée à travers les magies de Gwendelin ». Ce mécanisme narratif était évidemment peu satisfaisant ; mais je n'entrerai pas ici plus avant dans cette question. Cet élément de l'inviolabilité de Doriath a causé des difficultés extraordinaires dans la structure narrative, comme j'espère avoir l'occasion de le décrire plus tard.

On pourrait penser que l'histoire du trésor noyé au Gué de Pierres (qui tombe dans les eaux de la rivière avec les Nains qui le portaient) a évolué à partir du récit évoqué dans la conclusion abandonnée du *Conte de Turambar* — où Tinwelint, « entendant cette malédiction [lancé sur le trésor par Úrin] voulut que l'or fût jeté dans un étang profond de la rivière qui coulait devant ses portes ». Cependant, dans *Le Nauglafring*, Tinwelint, influencé par les paroles prémonitoires de la reine en a toujours l'intention, mais il ne réussit pas à s'y résoudre.

Le récit du deuxième départ de Beren et Tinúviel (p. 318) soulève encore la question très épineuse de la destinée particulière qui doit être la leur selon l'ordonnance de Mandos. J'ai suggéré alors que

> La dispense particulière de Mandos dans le cas de Beren et Tinúviel telle qu'elle est conçue ici est donc que toute leur destinée « naturelle » d'Elfes se trouve transformée : étant morts comme peuvent mourir les Elfes (à la suite de blessures ou bien d'un chagrin mortel), ils ne renaissent pas comme les autres êtres, et reviennent de Mandos dans leurs propres corps — mais maintenant « mortels tout comme les Hommes ».

Ici cependant, Tinúviel « s'évanouit doucement », et disparaît dans les bois ; Beren la recherche à travers tout Hithlum et Artanor avant que lui aussi « s'évanouisse de la vie ». Puisque cette disparition est ici explicitement causée par « ce destin mortel que Mandos avait prononcé » (p. 318), il est tout à fait remarquable qu'elle soit apparentée, et même semblerait-il identifiée, à l'évanouissement progressif des « Elfes des jours tardifs à travers le monde » — comme si ce premier concept de l'évanouissement ou de l'évanescence des Elfes était une sorte de condition mortelle. Cette idée est en fait explicitée dans une version ultérieure.

Les sept Fils de Fëanor, leur serment (qu'ils prêtent ici après que les Noldoli ont atteint les Grandes Terres et non pas en Valinor), et la mutilation de Maidros apparaissent dans les esquisses du *Conte de Gilfanon ;* et dans la dernière de ces esquisses, les Fëanoriens se trouvent en Dor Lómin (= Hisilómë, Hithlum), voir I. 318, 319, 326. Dans *Le Nauglafring,* pour la première fois les Fils de Fëanor sont dénommés, cinq d'entre eux (Maidros, Maglor, Celegorm, Cranthor, Curufin) sous des formes, définitives ou presque, et Curufin possède déjà le sobriquet « le Rusé ». Les noms Amrod et Amras dans *Le Silmarillion* sont une transformation tardive ; ces deux fils de Fëanor ont longtemps été appelés Damrod (comme c'est le cas ici) et Díriel (ici Dinithel ou Durithel, voir *Changements opérés sur les Noms*, p. 324).

Ici apparaissent Dior le Beau, appelé aussi Ausir le Riche, et sa fille Elwing ; son fils Auredhin a rapidement disparu dans le développement des légendes. Mais Dior règne dans les « vallées du Sud » (p. 320) de Hisilómë, et non en Artanor, et rien ne suggère un quelconque renouveau du royaume de Tinwelint après sa mort, contrairement au récit ultérieur (*Le Silmarillion*, p. 237) ; de surcroît, les Fëanoriens, comme il a été noté plus haut, demeuraient eux aussi en Hisilómë — et je ne saurais établir comment cela devrait être relié avec ce qui a été indiqué par ailleurs au sujet des habitants de cette région. Voir le *Conte de Tinúviel* : « Hisilómë où demeuraient des Hommes, et travaillaient dans la peine les Noldoli en servitude, et où allaient peu d'Eldar libres. »

Dans la partie qui conclut ce conte on trouve une formulation très curieuse (p. 319) : « Maintenant ce furent des jours de bonheur dans les vallées de Hithlum, car la paix régnait avec Melko et les Nains qui n'avaient plus qu'une pensée, celle de leur complot contre Gondolin ». On suppose que « la paix avec Melko » signifie simplement que Melko avait détourné son attention de ces régions ; il n'existe nulle part ailleurs de référence à un complot des Nains contre Gondolin.

La version dactylographiée du *Conte de Tinúviel* affirme que si Turgon Roi de Gondolin fut le plus glorieux parmi les rois des Elfes à défier Melko, « pendant un temps le plus puissant et *libre le plus longtemps* fut Thingol des Forêts ». L'interprétation la plus évidente de cette assertion reviendrait certainement à préciser que Gondolin tomba avant Artanor ; alors que dans *Le Silmarillion* (pp. 241-242) : « Thorondor, le Seigneur des Aigles, lui apprit la chute de Nargothrond, puis le meurtre de Thingol et de son héritier, Dior, et enfin la ruine de Doriath, mais Turgon se boucha les oreilles aux malheurs du monde. » Le conte présent nous propose une chronologie similaire, en ce qu'un grand nombre des Elfes qui suivirent Beren se rendirent après son départ à Gondolin, « dont les échos du pouvoir et de la splendeur grandissante couraient en murmures secrets parmi tous les Elfes » (p. 319), bien qu'il souligne aussi la simultanéité de la destruction de Gondolin et de « la bataille des Elfes » lorsque les Fils de Fëanor attaquent Dior (p. 320). Pour sortir de cette discordance nous devons interpréter le passage dans le *Conte de Tinúviel* comme signifiant que Thingol a échappé au joug de Melko plus longtemps que Turgon, quelles qu'aient été les dates de leurs chutes respectives.

Enfin, les indications selon lesquelles Cûm an-Idrisaith, le Tertre de l'Avarice, « s'y dresse toujours, en Artanor » (p. 293) et les eaux de l'Aros coulent encore au-dessus du trésor noyé (p. 316) méritent notre attention car elles indiquent l'absence totale, dans cette construction intiale, d'un élément analogue à l'Engloutissement de Beleriand.

V
Conte d'Eärendel

Le « commencement véritable » du *Conte d'Eärendel* devait se présenter avec la description de la demeure des Lothlim aux bouches de Sirion (c'est-à-dire à l'endroit où s'achève *La Chute de Gondolin* : « et bel parmi les Lothlim grandit Eärendel dans la maison de son père ») ainsi que l'arrivée d'Elwing (c'est-à-dire là où s'achève *Le Nauglafring* : « (...) ils s'en allèrent pour toujours des clairières de Hithlum et s'en furent vers le sud et les eaux profondes de Sirion, et les douces terres. Et ainsi toutes les destinées des fées se tressent en une seule mèche, et cette mèche est le grand conte d'Eärendel ; et maintenant sommes-nous arrivés au commencement véritable de ce conte-là », p. 321). Le sujet se complique cependant, comme nous le verrons bientôt, lorsque mon père décida que *Le Nauglafring* devait composer la première partie du *Conte d'Eärendel*.

Mais le grand conte n'a finalement jamais été écrit ; et pour retrouver l'histoire telle qu'il la concevait alors, nous sommes entièrement dépendants d'esquisses très résumées et souvent contradictoires. Il existe aussi un grand nombre de notes isolées, ainsi que les tout premiers poèmes traitant d'Eärendel. Tandis que les poèmes peuvent être datés avec précision, c'est une tâche impossible en ce qui concerne les notes et esquisses, il paraît même impossible de les organiser dans un ordre chronologique qui fournirait une ligne de développement claire.

L'une des esquisses pour le *Conte d'Eärendel* serait le premier des deux « plans » pour les *Contes Perdus* qui forment la source principale du *Conte de Gilfanon ;* et je répète ici ce que j'ai déjà formulé dans la *Première Partie* (I.312-313) :

> Il n'y a aucun doute que le premier de ceux-ci, que j'appellerai « B » pour les intentions de ce chapitre, fut composé lorsque les *Contes Perdus* eurent atteint leur ultime étape de développement, comme il est représenté par les textes et arrangements les plus récents donnés dans ce livre. Or, lorsque cette esquisse en arrive au sujet du *Conte de Gilfanon*, il devient immédiatement nettement plus complet, mais se contracte encore en de brèves références pour les contes de Tinúviel, Túrin, Tuor, et du Collier des Nains, puis, une fois de plus, devient plus complet lors du *Conte d'Eärendel*.

Le plan B (comme je l'intitulerai encore) fournit une esquisse narrative cohérente bien que très grossière, et il divise l'histoire en sept parties, dont la première (annotée « Racontée ») est « Le Nauglafring jusqu'à la fuite d'Elwing ». Petitcœur fait référence à cette division en sept parties tout au début de *La Chute de Gondolin* :

> Il s'agit d'un vaste conte, et sept fois les gens iront-ils au Feu-aux-contes avant qu'il ne soit bien raconté ; et si mêlé est-il au conte du Nauglafring et de la Marche-des-Elfes que j'accepterai volontiers l'aide (...)

Si les six parties qui devaient suivre *Le Nauglafring* avaient toutes été de longueur comparable, il s'ensuivrait que le *Conte d'Eärendel* dans son intégralité aurait été environ moitié aussi long que l'ensemble des contes déjà écrits ; mais mon père n'y revint plus jamais par la suite de manière aussi exhaustive.

Je présente maintenant la partie conclusive du Plan B.

Conte d'Eärendel commence, mêlé au Nauglafring et à la Marche des Elfes. Pour plus de détails voir Carnet C *.

Première Partie. Le conte du Nauglafring jusqu'à la fuite d'Elwing.

Deuxième Partie. La demeure sur Sirion. L'arrivée d'Elwing en ce lieu, et l'amour qu'elle partagea avec Eärendel lorsqu'ils étaient enfants. Le vieillissement de Tuor — son départ secret en bateau à la poursuite des conches d'Ulmo à bord d'Aile de Cygne.

Eärendel fait voile vers le Nord à la recherche de Tuor, et, s'il le faut jusqu'à Mandos. Vogue sur Eärámë. Naufrage. Ulmo apparaît. Le sauve, lui ordonnant de naviguer vers Kôr — « car pour ceci as-tu été sauvé de la Destruction de Gondolin ».

Troisième Partie. Deuxième tentative d'Eärendel vers Mandos. Naufrage de Falasquil et sauvetage par les Oarni [1]. Il voit l'Île des Oiseaux Marins « où vont tous les oiseaux de toutes les eaux parfois ». Retourne par les terres jusqu'à Sirion.

Idril a disparu (elle prend la mer de nuit). Les

* Pour le « Carnet C », voir page suivante.

conches d'Ulmo appellent Eärendel. Dernier adieu d'Elwing. Construction de Wingilot.

Quatrième Partie. Eärendel navigue vers Valinor. Ses nombreuses errances, qui occupent plusieurs années.

Cinquième Partie. Venue des oiseaux de Gondolin à Kôr porteurs de nouvelles. Tumulte parmi les Elfes. Conseils des Dieux. Marche des Inwir (mort d'Inwë), des Teleri, et des Solosimpi.

Attaque surprise sur Sirion et emprisonnement d'Elwing.

Chagrin et colère des Dieux, et un voile s'abat entre Valmar et Kôr, car les Dieux ne veulent pas la détruire, mais ne peuvent supporter de la voir.

Venue des Eldar. Melko enchaîné. Voyage vers l'Île Solitaire. Malédiction du Nauglafring et mort d'Elwing.

Sixième Partie. Eärendel atteint Kôr et trouve la cité désertée. S'en retourne avec tristesse (et voit au loin Tol Eressëa et la flotte des Elfes, mais un grand vent et une obscurité l'emportent et il perd son chemin et fait un voyage vers l'est).

Arrivant enfin à Sirion il le trouve déserté. Se rend sur les ruines de Gondolin. Apprend des nouvelles. Navigue jusqu'à Tol Eressëa. Navigue jusqu'à l'Île des Oiseaux-Marins.

Septième Partie. Son voyage jusqu'au firmament.

Inscrit à la fin du texte, on trouve : « Rest[ant] du Plan dans Carnet C ». Ces références au « Carnet C » dans le Plan B renvoient au petit carnet qui remonte à 1916-1917, mais qui fut aussi employé pour des notes et des suggestions durant toute la période des *Contes Perdus* (voir I.231). Au début de celui-ci se trouve une esquisse (ici appelée « C »), intitulée « Le Conte d'Eärendel, le fils de Tuor », et qui s'accorde relativement bien avec le Plan B.

Eärendel demeure avec Tuor et Irildë [2] aux bouches du Sirion à côté de la mer (sur les îles de Sirion). Elwing des Gnomes d'Artanor [3] les rejoint après s'être enfuie avec le Nauglafring. Eärendel et Elwing s'aiment enfants.

Grand amour d'Eärendel et Tuor. Tuor vieillit, et les conches d'Ulmo loin à l'ouest au-delà de la mer l'appellent de plus en plus fort, jusqu'au soir où il largue les amarres de son navire crépusculaire aux voiles pourpres, Aile de Cygne, Alqarámë [4]. Idril le voit trop tard. Son chant sur le rivage du Sirion.

Lorsqu'il ne revient pas, chagrin d'Eärendel et d'Idril. Eärendel (poussé en cela par Idril qui est immortelle) désire armer un bateau et partir à sa recherche même jusqu'à Mandos. [*Note marginale :*] La malédiction du Nauglafring repose sur ses voyages. Ossë son ennemi.

Fjord de la Sirène. Naufrage. Ulmo apparaît sur le site du naufrage et les sauve, leur disant qu'il doit se rendre à Kôr et que c'est pour cela qu'il a été sauvé.

Chagrin d'Elwing lorsqu'elle apprend le commandement d'Ulmo. « Car aucun homme ne peut fouler les rues de Kôr ou contempler les places des Dieux et demeurer encore en paix dans les Terres Extérieures. »

Eärendel part tout de même et la traîtrise d'Ossë lui fait faire naufrage et il est sauvé avec Voronwë par les Oarni (qui l'aiment) et il est emporté jusqu'à Falasquil.

Eärendel rentre par les terres avec Voronwë. Découvre qu'Idril a disparu [5]. Son chagrin. Il prie Ulmo et entend les conches. Ulmo lui ordonne de bâtir un nouveau navire merveilleux à partir du bois de Tuor provenant de Falasquil. Construction de Wingilot.

On trouve aussi quatre éléments intitulés « Ajouts » sur la même page du carnet :

Construction d'Eärámë (Aileron-d'Aigle).

Noldoli ajoutent leurs prières aux ordres d'Ulmo.

Eärendel voit la première demeure de Tuor à Falasquil.

Voyage vers Mandos et les Mers de Glace.

L'esquisse poursuit :

Voronwë et Eärendel partent avec Wingilot. Poussés vers le sud. Régions sombres. Montagnes de feu. Hommes des arbres. Pygmées. Sarqindi ou ogres-cannibales.

Poussés vers l'ouest. Ungweliantë. Îles Magiques. Îles du Crépuscule [*sic*]. Le gong de Petitcœur éveille le Dormeur dans la Tour de Perle [6].

Découverte de Kôr. Désertée. Eärendel lit récits et prophéties dans les eaux. Désolation de Kôr. Les souliers et le corps d'Eärendel sont recouverts d'une poussière de diamant les faisant briller avec éclat.

Aventures sur le chemin du retour. Poussés vers l'est — les déserts et les palais rougeoyants où demeure le Soleil [7].

Arrivée à Sirion, pour le découvrir saccagé et déserté. Eärendel erre hagard avec Voronwë et découvre les ruines de Gondolin. Des Hommes y tiennent un campement misérable. Aussi des Gnomes toujours à la recherche de gemmes perdues (ou bien quelques Gnomes revenus à Gondolin).

De l'emprisonnement de Melko [8]. Les guerres avec les Hommes et le départ vers Tol Eressëa (les Eldar incapables d'endurer les luttes du monde).

Eärendel navigue vers Tol Eressëa et apprend le naufrage d'Elwing et du Nauglafring. Elwing est devenue un oiseau marin. Sa très grande peine. Ses habits et son corps brillent comme des diamants et son visage est enflammé d'argent par le chagrin et

....

Il s'embarque avec Voronwë et demeure sur l'Île des Oiseaux-Marins dans les eaux septentrionales (non loin de Falasquil) — et là il espère qu'Elwing reviendra parmi les oiseaux marins, mais elle est à sa recherche se lamentant le long des rivages, et tout particulièrement au milieu des bateaux naufragés.

Au bout de trois fois sept ans, il reprend la mer en

direction des palais de Mandos en compagnie de Voronwë — il y parvient [uniquement ?] parce que ceux qui encore .... et qui ont souffert le peuvent — Tuor est parti en Valinor et l'on ne sait rien d'Idril ni d'Elwing.

Atteint la barre sur les marges du monde et part, naviguant sur les océans du firmament pour pouvoir contempler toute la Terre. Le marin de la Lune lui donne la chasse jaloux de son éclat et il plonge au travers de la Porte de la Nuit. De quelle manière il ne peut maintenant revenir au monde ou bien il mourra.

Il retrouvera Elwing lors du Grand Départ.

D'aucuns disent que Tuor et Idril naviguent maintenant à bord d'Aile de Cygne et que l'on peut les voir descendant le vent rapide à l'aube et au crépuscule.

Les événements concomitants au Conte d'Eärendel

Première Partie. Attaque surprise sur Sirion par les Orcs de Melko et la captivité d'Elwing.

Des oiseaux racontent aux Elfes la Chute de Gondolin et les horreurs du sort des Gnomes. Conseils des Dieux et tumulte parmi les Elfes. Marche des Inwir et des Teleri. Les Solosimpi partent aussi mais suivent les plages et les rivages du monde, car il leur répugne de s'éloigner du bruit de la mer — et ils ne consentent à suivre les Teleri que sous ces conditions — car les Noldoli tuèrent des membres de leurs familles à Kópas.

Cette esquisse continue ensuite avec les événements qui suivent la venue des Elfes de Valinor dans les Grandes Terres, que nous considérerons dans le chapitre suivant.

Bien que nettement plus complet, C semble présenter peu d'éléments en véritable contradiction avec les faits présentés dans B, en outre d'autres éléments y apparaissent, absents de C. Lors du commentaire de ces esquisses, je suivrai les divisions du conte telles qu'elles sont présentées dans B.

Deuxième Partie. C nous en dit un peu plus sur le départ de Tuor de Sirion (B ne fait aucune allusion à Idril) ; et le motif de l'hostilité d'Ossë envers Eärendel et de la malédiction du Nauglafring apparaît comme une cause indirecte de ses multiples naufrages. Le site du premier naufrage est appelé le Fjord de la Sirène. Le mot « eux » plutôt que « lui », lorsque Ulmo les sauve et lui ordonne de se rendre à Kôr, est certain dans le manuscrit, ce qui pourrait suggérer qu'Idril ou Elwing (ou les deux) accompagnaient Eärendel.

Troisième Partie. Dans B, le deuxième voyage d'Eärendel, comme le premier, indique explicitement une tentative pour atteindre Mandos (à la recherche de son père), tandis qu'en C, il semblerait que le second voyage a été entrepris plutôt pour accomplir la volonté d'Ulmo, qui lui a ordonné de naviguer jusqu'à Kôr (au grand chagrin d'Elwing). Dans C, Voronwë est dénommé comme le compagnon d'Eärendel lors du second voyage qui s'est achevé à Falasquil ; mais l'Île des Oiseaux-Marins n'est pas mentionnée à ce moment. Dans C, Wingilot est bâti avec le bois de Tuor provenant de Falasquil ; dans *La Chute de Gondolin*, le bois de Tuor a été taillé pour lui par les Noldoli dans les forêts de Dor Lómin et flotté le long de la rivière cachée.

Quatrième Partie. Alors que B fait une simple référence aux nombreux voyages d'Eärendel, qui occupent plusieurs années pendant sa quête de Valinor, C donne quelques aperçus de leur contenu, tandis que Wingilot était repoussé vers le sud, puis vers l'ouest. La rencontre avec Ungweliantë pendant le voyage vers l'ouest est étrange ; en effet, selon le *Conte du Soleil et de la Lune* « Melko tenait le Nord et Ungweliant le Sud » (voir I.247).

Dans C nous rencontrons à nouveau le Dormeur dans la Tour de Perle (qui pourrait être Idril, mais cette indication a été barrée, note 6), éveillé par le gong de Petitcœur ; cf. le récit de Petitcœur dans *La Chaumière du Jeu Perdu* (I.24-25) :

> Il navigua dans Wingilot avec Eärendel en ce dernier voyage durant lequel ils partirent à la recherche de Kôr. Ce fut le retentissement de ce Gong sur les Mers Ombreuses qui éveilla le Dormeur dans la Tour de Perle s'élevant loin à l'ouest dans les Îles Crépusculaires.

Dans *La Venue des Valar*, les Îles Crépusculaires « flottent » sur les Mers Ombreuses, et « la Tour de Perle s'élève pâle sur leur dernier cap à l'ouest » (I.97, cf. I.172). Mais dans C, ne se trouve aucune autre référence à Petitcœur, fils de Voronwë, en tant que compagnon de voyage d'Eärendel, bien qu'il ait été mentionné antérieurement dans l'esquisse, dans une phrase ensuite rejetée, comme étant présent aux bouches du Sirion (voir note 5) ; ainsi que dans *Le Nauglafring* (p. 300), où Ailios déclare que nul vivant n'a vu le Nauglafring « hormis seul Petitcœur fils de Bronweg » (« hormis seul » étant une correction remplaçant « pas même »).

Cinquième et Sixième Parties. Dans C nous trouvons l'image des souliers d'Eärendel brillants de la poussière de diamants de Kôr, une image qui devait perdurer jusqu'au *Silmarillion* (p. 249) :

> Il marchait dans les allées silencieuses [de Tirion], la poussière de son manteau et de ses bottes était comme du diamant et il brillait de mille feux en montant les marches d'albâtre.

Mais dans *Le Silmarillion*, Tirion était désertée car « Eärendil arrivait au moment d'une fête et presque tous les Elfes étaient à Valimar ou sur le Taniquetil, dans le palais de Manwë » ; ici, en revanche, il semble au moins nettement insinué , à la fois dans B et dans C, que Kôr était vide du départ des Elfes pour les Grandes Terres, suite aux nouvelles amenées par les oiseaux de Gondolin. Dans ces tout premiers plans narratifs, on ne trouve aucune référence à une conversation entre Eärendel et les Valar, en tant qu'ambassadeur des Elfes et des Hommes (*Le Silmarillion*, p. 250), et nous devons conclure, aussi insolite que cela puisse paraître, que lors de ce grand voyage vers l'ouest, Eärendel a atteint son but, mais en pure perte. Donc qu'il n'a pas été l'agent de l'aide effective de Valinor au secours des Elfes des Grandes Terres, et (plus curieux encore) que les desseins d'Ulmo pour Tuor n'ont pas connu non plus d'aboutissement. De fait, mon père écrivit dans la version de 1930 du « Silmarillion » :

> Ainsi se fit-il que les nombreux émissaires des Gnomes en des temps ultérieurs ne revinrent jamais plus en Valinor — sauf un : et il vint trop tard.

Les mots « et il vint trop tard » ont ensuite été remplacés par « le plus grand marin de la légende », et c'est cette phrase qui revient dans *Le Silmarillion*, p. 99. Malheureusement, il n'y a jamais eu de clarification, dans ces premiers écrits, de l'intention d'Ulmo lorsqu'il a ordonné à Eärendel de se rendre à Kôr, raison pour laquelle il a été sauvé de la destruction de Gondolin. S'il était parvenu à temps à Kôr, qu'aurait-il accompli de plus : ce qui se déroula effectivement à l'arrivée des nouvelles de Gondolin — la Marche des Elfes vers les Grandes Terres ? Dans une note surprenante de C, qui n'est pas associée au plan détaillé, mon père pose la question : « Comment les messagers du Roi Turgon sont-ils parvenus jusqu'en Valinor et comment ont-ils obtenu le consentement des Dieux ? » Et il répond : « Ses messagers n'y parvinrent jamais. Ulmo [*sic*] mais les oiseaux amenèrent des nouvelles du sort de Gondolin aux Elfes (les colombes et les pigeons de Turgon) et ils [s'arment et se mettent en marche ?]. »

L'arrivée du message fut suivie par des « conseils des Dieux et tumulte parmi les Elfes », mais C n'indique rien quant aux « chagrin et colère des Dieux », ou au sujet du « voile [qui] s'abat entre Valmar et Kôr » auquel B fait référence ; ce qui doit signifier que la Marche des Elfes hors de Valinor a été entreprise en contradiction directe avec la volonté des Valar, et que les Valar étaient fortement opposés à toute intervention des Elfes de Valinor dans les affaires des Grandes Terres. Il pourrait bien exister une relation entre ce qui précède et les paroles de Vairë (I.30) : « lorsque les fées quittèrent Kôr ce chemin [c'est-à-dire Olórë Mallë, qui longeait la Chaumière du Jeu Perdu] *fut barré pour toujours par d'immenses rochers infranchissables* ». On ne trouve ailleurs qu'une seule référence à la portée de ce message d'outre-mer, dans les paroles de Lindo à Eriol comprises dans *La Chaumière du Jeu Perdu* (I.26) :

> Inwë, que les Gnomes nomment Inwithiel, lui qui fut roi de tous les Eldar lorsqu'ils demeurèrent à Kôr. Cela se passa durant les jours avant qu'Inwë, entendant la lamentation du monde [c'est-à-dire des Grandes Terres], ne les mène en avant vers les terres des Hommes.

Plus tard, Meril-i-Turinqi dira à Eriol (I.177) qu'Inwë, le père de son grand-père, périt « durant cette marche qui entra dans le monde », mais qu'Ingil son fils « s'en retourna il y a bien longtemps en Valinor et il est avec Manwë » ; une référence à la mort d'Inwë existe également dans B.

Dans C, les Solosimpi n'acceptent d'accompagner l'expédition qu'à la condition qu'ils demeurent près de la mer, et les hésitations du Troisième Peuple, motivées par le Massacre des Frères au Havre-aux-Cygnes, ont survécu (*Le Silmarillion*, p. 252). On ne trouve en revanche aucune suggestion relative à un éventuel transport des Elfes de Valinor par bateau ; à l'inverse, les Solosimpi « suivent les plages et les rivages du monde », et l'expédition est définie comme une « Marche » ; mais il n'existe aucune indication quant à la manière dont ils parviennent aux Grandes Terres.

Les deux esquisses font référence à Eärendel repoussé vers l'est lors de son voyage de retour depuis Kôr, et à sa découverte des habitations ravagées aux bouches du Sirion lorsqu'il y revient enfin ; mais B ne précise pas qui est responsable de la mise à sac et de la capture d'Elwing. Dans C, il s'agit d'un raid des Orcs de Melko ; cf. l'entrée dans la Liste-de-noms accompagnant *La Chute de Gondolin* (p. 284) : « *Egalmoth* (…) s'échappa à l'incendie de Gondolin et demeura par la suite à la bouche du Sirion, mais y fut tué lors d'une bataille terrible lorsque Melko se saisit d'Elwing. »

Aucune des deux esquisses ne fait référence à l'évasion d'Elwing. Les deux mentionnent le retour d'Eärendel à Gondolin — dans C, il y retourne avec Voronwë et y découvre des Hommes ainsi que des Gnomes ; une autre entrée dans la Liste-de-noms de *La Chute de Gondolin* se rapporte à cet événement : « *Galdor* (…) en réchappa à Gondolin et même lors de l'assaut de Melko sur les habitants de la bouche du Sirion et s'en retourna sur les ruines avec Eärendel. »

Les deux esquisses font allusion au départ des Elfes des Grandes Terres vers Tol Eressëa, après l'enchaînement de Melko, C ajoutant la précision supplémentaire des « guerres avec les Hommes », et des Eldar « incapables d'endurer les luttes du monde ». Ces esquisses font référence à la visite ultérieure d'Eärendel à Tol Eressëa, mais l'ordre des événements semble différent : dans B, Eärendel, de retour de Kôr, « voit au loin Tol Eressëa et la flotte des Elfes » (on suppose qu'il s'agit de la flotte qui revient des Grandes Terres), tandis que dans C le départ des Elfes n'apparaît qu'après le retour d'Eärendel à Sirion. Mais la nature de ces esquisses est trahie par la retranscription : écrites très rapidement, attrapant au passage des pensées fugitives, on ne peut en tirer de grandes conséquences. Cependant, au sujet du sort d'Elwing, il paraît clair que B et C divergent : B fait une simple allusion au trépas d'Elwing, apparemment associé à la malédiction du Nauglafring. De l'ordre de transcription des événements, on peut déduire que cette mort a eu lieu pendant le voyage vers Tol Eressëa ; C fait une référence explicite à l'engloutissement d'Elwing et du Nauglafring — mais précise qu'Elwing devient un oiseau-marin, une idée pérennisée par la suite (*Le Silmarillion*, p. 248). Ceci donne plus de sens au voyage d'Eärendel à l'Île des Oiseaux-Marins, qui est mentionné dans B et dans C : dans ce dernier, il espère que « Elwing reviendra parmi les oiseaux-marins ».

Septième Partie. Dans B, la conclusion du conte se résume simplement par les mots « Son voyage au firmament », ainsi qu'une référence à l'esquisse C, et dans cette dernière nous sont offerts quelques aperçus de la trame narrative. Il semble être suggéré que l'éclat d'Eärendel (sans aucun rapport avec le Silmaril) provient de la poussière de diamant de Kôr, mais également, d'une certaine manière, de l'exaltation de sa douleur. Une note isolée ailleurs dans C pose la question : « Que devinrent les Silmarils après la capture de Melko ? » Mon père n'a pas donné de réponse à cette époque, mais intrinsèquement, cette question témoigne de l'importance relativement mineure des joyaux de Fëanor, même si, peut-être, elle témoigne aussi de la conscience qu'il n'en serait pas toujours ainsi, et que reposait en eux une signification cruciale pour la mythologie, encore à découvrir.

Il semblerait également qu'Eärendel vogue dans les cieux toujours en quête d'Elwing (« naviguant sur les océans du firmament pour pouvoir contempler toute la Terre ») ; et que son passage à travers la Porte de la Nuit (l'entrée créée par les Dieux dans la Muraille des Choses à l'Ouest, voir I.291) n'advient pas à dessein, mais parce qu'il est poursuivi par la Lune. Pour corroborer cette dernière idée, *cf.* I.261, où Ilinsor, marinier de la Lune, est décrit comme celui « qui pourchasse les étoiles ».

Le second des deux plans détaillés des *Contes Perdus*, qui inclut une esquisse relativement substantielle pour la conception du *Conte de Gilfanon*, et que j'ai appelé D (voir I.313), ici nous fait défaut, car le passage de conclusion est très condensé, en partie effacé, et se termine subitement, tôt dans le développement du *Conte d'Eärendel*. Je le propose ici, en commençant en un point légèrement antérieur à l'interruption du récit :

De la mort de Tinwelint et la fuite de Gwenethlin. Comment Beren vengea Tinwelint et comment le Collier entra en sa possession. Comment celui-ci porta la maladie sur Tinúviel, et comment Beren et Tinúviel s'évanouirent de la Terre. Comment leurs fils [sic] vécurent après eux et comment les fils de Fëanor s'élevèrent contre eux avec une armée à cause du Silmaril. Comment tous furent tués mais Elwing, fille de Daimord, lui-même fils de Beren, prit la fuite avec le Collier.

Du vaisseau de Tuor aux voiles blanches.

Comment les gens des Lothlim demeurèrent aux bouches du Sirion. Eärendel grandit et devint le plus beau des Hommes qui furent ou qui sont encore. Comment les sirènes (Oarni) l'aimaient. Comment Elwing vint aux Lothlim et l'amour d'Elwing et d'Eärendel. Comment Tuor vieillit, et la manière dont Ulmo l'appela au crépuscule, et il partit sur les eaux et fut perdu. Comment Idril le suivit à la nage.

(Dans le passage suivant, mon père semble avoir écrit tout d'abord : « Eärendel .... Oarni bâtit Wingilot et s'en fut à la recherche de .... laissant Voronwë avec Elwing », où la première lacune pourrait donner « avec l'aide des », bien qu'on ne puisse plus rien lire ; mais il a ensuite écrit « Eärendel bâtit Aile de Cygne », puis a partiellement effacé le passage : il est maintenant impossible de déchiffrer son intention.)

Lamentation d'Elwing. Comment Ulmo lui interdit sa quête mais Eärendel choisit pourtant de partir en bateau dans l'espoir de trouver un passage jusqu'à Mandos. Comment Wingilot fit naufrage à Falasquil et comment Eärendel découvrit la maison sculptée de Tuor en ce lieu.

Ici s'achève le plan D. On trouve également une référence antérieure aux « messagers envoyés de Gondolin. Les colombes de Gondolin volent jusqu'en Valinor lors de la chute de cette ville ».

Cette esquisse semble montrer une évolution dans le sens d'une moindre complexité du récit, Wingilot remplaçant le bateau avec lequel Eärendel a tenté de naviguer jusqu'à Mandos et dans lequel il a fait naufrage à Falasquil ; mais l'esquisse est trop brève et s'interrompt trop rapidement pour que l'on puisse en tirer des conclusions certaines.

Une quatrième esquisse, que je nommerai « E », existe sur une feuille séparée ; dans celle-ci, Tuor se nomme Tûr :

Chute de Gondolin. Le festin de Glorfindel. Demeure auprès des eaux de la bouche de Sirion. Les sirènes viennent à Eärendel.

Tûr conçoit une faim-de-mer — sa chanson pour Eärendel. Un soir, il appelle Eärendel et ils vont jusqu'au rivage. Là se trouve une chaloupe. Tûr fait ses adieux à Eärendel et lui ordonne de larguer les amarres — la chaloupe s'éloigne vers l'ouest. Eärendel entend un vaste chant qui enfle dans la mer comme l'esquif de Tûr disparaît derrière l'horizon du monde. Sa passion de larmes sur la rive. La lamentation d'Idril.

La construction d'Earum [9]. La venue d'Elwing. La répugnance d'Eärendel. Les incessants encouragements d'Idril. Le voyage et le naufrage d'Earum dans le Nord, et la disparition d'Idril. Comment les sirènes sauvèrent Eärendel, et le menèrent à la baie de Tûr. Son voyage le long de la côte.

La prise d'Elwing. Eärendel découvre la mise à sac de la bouche du Sirion.

La construction de Wingelot. Il recherche Elwing et le vent le pousse loin vers le sud. Wirilómë. S'échappe vers l'est. S'en retourne vers l'ouest ; aperçoit la Baie de Faërie. La Tour de Perle, les îles magiques, les grandes ombres. Il découvre Kôr désertée ; s'en retourne, maculé de poussière et le visage enflammé. Apprend le naufrage d'Elwing. Il demeure assis sur l'Île des Oiseaux-Marins. Elwing vient le voir sous la forme d'une mouette. Il s'embarque et dépasse la marge du monde.

Mis à part le récit plus complet concernant le départ de Tuor des bouches du Sirion, nous apprenons peu de chose de ce plan — trop condensé. Mais même en tenant compte de la hâte de l'écriture et de la compression du récit, apparaissent des divergences essentielles par rapport à B et C. Ainsi dans cette esquisse (E), il semblerait qu'Elwing arrive à Sirion plus tard dans l'histoire, après le départ de Tuor ; mais le raid ainsi que la capture d'Elwing semblent se dérouler plus tôt, alors qu'Eärendel est sur le chemin du retour après son naufrage dans le Nord (et non, comme dans B et C, tandis qu'il effectue le grand voyage à bord de Wingilot qui le mène à Kôr). Ici, il semblerait qu'il ne devait y avoir qu'un seul voyage vers le nord, se terminant par le naufrage d'Earámë/Earum près de Falasquil. Bien qu'on ne puisse le démontrer, je tends à penser que E est ultérieur à B et C ; en partie parce que la réduction en un seul des deux voyages septentrionaux se terminant par un naufrage semble plus probable que le processus inverse et en partie à cause de la forme *Tûr*, qui, bien que de manière éphémère, a remplacé *Tuor*.

On peut relever une ou deux autres indications dignes d'intérêt dans cette esquisse. La grande araignée, nommée *Ungweliantë* dans C mais ici appelée *Wirilómë* (« Tisseuse de Pénombre », voir I.207), fait irruption dans le récit dans le sud lointain, à la différence de C, où elle apparaît durant son voyage vers l'ouest. Elwing, dans cette version, vient à Eärendel sous la forme d'un oiseau de mer (tout comme dans *Le Silmarillion*, p. 248), ce qui n'est pas indiqué dans C, et semble même contredit.

Un autre passage isolé (associé au poème « L'Ordonnance du Ménestrel », voir pp. 351-353, plus bas) donne un récit très curieux du grand voyage d'Eärendel :

Le bateau d'Eärendel va vers le nord. Islande. [*Ajouté dans la marge :* le dos du Vent du Nord] Groenland, et les îles sauvages : un vent puissant et la crête d'une immense vague le mènent vers des climats plus chauds, jusqu'au dos du Vent de l'Ouest. Pays d'hommes étranges, pays de magie. Le foyer de la Nuit. L'Araignée. Il s'échappe des toiles de la Nuit avec quelques camarades, voit une vaste île-montagne et une ville dorée [*ajouté dans la marge :* Kôr] — le vent le pousse vers le sud. Hommes-des-Arbres, Habitants du Soleil, épices, montagnes-de-feu, mer rouge : Méditerranée (perd son vaisseau [voyage à pied à travers les contrées sauvages d'Europe ?]) ou Atlantique *. Foyer. Vieillit. Fait construire un nouveau bateau. Fait ses adieux à son pays du Nord. Navigue vers l'ouest jusqu'à la marge du monde, au moment même où le Soleil plonge dans la mer. Ses voiles le portent dans le ciel et il ne revient plus sur la terre.

La ville dorée était Kôr et la musique des Solosimpë l'a effleurée, et il s'en retourne pour la retrouver, mais découvre alors que les fées ont quitté Eldamar. Voir petit carnet. Couvert de poussière de diamant alors qu'il grimpe les rues désertées de Kôr.

Hormis cette référence au « petit carnet » qui doit certainement être le « Carnet C » dont a été extrait le plan C, ci-dessus (voir p. 336), il paraîtrait évident que ce compte rendu est antérieur à tous les autres matériaux déjà étudiés. En effet, l'histoire d'Eärendel qui suit son retour du grand voyage ne semble présenter aucun rapport avec celle évoquée dans B et C, et en outre son voyage renvoie aux continents et aux océans du monde réel. Mais je pense qu'il est très probable (et l'aspect du manuscrit semble soutenir cette idée) que le dernier paragraphe (« La ville dorée était Kôr [...] ») a été rajouté plus tard, et que le reste de cette esquisse date de la toute première écriture du poème, au cours de l'hiver 1914.

On peut souligner que seulement alors, dans les tout premiers écrits, la « poussière de diamant » qui recouvre Eärendel provient explicitement des rues de Kôr (voir le passage du *Silmarillion* cité à la p. 337).

Un des premiers poèmes traitant d'Eärendel, « Les Rives de Faërie », inclut une courte préface en prose, qui, même si elle n'est pas aussi ancienne que le poème lui-même (juillet 1915, voir p. 353), ne lui est certainement pas beaucoup plus tardive :

---

* Les mots dans ce passage (« Hommes-des-Arbres, Habitants du Soleil... ») sont clairs, mais la ponctuation ne l'est pas, et l'arrangement proposé ici pourrait diverger de l'intention première.

Eärendel l'Errant qui parcourut les Océans du Monde à bord de son navire blanc Wingelot, demeura longtemps en son vieil âge sur l'Île des Oiseaux de Mer dans les Eaux du Nord avant de partir pour son dernier voyage.

Il passa au large de Taniquetil et même de Valinor et mena sa barque par-dessus la barre à la marge du monde, et la lança sur les Océans du Firmament. De ses aventures là-bas aucun homme n'a rien conté, sauf que, pourchassé par la Lune ronde, il prit la fuite vers Valinor, et grimpant aux tours de Kôr sur les rochers d'Eglamar il regarda en arrière vers les Océans du Monde. Toujours, il se rend à Eglamar à la pleine lune lorsque la Lune vogue et le harcèle au-delà de Taniquetil et de Valinor *.

Ici, comme dans l'esquisse associée à « L'Ordonnance du Ménestrel », Eärendel est conçu comme un vieillard au moment de son voyage jusqu'au firmament.

Aucun autre compte rendu « suivi » du *Conte d'Eärendel* n'est contemporain de cette première époque. J'ai découvert cependant un certain nombre de notes séparées, la plupart sous la forme de phrases isolées, certaines apparaissant dans le petit carnet C, d'autres griffonnées sur des morceaux de papier. J'ai rassemblé ces références ici dans un ordre respectant plus ou moins les séquences du conte.

(I) « Demeure sur l'Île de Sirion dans une maison de pierre blanche. » — Dans C, Eärendel habite avec Tuor et Idril à la bouche du Sirion au bord de la mer « sur les Îles de Sirion ».

(II) « Les Oarni donnent à Eärendel une veste merveilleuse d'argent éclatant qui ne se mouille jamais. Ils aiment Eärendel, en dépit d'Ossë, et lui enseignent la science de la construction des bateaux et de la nage, lorsqu'il joue avec eux sur les rives de Sirion. » — Les esquisses font référence à l'amour que portent les Oarni à Eärendel (D, p. 340), ainsi qu'à sa rencontre avec les sirènes (E, p. 341), et à l'hostilité d'Ossë (C).

(III) Eärendel était plus petit que la plupart des hommes, mais il est agile et rapide nageur (mais Voronwë ne savait pas nager).

(IV) « Idril et Eärendel voient le navire de Tuor disparaître dans le crépuscule et un bruit de chant. » — Dans B, le départ de Tuor est « secret », dans C, Idril le

---

* Cette préface accompagne toutes les versions du poème sauf la première, et les différents textes ne divergent qu'au niveau des formes des noms : *Wingelot/Vingelot* et *Eglamar/Eldamar* (qui varient de la même façon que les versions respectives des poèmes), et *Kôr* > *Tûn* dans le troisième texte, *Tûn* dans le quatrième. Pour *Egla* = *Elda*, voir I.337 et II.

voit trop tard, et dans E, Eärendel est présent au départ de Tuor et lance le bateau : il « entend un vaste chant qui enfle dans la mer » (p. 341).

(V) « Mort d'Idril ? — suit Tuor en secret. » — C nie la mort d'Idril : « D'aucuns disent que Tuor et Idril naviguent maintenant à bord d'Aile de Cygne » (p. 336) ; dans D, Idril l'a suivi à la nage.

(VI) « Tuor est revenu à Falasquil et a remonté Ilbranteloth jusqu'à Asgon, où il demeure, jouant de sa harpe esseulée sur le rocher-fait-île. » — Ce passage est marqué d'un point d'interrogation et d'un « X » impliquant le rejet de cette idée. Il existe des références curieuses au « rocher-fait-île » d'Asgon dans les esquisses du *Conte de Gilfanon* (voir I.318).

(VII) « Le fjord de la Sirène : enchantement de ses marins. Les sirènes ne sont pas des Oarni (mais des êtres de la terre, ou des fées ? — ou les deux). » — Dans D, les Sirènes et les Oarni sont équivalents.

(VIII) Le navire Wingilot fut construit avec le bois provenant de Falasquil avec « l'aide des Oarni ». — Ce qui est probablement aussi le cas dans D (voir p. 341).

(IX) Wingilot avait la forme « d'un cygne de perles ».

(X) « Les colombes et les pigeons de la cour de Turgon portent un message en Valinor — uniquement aux Elfes. » — D'autres références aux oiseaux qui se sont envolés de Gondolin indiquent aussi qu'ils sont venus retrouver les Elfes, ou bien Kôr.

(XI) « Au cours de ses voyages Eärendel aperçoit les blanches murailles de Kôr qui luisent au loin, mais il est emporté par les vents et les vagues contraires d'Ossë. » — B suggère la même chose, lorsque Eärendel voit Tol Eressëa durant son voyage de retour depuis Kôr.

(XII) « Le Dormeur de la Tour de Perle éveillé par le gong de Petitcœur : un messager qui fut envoyé des années auparavant par Turgon et qui fut pris dans des magies. » — C affirme que le Dormeur était Idril, mais l'a rejeté par la suite.

(XIII) « La protection d'Ulmo sur Sirion retirée de colère à cause de la deuxième tentative d'Eärendel pour atteindre Mandos, il s'ensuivit que Melko le mit à sac. » — Cette note est barrée, annotée d'un « X » ; mais D (p. 341) indique qu'Ulmo interdit cette quête quoique Eärendel parte pourtant à la recherche d'un passage vers Mandos. Ces éléments induisent probablement qu'Eärendel contredit la volonté d'Ulmo lorsqu'il part à la recherche de son père à Mandos, car il devait plutôt tenter d'atteindre Kôr.

(XIV) « Eärendel épouse Elwing avant de partir. Lorsqu'il apprend sa perte il dit que ses enfants seront "tous ces hommes dorénavant qui oseront affronter les hautes mers en navire". » — Parallèlement, cf. *La Chaumière du Jeu Perdu* (I.22) : « même un fils d'Eärendel tel ce voyageur-ci », et (I.28) : « un homme aux voyages grands et excellents, un fils me semble-t-il d'Eärendel ». Un résumé de la vie d'Eriol (I.35) précise qu'il était fils d'Eärendel, né sous son rayon, et que si un rayon d'Eärendel tombe sur un enfant nouveau-né, celui-ci devient « un enfant d'Eärendel », et qu'il errera toujours. Une entrée dans le vieux dictionnaire Qenya donne : *Eärendilyon* « fils d'Eärendel (employé pour tout marin) » (I.336).

(XV) « Eärendel se rend même jusqu'aux Palais de Fer désertés à la recherche d'Elwing. » — Eärendel a dû se rendre en Angamandi (vide suite à la défaite de Melko) à la même époque que son voyage sur les ruines de Gondolin.

(XVI) La perte du navire qui transportait Elwing et le Nauglafring a eu lieu pendant le voyage vers Tol Eressëa accompagnant l'exode des Elfes depuis les Grandes

Terres. Pour l'"apaisement" de la malédiction de Mîm avec le naufrage du Nauglafring, voir l'Appendice sur les Noms sous l'entrée *Nauglafring*. Le départ des Elfes pour Tol Eressëa sera étudié dans le chapitre suivant.

(XVII) « Eärendel et la tour du nord sur l'Île des Oiseaux-Marins. » — Dans C (p. 335), Eärendel part avec Voronwë et s'installe sur l'Île des Oiseaux-Marins dans les eaux septentrionales (non loin de Falasquil), et espère qu'Elwing reviendra en cet endroit parmi les oiseaux. Dans B (p. 332), il aperçoit l'Île des Oiseaux-Marins, « où vont tous les oiseaux de toutes les eaux parfois » ; on en retrouve un écho dans *Le Silmarillion*, p. 251 : « On construisit pour elle une tour toute blanche vers le nord, au bord des Mers Extérieures, là où venaient toujours se reposer les oiseaux de l'océan. »

(XVIII) Lorsque Eärendel parvient à Mandos, il découvre que Tuor « *n'est pas* en Valinor, ni en Erumáni, et que ni Elfes ni Ainu ne savent où il se trouve. (Il est avec Ulmo.) » — dans C, Eärendel atteint les palais de Mandos et apprend que Tuor « est parti en Valinor ». Pour l'éventualité que Tuor se trouve en Erumáni ou en Valinor, voir I.

(XIX) Eärendel « revient encore et toujours du firmament vers Kôr, en compagnie de Voronwë, pour voir si le Soleil Magique a été allumé et si le peuple des fées est revenu ; mais la Lune le repousse ». — Au sujet du retour d'Eärendel du firmament, voir (XXI) ci-dessous ; au sujet de la Renaissance du Soleil Magique, voir p. 371.

Deux précisions au sujet d'Eärendel citées précédemment peuvent être rajoutées ici :

(XX) Dans le conte *Le Vol de Melko* (I.193), il est écrit que « maints contes obscurs aux symboles imagés furent écrits sur les murs de Kôr, et des runes de grande beauté y furent dessinées aussi ou bien gravées sur des pierres ; là, Eärendel lut grand nombre de contes merveilleux il y a de cela bien longtemps ».

(XXI) La Liste-de-noms accompagnant *La Chute de Gondolin* donne l'entrée suivante (citée à la p. 284) : « *Eärendel* était le fils de Tuor et d'Idril et on dit que c'est le seul être mi-Eldalië et mi-Homme. Il fut le plus grand et le premier des marins parmi les Hommes, et il vit des régions que les Hommes n'ont toujours pas découvertes ou contemplées malgré la multitude de leurs bateaux. Il chevauche maintenant les vents du firmament en compagnie de Voronwë et il ne revient plus de ce côté de Kôr ou bien il mourrait comme les autres Hommes, tant il porte encore la condition mortelle en lui. » — Dans l'esquisse associée à « L'Ordonnance du Ménestrel », « Ses [Eärendel] voiles le portent dans le ciel et il ne revient plus sur la terre » ; dans la préface en prose au poème « Les Rives de Faërie », « il se rend à Eglamar à la pleine-lune lorsque la Lune vogue et le harcèle au-delà de Taniquetil et de Valinor » ; dans l'esquisse C, « il ne peut maintenant revenir au monde ou bien il mourra » ; enfin dans la citation (XIX) ci-dessus, il « revient encore et toujours du firmament vers Kôr, en compagnie de Voronwë ».

Dans *Le Silmarillion* (p. 250), Manwë prononce la sentence suivante : Eärendel et Elwing « ne reverront plus jamais les Elfes ou les Humains des Terres Extérieures » mais dans le même chapitre, Eärendel revient en Valinor lorsqu'il rentre « de ses voyages aux confins du monde » (p. 251), tout comme l'indique la Liste-de-noms accompagnant *La Chute de Gondolin* où Eärendel ne « revient plus de ce côté de Kôr ou bien il mourrait comme les autres Hommes, tant il porte encore la condition mortelle en lui ». Cette dernière affirmation connaît un écho dans une lettre de mon père écrite longtemps plus tard, en 1967 : « Eärendil descendait en partie des Hommes, et n'était donc pas autorisé à fouler la Terre à nouveau, et il devint pareil à une étoile brillant de la lumière du Silmaril » (*The Letters of J.R.R. Tolkien*, n° 297).

Nous en arrivons ainsi à la fin de la « prose » qui porte sur la première forme du *Conte d'Eärendel* (excepté quelques autres références qui apparaîtront dans le chapitre suivant). Ces esquisses et ces notes nous donnent l'aperçu d'une étape de composition très ancienne, lorsque les idées étaient encore mouvantes et ne possédaient pas encore de forme narrative même préliminaire : le mythe était déjà présent et certaines images allaient perdurer, mais ces images n'avaient pas encore été organisées et articulées entre elles.

J'ai déjà souligné l'étonnant trait suivant : il n'y avait pas encore la moindre trace du motif selon lequel Eärendel, grâce à son intercession, aurait pu amener l'aide de l'Ouest ; de même, rien ne suggère la sanctification de son navire par les Valar, non plus que son lancement dans les cieux, ni son éclat semblable au Silmaril. Néanmoins étaient déjà présents la venue d'Eärendel à Kôr (Tirion) et la découverte de sa désertion, la poussière de diamants sur ses souliers, la transformation d'Elwing en un oiseau de mer, le passage de son navire à travers la Porte de la Nuit, et la sanction s'opposant à son retour vers les terres à l'est de la Mer. Le raid sur les Havres de Sirion apparaît dans les toutes premières esquisses, bien que du fait de Melko, et non des Fëanoriens. Le départ de Tuor également, mais sans Idril, qu'il a laissée derrière lui. Son navire se nommait *Alqarámë*, Aile-de-cygne : il a porté par la suite le nom d'*Eärrámë*, avec le sens d'Aile Marine (*Le Silmarillion*, p. 246) qui gardait la forme mais non le sens du nom du premier bateau d'Eärendel, *Eärámë*, « Fanion-d'Aigle » (p. 334, et voir note 9).

Il est intéressant de lire les déclarations écrites par mon père quelque cinquante ans plus tard (dans la lettre de 1967 à laquelle j'ai fait référence ci-dessus) concernant les origines d'Eärendel :

> Le nom est en fait (à l'évidence) dérivé de l'anglo-saxon *éarendel*. Lorsque je commençai à peine à étudier l'anglo-saxon professionnellement (1913) — j'en avais déjà fait un passe-temps adolescent lorsque j'étais censé apprendre le grec et le latin — je fus frappé par la grande beauté de ce mot (ou nom), adhérant parfaitement au style général de l'anglo-saxon, mais euphonique à un degré particulier en cette langue plaisante mais non « délectable ». Aussi, sa forme suggère très fortement qu'il s'agissait à l'origine d'un nom propre et non d'un nom commun. Ceci est confirmé par les formes de ce nom en relation évidente avec celles d'autres langues germaniques ; à partir desquelles, parmi les confusions et les dégradations des traditions tardives, il semble certain tout au moins qu'il appartenait aux mythes astronomiques, et était le nom d'un groupe-d'étoiles ou bien d'une étoile. Pour ma part, les usages anglo-saxons semblent clairement indiquer qu'il s'agissait d'une étoile qui présageait l'aube (au moins dans la tradition anglaise) : c'est-à-dire celle que nous appelons maintenant *Vénus :* l'étoile du matin, telle qu'on peut la voir briller avec éclat à l'aube, avant que le Soleil ne se lève vraiment. C'est en tout cas la manière dont je l'ai interprété. Avant 1914, j'écrivis un « poème » au sujet d'Eärendel qui lançait son navire comme une vive étincelle depuis les havres du Soleil. Je l'ai adopté à l'intérieur de ma mythologie — dans laquelle il devint une figure de premier ordre comme marin, et par la

suite comme étoile-héraut, et un signe d'espoir pour tout homme. *Aiya Eärendil Elenion Ancalima* ([*Le Seigneur des Anneaux*, II.772]) « gloire à Eärendil, plus brillant de toutes les Étoiles » est dérivé de très loin de *Ealá Earendel engla beorhtast* *. Mais le nom ne pouvait pas être adopté aussi simplement : il devait être accommodé à la situation linguistique elfique, en même temps qu'une place était faite pour la personne dans la légende. À partir de là, loin en arrière dans l'histoire de l'« elfique », qui commençait, après de nombreux départs hésitants durant mon adolescence, à prendre une forme définie au moment de l'adoption du nom, provinrent éventuellement (a) la racine en E[lfique] C[ommun] AYAR « mer », appliquée principalement à la Grande Mer de l'Ouest, qui s'étendait entre la Terre-du-milieu et Aman le Royaume Béni des Valar ; et (b) l'élément ou base verbale (N)DIL, « aimer, être dévoué à » — qui décrivait une attitude envers une personne, une chose, une cause, ou une occupation à laquelle on est dévoué pour elle-même, et non pour soi. Eärendil devint un personnage dans la première des légendes majeures (1916-1917) écrites : *La Chute de Gondolin* ; le plus grand des *Pereldar*, « Mi-elfes », fils de *Tuor* de la très renommée Maison des Edain, et d'*Idril*, fille du Roi de Gondolin.

Il est vrai que mon père ne dit pas ici que son *Eärendel* contenait depuis le début des éléments qui, combinés, donnaient un sens approchant de « Amoureux de la Mer » ; mais dans tous les cas il est clair qu'à l'époque des premiers écrits subsistant sur le sujet, le nom était associé à un mot elfique, *ea* « aigle » — voir, au sujet du nom du premier navire d'Eärendel, *Eärámë*, « Aileron-d'aigle ». Dans la Liste-de-noms accompagnant *La Chute de Gondolin*, ceci est explicité : « *Earendl* [*sic*] bien qu'il pût avoir quelque parenté avec l'elfique *ea* et *earen* "aigle" et "aire" (où l'on pense au passage du Cristhorn et à l'usage du signe de l'Aigle par Idril [voir p. 256]) devait être tissé de cette langue secrète des Gondothlim. »

*

Je donne enfin quatre poèmes anciens écrits par mon père où Eärendel apparaît.

I

Ealá Earendel Engla Beorhtast

Il est probable que comme le suppose Humphrey Carpenter (*Biographie*) celui-ci fut le premier des poèmes écrits au sujet d'Eärendel, et qu'il fut rédigé à Phoenix Farm, Gedling, dans le Nottinghamshire, en septembre 1914 [10]. C'est à ce poème qu'il faisait référence dans la lettre de 1967 citée ci-dessus — « j'écrivis un

---

* Extrait du poème en vieil anglais *Crist : éalá ! éarendel engla beorhtast ofer middangeard sended.*

“poème” au sujet d’Eärendel qui lançait son navire comme une vive étincelle » (voir le vers 5 : « Il lança son esquif comme une étincelle d’argent »).

Il existe quelque cinq versions différentes, chacune incorporant des corrections de la précédente, bien que seule la première strophe fût réécrite de façon conséquente. Le titre était à l’origine « Le Voyage d’Earendel l’Étoile du Soir », accompagné (à son habitude) d’une version en vieil anglais du même titre : *Scipfæreld Earendeles Æfensteorran* et transformé dans une copie ultérieure pour donner *Ealá Earendel Engla Beorhtast*, « Le Dernier Voyage d’Eärendel » ; dans des versions encore ultérieures le nom en anglais moderne a été supprimé. Je le propose ici dans sa dernière version, dont la date ne peut être déterminée, mais le manuscrit montre qu’il a dû être écrit bien après la première composition. Les lectures divergentes provenant de la toute première version existante suivent en notes de bas de pages.

Earendel se leva où coulent les ombres
        Près de la bordure silencieuse d’Océan
Par la bouche de la nuit comme un rai de lumière
        Où les rives sont raides et sombres
Il lança son esquif comme une étincelle d’argent
        Du dernier sable solitaire ;
Puis sur le souffle ensoleillé de l’agonie enflammée
                                                                [du jour
        Il vogua loin des Terres de l’Ouest.

Il se faufila dans la ruine
        Qui suit la splendeur du Soleil,
Et erra loin au-delà de bien des étoiles
        Dans son galion reluisant.
Sur la marée montante chevauchent
        Les galions du ciel,
Et la nuit se paillette de leurs voiles de lumière
        Comme passe l’étoile ruisselante.

Indifférent il plonge devant ces navires étincelants,
        Tournoyantes au passage de son esprit rétif
Sur une quête infinie à travers l’Ouest obscurci
        Au-dessus de la margelle du Monde ;
Et il se hâte au-dessus du désert de joyaux
        Et le crépuscule d’où il vient
Son cœur enflammé d’un désir brillant
        Et son visage une flamme d’argent.

Le Navire de la Lune tôt vient de l'Est
Depuis le Havre du Soleil,
Dont les portes blanches brillent dans le rai venant
Du puissant être d'argent.
Voici ! avec nuages gonflés comme linceuls pour
[sa barque
Il lève l'ancre dans l'obscurité,
Et sur des rames miroitantes quitte les rives flam-
[boyantes
Dans son vaisseau aux bois d'argent.

Puis Earendel s'enfuit devant ce Navigateur terrifiant
Au-delà de la bordure de la sombre terre,
Puis de retour sous le bord du vague Océan,
Et derrière le monde s'embarqua ;
Et il entendit les rires du peuple de la terre
Et la tombée de leurs larmes,
Comme le monde s'éloignait dans une ruine de
[nuages
Sur son voyage le long des années.

Puis luisant il pénétra dans l'immensité sans-étoiles
Comme une lampe-faite-île en mer,
Et au-delà du savoir des hommes mortels
Sertit son errance solitaire,
Pistant le soleil dans son galion
À travers le firmament sans chemin,
Jusqu'à ce que sa lumière vieillît dans les abîmes
[froids
Et que sa flamme ardente s'épuisât *.

---

* *Lectures de la première version :*

1-8 Érendel jaillit hors de la coupe de l'Océan
Dans la pénombre de la bordure du monde du milieu
De la porte de la nuit comme un rai de lumière
Bondit au dessus du bord crépusculaire,
Et lançant sa barque comme une étincelle d'argent
Du sable doré-pâlissant
Au bas du souffle ensoleillé de l'Agonie enflammée du Jour
Il fila depuis les Terres de l'Ouest.

Tout porte à croire que ce poème est antérieur à la totalité des esquisses et des notes présentées dans ce chapitre, et que les similitudes apparentes entre celles-ci et le poème fonctionnent en résonance (ainsi, « son visage une flamme d'argent », esquisse C ; « la margelle du Monde », esquisse E).

Dans la quatrième strophe du poème le Navire de la Lune sort du Havre du Soleil ; dans le conte de *La Dissimulation de Valinor* (I.290), Aulë et Ulmo bâtissent deux havres à l'est, celui du Soleil (qui est « grand et doré »), et celui de la Lune (« blanc, possédant des portails d'argent et de perle »), mais tous deux sont placés « dans le même abri ». Dans le *Conte du Soleil et de la Lune*, comme dans le poème, la Lune est poussée par des « rames miroitantes » (I.264).

II

L'Ordonnance du Ménestrel

Ce poème, selon une note griffonnée sur l'une des versions, a été écrit à St. John's Street, Oxford (voir I.39) durant l'hiver 1914. Nous ne possédons aucune autre indication quant à sa date de composition. Les toutes premières versions de ce poème subsistent, et au dos de l'une des feuilles se trouve le récit sous forme d'esquisse du grand voyage d'Eärendel, donné à la p. 341. Le poème était alors beaucoup plus long que dans ses versions ultérieures, mais ces écrits restent des brouillons sans titre. Un titre a été rajouté en hâte par la suite au premier texte achevé ; celui-ci paraît donner « Le Ménestrel renonce à la chanson ». Le titre devient ensuite « Le Lai d'Eärendel », transformé dans le dernier texte en « L'Ordonnance du Ménéstrel, du Lai d'Eärendel ».

Quatre versions font suite au premier brouillon, mais les changements restent

---

10 splendeur] gloire
11 erra] partit errer
16 ruisselante] du soir
17 Indifférent] Mais indifférent
18 rétif] errant
19 infinie] magique obscurci] qui s'obscurcit
20 Au-dessus de la margelle] Vers la marge
22 Et le crépuscule] Jusqu'au crépuscule
25 Le Navire] Car le Navire
31 flamboyantes] de ciel
32 aux bois] enveloppé
33 Puis] Et
38 Et la tombée] Et écouta

46-48 Et voyageant les cieux
Jusqu'à ce que sa splendeur fût étouffée lorsque naquit la matinée
Et il mourut avec l'Aube dans les yeux

mineurs, et je donne ici le poème dans sa dernière forme, notant simplement qu'initialement le ménestrel semble avoir répondu à « l'ordonnance » beaucoup plus tôt — au vers 5, qui donnait « Alors écoute — un conte d'un éternel languir de la mer » ; et « Eldar » au vers 6 et « Elfique » au vers 23 sont des corrections, effectuées dans le dernier texte, des mots « fées » et « féerique ».

« Chante-nous encore, Eärendel l'Errant,
Chante-nous un lai de son navire aux rames de
[blanc,
D'ouvrage plus merveilleux que les pensées de
[l'homme mortel,
Écumant et musical sur les profondeurs.
Chante-nous un conte d'un éternel languir de la mer
Que firent les Eldar avant le changement de lumière,
Tissant un sort pareil à du vin, et une brûlante
Merveille d'embruns et de senteurs de la nuit ;
De crépuscules murmurants sur des océans lointains ;
De son balancement sur l'ancre au large d'îlots
[esseulés
Sur les mouvements-de-mer incessants des vagues
[sans sommeil ;
De voiles gonflées lorsqu'un vent naissait,
Et le gargouillis bouillonnant des eaux tropicales
Tintait en dessous de la tige annelée,
Et à des milliers de milles était son navire de ceux
[qui l'œuvrèrent
Un pétrel, un oiseau-marin, un joyau blanc-ailé,
Galamment tourné vers des voyages sans-fin
Avant de rentrer en un vol chargé de mer,
Par chemins détournés, s'attardant, téméraire et agité,
Venant inattendu au havre, la nuit. »

Mais la musique est brisée, les paroles à moitié
[oubliées,
La lumière du soleil s'est évanouie, la lune a vieilli,
Les navires Elfiques naufragés ou d'algues emmail-
[lotés et décomposés,
Le feu et l'émerveillement des cœurs se sont
[refroidis.

Qui à présent peut conter, et quelle harpe accompa-[gner
Par des mélodies d'étrangeté suffisante, des airs [assez somptueux,
Pâles de la magie de l'harmonie caverneuse,
Forts de la musique-des-rives des plages et des [dunes,
La finesse de son bateau ; de quel bois lumineux ;
L'argent de ses voiles, l'effilement de son mât,
Et l'argent de sa gorge d'écume et ses lestes
Flancs comme elle passait, comme un cygne, [flottant !
La chanson que je peux chanter n'est que lambeaux [remémorés
D'imaginations dorées façonnées dans le sommeil,
Un récit chuchoté conté près des braises flétries
De choses vieilles et lointaines que seuls de rares [cœurs préservent.

III

Les Rives de Faërie

Humphrey Carpenter, dans *J.R.R. Tolkien : Une Biographie*, donne la première version de ce poème (p. 76-77) [11]. Il existe en quatre versions, chacune incorporant comme à l'accoutumée divers changements mineurs. Mon père a noté la date de composition sur trois des versions, ainsi : « 8-9 juillet, 1915 » ; « Moseley et Edgbaston, Birmingham, juillet 1915 (à pied et en autobus). Souvent retouché depuis — part. 1924 » ; « Premier poème de ma mythologie, Valinor .... 1910 ». Cette dernière ne peut pas renvoyer à la date de composition, et les mots illisibles qui la précèdent pourraient donner « imaginé vers ». Mais dans tous les cas il ne semble pas s'agir du « premier poème de la mythologie » : celui-ci étant, me semble-t-il, *Ealá Earendel Engla Beorhtast* — la référence à ce poème dans la lettre de mon père de 1967 semble confirmer cette opinion.

Le titre en vieil anglais donnait *Ielfalandes Strand* (Les Rives du Pays-des-Elfes), et le poème est précédé d'une courte préface en prose donnée à la pp. 343-344. Je le présente ici dans sa dernière version (qui n'a pas pu être datée), toutes les divergences avec la première version apparaissant dans les notes de bas de pages.

À l'Est de la Lune, à l'Ouest du Soleil
Se dresse une colline solitaire ;
Ses pieds sont dans la mer vert pâle,
Ses tours sont blanches et calmes,
Au-delà de Taniquetil
En Valinor.
Nul n'y vient sauf une étoile seule
Qui prit la fuite devant la lune ;
Et là sont les Deux Arbres dénudés
Qui portèrent les fleurs d'argent de la Nuit,
Qui portèrent le globe-fruit du Midi
En Valinor.
Là sont les rives de Faërie
Avec leur grève de galets par la lune illuminée
Dont l'écume est une musique argentée
Sur le fond opalin
Au-delà des vastes ombres-de-mer
Sur les marches de sable
Qui s'étendent sans fin
Jusqu'à la porte à tête de dragon,
Le portail de la Lune,
Au-delà de Taniquetil
En Valinor.
À l'ouest du Soleil, à l'est de la Lune
Repose le havre de l'étoile blanche,
La blanche ville de l'Errant
Et les rochers d'Eglamar.
Là Wingelot est amarré,
Tandis qu'Eärendel regarde au large
Par-delà l'obscurité des eaux
Entre ici et Eglamar —
Loin, loin, au-delà de Taniquetil
En Valinor au loin *.

---

* *Lectures de la première version :*

1 Est (...) ouest] Ouest (...) est
7 Nulle étoile ne vient là que celle/Qui seule
8 prit la fuite] chassa avec
9 Car là poussent les Deux Arbres dénudés

On peut noter quelques associations intéressantes entre ce poème et le conte *La Venue de Elfes et la Construction de Kôr.* La « colline solitaire » du vers 2 est la colline de Kôr (voir I.167-168 : « À la tête de cette longue crique se dresse une colline solitaire qui regarde vers les montagnes surplombantes »), tandis que « les pieds dorés de Kôr » (un vers remplacé dans les versions ultérieures du poème) et très probablement « les marches de sable, qui s'étendent sans fin » s'expliquent dans le passage du conte qui suit :

> Là, Aulë emmena toute la poussière des métaux magiques que ses grands travaux avaient faits et rassemblés, et il l'entassa autour du pied de cette colline, et la plupart de cette poussière était de l'or, et un sable d'or s'étendait depuis les pieds de Kôr vers le lointain où fleurissaient les Deux Arbres.

Pour la « porte à tête de dragon » (vers 20), voir la description de la Porte de la Nuit dans *La Dissimulation de Valinor* (I.291) :

> Ses piliers sont du basalte le plus massif et son linteau de même, mais de grands dragons de pierre noire y sont gravés, et une fumée brumeuse se déverse lentement de leurs mâchoires.

Cependant, dans cette description, la Porte de la Nuit n'est pas « le portail de la Lune », en effet le Soleil la franchit pour sortir dans l'obscurité extérieure, tandis que « la Lune n'ose pas s'aventurer dans la solitude absolue de l'obscurité extérieure en raison de sa moindre lumière et sa moindre majesté, et Il * voyage toujours par-dessous le monde [c'est-à-dire à travers les eaux de Vai] ».

---

10 portèrent] portent 11 portèrent] portent
18 marches] marges
20-21 Des pieds dorés de Kôr
24 O ! A l'ouest de la Lune, à l'est du Soleil
27 rochers] rocher
28 Wingelot] *Premier texte* Wingelot > Vingelot ; *deuxième texte* Vingelot ; *troisième texte* Vingelot > Wingelot ; *dernier texte* Wingelot.
30 La merveille et la magie

Dans le dernier texte *Pays des Elfes* a été très légèrement inscrit au dessus de *Faërie* au vers 13, et *Eldamar* en face d'*Eglamar* au vers 27 (seulement) ; *Eglamar > Eldamar* dans le second texte.

[La traduction de cette version du poème ne se réfère pas directement à la traduction de la première version donnée dans *Une Biographie*, (ni, d'ailleurs, à la traduction différente de la même version dans *J.R.R. Tolkien, Artiste et Illustrateur*) ; les différences entre les textes français que l'on peut constater en sus des variantes présentées dans cette note, sont donc de simples divergences de traduction. (*N.d.T.*)]

* *il* : la Lune ; l'anglais n'assignant pas de genre aux noms de choses, on peut sans inquiétude personnaliser les objets, plantes, planètes, par n'importe quel genre. Ainsi, dans les *Contes Perdus*, le Soleil est une femme, la Lune, un homme, un arbre est une reine (Hirilorn, dans le *Conte de Tinúviel*), etc., obligeant parfois le traducteur à une certaine incohérence grammaticale… (*N.d.T.*)

IV

Les Marins Heureux

Je donne enfin ce poème qui a pour sujet la Tour de Perle dans les Îles Crépusculaires. Écrits en juillet 1915 [12], six textes précèdent la version publiée (en même temps que *Pourquoi l'Homme dans la Lune descendit trop tôt*) à Leeds en 1923 *, la première des deux versions données ici.

(1)

Je connais une fenêtre dans une tour de l'ouest
Qui ouvre sur des mers célestes
Et le vent qui soufflait autour des étoiles
Vient se nicher dans ses draperies agitées.
C'est une tour blanche bâtie dans les Îles du
[Crépuscule,
Où siège toujours le Soir à l'ombre ;
Elle luit comme une pointe de perle solitaire
Et reflète les rais esseulés et les lumières évanes-
[centes ;
Et la mer vient battre autour du noir rocher où elle
[se dresse,
Et des bateaux de fées passent vers des pays
[crépusculaires
Tout amoncelés et scintillants dans la pénombre
D'étincelles amassées d'un feu d'orient
Que des plongeurs gagnèrent dans les eaux du
[Soleil inconnu —
Et, peut-être, est-ce une lyre d'argent vibrante,
Ou bien les voix de marins gris qui s'élèvent
[résonnantes

---

* *A Northern Venture* : voir I.274, note de bas de page. M. Douglas A. Anderson m'a aimablement fourni un exemplaire du poème dans cette version, qui avait été très légèrement transformée par rapport à celle publiée dans *The Stapledon Magazine* (Exeter College, Oxford), juin 1920 (cf. *Une Biographie*) — *Crépuscule* dans le cinquième vers de la version de Leeds est presque certainement une erreur remplaçant *Crépusculaire*, qui est sa lecture dans tous les textes originaux.

Flottant parmi les ombres du monde
Dans une chaloupe sans rames et à la toile ferlée ;
Car souvent paraissent présents bruits de pas et [chanson
Ou étincellement crépusculaire d'un gong tremblant.

Ô ! heureux marins en un voyage long
Vers ces hautes portes sur les rives de l'Ouest
Où jaillissent de lointaines fontaines constellées,
Et brisées contre les portes de la Nuit à tête de [dragon,
En une écume d'étoiles tombe scintillante dans le [profond.
Tandis que moi tout seul je regarde derrière la Lune
De ma tour blanche et balayée par les vents,
Vous ne tardez pas un instant, ni n'attendez une [heure,
Mais chantant des bribes d'une mystique mélopée
Franchissez les ombres et les mers dangereuses
Le long de terres sans soleil vers des berges de fée
Où les étoiles sur le mur jacinthe de l'espace
S'emmêlent, éclatent et s'entrelacent.
Vous suivez Eärendel à travers l'ouest,
Le marin éclatant, vers des Îles bénies ;
Tandis que seul de l'autre côté de cette sombre [bordure
Revient un vent agiter ces vitres de cristal
Et murmurer magiquement de pluies d'or
Qui tombent toujours en ces espaces lointains.

Dans *La Dissimulation de Valinor* (I.290-293), le conte nous dit que les Valar avaient tout d'abord l'intention de faire passer le Soleil en dessous de la Terre mais que,

> Sári (...) était trop fragile et souple ; et une grande quantité de précieuse luminosité fut déversée durant leurs tentatives dans les eaux les plus profondes, et s'échappa pour perdurer en des étincelles secrètes en maintes cavernes inconnues de l'océan. Celles-ci furent durant longtemps recherchées par maints plongeurs elfiques et plongeurs parmi les fées au-delà de l'Extrême-Est, ainsi qu'il est chanté dans le chant du Dormeur dans la Tour de Perle.

Que « Les Marins Heureux » soient en fait « le chant du Dormeur dans la Tour de Perle » semble confirmé par les vers 10-13 du poème.

Pour « les portes de la Nuit à tête de dragon », voir p. 355. Jacinthe, dans « le mur jacinthe de l'espace » (vers 31) signifie « bleu » ; cf. « les murs bleu profond » dans *La Dissimulation de Valinor* (I.291).

De nombreuses années après, mon père révisa le poème, et je donne maintenant cette version. Encore plus tard, il y est revenu et a effectué quelques modifications supplémentaires (ici, présentées dans la note de bas de page) ; à l'époque de cet ultime remaniement, il nota que la version révisée datait de « 1940 ? ».

(2)

Je connais une fenêtre dans une tour de l'Ouest
qui ouvre sur des mers célestes,
et là de puits d'obscurité derrière les étoiles
souffle toujours froide une brise cinglante qui n'est pas de la Terre.
C'est une tour blanche bâtie sur les Îles Crépusculaires
et jaillissant de leur ombre éternelle
elle luit comme une maison de perle solitaire,
où des lumières esseulées trouvent un havre avant de s'évanouir.

Ses pieds sont battus par des eaux qui ne se reposent jamais.
Là des bateaux silencieux passent vers l'Ouest
tout amoncelés et étincelants dans l'obscurité
d'un feu d'orient dans maintes étincelles amassées
que gagnèrent des plongeurs
dans les eaux du Soleil de rumeur.
Là parfois vibre en bas une harpe d'argent,
touchant le cœur d'une soudaine musique cinglante ;
ou loin au pied des montagnes hautes et abruptes
les voix des marins gris résonnent claires,
Flottant parmi les ombres du monde
Dans des navires sans rames avec leur toile ferlée,
scandant un adieu et grave leur chanson :
car large est la mer et le voyage est long.

Ô Marins heureux en un voyage lointain
au-delà des îles grises et de Gondobar,
vers ces hautes portes sur les rives finales
où jaillissent de lointaines fontaines constellées,
et brisées contre les portes de la Nuit à tête de [dragon,
en une écume d'étoiles tombent scintillantes dans [le profond !
Tandis que moi, tout seul, je regarde derrière la lune
de ma tour blanche et balayée par les vents,
vous ne tardez pas un instant, ni n'attendez une [heure,
mais partez accompagnés d'une grave chanson et [d'une mélopée de harpiste
à travers les ombres obscures et les mers ombreuses
jusqu'au dernier pays des Deux Arbres,
dont le fruit et la fleur sont la lune et le soleil,
où la lumière de la terre commence et s'achève.

Vous suivez Eärendel sans repos,
le marin éclatant, au-delà de l'Ouest,
qui franchit la bouche de la nuit et lança son esquif
sur les mers extérieures de l'obscurité infinie.
Ici ne vient qu'un vent parfois souffler
retraçant sombrement le chemin que vous prenez,
avec un parfum chargé d'arbres surnaturels.
Ici seulement long et loin à travers une vitre
J'entraperçois l'étincelle de la pluie dorée
Qui tombe toujours sur les mers extérieures *.

---

* *Dernières révisions :*

3 Et là] *omis*
4 Souffle toujours froide] là souffle toujours
17 montagnes] montagne 22 le voyage] leur voyage
29 Tandis que je regarde seul
30 emprisonné dans la tour blanche et balayée par les vents
33-36 *barré* 40 extérieures] *omis*
41-43 *barré* 46 les] ces
Vers ajouté à la fin : au-delà du pays des Arbres lumineux.

Il est impossible d'expliquer la référence au voyage des marins (dans la version révisée seulement, vers 24) « au-delà des îles grises et de Gondobar », *Gondobar* (la « Cité de Pierre ») étant l'un des sept noms de Gondolin.

NOTES

1. Falasquil était le nom de la demeure de Tuor sur la côte ; les Oarni, avec les Falmaríni et les Wingildi, sont « les esprits de l'écume et des embruns de l'océan » (I.94).

2. *Irildë :* le nom « elfique » correspondant au gnomique *Idril*. Voir l'Appendice sur les Noms, entrée *Idril*.

3. « Elwing des *Gnomes* d'Artanor » est peut-être une simple étourderie.

4. Pour l'emblème de l'aile-de-cygne de Tuor, voir *La Chute de Gondolin*.

5. Les mots « Idril a disparu » remplacent une lecture antérieure « Sirion a été mise à sac et seul Petitcœur (Ilfrith) demeure pour en conter l'histoire ». Ilfrith est une version encore nouvelle du nom elfique de Petitcœur.

6. Barré ici : « Le Dormeur est Idril mais il ne sait pas. »

7. Cf. *Kortirion parmi les Arbres* (I.51, vers 129-130) : « Je n'ai nul besoin de connaître le désert ou les palais rouges, Où demeure le soleil » ; ces vers ont été retenus avec une légère modification dans la deuxième version de 1937 (I.57, vers 127-128).

8. Ce passage, depuis « Eärendel erre hagard », remplace ce qui suit : « [*nom illisible, peut-être* Orlon] [attend ?] là et lui raconte la mise à sac de Sirion et la captivité d'Elwing. La sortie des Koreldar et l'enchaînement de Melko. » Il se pourrait que les mots « La sortie des Koreldar » aient été barrés par erreur (cf. Esquisse B).

9. *Earum* est une correction (à la première occurrence seulement) d'*Earam* ; et suivait le nom *Earnhama*, barré ensuite. *Earnhama* est un mot tiré du vieil anglais qui signifie « Manteau-d'aigle », « Habit-d'aigle ».

10. Les deux textes les plus anciens qui subsistent encore le datent ainsi, l'un d'eux avec l'ajout « Ex[eter] Coll[ege] Essay Club Dec. 1914 », et un troisième donne « Gedling, Notts. *, Sept. 1913 [erreur pour 1914] et plus tard ». Mon père fait référence à sa lecture d'« Eärendel » devant le Club d'Essais dans une lettre adressée à ma mère et datée du 27 novembre 1914.

11. Mais *rochers* dans le vers 27 (26) devrait être *rocher*.

12. Selon une note il a été écrit à « Barnt Green [voir *Biographie*] Juillet 1915 et Bedford et plus tard », et une autre note le date du « 24 Juillet [1915], réécrit 9 Sept. ». Les compositions originales se trouvent au dos d'une lettre jamais envoyée et datée de Moseley (Birmingham), le 11 juillet 1915 ; mon père commença son entraînement militaire à Bedford le 19 juillet.

---

* Abréviation pour le comté du Nottinghamshire. (*N.d.T.*)

VI

L'histoire d'Eriol ou Ælfwine et la conclusion des contes

Ce dernier chapitre présente la partie la plus complexe (bien que, et j'espère le montrer, non pas totalement dénuée de fil conducteur) de cette première forme de la mythologie. Je veux parler de sa conclusion, à laquelle est entremêlée l'histoire d'Eriol/Ælfwine — et, parallèlement, l'histoire et le rôle premier de Tol Eressëa. Pour son élucidation nous possédons quelques brefs extraits de prose sous forme narrative, mais nous dépendons pour la plus grande partie des mêmes sources que celles qui constituent *Le Conte de Gilfanon*, ainsi que l'histoire d'Eärendel : des plans de récit écrits à la hâte, sans cesse divergents, sur des feuilles séparées, ou bien dans les pages du petit carnet « C ». Les sources à considérer étant multiples, pour une référenciation plus aisée à l'intérieur du chapitre j'ai numéroté les citations de manière consécutive. Néanmoins, précisons qu'aucune forme de présentation ne pourra grandement atténuer la complexité et l'obscurité inhérente au sujet.

Le récit le plus complet (aussi minimal soit-il) de la Marche des Elfes de Kôr et des événements qui se sont déroulés par la suite apparaît dans le carnet C, poursuivant depuis le point où j'ai laissé cette esquisse à la p. 338 — après la venue des oiseaux de Gondolin ; les « conseils des Dieux et tumulte parmi les Elfes » ; et la « Marche des Inwir et des Teleri », accompagnés des Solosimpi qui acceptent de suivre l'expédition à la condition de ne pas s'éloigner de la mer.

L'esquisse continue :

(1) Venue des Eldar. Campement au Pays des Saules de la première armée. Défaite de Noldorin et Valwë. Errances de Noldorin avec sa harpe.

Tulkas vainc Melko lors de la bataille des Étangs Silencieux. Lié à Lumbi et gardé par Gorgumoth, le chien de Mandos.

Libération des Noldoli. Guerre avec les Hommes dès le retour de Tulkas et Noldorin en Valinor.

Noldoli menés en Valinor par Egalmoth et Galdor.

Les Contes Perdus ont déjà mentionné une bataille qui se serait déroulée en Tasarinan, le Pays des Saules, dans le *Conte de Turambar* d'une part, et d'autre part, plus remarquablement, dans *La Chute de Gondolin* où la description du séjour de Tuor dans ce pays renvoie aux événements qui vont s'y produire dans l'avenir :

> Ne se fit-il pas que même après les jours de Tuor, Noldorin et ses Eldar vinrent là à la recherche de Dor Lómin et la rivière cachée et les cavernes de la réclusion des Gnomes ; et pourtant si près de la fin de leur quête furent proches de l'abandon ? En vérité, dormant et dansant ici, (...), ils furent submergés par les Goblins dépêchés par Melko depuis les Collines de Fer et Noldorin s'échappa avec peine de l'endroit.

Dans *La Chaumière du Jeu Perdu*, lors du premier séjour d'Eriol à Mar Vanwa Tyaliéva, Lindo avait déjà mentionné Valwë (I.26) : « mon père Valwë qui alla avec Noldorin à la recherche des Gnomes ». De Noldorin nous savons aussi qu'il était le Vala Salmar, frère jumeau d'Ómar-Amillo ; qu'il entra dans le monde avec Ulmo, et qu'en Valinor il jouait de la harpe et de la lyre et qu'il aimait les Noldoli (I.97, 107, 128, 174).

Une note isolée dit :

(2) Noldorin échappe à la défaite du Pays des Saules et prend sa harpe et part dans les Montagnes de Fer en quête de Valwë et des Gnomes jusqu'à ce qu'il découvre le lieu de leur emprisonnement. Tulkas suit. Melko vient à sa rencontre.

Le seul des grands Valar cité dans ces notes comme participant à l'expédition vers les Grandes Terres est Tulkas ; mais le récit qui expliquerait sa présence, en dépit de la colère et de la tristesse des Valar face à la Marche des Elfes, a disparu entièrement. (Une petite trace subsiste dans deux notes isolées : « Tulkas donne — ou les Elfes emportent du *limpë* avec eux », et « *Limpë* donné par les Dieux (Oromë ? Tulkas ?) lorsque les Elfes quittèrent Valinor » ; voir *La Fuite des Noldoli* (I.225) : « Ils n'avaient encore de *limpë* à emporter, car cela ne fut donné aux fées que longtemps plus tard, lorsque la Marche de la Libération fut entreprise ».) Selon (1), ci-dessus, Tulkas a combattu et a vaincu Melko « lors de la bataille des Étangs Silencieux » ; les Étangs Silencieux étant les Étangs du Crépuscule, « là même où Tulkas combattit plus tard avec Melko en personne » (*La Chute de Gondolin*, p. 265 ; la version originale donnant « Noldorin et Tulkas »).

L'appellation *Lumbi* apparaît ailleurs (dans une liste de noms associée au conte de *La Venue des Valar*, I.128), il s'agit du nom de la troisième demeure de Melko ; et une note hâtive dans le carnet C, plutôt mystérieuse, précise : « Lumfad, demeure de Melko après sa libération. Château de Lumbi. » Mais cette histoire a disparu également.

Que les Noldoli aient été ramenés en Valinor par Egalmoth et Galdor, comme l'affirme (1) mérite notre attention. En effet, cet événement est contredit dans le détail par une assertion dans la Liste-de-noms de *La Chute de Gondolin* (p. 284), qui précise qu'Egalmoth a péri au cours de l'assaut sur le campement aux bouches de Sirion lors de la capture d'Elwing ; il est contredit aussi de manière générale dans la citation suivante, qui précise que les Elfes n'ont pas reçu la permission de demeurer en Valinor.

La seule autre citation concernant ces événements se trouve dans la première des quatre esquisses qui constituent le corps du *Conte de Gilfanon*, que j'ai appelée « A » (I.313). Celle-ci donne :

(3) Marche des Elfes qui sortent dans le monde.
Capture de Noldorin.
Campement dans le Pays des Saules.
Armée de Tulkas aux Étangs du Crépuscule .... et [?nombreux] Gnomes, mais des Hommes sortent de Hisilómë et les attaquent.
Défaite de Melko.
Angamandi est renversée et les captifs libérés.
Hostilité des Hommes. Les Gnomes rassemblent quelques joyaux.
Elwing et la plupart des Elfes repartent pour demeurer sur Tol Eressëa. Les Dieux ne leur permettent point de demeurer en Valinor.

Ce plan semble différer de (1) par les traits de la capture de Noldorin et de l'attaque des Hommes de Hisilómë avant la défaite de Melko ; mais l'indication la plus notable concerne sans conteste les Dieux qui refusent aux Elfes la permission de demeurer en Valinor. Aucune source ne laisse penser que cette interdiction concernait uniquement, ou principalement, les Noldoli. Le texte (3) ne se réfère pas spécifiquement aux Gnomes pour cette incidence ; et l'interdiction doit certainement être rapportée au « chagrin et à la colère des Dieux » lors de la Marche des Elfes. De plus, dans *La Chaumière du Jeu Perdu* (I.26), il est précisé qu'Ingil fils d'Inwë revient à Tol Eressëa accompagné de « la plupart des plus beaux et des plus sages, la plupart des plus joyeux et des plus gentils de tous les Eldar », et que la ville qu'il construit en cet endroit a été nommée Koromas ou « le Repos des Exilés de Kôr ». Ceci est clairement lié à l'indication dans (3) : « la plupart des Elfes repartent pour demeurer sur Tol Eressëa ». De même pour celle donnée p. 335 : « Les guerres avec les Hommes et le départ vers Tol Eressëa (les Eldar incapables d'endurer les luttes du monde) ». Ces indications rassemblées confirment que la première conception relevait d'une équipée des Eldar de Valinor entreprise contre la volonté des Dieux. Ensuite, accompagnés par les Noldoli libérés, ils retraversent l'Océan ; mais, confrontés au refus des Dieux de les laisser entrer à nouveau en Valinor ils s'installent sur Tol Eressëa, comme « les Exilés de Kôr ». On peut conclure des paroles de Meril-i-Turinqi (I.177) que certains sont repartis par la suite en Valinor : Ingil qui bâtit Kortirion « s'en retourna il y a longtemps en Valinor et est avec Manwë ». Mais Tol Eressëa reste le pays des fées dans cette première conception, où les Exilés de Kôr, Eldar et Gnomes, parlent à la fois *Eldarissa* et *Noldorissa*.

Il semblerait qu'aucun élément ne vienne se greffer à cette première histoire du secours venu de l'Ouest et du nouvel assaut contre le pouvoir de Melko.

*

La conclusion de l'histoire complète telle qu'elle a d'abord été envisagée allait être rejetée dans son intégralité. Nous dépendons donc pour celle-ci en grande partie de l'esquisse exposée dans le carnet C, à la suite de la citation (1), donnée ci-dessus. Extrêmement brouillonne et fragmentée, je la donne ici en ayant procédé à une très légère mise en forme.

(4) Après le départ d'Eärendel et la venue des Elfes à Tol Eressëa (et la plus grande part de ce récit appartient à l'Histoire des Hommes) de longs âges s'écoulent ; les Hommes prolifèrent et prospèrent, et les Elfes des Grandes Terres s'étiolent. Comme la taille des Hommes augmente, la leur diminue. Les Hommes et les Elfes étaient précédemment de stature comparable, bien que les Hommes fussent toujours un peu plus grands[1].

Melko se libère à nouveau, avec l'aide de Tevildo (qui durant des âges incommensurables ronge ses liens) ; les Dieux sont en dissension au sujet des Elfes et des Hommes, donnant leur faveur soit à l'une, soit à l'autre race. Melko se rend sur Tol Eressëa et tente de semer la discorde parmi les Elfes (entre les Gnomes et les Solosimpi), qui sont consternés et font demander de l'aide en Valinor. Aucune aide ne vient, mais Tulkas envoie en secret Telimektar (Taimonto), son fils[2].

Telimektar à l'Épée d'Argent et Ingil surprennent Melko et le blessent, et il prend la fuite et grimpe à la cime du grand Pin de Tavrobel. Avant que les Inwir ne quittassent Valinor, Belaurin (Palúrien)[3] leur donna une graine, et dit qu'elle devait être protégée, car de grandes nouvelles viendraient un jour de sa croissance. Mais elle fut oubliée, et jetée dans le jardin de Gilfanon, et un très haut pin s'éleva qui atteignait Ilwë et les étoiles[4].

Telimektar et Ingil le poursuivent, et ils demeurent à

présent dans les cieux pour les protéger, et Melko rôde loin dans les airs cherchant encore et toujours à blesser le Soleil et la Lune et les étoiles (éclipses, météores). Il est continuellement frustré, mais lors de sa première tentative — disant que les Dieux lui avaient volé son feu pour le façonner — il fit tanguer le Soleil, de sorte qu'Urwendi tomba dans la Mer, et que le navire chuta presque jusqu'au sol, brûlant certaines régions de la Terre. L'éclat de l'illumination du Soleil n'a jamais été aussi grand depuis, et un peu de sa magie l'a quitté. C'est pour cela que maintenant, et depuis longtemps, les danses et les chants des fées sont plus beaux et se discernent plus facilement à la lumière de la Lune — à cause du trépas d'Urwendi.

La « Renaissance du Soleil Magique » se réfère en partie aux Arbres, et en partie à Urwendi.

Le courroux et le chagrin de Fionwë. À la fin il tuera Melko.

« Orion » n'est que l'image de Telimektar dans le ciel ? [*sic*] Varda lui donna des étoiles, et il les porte à bout de bras pour que les Dieux sachent qu'il veille ; il porte des diamants sur le fourreau de son épée, et celui-ci rougeoira lorsqu'il tirera son épée à la Grande Fin.

Mais maintenant Telimektar, et Gil [5] qui le suit sous la forme d'un Bourdon Bleuté, forment un rempart contre le Mal, et Varda remplace immédiatement chaque étoile que Melko descelle et fait tomber.

Bien qu'ils soient chagrinés par l'ordre des Dieux, le Pin est coupé ; et ainsi Melko est maintenant hors du monde — mais un jour il trouvera un chemin pour revenir, et les derniers grands tumultes commenceront, qui précéderont la Grande Fin.

Ces maux qui se produisent encore adviennent de cette manière. Les Dieux peuvent induire que des choses entrent dans le cœur des Hommes, mais non point dans celui des Elfes (d'où leurs tractations difficiles dans les temps d'antan de l'Exil des Gnomes) —

et bien que Melko siège au-dehors, à se ronger les doigts et à contempler le monde avec colère, il peut suggèrer des maléfices aux Hommes ainsi disposés — mais les mensonges qu'il implanta il y a si longtemps s'étendent encore et se répandent.

C'est pourquoi Melko ne peut maintenant fomenter maux, dommages et maléfices dans le monde que par le biais des Hommes, et il possède plus de pouvoir et de finesse auprès des Hommes que Manwë ou quelque autre des Dieux, grâce à son long séjour dans le monde et parmi les Hommes.

Avec ces premières chronologies, nous nous trouvons dans une mythologie primitive, où Melko est réduit à une figure grotesque se faisant pourchasser jusqu'en haut d'un pin gigantesque. Celui-ci est alors coupé pour lui interdire d'entrer à nouveau dans le monde, et il « rôde loin dans les airs », ou bien « siège au-dehors, à se ronger les doigts », il fait chavirer le vaisseau du Soleil de sorte qu'Urwendi tombe dans la Mer — et, très curieusement, y meurt.

Plusieurs notes démontrent qu'Ingil (Gil), qui poursuit Melko avec Telimektar, doit être identifié à Ingil fils d'Inwë qui bâtit Kortirion ; voir à ce propos l'Appendice sur les Noms accompagnant le Volume I, aux entrées *Ingil* et *Telimektar*. Nous trouvons ici le récit le plus complet du mythe concernant Orion, auquel fait référence le *Conte du Soleil et de la Lune* (voir I.246, 270) :

> Nielluin aussi, qui est l'Abeille de l'Azur, Nielluin, que tous les hommes peuvent encore voir en automne ou en hiver brûler près du pied de Telimektar fils de Tulkas dont le conte est encore à narrer.

Le dictionnaire Gnomique dit (I.342) que Gil s'est élevé dans les cieux, et a suivi Telimektar sous l'apparence d'une grande abeille portant un miel de flammes. Il s'agit probablement d'une conception distincte de la proposition énoncée ci-dessus, où Ingil « s'en retourna il y a longtemps en Valinor et est avec Manwë » (I.172).

Que Fionwë tue Melko « à la fin » doit être rapproché de la conclusion de *La Dissimulation de Valinor* (I.296) :

> Fionwë Úrion, fils de Manwë, par amour pour Urwendi sera à la fin le fléau de Melko, et détruira le monde pour détruire son ennemi, et ainsi seront toutes choses enroulées et achevées.

Voir aussi le *Conte de Turambar*, où Turambar « se tiendra à côté de Fionwë au moment de la Grande Ruine ».

En ce qui concerne les prophéties et les espoirs des Elfes au sujet de la Renaissance du Soleil Magique, voir p. 371.

L'esquisse se poursuit dans C, et s'achève ainsi (ici aussi dans une remise en forme minimale et insignifiante) :

(5) De plus longs âges s'écoulent. Gilfanon est maintenant l'Elfe le plus âgé et le plus sage de Tol Eressëa, mais il n'est pas des Inwir — et Meril-i-Turinqi est la Dame de l'Île.

Eriol arrive à Tol Eressëa. Séjour à Kortirion. Va à Tavrobel pour voir Gilfanon, et séjourne dans une maison aux cent cheminées — car c'est là la dernière condition pour qu'il ait le droit de boire du *limpë*. Gilfanon lui ordonne de retranscrire tout ce qu'il a entendu avant de boire.

Eriol boit du limpë. Gilfanon lui parle de choses à venir ; que pour lui (bien que les fées espèrent que ce n'est point le cas) Tol Eressëa va devenir une demeure des Hommes. De plus, Gilfanon fait des prédictions concernant la Grande Fin, la Ruine des Choses, ainsi que sur Fionwë, Tulkas, Melko et le dernier combat sur les Plaines de Valinor.

Eriol finit sa vie à Tavrobel mais durant ses derniers jours il est consumé par la nostalgie des noires falaises de ses rivages natals, tout comme l'a prédit Meril.

Le livre demeura fermé dans la maison de Gilfanon durant maints âges des Hommes.

Le compilateur du Livre Doré reprend le Conte : un des enfants des pères des pères des Hommes [*À côté de cette phrase on trouve écrit :*] Ce pourrait être bien mieux qu'Eriol lui-même voie les choses dernières et finisse le livre.

Les Elfes Perdus se lèvent contre les Orcs et les Nautar[6]. Le temps n'est pas encore venu pour la Grande Sortie, mais les fées jugent qu'elle est nécessaire. Par Ulmo, ils obtiennent l'aide d'Uin[7], et Tol Eressëa est déracinée et traînée à proximité des Grandes Terres, près du promontoire de Rôs. Un pont magique est jeté au-dessus du détroit restant. Ossë est furieux qu'on ait brisé les racines de l'île qu'il avait placée il y a si longtemps — et un grand nombre de ses trésors-de-mer rares poussent alentour — et il tente de la ramener de force ; la moitié ouest est arrachée, et forme maintenant l'Île d'Íverin.

La Bataille de Rôs : les Elfes de l'Île et les Elfes Perdus contre Nautar, Gongs[8], Orcs, et quelques Hommes mauvais. Défaite des Elfes. Les Elfes affaiblis se retirent sur Tol Eressëa et se cachent dans les bois.

Des Hommes viennent à Tol Eressëa, ainsi que des Orcs, des Nains, des Gongs, des Trolls, etc. Après la Bataille de Rôs les Elfes disparaissent de chagrin. Ils ne peuvent vivre en partageant l'air qu'ils respirent avec des Hommes aussi nombreux ou plus nombreux qu'eux-mêmes ; toujours comme les Hommes s'accroissent en puissance en en nombre, les fées s'étiolent et deviennent petites et ténues, diaphanes et transparentes. Les Hommes, eux, se font plus grands, plus denses et plus grossiers. À la fin, les Hommes, ou presque tous, ne peuvent plus distinguer les fées.

Les Dieux demeurent maintenant en Valinor, et viennent très rarement dans le monde, se contentant de retenir les éléments afin qu'ils ne détruisent pas totalement les Hommes. Ils sont très chagrinés par ce qu'ils contemplent ; *mais Ilúvatar surplombe tout*.

On trouve écrit sur la page opposée à celle décrivant la Bataille de Rôs :

Une grande bataille entre Hommes sur la Lande au Toit-de-Ciel (à présent la Lande Désolée), à une lieue environ de Tavrobel. Les Elfes et les Enfants prennent la fuite en franchissant le Gruir et l'Afros.

« En ce moment même ils approchent et notre grand conte vient à sa fin. »

Le livre retrouvé dans les ruines de la maison aux cent cheminées.

Dans le *Conte du Soleil et de la Lune*, nous retrouvons l'indication que Gilfanon était le plus âgé des Elfes de l'Île, bien que Meril détînt le titre de Dame de l'Île (I.236) ; mais remarquons surtout que Gilfanon (et non Ailios, narrateur du *Nauglafring*, remplacé par Gilfanon, voir I.266-267 note 18 et 301 et s.)

apparaît dans ce plan, qui doit donc dater d'une période tardive dans la composition des *Contes Perdus*.

Soulignons les mentions relatives à Eriol qui doit boire du *limpë* lors de son séjour dans la maison « aux cent cheminées » de Gilfanon.

Dans *La Chaumière du Jeu Perdu* (I.26), Lindo dit à Eriol qu'il ne pouvait lui offrir du *limpë* à boire :

> Turinqi seule peut en donner à ceux qui ne sont pas de la race des Eldar, et ceux qui en boivent doivent demeurer avec les Eldar de l'île jusqu'à ce moment où ils partiront retrouver les familles perdues du peuple.

Meril-i-Turinqi elle-même, lorsque Eriol lui quémande une gorgée de *limpë*, est très sévère (I.135) :

> Si tu bois cette boisson (...) même lors de l'Allée de l'avant, les Eldar et les Hommes viendraient-ils à se combattre à la fin, encore devrais-tu te dresser à nos côtés, contre les enfants de ton peuple et de ta famille, mais d'ici là, jamais tu ne pourras repartir dans ton pays, des nostalgies te rongeraient-elles (...).

Dans le texte décrit dans I.307 et s., Eriol déplore auprès de Lindo ce refus d'exaucer son souhait, et Lindo, tout en l'avertissant de ne pas « penser à dépasser les frontières qu'a posées Ilúvatar », lui dit que Meril ne lui a pas irrévocablement opposé d'interdit. Une note accompagnant ce texte précise : « ... Eriol part à Tavrobel — après Tavrobel il boit du *limpë* ».

L'assertion, dans ce passage de l'esquisse C où Eriol « est consumé par la nostalgie des noires falaises de ses rivages natals, tout comme l'a prédit Meril », se réfère au passage de *L'Enchaînement de Melko* dont j'ai déjà tiré des extraits :

> Un jour d'automne viendront les vents et une mouette poussée, peut-être, poussera une plainte dans le ciel, et voici ! tu seras empli de désir, te rappelant les noires côtes de ta demeure (I.133).

Lorsque, dans le passage de *La Chaumière du Jeu Perdu* cité ci-dessus, Lindo mentionne la Sortie des Eldar de Tol Eressëa « pour retrouver les familles perdues du peuple », on doit de même se rapporter aux références dans (5) à la Sortie (même si celle-ci est prématurée), au soulèvement des Elfes Perdus contre les Orcs et les Nautar, et aux « Elfes-de-l'Île et Elfes Perdus » de la Bataille de Rôs. On ne sait pas précisément qui sont les « Elfes Perdus », mais dans le *Conte de Gilfanon* (I.310), parmi les Elfes des Grandes Terres, ceux qui « ne virent jamais la lumière de Kôr » (Ilkorins), qu'ils aient quitté ou non les Eaux de l'Éveil, sont appelés les « fées perdues du monde », et il semble probable que c'est ainsi qu'il faut le comprendre ici. On doit donc supposer que ne demeuraient sur Tol Eressëa que les Eldar de Kôr (les « Exilés ») et ces Noldoli libérés de l'esclavage de Melko ; la Grande Sortie devait être l'expédition qui partirait de Tol Eressëa pour sauver tous ceux qui n'avaient jamais quitté les Grandes Terres.

Dans (5) nous rencontrons l'idée que Tol Eressëa a été traînée vers l'est à travers l'Océan jusqu'à la position géographique de l'Angleterre — elle devient l'Angleterre (voir I.38) ; il est explicitement indiqué dans le dictionnaire Qenya que la partie arrachée par Ossë, l'Île d'Íverin, correspond à l'Irlande. Le promontoire de Rôs pourrait ainsi correspondre à la Bretagne.

On trouve également dans ce texte une définition claire de « l'étiolement » ou de « l'évanescence » des Elfes, leur diminution physique, leur transparence et leur ténuité croissantes, de sorte qu'ils deviennent invisibles (et pour finir, incroyables) aux yeux grossiers des Hommes. Il s'agit là d'un concept crucial dans la première mythologie : les « fées », telles qu'elles seront conçues dorénavant par les Hommes (pour autant qu'elles soient conçues correctement), sont *devenues* ainsi, et ne l'ont pas toujours été. Enfin, peut-être le plus important de ce passage notable : nous constatons le retrait total des Dieux (à qui les Elfes sont les « plus ressemblants en nature », I.83) des affaires du « monde », les Grandes Terres de l'autre côté de la Mer. Ils observent de loin, semblerait-il, puisqu'ils sont « très chagrinés », et ne sont donc pas complètement indifférents aux événements se déroulant dans les terres des Hommes ; mais ils sont dès lors totalement éloignés, cachés dans l'Ouest.

D'autres aperçus extraits de (5) — le Livre Doré de Tavrobel et la Bataille de la Lande au Toit-de-Ciel — seront expliqués par la suite. Je donne maintenant un passage séparé qui se trouve dans le Carnet C sous l'intitulé « Renaissance du Soleil Magique. Sortie de l'Avant ».

(6) La prophétie des Elfes est qu'un jour ils iront de l'avant hors de Tol Eressëa et lorsqu'ils arriveront dans le monde ils rassembleront à eux tous leurs frères évanescents qui vivent encore dans le monde et ils marcheront vers Valinor — par les terres du sud. Ils ne pourront le faire qu'avec l'aide des Hommes. Si les Hommes les aident, les fées emmèneront les Hommes avec elles en Valinor — ceux qui le désirent —, combattront Melko en une grande bataille en Erumáni et ouvriront Valinor [9]. Laurelin et Silpion seront illuminés à nouveau, et la muraille montagneuse ayant été détruite une douce lumière s'étendra sur le monde entier, et le Soleil et la Lune seront rappelés. Si les Hommes s'opposent à eux et aident Melko, la Ruine des Dieux et la fin des fées en résulteront — et peut-être la Grande Fin.

La page opposée donne :

Si les Arbres venaient à s'illuminer à nouveau, tous les chemins menant en Valinor deviendraient visibles — et les Mers Ombreuses s'ouvriraient et seraient dégagées et libres — les Hommes comme les Elfes pourraient goûter au bonheur béni des Dieux, et Mandos se viderait.

Cette prophétie est clairement sous-jacente aux paroles que Vairë adresse à Eriol (I.31) : « (...) la Sortie de l'Avant, lorsque si tout se déroule bien les routes qui traversent Arvalin jusqu'en Valinor seront peuplées par la foule des fils et des filles des Hommes ».

Puisque « le Soleil et la Lune seront rappelés » quand les Deux Arbres donneront à nouveau de la lumière, il semble ici que « la Renaissance du Soleil Magique » (en l'honneur duquel on a levé le verre à Mar Vanwa Tyaliéva, I.27, 92) fasse seulement référence à la renaissance des Deux Arbres. Mais la citation (4) ci-dessus indique que la « Renaissance du Soleil Magique » se réfère « en partie aux Arbres, et en partie à Urwendi », tandis que dans le *Conte du Soleil et de la Lune* (I.243), Yavanna semble distinguer les deux idées :

> « Maintes choses se feront et adviendront, et les Dieux vieilliront, et les Elfes seront près de s'évanouir, avant l'heure où vous verrez ces Arbres ou le Soleil Magique renaître », et les Dieux ne surent point ce qu'elle signifiait, à parler du Soleil Magique, et ils ne le surent que longtemps plus tard.

La citation (XIX) à la p. 346, n'éclaire pas mieux la référence : Eärendel « revient encore et toujours du firmament vers Kôr, en compagnie de Voronwë, pour voir si le Soleil Magique a été allumé et si le peuple des fées est revenu » ; mais dans la note isolée suivante, la Renaissance du Soleil Magique signifie explicitement la « résurrection » d'Urwendi :

(7) Urwendi faite prisonnière par Móru (poussée hors du navire par Melko et seule la Lune a été magique depuis). La sortie de l'avant et la Bataille d'Erumáni la libérerait et rallumerait le Soleil Magique.

Ce « renversement » du bateau-soleil par Melko et la perte de la « magie » du Soleil se retrouve aussi dans (4), qui ajoute qu'Urwendi tombe à la mer et meurt. Dans le conte du *Vol de Melko*, il est précisé (I.207) que la caverne dans laquelle Melko a rencontré Ungweliant est le lieu où le Soleil et la Lune seront emprisonnés par la suite, car « l'esprit primordial Móru » était effectivement Ungweliant (voir I.357). (6) fait aussi référence à la Bataille d'Erumáni, et devrait éventuellement être identifié au « dernier combat sur les plaines de Valinor » que prédit Gilfanon dans (5). Mais la dernière partie de (5) montre que la Sortie de l'Avant a échoué, et que les prophéties ne s'accompliront pas.

On ne trouve pas de mentions supplémentaires à propos de Tol Eressëa tirée de l'autre côté de l'Océan par la grande baleine Uin, à l'Île d'Íverin, ou bien à la Bataille de Rôs ; cependant un texte digne d'intérêt a survécu concernant les conséquences de la « grande bataille entre Hommes sur la Lande au Toit-de-Ciel (à présent la Lande Désolée), à une lieue environ de Tavrobel » (fin de la citation [5]). Il s'agit donc d'un texte griffonné au crayon à papier et extrêmement difficile à déchiffrer intitulé Épilogue. Il commence par une courte note liminaire :

(8) Eriol fuit la Bataille de la Haute Lande (Ladwen-na-Dhaideloth) avec les Elfes évanescents et traverse le Gruir et l'Afros.

Les derniers mots du livre des Contes. Écrits par Eriol à Tavrobel avant qu'il ne scellât le livre.

Ceci représente le développement mentionné comme souhaitable dans (5), à savoir qu'Eriol lui-même « voie les dernières choses et finisse le livre » ; toutefois, une note isolée dans C montre mon père hésitant encore à ce sujet même après l'écriture de l'Épilogue : « Prologue par l'écrivain de Tavrobel [*c'est-à-dire qu'un tel Prologue serait nécessaire*] racontant la manière dont il découvrit les écrits d'Eriol et les rassembla. Son épilogue après la bataille de Ladwen Daideloth est écrit. »

Les rivières Gruir et Afros apparaissent également dans le passage concernant la bataille à la fin de (5). Puisqu'on voit alors que la Lande se trouvait à environ une lieue de Tavrobel, les deux rivières doivent nécessairement être celles auxquelles se réfère *Le Conte du Soleil et de la Lune :* « la Tour de Tavrobel à côté des rivières » (I.236, et aussi I.265, note 2). Dans diverses notes éparses, la bataille se nomme aussi « la Bataille du Toit du Ciel », ainsi que « la Bataille de Dor-na-Dhaideloth [10] ».

Je donne maintenant le texte de l'*Épilogue* :

Et maintenant la fin des doux temps est-elle très proche, et voici, toute la beauté qui était encore sur la terre — fragments de la beauté inimaginée de Valinor d'où vint le peuple des Elfes il y a si longtemps — maintenant part-elle toute en fumée. Voici alors quelques contes, des souvenirs mal racontés, de toute cette magie et ces merveilles entre ici et Eldamar dont j'ai eu connaissance plus que tout autre mortel depuis que mes premiers pas errants se posèrent sur cette triste île.

De cette dernière bataille de la lande des hautes terres dont la toiture est le large ciel — et jamais n'y eut-il d'autre lieu sous les plis bleutés de la robe de Manwë si proche des cieux et dont le baldaquin fût si large et si bien tendu — ces choses terribles que je vis ai-je racontées.

Déjà s'évanouissent les Elfes de chagrin et la sortie de l'avant s'est achevée en ruine, et Ilúvatar seul sait si un jour à présent seront illuminés à nouveau les Arbres tant que durera le monde. Voici, je m'en fus au crépuscule de la lande dévastée, et mon chemin s'enfuit serpentant vers le bas de la vallée du Ru de Verre, mais le coucher du Soleil était noirci par la puanteur des feux, et les eaux du ruisseau étaient souillées par la guerre des hommes et la crasse du combat. Alors mon cœur s'emplit d'amertume à voir les ossements de la bonne terre dénudés par les vents là où les mains destructrices des hommes avaient arraché la bruyère et la fougère et les avaient brûlées pour rendre sacrifice à Melko et à la luxure de la dévastation ; et les lieux foisonnants où les abeilles toute la journée bourdonnaient parmi les ajoncs et les myrtilles et portaient un riche miel vers Tavrobel il y a si longtemps — ceux-ci étaient maintenant devenus des fosses et des [tertres ?] de terre nue et rouge, et rien ne chantait là ni ne dansait, hormis des airs malsains et des mouches de pestilence.

Maintenant le Soleil mourut et voici, je vins dans cette forêt si magique où fut un temps où les chênes sans âge se dressaient fermes parmi les poussées plus jeunes de hêtres et de fins bouleaux, mais tous étaient tombés sous les haches sans pitié des hommes sans pensée. Ô par ma foi, là était le sentier tassé par les sortilèges, foulé de musiques et d'enchantement, qui sinuait à travers cette forêt, et par ce chemin les Elfes avaient-ils coutume de chevaucher pour la chasse. Maintes fois les ai-je vus en cet endroit et Gilfanon était là aussi, et ils chevauchaient comme des rois dans leur traque, et la beauté de leurs visages au soleil était pareille au matin nouveau, et le vent dans leurs cheveux d'or semblable à la splendeur de fleurs lumineuses secouées à l'aube, et la musique puissante de leurs voix comme la mer et comme des trompettes et comme le bruit d'une immensité de violes et de harpes d'or innombrables. Et encore ai-je vu les gens de Tavrobel sous la Lune, et ils chevauchaient ou dansaient à travers la vallée des deux rivières où le pont gris saute les eaux réunies ; et ils voyageaient rapidement comme vêtus de rêves, pailletés de gemmes pareilles aux rosées grises parmi les herbes, et leurs robes blanches attrapaient la longue lueur de la Lune .... et leurs épées frissonnaient de flammes d'argent.

Et maintenant chagrin et .... sont advenus parmi les Elfes, désertée est Tavrobel et tous ont fui [craignant ?] l'ennemi qui siège sur la lande ruinée, pas même à une lieue d'ici ; dont les mains sont rouges du sang des Elfes et entachées des vies de son propre peuple, qui s'est fait l'allié de Melko et du Seigneur de la Haine, qui a combattu pour les Orcs et les Gongs et les monstres malsains du monde — aveugle, et stupide, et la destruction seule est son savoir. Les sentiers des fées, il a rendu comme des routes poussiéreuses où la soif [se traîne avec lassitude ?] et où aucun homme ne se salue sur la voie, mais passe son chemin dans la maussaderie.

Ainsi s'évanouissent les Elfes et il adviendra qu'à cause des eaux qui ceignent cette île et plus encore à cause de leur amour intarissable pour celle-ci rares seront ceux qui prendront la fuite, mais comme les hommes grandiront là et se feront gras et plus aveugles, en même temps toujours les Elfes s'évanouiront-ils plus encore et s'amoindriront ; et ceux qui viendront railleront, disant, qui sont les fées — des mensonges racontés aux enfants par les femmes ou des hommes stupides — qui sont ces fées ? Et quelques rares personnes répondront : Des souvenirs évanouis et ténus, un spectre de beauté disparaissant parmi les arbres, un bruissement de l'herbe, un étincellement de rosée, quelque intonation subtile du vent ; et d'autres plus rares encore diront .... « Très petites et délicates sont les fées maintenant, pourtant nous avons des yeux pour voir et des oreilles pour entendre, et Tavrobel et Kortirion sont emplies encore de [? ce] doux peuple. Le Printemps les connaît, et l'Été aussi et durant l'Hiver elles sont encore parmi nous, mais à l'Automne avant tout elles sortent, car l'Automne est leur saison, tombés comme elles le sont dans l'Automne de leurs jours. Et à quoi ressembleront les rêveurs de la terre lorsque viendra leur hiver.

Écoutez, ô mes frères, diront-ils, les petites trompettes soufflent ; nous entendons un son d'instruments si petits qu'ils en deviennent inimaginables. Comme des filaments des vents, comme des demi-transparences mystiques, Gilfanon Seigneur de Tavrobel chevauche ce soir accompagné de son peuple, et donne la chasse à la biche elfique sous le ciel pâlissant. Une musique de pas oubliés, une lueur des feuilles, des herbes qui se courbent subitement [11], des voix nostalgiques qui murmurent sur le pont, et ils sont partis.

Mais voici, Tavrobel ne connaîtra point son nom, et tout le pays sera changé, et même ces mots que j'écris sans doute seront tout entiers perdus ; et je pose ainsi ma plume, et ainsi des fées je cesse de parler. »

Je redonne ici l'introduction en prose du poème *Kortirion parmi les Arbres* (1915), déjà publiée dans la Première Partie (I.37-38), mais qui porte sur le même sujet :

(9) Maintenant en un temps les fées demeurèrent sur l'Île Solitaire après les grandes guerres contre Melko et la ruine de Gondolin ; et elles bâtirent une douce cité au centre même de cette île, et elle fut ceinturée d'arbres. Maintenant elles nommèrent cette cité Kortirion, et en souvenir de leur antique demeure de Kôr en Valinor, et parce que cette cité se dressait aussi sur une colline et possédait une grande tour, haute et grise, qu'Ingil fils d'Inwë leur seigneur fit ériger.

Très belle fut Kôr et les fées l'aimèrent, et elle devint riche de chanson et de poésie et de la lumière des rires ; mais en un temps la grande Sortie de l'Avant se fit, et les fées eussent fait renaître le Soleil Magique de Valinor n'eussent été la trahison et la faiblesse des cœurs des Hommes. Ainsi est-il que le Soleil Magique est mort et l'Île Solitaire retirée jusqu'aux confins des Grandes Terres, et les fées sont éparpillées de par toutes les larges voies hostiles du monde ; et maintenant les Hommes demeurent même sur cette île pâlie, et ne se soucient pas ou ne savent rien de ses jours anciens. Pourtant toujours se trouve-t-il quelques-uns des Eldar et des Noldoli des temps anciens qui s'attardent encore sur l'île, et l'on entend leurs chants autour des rives du pays qui fut auparavant l'une des plus belles demeures du peuple immortel.

Et il semble aux fées et il me semble à moi qui connais cette ville et souvent ai foulé ses voies défigurées, que l'automne et la tombée de la feuille est la saison de l'année lorsque ici et là peut-être un cœur parmi les Hommes peut s'ouvrir, et un œil percevoir de quelle hauteur le domaine du monde a chuté depuis les rires et la beauté des anciens temps. Songe encore à Kortirion, et sois triste — pourtant n' y a-t-il pas de l'espoir ?

*

Nous pouvons maintenant nous tourner vers l'histoire d'Eriol précisément. Les premières ébauches de mon père au sujet du marinier venu à Tol Eressëa ici encore ne dépassent pas la forme d'esquisses allusives tirées des pages du Carnet C, et une certaine partie de ce matériau ne peut être utilement reproduit. Une compilation de notes, intitulée « Histoire de la Vie d'Eriol », donne probablement les toutes premières indications concernant ce personnage. J'en ai déjà présenté certaines dans la Première Partie (I.35), en omettant volontairement ces notes qui n'étaient pas pertinentes alors. Je les reproduis ici, en ajoutant les indications précédemment écartées.

(10) Le nom original d'Eriol était Ottor, mais il se nommait *Wæfre* (vieil-anglais : « agité, errant ») et il vécut sa vie sur les eaux. Son père se nommait Eoh (vieil-anglais : « cheval ») ; et Eoh fut tué par son frère Beorn, ou bien « durant le siège », ou bien « lors d'une grande bataille ». Ottor Wæfre s'établit sur l'île d'Heligoland dans la Mer du Nord, et épousa une femme nommée Cwén ; ils eurent deux fils nommés Hengest et Horsa « pour venger Eoh ».

Puis la nostalgie de la mer s'empara d'Ottor Wæfre (c'était un « fils d'Eärendel », né sous son rayon), et après la mort de Cwén il quitta ses jeunes enfants. Hengest et Horsa vengèrent Eoh et devinrent de grands chefs ; mais Ottor Wæfre partit à la recherche, et à la découverte, de Tol Eressëa (*se uncútha holm*, « l'île inconnue »).

Sur Tol Eressëa, ayant été rajeuni par le *limpë* (ici appelé également en vieil anglais *líth*), il épousa Naimi (Eadgifu), la nièce de Vairë, et ils eurent un fils nommé Heorrenda.

Il est précisé ensuite (sans qu'il y soit attaché une grande importance, et bien que le motif représente en soi un grand intérêt et n'apparaisse nulle part ailleurs) qu'Eriol a parlé aux fées de *Wóden*, *Thunor*, *Tíw*, etc. (ces appellations étant les noms en vieil anglais des dieux germaniques dont les formes respectives en vieux scandinave sont *Óthinn*, *Thórr*, et *Tyr*), que ces fées ont identifiés à Manweg, Tulkas, et un troisième Vala dont le nom est illisible mais qui ne ressemble à aucun autre des grands Valar.

Eriol adopte le nom d'*Angol*.

Ainsi, par l'entremise d'Eriol et de ses fils, les *Engle* (c'est-à-dire les Anglais), possèdent la véritable tradition des fées, dont les *Íras* et les *Wéalas* (les Irlandais et les Gallois *) racontent les histoires déformées.

Naîtrait donc une tradition des fées spécifiquement anglaise, manifestant une plus grande vérité que toutes celles qui existeraient dans les pays celtiques.

Les noces d'Eriol sur Tol Eressëa n'apparaissent à aucune occasion par ailleurs ; mais dans le premier lien introduisant *La Chute de Gondolin* (p. 192) son fils Heorrenda est mentionné (le lien ne précise pas explicitement qu'il est le fils d'Eriol) comme celui qui « par la suite » adaptera une chanson des damoiselles de Meril dans la langue de son peuple. Le personnage d'Heorrenda recevra quelques éclaircissements supplémentaires au cours de ce chapitre.

Associés à ces notes, existent une page de titre et un prologue interrompu au bout de quelques lignes :

(11)

Le Livre Doré d'Heorrenda
s'agissant du livre des
Contes de Tavrobel

Heorrenda de Hægwudu

J'ai écrit ce livre en usant des écrits que mon père Wæfre (les Gnomes l'appelèrent Angol du nom de sa région) fit lors de son séjour dans l'île sacrée pendant le temps des Elfes ; et j'ai ajouté beaucoup de ces autres choses que ses yeux ne virent point par la suite ; cependant de telles choses ne sont encore à raconter. Car sachez

Ici, donc, le Livre Doré a été compilé à partir des écrits d'Eriol par son fils Heorrenda — à la différence de (5), où la compilation est le fait d'un auteur inconnu, et à la différence également de l'*Épilogue* (8), où Eriol lui-même écrit la conclusion avant qu'il ne « scellât le livre ».

* Le pays de Galles s'appelant *Wales* et les Gallois, *Welsh* en anglais. (*N.d.T.*)

Comme je l'ai dit plus tôt (I.36), *Angol* se réfère à l'ancienne patrie des « Anglais », antérieure à leur migration à travers la Mer du Nord (pour l'étymologie d'*Angol/Eriol* « falaises de fer », voir I.36, 337).

(12) Une table généalogique accompagne l'esquisse (10) et concorde parfaitement avec celle-ci. La table est rédigée sous deux formes identiques sauf en un point : à la place de Beorn, frère d'Eoh dans la première, on trouve dans la deuxième version *Hasen d'Isenóra* (vieil anglais : « rivage de fer »). Mais avant tout, à la fin de la table est introduit le trait cardinal relatif à tous ces textes d'origine concernant Eriol et Tol Eressëa : Hengest et Horsa, les deux fils nés d'Eriol et Cwén en Heligoland, et Heorrenda, son fils né de Naimi en Tol Eressëa, sont rassemblés, et sous leurs noms est inscrit :

conquièrent Íeg
(seo unwemmede Íeg »)
maintenant nommée Englaland
et là demeurent les Angolcynn ou Engle

Íeg signifie en vieil anglais, « île » ; *seo unwemmede Íeg*, « l'île sans tache ». J'ai déjà fait référence (I.37, note en bas de page) à un poème écrit par mon père à Étaples en juin 1916 et intitulé « L'Île Solitaire », adressé à l'Angleterre : ce poème porte aussi le titre en vieil anglais *seo Unwemmede Íeg*.

(13) Le Carnet C continue avec quelques notes identifiant la géographie de Tol Eressëa à des lieux précis en Angleterre.

Le nom *Kortirion* reçoit tout d'abord une explication. L'élément *Kôr* est dérivé d'une forme antérieure *Qorá*, et d'une forme plus antérieure encore *Guorá* ; mais de *Guorá* aussi (c'est-à-dire en gnomique) a été dérivée la forme *Gwâr*. Cette formulation concorde avec celle donnée dans le dictionnaire gnomique, voir I.343). Ainsi, *Kôr* = *Gwâr*, et *Kortirion* = **Gwarmindon* (où l'astérisque implique une forme hypothétique, non enregistrée). Le nom effectivement employé en gnomique voyait ses éléments renversés, *Mindon-Gwar*. (*Mindon*, comme *Tirion*, a toujours gardé la signification de « tour ». Le sens de *Kôr/Gwâr* n'est pas donné ici, mais dans le conte de *La Venue des Elfes* (I.164), ainsi que dans le dictionnaire gnomique (I.343), le nom est expliqué comme se référant à la « rondeur » de la colline de Kôr.)

La note continue (employant les formes vieil anglais) : « In Wíelisc *Caergwâr*, in Englisc *Warwíc* *. » Ainsi l'élément *War-* dans *Warwick* est dérivé de la même source elfique que *Kor-* dans *Kortirion* et *Gwar* dans *Mindon-Gwar* [12]. Enfin, il dit aussi que « la capitale de Hengest était Warwick ».

D'autre part, Horsa (frère de Hengest) est associé à *Oxenaford* (la forme en vieil anglais d'Oxford), qui offre les équivalents en Q[enya] *Taruktarna*, et en gnomique **Taruithorn* (voir l'Appendice sur les Noms).

Le troisième fils d'Eriol, Heorrenda, tient sa « capitale » à Great Haywood

* « En gallois (vieil anglais *wíelisc* = anglais *welsh*) Caergwâr, en anglais (v.a. *englisc* = a. *english*) Warwíc. » (*N.d.T.*)

(le village du Staffordshire où ont vécu mes parents entre 1916 et 1917, voir I.37) ; et celui-ci renvoie à ses équivalents *Tavaros(së)* et *Taurossë* en qenya, et *Tavrobel* et *Tavrost* en gnomique ; aussi « englisc [c'est-à-dire vieil anglais] *Hægwudu se gréata, Gréata Hægwudu* [13] ».

Ces notes se terminent par une conclusion indiquant que « Heorrenda appelait Kôr ou Gwâr, "Tûn" ». Dans le contexte de ces déterminations, il s'agit de toute évidence du mot vieil-anglais, *tún*, une habitation fermée, à partir duquel s'est développé le mot *town* [« ville »] en anglais moderne, ainsi que le suffixe de nom de lieu *-ton*. Le nom *Tûn* est déjà apparu plusieurs fois dans les *Contes Perdus* en tant que correction ultérieure ou comme alternative à *Kôr*, ce qui devait anticiper ou être contemporain à la situation ultérieure, lorsque la ville se nommait *Tûn*, et *Kôr* était le nom de la colline sur laquelle elle était bâtie. Plus tard encore, *Tûn* est devenu *Túna*, puis, lorsque la cité des Elfes s'est appelée *Tirion*, la colline a pris le nom de *Túna*, forme qui subsiste dans *Le Silmarillion*. À cette époque le nom s'était libéré de toute connotation d'« habitation » et avait perdu tout rapport avec son origine première, telle que nous la voyons ici, dérivée du vieil anglais *tún*, la « ville » de Heorrenda.

Ces textes épars et disparates peuvent-ils être rassemblés pour former un récit cohérent ? Il me semble que l'on peut (en admettant qu'il existe certaines différences inconciliables concernant la vie d'Eriol) le reconstruire ainsi :

— Les Eldar et les Noldoli libérés quittent les Grandes Terres et viennent à Tol Eressëa.

— Sur Tol Eressëa ils bâtissent de nombreuses villes et villages, et en Alalminórë, la région centrale de l'île, Ingil fils d'Inwë bâtit la ville de Koromas « le Repos des Exilés de Kôr » (« Exilés » parce qu'ils ne pouvaient pas retourner en Valinor) ; la grande tour d'Ingil donna son nom à la ville, *Kortirion*. (Voir I.25-26.)

— Ottor Wæfre vient depuis Heligoland jusqu'en Tol Eressëa et demeure dans la Chaumière du Jeu Perdu à Kortirion ; les Elfes le nomment *Eriol* ou *Angol* d'après les « falaises de fer » de son pays natal.

— Après un temps, et ayant été instruit de l'Histoire ancienne des Dieux, des Elfes, et des Hommes, Eriol part chez Gilfanon dans le village de Tavrobel. Là, il rédige tout ce qu'il a appris ; en cet endroit aussi, il boit enfin du *limpë*.

— Sur Tol Eressëa, Eriol se marie et conçoit un fils nommé Heorrenda (Moitié-Elfe !). (Selon [5], Eriol meurt à Tavrobel rongé par sa langueur des « noires falaises de son rivage » ; mais selon (8), qui est certainement ultérieur, il a vécu assez longtemps pour être témoin de la Bataille de la Lande au Toit-de-Ciel.)

— Les Elfes Perdus des Grandes Terres se lèvent contre l'empire des serviteurs de Melko ; et la Sortie de l'Avant, prématurée, a lieu. À cette époque Tol Eressëa est ramenée vers l'est à travers l'Océan et est ancrée au large des côtes des Grandes Terres. La partie occidentale se brise lorsque Ossë essaie de ramener l'île vers l'ouest et devient l'Île d'Íverin (= Irlande).

— Tol Eressëa se trouve maintenant dans la position géographique de l'Angleterre.

— La grande bataille de Rôs se termine avec la défaite des Elfes, qui se retirent et se cachent sur Tol Eressëa.

— Des Hommes mauvais font leur entrée sur Tol Eressëa, accompagnés d'Orcs et autres êtres hostiles.

— La Bataille de la Lande au Toit-de-Ciel se déroule non loin de Tavrobel, et (selon [8]) Eriol en est le témoin ; il complète le Livre Doré.

— Les Elfes s'évanouissent et deviennent invisibles aux yeux de presque tous les Hommes.

— Les fils d'Eriol, Hengest, Horsa, et Heorrenda, conquièrent l'île, qui devient « England ». Ils ne sont pas hostiles aux Elfes, et c'est par eux que les Anglais possèdent « la tradition exacte des fées ».

— Kortirion, l'antique demeure des fées, devient, dans la langue des Anglais, « Warwick » ; Hengest y demeure, tandis que Horsa demeure à Taruithorn (Oxford), et Heorrenda à Tavrobel (Great Haywood). (Selon [11] c'est Heorrenda qui achève le *Livre Doré*.)

Il se peut que cette reconstruction ne soit pas « correcte » dans tous ses détails. D'ailleurs, une telle tentative demeurera peut-être artificielle, considérant chaque note et chaque phrase hâtive avec le même poids, et chacune des alternatives du récit comme si elles étaient contemporaines et avaient un rapport possible entre elles. Néanmoins, je pense que pour l'essentiel ce plan montre avec exactitude la manière dont mon père voulait organiser le récit à l'intérieur duquel devaient s'intégrer les *Contes Perdus*. Je pense aussi que cette construction est restée sous-jacente aux *Contes* dans leur forme existante et tels qu'ils ont été présentés dans ces deux volumes.

Pour plus de facilité, je me référerai par la suite à ce récit par l'appellation « l'histoire *Eriol* ». Ses traits les plus saillants, en comparaison à l'histoire ultérieure, seraient la transformation de Tol Eressëa en Angleterre, l'apparition rapide du marin (en relation avec l'Histoire tout entière), et l'importance de son rôle.

De fait, mon père explorait des idées (avant qu'il n'opte pour une transformation radicale de la construction toute entière) où l'importance du marin allait énormément s'accroître.

(14) À partir d'écrits très hâtifs et brouillons, on peut déchiffrer qu'Eriol serait si tourmenté par la nostalgie du pays, qu'il quittera Tol Eressëa en compagnie de son fils Heorrenda, malgré les ordres de Meril-i-Turinqi (voir le passage extrait de *L'Enchaînement de Melko*, cité p. 369). On suppose que son intention était « de hâter la sortie de l'avant », ce qu'il va « prêcher » dans les pays de l'Est. Tol Eressëa est ramenée jusqu'aux confins des Grandes Terres, mais des peuples hostiles appelés les *Guithlin* et les *Brithonin* (et dans une des notes également les *Rúmhoth*, les Romains) envahissent immédiatement l'île. Eriol meurt, mais ses fils Hengest et Horsa sont vainqueurs des Guithlin. Mais parce qu'Eriol a désobéi à l'ordre de Meril en repartant hâter prématurément la sortie de l'avant, « tout fut maudit ». Les Elfes s'évanouissent et disparaissent sous les vacarmes et les maux de la guerre. Une phrase isolée fait allusion à « une prophétie étrange qu'un homme de bonne volonté, mais à cause de sa nostalgie des choses des Hommes, pourrait mener la Sortie de l'Avant à rien ».

Ainsi le rôle d'Eriol devait devenir crucial pour l'Histoire des Elfes ; mais il ne subsiste aucune trace prêtant à penser que ces idées aient jamais dépassé la phase exploratoire.

*

Comme je l'ai déjà dit, la reconstruction donnée ci-dessus (« l'histoire *Eriol* ») me semble représenter pour l'essentiel la trame de l'architecture des *Contes Perdus*. Cela me semble être le cas tant pour des raisons justifiées par des traits existants que pour des raisons injustifiées : justifiées, parce que le héros est encore nommé Eriol, mais aussi parce que Gilfanon qui a été introduit plus tard dans le développement des *Contes* (en remplacement d'Ailios) apparaît également dans la citation (5) donnée ci-dessus, une des contributions principales à cette reconstruction ; également pour des raisons injustifiées par ailleurs, puisque de fait, rien ne vient contredire la plus simple hypothèse. On ne trouve nulle part dans les *Contes Perdus* d'indication avérée qu'Eriol ait pu venir d'Angleterre. Au début (I.21), il n'est qu'un « voyageur venu de pays lointains » ; le récit qu'il conte à Vëannë au sujet de sa vie concorde bien avec d'autres comptes rendus dans lesquels son pays natal est situé explicitement en Angleterre, mais ceci dénote simplement une persistance de l'histoire en parallèle à la modification de la géographie. Ainsi les « côtes noires » de sa demeure subsisteront dans des écrits ultérieurs pour devenir les côtes occidentales de l'Angleterre, tandis que la première mention de ces côtes accompagne l'étymologie d'*Angol*, « falaises de fer » (son propre nom = *Eriol*, tiré du « pays entre les mers », Angeln dans la péninsule danoise, de ses origines ; voir I.337). Il existe en fait un plan très ancien, rejeté, de la vie d'Eriol dans lequel certains traits essentiels de la même histoire sont esquissés — l'attaque sur la demeure de son père (ici, la destruction du château d'Eoh par son frère Beorn, voir citation [10]), la captivité et l'évasion d'Eriol. Cette note indique en outre qu'Eriol par la suite « erra par les contrées sauvages des Terres Centrales jusqu'à la Mer Intérieure, *Wendelsæ* [vieil anglais : la Méditerranée], et de là, jusqu'aux côtes de la Mer Occidentale », d'ou son père était originaire. Le trait relatif, dans le texte dactylographié du *Lien* au *Conte de Tinúviel* (p. 14), aux hommes féroces sortis des Montagnes de l'Est, *que le duc pouvait voir depuis sa tour*, semble impliquer de même, qu'à cette époque la demeure d'origine d'Eriol était située dans quelque région continentale.

Je n'ai pu découvrir qu'un seul élément suggérant l'inexactitude de cette hypothèse, celle-ci se trouve dans un vieux poème dont l'historique complexe affleure dans plusieurs versions données ci-dessous.

Les premiers jets de ce poème existent encore ; le titre original en était « L'Allégeance de l'Homme Errant », on ne peut certifier que le poème fût déjà conçu en trois parties. Mon père ajouta par la suite des sous-titres sur ces brouillons, divisant le poème en trois : *Prélude*, *La Cité Intérieure*, et *La Cité Chagrinée*, avec (apparemment) un titre général : *La Cité Chagrinée ;* il ajouta aussi une date, mars 16-18, 1916. La seule version ultérieure du poème que nous possédons encore a pour titre général *La Ville des Rêves et la Cité du Chagrin Présent*, dont les sous-titres des trois parties sont respectivement : *Prélude* (vieil anglais : *Foresang*), *La Ville des Rêves* (vieil anglais : *Thæt Slæpende Tún*), et *La Cité du Chagrin Présent* (vieil-anglais : *Seo Wépende Burg*). Le texte précise les dates « mars 1916, Oxford et Warwick ; réécrit à Birmingham, novembre 1916 ». « La Ville des Rêves » est Warwick, sur la rivière Avon, et « La Cité du Chagrin Présent » est Oxford, sur la Tamise, durant la Première Guerre Mondiale. Le poème ne présente aucune association évidente avec Eriol ou les *Contes Perdus*.

Prélude

En jours inconnus les pères de mes pères
Vinrent, et de fils en fils prirent racine
Parmi les vergers et les prés des rivières
Et les longues herbes de la plaine parfumée :
Bien des étés les virent attiser des feux jaunes
D'iris dans les roseaux arqués,
et maintes mers de bourgeons se transformer en [fruits dorés
Dans des jardins murés de la vaste plaine.

*

Là des jonquilles parmi les arbres ordonnés
Oscillaient au printemps, et les hommes riaient [profondément et longuement
Chantant comme ils travaillaient des chants [heureux
Et même s'allégeaient d'un chant à boire.
Là le sommeil venait aisé du bourdonnement des [abeilles
Se pressant autour des chaumières aux jardins de [fleurs amoncelées ;
Amoureux de la bonté ensoleillée des journées
Là coulaient riches leurs vies en heures sereines —
Mais cela était il y a bien longtemps,
Et maintenant ils ne chantent plus, ni ne récoltent, [ni ne sèment,

Et moi par force en bien des villes sur cette île
Homme errant et sans repos ai-je vécu un temps.

*

La Ville des Rêves

Ici bien des jours auparavant doucement me [frôlaient
En cette chère ville de vieil oubli ;
Ici tout entrelacé de rêves auparavant longtemps [je dormis
Et n'entendis d'écho de la détresse du monde
Venir à travers le bruissement des feuilles riches [des ormes,
Tandis que l'Avon babillante sur les hauts-fonds [tissait
Une mélodie sans fin, et les matinées et les soirées
Se glissèrent le long de ses eaux jusqu'à ce que [l'Automne vînt,
(Comme les feuilles d'or qui gouttent et volettent [alors,
Jusqu'à ce que la rivière sombre luise de jets de [flamme
Qui lentement flottent et descendent loin au-delà [de notre savoir.)

*

Car ici le château et la tour puissante,
Plus élevée que les ormes étagés,
Plus grise qu'une longue pluie de Novembre,
Dorment, et ni instant ensoleillé ni heure triom-[phale,
Ni le passage des saisons ou du Soleil
N'éveillent leurs vieux seigneurs depuis trop [longtemps dans le sommeil étendus.

*

Aucune suspicion ne dérange leur rêve splendide,
Bien que lumière riante danse au bas du ruisseau ;
Et qu'ils soient vêtus de neige ou fouettés de [pluies venteuses,
Ou bien que Mars fasse tourbillonner la poussière [par les sentiers sinueux,
L'Orme se vêtisse et se dévêtisse d'un million de [feuilles
Comme les instants en bouquets d'une année [pleine,
Encore leur vieux cœur indifférent ne pleure ni ne [se chagrine,
Ne comprenant point cette nouvelle maléfique
La grande tristesse d'Aujourd'hui, ou la crainte [de Demain :
De faibles échos s'évanouissent dans leurs palais [ensommeillés
Comme des spectres ; la lumière du jour rampe [sur leurs murs.

*

La Cité du Chagrin Présent

Il existe une cité qui repose à grande distance
Et une vallée creusée en des jours oubliés —
Là plus large était l'herbe, et les ormes élevés [plus rares ;
Le sentiment de la rivière était pesant dans l'air [du bas-pays.
Là de nombreux saules changeaient l'aspect de la [terre et des cieux
Où des ruisseaux sinuaient en des chemins pares- [seux,
Et le long de la marge de la Tamise aux voiles
Autour de son sein ancien et large leurs tiges [anciennes
Se courbaient, et des ombres subtiles s'étendaient [sur ses courants

Où leurs feuilles grises affaissées sur des étangs
[d'argent
Tricotaient un couvre-lit comme des joyaux
[ondoyants
De bleu et de vert brumeux et de reflets filtrants.

*

Ô ville ancienne d'un séjour bien trop bref,
Je vois ton amas de fenêtres chacune brûler
Avec les lampes et bougies d'hommes partis.
Les étoiles brumeuses ta couronne, la nuit ta robe,
Sans égale tu possèdes
Mon cœur, et les jours anciens reviennent à la vie
[encore ;
De vieux matins se lèvent, ou bien des soirées
[assombries amènent
Les mêmes vieux bruits du crépuscule de la ville.
Tu possèdes le cœur même de la nostalgie et du
[délice,
Vers toi mon esprit danse souvent dans le sommeil
Le long de tes grandes rues grises, ou bien des-
[cendant
Une petite allée aux réverbères éclairés la nuit —
Ne pensant plus à d'autres cités qu'il a connues,
Oubliant quelque temps le donjon à la ceinture
[d'arbres,
Et la ville des rêves, où les hommes ne chantent
[plus.
Car ton cœur sait, et tu verses maintes larmes
Pour tout le chagrin de ces années mauvaises.
Tes mille pinacles et tes flèches chantournées
Sont illuminées d'échos et de feux reflétés
De nombreuses compagnies de cloches qui sonnent
Et réveillent des visions pâles de jours majestueux
Que les années venteuses ont éparpillées au bas
[de voies lointaines ;
Et dans tes grandes salles ton esprit chante encore

Des chants de vieille mémoire parmi tes larmes
[présentes,
Ou espère des jours à venir attristé de maintes
[craintes.
Voici ! bien que le long de tes chemins aucun rire
[ne coure
Tandis que la guerre trop tôt emporte tes fils
[nombreux,
Aucune marée du Mal ne pourra ta gloire noyer
Les étoiles ta couronne, vêtue de triste majesté.

*

Il existe en outre deux textes dans lesquels une partie de *La Cité du Chagrin Présent* est traitée comme une entité séparée. Celle-ci commence par « Ô ville ancienne d'un séjour bien trop bref », et fait l'objet d'une réduction ; après le vers « Ne pensant plus à d'autres cités qu'il a connues », elle s'achève :

Oubliant quelque temps que tous les hommes pleurent
Il vagabonde là heureux et chante pour toi
« Aucune marée du Mal ne pourra ta gloire noyer
Les étoiles ta couronne, vêtue de triste majesté ! »

Le titre premier était *La Cité Chagrinée*, mais il a été transformé ensuite en *Wínsele wéste, windge reste réte berofene* (*Beowulf* *, vers 2456-2457, très légèrement adaptés : « La salle du festin vidée, les lieux de repos balayés par le vent, aux rires volés »).

Existent également deux manuscrits dans lesquels *La Ville des Rêves* est traité comme un poème séparé, portant le sous-titre : *Une vieille ville revisitée ;* dans l'un de ces deux manuscrits, le premier titre a ensuite été transformé en *La Ville des Jours Morts*.

Enfin, subsiste un poème en deux parties intitulé *La Chanson d'Eriol*. Celui-ci existe dans trois versions manuscrites, chacune incorporant des changements mineurs par rapport à la précédente (mais la troisième ne présente que la seconde partie du poème).

---

* *Beowulf* : Pierre de touche de la littérature médiévale anglaise (VIIIe s.). Long poème épique contant l'histoire du héros Beowulf et de son combat contre le monstre Grendel, puis contre le dragon (sa traduction en anglais moderne a représenté un fort intérêt pour J.R.R. Tolkien). (*N.d.T.*)

La Chanson d'Eriol

Eriol fit une chanson dans la Pièce du Feu-aux-contes, racontant comment ses pas furent poussés dans l'errance, de sorte qu'enfin il découvrît l'Île Solitaire et la si douce ville de Kortirion.

1

En jours inconnus les pères de mes pères
Vinrent, et de fils en fils prirent racine
Parmi les vergers et les prés des rivières
Et les longues herbes de la plaine parfumée :

Bien des étés les virent attiser des feux jaunes
D'iris des marais parmi les roseaux arqués,
Et maintes mers de bourgeons se transformer en
[fruits dorés
Dans des jardins murés de la vaste plaine.

Là des jonquilles parmi les arbres ordonnés
Oscillaient au printemps, et les hommes riaient
[profondément et longuement
Chantant comme ils travaillaient des chants heureux
Et même s'allégeaient d'un chant à boire.

Là le sommeil venait aisé du bourdonnement des
[abeilles
Se pressant autour des chaumières aux jardins de
[fleurs amoncelées ;
Amoureux de la bonté ensoleillée des journées
Là coulaient riches leurs vies en heures sereines —
Mais cela était il y a bien longtemps,
Et maintenant ils ne chantent plus, ni ne récoltent,
[ni ne sèment,
Et moi par force en bien des villes sur cette île
Homme errant et sans repos ai-je vécu un temps.

2

Les guerres de rois puissants et le fracas des
[armureries,
Dont les épées aucun homme ne pourrait évoquer,
[dont les lances
Étaient nombreuses comme les pousses d'un
[champ de blé,
Roulèrent sur toutes les Grandes Terres ; et les
[Mers

Étaient bruyantes de marines ; leurs feux dévorants
Derrière les armées brûlaient champs et cités ;
Et saccagées ou éventrées ou bien à des bûchers
[funéraires
Conduites furent les cités, où trésoreries et cou-
[ronnes,

Rois et leurs gens, leurs épouses et tendres filles
Tous furent consumés. Maintenant silencieuses
[sont ces cours,
Ruinées les tours, dont les vieilles formes lente-
[ment disparaissent,
Et aucun pas ne franchit leurs arches brisées.

*

Là tomba mon père dans un champ de sang,
Et dans un siège affamé ma mère mourut,
Et moi, un captif, j'entendis la crue des vastes mers
Appeler et appeler, si fort que mon esprit cria

Pour les rivages sombres de l'Ouest d'où vinrent
[il y a bien longtemps
Les pères de ma mère, et je brisai mes liens,
Voyageant au travers des vallées désolées et des
[terres mortes
Jusqu'à ce que mes pieds fussent mouillés par la
[mer de l'Ouest,

Jusqu'à ce que mes oreilles fussent assourdies par
[le bourdonnement,
Le clapotement, et le rugissement de la mer de
[l'Ouest —
Mais cela était il y a bien longtemps,
Et maintenant je connais les sombres baies et les
[vagues inconnues,
Les caps du crépuscule, l'archipel brumeux,
Et tous les détroits périlleux et déserts salés entre
[cette île
De magie et les côtes que j'ai connues un temps.

*

L'un des manuscrits de *La Chanson d'Eriol* porte une note ultérieure : « Easington 1917-18 » (Easington sur l'estuaire du Humber, voir *Biographie*, Humphrey Carpenter). Il est plausible que la deuxième partie de *La Chanson d'Eriol* ait été écrite à Easington et ajoutée à la première partie (le *Prélude* antérieur) qui existait déjà.

On ne peut déterminer dans ce poème que peu d'éléments d'un type strictement narratif, hormis les articulations de la même histoire : le père d'Eriol tomba « dans un champ de sang », lorsque « des guerres de rois puissants (...) roulèrent sur toutes les Grandes Terres », et sa mère mourut lors d'un « siège affamé » (la même tournure apparaît dans le *Lien* au *Conte de Tinúviel*, p. 13) ; lui-même est fait prisonnier, mais s'évade, et parvient enfin aux rives de la Mer de l'Ouest (d'où venait le peuple de sa mère).

Que la première partie de *La Chanson d'Eriol* persiste également comme Prélude à un poème dont les thèmes sont les villes de Warwick et d'Oxford, pourrait nous amener à supposer que le château à la haute tour surplombant une rivière, dans l'histoire qu'Eriol raconte à Vëannë, était Warwick une fois de plus. Cependant je ne pense pas que cela soit avéré. On peut objecter en effet qu'il serait de toute manière très difficile d'intégrer l'attaque du château par des hommes venus des Montagnes de l'Est à cette supposition puisque le duc pouvait les voir de sa tour. Mais de plus il me paraît certain que le premier poème tripartite avait été scindé, et que le Prélude présentait une nouvelle portée : les « pères des pères » de mon père étaient devenus les « pères des pères » d'Eriol. De la même manière, certaines images très puissantes étaient à la fois dominantes et fluides, et la grande tour du foyer d'Eriol devait en effet devenir la tour de Kortirion ou Warwick, lorsque (comme nous le verrons incessamment) la structure de l'histoire du voyageur allait radicalement changer. Et la racine complexe à partir de laquelle l'histoire s'est développée est parfaitement démontrée par l'évolution de ce poème.

Dans la *Biographie,* Humphrey Carpenter, à propos de la vie de mon père après son retour à Oxford en 1925, indique :

Il fit de nombreuses révisions et changements dans les personnages des histoires principales du cycle. Il décida d'abandonner « Eriol », le voyageur maritime initial, à qui les histoires étaient racontées, et de le renommer « Ælfwine » ou « ami-des-elfes ».

Qu'*Eriol* fut un temps remplacé par *Ælfwine* est un fait certain. Mais, bien qu'il soit tout à fait possible qu'à l'époque des textes que nous allons considérer maintenant le nom *Eriol* avait été effectivement rejeté, dans la première version à proprement parler du « Silmarillion », écrite en 1926, *Eriol* réapparaît, tandis que les toutes premières *Annales de Valinor*, composées dans les années trente, indiquent qu'elles furent traduites sur Tol Eressëa « par Eriol de Leithien, qui est Ælfwine des Angelcynn ». En revanche, lors de cette période antérieure, il paraît tout à fait justifiable, d'après les témoignages dont nous disposons, de traiter les deux noms comme indiquant des projections narratives distinctes : « l'histoire *Eriol* », et « l'histoire *Ælfwine* ».

« Ælfwine », donc, sera associé à une nouvelle construction, *ultérieure* à l'écriture des *Contes Perdus*. Le marin est Ælfwine et non pas Eriol, dans le deuxième « Plan détaillé » des *Contes*, que j'ai qualifié de « projet non réalisé pour une révision de l'œuvre entière » (voir I.313). La différence essentielle peut être éclaircie à présent, avant d'en énumérer les preuves complexes : *Tol Eressëa n'est ici en aucune manière identifiée à l'Angleterre*, et l'histoire de l'Île Solitaire ramenée à travers l'Océan vers l'est a été abandonnée. L'Angleterre reste effectivement au cœur de la nouvelle construction, et on l'appelle *Luthany* [14]. Le voyageur, Ælfwine, est un Anglais qui vogue vers l'ouest depuis les côtes britanniques et son rôle est considérablement réduit. En effet, dans les écrits étudiés jusqu'ici, il arrive sur Tol Eressëa *avant* le dénouement et le désastre de la Sortie de l'Avant, et ou lui ou ses descendants sont les témoins de la dévastation de Tol Eressëa, à la suite de l'invasion des Hommes et de leurs alliés maléfiques (dans l'une des directions du développement il devait même en être le responsable). En revanche, dans les esquisses ultérieures il n'arrive qu'après la conclusion de la douloureuse histoire. Son rôle est uniquement d'apprendre et d'enregistrer [15].

Tournons-nous à présent vers un certain nombre de passages brefs et très allusifs, écrits sur des feuilles séparées, mais découverts ensemble et à l'évidence contemporains les uns des autres.

(15) Ælfwine d'Angleterre demeurait dans le Sud-Ouest ; il était de la famille d'Ing, Roi de Luthany. Sa mère et son père sont tués par les pirates venus de la mer et il est capturé.

Il avait toujours aimé les fées : son père lui avait raconté maintes choses (de la tradition d'Ing). Il s'échappe. Il vagabonde sur les eaux du Nord et de l'Ouest. Il rencontre l'Ancien Marinier — et part à la recherche de Tol Eressëa (*seo unwemmede íeg*), où la plupart des Elfes qui n'ont pas encore disparu se sont retirés loin du bruit, des guerres et des fracas des Hommes.

Les Elfes l'accueillent, d'autant plus chaleureusement lorsqu'il leur apprend qui il est. Ils l'appellent *Lúthien*, l'homme de Luthany. Il découvre que sa propre langue, la vieille langue anglaise, est parlée sur l'île.

« L'Ancien Marinier » est déjà apparu dans l'histoire qu'Eriol a racontée à Vëannë, et nous en dirons beaucoup plus par la suite.

(16) Ælfwine d'Englaland * [*rajouté plus tard : chassé par les Normands*] arrive sur Tol Eressëa, où la plupart des Elfes évanescents se sont retirés du monde, et là ne s'étiolent plus.

Description du havre de la rive sud. Il est bien accueilli par les fées lorsqu'elles apprennent qu'il vient d'Englaland. Il est surpris de les entendre parler la langue d'Ælfred de Wessex, bien qu'entre elles, elles parlent une langue douce et inconnue.

Les Elfes le nomment Lúthien car il est venu de Luthany, comme ils appellent le pays (« ami » et « amitié »). Eldaros ou Ælfhâm. Ils le dépêchent vers Rôs leur capitale. Il y découvre la Chaumière du Jeu Perdu, ainsi que Lindo et Vairë.

Il raconte qui il est et d'où il vient, et la raison pour laquelle il a cherché l'île durant tant de temps (à cause des traditions de la famille d'Ing), et il supplie les Elfes de revenir en Englaland.

Ici commence (justifiant pourquoi cela leur est impossible) la série de récits appelée *Le Livre des Contes Perdus*.

Dans ce passage (16), Ælfwine s'enracine de manière plus déterminante dans l'histoire anglaise ; il serait un homme du Wessex du XIe siècle — mais, comme dans (15), il appartient toujours à la famille d'Ing. La capitale des Elfes sur Tol Eressëa n'est plus Kortirion, mais Rôs, un nom utilisé ici dans un tout autre contexte que dans (5), où il s'agissait d'un promontoire des Grandes Terres.

Je n'ai pu trouver de trace du processus par lequel le nom *Lúthien* s'est appli-

---

* *Englaland* : « Angleterre ». (*N.d.T.*)

qué si différemment par la suite (*Lúthien Tinúviel*). Une autre note contemporaine à cette période donne une explication du nom complètement autre : « Lúthien ou Lúsion était le fils de Telumaith (Telumektar). Ælfwine aimait le signe d'Orion, et fit le signe, [*sic*] c'est pourquoi les fées l'appelèrent Lúthien (Errant). » On ne trouve nulle part ailleurs de référence à la curieuse association entre Ælfwine et Orion, ni à cette interprétation du nom Lúthien. Il semble s'agir d'un développement que mon père n'a jamais poursuivi.

Pour des raisons pratiques, je donne ici le passage d'ouverture du Second Plan projeté pour les *Contes Perdus* auquel j'ai fait référence plus haut. Celui-ci appartient clairement à la même époque que le reste des notes « Ælfwine », c'est-à-dire ultérieure à l'écriture des *Contes* (sous leur forme existante et inachevée) dans leur première articulation.

(17) Ælfwine s'éveille sur une plage de sable. Il écoute la mer, qui est loin, la marée est basse et l'a abandonné.

Ælfwine rencontre les Elfes de Rôs ; il découvre qu'ils parlent la langue des Anglais, en plus de leur propre douce langue. Pourquoi est-ce le cas — la demeure des Elfes en Luthany, et leur arrivée et leur départ de ce pays. Ils l'habillent et le nourrissent, et il part arpenter les chemins fleuris de l'île.

Le plan continue en expliquant qu'un soir d'été Ælfwine vient à Kortirion — et diffère ainsi de (16), où il se rend à « Rôs leur capitale » — et trouve la Chaumière du Jeu Perdu. Le nom Rôs semble être employé ici dans un autre sens encore — peut-être un nom pour Tol Eressëa.

(18) On le dépêche à Ælfhâm (Foyer des Elfes), Eldos, où Lindo et Vairë lui racontent maintes choses : de la fabrication et de l'antique façonnement du monde : des Dieux : des Elfes de Valinor : des Elfes Perdus et des Hommes : de la Peine des Gnomes : d'Eärendel : de la Sortie de l'Avant et de la Perte de Valinor : du désastre de la Sortie de l'Avant et de la guerre avec les Hommes mauvais. La retraite en Luthany où Ingwë était roi. De la soif de retour des Elfes et de la manière dont le plus grand nombre chercha à retourner en Valinor. La perte d'Elwing. De la manière dont un nouveau foyer des Elfes fut établi par les Solosimpi et d'autres sur Tol Eressëa. Comment les

Elfes quittent continuellement et avec tristesse le monde et se rendent sur l'île.

Pour l'interprétation de ce passage il est essentiel de comprendre (il s'agit à vrai dire de la clé même pour appréhender ce projet de chronologie) que « la Sortie de l'Avant » ici *ne représente pas* la Sortie de l'Avant évoquée jusqu'ici — celle qui débute à Tol Eressëa afin de faire renaître le Soleil Magique, et qui s'est soldée par la ruine — mais se réfère à la Marche des Elfes de Kôr et à la « Perte de Valinor » qui en a été la conséquence. Il est vrai que ce pour quoi la Sortie a été qualifiée de « désastre » ici n'est pas clair, mais doit évidemment être associé à « la guerre avec les Hommes mauvais ». Une guerre entre Elfes et Hommes à l'époque de la Marche de Kôr est mentionnée dans les extraits (1) et (3).

Dans « l'histoire *Eriol* », il est explicite qu'après la Marche de Kôr les Elfes ont quitté les Grandes Terres pour Tol Eressëa ; ici, en revanche, « la guerre avec les Hommes mauvais » est suivie par « la retraite en Luthany où Ingwë était roi ». Ceux qui partent pour Tol Eressëa viennent de Luthany ; la perte d'Elwing semble se produire pendant l'un de ces voyages. Comme nous le verrons, « la Sortie de l'Avant » de « l'histoire *Eriol* », a disparu en tant qu'événement de l'Histoire des Elfes, et elle n'est mentionnée que sous la forme d'une prophétie ou bien d'un espoir.

La divergence essentielle des deux structures narratives peut se résumer ainsi en tableau :

(histoire *Eriol*)	(histoire *Ælfwine*)
Marche des Elfes de Kôr vers les Grandes Terres	Marche des Elfes de Kôr vers les Grandes Terres (appelée « la Sortie de l'Avant »)
Guerre contre des Hommes des Grandes Terres	Guerre contre des Hommes des Grandes Terres
Retraite des Elfes en Tol Eressëa (perte d'Elwing)	Retraite des Elfes en Luthany (> Angleterre) où Ingwë est roi
	Départ de nombreux Elfes pour Tol Eressëa (perte d'Elwing)
Eriol embarque depuis l'Est (région de la Mer du Nord) pour Tol Eressëa	Ælfwine embarque depuis l'Angleterre pour Tol Eressëa
La Sortie de l'Avant, Tol Eressëa est amenée jusqu'aux Grandes Terres ; ultérieurement, Tol Eressëa > Angleterre.	

Ce n'est évidemment pas un exposé complet de l'histoire *Ælfwine*, et il est donné ici simplement pour indiquer des différences structurelles radicales. Il manque l'Histoire de Luthany, qui va émerger des passages suivant à présent.

(19) *Luthany* signifie « amitié », *Lúthien*, « ami ». Luthany le seul pays où Hommes et Elfes demeurèrent autrefois un âge entier en paix et en amour.

Comment pour un temps après la venue des fils

d'Ing les Elfes prospérèrent à nouveau et cessèrent de partir pour Tol Eressëa.

Comment le vieil anglais devint la seule langue mortelle qu'un Elfe utilisera pour parler à un mortel qui ne connaît pas l'Elfique.

(20) Ælfwine d'Angleterre (dont le père et la mère furent tués par les Hommes féroces de la Mer qui ne connaissaient point les Elfes) était un grand ami des Elfes, tout particulièrement des Elfes des côtes qui tardaient encore dans le pays. Il recherche Tol Eressëa où l'on dit que les Elfes se sont retirés.

Il l'atteint. Les fées le nomment Lúthien. Il apprend l'histoire du façonnement du monde .... des Dieux et des Elfes, des Elfes et des Hommes, jusqu'au départ vers Tol Eressëa.

Comment la Sortie de l'Avant échoua et les fées cherchèrent un refuge en Albion ou en Luthany (l'Île de l'Amitié).

Sept invasions.

De la venue des Hommes en Luthany, de la façon dont les deux races se querellèrent, et les fées s'évanouirent, jusqu'à ce que [? la plupart] s'en allassent, après la venue des Rúmhoth, pour gagner l'Ouest. Pourquoi les Hommes de la septième invasion, les Ingwaiwar, sont plus amicaux.

Ingwë et Eärendel qui habitèrent en Luthany avant que le pays ne devînt une île et fût [*sic*] poussé vers l'est par Ossë pour fonder les Ingwaiwar.

(21) Tous les descendants d'Ing étaient bien disposés envers les Elfes ; c'est pourquoi les Elfes qui demeuraient encore en Luthany [leur ?] parlèrent l'antique langue des Anglais, et puisque certains sont partis .... en Tol Eressëa, cette langue est comprise là-bas, et tous ceux qui souhaitent parler aux Elfes, s'ils ne connaissent point la langue et s'ils n'ont pas le moyen d'apprendre l'elfique, doivent converser en l'ancienne langue des Anglais.

Dans (20), le terme « Sortie de l'Avant » doit certainement être employé à nouveau dans le sens de (18), la Marche de Kôr. Dans (18), il s'agissait d'un « désastre » (voir p. 393), et ici elle « échoua » : il faut bien avouer qu'il est difficile de comprendre comment ce pouvait être le cas, puisqu'elle amena l'emprisonnement de Melko et à la libération des Noldoli tombés en servitude (voir [1] et [3]).

Dans (20) en outre, apparaît pour la première fois l'idée des Sept Invasions de Luthany. L'une d'entre elles était l'invasion des Rúmhoth ou Romains (mentionnés aussi dans [14]), et la septième était le fait des Ingwaiwar, qui n'étaient pas hostiles aux Elfes.

L'étude de la question du nom *Ing* (*Ingwë*, *Ingwaiar*) s'impose à présent dans ces passages. Comme dans le cas de l'introduction des personnages de Hengest et de Horsa, l'association entre la mythologie et les anciennes légendes anglaises est manifeste. Mais je pense qu'il ne serait pas utile d'entrer dans l'études obscure et spéculative de ses possibles origines anglaises et scandinaves : le terme employé par les auteurs romains, *Inguaeones*, pour les peuples maritimes de la Baltique d'où proviennent les Anglais ; le nom *Ingwine* (que l'on peut interpréter soit comme *Ing-wine*, « les amis d'Ing » ou comme contenant la même racine *Ingw-* que dans *Inguaeones*) ; ou bien *Ing*, le personnage mystérieux apparaissant dans le *Poème Runique* vieil anglais :

Ing wæs ærest   mid East-Denum
gesewen secgum   othhe siththan east
ofer wæg gewat   wæn æfter ran

— que l'on peut traduire par : « Les hommes virent Ing pour la première fois parmi les Danois de l'Est, jusqu'à ce qu'il partît vers l'est sur les vagues ; son attelage se hâta à sa suite. » Entrer dans ce genre d'études ne présenterait aucune espèce d'utilité car, bien que la relation entre l'*Ing* ou *Ingwë* des écrits de mon père avec l'*Ing* (*Ingw-*) mystérieux des légendes nordiques soit certaine et même évidente, il semble qu'il ne voulait pas induire plus qu'une simple association de sa mythologie avec des traditions existantes (bien qu'apparaisse clairement l'influence des vers du *Poème Runique*). Le sujet est rendu particulièrement obscur par l'emploi dans ces notes des noms *Ing* et *Ingwë*, mais jamais de manière explicitement différenciée ou équivalente.

Ainsi Ælfwine était « de la famille d'Ing, Roi de Luthany » (15, 16), mais les Elfes se sont retirés « en Luthany où Ingwë était roi » (18). Les Elfes de Luthany ont prospéré de nouveau « après la venue des fils d'Ing » (19), et les Ingwaiwar, septièmes parmi les envahisseurs de Luthany, étaient plus amicaux envers les Elfes (20), tandis qu'Ingwë « fonda » les Ingwaiwar (20). Ce nom doit certainement être assimilé à *Inguaeones* (voir ci-dessus), et l'invasion des Ingwaiwar (ou « fils d'Ing ») représente tout aussi sûrement l'invasion « anglo-saxonne » de l'Angleterre. *Ing* et *Ingwë* peuvent-ils être être identifiés de même ? Concernant les textes étudiés ici, je vois difficilement comment cela pourrait ne pas être le cas. Cependant une tout autre question est de savoir si cet ancêtre fondateur doit être assimilé à *Inwë* (dont le fils était *Ingil*) des *Contes Perdus*. Il est difficile d'imaginer qu'il n'y ait aucune corrélation (particulièrement puisque *Inwë* dans *La Chaumière du Jeu Perdu* est une correction d'*Ing*, I.33), pourtant il est tout aussi difficile de comprendre quelle pourrait être cette corrélation, puisque l'Inwë des *Contes Perdus* est un Eldar de Kôr (Ingwë Seigneur des Vanyar dans *Le Silmarillion*) alors que l'Ing(wë) de « l'histoire *Ælfwine* » est un Homme, roi de Luthany et ancêtre d'Ælfwine. (Dans certaines esquisses pour le *Conte de Gilfanon*, Ing Roi de Luthany descendait d'Ermon, ou d'Ermon et Elmir [les premiers Hommes, I.315-317].)

Les plans suivants donnent quelques détails supplémentaires concernant Ing(wë) et les Ingwaiwar :

(22) Comment Ing en son vieil âge s'en fut sur son navire dans le crépuscule, et les Hommes disent qu'il vint jusqu'aux Dieux, mais il demeure sur Tol Eressëa, et un jour il guidera les fées sur le chemin du retour vers Luthany lorsque se déroulera la Sortie de l'Avant *.

Comment il prononça la prophétie annonçant le retour de son peuple en Luthany et leur possession du pays jusqu'aux jours de la venue des Elfes.

Comment le pays de Luthany fut sept fois envahi par les Hommes, jusqu'au jour de la septième invasion quand les enfants des enfants d'Ing revinrent prendre possession de leur bien.

Comment lors de chaque nouvelle guerre et chaque nouvelle invasion les Elfes s'évanouirent un peu plus, et chaque envahisseur aimait moins les Elfes que les précédents, jusqu'à la venue des Rúmhoth — et ils ne croyaient même pas à leur existence, et les Elfes s'enfuirent tous, si bien que, sauf quelques-uns, l'île fut désertée par les Elfes pendant trois cents ans.

(23) Comment Ingwë but du *limpë* des mains des Elfes et régna des âges en Luthany.

Comment Eärendel vint en Luthany pour découvrir que les Elfes étaient partis.

Comment Ingwë l'aida, mais comment on ne permit pas qu'il l'accompagnât. Eärendel bénit tous ses descendants comme les plus grands voyageurs des mers dans le monde [16].

---

* Le terme « Sortie de l'Avant » étant employé ici dans un sens prophétique, et non pas comme dans (18) et (20).

Comment Ossë guerroya contre Ingwë à cause d'Eärendel, et Ing se languissant des Elfes partit à bord d'un navire, et tous firent naufrage après avoir été poussés loin à l'est.

Comment Ing l'immortel vint parmi les Dani OroDáni Urdainoth, Danois de l'Est.

Comment il devint le roi demi-dieu des Ingwaiwar, et leur enseigna maintes choses sur les Elfes et les Dieux, de sorte qu'une partie du vrai savoir demeura uniquement parmi ce peuple.

Un passage d'une autre esquisse recouvrant la même partie du récit que (23) mais n'appartenant pas à la même famille que les passages précédents peut être donné ici :

(24) Eärendel se réfugie auprès d'[Ingwë] pour éviter la colère d'Ossë, et lui donne une gorgée de *limpë* (suffisamment pour lui assurer l'immortalité). Il lui donne des nouvelles des Elfes et de leur demeure sur Tol Eressëa.

Ingwë accompagné d'une armée de son peuple s'embarque à la recherche de Tol Eressëa, mais Ossë les repousse vers l'est avec des vents contraires. Ils font tous naufrage. Ingwë, seul, est sauvé sur un radeau. Il devient roi des Angali, Euti, Saksani, et Firisandi *, qui adoptent le nom d'Ingwaiwar. Il leur enseigne largement la magie et il est le premier à nourrir le cœur des hommes de l'envie de naviguer vers l'ouest ....

Après un long [âge de règne ?], Ingwë s'embarque sur un petit bateau et l'on n'entend plus parler de lui.

Il est clair que l'intrusion des notions de Luthany et d'Ing(wë) dans la construction a causé un mouvement interne dans l'histoire d'Eärendel : alors que dans l'ancienne version il partait vers Tol Eressëa après le départ des Eldar et des Noldoli depuis les Grandes Terres (pp. 332-336), ici il va en Luthany ; le motif de l'inimitié d'Ossë envers Eärendel (pp. 336, 344) a été retenu mais pour l'associer à l'origine des Ingwaiwar.

Ainsi la structure narrative se présente clairement ainsi :

* Les Angles, les Saxons, les Jutes, et les Frisons.

— Ing(wë) Roi de Luthany.

— Eärendel cherche refuge auprès de lui (après que [nombre] des Elfes sont partis à Tol Eressëa).

— Ing(wë) cherche Tol Eressëa mais est repoussé vers l'Est.

— Sept Invasions de Luthany.

— Le peuple d'Ing(wë) est les Ingwaiwar, et ils « reprennent possession de leur bien » lorsqu'ils envahissent Luthany après avoir traversé la Mer du Nord.

(25) Luthany était le pays d'où les tribus embarquèrent pour la première fois sur l'Île Solitaire pour Valinor, et où ils abordèrent pour la Sortie de l'Avant *, d'où [aussi] ils furent nombreux à voguer avec Elwing à la recherche de Tol Eressëa.

Il faut probablement lier l'idée que Luthany était le lieu d'où les Elfes embarquèrent à la fin de leur long voyage depuis Palisor à destination de Valinor sur l'Île Solitaire, avec l'indication dans (20), qu'« Ingwë et Eärendel habitèrent en Luthany avant que le pays ne devînt une île ».

(26) Il existe d'autres mentions du détroit qui sépare Luthany des Grandes Terres : des notes rapides dans le carnet C font référence à un isthme creusé par les Elfes « qui craignaient les Hommes maintenant qu'Ingwë était parti », et aux « blanches falaises où œuvrèrent les pelles d'argent des Teleri » ; également dans la citation suivante.

(27) Les Elfes racontent à Ælfwine l'ancienne façon de Luthany, Kortirion ou Gwarthyryn (Caer Gwâr) [17], de Tavrobel.

Comment les fées demeurèrent là une centaine d'âges avant que les Hommes n'eussent même la science de bâtir des bateaux pour traverser le détroit — de sorte qu'une magie persiste encore puissamment en ses forêts et ses collines.

Comment ils renommèrent maints endroits sur Tol Eressëa d'après leur foyer en Luthany. De la seconde Sortie de l'Avant et de l'espoir des fées de régner en Luthany et d'y replanter les arbres magiques — et si tout se déroulera bien dépend avant tout du tempérament des Hommes de Luthany (puisqu'ils doivent s'y installer les premiers).

* Dans le sens de la Marche des Elfes de Kôr, comme dans (18) et (20).

La référence ici à la « Seconde Sortie de l'Avant » est importante, et soutient fortement mon interprétation de l'expression « Sortie de l'Avant » dans (18), (20), et (25). Mais la prophétie ou l'espoir des Elfes concernant la Sortie de l'Avant s'est beaucoup transformée dans sa nature depuis la citation (6), puisque ici les Arbres doivent être replantés en Luthany.

(28) Comment Ælfwine aborde Tol Eressëa qui lui semble pareille à son propre pays rendu .... revêtu de la beauté d'un rêve heureux. Comment les gens comprenaient [son langage] et apprennent d'où il vient à la faveur d'Ulmo. Comment on le dépêche à Kortirion.

À ces deux passages, il est intéressant de comparer le texte (9), préface en prose de *Kortirion parmi les Arbres*, selon lequel Kortirion était une cité bâtie par les Elfes sur Tol Eressëa. Lorsque Tol Eressëa a été ramenée de l'autre côté de la Mer, devenant ainsi l'Angleterre, Kortirion est devenue Warwick (13) dans la langue des Anglais. Dans l'histoire nouvelle Kortirion est pareillement une ancienne demeure des Elfes, mais par une transformation dans la structure fondamentale elle se situe maintenant en Luthany ; et Kortirion où se rend Ælfwine sur Tol Eressëa est la deuxième du nom (ayant été nommée « d'après leur foyer en Luthany »). Il s'est produit ainsi une curieuse translation, que l'on peut rendre ainsi :

(I) Kortirion, demeure elfique sur Tol Eressëa.
Tol Eressëa devient l'Angleterre.
Kortirion = Warwick.

(II) Kortirion, demeure elfique en Luthany (> Angleterre). Elfes vont sur Tol Eressëa.
(II) Kortirion (2) sur Tol Eressëa nommée d'après Kortirion (1) en Luthany.

Sur la base des passages précédents, (15) à (28), nous pouvons tenter de construire un récit prenant en compte toutes les caractéristiques fondamentales de l'histoire :

— Marche des Elfes de Kôr, appelée « la Sortie de l'Avant » ou (implicitement dans [27]) « la Première Sortie de l'Avant », dans les Grandes Terres, touchant terre en Luthany (25), et Perte de Valinor (18).

— Guerre avec des Hommes mauvais dans les Grandes Terres (18).

— Les Elfes se retirent en Luthany (pas encore une île) dont Ing(wë) était roi (18, 20).

— Un grand nombre [mais certainement pas tous] des Elfes de Luthany part vers l'ouest et l'autre côté de la mer et s'installent sur Tol Eressëa ; mais Elwing est perdue (18, 25).

— Des lieux sur Tol Eressëa sont dénommés d'après des lieux en Luthany (27).

— Eärendel se rend en Luthany, cherchant refuge auprès d'Ing(wë) contre l'hostilité d'Ossë (20, 23, 24).

— Eärendel donne à boire du *limpë* à Ing(wë) (24), *ou bien* Ing(wë) a reçu du limpë des Elfes avant la venue d'Eärendel (23).

— Eärendel bénit la descendance d'Ing(wë) avant son départ (23).

— L'hostilité d'Ossë envers Eärendel poursuit également Ing(wë) (23, 24).

— Ing(wë) embarque (avec de nombreux compagnons [24]) à la recherche de Tol Eressëa (23, 24).

— Le voyage d'Ing(wë), à cause de l'inimitié d'Ossë, aboutit à un naufrage, mais Ing(wë) survit, et loin dans l'Est [c'est-à-dire après avoir été poussé à travers la Mer du Nord] il devient Roi des Ingwaiwar, les ancêtres des envahisseurs anglo-saxons de l'Angleterre (23, 24).

— Ing(wë) instruit les Ingwaiwar de la vraie connaissance des Dieux et des Elfes (23) et instille en leurs cœurs l'envie de naviguer vers l'ouest (24). Il prédit que son peuple retournera un jour en Luthany (22).

— Ing(wë) part longtemps plus tard en bateau (22, 24), et on n'en entend plus jamais parler (24), *ou bien* il parvient à Tol Eressëa (22).

— Après le départ d'Ing(wë) de Luthany, un détroit est creusé pour faire de Luthany une île (26) ; mais les Hommes traversent ce bras de mer en bateau (27).

— Sept invasions successives ont lieu, y compris celle des Rúmhoth ou Romains, et à chaque nouvelle guerre les Elfes restés en Luthany sont plus nombreux à s'enfuir par-delà la mer (20, 22).

— La septième invasion cependant, celle des Ingwaiwar, n'est pas hostile aux Elfes (20, 21) ; et ces envahisseurs viennent « prendre possession de leur bien » (22), puisqu'il s'agit du peuple d'Ing(wë).

— Les Elfes de Luthany (à présent l'Angleterre) prospèrent à nouveau et interrompent leurs départs successifs pour Tol Eressëa (19), ils parlent aux Ingwaiwar dans leur propre langue, le vieil anglais (21).

— Ælfwine est un Anglais de l'époque anglo-saxonne, un descendant d'Ing(wë), qui possède un amour et une connaissance des Elfes grâce aux traditions de sa famille (15, 16).

— Ælfwine se rend sur Tol Eressëa, découvre que l'on y parle le vieil anglais, et les Elfes le nomment Lúthien « ami », Homme de Luthany (l'Île de l'Amitié) (15, 16, 19).

J'accorde à ce plan la valeur seule de rassembler ces fragments épars dans un ordre narratif cohérent. Il demeure néanmoins nécessaire de forcer quelque peu les citations pour parvenir à une apparente concordance. Ainsi, les points de vue sont variés quant à la relation entre les Ingwaiwar et Ing(wë) : ils sont définis comme « les fils d'Ing » (19), « son peuple » (22), « les enfants des enfants d'Ing » (22), et pourtant Ing semble avoir été roi et instructeur des peuples de la Mer du Nord qui n'avaient aucun rapport avec Luthany et les Elfes (23, 24). (Sur qui régnait-il lorsque les Elfes se sont retirés pour la première fois en Luthany [18, 23] ?) Également, il est très difficile d'intégrer au reste du plan la « centaine d'âges » durant laquelle les Elfes ont demeuré en Luthany avant le début des invasions des Hommes (27). Sans nul doute, dans ces notes mon père pensait avec sa plume, explorant divers chemins narratifs ; on en retire l'impression d'un ferment d'idées et de possibilités se déplaçant et se remplaçant rapidement l'une l'autre, et à partir desquelles il est impossible d'extraire une base narrative stable et unique. Une « solution » complète serait donc en toute probabilité un but irréel, et cette reconstruction est sans doute aussi artificielle que celle proposée plus haut dans le cas de « l'histoire *Eriol* » (voir p. 379). Mais ici encore, je pense que ce plan montre autant qu'il se peut la direction et l'orientation des idées qu'avait mon père à cette époque.

Il existe très peu d'écrits indiquant la tournure qu'aurait prise la suite de « l'histoire *Ælfwine* », après son séjour à Tol Eressëa (comme je l'ai déjà souligné, p. 390, le rôle du voyageur se borne à apprendre et à retranscrire ces histoires issues du passé) ; presque tout ce qu'on pourrait apprendre de ces notes se trouve rassemblé sur une feuille volante :

(29) Comment Ælfwine but du limpë mais se languit pour son pays, et retourna en Luthany ; et se languit alors sans mesure pour les Elfes, et retourna à Tavrobel-le-Vieux et demeura dans la Maison aux Cent Cheminées (où pousse encore l'enfant de l'enfant du Pin de Belawryn) et écrivit le Livre Doré.

Une page de garde est associée à cette note :

(30)

Le Livre des Contes Perdus
et l'Histoire des Elfes de Luthany
[étant ?]
Le Livre Doré de Tavrobel
celui-là même qu'écrivit Ælfwine et qu'il déposa
dans la Maison aux Cent Cheminées à Tavrobel, où
il repose encore pour être lu par celui qui le fera.

Ces textes sont très insolites. En effet, Tavrobel-le-Vieux doit renvoyer au premier Tavrobel situé en Luthany (d'après lequel Tavrobel sur Tol Eressëa était dénommé, tout comme Kortirion sur Tol Eressëa était dénommé d'après Kortirion = Warwick en Luthany) ; et la Maison aux Cent Cheminées (tout comme le Pin de Belawryn, pour lequel voir p. 364, et la note 4) devait donc être déplacée de Tol Eressëa en Luthany. On peut supposer que mon père avait l'intention de réécrire ces passages de « l'articulation » des *Contes Perdus* qui évoquent la Maison aux Cent Cheminées de Tavrobel ; à moins qu'une autre Maison aux Cent Cheminées ait existé à Tavrobel-le-Neuf sur Tol Eressëa.

Pour conclure, une entrée intéressante dans le dictionnaire Qenya mérite d'être mentionnée ici : *Parma Kaluinen* « le Livre Doré — la collection de légendes, surtout celles concernant Ing et Eärendel ».

*

Dans les faits, parmi toutes ces projections, mon père développa seulement l'histoire de la jeunesse d'Ælfwine et de son voyage vers Tol Eressëa en une forme achevée et affinée. Avant de se pencher sur cet écrit, il est utile de rassembler les passages déjà cités concernant cette histoire.

Dans le *Lien* qui ouvre le *Conte de Tinúviel*, Eriol raconte que lorsqu'il était enfant, sa demeure « se trouvait dans une vieille ville des Hommes ceinte d'un mur maintenant effrité et brisé, et une rivière coulait à ses abords, surplombée par un château à grande tour » (p. 15).

> Mon père vint d'un peuple du bord de mer, et l'amour de la mer que je n'avais jamais vue était au tréfonds de mon cœur, et mon père aiguisa mon désir, car il me fit le récit de contes que son père lui avait narrés auparavant. Maintenant ma mère mourut durant un siège cruel et affamé de cette vieille ville, et mon père fut tué en un combat amer autour des murs, et enfin moi, Eriol, je me suis enfui vers la terre côtière de la Mer de l'Ouest.

Eriol évoque ensuite (p. 16)

> ses errances autour des havres de l'ouest (...) la manière dont il s'échoua sur les îles loin à l'ouest jusqu'à ce qu'enfin sur une île très solitaire il découvrît un vieux marin qui lui donna un abri, et qui devant un feu dans sa cabine solitaire lui raconta d'étranges contes à propos de choses au-delà des Mers de l'Ouest, des Îles Magiques et de la plus solitaire qui se trouvait encore audelà. (...).
>
> « Toujours après cela, dit Eriol, ai-je vogué avec plus de curiosité autour des îles de l'ouest cherchant davantage d'histoires du même tenant, et ainsi se fait-il en vérité qu'après maints grands voyages je parvins moi-même par la grâce des Dieux à Tol Eressëa enfin (...) ».

La version dactylographiée du *Lien* indique de surcroît que dans la ville où ont vécu et où sont morts les parents d'Eriol,

> demeurait un duc puissant », dit-il, « et scrutait-il le lointain depuis les plus hautes fortifications jamais il ne pouvait voir les limites de son large domaine, sauf là où à l'est s'étendaient les formes bleutées des grandes montagnes — et cette tour était considérée comme la plus élevée de toutes celles qui se dressaient dans tous les pays des Hommes » (p. 15).

Le siège et la mise à sac de la ville étaient l'œuvre « des hommes sauvages qui venaient des Montagnes de l'Est ».

Finalement, à la fin de la version dactylographiée, le garçon, Ausir, assure à Eriol que « cet ancien marinier n'était nul autre que l'être d'Ulmo, dont il n'est pas rare qu'il apparaisse ainsi à ces voyageurs qu'il aime » ; mais Eriol « en ce temps ne crut pas à cette affirmation d'Ausir ».

J'ai donné précédemment (pp. 380-381) les raisons qui portent à croire que ce récit de sa jeunesse n'était pas situé en Angleterre dans « l'histoire *Eriol* ».

Nous tournant maintenant vers les passages qui concernent l'histoire *Ælfwine*, ultérieure, nous apprenons dans (15) qu'Ælfwine demeurait dans le sud-ouest de l'Angleterre et que sa mère et son père avaient été tués par les « pirates venus de la mer » ; dans (20), qu'ils avaient été été tués par « les Hommes féroces de la Mer » ; dans (16), il a été « chassé par les Normands ». (15) fait référence à une rencontre avec « l'Ancien Marinier » au cours de ses voyages.

Dans (16), il arrive au « havre de la rive sud » de Tol Eressëa ; et dans (17) « Ælfwine s'éveille sur une plage de sable » à marée basse.

J'en viens à présent au récit qui a émergé de ces notes éparses. On peut constater, avec soulagement peut-être, qu'Ing, ainsi que les Ingwaiwar, ont disparu sans laisser de trace.

Ælfwine d'Angleterre

Il existe trois versions de cette courte œuvre. L'une d'elles est un plan détaillé de moins de cinq cents mots, que j'appellerai *Ælfwine A* pour une référenciation plus aisée ; la deuxième en revanche consiste en un récit beaucoup plus important qui porte le titre *Ælfwine d'Angleterre*. Celui-ci fut écrit en 1920 ou plus tard : on peut démontrer qu'il n'a pas été écrit antérieurement, puisque mon père utilisa pour la rédaction des feuilles épinglées parmi lesquelles se trouvaient des lettres à son adresse, toutes datées de février 1920 [18]. Le troisième texte était sans doute à l'origine une copie du deuxième, réécrit proprement à l'encre, duquel il reste très proche au départ, mais au fur et à mesure de sa composition mon père remania entièrement plusieurs passages, introduisit nombre de sujets nouveaux, et le corrigea à nouveau après rédaction. Le manuscrit ne porte aucun titre, mais il s'intitulerait évidemment de même *Ælfwine d'Angleterre*.

Pour plus de facilité, j'appellerai la premier texte rédigé *Ælfwine I*, et sa réécriture *Ælfwine II*. La relation entre *Ælfwine A* et ces derniers est difficile à déterminer, puisqu'il concorde parfois avec l'un et parfois avec l'autre. Il est évident que mon père consultait *Ælfwine I* pendant l'écriture d'*Ælfwine II*, mais il est probable qu'il se référait aussi à *Ælfwine A*.

Je donne ici le texte intégral d'*Ælfwine II* dans sa forme finale ; toutes les corrections dignes d'attention et toutes les divergences importantes par rapport aux autres textes étant incluses dans les notes (les différences dans les noms, ainsi que les changements opérés sur les noms sont catalogués séparément).

Il était un pays nommé Angleterre, et c'était une île de l'Ouest, et avant d'être brisée durant les guerres des Dieux c'était le pays le plus à l'ouest de tous les pays du Nord, et il contemplait la Grande Mer que les Hommes anciens nommaient Garsecg [19] ; mais cette partie qui avait été brisée fut nommée Irlande et de bien d'autres noms encore, et ses habitants n'entrent point dans ces récits.

Tout ce pays les Elfes le nommaient Lúthien [20] et le font encore. Dans Lúthien seul, demeuraient encore la plus grande partie des Compagnies Évanescentes, les Fées Bénies qui n'ont pas encore quitté le monde à bord de leurs navires, au-delà de l'horizon du savoir des Hommes, vers l'Île Solitaire, ou même la Colline de Tûn [21] sur la Baie de Faërie qui lave les rives ouestantes du royaume des Dieux. C'est pourquoi Lúthien est maintenant encore un pays sacré, et une magie qui n'est point ailleurs s'attarde encore en de nombreux endroits de cette île.

Maintenant au centre même de cette île se trouve une ville qui est vieille pour les Hommes, mais son âge pour les Elfes de loin le dépasse ; et, puisque ceci est un livre des Contes Perdus d'Elfinesse, elle sera nommée dans leur langue Kortirion, que les Gnomes appellent Mindon Gwar [22]. Sur la colline de Gwar demeurait au temps des Anglais un homme et son nom était Déor, et il vint là depuis un endroit lointain, du sud de l'île et des forêts et de l'Ouest enchanté, où, bien qu'il fût du peuple anglais, il avait longtemps erré. Maintenant le Prince de Gwar en ces temps aimait les chants et n'était point un ennemi des Elfes qui s'attardaient encore en plus grand nombre sur l'île en ces régions autour de Kortirion (et ils nommaient ces endroits Alalminórë, le Pays des Ormes), et là vint Déor le chanteur pour trouver le Prince de Gwar et pour trouver les compagnies des Elfes Évanescents, car il était un Ami des Elfes. Bien que Déor fût de sang anglais, on dit qu'il prit pour femme une damoiselle de l'Ouest, de Lionesse comme d'aucuns l'ont nommé depuis, ou Evadrien « Côte de Fer », comme disent les Elfes encore. Déor la trouva dans le pays perdu au-delà de Belerion d'où les Elfes parfois s'embarquent.

Déor longtemps conçut de la joie à Mindon Gwar, mais les Hommes du Nord, que les fées de l'île nommaient Forodwaith mais que les Hommes appelaient par d'autres noms, marchèrent contre Gwar en ces jours lorsqu'ils ravagèrent bien près de tout le pays de Lúthien. Ses murs ne furent d'aucun secours et ses tours ne purent leur résister pour toujours, bien que le siège fût long et amer.

Là Eadgifu (car Déor appelait ainsi la demoiselle de

l'Ouest, bien que ce ne fût point son nom auparavant)[23] mourut en ces jours mauvais et affamés ; mais Déor tomba devant les murs alors qu'il chantait un chant de bravoure ancienne pour insuffler du courage au cœur des hommes. Ce fut là une sortie désespérée, et le fils de Déor était Ælfwine, et il n'était plus alors qu'un garçon abandonné sans père. Après cela la mise à sac de cette ville fut très cruelle, et des murmures seuls demeurèrent de ses anciens jours, et les Elfes qui s'étaient mis à aimer les Anglais de l'île prirent la fuite ou bien se cachèrent pendant très longtemps, et il ne resta aucun Elfe ni Homme dans ses anciens palais pour pleurer la chute d'Óswine Prince de Gwar.

Alors Ælfwine, celui-là même que les Elfes encore visibles au-delà des eaux de Garsecg nommèrent par la suite Eldairon de Lúthien (qui est Ælfwine d'Angleterre), tomba en servitude aux mains des seigneurs féroces des Forodwaith, et son enfance connut des jours mauvais. Mais voici un sujet d'émerveillement, car Ælfwine ne connaissait point et n'avait jamais vu la mer, pourtant il entendit sa voix profonde parler en son cœur, et ses chœurs murmurants chantaient toujours dans son oreille secrète entre veille et sommeil, si bien qu'il fut empli de désir. Ceci était de la magie d'Eadgifu, damoiselle de l'Ouest, sa mère, et ce désir insatiable avait été sien durant tous les jours qu'elle vécut dans les endroits calmes à l'intérieur des terres parmi les ormes de Mindon Gwar — et au plus fort de sa langueur naquit Ælfwine son enfant, et les Cavaliers de l'Écume, les Elfes du Bord-de-Mer, qu'elle avait connus longtemps avant en Lionesse, envoyèrent des messagers à sa naissance. Mais maintenant Eadgifu était partie au-delà de la Marge du Monde, et sa douce forme reposait sans honneurs à Mindon Gwar, et la harpe de Déor était silencieuse, mais Ælfwine peina dans la servitude jusqu'au seuil de l'âge adulte, à rêver des rêves emplis de désir, et en de rares occasions conversant avec les Elfes lointains.

Enfin il fut si douloureusement mordu par son désir

de la mer qu'il réussit à briser ses liens, et affrontant de grands périls et souffrant bien des peines douloureuses il s'échappa vers des pays où les Seigneurs des Forodwaith n'étaient point parvenus, loin des lieux de la demeure de Déor à Mindon Gwar. Encore et toujours il erra vers le sud et vers l'ouest, car ses pas le menèrent en cette direction sans qu'il les commandât. Maintenant Ælfwine possédait un peu du don de vue-elfique (qui n'était pas donné à tous les Hommes en ces jours de l'évanescence des Elfes et est encore moins accordé à présent), et aussi le peuple de Lúthien était moins évanescent en ces jours, de sorte qu'il vit bien des patrouilles de leurs belles compagnies sur son chemin errant. Quelques-uns demeuraient encore et ils dansaient encore autour de ce pays comme dans l'ancien temps, mais ils étaient bien plus nombreux qui allaient lentement et tristement vers l'ouest ; car derrière eux tout le pays était empli d'incendies et de guerre, et les demeures étaient inondées de larmes et de sang à cause du peu d'amour entre Hommes et Hommes — et ce ne fut pas là non plus la dernière fois que Lúthien fut prise aux Hommes par les Hommes, ce qui s'est déroulé sept fois, et peut-être se déroulera encore. Des Hommes de l'Est et de l'Ouest et du Sud et du Nord ont convoité cette terre et ont dépossédé ceux qui la possédaient avant eux, à cause de sa beauté et de son bien-être et de la merveille des âges évanescents des Elfes qui s'attardait encore parmi les arbres derrière ses hautes rives blanches [24].

Pourtant à chaque prise de cette île nombre encore de ses plus anciens habitants, le peuple de Lúthien, se sont tournés vers l'ouest ; et ils se sont procuré des navires à Belerion dans l'Ouest et de là sont partis pour toujours par-delà l'horizon du savoir des Hommes, laissant l'île plus pauvre de leur départ et ses feuilles moins vertes ; pourtant elle demeure encore la plus riche de la présence d'Elfes parmi les Hommes. Et on dit que, hormis seulement lorsque les féroces pères des Hommes pénétrèrent pour la première fois dans ce pays, ennemis des Elfes, étant nouveaux venus sous le joug du Mal [25], jamais n'y eut-il si grande affluence de navires elfiques et de galions aux ailes blanches à naviguer vers le soleil couchant qu'en ces jours lorsque les Hommes antiques du Sud posèrent pied pour la première fois sur le sol de Lúthien — ces Hommes dont les seigneurs siégeaient dans la cité de pouvoir que les Elfes et les Hommes ont nommée Rûm (mais que les Elfes seuls connaissent sous le nom de Magbar) [26].

Maintenant ce sont les cœurs ternes des jours plus récents, mieux que les gestes rouges des mains cruelles, qui poussent les esprits du petit peuple à s'en aller ; et encore et toujours un petit navire [27] lève l'ancre de Belerion dans le soir et sa douce et triste chanson se perd à jamais sur les vagues. Pourtant même durant les jours d'Ælfwine il y eut bien des bateaux chargés arborant les voiles elfiques à quitter ces rivages pour toujours, et il connut bien des compagnons, visibles ou à moitié vus, sur sa route vers l'ouest. Et ainsi il parvint enfin à Belerion, et là il lava ses pieds fatigués dans les eaux grises de la Mer de l'Ouest, dont le vaste rugissement noya ses oreilles. Là les formes diffuses des bateaux elfiques [28] le dépassèrent dans le crépuscule, et nombre des voyageurs lui lancèrent un dernier adieu. Mais il ne pouvait embarquer sur ces frêles vaisseaux, et ils refusèrent d'accéder à sa prière — car ils ne désiraient point que même l'un de leurs bien-aimés parmi les Hommes franchît avec eux le bord de l'Ouest, ou apprît ce qui s'étend loin sur Garsecg, la grande mer incommensurable. Maintenant les hommes qui demeuraient en de rares habitations aux alentours de Belerion étaient des pêcheurs, et Ælfwine demeura longtemps parmi eux. Étant en lui d'une nature inclinée vers la science des navires et de la mer il en apprit tout ce qu'un homme peut. Il ne s'inquiétait guère de sa vie, et il établissait des voies sur l'océan plus larges que celles de la plupart des hommes, tout bons marins qu'ils étaient ; et ils étaient rares à la fin à oser l'accompagner, hormis Ælfheah sans père qui l'accompagna dans toutes ses aventures jusqu'à son dernier voyage [29].

Maintenant en un temps lors d'un voyage lointain dans la pleine mer, d'abord encalminé dans une brume épaisse puis poussé impuissant par un grand vent venu de l'Est, il aperçut des îles qui reposaient dans l'aube, mais il ne put jamais gagner celles-ci car les vents changeants le balayèrent à nouveau au loin, et seul son puissant destin le sauva et lui permit de revoir les noires côtes de sa demeure. Il fut peu satisfait de sa bonne fortune, et conçut en son cœur l'intention de naviguer une autre fois plus loin encore dans l'Ouest, pensant dans son ignorance qu'il s'agissait des Îles Magiques des chants des Hommes qu'il avait vues au loin. Il put trouver de rares compagnons pour cette aventure. Tous les hommes n'aiment pas naviguer en quête du soleil rouge ou tenter les mers dangereuses par soif de choses inconnues. Il trouva enfin sept hommes de cette trempe, les plus grands marins qu'il y eût alors en Angleterre, et Ulmo Seigneur de la Mer les prit ensuite avec lui et leurs noms sont oubliés à présent, sauf Ælfheah seul [30]. Un gros orage fondit sur leur vaisseau alors même qu'ils aperçurent les îles du désir d'Ælfwine, et une vaste mer le balaya ; mais Ælfwine fut perdu dans les vagues, et revenant à lui, ne vit aucun signe du navire ou de ses compagnons, et il gisait sur un lit de sable dans une anse profondément encaissée. Sombre et très désolée était cette île, et il sut alors que celles-ci n'étaient point de ces Îles Magiques dont il avait souvent entendu parler [31].

Là, durant de longues errances, dit-on, il rencontra maintes coques d'épaves qui pourrissaient sur les longues plages maussades, et certaines provenaient d'épaves de maints bateaux puissants des jours anciens, et certaines étaient chargées de trésor. Il découvrit enfin sur l'autre rive une cabane solitaire qui regardait vers l'ouest, et celle-ci était faite de la coque renversée d'un petit navire. Un homme très ancien demeurait là, et Ælfwine en conçut de la crainte, car les yeux de l'homme étaient aussi profonds que la mer aux profondeurs incommensurables, et sa longue barbe était bleue et grise ; grande était sa taille, et ses souliers étaient de pierre [32], mais il était tout vêtu de haillons enmêlés, assis près d'un petit feu de bois flotté.

Dans cette hutte étrange à côté d'une mer désertée Ælfwine habita longtemps à défaut d'un autre abri ou d'un autre conseil, croyant son navire perdu et ses camarades noyés. Mais l'homme ancien se fit aimable avec lui, et questionna Ælfwine concernant ses allées et venues et dans quelle direction il désirait naviguer avant que l'orage ne le prît. Et Ælfwine entendit de lui bien des choses jamais entendues auparavant auprès de ce feu qui fumait dans le soir, et d'étranges récits de navires harcelés par les vents et de tempêtes sans havre dans les eaux interdites. Ainsi Ælfwine entendit comment les Îles Magiques se trouvaient encore à un grand voyage, gardiennes sombres et secrètes sur le bord de la Terre, au-delà desquelles les eaux de Garsecg deviennent moins troubles et là s'étend le crépuscule des jours tardifs du Pays des Fées. Au-delà et sur les confins des Ombres repose l'Île Solitaire qui regarde à l'Est vers l'Archipel Magique et les pays des Hommes ensuite, et à l'Ouest à l'intérieur des Ombres après lesquelles au loin on entrevoit la Terre Extérieure, le royaume des Dieux — même l'antique Baie de Faërie dont la gloire s'est obscurcie. De là le monde court en pente raide au-delà du Bord des Choses vers Valinor, qui est le Foyer-des-Dieux, et jusqu'au Mur et le bord du Néant où les étoiles ont été semées. Mais l'Île Solitaire n'est ni des Grandes Terres, ni du Pays Extérieur, et aucune île n'en est proche.

Dans ses contes ce vieillard se donna le nom d'Homme de la Mer, et il parla de son dernier voyage avant qu'il fût jeté en naufrage sur cette île extérieure, racontant comment avant que le vent de l'ouest ne le prît il avait aperçu au loin dans le sein des profondeurs les lanternes étincelantes de l'Île Solitaire. Alors le cœur d'Ælfwine bondit en lui, mais il dit à cet être ancien qu'il ne pouvait espérer encore se trouver un bon navire ou des compagnons. Mais cet Homme de la Mer dit : « Voici, nous sommes ici sur l'une des îles qui composent l'anneau des Îles sans Havre et attirent tous les navires vers leurs rochers cachés et leurs sables ondulants, de peur que les Hommes ne voyageassent loin sur Garsecg et ne vissent des choses qui ne sont point pour leurs yeux. Et ces îles furent placées ici lors de la Dissimulation de Valinor, et il y pousse peu de bois pour un navire ou un radeau, comme on peut le penser [33] ; mais il se peut que je puisse t'aider encore dans ton désir de quitter ces côtes avides. »

Il fut un jour plus tard lorsque Ælfwine se rendit le long des plages de l'Est pour contempler les nombreuses épaves malheureuses qui reposaient là. Il cherchait, comme il l'avait souvent fait auparavant, s'il pouvait d'aventure trouver un signe ou une relique de son bon bateau de Belerion. Il y avait eu cette nuit-là un orage de grande violence et de terreur, et voici ! une épave supplémentaire s'était ajoutée aux premières, et Ælfwine vit qu'elle avait été un bateau grand et bien bâti aux lignes adroites comme les Forodwaith les aimaient alors. Jetée haut sur les sables perfides elle se dressait, et son long bec sculpté à l'apparence d'une tête de dragon contemplait encore intact le pays d'un air farouche. Alors l'Homme de la Mer sortit tandis que la marée refluait lente et peu profonde sur les longues plages. Il portait en guise de bâton une poutre grande comme un jeune arbre, et il allait comme s'il n'avait nulle raison de craindre marée ou sables mouvants jusqu'à ce qu'il fût parti si loin que ses épaules dépassaient à peine des eaux jaunâtres de la crue entrante jusqu'à cette proue sculptée, qui maintenant seule était visible au-dessus de l'eau. Alors Ælfwine s'émerveilla, regardant de loin, de le voir soulever vers le haut par sa seule force tout cet énorme vaisseau, hors de l'étreinte du sable aspirant qui agrippait sa poupe engloutie ; et lorsqu'elle flotta, il la poussa devant lui, nageant à présent en d'énormes brassées à travers l'eau de plus en plus profonde. À cette vision, la crainte d'Ælfwine envers cet être sans âge se renouvela, et il se demanda quel genre d'être il pouvait être ; mais maintenant le navire avait été remonté bien loin sur les sables plus fermes, et le nageur marcha jusqu'à la rive, et sa longue barbe était pleine de filaments d'algues et des algues étaient dans ses cheveux.

Lorsque cette marée à nouveau abandonna les Sables Affamés, l'Homme de la Mer ordonna à Ælfwine d'aller regarder cette épave nouvelle venue, et y allant il vit qu'elle n'était point atteinte ; mais dedans se trouvaient neuf hommes morts qui peu de temps auparavant étaient vivants. Ils gisaient au fond regardant le ciel, et voici, l'un d'entre eux dont la tenue et l'allure proclamaient encore un chef parmi les Hommes, était étendu là, mais bien que ses mèches fussent blanchies par l'âge et que son visage fût pali par la mort, encore offrait-il l'aspect d'un homme fier et féroce. « Des Hommes du Nord, des Forodwaith, sont-ils, dit l'Homme de la Mer, mais de faim et de soif furent leur mort, et leur navire fut jeté par l'orage de la nuit d'hier en cet endroit où il s'enlisa dans les Sables Affamés, pour lentement s'engloutir, le sort n'en eût-il décidé autrement.

— Vous dites vrai à leur sujet, ô Homme de la Mer ; et je connais bien celui qui porte ces mèches blanches, car il tua mon père ; et longtemps ai-je été son serf, et les hommes le nommaient Orm, et je l'aimais peu.

— Et son navire sera celui qui te portera hors de cette Île Sans-Havre, dit-il ; et c'était là un noble navire qui appartenait à un homme courageux, car rares sont les gens qui ont maintenant le cœur aussi grand que les Forodwaith pour les aventures de la mer, qui toujours poussent plus avant dans les brumes de l'Ouest, bien qu'ils soient rares à survivre pour ramener des récits de tout ce qu'ils voient. »

Ainsi se fit-il qu'Ælfwine s'échappât contre tout espoir de cette île, mais l'Homme de la Mer fut son pilote et son timonier, et ils parvinrent ainsi après quelques journées en un pays peu connu [34]. Et les gens qui demeurent là sont un peuple étrange, et nul ne sait comment ils arrivèrent ainsi en cet endroit dans l'Ouest, pourtant sont-ils compris parmi les peuples des Hommes, bien que leur pays soit aux confins extérieurs des régions Humaines, s'étendant encore plus loin en direction du Soleil Couchant au-delà des Îles Sans-Havre et plus au nord que cette île sur laquelle Ælfwine fit naufrage. Ces gens ont un talent merveilleux pour la construction de navires et de bateaux de toutes sortes et dans leur pilotage ; pourtant ils voyagent rarement ou jamais vers les pays des autres peuples, et ils s'occupent peu d'affaires de commerce ou de guerre. Ils bâtissent leurs navires par amour pour ce labeur et pour la joie qu'ils obtiennent simplement à chevaucher les vagues à leur bord. Et une grande partie de ce peuple est toujours à bord de leurs navires, et toute l'eau autour de l'île de leur demeure est toujours blanche de leurs voiles que ce soit par temps calme ou bien sous les orages. Leur régal est de lutter en rivaux sur leurs bateaux dont la rapidité est sans égale, poussés par les vents ou par leurs rangs de rames aux longues hampes. D'autres rivalités exercent-ils en usant de bateaux d'une grande navigabilité, car à leur bord ils entrent en compétition pour savoir lequel bravera les plus féroces orages (et ceux-ci sont féroces en vérité autour de cette île, et ses côtes sont de fer hormis un havre frais dans le Nord). Ainsi est prouvée la science de leurs constructeurs et de leurs charpentiers ; et ces gens se nomment les Ythlings [35] chez les Hommes, les Enfants des Vagues, mais les Elfes appellent l'île Eneadur, et ses gens les Navigateurs de l'Ouest [36].

Ceux-ci reçurent très bien Ælfwine et son pilote sur les quais peuplés de leur havre dans le Nord, et il sembla à Ælfwine que l'Homme de la Mer ne leur était point inconnu, et qu'ils étaient à son égard à la fois très révérencieux et très effrayés, prêtant attention à ses demandes comme si ce fut les commandements d'un roi. Pourtant plus grand encore fut son ébahissement lorsqu'il rencontra parmi les foules présentes en cet endroit deux de ses camarades qu'il croyait perdus en mer ; et qu'il apprit que les sept marins d'Angleterre étaient vivants en ce pays, mais que le navire avait été entièrement rompu sur les côtes noires du Sud, peu de temps après cette nuit lorsque la grande mer avait emporté Ælfwine par-dessus bord.

Maintenant aux ordres de l'Homme de la Mer ces habitants de l'île façonnent avec grande célérité un nouveau bateau pour Ælfwine et ses compagnons, puisqu'il refusa d'aller plus loin à bord du bateau d'Orm ; et ses planches furent coupées, comme le demanda le marin sans âge, dans un bosquet d'arbres magiques loin à l'intérieur des terres qui poussaient autour d'un haut lieu des Dieux, consacré à Ulmo Seigneur de la Mer, et il était rare que l'un de ces arbres fût coupé. « Un navire qui est bâti de ce bois, dit l'Homme de la Mer, peut être perdu, mais ceux qui naviguent dessus ne perdront pas leurs vies durant ce voyage ; pourtant peut-être en seront-ils rejetés dans un endroit où ils ne pensaient pas arriver. »

Mais lorsque ce navire fut apprêté ce marin sans-âge leur ordonna de monter à bord, ce qu'ils firent, mais pour les aider avec eux monta aussi Bior des Ythlings, un homme doué d'une vaste science-de-mer, et un homme de ce peuple étrange qui entre tous avait l'esprit à naviguer parfois très loin de ce pays d'Eneadur vers l'ouest ou vers le nord ou le sud. De nombreux hommes des Ythlings se tinrent là sur la rive aux côtés du vaisseau ; car ils l'avaient bâti dans une anse creusée dans la rive escarpée qui regardait vers l'ouest, et une barre de rochers dont l'étroite ouverture formait là un lagon abrité et un port d'amarrage, et de tels lieux étaient rares sur cette île aux falaises abruptes. Alors l'ancien posa sa main sur la proue et prononça des paroles de magie, lui donnant le pouvoir de fendre des eaux jamais sillonnées et d'entrer dans des havres qui n'avaient jamais été pénétrés et de d'aborder des plages qui jamais n'avaient été foulées. Il possédait une double aube de gouvernail, une de chaque côté, à la façon des Ythlings, et il bénit chacune d'elles, leur donnant une adresse de timonier lorsque les mains qui les tenaient faiblissaient, et leur permettant de retrouver les cours perdus, et de suivre les étoiles cachées. Puis il s'en fut à grands pas, et la foule d'hommes s'écarta devant lui, jusqu'à ce qu'il eût grimpé au faîte d'une haute cime des falaises. Puis il bondit très loin vers le bas et disparut en un vaste bouillonnement d'écume là où les grands brisants se rassemblaient pour monter à l'assaut des côtes crénelées.

Ælfwine ne le vit plus, et il dit chagriné et interdit : « Pourquoi était-il ainsi fatigué de la vie ? Mon cœur est en deuil de sa mort », mais les Yhtlings sourirent, et il en questionna certains qui se tenaient tout près, disant : « Qui était cet homme puissant, car me semble-t-il que vous le connaissez bien », et ils ne lui donnèrent point de réponse. Puis ils poussèrent en avant ce vaisseau aux bois-vaillants [37] et le lancèrent en mer, car Ælfwine ne voulut tarder plus longtemps, bien que le soleil sombrât vers les Montagnes de Valinor au-delà des Murailles de l'Ouest. Bientôt sa blanche voile apparut au loin emplie d'un vent de terre, et entachée de rouge dans la lumière du soleil à demi englouti ; et les marins chantèrent des vieilles chansons du peuple des Anglais qui s'évanouirent sur les vagues sans voiles des Mers de l'Ouest, et à présent nul son ne parvint aux guetteurs sur la berge. Puis la nuit barra tout et nul homme d'Eneadur ne revit ce bateau à nouveau [38].

Ainsi ces marins entamèrent ce voyage long et étrange et périlleux dont le récit complet n'a encore jamais été raconté. Rien de leurs aventures dans les archipels de l'Ouest, ni des merveilles et des dangers qu'ils trouvèrent dans les Îles Magiques ou dans les mers et les détroits inconnus, ne doit être conté ici, mais de l'achèvement de leur voyage, comment après un temps mesuré en années fatigués de la mer et le cœur épuisé ils découvrirent une journée grise et sans joie. Il y avait peu de vent, et les nuages flottaient bas ; tandis qu'une pluie grise tombait, et aucun parmi eux n'apercevait quoi que ce fût devant le bec de leur vaisseau qui se déplaçait maintenant lent et incertain sur les vagues mortes depuis longtemps. Ils s'étaient dit que ce jour serait le dernier avant de faire virer leur vaisseau vers le chemin du retour (s'ils le pouvaient), sauf si quelque merveille put advenir ou quelque signe d'espoir. Car leur cœur s'était enfui. Derrière eux s'étendaient les Îles Magiques où trois d'entre eux dormaient sur des plages ternes d'un sommeil mortel, et leurs têtes avaient comme oreiller du sable blanc et leurs habits étaient d'écume, enveloppés dans les sortilèges d'Eglavain longs comme les âges. Chacun de leurs voyages depuis avait été en pure perte, car toujours les vents les repoussaient sans une seule vision des côtes de l'Île des Elfes [39]. Alors Ælfheah [40] dit, qui tenait le gouvernail : « Maintenant, ô Ælfwine, c'est le temps convenu ! Faisons comme les Dieux et les vents le désirent depuis si longtemps — cessons notre quête au cœur épuisé pour le néant, une fable dans le vide, et retournons-nous-en si les Dieux le désirent à la recherche des foyers de notre pays. » Et Ælfwine céda. Puis le vent tomba et aucun souffle ne vint de l'est ni de l'ouest et la nuit arriva lentement sur la mer.

Voici, après un temps une brise tranquille s'éleva, et elle venait doucement de l'ouest ; et au moment même où ils voulurent qu'elle emplît leurs voiles pour se diriger vers leur pays, l'un des marins dit subitement : « Non point, mais c'est là un souffle étrange, et empli de souvenirs parfumés », et tous immobiles respirèrent profondément. Les brumes se dissipèrent face à ce vent tranquille, et ils purent distinguer une lune étroite chevauchant dans ses haillons déchirés, jusqu'à ce que derrière elle bientôt un millier d'étoiles fraîches lançassent des regards dans l'obscurité. « Les fleurs-de-nuit s'ouvrent en Faërie », dit Ælfwine ; « et voyez, dit

Bior [41], les Elfes allument des bougies dans leur crépuscule d'argent », et tous regardèrent dans la direction qu'indiquait sa longue main au-dessus de la poupe assombrie. Et tous se turent d'émerveillement et de stupeur, voyant loin dans le crépuscule de l'ouest une ombre bleutée, et à l'intérieur de cette ombre bleutée une multitude de lumières étincelantes, et il y en avait toujours plus qui apparaissaient en dansant, jusqu'à ce que dix mille points de lumière fussent éparpillés au loin comme une poussière semée sur le sein de l'Océan de ces joyaux luminescents que façonna Fëanor.

« Alors c'est là le Havre des Lumières aux Mille Teintes, dit Ælfheah, que bien des récits que l'on n'écoute guère ont conté en nos foyers. » Et sans ajouter une parole ils sortirent leurs rames et firent virer leur navire en hâte, et le tirèrent vers la rive qui ne meurt jamais. Ils étaient près de l'abandon alors qu'ils étaient près de leurs fins. Ils firent peu de cas de ce long effort, en repoussant puissamment les eaux devant eux, et la longue nuit de Faërie s'étendit, et la lune cornue d'Elfinesse chevaucha au-dessus de leurs têtes.

Alors une musique parvint très doucement sur les eaux et elle était chargée d'un désir d'une langueur inimaginable, si bien qu'Ælfwine et ses compagnons s'appuyèrent sur leurs rames et pleurèrent en silence chacun pour les blessures de son cœur à moitié oubliées, et pour le souvenir de belles choses depuis longtemps perdues, et chacun pour la soif qui est en chaque enfant des Hommes pour la beauté sans faille qu'ils recherchent tous et ne trouvent jamais. Et l'un d'entre eux dit : « Ce sont les harpes qui vibrent, et les chansons des douces choses qu'elles chantent ; et les fenêtres qui regardent vers la mer sont emplies de lumière. » Et un autre dit : « Leurs violons accordés plaignent les antiques griefs du peuple immortel de la Terre, mais une joie s'y trouve. — Par ma foi, dit Ælfwine, j'entends les cornes des Fées qui chatoient dans les bois magiques — une musique qu'une fois je devinai vaguement il y a de longues années sous les ormes de Mindon Gwar. »

Et voici ! comme ils parlaient en méditant ainsi, la lune se cacha, et les étoiles disparurent dans les nuages, et les brumes du temps voilèrent la côte, et ils ne virent plus rien et n'entendirent pas plus, sauf le son du ressac des mers sur les lointains galets de l'Île Solitaire ; et bientôt le vent balaya dans le lointain même ce faible bruissement. Mais Ælfwine se tint à l'avant les yeux grands ouverts sans parler, et soudain avec un grand cri il bondit en avant dans la mer sombre, et les eaux qui l'envahirent étaient chaudes, et il semblait que c'était une mort douce qui l'enveloppait. Alors il sembla aux autres que sa voix les éveilla comme s'ils rêvaient ; mais à présent le vent subitement devenu féroce gonfla chacune de leurs voiles, et ils ne le revirent plus jamais, mais furent repoussés le cœur brisé de regret et de nostalgie. Ils virent un temps de pâles navires elfiques qui rentraient au foyer, peut-être, au Havre des Mille-Teintes, et ils les hélèrent ; mais seuls de lointains échos faibles et ténus portèrent jusqu'à leurs oreilles, et nul ne les mena jamais vers la terre de leur désir ; eux qui après un très long temps remontèrent tout le fil du labyrinthe de leurs longs chemins emmêlés, jusqu'à ce qu'ils jetassent l'ancre enfin dans le havre de Belerion, eux, ces hommes vieux et épuisés par le voyage. Et les choses qu'ils avaient vues et entendues leur semblèrent être plus tard un mirage, et une fantaisie, nés de la faim et des sortilèges-de-mer, hormis pour Bior d'Eneadur du peuple-des-navires de l'Ouest.

Pourtant parmi la descendance de ces hommes il y eut depuis bien des esprits agités et mélancoliques, depuis qu'ils sont morts et ont franchi le Bord de la Terre sans bateau ni voile. Mais jamais tant que la vie dura ils n'abandonnèrent leurs voyages maritimes, et leurs corps sont entièrement recouverts par la mer [42].

*

Le récit s'achève ici, sans la moindre trace de continuation ultérieure, bien qu'il semble probable qu'*Ælfwine d'Angleterre* devait former le début d'une complète réécriture des *Contes Perdus*. Il serait intéressant de connaître avec certitude la date de composition d'*Ælfwine II*. La calligraphie du manuscrit est en tout cas très différente de tout le reste des *Contes Perdus ;* pourtant je tends à penser qu'il a suivi de peu *Ælfwine I*, et la première version ne doit pas dater de bien après 1920.

À la fin d'*Ælfwine II*, mon père nota rapidement deux suggestions : (1) qu'Ælfwine devrait devenir « un païen anglais qui prit la fuite vers l'ouest ; et (2) que « l'Île du Vieillard » devrait être omise et que tous feraient naufrage sur Eneadur, l'Île des Ythlings. Cette dernière suggestion aurait (très étonnamment) impliqué l'abandon du bateau naufragé, du récit de l'Homme de la Mer qui le pousse jusqu'à la côte à marée montante, et des cadavres des Vikings « gisant au fond regardant le ciel ».

Dans ce récit — où la « magie » des premiers Elfes est conviée avec la plus grande intensité, lors de la vision des marins de l'Île Solitaire sous « la lune cornue d'Elfinesse » — Ælfwine appartient encore au contexte des personnages des antiques légendes anglaises, son père étant Déor le Ménestrel. Dans le grand manuscrit anglo-saxon connu sous le nom du Livre d'Exeter, existe un court poème de quarante-deux vers auquel on a maintenant donné le titre de *Déor*. Il s'agit d'un dit du ménestrel Déor qui, dans son récit, a perdu sa place et a été évincé par un autre barde, nommé Heorrenda, à la faveur de son seigneur ; dans le corps du poème, Déor prend exemple des grandes infortunes contées dans les légendes héroïques, et y trouve reconfort, chaque allusion étant ponctuée par le refrain fixe *thæs ofereode ; thisses swa mæg*, qui a connu diverses traductions : mon père maintenait qu'il signifiait : « Le Temps a passé depuis, cela aussi peut passer [43]. »

Déor et Heorrenda proviennent tous deux de ce poème ; dans « l'histoire Eriol », Heorrenda était le fils d'Eriol, né sur Tol Eressëa de sa femme Naimi, et il était associé à Hengest et Horsa durant la conquête de l'Île Solitaire. Sa demeure en Angleterre se trouvait à Tavrobel. Je ne pense pas cependant que Déor Ménestrel de Kortirion, et Heorrenda de Tavrobel, créés par mon père, puissent trouver de lien plus proche avec le poème anglo-saxon que celui offert par leurs noms — bien qu'il n'ait pas choisi ces noms au hasard. Il avait été touché par le conte entrevu en filigrane dans le poème (même si, selon les paroles de l'un des éditeurs du poème, « l'élément autobiographique est purement fictif, servant simplement de prétexte pour l'énumération des contes héroïques ») ; et lors de ses cours sur *Beowulf* à Oxford, il donnait parfois un nom au poète inconnu, l'appelant *Heorrenda*.

Je ne crois pas non plus pouvoir déduire des éléments supplémentaires à partir des autres noms en vieil anglais inclus dans la narration : Óswine prince de Gwar, Eadigfu, Ælfheah (bien que les noms soient sans conteste intrinsèquement « significatifs » : ainsi *Óswine* contient le mot *ós*, « dieu » et *wine*, « ami », et *Eadigfu* se décompose en *éad*, « béni » et *gifu*, « offrande »). Les Forodwaith sont bien entendu les envahisseurs Vikings venant de Norvège ou bien du Danemark ; le nom du capitaine du bateau des morts, Orm, est répandu en scandinave. Mais tout ceci forme une mise en scène historique dans ses tenants uniquement, et non dans sa structure.

Le motif des sept invasions de Lúthien (Luthany) persista par la suite ainsi que celui de l'évanescence et de la fuite vers l'ouest des Elfes (qui d'ailleurs ne disparut jamais entièrement) [44], mais alors que dans les esquisses l'invasion des Ingwaiwar (c'est-à-dire des Anglo-Saxons) renvoie à la septième invasion (voir citations [20] et [22]), ici, les Vikings envahissent les Anglais — « et ce n'est pas là non plus la dernière fois que Lúthien fut prise aux Hommes par les Hommes », évidemment une référence à l'invasion normande.

Les références « géographiques » de l'histoire présentent de nombreuses sources d'intérêt.

Nous trouvons tout au début du récit une curieuse mention de la brisure de l'Irlande durant « les guerres des Dieux ». Or, puisque « l'histoire Ælfwine » n'évoque pas le retour de Tol Eressëa vers l'est, cette référence doit ramener à une tout autre idée que celle exprimée dans (5), p. 367, où l'Île d'Íverin est arrachée lorsque Ossë tente de ramener Tol Eressëa de force dans l'Ouest. Je ne sais quelles fins mon père imaginait, mais il est concevable qu'il pourrait s'agir là de la première trace du vaste cataclysme de la fin des Jours Anciens, lorsque Beleriand fut noyée. (Je n'ai pas trouvé la moindre trace d'un rapport quelconque entre le havre de *Belerion* et la région de *Beleriand*.)

Kortirion (Mindon Gwar) est bien entendu ici « Kortirion le Vieux », la première demeure elfique de Lúthien, en hommage auquel le Kortirion de Tol Eressëa fut dénommé par la suite (voir pp. 399, 401) ; de la même façon, nous devons supposer que le nom Alalminórë pour la région alentour (« Warwickshire ») fut redonnée ensuite à la région centrale de Tol Eressëa.

Considérant maintenant la question des îles et des archipels de la Grande Mer, ce qui nous est relaté dans *Ælfwine d'Angleterre* peut tout d'abord être comparé aux passages de description géographique de *La Venue des Valar* (I.97) et de *La Venue des Elfes* (I.171) qui sont très proches l'un de l'autre. Dans ces passages, nous apprenons qu'il existe de nombreuses terres et îles dispersées sur la Grande Mer avant les Îles Magiques ; au-delà des Îles Magiques on atteint Tol Eressëa ; et au-delà de Tol Eressëa, les Mers Ombreuses, où « flottent les Îles Crépusculaires », les premières des Terres Extérieures. Tol Eressëa elle-même est tenue « comme n'étant ni des Terres Extérieures ni des Grandes Terres » (I.172) ; elle est située loin au milieu de l'océan, et « aucune terre n'apparaît à de nombreuses lieues de voile depuis ses falaises » (I.166). *Ælfwine d'Angleterre* concorde avec ce compte rendu, mais en y rajoutant à présent l'archipel des Îles Sans-Havre.

Comme je l'ai déjà souligné (I.186), cette progression de l'est vers l'ouest des Îles Sans-Havre, des Îles Magiques, de l'Île Solitaire, et enfin des Mers Ombreuses dans lesquelles flottaient les Îles Crépusculaires, a été transformée par la suite ; ainsi dans *Le Silmarillion*, à l'époque de la Dissimulation de Valinor (p. 103) :

> Les Îles Enchantées furent placées et les mers autour d'elles furent emplies d'ombres et de confusion. Ces îles furent lancées comme un filet sur les Mers Ombreuses, du nord au sud, avant d'atteindre Tol Eressëa, l'Île Solitaire, en se dirigeant vers l'ouest. Il eût été bien difficile pour tout vaisseau de passer au travers, car dans ces détroits dangereux les vagues soupiraient toujours sur de noirs rochers enveloppés dans des linceuls de brume. Et dans le crépuscule, un grand épuisement tombait sur les marins, et l'horreur de la

mer ; mais tous ceux qui posaient jamais le pied sur ces îles y étaient pris au piège, et dormaient là jusqu'au Changement du Monde *.

Dans leur conception, les Îles Enchantées puisent initialement leur origine des Îles Magiques anciennes, placées à l'époque de la Dissimulation de Valinor, et décrites alors (I.284) : « Ossë les plaça en un vaste anneau autour des limites à l'ouest de la puissante mer, de façon à garder la Baie de Faërie », et

> tous ceux qui mirent pied dessus n'en vinrent plus jamais, mais, tissés dans les filets des cheveux d'Oinen la Dame de la Mer, et submergés par un sommeil aussi long que les âges que Lórien plaça là, ils restèrent étendus sur le bord des vagues, comme le font ceux qui, noyés, sont rejetés à nouveau par les mouvements de la mer ; pourtant ces êtres infortunés dormaient plutôt et les eaux sombres rincèrent leurs membres (...).

Ici trois compagnons d'Ælfwine :

> dormaient sur des plages ternes d'un sommeil mortel, et leurs têtes avaient comme oreiller du sable blanc et leurs habits étaient d'écume, enveloppés dans les sortilèges d'Eglavain longs comme les âges (p. 415).

(La signification du nom *Eglavain* m'est inconnue, mais puisqu'il contient clairement le mot *Egla* [gnomique = *Elda*, voir I.337], il possède peut-être le sens d'« Elfinesse ».)

Mais les Îles Enchantées puisent peut-être aussi leur origine dans les Îles Crépusculaires, car ces Îles Enchantées baignaient de même dans une lumière crépusculaire et elles étaient placées dans les Mers Ombreuses (cf. I.301) ; et dans les Îles Sans-Havre également, qui furent placées — selon le récit de l'Homme de la Mer (p. 410) — à l'époque de la Dissimulation de Valinor, et qui servaient aux mêmes fins que les Îles Magiques, bien que placées plus loin à l'Est.

Eneadur, l'île des Ythlings (vieil anglais, *yth* « vague »), dont la vie est si largement décrite dans *Ælfwine d'Angleterre*, semble n'avoir plus jamais réapparu. Pourrait-on trouver en Eneadur et dans les Marins de l'Ouest quelque vague pressentiment des premiers Núménoréens sur leur île entourée de falaises ?

Le passage suivant (p. 409) n'est pas facile, tant s'en faut, à interpréter :

> De là [c'est-à-dire depuis la Baie de Faërie] le monde court en pente raide au-delà du Bord des Choses vers Valinor, qui est le Foyer-des-Dieux, et jusqu'au Mur et le Bord du Néant où les étoiles ont été semées.

Dans l'*Ambarkanta* ou « Forme du Monde » des années 30, une carte du monde montre la surface de la Terre Extérieure partant en pente aiguë vers l'ouest depuis les Montagnes de Valinor. Il est plausible que mon père fasse ici référence à cette pente, et que la Marge des Choses soit la haute muraille monta-

---

* De la même manière que dans les *Contes Perdus I*, il s'agit ici d'une traduction personnelle du passage du *Silmarillion*, le renvoi de page se référant au passage de la traduction publiée. (*N.d.T.*)

gneuse, mais ceci paraît bien improbable. On trouve également des références à la « Marge du Monde » dans *Ælfwine d'Angleterre*, que les morts franchissent ; aussi, dans l'une des esquisses pour le *Conte d'Eärendel*, l'esquif de Tuor « disparaît derrière l'horizon du monde ». Je pense cependant qu'il est plus probable que l'expression fasse référence à la limite de l'horizon (« l'horizon du savoir des Hommes »).

Je suis loin de pouvoir expliquer exactement l'expression « bien que le soleil sombrât vers les Montagnes de Valinor au-delà des Murailles de l'Ouest » (p. 414) selon les indications des *Contes Perdus*. Une interprétation possible, mais peu convaincante, serait que le soleil se couchait en direction de Valinor, d'où il passerait « au-delà des Murailles de l'Ouest » (c'est-à-dire à travers la Porte de la Nuit, voir I.291-292).

Enfin, mérite notre attention cette suggestion (p. 406), selon laquelle les Elfes qui naviguaient vers l'ouest depuis Lúthien pourraient voyager au-delà de l'Île Solitaire et même atteindre Valinor ; à ce sujet, voir p. 363.

*

Avant de conclure, il nous reste à évoquer rapidement un sujet de nature générale mentionné à maintes reprises dans les textes, et particulièrement au cours de ces derniers chapitres : il s'agit de la taille réduite des Elfes.

À plusieurs reprises dans les *Contes Perdus*, l'affirmation revient précisant que ces Elfes des jours anciens étaient de plus grande taille qu'ils ne le devinrent par la suite. Ainsi, dans *La Chute de Gondolin* : « Les pères des pères des Hommes étaient de moindre taille qu'ils ne le sont maintenant, et les enfants d'Elfinesse de taille supérieure » ; dans une esquisse du conte abandonné de *Gilfanon* (I.314) : « Les Hommes furent tout d'abord presque de même taille que les Elfes, les fées étant bien plus grandes, et les Hommes plus petits que maintenant » ; et dans la citation (4) du chapitre présent : « Les Hommes et les Elfes étaient précédemment de stature comparable, bien que les Hommes fussent toujours un peu plus grands. » D'autres passages suggèrent que les Elfes d'antan étaient par nature d'une taille à tout le moins légèrement inférieure.

La diminution de la taille des Elfes en des époques plus récentes est très explicitement mise en relation avec la venue des Hommes. Ainsi, dans la citation (4) ci-dessus : « les Hommes prolifèrent et prospèrent, et les Elfes des Grandes Terres s'étiolent. Comme la taille des Hommes augmente, la leur diminue » ; et dans (5) : « toujours comme les Hommes s'accroissent en puissance en en nombre, les fées s'étiolent et deviennent petites et ténues, diaphanes et transparentes. Les Hommes, eux, se font plus grands, plus denses et plus grossiers. À la fin, les Hommes, ou presque tous, ne peuvent plus distinguer les fées ». La description la plus claire des Elfes après leur « évanescence » se trouve dans l'*Épilogue* (p. 374) :

> Comme des filaments des vents, comme des demi-transparences mystiques, Gilfanon Seigneur de Tavrobel chevauche ce soir accompagné de son peuple, et donne la chasse à la biche elfique sous le ciel pâlissant. Une musique de pas oubliés, une lueur des feuilles, des herbes qui se courbent subitement, des voix nostalgiques qui murmurent sur le pont, et ils sont partis.

Mais selon les passages se rapportant à la version ultérieure d'« *Ælfwine* », les Elfes de Tol Eressëa qui avaient quitté Luthany n'étaient pas évanescents, ou bien avaient cessé de disparaître. Ainsi, dans (15) : « Tol Eressëa, où la plupart des Elfes qui n'ont pas encore disparu se sont retirés loin du bruit, des guerres et des fracas des Hommes », et dans (16) : « Tol Eressëa, où la plupart des Elfes évanescents se sont retirés du monde, et là ne s'évanouissent plus » ; également dans *Ælfwine d'Angleterre* (p. 403) : « Les Elfes encore visibles au-delà des eaux de Garsecg ».

En revanche, lorsque Eriol arrive à la Chaumière du Jeu Perdu, le gardien de la porte lui dit (I.23) :

> Petite est la demeure, mais plus petits encore sont ceux qui y demeurent — car tous ceux qui y entrent doivent en effet être très petits, ou de par leur propre souhait devenir comme s'ils étaient très petits lors même qu'ils se tiennent sur le seuil.

J'ai déjà commenté (I.45) la bizarrerie de la conception selon laquelle la Chaumière et ses occupants seraient de taille minuscule, sur une île entièrement peuplée d'Elfes. Mais mon père, s'il avait jamais réécrit *La Chaumière du Jeu Perdu*, aurait sans aucun doute abandonné cette idée ; et il se pourrait qu'à l'époque de l'écriture d'*Ælfwine II*, il se détournât déjà de ce trait de la taille réduite des Elfes évanescents, comme le suggère son rejet du mot « petit » dans les expressions « petit peuple », « petits navires » (voir note 27).

Bien sûr, pour finir, les Elfes perdirent toute association et qualité pouvant être maintenant considérées comme attributs des « fées », et ceux qui allaient demeurer dans les Grandes Terres durant les Âges du monde qui n'avaient pas encore été conçus à l'époque allaient grandir considérablement, en taille et en pouvoir : il ne subsistera aucun élément vaporeux ou transparent dans les descriptions des Eldar héroïques et majestueux du Troisième Âge de la Terre-du-milieu. Longtemps plus tard, mon père devait écrire dans un commentaire courroucé à propos d'une représentation picturale « jolie » ou « féminine » de Legolas :

> Il était grand comme un jeune arbre, souple, immensément fort, capable de bander rapidement un grand arc-de-guerre et d'atteindre un Nazgûl, doté de l'énorme vitalité des corps elfiques, si dur et si résistant aux blessures qu'il marchait chaussé de souliers légers sur la pierre et à travers la neige, le plus infatigable de toute la Fraternité.

*

Nous parvenons donc à la conclusion de mon compte rendu et de mon analyse des premiers écrits développant l'histoire du marin qui vint sur l'Île Solitaire et qui y apprit la véritable histoire des Elfes. J'ai montré, je l'espère avec rigueur, l'évolution complexe et curieuse de la vision qu'avait mon père de la signification de Tol Eressëa. Lorsqu'il a noté le synopsis (10), l'idée du voyage du marin jusqu'à l'Île des Elfes était bien sûr déjà présente ; mais son voyage débutait à l'Est et l'Île Solitaire qu'il recherchait était l'Angleterre (bien qu'il s'agisse là d'une Angleterre qui n'était pas encore anglaise et qui ne se trouvait pas encore dans les mers qui la bordent effectivement). Lorsque par la suite la conception se décala intégralement, l'Angleterre, en tant que « Luthany » ou « Luthién » demeura de manière prééminente le pays elfique ; Tol Eressëa, donc, avec ses vallons et ses bois, ses nids de corneilles dans les ormes d'Alalminorë, aux yeux du marin anglais semblait être remodelée à la semblance de son propre pays, que les Elfes avaient perdu au moment de l'arrivée des Hommes : car c'était en effet une réincarnation lointaine de la Luthany des Elfes.

Tous ces motifs devaient peu à peu disparaître de cette mythologie en plein développement ; mais Ælfwine y laissa bien des traces avant d'en disparaître finalement lui aussi.

De nombreux éléments dans ce chapitre présentent nécessairement un caractère flou et incertain, mais je pense exhumer avec raison ces toutes premières notes et projections. Bien qu'il s'agisse de « scénarios » abandonnés et sans doute oubliés, ils témoignent de vérités profondes et intellectuelles que mon père n'abandonna jamais. Mais ces notes furent rédigées à la hâte dans sa jeunesse, lorsque pour lui la magie elfique résidait encore puissamment dans les bois et les collines de Luthany ; dans sa vieillesse, ce monde s'était enfui outre-mer loin dans l'Ouest, et une fin était advenue en vérité pour les Eldar des chants et des contes.

NOTES

1. Au sujet de cette indication sur la taille des Elfes et des Hommes, voir p. 421.

2. Pour la forme *Taimonto* (*Taimondo*), voir I.354, entrée *Telimektar*.

3. *Belaurin* est l'équivalent gnomique de *Palúrien* (voir I.350).

4. Une note marginale suggère ici que peut-être le Pin ne devrait pas se trouver sur Tol Eressëa. — Pour Ilwë, l'air du milieu qui est « bleu et clair et coule parmi les étoiles », voir I.93.

5. *Gil = Ingil.* Lors de la première apparition d'*Ingil* dans ce passage, le nom inscrit était *Ingil (Gil),* mais *Gil* a été barré.

6. Le mot *Nautar* apparaît dans une esquisse rejetée pour le *Nauglafring*, où il est l'équivalent du mot *Nauglath* (Nains).

7. *Uin :* « le plus puissant et le plus ancien parmi les baleines », chef parmi ces baleines et poissons qui tirèrent la « voiture-île » (plus tard Tol Eressëa) sur laquelle Ulmo transporta les Elfes en Valinor (I.162-163).

8. *Gongs :* Il s'agit d'êtres maléfiques dont les liens avec les Orcs restent obscurs : voir I.329, note 10, ainsi que les esquisses rejetées pour le *Nauglafring*.

9. Un grand point d'interrogation marque ce passage.

10. La ressemblance de ce nom avec *Dor Daedeloth* est frappante, mais celui-ci est le nom du royaume de Morgoth dans *Le Silmarillion*, et son interprétation est « Pays de l'Ombre de l'Horreur » ; le nom initial (composé des éléments *dai* « ciel » et *teloth* « toit ») n'a rien de commun avec le précédent sauf pour sa forme.

11. Cf. *Kortirion parmi les Arbres* (I.34, 55, 60, vers 51) : *Une vague d'herbe qui se courbe.*

12. L'origine de *Warwick* selon l'étymologie acceptée est incertaine. L'élément *wic*, extrêmement courant dans les noms de lieux anglais, signifiait essentiellement une habitation ou groupe d'habitations. La première forme enregistrée du nom est *Wæring wic*. L'on a supposé que *Wæring* était un mot vieil anglais signifiant « barrage », un mot dérivé de *wer*, anglais moderne : *weir* « barrage, écluse » ; la signification serait donc « habitations près du barrage ».

13. Cf. la page de titre donnée dans l'extrait (11) : *Heorrenda de Hægwudu*. Aucune forme du nom de ce village du Staffordshire n'a été enregistrée qui précéderait la conquête normande, mais la forme en vieil anglais était certainement *hæg-wudu* « bois clos » (cf. la *Haute-Barrière* *, l'immense haie qui protégeait le Pays de Bouc de la Vieille Forêt dans *Le Seigneur des Anneaux*).

14. Le nom Luthany, attribué à un pays, apparaît à cinq reprises dans le poème de Francis Thompson, *La Maîtresse de la Vision*. Comme il a déjà été relevé (I.42), mon père fit l'acquisition des Poèmes de Francis Thompson en 1913-1914 ; dans son exemplaire personnel, il a accolé une note marginale à l'une des strophes contenant le nom *Luthany* — la note ne concerne toutefois pas le nom. Je ne vois pas de quelle source Francis Thompson a pu tirer ce nom. Il a lui-même décrit son poème comme une « fantaisie » (Everard Meynell, *The Life of Francis Thompson*, 1913, p. 237).

Cette source ne fournit qu'un renseignement d'ordre « phonétique » sur l'origine du nom, tout comme dans les cas de *Kôr* tiré de *She* ** de H. Rider Haggard ***, ou bien de Rohan et de Moria mentionnés dans la lettre de mon père de 1967 (*The Letters of J.R.R. Tolkien*, pp. 383-384), dans laquelle il dit :

> Ceci m'amène au sujet de « l'histoire externe » : la voie véritable par laquelle j'en suis venu à découvrir ou à choisir certaines séquences de sons que j'allais employer comme noms, *avant* qu'ils ne trouvent une place dans l'histoire. Je pense, comme je l'ai dit, que ceci est sans importance : le travail nécessaire pour exposer ce que je sais et ce que je me rappelle du processus, ou bien pour que d'autres s'escriment à le deviner, serait bien plus ardu que la valeur des résultats. Les formes parlées étant de simples formes audibles, et une fois transférées dans la situation linguistique préparée de mon histoire, recevant alors un sens et une signification selon cette situation, et selon la nature de l'histoire racontée. Il serait tout à fait illusoire de se référer aux sources de la combinaison de sons pour y découvrir quelque signification, déguisée ou non.

15. La position est compliquée par l'existence de quelques esquisses narratives griffonnées et pratiquement illisibles dans lesquelles le marin se nomme Ælfwine mais où certains éléments essentiels de « l'histoire *Eriol* » sont présents. Je suppose que celles-ci forment une étape intermédiaire. Elles

---

* « High Hay » (« Haute-Haie ») dans l'original. (*N.d.T.*)

** *Elle*, roman d'aventures du xixe siècle, intitulé également « Ayesha » pour l'une des traductions françaises de l'ouvrage. (*N.d.T.*)

*** Aucune preuve externe ne le confirme, mais l'hypothèse paraît difficile à mettre en doute. Dans ce cas précis, puisque la Kôr africaine était une cité bâtie au sommet d'une haute montagne solitaire, on pourrait supposer que la relation était plus que simplement « phonétique ».

sont très obscures, et nécessiteraient de nombreuses pages pour les présenter et les étudier ; c'est pourquoi je les ai laissées de côté.

16. Cf. p. 335 (XIV).

17. *Caer Gwâr :* voir p. 378.

18. On peut remarquer ici que lorsque mon père a lu *La Chute de Gondolin* devant le Club d'Essais du Collège d'Exeter au printemps 1920, le marin était encore Eriol, position confirmée par les notes visant à soutenir ses remarques préliminaires (voir *Contes et Légendes Inachevés*, p. 12). Il indiqua alors, très curieusement, qu'Eriol « mit pied par accident sur l'Île Solitaire ».

19. *Garsecg* (prononcé *Garsedj*, et orthographié *Garsedge* dans *Ælfwine A*) était l'un des nombreux noms de la mer en vieil anglais.

20. Dans *Ælfwine I*, le pays est dénommé pareillement *Lúthien*, et non pas *Luthany*. Dans *Ælfwine A*, en revanche, on trouve les mêmes distinctions que dans les esquisses : « Ælfwine d'Angleterre (que les fées nommèrent ensuite Lúthien [ami] de Luthany [amitié]). » Lors de cette première occurrence (et à cette occurrence seule) de *Lúthien* dans *Ælfwine II*, la forme *Leithian* a été rajoutée au-dessus au crayon , mais *Lúthien* n'a pas été barré. Le *Lai de Leithian* sera ensuite le titre du long poème de Beren et Lúthien Tinúviel.

21. *La Colline de Tûn*, c'est-à-dire la colline sur laquelle a été bâtie la cité de Tûn : voir p. 379.

22. *Mindon Gwar :* voir p. 378.

23. *Eadigfu :* dans "l'histoire Eriol", ce nom tiré du vieil anglais était un équivalent de Naimi, la femme d'Eriol qu'il épousa sur Tol Eressëa.

24. Dans *Ælfwine I*, le texte donne ici : « à cause de sa beauté et de son bien-être, tout comme ce roi des Francs, qui en un temps fut le plus puissant des hommes, l'a dit… » [*sic*]. Dans *Ælfwine II* le manuscrit à l'encre s'achève à « hautes rives blanches », mais mon père a rajouté au crayon : « tout comme ce roi des Francs, qui fut en ces jours le plus puissant des rois terrestres, l'a dit… » [*sic*]. La seule indication dans *Ælfwine d'Angleterre* quant à la période où vécut Ælfwine porte sur l'invasion des Forodwaith (les Vikings) ; le puissant roi des Francs pourrait donc être Charlemagne, mais je n'ai pu retrouver de référence plus précise.

25. *Le Mal* est une correction venant remplacer *Melko*. *Ælfwine I* ne contient pas cette phrase.

26. *Ælfwine I* donne : « lorsque les Hommes Anciens du Sud de Micealgard, la Ville Sans-cœur, posèrent leurs pieds puissants sur le sol de Lúthien ». Ce texte ne contient pas de référence à Rûm ni à Magbar. Le nom *Micealgard* est barré, mais *Mickleyard* est inscrit en haut de la page. *Micealgard* est une appellation en vieil anglais (et *Mickleyard* une modernisation de son orthographe), bien que n'apparaissant pas dans les écrits vieil anglais existants, formée à partir du mot en ancien scandinave, *Mikligarthr* (Constantinople). — L'hostilité particulière des Romains envers les Elfes de Luthany est implicite dans l'extrait (20), et (22) précise qu'ils ne croyaient pas du tout aux Elfes.

27. L'utilisation, fréquente dans *Ælfwine I*, du mot « petit » pour définir les fées (Elfes) de Lúthien et leurs navires a subsisté jusqu'à la première écriture d'*Ælfwine II*, mais a été barrée par la suite. Ici, le mot a été retenu en deux occasions, peut-être de façon non intentionnelle.

28. *Elfique* est une correction ultérieure pour *fée*.

29. Cette phrase, à partir de « hormis Ælfheah… », a été rajoutée par la suite dans *Ælfwine II* ; elle ne se trouve pas dans *Ælfwine I*. La totalité du texte d'*Ælf-*

wine I et *Ælfwine II* jusqu'en ce point est résumée dans *Ælfwine A* pour donner ce qui suit :

> Ælfwine d'Angleterre (que les fées nommèrent par la suite Lúthien (ami) de Luthany (amitié)) né de Déor et d'Eadigfu. Leur cité brûla et Déor est tué et Eadigfu meurt. Ælfwine serf des Heaumes Ailés. Il s'évade vers la Mer de l'Ouest et prend un navire à Belerion et fait de grands voyages. Il recherche les îles de l'Ouest dont Eadigfu lui a parlé dans son enfance.

30. *Ælfwine I* donne ici : « mais il put trouver trois hommes pour l'accompagner ; et Ossë les prit avec lui ». Ossë a été corrigé en faveur de Neorth ; la phrase a été ensuite barrée puis réécrite : « De tels il n'en trouva que trois ; et Neorth prit ces trois avec lui par la suite et leurs noms ne sont pas connus. » Neorth = Ulmo ; voir note 39.

31. *Ælfwine A* donne : « Il aperçoit quelques îles dans l'aube mais est balayé au loin par de grands vents. Il retourne avec difficulté à Belerion. Il rassemble les sept plus grands marins d'Angleterre ; ils partent au printemps. Ils font naufrage sur les îles du désir d'Ælfwine et les trouvent désertées et solitaires et emplies d'arbres murmurants et maussades. » Ceci diverge d'*Ælfwine I* et *II* où Ælfwine échoue seul sur l'île, mais concorde avec *II* puisque Ælfwine a sept compagnons, au lieu de trois.

32. Un indice qu'il s'agissait d'Ulmo : cf. *La Chute de Gondolin* : « il était chaussé de grands souliers de pierre ».

33. Dans *Ælfwine A* elles étaient « emplies d'arbres murmurants et maussades » (note 31).

34. La totalité du passage commençant par la phrase « Voici, nous sommes ici sur l'une des îles qui composent l'anneau des Îles sans Havre… » (p. 410) et se terminant ici (c'est-à-dire l'épisode intégral du bateau Viking naufragé et de son capitaine Orm, meurtrier du père d'Ælfwine) est absent d'*Ælfwine I*, sans aucun passage correspondant. *Ælfwine I* indique simplement : « mais cet Homme de la Mer l'aida à construire une petite embarcation, et ensemble, guidés par le marinier solitaire, ils quittèrent cette île et parvinrent en un pays peu connu ». Pour le récit dans *Ælfwine A*, voir note 39.

35. Lors d'une occurrence du nom *Ythlings* (vieil anglais *yth* « vague ») dans *Ælfwine I*, la forme écrite est *Ythlingas*, avec la terminaison plurielle du vieil anglais.

36. *Les Navigateurs de l'Ouest :* correction d'*Eneathrim*.

37. Cf. le passage en vers allitératifs dans l'essai de mon père : *On Translating Beowulf* (*The Monsters and the Critics and Other Essays*, 1983, p. 63) : « Puis loin s'en fut à voyager joyeusement les bois vaillants ».

38. Toute la section du récit concernant l'île des Ythlings est racontée beaucoup plus brièvement dans *Ælfwine I* (bien qu'avec sensiblement les mêmes mots), et plusieurs caractéristiques de l'histoire ultérieure en sont absentes (notamment, le bois coupé dans le bosquet dédié à Ulmo, et la bénédiction du navire par l'Homme de la Mer). Cependant la seule vraie différence structurelle réside dans le fait que dans *Ælfwine I* les sept compagnons d'Ælfwine se sont noyés, et il choisit sept compagnons parmi les Ythlings (Bior n'est pas mentionné), alors que dans *Ælfwine II*, il les retrouve au pays des Ythlings, et repart à nouveau vers l'ouest en leur compagnie.

39. Le plan détaillé *Ælfwine A* donne le récit à partir du point où Ælfwine et

ses sept compagnons échouent sur l'Île de l'Homme de la Mer (à la différence donc d'*Ælfwine I* et *II*, où il arrive seul sur l'île) :

> Ils errent autour de l'île sur laquelle ils ont été naufragés et découvrent de nombreuses épaves — souvent de grands vaisseaux, certains chargés de trésor. Ils trouvent une cabane solitaire sur le bord d'une mer désertée, construite de vieilles planches de bateaux, où demeure un vieux marinier solitaire à l'aspect étrange et terrifiant. Il leur dit que ce sont là les Îles Sans-Havre dont les rochers enchantés attirent tous navires, afin que les hommes ne naviguent point trop loin sur Garsedge [*voir note 19*] — et qu'elles furent conçues lors de la Dissimulation de Valinor. Ici, dit-il, les arbres sont magiques. Il leur enseigne maintes choses étranges au sujet du monde de l'Ouest et leur désir est aiguisé par l'aventure. Il les aide à couper des arbres sacrés dans les bosquets de l'île et à bâtir un vaisseau merveilleux, et leur montre comment l'approvisionner en vue d'un long voyage (cette eau qui ne s'assèche point sauf lorsque le cœur faiblit, etc.). Il le bénit en jetant un sortilège d'aventure et de découverte, puis plonge depuis la cime d'une falaise. Ils soupçonnent qu'il s'agissait de Neorth Seigneur des Eaux.
>
> Ils voyagent pendant de nombreuses années parmi d'étranges îles de l'Ouest et entendent maintes rumeurs étranges — au sujet de la ceinture des Îles Magiques qu'ils sont rares à avoir franchie ; de la mer sans pistes au-delà de laquelle le vent souffle pratiquement toujours de l'ouest ; du bord du crépuscule et de l'île entraperçue qui se dresse là-bas, et de son port miroitant. Ils atteignent l'île magique [les îles magiques ?] et trois d'entre eux succombent à l'enchantement et s'endorment sur la rive.
>
> Les autres errent sur les eaux plus lointaines et sont pris de désespoir — car à chaque fois qu'ils virent vers l'ouest, le vent tourne et les ramène en arrière. Enfin, ils prennent la décision de virer de cap le lendemain si rien d'autre ne se produit. Le jour se lève, froid et terne, et ils restent encalminés scrutant en vain la pluie battante.

Ce récit diffère à la fois d'*Ælfwine I* et d'*Ælfwine II*, puisque les Ythlings n'y apparaissent pas du tout ; Ælfwine et ses sept compagnons s'embarquent pour leur long voyage directement depuis l'Île Sans-Havre de l'ancien marinier. Il concorde avec *Ælfwine I* en ce qui concerne le nom *Neorth*, mais il pressent aussi la version *II* avec la coupe des arbres sacrés pour la construction du navire.

40. Dans *Ælfwine I*, Ælfheah n'apparaît pas, et ses deux discours inclus dans ce passage appartiennent à un certain *Gelimer*. *Gelimer* (*Geilamir*) était aussi le nom d'un roi Vandale du sixième siècle.

41. Dans *Ælfwine I*, le discours de Bior appartient à Gelimer (voir note 40).

42. *Ælfwine I* s'achève pratiquement par les mêmes mots qu'*Ælfwine II*, mais avec une différence extraordinaire : Ælfwine ne bondit pas par-dessus bord, mais revient avec ses compagnons à Belerion, et ne parvient jamais à Tol Eressëa ! « Fort désolées par la suite devinrent les terres des Hommes pour Ælfwine et ses mariniers, et de leur semence naquirent maintes personnes errantes et mélancoliques depuis leur mort... » De surcroît, mon père entendait clairement conclure *Ælfwine II* de la même manière, mais il s'est interrompu, barrant ce qu'il avait écrit, et introduisit alors la phrase dans laquelle Ælfwine saute à la mer. Je n'ai trouvé aucune explication de ce brusque revirement.

Ælfwine A s'achève sensiblement de la même manière qu'*Ælfwine II* :

Comme vient la nuit un souffle léger s'élève et les nuages s'éclaircissent. Ils relèvent les voiles pour rebrousser chemin — lorsque soudain dans le crépuscule, bas sur l'horizon, ils voient les myriades de lumières du Havre aux Mille Teintes apparaître en scintillant. Ils rament dans cette direction et entendent une douce musique. Puis la brume enveloppe et dérobe tout, et ses compagnons comme s'éveillant disent qu'il s'agit d'un mirage né de la faim et, le cœur lourd, se préparent à repartir, mais Ælfwine plonge par-dessus bord et nage dans les ténèbres jusqu'à ce que les eaux le submergent et qu'il lui semble que la mort l'enveloppe. Les autres naviguent sur le chemin du retour et sont hors du conte.

43. Littéralement, d'après sa version : « On a dépassé celui-là (le chagrin) ; celui-ci de la même manière peut-on le dépasser. »

44. D'anciens soubassements se tapissent derrière les paroles de *La Communauté de l'Anneau* (I.2) : « On voyait maintenant des Elfes (…) traverser le soir les bois en direction de l'ouest ; ils passaient et ne revenaient pas ; mais ils quittaient la Terre du Milieu et ils ne se souciaient plus de ses problèmes. » Puis : « Eh bien, cela n'a rien de nouveau, si l'on en croit les vieux contes », la riposte de Ted Sandyman aux paroles de Sam Gamgee.

J'ajoute ici en annexe un synopsis des différences structurelles entre les trois versions d'*Ælfwine d'Angleterre*.

A	I	II
Æ. part de Belerion et voit des « îles dans l'aube »	Comme dans A	Comme dans A, mais son compagnon Ælfheah est nommé.
Æ. repart avec sept marins d'Angleterre. Ils font naufrage sur l'île de l'Homme de la Mer, mais tous survivent.	Æ. n'a que trois compagnons, et lui seul survit au naufrage.	Æ. a sept compagnons, et se retrouve seul sur l'île de l'Homme de la Mer, les croyant tous noyés.
L'Homme de la Mer les aide à construire un navire mais ne les accompagne pas.	L'Homme de la Mer aide Æ. à construire un bateau et s'embarque avec lui.	Æ. et l'Homme de la Mer découvrent un navire Viking échoué et partent ensemble à bord de celui-ci.
L'Homme de la Mer plonge à la mer du haut d'une falaise de son île.	Ils parviennent à l'Île des Ythlings. L'Homme de la Mer plonge depuis une falaise. Æ. rassemble sept compagnons parmi les Ythlings.	Comme dans I, mais Æ. retrouve ses sept compagnons d'Angleterre, qui ne s'étaient pas noyés ; à leur compagnie se joint Bior des Ythlings.

Durant leur voyage, trois des compagnons d'Æ. sont ensorcelés dans les Îles Magiques.	Comme dans A, mais il s'agit ici d'Ythlings.	Comme dans A.
Le vent les éloigne de Tol Eressëa après qu'ils l'ont aperçue : Æ. bondit par-dessus bord, et les autres prennent le chemin du retour.	Le vent les éloigne de Tol Eressëa, et tous, y compris Æ., prennent le chemin du retour.	Comme dans A.

Changements opérés dans les noms, et différences de noms dans les textes d'*Ælfwine d'Angleterre*

Lúthien Le nom du pays dans I et II ; dans A, *Luthany* (voir note 20).

Déor À la première occurrence seulement dans I *Déor* < *Heor-renda*, par la suite *Déor ;* dans A, *Déor.*

Evadrien Dans I < *Erenol. Erenol* = « Falaise de Fer » ; voir I.333, entrée *Eriol.*

Forodwaith Dans II < *Forwaith* < *Gwasgonin ;* I donne *Gwasgonin ou les Heaumes Ailés ;* A donne *les Heaumes Ailés.*

Terre Extérieure < *Terres Extérieures* à chaque occurrence dans II.

Ælfheah Dans I, *Gelimer* (à la première occurrence seulement < *Helgor*).

Navigateurs de l'Ouest Dans II < *Eneathrim.*

Appendice

Les noms dans les *Contes Perdus* — Deuxième Partie

Cet appendice est simplement conçu comme une extension complémentaire de l'appendice à la Première Partie. Un nom déjà étudié dans la Première Partie n'aura pas d'entrée dans les notes qui suivent, s'il possède déjà une entrée sous son nom dans la Première Partie, ainsi *Melko*, *Valinor*, etc. En revanche, comme c'est souvent le cas, si l'information étymologique contenue dans la Première Partie apparaît sous l'entrée d'un nom différent, celle-ci sera indiquée comme suit : « *Gilim* Voir I.346 (*Melko*) ».

Je ferai référence aux renseignements linguistiques provenant de la Liste-de-noms accompagnant *La Chute de Gondolin* (voir p. 284) incorporés dans ces notes par l'acronyme « NCG ». « LG » et « LQ » font référence aux dictionnaires Gnomique et Qenya (voir I.331 et s.). *Qenya* est le terme utilisé dans ces deux tomes et définit strictement le nom du langage parlé sur Tol Eressëa ; le nom n'apparaît pas par ailleurs dans les autres écrits datant de cette première période, où la distinction se fait entre « Gnomique » d'une part, et « Elfique », « Eldar » ou « Eldarissa », d'autre part.

*

Alqarámë Pour le premier élément qenya, *alqa* « cygne », voir I. 334 (*Alqaluntë*). Sous la racine RAHA LQ donne *râ* « bras », *rakta* « étendre, tendre, la main, le bras », *ráma* « aile », *rámavoitë* « avoir des ailes » ; LG donne *ram* « aile, aileron », et une annotation précise que le qenya *ráma* est le résultat d'une confusion entre *ram* et un autre mot *róma* « épaule ».

Amon Gwareth Sous la racine AM(U) « (vers le) haut », LQ donne *amu* « (vers le) haut », *amu-* « lever, élever », *amuntë* « lever du soleil », *amun(d)* « colline » ; LG donne *am* « (vers le) haut », *amon*, substantif « colline, mont », adverbe « amont ».

LG donne le nom sous la forme *Amon 'Wareth* « Colline du Guet », aussi *gwareth* « guet, garde », de la racine *gwar-* « garde », que l'on retrouve de même dans le nom de *Tinfang Warble* (*Gwarbilin* « Gardien des Oiseaux », I.355). Voir *Glamhoth*, *Gwarestrin*.

Angorodin Voir I.335 (*Angamandi*) et I.342 (*Kalormë*).

Arlisgion LG donne *Garlisgion* (voir I.352 (*Sirion*)), de même que

NCG, qui définit les entrées, « *Garlisgion* était notre nom, dit Elfrith, pour le Lieu des Roseaux ce qui est son interprétation », et « *lisg* est un roseau (*liskë*) ». LG donne *lisg*, *lisc* « roseau, laiche », et LQ donne *liskë* avec le même sens. Pour *gar*, voir I.336 (*Dor Faidwen*).

Artanor LG donne *athra* « à travers, au travers », *athron* adverbe « plus loin, au-delà », *athrod* « gué, traversée » (changés ultérieurement pour donner *adr(a)*, *adron*, *adros*). La forme *athra*, *adr(a)* est comparée au qenya *arta*. Cf. également le nom *Dor Athro*. Il est clair que *Artanor* et *Dor Athro* signifiaient tous deux « la Terre Au-delà ». Cf. *Sarnathrod*.

Asgon Une entrée de NCG donne : « *Asgon*, un lac du "Pays des Ombres" Dor Lómin, nommé *Aksan* par les Elfes. »

Ausir LG donne *avos* « fortune, richesse, prospérité », *avosir*, *Ausir* « de même (personnifié) » ; également *ausin* « riche », *aus(s)aith* ou *avosaith* « avarice ». On trouve sous la racine AWA dans LQ, *autë* « prospérité, richesse ; riche », *ausië* « richesse ».

Bablon Voir p. 284.

Bad Uthwen Gnomique *uthwen* « passage de sortie, sortie, évasion », voir I.336 (*Dor Faidwen*). L'entrée de NCG donne : « *Bad Uthwen* [correction de *Uswen*] signifie simplement « chemin d'évasion » et est en Eldarissa *Uswevandë*. » Pour *vandë* voir I.351 (*Qalvanda*).

Balcmeg NCG précise que *Balcmeg* « était un grand guerrier parmi les *Orclim* (*Orqui* disent les Elfes) qui tomba sous la hache de Tuor — cela signifie " cœur de malheur ". » (Pour *-lim* dans *Orclim* voir *Gondothlim*.) L'entrée sous *Balrog* dans NCG donne : « *Bal* signifie nature maléfique, *Balc*, maléfice, et *Balrog*, démon maléfique. » LG donne *balc* « cruel » : voir I.335 (*Balrog*).

Bansil Pour l'entrée dans NCG, où ce nom est traduit par « Douce-Lueur », voir p. 270 ; pour les éléments constitutifs du nom, voir I.359 (*Vána*) et I.351 (*Sil*).

Belaurin Voir I.350 (*Palúrien*).

Belcha Voir I.346 (*Melko*). NCG donne l'entrée : « *Belca*, bien qu'ici [c.à.d. dans le Conte] Bronweg utilise-t-il à l'accoutumée les noms elfiques, celle-ci était l'appellation antérieure de cet Ainu maléfique. »

Beleg Voir I.340 (*Haloisi Velikë*).

Belegost Pour le premier élément voir *Beleg*. LG donne *ost* « enclos, cour — ville », également *oss* « mur extérieur, rempart », *osta-* « entourer de murs, fortifier », *ostor* « enclos, enceinte ». LQ donne sous la racine OSO, *os(t)* « maison, chaumière », *osta* « logis, demeure », *ostar* « commune », *ossa* « rempart et douve ».

bo- Une entrée tardive dans LG : « *bo(bon)* (cf. qenya *vô*, *vondo* « fils ») préfixe patronymique, *bo- bon-* « fils de » ; un exemple est donné avec *Tuor bo-Beleg*. On trouve également le mot *bôr* « descendant ». Voir *go-*, *Indorion*.

Bodruith En association avec *bod-* « de, à, nouveau ; encore » LG donne les mots *bodruith* « vengeance », *bodruithol* « vindicatif (de nature) », *bodruithog* « assoiffé de vengeance », mais ces termes sont barrés. On trouve aussi *gruith* « acte d'horreur, acte violent, vengeance ». — Il se peut que Bodruith, Seigneur de Belegost, fût nommé ainsi à cause des événements du *Nauglafring*.

Cópas Alqalunten Voir I.343 (*Kópas*) et I.334 (*Alqaluntë*).

Cris Ilbranteloth LG donne le groupe *crisc* « pointu, acéré », *criss* « faille, fente, ravine », *crist* « couteau », *crista-* « trancher, entailler, couper » ; NCG : « *Cris,* avec sensiblement le même sens que *falc*, signifie une fente, une faille, un ravin ou étroit couloir où coulent les eaux aux murs escarpés ». LQ, sous la racine KIRI « coupé, scindé » donne *kiris* « faille, fente » et d'autres mots.

Pour *ilbrant* « arc en ciel » voir I.341 (*Ilweran*). L'élément final *teloth* signifie « toiture, baldaquin » : voir I.354 (*Teleri*).

Cristhorn Pour *Cris* voir *Cris Ilbranteloth*, et pour *thorn* voir I.352 (*Sorontur*). NCG définit l'entrée : « *Cris Thorn* est la Faille des Aigles ou *Sornekiris.* »

Cuilwarthon Pour *cuil* voir I.343 (*Koiviё-néni*) ; le second élément n'est pas expliqué.

Cûm an-Idrisaith Pour *cûm* « tertre, monticule » voir I. (*Cûm a Gumlaith*). *Idrisaith* trouve sa définition dans LG : « cf. *avosaith*, qui signifie avidité, cupidité, mais *idrisaith* = amour excessif de l'or et des gemmes et de choses belles et coûteuses » (pour *avosaith* voir *Ausir*). Des mots apparentés incluent *idra* « cher, précieux », *idra* « priser (au sens d'apprécier), faire grand cas de », *idri (îd)* « un trésor, un joyau », *idril* « bien-aimé(e) » (voir *Idril*).

Curufin contient vraisemblablement *curu* « magie » ; voir I.356 (*Tolli Kuruvar*).

Dairon LG inclut ce nom mais sans explication étymologique : « *Dairon* le joueur de flûte (qenya *Sairon*). » Voir *Mar Vanwa Tyaliéva* ci-dessous.

Danigwiel Dans LG la forme gnomique est *Danigwethil ;* voir I.353 (*Taniquetil*). NCG donne une entrée : « *Danigwethil* est le nom qu'emploient les Gnomes pour *Taniquetil ;* mais cherchez plutôt sous le nom elfique les contes concernant cette montagne. »

(bo-)Dhrauthodavros « (Fils de) la forêt lassante ». Gnomique *drauth* « las, usé par le labeur », *drauthos* « labeur, épuisement, lassitude », *drautha-* « être épuisé, être las » ; pour le second élément *tavros* voir I.353 (*Tavari*).

Dor Athro Voir *Artanor*, *Sarnathrod.*

Dor-na-Dhaideloth Pour le gnomique *dai* « ciel » voir I.354 (*Telimektar*), et pour *teloth* « toiture, baldaquin » voir I.355 (*Teleri*) ; cf. *Cris Ilbranteloth.*

Dramborleg NCG définit l'entrée suivante : « *Dramborleg* (ou bien *Drambor* comme on a pu la nommer) signifie dans sa forme complète Batteuse-acérée, et était la hache de Tuor qui à la fois battait à grands coups sourds comme une massue et taillait aussi comme une épée ; et les Eldar disent *Tarambor* ou *Tarmabolaika.* » LQ donne *Tarambor* ou *Tarambolaike* « la hache de Tuor » sous la racine TARA, TARAMA « battre, frapper, donner des coups sourds », avec *taran*, *tarambo* « frapper, souffleter », et *taru* « corne » (ajouté ici avec un point d'interrogation : voir *Taruithorn*). LG ne cite aucun équivalent gnomique.

Le second élément du nom est le mot gnomique *leg*, *lêg* « perçant, aiguisé, vif, mordant », ou le qenya *laika ;* cf. *Legolast* « vue-perçante », I.353 (*Tári-Laisi*).

Duilin NCG définit l'entrée suivante : « *Duilin*, dont le nom signifie Hirondelle était le seigneur de cette maison des Gondothlim dont l'emblème était l'hirondelle, il était le plus sûr des archers des Eldaliё mais tomba au cours de la chute de Gondolin. Maintenant les noms de ces champions n'apparaissent qu'en Noldorissa, puisqu'ils étaient des Gnomes, mais son nom serait *Tuilindo* en Eldarissa, et celui de sa maison (que les Gnomes nommaient *Nos Duilin*),

Nossë Tuilinda. » *Tuilindo* « (chanteur-du-printemps), hirondelle » est donné dans LQ, voir I.356 (*Tuilérë*) ; LG donne *duilin(g)* « hirondelle », avec *duil, duilir* « Printemps », mais ces derniers mots ont été barrés, et dans une autre partie du livre nous avons *tuil, tuilir* « Printemps » (voir I.356).

Pour *nossë* « peuple, clan, famille », voir I.359 (*Valinor*) ; LG ne donne pas *nos* avec cette signification, mais inclut *nosta-* « naître », *nost* « naissance ; sang, haute naissance ; anniversaire », et *noss* (transformé pour donner *nôs*) « anniversaire ». Cf. *Nost-na-Lothion* « la Naissance des Fleurs », *Nos Galdon, Nos nan Alwen.*

Eärámë Pour *ea* « aigle » voir I.332 (*Eärendel*), et pour *rámë* voir *Alqarámë*. LG donne l'entrée *Iorothram, -um* « = qenya *Eärámë* ou Aileron-d'Aigle, un nom pour l'un des navires d'Eärendel ». Pour le gnomique *ior, ioroth* « aigle » voir I.336 (*Eärendel*), et cf. les formes *Earam, Earum*, noms du navire (pp. 341, 363).

Eärendel Voir I.336

Eärendilyon Voir I.336 (*Eärendel*), et *Indorion*.

Ecthelion LG et NCG font dériver tous deux ce nom d'*ecthel* « fontaine », le mot correspondant qenya étant *ektelë*. (Ce dernier mot survivra, voir l'Appendice du *Silmarillion*, entrée *kel-* [p. 358] : « De *et-kele* « sortie de l'eau », « source » fut dérivé, en transposant les consonnes, le qenya *ehtele*, le sindarin *eithel*. » Une entrée ultérieure dans LG donne *aithil* [< *ektl*] « une source ».) — Une forme *kektelë* existe aussi en qenya, dérivée de la racine KELE, KELU : voir I.340 (*Kelusindi*).

Egalmoth NCG définit l'entrée suivante : « *Egalmoth* est un grand nom, mais nul ne connaît son sens exact — on a dit que celui qui le portait était ainsi appelé car il valait mille Elfes (mais Rúmil le nie) et on a dit aussi qu'il signifie les épaules puissantes de ce Gnome, et Rúmil dit cela, mais peut-être fut-il tissé d'une langue secrète des Gondothlim » (pour le reste du contenu sous cette entrée, voir p. 285). Pour le gnomique *moth* « 1000 » voir I.357 (*Uin*).

LG interprète le nom d'après Rúmil, le dérivant d'*alm* (< *altham-*) « le haut du dos, d'épaule à épaule, les épaules, le dos », d'où *Egalmoth* = « Large-d'Épaules » ; le nom en qenya serait *Aikaldamor*, et une entrée dans LQ à la même date donne *aika* « large, vaste », le comparant au gnomique *eg, egrin*. Ceux-ci sont expliqués à leur tour dans LG comme signifiant « lointain, large, distant » et « large, vaste ; loin » (comme dans *Egla ;* voir I.337 [*Eldar*]).

Eglamar Voir I.336 (*Eldamar*). NCG définit l'entrée suivante : « *Egla* d'après le fils de Bronweg était le nom gnomique des Eldar (à présent très rarement usité) qui demeuraient à Kôr, et on les appelait les *Eglothrim* [correction d'*Eglothlim*] (ce qui signifie *Eldalië*), et leur langue s'appelait le *Lam Eglathon* ou l'*Egladrin*. Rúmil dit que ces noms *Egla* et *Elda* étaient apparentés, mais Elfrith faisait peu de cas d'un tel savoir et ils ne se ressemblent point. » Voir I.337 (*Eldar*). LG donne *lam* « langue », et dans LQ on trouve *lambë* qui a survécu dans le qenya ultérieur. LQ le donne comme un dérivé de la racine LAVA « lécher » et le définit comme « langue (du corps, mais aussi du pays, ou même = "la parole") ».

Eldarissa Apparaît dans LQ (« le langage des Eldar ») mais sans explication de l'élément final. Celui-ci serait peut-être dérivé de la racine ISI : *ista* « savoir », *issë* « savoir, connaissance », *iswa, isqa* « sage », etc.

Elfrith Voir p. 272, et I.341 (*Ilverin*).

Elmavoitë « Une-main » (Beren). Voir *Ermabwed.*

Elwing LG donne l'entrée suivante : « *Ailwing*, orthographe plus ancienne d'*Elwing* = « écume de lac ». Comme nom commun = « nénuphar blanc ». Le nom de la damoiselle qu'aimait Ioringli (*Ioringli* = *Eärendel*, voir I.336). Le premier élément apparaît dans les mots *ail* « lac, étang », *ailion* « lac », en qenya, *ailo*, *ailin* — cf. plus tard *Aelin-uial*. Le second élément est *gwing* « écume » : voir I.360 (*Wingilot*).

Erenol Voir I.337 (*Eriol*).

Ermabwed « Une-main » (Beren). LG donne *mab* « main », *amabwed*, *mabwed* « avoir des mains », *mabwedri* « dexterité », *mabol* « adroit », *mablios* « rusé », *mablad*, *mablod* « paume de la main », *mabrin(d)* « poignet ». Un mot apparenté en qenya aurait été selon LG *mapa* (racine MAPA) « saisir, se saisir », mais cette indication a été barrée. LQ donne également la racine MAHA avec de nombreux dérivés, notamment *ma* (= maḫa) « main », *mavoitë* « avoir des mains » (cf. *Elmavoitë*).

Faiglindra « Aux Longues Tresses » (Airin). Gnomique *faigli* « cheveux, longues tresses (particulièrement pour les femmes) » ; *faiglion* « avoir de longs cheveux », et *faiglim*, même sens « en particulier comme nom propre », *Faiglim*, *Aurfaiglim* « le Soleil à midi », suivis du mot entre parenthèses, le mot *faiglin(d)ra*.

Failivrin Accompagnant *fail* « pâle, blafard », *failthi* « pâleur », et *Failin*, un nom de la Lune, LG donne *Failivrin :* « (1) une damoiselle qu'aimait Silmo ; (2) un nom parmi les Gnomes pour de nombreuses damoiselles de grande beauté, particulièrement Failivrin des Rothwarin dans le Conte de Turumart ». (Dans le conte *Rothwarin* a été remplacé par *Rodothlim.*)

Le second élément est *brin*, en qenya *vírin*, « une substance magique semblable à du verre d'une grande transparence employée pour façonner la Lune. Employé pour les choses de la transparence la plus grande et la plus pure. » Pour *vírin* voir I.260.

Falasquil Trois entrées dans NCG font référence à ce nom (pour *Falas* voir aussi I.338 (*Falman*)) :

« *Falas* signifie (de même que *falas* ou *falassë* en Eldar) une plage. »

« *Falas-a-Gwilb* la « plage de la paix » était *Falasquil* en elfique, où Tuor demeura tout d'abord près de la Grande Mer. » *-a-Gwilb* a été barré et inscrit au-dessus on lit (semblerait-il) '*Wilb* ou *Wilma.*

« *Gwilb* signifie "empli de paix", ce qui est *gwilm.* »

LG donne *gwîl*, *gwilm*, *gwilthi* « paix », et *gwilb* « calme, silencieux, paisible ».

Fangluin « Barbe-bleue ». voir *Indrafang*. Pour *luin* « bleu » voir I.348 (*Nielluin*).

Foalókë Sous la racine FOHO « cacher, accumuler (un trésor), réserver », LQ donne *foa* « trésor, trésor (accumulé avec avarice) », *foina* « caché », *fôlë* « en secret, un secret », *fôlima* « furtif, (de nature) secrète », et *foalókë* « nom d'un serpent qui gardait un trésor ». *lókë* « serpent » est dérivé de la racine LOKO « entortiller, tordre, faire tourner, faire boucler ».

LG donnait initialement les entrées *fû*, *fûl*, *fûn* « trésor », *fûlug* « un dragon (qui garde un trésor) », et *ulug* « loup ». Des changements ultérieurs ont transformé cette construction pour donner *fuis* « trésor », *fuithlug*, *-og* (la forme qui apparaît dans le texte, p. 94), *ulug* « dragon » (cf. qenya *lókë*). Une entrée dans NCG donne : « *Lûg* est le *lókë* des Eldar, et signifie "dragon". »

Fos'Almir (Nom plus ancien de *Faskala-númen ;* traduit dans le texte par « le bain de flammes ».) Pour *fôs* « bain » voir I.338 (*Faskala-númen*). LG donne : « *Fôs Aura, Fôs'Almir,* et *Fôs na Ngalmir,* c'est-à-dire le bain du Soleil = la Mer de l'Ouest. » Pour *Galmir, Aur,* noms du Soleil, voir I.339 (*Galmir*) et I.358 (*Ûr*).

Fuithlug Voir *Foalókë.*

Galdor Pour l'entrée concernant *Galdor* dans NCG voir p. 285 ; cette entrée indique qu'avec sa première orthographe *galdon* signifiait « arbre » et que le clan de Galdor était appelé *Nos Galdon. Galdon* n'apparaît pas dans LG ; par la suite *galdon > alwen,* mot qui se trouve en revanche dans LG comme appartenant au vocabulaire poétique : *alwen* « = *orn* [arbre] ». — Cf. le mot qenya *alda* « arbre » (voir I.334 (*Aldaron*)), ainsi que la relation ultérieure entre le qenya *alda* et le sindarin *galadh.*

Gar Thurion NCG donne la forme antérieure *Gar Furion* (p. 272) et LG donne *furn, furion* « secret, dissimulé », *fûr* « mensonge » (qenya *furu*), et *fur-* « dissimuler ; mentir ». LQ donne *furin* et *hurin* « dissimulé, caché » (racine FURU ou HURU). Pour *Thurion* cf. *Thuringwethil* « Femme de l'Ombre Secrète » (*Le Silmarillion,* p. 180), et *Thurin* « le Secret », le nom que Finduilas donne à Túrin (*Contes et Légendes Inachevés.* pp. 179, 181).

Gil Voir I.341 (*Ingil*).

Gilim Voir I.346 (*Melko*).

Gimli LG donne *gimli* « l'ouïe », avec *gim-* « entendre », *gimriol* « attentif » (changé en faveur d'« audible »), *gimri* « prêter oreille, de l'attention ». L'ouïe de Gimli, le Gnome captif dans les oubliettes de Tevildo, « était la plus fine qui ait été au monde ».

Glamhoth LG définit ce nom : « donné par les Gondothlim aux Orcin : le Peuple de la Haine Terrifiante » (voir « peuple de haine atroce »). Pour *Goldothrim* voir I.348 (*Noldoli*). Le premier élément est *glâm* « haine, répugnance » ; d'autres mots apparentés sont *glamri* « querelle amère », *glamog* « répugnant ». Une entrée dans NCG donne : « *Glam* signifie "haine féroce" et tout comme *Gwar* n'offre aucun mot correspondant en eldar. »

Pour *hoth* « peuple » voir I.350 (*orchoth* sous l'entrée *Orc*), et cf. *Goldothrim, Gondothlim, Rúmhoth, Thornhoth.* Sous la racine HOSO, LQ donne *hos* « peuple », *hossë* « armée, cohorte, troupe », *hostar* « tribu », *horma* « horde, (vaste) armée ». Aussi, *Sankossi* « les Goblins » est un équivalent du gnomique *Glamhoth,* à l'évidence composé des éléments *sankë* « haïssable » (racine SNKN « rompre, déchirer ») et *hossë.*

Glend Correspond peut-être au mot gnomique *glenn* « mince, fin », *glendrin* « svelte, gracile », *glendrinios* « sveltesse », *glent, glentweth* « maigreur » ; la racine qenya LENE « long » a développé plusieurs sens divergents : « lent, ennuyeux, traînant », mais aussi « étiré, maigre, mince » : *lenka* « lent », *lenwa* « long et maigre, droit, étroit », *lenu-* « étirer », etc.

Glingol Pour l'entrée dans NCG qui traduit le nom par « or chantant », voir p. 285 ; voir aussi I.344 (*Lindelos*). Le second élément est *culu* « or », pour lequel voir I.338 (*Ilsaluntë*) ; une autre entrée dans NCG donne : « *Culu* ou *Culon* est un nom que nous possédons en poésie pour *Glor* (et Rúmil dit qu'il s'agit de l'elfique *Kulu,* et *-gol* dans notre *Glingol*). »

Glorfalc Pour *glor* voir I.344 (*Laurelin*). NCG définit l'entrée : « *Glor* est l'or et est ce mot qui vient dans les vers des Kôr-Eldar *laurë* (ainsi dit Rúmil). »

Falc est glosé dans LG : « (1) fissure, estafilade ; (2) faille, ravin, falaises » (on trouve aussi *falcon* « une grande épée qui se manie à deux mains, hache d'armes à deux lames », transformé pour donner *falchon*, et se rapproche ainsi de l'anglais *falchion* « glaive »). NCG donne : « *Falc* est une faille au sens proche de Cris ; étant l'elfique *Falqa* ». LQ, sous la racine FLKL, donne *falqa* « faille, col montagneux, ravin » et *falqan* « grande épée ». LG donne une entrée supplémentaire : *Glorfalc* « un grand ravin menant hors de Garioth ». *Garioth* est employé ici pour *Hisilómë ;* voir I.338 (*Eruman*). Cf. le nom ultérieur *Orfalch Echor*.

Glorfindel Pour l'entrée de NCG, qui traduit le nom par « Tresse-d'Or », voir p. 285. Pour *glor* voir I.344 (*Laurelin*), et *Glorfalc*. LG donne l'entrée *findel* « mèche de cheveux », accompagné de *fith* (*fidhin*) « un cheveu seul », *fidhra* « chevelu », mais *findel* a été barré ; les entrées ultérieures sont *finn* « mèche de cheveux » (voir *fin-* dans l'Appendice du *Silmarillion*) et *fingl* ou *finnil* « tresse, mèche ». NCG : « *Findel* est "tresse" et c'est le mot elfique *Findil.* » Sous la racine FIRI, LQ donne *findl* « mèche de cheveux » et *firin* « rayon du soleil ».

Le nom *Glorfindel* apparaît ailleurs dans LG, avec la traduction « Mèches-d'Or », mais remplacé ensuite par *Glorfinn*, avec une variante *Glorfingl*.

Glorund Pour *glor* voir I.344 (*Laurelin*), et *Glorfalc*. LG donne *Glorunn* « le grand dragon tué par Turumart ». Aucune des deux formes qenya *Laurondo* et *Undolaurë* n'apparaît dans LQ, qui donne un nom antérieur pour « le grand ver », *Fentor*, avec *fent* « serpent », *fenumë* « dragon ». À la première écriture cette entrée donnait « le grand ver tué par Ingilmo » ; par la suite a été rajouté « ou Turambar ».

Golosbrindi (Ancien nom pour *Hirilorn*, rendu dans le texte par « Reine de la Forêt ».) Un mot *goloth* « forêt » apparaît dans LG, dérivé de **gwoloth*, lui-même constitué de *aloth* (*alos*), un mot de la versification signifiant forêt (= *taur*), et le préfixe **ngua* > *gwa*, *go* sans accentuation, « ensemble, en un », « souvent employé simplement comme intensificateur ». Le mot correspondant en qenya serait *málos*, qui n'apparaît pas dans LQ.

Gondobar Voir *Gondolin*, et pour *-bar* voir I.336 (*Eldamar*). Dans LG, la forme *Gondobar* a été transformée ultérieurement pour donner *Gonthobar*.

Gondolin Aux entrées citées dans I.339-340 on peut ajouter celle contenue dans NCG : « *Gond* signifie une pierre, ou pierre, comme l'elfique *on* et *ondo.* » Pour l'explication sur Gondolin (où le nom est rendu par « Pierre de Chanson ») dans NCG, voir p. 285 ; et pour la formulation la plus tardive de l'étymologie de *Gondolin* voir l'Appendice du *Silmarillion*, entrée *gond*.

Gondothlim LG donne l'entrée suivante concernant le mot *lim* « nombreux », en qenya *limbë* (absent de LQ) : « Fréquemment employé en suffixe et devenant ainsi une seconde forme de pluriel. Au singulier = l'anglais « many a » [« bien des », expression anglaise suivie effectivement d'un singulier mais employée pour signifier « nombre de ». *N.d.T.*], ainsi *golda-lim*. Il est cependant le plus souvent utilisé en suffixe pluriel de ces noms dont le pluriel est en *-th. Lim* se transforme ensuite en *-rim* après la lettre *-l.* D'où une grande confusion avec *grim* « armée » et *thlim* « race », comme dans *Goldothrim* (« le peuple des Gnomes »). » NCG définit l'entrée : « *Goldothlim* signifie "peuple de pierre" et (dit Rúmil) est le mot *Gond* "pierre" auquel est ajouté *Hoth* "peuple" et nous autres Gnomes rajoutons ce *-lim* pour signifier "les nombreux". » Cf. *Lothlim*, *Rodothlim*, et *Orclim* sous l'entrée *Balcmeg* ; pour *hoth* voir *Glamhoth*.

Gondothlimbar Voir *Gondolin*, *Gondothlim*, et pour *-bar* voir I.336 (*Eldamar*). Dans LG, la forme *Gondothlimbar* a été ensuite transformée en « *Gonthoflimar* ou *Gonnothlimar* ».

go- Une première entrée dans LG, barrée par la suite, donnait : *gon- go-* « fils de, préfixe patronymique (cf. le suffixe *ios/ion/io* et le qenya *yô, yondo*) ». L'entrée remplaçant celle-ci a été donnée ci-dessus sous l'entrée *bo-*. Voir *Indorion*.

Gon Indor Voir *go-*, *Indorion*.

Gothmog Voir pp. 94, 285, et I.344 (*Kosomot*). LG donne *mog-* « détester, haïr », *mogri* « haine, abomination », *mogrin* « haïssable » ; la racine qenya est MOKO « haine ». En plus de *goth* « guerre, discorde, lutte » (racine qenya KOSO « lutter ») on peut ajouter *gothwen* « bataille », *gothweg* « guerrier », *gothwin* « Amazone », *gothriol* « belliqueux, de nature guerrière » *gothfeng* « flèche-de-guerre », *gothwilm* « armistice ».

Gurtholfin LG : *Gurtholfin*, « Urdolwen, une épée de Turambar, la Baguette de la Mort ». Aussi, *gurthu* « mort » (qenya *urdu*, mais absent de LQ). Le second élément du nom est *olfin(g)* (aussi *olf*) « branche, baguette, bâton » (qenya *olwen[n]*).

On peut noter que dans LQ, l'épée de Turambar est dénommée *Sangahyando* « pourfendeur des foules », des racines SANGA « emballer serré, presser » (*sanga* « foule ») et HYARA « fendre à travers » (*hyar* « charrue » *, *hyanda* « lame, soc »). *Sangahyando* « Qui fend la foule » réapparaît comme le nom d'un homme de Gondor (voir l'Appendice du *Silmarillion*, entrée *thang*).

Gwar Voir I.343 (*Kôr, korin*).

Gwarestrin Rendu dans le conte par la « Tour de Garde », et donc de même dans NCG ; LG le glose par « tour de guet (particulièrement comme nom pour Gondolin) ». Une entrée tardive de LG donne *estirin*, *estirion*, *estrin* « pinacle », à côté de *esc* « pointe acérée, bord acéré ». Le second élément de ce mot est *tiri(o)n*, voir I.341 (*Kortirion*). Pour *gwar* voir *Amon Gwareth*.

Gwedheling Voir I.360 (*Wendelin*).

Heberodin « Les Collines Encerclantes. » Préposition gnomique *heb* « tout autour, alentour » ; *hebrim* « frontière, bordure », *hebwirol* « circonspect ». Pour *orod* voir I.339 (*Kalormë*).

Hirilorn LG donne *hiril* « reine (usage poétique), princesse ; féminin de *bridhon* ». Pour *bridhon*, voir *Tevildo*. Le second élément est *orn* « arbre ». (On peut noter ici que le mot *neldor* « hêtre » se trouve dans LQ ; voir l'Appendice du *Silmarillion*, entrée *neldor*.)

Idril Pour le gnomique *idril* « bien-aimé(e) », voir *Cûm an-Idrisaith*. Une autre entrée dans LG donne : *Idhril*, « un nom de fille souvent confondu avec *Idril*. *Idril* = "bien-aimée" mais *Idhril* = "damoiselle mortelle". Tous deux

* Il existe une expression anglaise idiomatique *to plough through* « avancer péniblement (avec l'idée d'écarter les obstacles) », mais dont la traduction littérale donnerait « franchir à l'aide d'une charrue », éclairant donc l'apparente intrusion dans le contexte de l'outil agricole. (*N.d.T.*)

semblent avoir été utilisés pour nommer la fille de Turgon — mais apparemment *Idril* était le plus ancien de ces noms et les Kor-Eldar l'appelèrent *Irildë* (= *Idhril*) parce qu'elle épousa Tuor. » Par ailleurs dans LG on trouve *idhrin* « hommes, habitants de la terre ; particulièrement employé comme nom de peuple et différencié d'*Eglath*, etc. ; cf. qenya *indi* », et *Idhru*, *Idhrubar*, « le monde, toutes les régions habitées par les hommes ; cf. qenya *irmin* ». Dans LQ ces mots *indi* et *irmin* sont donnés sous la racine IRI « demeurer ? », avec *irin* « ville », *indo* « maison », *indor* « maître de maison » (voir *Indor*), etc. ; mais *Irildë* n'est pas donné. Des mots similaires existent en gnomique : *ind*, *indos* « maison, palais, grande salle », *indor* « maître (de maison), seigneur ».

Une note supplémentaire a été ajoutée à la suite de l'entrée dans NCG *Idril* déjà citée (p. 286) : « et son nom signifie « Bien-aimée », mais souvent les Elfes disent *Idhril*, qu'il est mieux de comparer avec *Irildë* et cela signifie « damoiselle mortelle », et peut-être signifie son mariage avec Tuor fils des Hommes. » Une note isolée (de fait écrite sur une page du *Conte du Nauglafring*) donne : « Transformer le nom d'*Idril* en *Idhril*. Les deux ont été confondus à tort : *Idril* = « bien-aimé(e), *Idhril* = « damoiselle des mortels ». Les Elfes crurent que c'était là son nom et l'appelèrent *Irildë* (parce qu'elle épousa Tuor Pecthelon). »

Ilbranteloth Voir *Cris Ilbranteloth*.

Ilfiniol, Ilfrith Voir I.341 (*Ilverin*).

Ilúvatar Il est intéressant de donner ici une entrée dans NCG : « *En* dans les dits mystiques des Noldoli est aussi nommé *Ilathon* [correction d'*Âd Ilon*], qui est Ilúvatar — et ceci est pareil à l'Eldar *Enu*. » LQ donne *Enu*, le Créateur Tout-Puissant qui demeure hors du monde. Pour *Ilathon* voir I.341 (*Ilwë*).

Indor (Père de Peleg, père de Tuor). Il s'agit peut-être du mot *indor* « maître (de maison), seigneur » (voir *Idril*) employé comme nom propre.

Indorion Voir *go-*. LQ donne *yô*, *yond-*, mots poétiques pour « fils », et rajoute : « mais très courant sous la forme *-ion* dans les patronymes (d'où en pratique = « descendant ») ; également *yondo* « descendant mâle, habituellement (arrière) petit-fils » (cf. le nom d'Eärendel, *Gon Indor*). Cf. *Eärendilyon*.

Indrafang LG donne *indra* « long (aussi utilisé pour le temps) », *indraluin* « il y a longtemps » ; aussi *indravang* « un nom spécial des nauglath ou nains », à ce sujet, voir p. 327. Ces formes ont été transformées par la suite pour donner *in(d)ra*, *in(d)rafang*, *in(d)raluin/idhraluin*.

Une première entrée dans LG donnait *bang* « barbe » = qenya *vanga*, mais celle-ci a été barrée, et un autre mot possédant le même sens qu'*Indravang* a été initialement noté sous la forme *Bangasur*, mais transformé ensuite pour donner *Fangasur*. Le second élément est *sûr* « long, traînant », qenya *sóra*, et un rajout ultérieur donne *Surfang* « une barbe-longue, un *naugla* ou *inrafang* ». Cf. *Fangluin*, et plus tard *Fangorn* « Barbe Feuillue ».

Irildë Voir *Idril*.

Isfin NCG définit l'entrée : « *Isfin* était la sœur de Turgon Seigneur de Gondolin, qu'Eöl épousa enfin ; et le nom signifie soit « mèches-de-neige » soit « grand-ruse ». » Longtemps après, mon père, notant que le nom *Isfin* « était dérivé de la première forme (1916) de *La Chute de Gondolin* », déclara que le nom n'avait « aucun sens » ; mais on peut comparer le second élement à *finn* « mèche de cheveux » (voir *Glorfindel*) ou *fim* « habile », *finthi* « idée, notion », etc. (voir I.339 (*Finwë*)).

Ivárë LG donne *Ior*, « le renommé "flûtiste des mers", qenya *Ivárë* ».

Iverin Une entrée tardive dans LG donne *Aivrin ou Aivrien*, « une île au large de la côte ouest de Tol Eressëa, qenya *Íwerin* ou *Iverindor*. » LQ donne *Íverind-* « Irlande ».

Karkaras LG cite ce nom comme la forme qenya ; le nom gnomique de « l'immense loup-gardien de la porte de Belcha » était *Carcaloth* ou *Carcamoth* transformé en *Carchaloth*, *Carchamoth*. Le premier élément est *carc* « pointe, croc, aspérité ». LQ donne sous la racine KRKR : *karka* « croc, dent, défense », *karkassë*, *karkaras* « rangée de pieux, de pointes, ou de dents ».

Kosmoko Voir *Gothmog*.

Kurûki Voir I.356 (*Tolli Kuruvar*).

Ladwen-na-Dhaideloth « Lande au Toit-de-Ciel ». Voir *Dor-na-Dhaideloth*. LG donne *ladwen* « (1) fait d'être plat, nivelé ; (2) une plaine, une lande ; (3) un rabot ; (4) surface. » D'autres mots apparentés sont *ladin* « à niveau, lisse ; juste, égal » (cf. *Tumladin*), *lad* « un niveau » (cf. *mablad* « paume de la main » mentionné sous l'entrée *Ermabwed*), *lada-* « lisser, caresser, apaiser, tromper (spécialement par la séduction, la flatterie) », *ladwinios* « équité ». On trouve aussi les mots *bladwen* « une plaine » (voir I. [*Palúrien*]), et *fladwen* « un pré » (avec *flad* « pelouse » et *Fladweth Amrod (Amrog)* « Pelouse du Nomade * » « un lieu de *Tol Erethrin* où Eriol séjourna un temps ; près de Tavrobel. » *Amrog, amrod* = « errant », « celui qui erre », d'*amru-* « monter et descendre, vivre dans les montagnes, errer » ; voir *Amon Gwareth*).

Laiqalassë Voir I.353 (*Tári-laisi*), I.339 (*Gar Lossion*).

Laurundo Voir *Glorund*.

Legolas Voir *Laiqalassë*.

Lindeloktë Voir I.342 (*Lindelos*).

Linwë Tinto Voir I.355 (*Tinwë Linto*).

Lókë Voir *Foalókë*.

Lôs Voir I.339 (*Gar Lossion*). La forme ultérieure *loth* n'apparaît pas dans LG (qui donne cependant *lothwing* « fleur-d'écume »). NCG définit « *Lôs* est une fleur et en Eldarissa *lossë* qui est une rose » (barré complètement à partir du mot « fleur »).

Lósengriol Comme avec *lôs*, la forme ultérieure *lothengriol* n'apparaît pas dans LG. *Losengriol* est traduit par « lys de la vallée [muguet *N.d.T.*] » dans LG, qui donne les mots gnomiques *eng* « lisse, à niveau », *enga* « plaine, vallée », *engri* « un niveau », *engriol* « telle une vallée ; de la vallée ». Dans NCG : « *Eng* est une plaine ou une vallée et *Engriol* ce qui y vit ou y demeure », et *Lósengriol* est traduit par « fleur de la vallée ou lys de la vallée ».

Los 'lóriol (transformation de *Los Glóriol ;* la Fleur Dorée de Gondolin). Voir I.339 (*Gar Lossion*), et pour *glóriol* « doré » voir I.344 (*Laurelin*).

Loth, Lothengriol Voir *Lôs*, *Lósengriol*.

Lothlim Voir *Lôs* et *Gondothlim*. L'entrée dans NCG définit : « *Lothlim*

---

* *Nomad's Green* : il s'agit d'un concept purement anglais, le *Village Green*, qui serait une place (la « Place du Village ») gazonnée, à mi-chemin entre une place, un square et un pré. (*N.d.T.*)

étant pour *Loslim* signifie peuple de la fleur, et il est ce nom pris par les Exilés de Gondolin (cité qu'ils avaient nommée *Lôs* auparavant). »

Mablung Pour *mab* « main », voir *Ermabwed*. Le second élément est *lung* « pesant, grave, sérieux » ; les mots apparentés sont *lungra-* « peser, peser lourdement », *luntha* « équilibrer, soupeser », *lunthang* « une balance ».

Malkarauki Voir I.335 (*Balrog*).

Mar Vanwa Tyaliéva Voir I.346 et ajouter : « une entrée tardive de LG donne le nom gnomique *Bara Dhair Haithin*, la Chaumière du Jeu Perdu ; également *daira-* "jouer" (avec *dairwen* "joie, gaieté", etc.), et *haim ou haithin* "parti, quitté, perdu" » (avec *haitha-* « aller, marcher, partir », etc.). Cf. *Dairon*.

Mathusdor (Aryador, Hisilómë). LG donne *math* « tombée de la nuit, (semi-)obscurité », *mathrin* « foncé, bistre, obscur », *mathusgi* « crépuscule », *mathwen* « soir ». Voir *Umboth-muilin*.

Mavwin Un nom commun *mavwin* signifiant « souhait » a été barré dans LG, mais des mots apparentés sont restés : *mav-* « aimer (apprécier) », *mavra* « enthousiasmé pour », *mavri* « appétit », *mavrin* « ravissant, désirable », *mavros* « désir », *maus* « plaisir, plaisant ». Son nom en qenya, *Mavoinë*, n'apparaît pas dans LQ, à moins qu'il corresponde à *maivoinë* « grand languissement ».

Meleth Un nom commun *meleth* signifiant « amour » apparaît dans LG ; voir I.348 (*Nessa*).

Melian, Melinon, Melinir Ces noms sont tous absents des dictionnaires, mais dérivent probablement tous de la racine *mel-* « amour » ; voir I.348 (*Nessa*). L'étymologie ultérieure de *Melian* dérive le nom de *mel-* « amour » (*Melyanna* « cadeau chéri »).

Meoita, Miaugion, Miaulë Voir *Tevildo*.

Mindon-Gwar Pour *mindon* « tour », voir I.346 (*Minethlos*) ; et pour *Gwar*, voir p. 378 et I.343 (*Kôr*, *korin*).

Morgoth Voir p. 94 et *Gothmog*. Pour l'élément *mor-* voir I.347 (*Mornië*).

Mormagli, Mormakil Voir I.347 (*Mornië*) et I.345 (*Makar*).

Nan Dumgorthin Pour *nan*, voir I.347 (*Nandini*).

Nantathrin Ce nom n'apparaît pas dans les *Contes Perdus*, où le Pays des Saules est appelé *Tasarinan*, mais LG le donne (voir I.352 [*Sirion*]) et NCG définit une entrée : « *Dor-tathrin* était ce Pays des Saules dont parle ce conte et bien d'autres. » LG donne *tathrin* « saule » et LQ donne *tasarin* avec le même sens.

Nauglafring LG donne l'entrée suivante : « *Nauglafring = Fring na Nauglithon*, le Collier des Nains. Fabriqué pour Ellu par les Nains à partir de l'or de Glorund que Mîm sans-père maudit et qui mena la ruine sur Beren Ermabwed et Damrod son fils et ne fut pas apaisée avant de couler avec Elwing la bien-aimée d'Eärendel au fond de la mer. » Pour *Damrod* (*Daimord*) fils de Beren voir p. 187, et pour la perte d'Elwing et du Nauglafring voir pp. 337, 345. C'est ici la seule référence à un « apaisement » de la malédiction de Mîm. — Le gnomique *fring* signifie « collier » (qenya *firinga*).

Níniel Cf. le gnomique *nîn* « larme », *ninios* « lamentation », *ninna-* « pleurer » ; voir I.348 (*Nienna*).

Nínin-Udathriol (« Larmes Innombrables »). Voir *Níniel*. LG donne *tathn* « nombre », *tathra-* « dénombrer, compter », *udathnarol*, *udathriol*

« innombrable ». *Û-* est un « préfixe négatif pour tout élément du discours ». (LQ n'éclaire absolument pas *Nieriltasinwa*, hormis l'élément initial *nie* « larme », voir I.348 (*Nienna*).)

Noldorissa Voir *Eldarissa*.

Nos Galdon, Nos nan Alwen Voir *Duilin*, *Galdor*.

Nost-na-Lothion Voir *Duilin*.

Parma Kaluinen Le Livre Doré, voir p. 401. Cette entrée apparaît dans LQ sous la racine PARA : *parma*, « peau, écorce ; parchemin ; livre, écrits ». Le mot a survécu dans le qenya plus récent (*Le Seigneur des Anneaux*, Appendice E.II *Les Lettres Fëanoriennes*). Pour *Kuluinen*, voir *Glingol*.

Peleg (Père de Tuor). LG donne un nom commun, *peleg* « hache », verbe *pelectha-* « tailler, équarrir » (LQ : *pelekko* « hache », *pelekta-* « tailler, équarrir »). Cf. le nom de Tuor, *Pelecthon* dans la note citée sous l'entrée *Idril*.

Ramandur Voir I.345 (*Makar*).

Rodothlim Voir *Rothwarin* (forme initiale remplacée par *Rodothlim*).

Rog LG donne l'adjectif *rôg, rog* « vaillant, fort ». Mais pour le nom que les Orcs donnèrent à Egnor, père de Beren, Rog le rapide, cf. *arog* « rapide, précipité », et *raug* avec le même sens ; qenya, *arauka*.

Rôs LG donne un sens encore différent à ce nom : « la Mer » (qenya, *Rása*).

Rothwarin LG donne ce nom sous les formes *Rothbarin*, *Rosbarin :* « (littéralement "habitants des cavernes") le nom d'un peuple de Gnomes secrets mais également des régions aux alentours de leurs demeures caverneuses sur les berges de la rivière. » Les mots gnomiques dérivés de la racine ROTO « creux » sont *rod* « tube, tige », *ross* « pipe », *roth* « grotte », *rothrin* « creux », *rodos* « caverne » ; LQ donne *rotsë* « pipe », *róta* « tube », *ronta, rotwa* « creux », *rotelë* « grotte ».

Rúmhoth Voir *Glamhoth*.

Rúsitaurion LG donne le nom, *rûs* (*rôs*) « endurance, patience », groupé avec un adjectif *rô* « endurant, patient ; calme, doux », ainsi que le verbe *rô-* « demeurer, rester ; endurer ». Pour *taurion* voir I.353 (*Tavari*).

Sarnathrod Gnomique *sarn* « une pierre » ; pour *athrod* « gué », voir *Artanor*.

Sarqindi (« Ogres-cannibales »). Ce nom doit dériver de la racine SRKR donnée dans LQ, avec les mots dérivés, *sarko* « chair », *sarqa* « charnu », *sarkuva* « corporel, physique ».

Silpion Une entrée dans NCG (p. 284) traduit le nom par « Lune-de-cerise ». LQ donne le mot *pio* « prune, cerise » (avec *piukka* « mûre », *piosenna* « houx », etc.) ainsi que *Valpio* « la cerise sacrée de Valinor ». LG donne *Piosil* et *Silpios*, sans traduction, des noms de l'Arbre d'Argent, et également le mot *piog* « baie ».

Taimonto Voir I.354 (*Telimektar*).

Talceleb, Taltelepta (Nom pour *Idril/Irildë*, « aux Pieds d'Argent ».) Le premier élément est le gnomique *tâl* « pied (pour les personnes et les animaux) » ; les mots apparentés sont *taltha* « pied (pour des objets), base, piedestal, fronton », *talrind, taldrin* « cheville », *taleg, taloth* « chemin » — un autre nom pour le Chemin d'Évasion hors de Gondolin était *Taleg Uthwen* (voir *Bad Uthwen*). LQ donne sous la racine TALA « support, soutien », *tala* « pied », *talwi* (duel) « les pieds », *talas* « plante (du pied) », etc. Pour le second élément, voir I.355 (*Telimpë*). LQ donne la forme *telepta* mais sans traduction.

Tarnin Austa (Oxford). LG donne *târ* « corne » et *tarog* « bœuf » (qenya *taruku-*), *Taruithron* et le mot plus ancien *Taruitharn* « Oxford [« Gué des Bœufs » *N.d.T.*] ». Immédiatement après ces mots on trouve *tarn* « portail, porte » et *taru* « (1) croix (2) croisement ». LQ donne *taru* « corne » (voir *Dramborleg*), *tarukka* « cornu », *tarukko, tarunko* « taureau », *Taruktarna* « Oxford », et sous la racine TARA, *tara-* « croiser, contrarier, aller en travers de », *tarna* « croisement, passage ».

Tasarinan Voir *Nantathrin*.

Taurfuin Voir I.353 (*Tavari*) et I.339 (*Fui*).

Teld Quing Ilon NCG définit l'entrée : « *Cris a Teld Quing Ilon* signifie Ravine au Toit de l'Arc-en-Ciel, et c'est dans le langage des Eldar *Kiris Iluqingatelda* » ; *a Teld Quing Ilon* a été barré et remplacé par *Ilbranteloth*. Une autre entrée donne : « *Ilon* est le ciel » ; dans LG *Ilon* (= qenya *Ilu*) est le nom d'*Ilúvatar* (voir I.341 [*Ilwë*]). *Teld* n'apparait nulle part dans LG, mais il donne des mots apparentés comme *telm* « toit, toiture » (voir I.354 (*Teleri*) ; également *cwing* = « un arc ». LQ donne *iluqinga* « arc en ciel » (voir I.341 [*Ilweran*]) et *telda* « posséder un toit, une toiture » (voir I.354 [*Telimektar*]). Pour *Cris, Kiris*, voir *Cris Ilbranteloth*.

Tevildo, Tifil Pour l'étymologie, voir I.355 (*Tevildo*), mais ajoutons que la forme gnomique antérieure *Tifil* (plus tard *Tiberth*) est associée dans LG au nom commun *tîf* « ressentiment, rancune, amertume ».

Vardo Meoita « Prince des Chats » : pour *Vardo* voir I.359 (*Varda*). LQ donne *meoi* « chat ».

Bridhon Maugion « Prince des Chats » : *bridhon* « roi, prince », cf. *Bridhil*, le nom gnomique de *Varda* (I.359). Les noms communs *miaug, miog* « chat » et *miauli* « chatte » (transformé en *miaulin*) apparaissent dans LG, où le Prince des Chats est appelé *Tifil Miothon ou Miaugion. Miaulë* était le nom du cuisinier de Tevildo (p. 41).

Thorndor Voir I.352 (*Sorontur*).

Thornhoth Voir *Glamhoth*.

Thorn Sir Voir I.352 (*Sirion*).

Tifanto Ce nom doit à l'évidence être associé aux mots gnomiques *tif-, tifin*, donnés dans I.355 (*Tinfang*).

Tifil Voir *Tevildo*.

Tirin Voir I.343 (*Kortirion*).

Tôn a Gwedrin *Tôn* est un mot gnomique qui signifie « feu (dans un foyer) », apparenté à *tan* et à d'autres mots donnés sous l'entrée *Tanyasalpë* (I.353) ; *Tôn a Gwedrin* est « le Feu-aux-contes » de Mar Vanwa Tyaliéva. Cf. *Tôn Sovriel* « le lac de feu de Valinor » (*sovriel* « purification », *sovri* « purifiant ; *sôn* « pur, propre », *soth* « bain », *sô-* « laver, nettoyer, baigner »).

Gwedrin appartient à la même famille que *cwed-* (prétérit *cwenthi*) « dire, raconter, conter », *cweth* « mot, parole », *cwent* « conte, récit », *cwess* « dicton, proverbe », *cwedri* « le récit, la narration (de contes) », *ugwedriol* « innommable ; indicible, ineffable ». LQ, sous la racine QETE, donne *qet-* (*qentë*) « parler, dire », *qent* « mot, parole », *qentelë* « phrase », *Eldaqet* = *Eldarissa*, etc. Cf. l'Appendice du *Silmarillion*, entrée *quen-* (*quet-*).

Tumladin Pour le premier élément cf. le gnomique *tûm* « vallée », voir I.356 (*Tombo*). Le deuxième élément est *ladin* « lisse, à niveau », voir *Ladwen na Dhaideloth*.

Turambar Pour le premier élément voir I.346 (*Meril-i-Turinqi*). LQ donne *amarto, ambar* « Destin », et aussi (racine MRTR) *mart* « un coup de chance », *marto* « fortune, destin, destinée, sort » *mart-* « ça arrive » (impersonnel). LG donne *mart* « destin », *martion* « destiné, condamné, *fey* [mot anglais peu usité définissant une personne portant un destin tragique *N.d.T.*] » ; aussi *umrod* et *umbart* « destinée ».

Turumart Voir *Turambar*.

Ufedhin Se rapportant éventuellement à ce nom, les mots gnomiques *uf* « hors de, sorti de », ou *fedhin* « lié par un accord, allié, ami ».

Ulbandi Voir I.346 (*Melko*).

Ulmonan Le nom gnomique était *Ingulma(n)* (*Gulma* = *Ulmo*), avec le préfixe *in-* (*ind-*, *im-*) « maison de » (pour *ind* « maison, voir *Idril*). D'autres exemples de cette formation sont *Imbelca, Imbelcon* « Enfer (maison de Melko) », *inthorn* « aire (d'aigle) », *Intavros* « forêt » (littéralement « le palais de forêt de Tavros »).

Umboth-muilin Gnomique *umboth*, *umbath* « tombée de la nuit » ; *Umbathor* est un nom pour *Garioth* (voir I.334 (*Eruman*)). Ce mot est dérivé de **mabath-*, associé à *math-*, que l'on retrouve dans *math* « tombée de la nuit, (semi-)obscurité » : voir *Mathusdor*. Le second élément est *muil* « petit lac (de montagne) », qenya *moilë*.

Undolaurë Voir *Glorund*.

Valar NCG donne l'entrée suivante : « *Banin* [correction de *Banion*] ou *Bandrim* [correction de *Banlim*]. Maintenant ceux-ci demeurent, disent les Noldoli, en *Gwalien* [correction de *Banien*] mais Elfrith et les autres toujours les évoquent sous leurs noms elfiques comme les *Valar* (ou *Vali*), et cette glorieuse région de leur demeure est *Valinor*. » Voir I.359 (*Valar*).

TABLE

Imprimé en France par CPI
en décembre 2019
N° d'impression : 2048790

Dépôt légal : juin 2001
ISSN : 2497-7284
Suite du premier tirage : décembre 2019
S16233/13